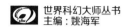
世界科幻大师丛书
主编：姚海军

菲利普·迪克中短篇小说全集 Ⅲ

预见未来

Philip K. Dick

[美]菲利普·迪克　著

郝秀玉　译

四川科学技术出版社

图书在版编目(CIP)数据

菲利普·迪克中短篇小说全集.Ⅲ,预见未来/(美)菲利普·迪克 著；郝秀玉 译.

--成都：四川科学技术出版社,2024.3

(世界科幻大师丛书/姚海军 主编)

书名原文：THE FATHER-THING

ISBN 978-7-5727-1291-3

Ⅰ.①菲… Ⅱ.①菲…②郝… Ⅲ.①幻想小说－小说集－美国－现代

Ⅳ.①I712.45

中国国家版本馆CIP数据核字(2024)第049658号

图进字21-2017-26号

世界科幻大师丛书

菲利普·迪克中短篇小说全集Ⅲ：
预见未来

SHIJIE KEHUAN DASHI CONGSHU

FEILIPU DIKE ZHONGDUANPIAN XIAOSHUO QUANJI Ⅲ：

YUJIAN WEILAI

丛书主编　姚海军

著　　者　[美]菲利普·迪克

译　　者　郝秀玉

出 品 人　程佳月

责任编辑　吴　文　姚海军

特约编辑　王　帆

封面设计　李　鑫

版面设计　李　鑫

责任出版　欧晓春

出　　版　四川科学技术出版社

　　　　　成都市锦江区三色路238号　邮政编码610023

　　　　　官方微博：http://weibo.com/sckjcbs

　　　　　官方微信公众号：sckjcbs

　　　　　传真：028-86361756

成品尺寸　147mm×208mm　　　印　张　21.375

字　　数　410千　　　　　　　插　页　3

印　　刷　成都市金雅迪彩色印刷有限公司

版　　次　2024年3月第1版

印　　次　2024年4月第1次印刷

定　　价　92.00元

ISBN 978-7-5727-1291-3

邮 购：成都市锦江区三色路238号新华之星A座25层　邮政编码：610023

电 话：028-86361770

菲利普·迪克

Philip K. Dick

1928—1982

引　言

［英］约翰·布鲁纳①

我的书架上有三十三本菲利普·迪克的书。在不久的将来，我希望能有三十八本，比其他科幻作者的书多出一倍以上。最接近的竞争者也只有十八部作品上了我的书架，而且其中有四本是他编辑的选集。

为什么？为什么我有这么多迪克写的书，数量远远超过其他作者？

嗯，这么说吧。在阅读他的一篇小说时，迪克这家伙居然能让我相信，将来会有一个社会将橙子味果酱当作流通货币。

最近我一直在回想最早碰到这家伙作品时候的情形。我怀疑

---

① 约翰·布鲁纳(John Brunner, 1934—1995)，英国科幻作家。

自己读的第一篇，应该就是他在科幻界发表的第一篇作品——《乌布》。故事语言简单平实，亲切有趣又机智，总而言之，作为处女作，值得大加赞赏。但他随后发表的短篇作品（有报道说，他当时一周写一篇），却让人感觉他还在努力寻找适合自己的表达方式。而且，我发现他常常致敬令人倍感惋惜的亨利·库特纳[1]。直到迪克开始写长篇，我才意识到他拥有多么不同凡响的想象力。他有一种天赋，能使我们的世界变得扭曲怪异，又或是从特别的角度出发，创造出令人不安的全新的未来图景。他创造的世界给人以绝对的疏离感，读者掩卷之后，哪怕过去好几天，甚至好几个月，潜意识中都还留有这种感受，并不断加深。

我还记得，自己曾买过一本破旧的二手书——《太阳系大乐透》，然后当场就一口气读完。我也记得，当特德·卡内尔[2]在《新世界》[3]杂志上连载《时间脱节》时，我是怎样的望眼欲穿。读过这两部长篇之后，我彻底被他征服了。我知道自己一定会收集齐能找到的他的所有作品。

1966年，我在《新世界》杂志上发表了一篇为他的作品摇旗呐喊的文章——那时候，他在英国还没什么知名度。我必须承认，写那篇文章，至少有一半是出于私心：我想要买到更多他的作品……十年之后，我荣幸地接到邀请，为巴兰坦出版社的《菲利普·迪克精选

---

[1] 亨利·库特纳（Henry Kuttner，1915—1958），美国科幻作家，英年早逝。
[2] 特德·卡内尔（Ted Carnell，1912—1972），科幻杂志编辑。
[3] 英国科幻杂志，科幻新浪潮运动的阵地。

集》作序。又过了十年,而今已是1986年,我再次受邀完成一个类似的任务,我依然深感荣幸。

但这次却困难得多。要知道,我并不想重复自己。但读过1976年的文章之后,我发觉自己已经写下了当时所有的感受,并说明了迪克作品出类拔萃的种种原因,而这些观点至今仍没有什么变化。我当时谈到了迪克幻想世界的特色,虚无、空洞,与我们现实世界的相似,还有那些令人不安的差别。我谈到了他给读者带来的各式各样的感受,以及他文字的奇特魔力:只要有必要,他就能让读者接受那些怪异的设定,而不是因为觉得过于荒谬把书丢到一边。橙子味果酱货币只是无数范例之一。我还讲到了他对待新点子和奇妙概念的态度可以说是铺张浪费至极。大多数作者都会把它们作为写作核心,而迪克却将其当作边角余料。举例来说,有个很精彩的场景里面,他笔下的一个人物对另一个说:"上帝死了。"这是件人人都知道的事——某个强大到制造出地球以及全部地球生物(包括人类在内)的东西被人发现飘浮在宇宙空间里。但在这个故事中,这件事其实并不怎么重要……

其实我现在也很想大段引用自己在1976年写的那篇文章,但我最好不要那样做。这是个新的时代,而菲尔①也已经不在人世。这回他也不会来信建议即将出版的选集收录他的哪些作品,因为这部文集将是他的作品全集——理应如此。

同样,我们也不会收到他那种客客气气,却让人十分头痛的信

---

① 菲利普·迪克的昵称。

件——他会列出不想被收录在文集中的作品。

我第一次见到他，是1964年在加州奥克兰，世界科幻大会开幕前的一场派对上。他本人跟我想象的并不一样。鉴于他的高产和讽刺挖苦的才能，我预想他会是个吊儿郎当、甚至可能有点愤世嫉俗的人。相反，我看到的却是个跟我一样的人——非常害羞，不愿跟人有眼神接触。他总是在东张西望，像是随时要夺路而逃。后来我才开始明白，这个世界的愚蠢荒谬会让他受到怎样的痛苦折磨，他对那些伪君子又怀着怎样强烈的反感——那些人从骨子里藐视人类的智慧，但却扮作人类良知和文明代言人的样子，他们大权在握，却满脑子都是自私自利。他笔下的人物常常以现实生活中的政治家为原型，比如永恒的杰姬·肯尼迪、反复重现的顽固的林肯。至于他是不是希望读者将小说人物视同为现实人物——这我可就说不准了。但这并不重要。他将我们这个世界的荒谬与不足清清楚楚地刻画出来；像是举起一面镜子，让我们从另外一个角度审视这个世界，其中的形象尽管扭曲变形，却也通过某种难以言传的方式，反映出了更多的真实，更为接近世界的本相。

我们最后一次见面是在法国，在某届梅斯科幻节期间。同样，我也拿不准他声称跟使徒保罗对话和靠意念杀死过一只猫的事是随口玩笑还是认真的。我也不知道，经过了那么多年内心的煎熬之后，他的理智是否已经受到了其作品的影响，还是他得出了愤世嫉俗的结论：只有一种方式，可以用来应对我们这个疯狂的世界，就是把它看成一个巨大的恶作剧，然后用同样非理性的方式反击它。

我觉得——我希望是后者。因为这样至少说明了：他在自己的作品中找到了终极答案，或至少是一种解决之道，来应对他生活中遭遇的一系列问题：他在主流文学圈子受到的冷遇，破裂的婚姻，还有保罗·威廉的作品《仅有表面真实》中写到的，他的房子遭到神秘袭击，以及其他的一切。他是个怪人，但也是个了不起的作者，也许他在写作中得到了宣泄和解脱。对读者而言，这种阅读体验肯定相当独特。

我觉得，以上这些足够解释我为什么会有三十三本迪克的作品了。我还希望不久之后就能有三十八本。

继续读他，继续被他震撼吧。

英格兰，南佩瑟顿

1986年10月

我觉得，我们目前对现实真相的认识相当狭隘。这种狭隘的认知体系告诉我们：人们的行为都是有意的，共谋着对付"我"一个人。而实际上，有些真相并不在人群中，当然也不针对我们之中的任何一个。知道吗？真实世界要比我们人类的认知广阔得多，我们每个人都是它的棋子。

　　　　　　　　　　　　——菲利普·K.迪克，选自1974年的一次访谈

CONTENTS 目 录

猎　物

　　安东尼·道格拉斯教授满足地坐进他的红皮革安乐椅里,长舒了一口气。他一边哼哼唧唧,一边费力地脱掉鞋子,把它们踢到屋角。他两手叠放在隆起的腹部,仰靠在椅背上,闭上了眼睛。

　　"累了吧?"厨房里的劳拉·道格拉斯从炉火前回头看了他一眼,黑眼睛里写满了怜爱。

　　"还是你了解我。"道格拉斯扫了一眼对面沙发上的那份晚报。值得读吗? 不,还是算了。他从上衣口袋里摸索出一包香烟,不紧不慢地点燃,"是的,今儿我可真累。我们正准备开始一系列全新的研究。一大帮聪明的小伙子今天刚从华盛顿来,带着他们的公文包,还有计算尺。"

　　"会不会——"

　　"哦,事情还是归我管。"道格拉斯教授得意地笑着说,"你就别操心了。"灰白色的烟雾缭绕在他身边，"他们想超过我，还得多玩几年计算尺呢……"

他的妻子笑起来，继续准备晚饭。也许是因为这座科罗拉多小城生活闲适，也许是周围雄伟壮丽的山峰让人心胸开阔，又或许是受益于稀薄清冷的空气与安静友好的市民，但不管是因为什么，她的丈夫看上去完全不像他的同行那样紧张又多疑。最近这段时期，有好多野心勃勃的新成员开始从事核物理研究。老人们的位置岌岌可危。每一所大学，每个物理系，每间实验室，都有大批才华横溢的年轻人挤进来。就连这里——位置偏远的布莱恩特学院①也不例外。

即便安东尼·道格拉斯有过担心，也从没表现出来过。他幸福地躺在安乐椅上休息，闭着眼睛，脸上挂着满足的笑容。他的确累，但内心宁静。他再次长出一口气，但这次更多的是因为满足，而不是疲惫。

"的确，"他懒洋洋地嘟囔着，"论年龄，我都够做他们的父亲了；但论学识，我还是要比他们高一截。当然，我更了解行规，还有——

"那些值得维护的门路。

"不过说实话，我终究还是会从这个研究项目里退出来。这个研究毕竟才刚开始，以后……"

他突然没声了。

---

① 布莱恩特学院成立于1863年，是一所注重研究的私立学校，位于美国罗得岛州史密斯菲尔德镇。现已更名为"Bryant University"，布莱恩特大学。

"怎么了?"劳拉问。

道格拉斯突然撑起来,身子离开了椅子。他的脸色变得煞白,惊恐地瞪着前方,两手紧握椅子扶手,嘴巴张大了,又合上。

窗外有一只巨大的眼睛。那只大眼睛极为专注地望着房间,打量着他。那只眼睛足有整面窗户那么大。

"仁慈的上帝啊!"道格拉斯喊道。

眼睛退开不见了。窗外只剩下黄昏的暮霭、幽暗的群山和树木。道格拉斯缓缓地跌坐回椅子里。

"什么东西?"劳拉尖声问道,"你看到了什么? 外面是不是有什么人?"

道格拉斯的双手握紧了又松开,嘴唇颤动着,"我跟你说的都是实话,比尔。我亲眼所见。它肯定是真的。要不然我不会这么说。你了解我的为人。难道你不相信我刚才说的话?"

"当时有没有其他人看见呢?"威廉·亨德森①教授若有所思地咬着铅笔问。他已经在餐桌上清理出了一块空间——把他的银制刀叉和盘子推到一边,然后将笔记本放到面前,"劳拉看到没有?"

"不。劳拉当时背对着那东西。"

"时间是……"

"半小时之前。那时我刚到家,大约六点半。我脱掉鞋子,正坐着休息。"道格拉斯用颤抖的手摸了摸额头。

———————
① 前文的"比尔"是威廉的昵称。

"你说那东西是孤立的？没有其他部位？只有一只……眼睛？"

"对！只有一只眼。一只巨大的眼睛望着我。它洞察一切，就像——"

"就像什么？"

"就像它是透过一架显微镜在观察我。"

众人陷入了沉默。

桌子对面，亨德森那位红头发的妻子打破了沉默，"你一直都是个不折不扣的经验主义者，道格。你从来不会轻信任何奇谈怪论。但这次……没有其他人看到，真是太糟糕了。"

"当然不会有其他人看到！"

"你这么说是什么意思？"

"那该死的怪东西要看的只是**我**。**我**才是它的研究对象。"道格拉斯近乎歇斯底里地喊道，"你们有没有想过我的感受——被一只钢琴那么大的眼睛观察！上帝啊，要不是我意志坚定，怕是已经疯掉了！"

亨德森和他的妻子交换了一下眼神。比尔有一头深色头发，面容英俊，比道格拉斯年轻十岁。精力充沛的琼·亨德森是儿童心理学系的讲师。她的举止敏捷轻快，胸部丰满，身穿尼龙衬衫和一条宽松的裤子。

"你怎么看这件事？"比尔问妻子，"这听起来更像是你的研究领域。"

"这属于**你自己**的研究领域才对。"道格拉斯没好气地说，"别把这当成心理疾病，随便就把我打发了。我来找你，是因为你是生物系的系主任。"

"你觉得那是某种动物？巨型树懒之类的东西吗？"

"肯定是某种野兽。"

"也许是个恶作剧。"琼猜想，"或者是个广告牌，某眼科医生的招牌之类的。有人碰巧拿着它经过你家窗外。"

道格拉斯勉强控制住自己的情绪，"那只眼睛是活的。它在观察我、揣摩我，然后它退开了，就像离开目镜一样。"他不由自主地颤抖，"我跟你们说过了，它在**研究**我！"

"针对你一个？"

"只观察我，不关心别人。"

"你似乎非常确定它是从上向下看的，这很奇怪。"琼说。

"是的，俯视。的确如此，它俯视着我。"某种难以捉摸的表情从道格拉斯脸上闪过，"你理解我的意思了，琼。那东西像是来自上面一样。"他指向头顶。

"也许它是上帝的眼睛。"比尔若有所思地说。

道格拉斯什么都没说，但他瞬间变得面如死灰，牙齿也开始打战。

"胡扯。"琼说，"上帝不过是个先验的①心理学符号，用来代表那些无法解释的力量。"

---

① 先于经验的，但为构成经验所不可或缺的。上帝的存在，用来解释那些超出了人们本来经验范畴的东西。

"它是否带有指责意味地看你?"比尔问,"就像你做了某件亏心事一样?"

"不。它更像是对我感兴趣,而且兴趣十分浓厚。"道格拉斯站了起来,"我必须回家了。劳拉还以为我在抽风。我当然还没跟她说这件事。她没有接受过系统的科学训练,没有能力应付这样的情况。"

"即便对我们来说,这件事也没那么好接受。"比尔说。

道格拉斯紧张地向门口走去,"你还是想不出任何合理的解释吗? 会不会有被认为灭绝了的生物还在周围的山区出没呢?"

"在我们所知道的生物中并没有这种类型。如果我曾听说过这种类——"

"你说它俯视着你,"琼说,"而不是弯下腰来窥探你的房间。那么这东西就不会是动物,甚或是地球生物。"她思索着,"或许真有某种东西在观察我们。"

"没观察你们。"道格拉斯难受地说,"只是在观察我一个人。"

"另外一个种族在观察我们。"比尔插嘴说,"你是想说——"

"或许那只眼睛来自火星。"

道格拉斯小心翼翼地打开门,向外窥探。夜幕深沉,微风拂过林间,吹过高速公路。在山的阴影下,他的小汽车看上去就是一个黑色的小方块,影影绰绰的。"如果你们想到什么新的线索,就打电话给我。"

"睡前吃几片苯巴比妥①，"琼建议道，"能让你的精神放松一些。"

道格拉斯已经走到了门廊。"好主意。谢谢。"他用力地摇摇头，"也许我真的精神错乱了。上帝啊。好了，回头见。"

他紧握扶手，走下房前的几级台阶。"睡个好觉！"比尔喊了一句。然后门就被关上了，门廊的灯也灭了。

道格拉斯小心翼翼地靠近自己的汽车。他的手在黑暗中摸索，摸到了车门把手。挪动一步、两步。这真蠢！我是一个二十世纪的成年人，准确地说是中年人，却还……他又向前挪动了一步。

他来到车门前，把它拉开，迅速坐进汽车，又立马把车门关紧。他一边发动车子，打开前大灯；一边默默祈祷，感谢上帝保佑。自己真是蠢得要死。那个巨大眼睛一定是特效技术之类的花招。

他在脑海中梳理这件事。学生？爱恶作剧的人？还是阴谋，目的是使他发疯？他很重要，也许是这个国家最重要的核物理学家，又在主持这个新的研究计划……

汽车开动，驶上了寂静无人的高速公路。在车子加速的同时，他的眼睛扫过每一棵树、每一丛灌木。

在车前灯的照射下，公路旁边的某个东西在反光。

道格拉斯紧盯着那件东西，不由得出了神。一个长条形的方块躺在马路边的荒草丛里，掩映在幽暗的大树下。它的表面有微光闪耀。他减慢车速，几乎就要停下。

---

① 一种安眠药和镇静剂。

那是一根金条，就躺在马路边上。

这真是难以置信。道格拉斯教授缓缓地摇下车窗，向外张望。真的是黄金吗？他紧张地笑了笑。恐怕不是。他当然常常见到黄金。眼前这东西，**看起来**像是黄金，但或许只是铅锭，表面镀了金而已。

但是——为什么？

一定是那些学生的玩笑或者恶作剧。他们肯定是看到他驾车从这里经过，前往亨德森家，然后猜测他还会驾车归来。

但或者——或者这**就是**一块金条。或许有一辆运钞车从这儿经过，转弯时动作过猛，导致金条滑落，跌入草丛。如果真是这样，眼前就有一笔小小的财富，在公路边的黑暗处等待着他。

但现行法律并不允许私人持有黄金，他将不得不把这金条上交国家。但他应该能锯下一小块留给自己吧？而且上交金条肯定也会获得点儿奖金，可能有几千美元呢。

他脑子里突然闪过一个疯狂的念头。他可以拿走那金条，藏起来，然后把它空运到墨西哥，送出这个国家。埃里克·巴恩斯有一架单翼飞机，他可以轻易地把金条运到墨西哥，然后再卖掉它，接着就能退休养老，安享清福。

道格拉斯教授为自己的卑劣念头而感到生气。归还此物是他的义务。他应该打电话给丹佛造币厂说明情况，或者报警。他挂上倒挡，退到金属条旁边，关掉发动机，走到黑黢黢的公路上。作为一名忠诚的公民，他有责任这么做——上帝为证，他可是久经考验，对国家忠心耿耿。他要尽到自己在此时此地的责任。他探身到车内，在仪表盘上一阵摸索，找手电筒。如果有人丢了一根金条，那他就要……

一根金条。这不可能。一阵刺骨的寒意慢慢地笼罩了他，让他的心里发紧。在他的潜意识里，一个微弱但冷静、理性的声音对他说：**有谁会丢了金条，就这么离开？**

这里面一定有什么阴谋。

他被恐惧攫住，站在那里动弹不得，吓得浑身发抖。公路漆黑无人，群山静默，而他独自一人。如果他们想暗算他，这是完美的地点——

他们？

谁？

他迅速地四下张望。那些人很可能就藏在树丛里，等着他。等着他穿过马路，离开公路，进入树丛。在他弯腰捡起那根金条的时候，猛地朝他一击。很可能就是这样的安排。

道格拉斯爬回车里，急匆匆地点火。他松开刹车，猛踩油门。车子向前冲去，不断加速。他整个人俯身压在方向盘上，双手不停地颤抖。他必须离开，在那些身份不明的家伙抓到他之前逃走。

在车速完全提起来之前，他透过打开的车窗，最后回望了一眼。那金条还在原处，在公路边的幽暗草丛中泛着光。但奇怪的是，它给人一种模糊不清的感觉，其周围的空气似乎波动着。

那金条突然变淡，然后消失。它的光芒也被黑暗吞没。

道格拉斯向上一看，吓得倒抽了一口冷气。

在他头顶的天空中，某种东西挡住了星辰。那东西正在移动，巨大的形状让他震惊。他只能模模糊糊地看出它是活的，有圆形的轮廓，罩在他的头顶上方。

一张脸，一张巨大到遮天蔽日的脸正在向下看。它就像是一个大月亮，挡住了其他的一切。那张脸在空中停了半晌，专心致志地看着他，看着他刚离开的那个地方。然后像那金条一样，先是变淡，然后消融在黑暗里。

繁星再度出现在空中，又只剩下他独自一人。

道格拉斯瘫倒在座位上，双手从方向盘上滑落，垂在身侧。失去控制的车子急速地转了个弯，咆哮着向公路之外冲去。他再次抓住方向盘，堪堪防止了车祸的发生。

情况已经明了，确实有人在跟踪他，想要抓住他。但不是恶作剧的大学生，也不是来自遥远过去的怪兽。

不管它们是什么东西，或者是什么人，都跟地球无关。它——它们——来自另外一个世界。它们为他而来。

他自己。

但为什么呢？

皮特·伯格听得很专心。"继续说。"当道格拉斯停下来时，他说道。

"就这些了。"道格拉斯转向比尔·亨德森，"你别想让我相信自己疯了。我真的看到了那东西。当时,它俯视着我。这次是一张完整的脸,不止一只眼睛。"

"你确定最早那只眼睛来自同一张脸吗?"琼·亨德森问。

"我确定。那张脸上的表情和那只眼睛流露出来的神情一模一样,都是在研究我。"

"我们必须报警。"劳拉的声音尖厉而干脆,"不能再这样下去了,如果有人打定主意要抓走他——"

"报警没什么用。"比尔·亨德森来回踱步。现在已过午夜,很晚了。道格拉斯家中所有的灯都亮着。数学系主任米尔顿·埃里克老爷子蜷缩在房间的一角,观察着周围,满是皱纹的脸上没有任何表情。

"我们可以假定,"埃里克教授取下两排黄牙间的烟斗,冷静地说,"他们是外星种族。他们的体型和出现的位置都表明:他们不必在地表上活动。"

"但他们也不能**站**在天上吧!"琼火了,"天上什么都没有好不好!"

"或许存在其他的宇宙系统。通常来说,这些宇宙系统与我们的世界毫无关联。不计其数、多种多样的平行宇宙,以一种用现在的科学术语完全无法解释的方式,在一个坐标面上排列开来。由于某种异常原因,两条切线相交在了一起,于是我们与其中的某个平行宇宙发生了接触。"

"他的意思是,"比尔·亨德森解释说,"想抓走道格的那些家伙不属于我们的宇宙系统。他们来自另外一个维度。"

"那张脸出现过波动。"道格拉斯轻声说,"那根金条和那张脸都曾波动过,然后才消失。"

"应该说是撤回。"埃里克说明道,"返回了他们自己的宇宙。他们可以自由进出我们的世界,看起来应该是有个虫洞,他们通过那儿进出。"

"太不幸了,"琼说,"那些家伙大得要死。要是他们小一点儿的话——"

"对方体型占优势。"埃里克承认,"这种状况的确对我们很不利。"

"你们还在学术争论!"劳拉抓狂地喊起来,"外面那些家伙要把我的丈夫抓走,你们却在这里探讨抽象理论!"

"这种现象,或许可以解释神的存在。"比尔突然说。

"神?"

比尔点头,"你们没想到吗?或许在过去,这些东西也通过不同宇宙间的联结处,到我们的世界观察过我们。也许有时他们还会降临到地表。原始人看到了他们,却无法解释这种现象,于是就以他们为核心发展出宗教信仰,并膜拜他们。"

"想想奥林匹斯山。"琼说,"还有,摩西也是在西奈山顶见到了上帝。而我们也位于落基山脉的高处。也许,平行世界之间的接触只能发生在高海拔地区,就像这样的山区。"

"而西藏的喇嘛们住在全世界最高的高原上。"比尔补充说,"僧侣遍布整个青藏高原——世界上最高、最古老的地区。所有伟大的宗教都诞生在山区,再由见过神灵的人将神启带出来,四处传播。"

"我没有搞明白的是,"劳拉说,"他们为什么要选择**他**。"她无助地摊开双手,"为什么就不能选别人呢?为什么偏偏是他?"

比尔脸色凝重,"我觉得,这个问题的答案显而易见。"

"解释下。"埃里克咕哝道。

"道格是什么人?他可能是全世界最优秀的核物理学家,并且正在从事核裂变方面的前沿研究。这个研究项目的保密级别是绝密。因为道格在布莱恩特学院,政府肯资助学院的所有研究项目。"

"所以呢?"

"他们是因为他的才能才选中了他。他**懂**很多事情。同我们的宇宙相比,对方的体型巨大。他们可以像我们在生物实验室里观察——那个,培养基中的肺八选球菌一样,细致观察我们的生活。但这并不意味着他们的文明一定比人类更先进。"

"当然是这样!"皮特·伯格恍然大悟,"他们想知道道格懂的那些知识。他们想要劫走他,用他的聪明才智帮助他们的文明发展。"

"寄生虫!"琼惊呼道,"他们一定长期依赖着我们。你们不觉得吗?想想过去有过多少人离奇失踪,一定是被这些家伙悄悄劫走了。"她哆嗦了一下,"他们很可能把我们的世界当成试验场。我们辛辛苦苦地发展科学技术,他们则坐享其成。"

道格拉斯想要开口说话,但一个字都吐不出来。他僵硬地坐在自己椅子里,转头看向一侧。

屋外一片漆黑,有人在叫他的名字。

他站起来向门口走去。其他人都惊讶地看着他。

"怎么回事?"比尔问,"出什么事了,道格?"

劳拉抓住了他的胳膊,"到底怎么了? 你是不是不舒服? 说话呀! **道格**!"

道格拉斯教授挣脱她的手,拽开前门,迈入门廊。头顶是一轮黯淡的月亮,朦胧的月光笼罩着一切。

"道格拉斯教授!"还是同一个声音,甜美、清脆——是个女孩的声音。

在门廊的阶梯下面,月光映照出了一个女孩的身影。她一头金发,大约二十岁。身穿白色安哥拉羊毛衫和格子裙,脖子上系着一条丝巾。她正在急切地向他挥手,小脸上满是乞求的神色。

"教授,您能不能跟我来一下? 可怕的故障出现在……"她焦急地从房前跑开。声音渐渐变得模糊,人也消失在夜色里。

"到底怎么回事?"他大声问。

他还能隐约听到女孩的声音。她越跑越远。

道格拉斯举棋不定。他犹豫了一下,然后按捺不住地快步走下阶梯,去追那女孩。那女孩仍在往前跑,双手拧在一起,丰满的嘴唇因为绝望而不停地颤抖。因为极度的恐惧,毛衣下的胸膛剧烈起伏。在月光的照耀下,她的每一次战栗,都被看得清清楚楚。

"出了什么事?"道格拉斯大声问,"哪儿出错了?"他加快脚步追赶那女孩,"上帝啊,你别跑!"

　　但那女孩还在往远处跑，引他跑向一片开阔的草地，离家越来越远。从那片草地算起，就是学院的地盘了。道格拉斯心里很烦。这女孩真讨厌！为什么就不能等等他？

　　"等会儿！"他一面说，一面追赶。他踏上黑黢黢的草地，累得气喘吁吁，"你是谁？到底想要——"

　　一道强光闪过，炫目的闪电划过他身边，在离他几英尺①远的草地上烧出一个冒烟的坑洞。

　　道格拉斯惊呆了，愣在原地。然后又是一道闪电袭来，这次正好劈在他面前。热浪逼得他连连后退。他打了一个趔趄，险些摔倒。那女孩却突然停住了。她安静地站在原处，面无表情，整个人跟一尊蜡像似的。一瞬之间，她就失去了生气。

　　但道格拉斯没时间多想。他转过身，手忙脚乱地跑向自己家。第三道闪电击来，正中他的前方。他急忙向右转，扑倒在墙边的灌木丛中。他滚了几圈，气喘吁吁，然后倚靠在房子的水泥墙面上，尽可能地紧贴墙面。

　　他头顶的星空突然闪烁了一下。闪烁只是一瞬，之后一切都归于平静。他再次孤身一人，不再有闪电，而且——

　　那个女孩也不见了。

　　她是个诱饵，一个逼真的仿制品，用来引诱他离开房子到开阔的地方，方便他们发动袭击。

　　他颤抖着站起来，贴着墙檐绕到屋子正面。比尔·亨德森、劳拉

----

　　① 英美制长度单位，1英尺约等于30.48厘米。

和伯格都站在门廊上，一边紧张地交谈，一边四下张望，寻找他的踪迹。他的小汽车还停在私人车道上。如果他能坐上车，或许——

他瞥了一眼天空。那里只有繁星，没有"他们"的踪迹。如果他能开走自己的汽车，沿着公路逃离这片山区，去地势较低的丹佛市，或许他就安全了。

他战栗着，做了一个深呼吸。从这里到汽车只有十码^①距离，折合三十英尺。他只要能坐上汽车——

他快速地奔跑起来，跑过小路，跑上车道。然后，他拽开车门跳进去，迅速地点火，放刹车，两个动作几乎是同时进行的。

汽车开始向前滑行，发动机发出突突的响声。道格拉斯猛踩油门，汽车飞了出去。门廊上，劳拉尖叫了一声，跑下阶梯。她的哭喊声和比尔的惊叫声都淹没在了发动机的轰鸣声中。

片刻之后，他已经上了公路，快速地远离小镇，沿着细长弯曲的盘山公路逃向丹佛。

他可以等到了丹佛再给劳拉打电话，让她来找他。然后两人一起坐上火车，向东走。让布莱恩特学院见鬼去吧，还是保命要紧。一整夜，好几个小时，他一直在开车，不敢停下。太阳出来了，慢慢升上天空。路上的车变多了，他超过了几辆柴油货车，它们轰隆隆地缓慢又笨重地沿着公路行驶。

他感觉好点儿了。群山已经被抛在身后，他和"他们"之间隔得

———
①英美制长度单位，1码约等于91.44厘米。

16

远了些……

气温逐渐升高，他的精神也振奋了一些。有几百所大学和研究所遍布在全国各地，对他来说换个地方继续工作不是难事。一旦他远离了山区，"他们"就抓不到他了。

他减慢车速，因为油量表显示车快没油了。

公路的右侧有一座加油站和一家小小的路边咖啡馆。看到咖啡馆，他才想起自己还没吃早餐。他的肚子已经开始抗议了。咖啡馆门口停了几辆车，里面的吧台前坐着几个人。

他驶离公路，把车停在加油站里。

"请加满！"他叫来加油站的服务员。他挂上空挡，下车，踏上炽热的沙石地面。他已经开始流口水，想来一盘烤薄饼，加点儿火腿，搭配新煮的黑咖啡……"我能把它留这儿吗？"

"车吗？"穿白色工作服的服务员拧开油箱盖子，开始加油，"您什么意思？"

"加满油之后，帮我把车停好。我想离开一会儿，吃点儿早饭。"

"早饭？"

道格拉斯有点儿烦。这家伙有毛病吗？他指了指那家咖啡馆。一名卡车司机推开咖啡馆的纱门，站在门口的台阶上，一边剔牙，一边想事。店里面，女店员正在来回忙碌。他已经闻到了咖啡的香味儿，还有烤盘上煎着的火腿味儿。从投币式自动点唱机里传来隐约的音乐声，听起来友好又温暖。"我想去那家咖啡馆。"

服务员停下了加油的动作，缓缓放下油管，转身面向道格拉斯，神情诧异。"什么咖啡馆?"他问。

那家咖啡馆开始波动,突然消失了。道格拉斯极力抑制住想要尖叫的冲动。刚刚咖啡馆的位置,现在只剩下一片空地。

那儿只有黄绿间杂的草地,上面有几个锈迹斑斑的锡罐、旧瓶子、一堆垃圾和倾倒的围栏。往远处望去,能看到山峰的轮廓。

道格拉斯努力控制着自己。"我只是有点儿累。"他嘟囔着,摇摇晃晃地爬上车,"多少钱?"

"我才刚刚开始加——"

"给。"道格拉斯硬把一张大额钞票塞进他手里,"让开。"他发动车子,冲上公路。加油站的人目瞪口呆,看着他疾驰而去。

刚才真险,真他妈险。这是一个陷阱,而他差点儿就掉了进去。

但真正让他害怕的,却不是这千钧一发的境地。而是,**他已经离开了山区,但他们还先他一步,设下了陷阱。**

离开山区没什么用,他并不比昨晚安全。他们无处不在。

汽车在公路上疾驰。他离丹佛市越来越近——那又如何?到了那里也不会有任何区别。就算他能去死亡谷①挖个地洞躲进去,都同样没用。他们就是想抓他,绝不会中途罢手。这已经很清楚了。

他绞尽脑汁,思索脱身之计。

这是一个寄生文明。他们抓捕人类,劫掠人类的知识和科学发现。比尔是这么说的吗?他们为他的学识而来,想要获得只有他知

---

① 位于加州,为北美洲最低、最干旱的地区。

道的关于核物理学的知识和技术。因为卓绝的能力和研究资历,他脱颖而出,被他们选中。他们会一直追捕他,直至得手。然后——又会怎样?

他满心恐惧,想起那金条、那个作为诱饵的栩栩如生的女孩、那个到处是人的咖啡馆,还有烤盘上的火腿、冒着热气的咖啡。

上帝啊,要是他能做一个普通人该有多好,没有技术,没有特殊的能力。要是——

突然有刺耳的声响传来,车子猛地一颤,有一只轮胎爆了。偏偏在这种时候……

偏偏在这时候。

道格拉斯把车停在公路边。他熄火,拉起手刹,在车里静坐了片刻。最后,他在上衣兜里摸索了一番,取出一包皱巴巴的香烟。他慢慢地点了一支烟,把窗子摇下来透气。

他被困住了,一点儿办法也没有。爆胎显然是计划的一部分。上面的人肯定往路面上撒了些什么,很可能是图钉。

公路上荒无人烟,也不见其他车辆的踪迹。他孤身一人,前不着村后不着店。这里距丹佛市还有三十英里①,再怎么着也开不过去。周围空无一物,只有一望无际的田野和荒原。

只有平坦的大地——和头顶的蓝天。

道格拉斯朝上瞥了一眼。他看不到他们,但他们就在那里,等着他离开汽车。他的知识、能力,会被一种外星文明所用。他会成

① 英美制长度单位,1英里约等于1609.34米。

为他们手中的工具。他全部的学识都将被占有。他会成为一名奴隶,生活再没有更多的意义。

但是,换个角度想,这也是一份荣耀。在整个人类社会中,他们唯独选中了他。他的知识和能力有着至高的吸引力。他的脸隐隐地浮现出光彩。也许他们已经研究他一段时间了。那只巨大的眼睛肯定经常观察他,不管是透过望远镜,还是显微镜,或是别的什么东西。他们了解到了他独有的能力,并认定这种能力对他们的文明助益良多。

道格拉斯打开车门。他下车,站到灼热的路面上。他扔掉香烟,平静地把它踩灭。他深吸了一口气,伸了个懒腰,打了个呵欠。他已经看到了那些图钉,在路面上闪闪发光。车子的两只前胎都瘪了。

头顶有东西在闪光。道格拉斯平静地等待着。那个时刻终于到来,而他不再恐惧。他带着超然,好奇地观察一切。那东西越变越大,在他头顶展开,膨胀,变得更大。然后在空中停留了一下,坠落下来。

道格拉斯站着没动,任由那张巨大的天网罩住自己。大网升向天空,网绳勒紧他的身体。他随之上升,向天空飞去。但他很放松,心情平静,不再恐惧。

有什么好怕的?他要做的工作还跟以前一样。当然,他会想念劳拉和学院,想念物理系里惺惺相惜的学术伙伴们,想念学生们求知若渴的年轻面庞。但毫无疑问,他也能在上面的世界里找到同伴。那些跟他一起工作的人,也一定训练有素,能够跟他交流。

装着他的网上升得越来越快。地面迅速地远离他,平坦的地表逐渐弯曲,地球变成了球体。出于专业兴趣,道格拉斯观察着这一过程。透过复杂的网绳,他已经能看到另一个宇宙的轮廓。他正在进入全新的世界。

他看到了人的形状,两个巨大的身形蹲伏着。其中一个在收网,另一个手里拿着某样东西,在一旁观看。至于周围的景致,因为太过巨大,而且影影绰绰,道格拉斯说不出是什么。

终于抓到了。一个念头向他传来。他可真能挣扎。

这工夫值得花。另外那个家伙是这样想的。

他能直接听见他们的想法。这些人有着硕大无朋的大脑,意念的力量非常强大。

我是对的。这是截至目前个儿最大的。干得不错!

重量肯定有二十四雷格①!

终于抓到了!

道格拉斯无法再保持冷静了,因为恐惧,一阵寒意向他袭来。这两个家伙在说什么? 他们什么意思啊?

随后,他从网里被甩出来,向下落去。有东西等着接住他,那玩意儿的表面平坦锃亮。那是什么?

奇怪! 它真像一面煎锅。

---

① 作者虚构的、巨人使用的重量单位。

孤悬的陌生人

下午五点钟,埃德·洛伊斯洗漱完毕,戴上帽子,套上外衣,开车去位于小镇另一头的他的电视机店。他很累,腰酸背痛。因为之前他在地下室挖土,又用小推车把土倒进后院。但是对一个四十岁的男人来说,他的情况还算不错了。珍妮特可以用省下来的钱买个新花瓶,他也很享受自己整修地面带来的满足感。

天快要黑了。夕阳的余晖照着那些走在回家路上、脚步匆匆的上班族,人们阴沉的脸上都是疲惫之色。女人们大包小包地拎着东西,大学生们也纷纷拥出校园回家,跟小职员、生意人和衣着古板的秘书们走在一起。他停下自己的帕卡德①老爷车等红灯,然后再次发动车子。他不在的时候,店铺也在正常营业。估计等他赶到,正好可以替一部分员工,让他们去吃晚饭。他要看看今天的销售单

---

① 一度处在业内尖端的美国豪华车品牌。该品牌汽车于1899年开始生产,二十世纪六十年代初彻底停产。

据,也许还能亲自做成几桩生意。他缓缓驶过街道中央的那一小块绿地,那儿是城市公园。洛伊斯电视销售服务中心的门口已经没有停车位了。他低声咒骂,调转车头。当他再次经过那小片绿地时,看到里面有一台孤零零的喷泉式饮水器、一张长椅和一根灯柱。

路灯柱上吊着个什么东西,黑乎乎的一捆,在风中微微摇摆。看不出具体形貌,但像是假人模型。洛伊斯摇下车窗,向车外看去。这到底是什么东西?是什么特别的展示品吗?有时候,商会的确会在广场里挂些展品之类的东西。

他再次掉头,驶回绿地。他到了公园边,仔细查看那一捆东西。它不是假人模型,也不是平常见到的展品。他紧张地咽了下口水,颈后汗毛直竖。汗珠从脸上和手上滑落下来。

那是一具尸体。人类的尸体。

"你们看它!"洛伊斯大喊道,"快出来看!"

唐·弗格森慢慢走出店门,从容地扣上细条纹外套的纽扣,"这可是个大单子,埃德。我不能把客户晾在那里,让人傻站着。"

"看到那个没有?"埃德指向渐浓的暮色里,"就那个东西。这他妈都挂了多久了?"因为激动,他的嗓门更大了,"这些人都怎么了?人人都视而不见!"

唐·弗格森慢悠悠地点燃一支香烟,"别激动,老伙计。这事儿肯定有合理的解释,要不然它也不会出现在那里。"

"解释!会是什么样的解释?"

弗格森耸耸肩,"估计跟上次交通安全局把别克车残骸挂在这里差不多,某种治安方面的原因。我怎么会知道?"

开鞋店的杰克·波特也加入了他们的谈话,"出啥事了,伙计们?"

"灯柱上挂着一具尸体。"洛伊斯说,"我要报警。"

"他们肯定知道这件事。"波特说,"要不,那东西也不会出现在那儿。"

"我该回店里去了。"弗格森向店里走去,"生意可比玩乐重要。"

洛伊斯开始变得歇斯底里,"你看到那东西了,对吧? 清清楚楚地看到它挂在那里了吧? 那是人的尸体! 一个死人!"

"是啊,埃德。我今儿下午出去喝咖啡的时候就看到了。"

"你是说,它一整个下午都在那儿挂着?"

"是啊。这有什么不对吗?"波特看了下手表,"我有事先走了。回头见,埃德。"

波特匆匆离开,汇入了人行道上的人流中。众多的男女行人经过公园。有几个人抬起头,好奇地打量那捆黑乎乎的东西——然后继续赶路。没有人停步,没有人在意。

"我要疯了。"洛伊斯小声说。他从车流中穿过马路,向花园边缘走去。有几个人生气地向他猛按喇叭。他抵达了花园边缘,跨入那一小片绿地。

死者是个中年人。他身上的灰色外套已经被撕扯得破破烂烂,其上布满了干掉的泥浆。这是个陌生人,洛伊斯以前从没有见过他，他不是本地人。他的脸本来朝向另外一侧，夜风吹过，他微微晃动了一下，然后无声地、缓缓地转过脸来。他的皮肤上满是戳伤和割伤，血液凝固在血红的伤口和深深的割痕上。一副钢框眼镜挂在他一侧的耳朵上，可笑地摇摆着。他两眼突出，嘴巴张开，肿大的舌头泛着可怖的青色。

"我的天……"洛伊斯嘟囔着，觉得很恶心。他强忍着没吐出来，走回人行道。他全身颤抖，一半出于反感，一半出于恐惧。

为什么？ 这个人是谁？他为什么被吊在这里？出于什么样的目的？

还有——为什么其他人都不在乎？

他在人行道上撞到了一个身形矮小的赶路人。"看着点儿！"那人气愤地喊道，"哦，是你啊，埃德。"

埃德恍惚地点头，"你好，詹金斯。"

"出什么事儿了？"文具店的店员扶住埃德的胳膊，"你看上去不太舒服。"

"因为那具尸体。公园里那个。"

"是啊，埃德。"詹金斯把他扶到洛伊斯电视销售服务中心的门口，"别太在意了。"

珠宝店的玛格丽特·亨德森过来问道："出什么事了吗？"

"埃德有点儿不舒服。"

洛伊斯挣脱詹金斯的手，"你们怎么能站在这里无动于衷？难道你们看不见？上帝啊——"

"他在说什么？"玛格丽特紧张地问。

"尸体！"埃德喊了起来，"挂在那边的那具尸体！"

更多的人围拢过来，"他是不是病了？是埃德·洛伊斯。你没事儿吧，埃德？"

"尸体！"洛伊斯尖叫起来，挣扎着想要挤过人群。有很多只手想要拉住他，但都被他摆脱了。"让我过去！找警察！报警！"

"埃德——"

"还是找位大夫来吧！"

"他一定病了。"

"或者是喝高了。"

洛伊斯在人群的包围下挣扎着。他被绊了一下，险些摔倒。他透过模糊的视线，看到一排排的人脸，有人好奇，有人担心，有人着急。男女行人纷纷止步，想知道是什么引起了混乱。他吃力地挤过这些人，向自己的店面靠拢。他能看到弗格森正在店里跟一个男人交谈，向他介绍一款爱默生牌的电视机。皮特·福利在服务台后面，忙着组装一台菲尔柯牌的新机子。洛伊斯疯狂地向他们喊叫，但他的声音却被周围车辆的喧嚣声和人们交头接耳的声音吞没。

"做点儿什么！"他尖叫，"别傻站在那里！做点儿什么！这外边出事了！出事儿了！出大事儿了！"

两位大块头的警官出现了。人群敬畏地分散开来，让他们能尽快赶到洛伊斯身边。

"姓名？"拿笔记本的警察咕哝着问。

"洛伊斯。"他疲倦地抹了一把额头上的汗水，"爱德华·C.洛伊斯。请听我说，外面那里——"

"家庭住址？"警察继续问。警车敏捷地在车流里穿行，快速地绕过小汽车和大巴车。洛伊斯软瘫在座位上，又累又迷茫。他颤抖着深吸一口气。

"赫斯特路1368号。"

"这地方在我们派克维尔镇吗？"

"在。"洛伊斯费了很大力气打起精神，"听我说，在刚才那个小广场里，灯柱上挂着——"

"你今天去过哪些地方？"开车的警察问。

"哪些地方？"洛伊斯疑惑地重复了一下对方的问题。

"你白天都不在自己店里，对吧？"

"的确不在。"他摇摇头，"嗯，我在家。一直在地下室。"

"你在……**地下室**？"

"我在挖土，想重铺一下地面。现在把土挖掉一些，回头就可以铺上水泥。为什么问这个？这跟我说的有——"

"有没有其他人跟你在一起？"

"没有。我妻子进城去了，孩子们在学校上学。"洛伊斯来回打量这两名强壮的警察。他似乎抓住了救命稻草，脸上闪现出期待的神色。"两位的意思是说，因为我在地下室，所以错过了……解释？我没有听到这件事的前因后果？而其他人早就知道了？"

沉默了片刻之后，拿笔记本的警察说："你说得对。你是没有听到解释。"

"那么这就是官方行为啰？那具尸体——它是**故意**被挂在那里的？"

"它故意被挂在那里，好让每个人都能看到。"

埃德·洛伊斯虚弱地笑了，"上帝啊。我想，是自己太大惊小怪了。我以为发生什么大事了呢。你知道，就像是三K党①之流制造了暴力事件，又者是其他极端分子暴动。"他掏出胸前衣兜里的手绢，擦擦脸，双手颤抖着，"现在知道一切正常，我很高兴。"

"完全正常。"警车离司法大楼②越来越近了。太阳已经落山，路灯尚未亮起，街道阴沉幽暗。

"现在我感觉好多了。"洛伊斯说，"之前那会儿，我确实过激了。我想自己打扰到了大家的安宁。既然全都已经弄明白了，那么两位就不用拘捕我了，对吧？"

俩警察没理他。

"我应该回自己店里去，伙计们还没吃晚饭呢。我现在全好了，不会再给任何人带来麻烦。是不是就没有必要——"

"这边用不了多长时间。"开车的警察打断了他，"履行一个简短的例行手续，几分钟就完。"

---

① 三K党(Ku Klux Klan，缩写为K.K.K.)，是美国的一个奉行白人至上和歧视有色族裔运动的民间排外团体，也是美国种族主义的代表性组织。

② 在美国，一个城市的警察总局也被称为司法大楼。法院和拘留所通常也坐落在同一个位置。

"如果很快就能结束，那最好了。"洛伊斯嘟囔着。汽车停下来等红灯。"我想，我还是扰乱了正常的秩序。挺滑稽的，我居然那么激动，还——"

突然，洛伊斯一把拽开车门，四肢并用地爬出车厢，在街上滚了一圈才站起来。绿灯亮起，他周围的汽车都开动起来。洛伊斯跳上人行道，在人群中快速奔跑，专挑人多的地方钻。从他的背后传来抱怨声，还有人奔跑的脚步声。

他从一开始就知道，那两个人不是真的警察。派克维尔镇所有的警察他都认识。在这个小镇中，他开店做生意已经二十五年了，怎么可能认不全所有的警察？

那两个人不是警察，但洛伊斯也不清楚他们的身份。波特、弗格森、詹金斯，他们都不知道尸体为什么会出现在那里。他们不知道，但也不关心，**这**才是最诡异的部分。

洛伊斯躲进一家五金店。他向店的深处跑去，经过错愕的店员和顾客，闯进储藏室，从后门出去。他被一个垃圾桶绊了一下，接着一步跨上水泥台阶。他翻过一道栅栏，落地之后，大口地喘着气。

身后再没有声音传来，他成功脱身了。

他身处一条幽深小巷的入口，里面散落着一些木板、废弃的板条箱和轮胎之类的东西。他可以看到小巷尽头的那条街道。街头华灯初上，灯光摇曳。街上有男女行人、商店、霓虹标志牌，车流穿行不息。

而在他的右手边，则是警察总局。

他离那里很近,近到可怕。跨过旁边杂货店的装货平台,就是司法大楼的白色水泥墙。那儿有装着铁条的窗户、警用天线和矗立在黑暗中的巨大的水泥墙。他不应该接近这地方。他离它们太近了,必须继续逃跑,远离它们。

可**它们**……又是谁?

洛伊斯小心翼翼地穿过小巷。走过警察总局,就是市政厅——一座传统的木质结构建筑,漆着黄色,点缀着黄铜装饰,有宽大的水泥台阶。他能看到无数排办公室的漆黑窗户,还有入口两边的雪松木和花坛。

还有——另外的东西。

市政厅上空悬着一片乌压压的影子,呈圆锥体状,显得比夜色还要深沉。它那黑色的顶端向四周蔓延,最终消失在天空中。

他侧耳倾听。上帝啊,他听到一些声音。他恨不得捂住耳朵,封闭知觉,让自己再也听不到那声音。那是一种嗡嗡声,一个遥远又低沉的声响,像是来自一大群蜜蜂。

洛伊斯抬头看去,顿时被吓得浑身僵硬。那片黑影笼罩了整个市政厅。那黑色如此浓郁,几乎凝成固态。**在那黑暗的旋涡中,有东西在动。**那是些闪烁的身影。这些从天而降的东西,集结成密密麻麻的一群,在市政厅上空略作停留,在空中飞舞一阵,然后无声地降落在房顶上。

这些身影,从天空盘旋而下的身影,从黑暗的天空翕开的裂缝中飞来的身影。

他看到了……它们。

被压弯的栅栏围绕着漂满浮沫的池塘，洛伊斯蜷缩在栅栏里面，观察了很久。

它们在降落。它们成群结队地降落在市政厅的房顶上，然后消失在建筑物内部。它们有翅膀，样子像某种巨型昆虫。它们飞翔、悬停、落下休息，然后像螃蟹一样，侧着爬过房顶，进入那座楼房。

他感觉很恶心，同时又被这场景吸引。冰冷的夜风拂过，他打了个寒噤。他很疲惫，大脑因为震惊一片空白。市政厅前的台阶上，三三两两地站着一些人。时不时还会有一群人从房子里面走出来，略作停留，然后离开。

它们还有同伙吗？

看似不太可能的样子。他看到的那些从黑暗的裂缝中飞下来的东西根本就不是人类。它们是外星人，来自另外一颗星球，另外一个维度。这个宇宙的外壳裂开了一道缝，它们就从中潜入。来自另外一个有生命的空间中的有翼生物，就从那道裂缝进入了我们的世界。

市政厅的台阶上，一群人分散开来。其中几个走向一辆等待着的汽车。留下的身影中有一个转身想返回市政厅，但后来却改变了主意，跟随其他人一起离去。

洛伊斯惊恐地闭上了眼睛，感到天旋地转。他拼命死死抓住那道弯折的栅栏。那身影，明明像人的那一个，突然就张开了翅膀，追随其他异类一起飞速离去。他飞到人行道上，然后降落在人群里。

它们是伪人，人类的模仿者，是能假扮成人类的昆虫。就像地球上常见的其他昆虫一样，它们有保护色，能拟态伪装①。

洛伊斯勉强振作起来，慢慢站起身。夜已深，小巷里一片漆黑，但或许那些怪物能在黑暗中视物。或许对它们来说，黑暗不会带来任何不便。

他小心地离开巷子，来到大街上。现在还有男女行人经过，但不再像之前那么多。公交车站有些人在等车，一辆巨大的巴士懒洋洋地沿街驶来，车灯在夜色中闪耀。

洛伊斯紧走几步，挤过等待的人群。巴士一停，他立马上了车，坐在后排座位上，靠近后门。片刻之后，大巴再次启动，发动机轰鸣着行驶在大街上。

洛伊斯放松了一点儿，开始打量周围的人们，打量着呆板又疲惫的脸孔。下班后赶着回家的人，样貌都很普通。没有一个人留意他，所有人都安静地瘫坐在椅子上，身体随着车子左右晃动。

坐在他身边的那个人打开一份报纸。他开始阅读体育版，嘴唇微微动着。这也是个普通人，他穿着蓝西装，打着领带，是个商人，或者是推销员，正在回家的路上，回到妻子和家人的身边。

过道对面是个年轻女子，大约二十岁。黑眼睛，黑头发，膝盖上放着包。穿着尼龙袜、高跟鞋，红色外套里面是白色羊毛衫。她心

①是指一个物种在进化过程中，获得与另一个物种相似的外表，以欺骗捕猎者远离拟态物种，或者是引诱猎物靠近拟态物种。

不在焉地盯着前方。

还有个高中男孩，身穿牛仔裤和黑色外套。

一个有三层下巴的胖妇人，带了一个大购物袋，里面装满大小包裹。她肥硕的脸上满是疲惫。

普通人，就是每天傍晚都会坐公交车回家的那类人。回家去陪伴家人，吃晚饭。

回家。带着他们已死的头脑回家。他们被控制，变成了外星人的伪装。那些家伙一到，就控制了这些普通人，夺走了他们的小城、他们的生活。他自己本来也会被控制，但他碰巧没去商店，而是待在远离地面的地下室。出于某种原因，他就被忽略了，那些家伙错过了他。它们没能彻底控制局势，做到万无一失。

也许还有其他逃过一劫的人。

洛伊斯的心里燃起希望之火。它们并非无所不能。它们已经犯下一个错误，没能控制自己。他没有落入它们的罗网和掌控。他从地下室出来时，还跟进去的时候一样。显然，它们能控制的范围有限。

过道旁，隔着几排座位的地方，有个男人在观察他。洛伊斯暂停思考。那是个瘦弱的男人，深色头发，留着小胡子，穿着很得体，棕色西装，擦得锃亮的皮鞋，一双小手中捧着一本书。他在观察洛伊斯，细细察看他的一举一动。突然，他移开视线。

洛伊斯紧张起来。这是**它们**中的一员吗？或者——是它们错过的另一个人？

那男人又在观察他。一双小小的黑眼睛充满活力和智慧，显得非常精明。因为他太过精明，所以躲开了它们的控制；或者它就是它们中的一员，一只来自太空的外星昆虫。

公交车停下来。一位老人慢腾腾地上了车，把钱币投进票箱。他沿着过道走来，坐在正对洛伊斯的座位上。

这位老者留意到了那个眼神锐利的男人的眼光。在一瞬之间，两人像是进行了某种交流。

一个含义丰富的眼神。

洛伊斯站了起来。公交车已经开动。他跑到后门，沿着下车的阶梯下了一级。他用力拉扯应急车门，门上的胶条被扯开了。

"嘿！"司机在怒吼，把车子刹住，"你他——"

洛伊斯已经挤出应急车门。公交车在减速。周围都是房子。这里是住宅区，有草地和高耸的公寓楼。在他身后，眼神锐利的男人已经跳起来，那老者也站了起来。他们正打算追赶他。

洛伊斯纵身一跳。他重重地摔在柏油路面上，滚到马路边。他浑身疼痛，视线也被黑暗的潮水吞没。他绝望地挣扎，勉强跪起来，却再度滑倒。公交车已经停住，人们纷纷下车。

洛伊斯到处乱摸，他的手指握住了什么东西。是块石头，本来躺在排水沟里的石头。他爬起来，痛得连声呻吟。面前有个模糊的身影。一个男人，刚才拿着书的亮眼睛男人。

洛伊斯猛踢一脚。那人吸了一口气，跌倒在地。洛伊斯抢起石头朝他砸下去。那人连声尖叫，滚开了。"**住手！** 看在上帝的分上，听我说——"

他又砸了一下。可怕的碎裂声。那人的说话声戛然而止，变成了含糊的呻吟。洛伊斯摇摇晃晃地站起来，向后退。其他人也已经赶到，全都围在他周围。他开始跑，动作非常笨拙，先是沿着人行道跑，然后又跑上一条车道。没有人追他。他们都停留在原处，弯腰看着一动不动的躯体。那个拿着书、跟着他下车的亮眼睛男人的躯体。

他是不是搞错了？

但现在担心这个已经太晚。他必须脱身，远离它们。离开派克维尔镇，离开那个黑暗的裂缝，离开连通着两个世界的缺口。

"埃德！"珍妮特·洛伊斯紧张地后退，"这到底是怎么回事？怎么——"

埃德·洛伊斯反手关上房门，进入客厅，"把百叶窗都关上，快点儿。"

珍妮特走向窗前，"但是——"

"照我说的做。除了你之外，家里还有谁？"

"没外人，只有咱家的双胞胎。他们都在楼上自己的房间里。出了什么事？你看起来很奇怪。你怎么回家来了？"

埃德锁上前门。他在房子中搜寻，然后进了厨房。从洗碗池下面的抽屉里拿出一把大剔肉刀，用手指试了下刀刃是否锋利。刀够快。他回到客厅。

"听我说。"他说,"我没有多少时间。它们知道我逃了,一定会来找我。"

"逃?"珍妮特的脸因惊恐而扭曲,"谁会找你?"

"整个小镇都已经被占领。它们已经掌权。我已经完全明白了真相。它们从上层开始动手,从市政厅和警察总局开始。它们对付**真正的**人类的做法是——"

"你到底在说些什么?"

"我们遭到了入侵。敌人来自另外一个宇宙,另外一个维度。它们是昆虫,能够拟态伪装。它们还有更多的技能,能够控制意识,你的意识。"

"我的意识?"

"它们的入口就在**这里**,在派克维尔。它们已经控制了你们所有人,整个小城,只有我是例外。我们面对的是极为强大的敌人。但它们的能力也是有限的,这就是我们的希望所在。它们并非无所不能!它们也会犯错!"

珍妮特摇摇头,"我听不懂,埃德。你一定是疯了。"

"疯了? 不,只是运气好而已。如果我不是碰巧待在地下室,早就跟你们一样了。"洛伊斯向窗外窥视,"但我不能傻站在这儿聊天。穿上你的外套。"

"我的外套?"

"我们要离开这里,离开派克维尔。我们必须去寻求支援,对抗那群怪物。它们**能**被打败,它们并非从不犯错。时间不多了,但如果动作快点儿，或许我们还有机会逃脱。快！"他粗暴地抓住妻子的胳膊，"拿上你的外套，叫上双胞胎，我们马上就走。不要准备行李，没时间管这个了。"

他的妻子脸色煞白，走到衣柜那里，取出她的外套，"我们要去哪儿呢？"

埃德拽出桌子的抽屉，任由里面的东西掉得满地都是。他抓起一幅公路地图，将其展开，"它们会封锁全部主干道，这是一定的。但还有一条偏僻的路，通往橡林镇①。我走过一次，那条道几乎没有人走。也许它们会忽略它。"

"老牧场路？上帝啊！它早就被封了。没人能在那条路上开车。"

"我知道。"埃德沉着脸，把地图塞进上衣口袋，"这是我们绝佳的逃生机会。现在把双胞胎叫下来，我们马上出发。你的车加满汽油了，对吧？"

珍妮特一片茫然。

"那辆雪佛兰吗？我昨天下午加满了油。"珍妮特走向楼梯口，"埃德，我——"

"叫双胞胎下来！"埃德打开前门的锁，向外窥探。没动静。没有任何生命活动的迹象。迄今一切顺利。

"你们都下楼来吧。"珍妮特用颤抖的声音喊，"我们要……离开家一段时间。"

---

① 即美国小镇奥克格罗夫。

"现在吗?"汤米的声音传来。

"快点儿。"埃德凶巴巴地说,"你们两个,都马上给我下来。"

汤米出现在楼梯顶端,"我还在做作业。我们刚开始学分数。帕克小姐说,要是我们不做完作业的话——"

"你可以忘掉分数了。"埃德抓住刚走下楼梯的儿子,推着他走向门口,"吉姆在哪儿?"

"他马上就来。"

吉姆慢腾腾地开始下楼,"出什么事了,爸爸?"

"我们要出门兜风。"

"兜风? 去哪儿?"

埃德转向珍妮特,"把灯都留着。还有电视机,去把它打开。"他把妻子推向电视机,"让它们以为我们还在——"

他听到了嗡嗡声。他马上蹲身,亮出了长长的尖刀。他惊恐地看着那东西沿着楼梯向他扑来。它调整方向,翅膀扇动成了模糊的一团。它的样子仍旧有点像吉姆。它很小,是个幼虫。那东西用那冷漠的、非人类的复眼,剜了他一眼。那东西虽然有翅膀,但身上还穿着黄色T恤衫和牛仔裤,仍然留有人类小孩的轮廓。靠近他时,它的身体在空中转了半个圈。它想干吗?

一根刺针。

洛伊斯猛戳它。它退开,疯狂地嗡嗡叫。洛伊斯连滚带爬地逃向门口。汤米和珍妮特都像雕像一样站在原处一动不动,面无表情,无动于衷地旁观。洛伊斯刺向它。这次刀命中了目标。那东西惨叫一声，坠落下来。它撞到了墙，拍打着翅膀落了下来。

某种东西入侵了他的意识。那是一股力量，一股能量。外星人的意念探入了他的身体。他突然就动弹不得，那意念侵入他的大脑，短暂地压制住了他，令他震惊不已。先是一种极为陌生的存在笼罩了他，然后，当那怪虫瘫倒在地毯上时，那意念的力量也突然消失了。

它已经死了。他用脚将其翻转过来。它是一只昆虫，像是某种苍蝇。黄T恤，牛仔裤，他的儿子吉米……他尽力控制自己的思绪。现在想这些都太晚了。他粗鲁地拣起刀子，走向门口。珍妮特和汤米都像石头一样留在原地，一动不动。

汽车就不用考虑了。他不可能逃过车里的埋伏，它们一定会在车里等他。现在只能徒步走完十英里。这十英里是一场艰难的跋涉，要经过溪谷、旷野和遍布杂树的荒山。他只能一个人走。

洛伊斯打开门。他快速地回头，看了一眼自己的妻子和儿子。然后他摔上门，跑下门廊的台阶。

没过一会儿，他已经在路上了。他快速地在黑暗中穿行，向城镇边缘进发。

清晨阳光炫目。洛伊斯停下来喘口气，身体前后摇晃。汗水流进他的眼睛里面。他的衣服已经被扯破了，被沿途爬过的荆棘丛扯成了一条条的。他手脚并用，连滚带爬地连夜奔逃了十英里。他的鞋上糊满了泥巴。他浑身都是划痕，一瘸一拐，筋疲力尽。

但橡林镇已经在他面前。

他深吸一口气,开始下山。沿途他两次跌倒,又站起来,蹒跚着前进。耳鸣声一直不断。身边的景象向后退去,模糊了他的视线,但他还是到达了目的地。他已经逃脱,远离了派克维尔镇。

田里有一名农夫盯着他。一座房子前有个年轻女子也惊异地打量他。洛伊斯到了公路上,开始沿路前行。他前面有一座加油站和一间汽车餐馆。几辆卡车停在路边。几只鸡在土堆里刨食,一条狗被拴在绳子上。

他艰难地走向加油站,穿白衣的加油站服务员狐疑地看着他。"谢天谢地。"他扶住一堵墙说,"我都没料到自己能成功。它们跟了我大半路,我一直都能听到它们的嗡嗡声。它们嗡嗡叫着,在我身后飞。"

"发生了什么事?"服务员问,"你碰上车祸了? 还是被绑架了?"

洛伊斯疲惫地摇头,"它们占领了整个城镇,包括市政厅和警察总局。它们还把一具尸体悬挂在灯柱上,那是我发现的第一个反常现象。它们封锁了所有道路。我看见它们悬停在进城的车辆上空。今天凌晨大约四点的时候,我逃出了它们的控制范围。我立马就知道自己已经脱身了,我感觉到它们渐渐远离我,然后太阳就出来了。"

服务员紧张地舔舔嘴唇,"你疯了。我最好找个大夫来。"

"让我进入橡林镇。"洛伊斯喘着粗气,倒在了砾石地面上,"我们必须开始动手,把它们清除出去。必须马上开始动手。"

那些人用录音机一字不漏地录下了他说的话。等到他说完,那名警官关闭录音机,站了起来。他站了一会儿,沉思着。最后拿出香烟,慢慢地点着了一根,满是横肉的脸很严肃。

"你不相信我。"洛伊斯说。

那位警官递给他一支烟。洛伊斯不耐烦地推开。"随你便。"警官走到窗前站了一会儿,看向窗外的橡林镇。"我相信你。"他很突兀地说。

洛伊斯长出一口气,"感谢上帝。"

"这么说你逃过一劫。"警官摇摇头说,"你没去上班,而是待在自家地下室里。这也太幸运了吧,简直只有百万分之一的概率。"

洛伊斯呷了几口他们给他的黑咖啡。"我有个理论。"他嘟囔着。

"关于什么?"

"关于它们,它们的身份。它们每次控制一个地区,都会从上层机构开始,然后以这个地区为中心,不断扩大自己的圈子。等它们站稳脚跟,就向下一个城镇扩张。它们扩张的速度很慢,稳扎稳打。我觉得,这个过程一定持续很久了。"

"很久?"

"几千年。我不认为这是才发生的事儿。"

"你为什么这么说?"

"当我还是小孩子的时候……在圣经联盟①,他们给我们看过一

---

① 基督教组织。

幅画。一幅宗教画,是早期的印刷品,画的是被吾主耶和华打败的异教诸神——摩洛克①、别西卜②、摩押③、巴力④、亚斯他录⑤——"

"然后呢?"

"它们都有自己的形象。"洛伊斯抬头看那名警官,"别西卜的形象就是—— 一只巨大的苍蝇。"

警官咕哝了一句:"一场旷日持久的战斗。"

"它们早就被击败过,《圣经》就是它们失败的证明。它们曾经取得过一些战果,但最终还是被击败。"

"为什么被击败了呢?"

"因为它们无法控制所有人,这次就没能控制我。它们从未控制住希伯来人。希伯来人把信息传递给了全世界,使人们意识到了危险。公交车上的那两个人,我觉得他们是知道的,他们像我一样,逃脱了魔掌。"他握紧双拳,"我杀死了其中一个。我犯了错。我只是不敢多冒一丝风险。"

那警官点点头,"是的,他们肯定也是逃脱了控制的人,就跟你一样,非常侥幸。但镇上的其他人都已经被牢牢控制。"他从窗前回

---

① 古代迦南人所拜祭的神明。

② 腓尼基人的神。

③ 摩押人的祖先摩押,是亚伯拉罕的内甥罗得与两位女儿在逃离罪恶之城所多玛之后,与长女所生下的儿子。

④ 巴力是迦南宗教里东地中海沿岸来范特地区西北闪族城市之男保护神的头衔。

⑤ 亚斯他录其原形在西亚一代很多文化皆有出现,别称甚多,乃腓尼基人的丰饶神之一。

过头来，"好了，洛伊斯先生。你好像把一切都想明白了。"

"并没有明白一切。那个被吊着的人，被悬挂在灯柱上的死人。这是我不明白的地方。**为什么？**为什么它们要故意把他挂在那么显眼的地方呢？"

"这原因看起来很明显啊。"警官难以觉察地笑笑，"**诱饵**。"

洛伊斯的身体僵住了，他的心脏像是停止了跳动，"诱饵？你什么意思？"

"为了把你们引出来，让你们自己暴露身份。这样它们就会知道哪些人被控制了，哪些人逃脱了。"

洛伊斯被吓得瑟缩了一下，"那就是说，它们**早就料到**会有失手的情况！它们预料到——"他突然停顿了，又接着说，"它们早有准备，设下了陷阱。"

"你暴露了自己。你反应激烈，也就让它们知道了你的状况。"警官突然走向门口，"跟我来，洛伊斯。我们还有很多事要做。我们得赶紧行动，时间紧迫啊。"

洛伊斯神情木然，慢慢地站起来，"还有那个人。**他到底是谁？**我从来没有见过他。他不是本地人。他是个陌生人，浑身都是泥浆和灰土。他的脸被割伤——"

警官的表情很奇怪，他细声细气地回答说："也许这个谜团你也能自己解开。跟我来吧，洛伊斯先生。"他扶着门，眼睛里闪过一道光。洛伊斯瞥见了警察局门口的街道。那儿有好多警察，然后是一座平台，平台上有一根电话线杆，上面挂着一根绳子！

"这边请。"那名警官冷笑着说。

太阳落山时,橡林镇商业银行的副总裁从地下金库出来,关上沉重的定时锁^①,戴上帽子,披上外衣,快步出门,到了外面的人行道上。外面只有几个人,都赶着回家吃晚饭。

"晚安。"门卫一边说,一边在他身后锁上银行大门。

"晚安。"克拉伦斯·梅森小声地回应。他沿着街道走向自己的汽车。他很累,一整天都在地下金库里摆弄保险箱,看看能不能挪出空间,多放一层箱子。终于收工了,他觉得很高兴。

他在转角处停了下来。这时街灯还没亮。昏暗的街道上,一切都显得模模糊糊的。他四下看看,然后愣住了。

警察局前面的电话线杆上,悬挂着一大捆东西,看不出形状。被风一吹,微微晃动。

这是什么鬼东西?

梅森小心翼翼地接近。他又累又饿,想回家。他想到了自己的妻子和孩子们,还有晚餐桌上热乎乎的饭菜。但那形状怪异的黑乎乎的东西散发着不祥的气息,让他想一探究竟。

光线很差,他看不出那是什么,但它还是吸引他不断靠近。他想要看个清楚。那模糊的轮廓让他感到心惊肉跳。他害怕那件东西,害怕,又被它吸引。

奇怪的是,其他人好像都没有察觉它的存在。

_____

① 银行金库常用的一种保险装置,不到固定时间,锁不会打开。

眼见为实

完全是出于偶然，我发现了地球被外星生物以一种令人难以置信的方式入侵了。截至目前，面对此番危机，我还没有任何举动。我想不出有什么可做的。我给政府写过信，他们却寄回一本关于如何修理和维护活动房的小册子。更何况，所有情况都已经被人所知，我不是第一个发现的人。甚或，侵略活动已经在我们的监控之下。

当时我正坐在自家的安乐椅上，无聊地翻看一本被人落在公交车上的平装书。这是第一缕引我窥见真相的线索。一开始我没反应过来，花了点儿时间才消化完全部的事实。等我理解之后，感觉很是奇怪，我竟然没能早点儿发现真相。

线索指出，有一个具有神奇特性的非人种族存在。他们并不是地球生物。我要赶紧申明，这个种族一直以来都伪装成普通人类。

他们的伪装，却被这位作者的描写揭开了。接下来我会引述这段文字。显然，那本书的作者早就洞察了一切，并对此习以为常。那行字（我现在想起来还会被吓得发抖）是这样的：

……他的眼睛缓缓掠过房间里的一切。

我感到毛骨悚然。我在想象那双眼睛。它们是像硬币一样滚动的吗？这段文字暗示并非如此。它们像是能在空中移动，而不需要在某个物体的表面上运动。它们的速度也比在物表上滚动快得多。故事里没有任何人对此表示过惊诧。正因如此，我才窥见了真相。竟然没有人为如此怪异的现象感到吃惊。后来，这件事再次被作者强调。

……他的眼睛从一个人移到另一个身上。

这句话就足够说明问题了。他的眼睛肯定已经从他身体上脱离，独立存在了。我的心脏狂跳，呼吸凝滞，如鲠在喉。我无意中发现，这是别人偶然写到的另外一个完全陌生的种族。显然，他们不属于地球，但书中的人物对他们却已经司空见惯。也就是说，其他人物也属于同样的物种。

那么作者呢？我心里逐渐滋生出了对他的怀疑。从作者的描述来看，他面对种种怪异现象，未免表现得**过于淡定**。毫无疑问，他觉得这是极为寻常之事。他没有做过任何试图隐藏真相的努力。故事还在继续：

……后来，他的眼睛紧紧地黏在朱莉娅身上。

还好，朱莉娅作为一名有教养的女士，感觉到了不自在。作者

描写她两腮泛红,生气地蹙起了眉头。这让我松了一口气。至少,书里的人物并非**全都**是外星生物。接下来写道:

……他的两眼缓慢而平静地打量她的每一寸身体。

我的天! 还好那女孩回转身去,气呼呼地走开,这段情节就此结束。我躺倒在椅子里,被吓得紧张地喘着粗气。我的妻子和家人都纳闷地看着我。

"有什么不对吗,亲爱的?"妻子问。

我不能告诉她,凡夫俗子难以接受这样的消息。我必须独自承受这份重担。"没什么。"我气喘吁吁地回答,跳起来,抓起那本书,迅速地离开了房间。

我在车库里继续阅读。后面还有更多怪异的细节。我颤抖着读那些暴露实情的文字:

……他把他的手臂放在朱莉娅的肩上。过了一会儿,她问他能否把手臂拿掉。他马上微笑着照办了。

那只被拿掉的手臂后面怎样了,书里没说。也许被放在哪个角落里,也许被扔掉了。反正我也不关心。但无论如何,这句话的含义显而易见。

这里说的这类生物,可以随意拆卸他们身体的组成部分。眼睛、胳膊——或许还有更多。在拆卸身体的时候,他们眼睛都不会眨一下。这时候,我的生物学知识开始派上用场。显然,他们是低等动物,单细胞生物,某种原始的单细胞生命体,甚至比海星还要原始。你要知道，海星也能做到他们做的那些事。

我继续读，然后就碰到了下面这段令人难以置信的描述，作者就那么不痛不痒地写了下来：

……我们在电影院门口分开。一部分去了影院里，一部分去咖啡馆吃晚饭。

这明显是在讲述分裂生殖，单一个体分裂为两个生物体。也许下面的一半会去咖啡馆，因为咖啡馆离得要远些；上面的一半会去影院。我两手发抖，继续阅读。然后，我碰到了特别可怕的事情。就是这句话。我读懂这句话的同时，脑子里已经是翻江倒海。

……恐怕这事儿已经没有任何疑问。可怜的毕博尼又一次丢掉了他冷静的头脑。

后面又写道：

……但鲍勃说，他根本就是没胆子。

但是，毕博尼跟身边的人相处融洽。不过，他身边的人也同样奇怪，因为这人很快就被描述为：

……完全没有脑子。

在后文中，真相更是暴露无遗。一直被我看作正常人的朱莉娅也原形毕露，跟其他人物一样，是个外星人。

……完全出于自觉自愿，朱莉娅把自己的芳心交给了那个年轻人。

书里面没说那器官最终去哪儿了，但我已经不在乎了。显然，朱莉娅失去心脏之后，还是像以前一样生活，跟书中的其他人毫无差别。不管是缺少了心脏、手臂、眼睛、脑子、肚肠，还是分裂成两半，他们仍旧安然自若地继续生活。

……然后，她把手交给他。

我想吐。那个坏蛋现在又得到了她的手，之前还拿到了她的心。我一想到他会对它们做什么，就觉得不寒而栗。

……他捏住她的胳膊。

看来这家伙等不及了，开始自己动手抢夺器官，拆解这女孩。我气得满脸通红，狠狠把书合上，跳了起来。但我的动作还是不够快，余光还是瞥到了一行，这行所描述的可随意拆卸的器官，正是最初让我明白这一切的那个。

……她的眼睛一路跟随着他，沿着公路走远，又穿过那片草地。

我快步离开车库，回到温暖的房子里，就像那些该死的真相在**我**身后紧追不舍一样。我的妻子和孩子正在厨房里玩"大富翁"游戏。我加入他们，特别投入地玩了一会儿。但整个过程中，我一直额头发烫、牙齿打战。

我已经受够了这些东西，再也不想听类似的内容。就让他们来吧。随便他们怎么侵略地球。我可不想被卷进去。

我可没有消化系统，来消化这回事儿！

预见未来

"这儿的天气总是这么热吗?"推销员向所有吃午饭的人问道。有的人坐在便餐柜台前,有的人则坐在靠墙的破卡座里。这位推销员是个胖胖的中年人,脸上挂着和善的微笑,穿一套皱巴巴的灰西装和满是汗渍的白衬衣,戴一顶巴拿马草帽。

"只有夏天才热。"女侍者回答说。

其他人都没理他。有个卡座里坐的是一对小情侣,十几岁的男孩和女孩,他们的眼睛都紧紧黏在对方身上。此外还有两名工人,袖子高高卷起,露出黝黑多毛的胳膊,正在喝豆汤、吃肉卷儿。另有一名看起来饱经风霜的干瘦农民。一名年长的商人,穿一套蓝色哔叽呢正装,搭配着马甲和怀表。一名肤色黝黑、贼眉鼠眼的出租车司机在喝咖啡。还有个疲惫的妇女,到店里来是为了放下背负的东西,歇一歇脚。

推销员拿出一包香烟，好奇地环视了一圈这间寒酸的咖啡馆，然后点着一支烟。他两臂搭在柜台上，问身边的那个人："这个小镇叫什么名字？"

那人咕哝着回答："胡桃溪镇。"

推销员静静地喝了一会儿可乐，漫不经心地将香烟夹在白胖的手指间。接着，他的手探进外衣口袋，拿出一个皮夹子。皮夹子里有卡、钱，还有备忘纸、票根等零碎的东西，大都沾满污渍。他翻找了好一阵子，最后找到一张照片。

他先是对着那照片无声地咧着嘴笑，然后笑出了声，声音不大，但嗓音粗哑，还伴随着满嘴口水。"来看看这个。"他对身边的男人说。

那人没理他，继续读报纸。

"嘿，看看这是啥。"推销员用胳膊肘碰碰他，把照片推到他面前，"你觉得这个怎么样？"

那人有点儿烦，勉为其难地扫了一眼那张照片。上面是个侧着脸的半裸的女人，三十五岁左右的年纪，身体白白胖胖，长了八个乳房。

"见过这样的吗？"推销员低声笑着，小小的红棕色眼睛泛着光。他的脸上突然绽开一个猥琐的笑容，又拿胳膊肘碰了碰那个人。

"其实我见过的。"那人觉得他好恶心，继续读报纸。

推销员发觉，那个干瘦的老农民也在看照片。他慷慨地递给他看，"你觉得这个怎么样，老爹？好东西，对吧？"

那农民严肃地检视那张照片，还把它翻过来，细看皱巴巴的背面，又看看前面，然后把它丢还给推销员。照片从柜台上滑落，在空中转了几圈，画面朝上掉在了地上。

推销员把它捡起来，揩干净。他很小心，动作近乎温柔，然后才放回皮夹子里。女服务生看到它，眼睛亮了一下。

"简直迷死人。"推销员挤了下眼睛，对她说，"你觉得呢？"

女服务生不为所动，耸耸肩，"我可说不好。以前在丹佛周围见过很多这种人，一大群呢。"

"这张照片就是在那里拍的。丹佛的DCA①集中营。"

"那儿还有活的吗？"农民问。

推销员干笑，"你是在开玩笑吧？"他迅速地摊了一下手，"现在没活的了。"

他们都在听。就连卡座里的那两个高中学生也不再手拉手，而是坐直了身体，瞪大眼睛，侧耳静听。

"我在圣迭戈那边见过更怪异的种类。"农民说，"去年，有一回我见到的那玩意儿有蝙蝠一样的翅膀，翅膀的骨架上覆盖着一层皮膜，没有羽毛。"

贼眉鼠眼的出租车司机插嘴说："那算什么。底特律还有两个头的变异人呢，我看过展览。"

"他还活着吗？"女服务生问。

①变异人控制局，下文简称变控局。

"没有。他们已经对他执行了安乐死。"

"我们上社会学课的时候，"那个高中男生开口说，"看过很多这些人的录影带：来自南方的长翅膀的变异人，来自德国的大头变异人，还有那些体表有好多尖角的以及像昆虫似的、长得很可怕的变异人。还有——"

"他们中间最可怕的，"那位年长的商人郑重地说，"就是那些英国变异人。他们藏在煤矿里，直到去年才被发现。"他摇着头，"四十年了，一直躲在矿井里，不断繁殖演化。他们的数量快有一百个了，都是战争期间躲进地下的幸存者的后代。"

"他们在瑞典发现了一个新品种。"女服务员说，"我读到过。据说，这些人能在一段距离之外控制人的意识。只有几个这种变异人，变控局很快就把他们一网打尽了。"

"这是新西兰变异人的变种。"一名工人说，"他们能读心。"

"读心跟控制人的意识是两码事儿。"商人说，"每次听说这种事，我都觉得，还好我们有变控局。"

"战争刚结束的时候他们发现过一种变异人，"那农民说，"在西伯利亚。他们能用意识控制物体，就是所谓的念力。苏联变控局马上就把他们消灭了。现在都没人记得他们曾存在过。"

"我还记得那件事。"商人说，"那时候我还小。我之所以记得这件事，是因为那是我第一次听说这些变异恶魔。我爸爸把我叫到客厅，把这事儿讲给我和兄弟姐妹听。我们家当时还在盖房子。就是那段时间，变控局排查了所有人，并给人们的胳膊上盖了章。"他举起干瘦、骨节突出的手腕,"我就是在那时被盖上安全章的,已经是六十年前的事儿了。"

"现在他们只检查新生儿。"女服务员说。她颤抖了一下,"这个月,旧金山还出现过一个变异人。一年多来的头一个。他们本来还以为,在我们这个区已经不会再有了。"

"反正变异的事儿越来越少。"出租车司机说,"旧金山那边也不严重,不像其他的某些地方,比如底特律。"

"他们每年还能在底特律抓到十到十五个变异人。"那高中男孩说,"那儿到处都有,而且还有好多感染区。尽管有机器人路牌提示,还是总有人进入那些感染区。"

"这次又是什么类型?"推销员问,"我是说旧金山新发现的那个。"

女服务员比了个无所谓的手势,"很普通的,就是那种没有脚趾、弯腰驼背、眼睛很大的类型。"

"夜间活动型。"推销员说。

"那怪物的妈妈把他藏起来了。传说他已经活到了三岁。她让大夫给孩子伪造了变控局的安全章。那大夫是他家的老朋友。"

推销员已经喝完可乐,坐在那里无聊地摆弄香烟,听别人谈论他挑起的话题。高中男生兴奋地耸起身子,靠近他对面的女同学,炫耀他渊博的知识。瘦农民和商人凑在一起,回忆遥远的往事,谈论战争的最后几年,就是第一个"十年重建计划"之前的那段日子。出租车司机正在跟两名工人交流各自的亲身经历。

推销员设法吸引了女服务员的注意力。"我猜,"他沉吟着说,

"旧金山的那个变异人一定引起了不小的骚动吧。这么大的事儿，发生在这么近的地方。"

"是啦。"女服务员小声回答。

"海湾这边从来都没有真正感染过变异病毒。"推销员继续说，"你们这里从来没出现过那种怪物。"

"没有。"女服务员迅速走开，"这一带从没有过，从来都没有。"她从便餐柜台上抱起一叠盘子，走向后厨。

"从来没有过吗？"推销员很吃惊地追问，"你们真的从来没有在海湾的这边见过变异人？"

"是啊，没有过。"她消失在后厨。那儿，裹着白围裙、手腕上有文身的煎炸师傅站在炉子旁。她的声音有点儿大，还有点儿过于尖厉和紧张，这使得农民突然停下来，抬头看了一眼。

寂静如同沉重的帷幕，突然降了下来。所有的说话声都戛然而止。大家都低头看自己的食物。气氛突然变得紧张、阴郁了起来。

"我们这儿没有。"出租车司机说。他的声音响亮清晰，但没有针对任何特定的人，"从来没有过。"

"是啊，"推销员亲切地附和道，"我只——"

"话可不能乱说哦。"其中一名工人提醒。

推销员眨眨眼，"当然，伙计们，当然。"他紧张地在衣兜里摸索什么东西。两枚硬币掉在了地上，一枚是二十五美分，一枚是十美分，他赶快捡起它们，"我没有什么恶意。"

又是一阵沉默。然后那高中男孩开了口。他刚刚才发觉，这次都没有人积极发言。"我听到过一些传闻。"他很急切地开口说,语气严肃,"有人说,他们在约翰逊家的农场旁看到过一些不同寻常的东西,看上去像是那种——"

"**闭嘴**。"那商人头也没回地喝止他。

男孩满脸通红,没精打采地坐回自己的位置。他的声音颤抖了一下,然后收住。他迅速低头看了一眼自己的手,不开心地咽了一口口水。

推销员向女服务员付了那杯可乐的钱。"从这里去旧金山,怎么走最近呢?"他开口问,但女服务员已经转身走开了。

便餐柜台前的人们都在埋头吃饭。没有人抬头看。他们在冰冷的沉默中吃着东西。他们板着脸,很不友好,专注在吃食上。

推销员拎起他鼓鼓的公文包,推开纱门,走到门外的骄阳下。他走向自己停在几米外的那辆破旧的1978年产的别克车。一名身穿蓝衬衣的交警站在遮阳棚的阴影里,正懒洋洋地跟一个年轻女人说话。后者身穿一条黄色丝质长裙,裙子几乎被汗水浸透,紧贴在她苗条的身躯上。

推销员在上车之前犹豫了片刻,挥手向那名警察打招呼:"嗨,您很熟悉这座小镇吧?"

警察瞥了一眼推销员皱巴巴的灰西装、廉价领带、汗湿的衬衫和外州的车牌,"你有什么事?"

"我在找约翰逊家的农场。"推销员说,"有件案子要跟他谈。"他走向警察,手指间夹着一张小白卡,"我是他的律师,来自纽约律师公会。您能告诉我怎么去他那里吗？我已经好几年没来过这儿了。"

纳特·约翰逊抬头看中午的太阳，觉得天气不错。他四仰八叉地躺坐在门廊外最下面一级台阶上，用满嘴黄牙叼着一支烟斗。他是个瘦削而结实的男人，浑身透着一股机灵劲儿。身上穿着一件红方格衬衫和一条帆布牛仔裤。他有一双有力的手，尽管已经在人世间打拼了六十五年之久，铁灰色的头发还是非常浓密。

他正在看自家孩子们玩。琼正在他面前大笑着奔跑，胸部在汗衫下起伏，黑发在身后飘扬。她已经十六岁了，眼睛明亮有神，两条长腿结实而笔直。她苗条又年轻的身躯被手里的两块马蹄铁的重量压得向前微曲。蹦蹦跳跳地跟在她身后的是十四岁的戴夫。戴夫的牙齿雪白，头发乌黑，是个帅气的男孩，一个让人骄傲的儿子。戴夫追上姐姐，超过她，到了远端的木桩那里，他两腿分开，站在原地等着。他将手举在腰部位置，手里还轻松地握着自己的那两块马蹄铁。琼喘息着向他的方向跑去。

"开始吧！"戴夫大声说，"你可以先扔。我等着你呢。"

"你是想把我的马蹄铁砸开吧①？"

"是想给你砸近一点儿。"

琼把一块马蹄铁丢在地上，然后紧握住另一块，眼睛紧盯着一段距离之外的小木桩。她柔韧的身体弯下去，一条腿滑向身后，脊

---

① 掷马蹄铁游戏：将马蹄铁投掷得离目标木桩越近，得分越高。

椎仰弯成了弓形。她仔细地瞄准,闭上一只眼睛,然后娴熟地丢出马蹄铁。马蹄铁"哐"的一声击中了远处的小木桩,围着它稍微旋转了一下,然后弹开,滚到了一边。尘土随之扬起。

"还不错。"纳特·约翰逊仍坐在台阶上,表示赞许,"不过用力大了一点儿。你应该更放松一些。"当女孩再度弯曲汗津津的身体,瞄准,然后扔出马蹄铁时,他胸中充满了自豪。他的两个身体强壮、模样好看的儿女日渐长大,马上就是成人了。他们还在艳阳下一同玩耍。

然后,还有克里斯。

克里斯站在门廊边,两臂交叉。他没有参与比赛,他一直在看。从戴夫和琼开始比赛,他就一直站在这里。精致的脸庞上始终都是那副似乎是专注,又似乎是心不在焉的表情。就像他不只能看到弟弟妹妹,还能看到田野、谷仓、河床和层层叠叠的雪松林,甚至还能看到更远的地方。

"来吧,克里斯!"琼在叫他。她和戴夫正穿过场地,捡回他们的马蹄铁,"你不想玩吗?"

不,克里斯不想玩这种游戏。他从不玩耍。他总是流连在自己的世界里,连家人都无法进入他的那个世界。他从不参与任何事,不管是游戏、家务还是家庭活动。他总是独自一人,孤僻、冷漠、难以亲近。他像是不在意任何人、任何事。除非有什么事情突然发生,他会被惊醒一下,短暂地重回家人的世界。

纳特·约翰逊伸出手,在台阶上磕了几下烟斗。他从皮革袋子里捏出些烟丝,塞进烟斗,眼睛却盯着他的长子。克里斯正在恢复活力。他走进了游戏场地,走得很慢,两臂还是平静地交叠在胸前。他像是暂时离开了自己的世界,降临到人世一样。琼甚至没有看见他,因为她已经转过身,准备投掷了。

"嘿,"戴夫很吃惊,"克里斯要加入了。"

克里斯已经来到了妹妹身边,停下来,伸出一只手。他的形象高大又庄严,表情平静,不带任何情绪。琼试探着把自己的一只马蹄铁交给他,"你想要这个? 你想跟我们一起玩?"

克里斯什么都没说,他微微向后屈身,那无比优雅的躯体略呈弧形,然后挥出一只手臂,动作快到让人看不清。马蹄铁在空中划过,正好套中远方的小木桩,围着它快速旋转了几圈。一击即中。

戴夫撇了撇嘴,"这算是什么破事儿。"

"克里斯,"琼责备他说,"你这样玩可不公平啊。"

的确,克里斯这样玩并不公平。他旁观了半个小时,然后下场扔了一次。一次完美的投掷,一次就大功告成。

"他从来都没犯过错。"戴夫抱怨说。

克里斯站在原处,面无表情。在正午的阳光下,他就像是一尊镀金的雕塑。金色的头发和皮肤,连裸露出的胳膊和腿也隐隐泛出金色光晕。

他突然紧张地挺直身体。纳特吓了一跳,身体坐直了,"怎么了?"他大声问。

克里斯快速地转了一个圈,优美的身躯呈现出高度警惕的姿态。"克里斯!"琼大声问,"到底——"

克里斯猛地向前跑去。他就像是一道被射出的能量束一样,掠过原野,跨过栏杆,冲进谷仓,又从谷仓另一头出来。他矫健的身影以滑草般的速度没入了雪松林间干枯的河床。他就像一道金色闪电,转眼就已经离去,消失得无影无踪。周围再没有任何声音、任何动静。他的身形已经和远方的风景混在一起,分不清了。

"他这次又在搞什么?"琼疲惫地问。她来到父亲身边,气呼呼地坐在阴凉处。汗珠在她光滑的颈上和上唇处闪耀。她的汗衫已经湿透了,近乎透明。"他看到了什么?"

"他在找什么东西吧。"戴夫说着,也走了过来。

纳特嘟囔说:"也许吧。这个谁也说不清。"

"我还是去告诉妈妈一声,不给他准备饭了。"琼说,"吃饭时他很可能不会回来。"

纳特·约翰逊感到强烈的愤怒和无助。不,这孩子的确不会很快就回来。他不会回家吃晚饭,明天可能也不会回家,甚至后天也不回来。他会走多久,怕是只有天知道。去哪里,为什么,也都是谜。他独自离去,独自待在某处。"要是我觉得有一点儿希望,"纳特说,"我就会派你们两个去追他。但根本就没有——"

话还没说完,就有辆汽车沿着土路向他们家的农舍驶来。一辆脏兮兮的老旧别克车。开车的是个胖胖的红脸男人,穿一身灰西装。那家伙正在兴奋地向他们打招呼。他的车子发出一阵杂音,终于停下来。发动机安静了。

"下午好。"那男人点点头，然后钻出了汽车。他和气地脱帽致意。这男人是个中年人，长得颇为亲切。他正大汗淋漓地穿过那片干燥的场地，向门廊方向靠近，"也许你们几位可以帮我。"

"你想干什么？"纳特·约翰逊凶巴巴地问。他感到害怕。他用眼角的余光瞥了一眼河床，心里默默祈祷：上帝啊，现在可**别**让他回来。琼的呼吸也加速了，小口喘着粗气。她也害怕。戴夫的脸上没有表情，但也没有一点儿血色。"你是谁？"纳特问。

"我名叫贝恩斯。乔治·贝恩斯。"那人伸出手来，但约翰逊没理会。"你也许听说过我。我是太平洋地产开发公司的老板。城郊那些防空屋，就是我们公司盖的。你从拉斐特镇开车过来的时候，在公路上就能看到的小圆房子。"

"你来这里干什么？"约翰逊勉强才能抑制住双手的颤抖。他从没听说过这个人，尽管他的确对那些房子有印象。它们不可能被无视，那么丑的一大片，像是由一个个碉堡组成的巨大蚁丘，散落在公路边。贝恩斯的确像是那种丑东西的所有者。但他到这里来干什么？

"我买下了这边的一些土地。"贝恩斯解释道。他手里挥舞着一张焦脆的纸片，"这就是地契。可该死的，我无论如何都找不着那块地。"他好脾气地笑笑，"我知道是这个方向，在州公路这一侧的某处。州档案局的职员反正是这么说的，就在那座山的这一侧，离山大约一英里的地方。但是说实话，我真是完全看不懂地图啊。"

"你要找的地不在这里。"戴夫打断他说，"这边只有几家农场。

没有人卖地。"

"我买的就是个农场,孩子。"贝恩斯和气地说,"我为我自己和我的太太买下了它,这样我们就可以在这里安家了。"他抽了抽短粗的小鼻子,"请不要误会,我不是要在这里搞房产开发。这次的收购完全是为我个人。我买了一座老农庄,有二十公顷的土地、一台抽水机、几棵老橡树——"

"让我看看你的地契。"约翰逊抢过那叠纸,当贝恩斯还在惊讶地眨眼时,他已经快速地看了一遍。他的脸色变得更加难看,把合同交还给来人,"你想搞什么? 这地契所指的地离这里足有五十英里呢。"

"五十英里!"贝恩斯看上去很震惊,"不是在开玩笑? 但是那公务员跟我说——"

约翰逊站了起来,他比那胖子高好多,他的体型极为强健。现在他已经起了疑心,"那个该死的公务员。你滚回你的车里,马上离开。我不知道你想搞些什么,也不知道你为什么来这里,但我想让你马上离开我的土地。"

约翰逊的大手里握着个闪亮的东西,那是一根金属管,在正午阳光的照耀下反射着危险的光芒。贝恩斯看到了那东西,咽了一口口水。"我没有什么恶意,先生。"他紧张地后退几步,"你们这儿的人还真是敏感啊。麻烦您放松一点儿好不好?"

约翰逊没说话,只是把那根细金属棒握得更紧,等着那讨厌的胖子离开。

但贝恩斯还赖着不走，"您看，朋友。为了找这个农场，我已经在这火炉一样的地方开了五个小时的车。能不能让我在您家借个地儿，方便一下？"

约翰逊怀疑地看着他，疑心慢慢变成了厌恶。他耸耸肩，"戴夫，你领他去趟厕所吧。"

"多谢。"贝恩斯微笑着致谢，"如果不是很麻烦的话，还请给我一杯水喝，我愿意付钱给你们。"他露出一个了然的笑容，"绝不能让城里人占到任何便宜，对吧？"

"上帝啊。"约翰逊反感地扭头不理他。那胖子气喘吁吁地跟在戴夫后面，进入了农舍。

"爸爸。"琼小声说。贝恩斯一进门，她就快速跑进门廊，两眼写满了恐惧，"爸爸，他会不会就是——"

约翰逊一手揽住女儿的肩，"坚持一会儿就好。他很快就会走的。"

女孩扑闪着睫毛，黑眼睛里全是无声的恐惧，"每次有水务公司的人，或者收税的、流浪汉、小孩，**不管是什么人**来我们这里，我都会觉得刺痛，就这里。"她用手按住心脏的位置，"自我有这种感觉开始，都已经过了十三年了。我们还能坚持吗？还能坚持**多久**呢？"

那个名叫贝恩斯的家伙从厕所出来，一脸的感激。戴夫·约翰逊默默站在门口，身体僵直，年轻的面庞像石像一样冷漠。

"谢谢你，孩子。"贝恩斯叹了口气，"那么，我该去哪儿喝杯水呢?"他期待地咂咂嘴,"当你在这穷乡僻壤开了大半晌的车,寻找某个口沫横飞的推销员卖给你的破地儿后——"

戴夫走向厨房,"妈妈,这个人想要点儿水喝。爸爸说可以给他。"

戴夫背对着贝恩斯。贝恩斯瞥见了那位母亲,她头发灰白,瘦瘦小小的,手拿玻璃杯走向洗碗池。她的脸上满是风霜和哀愁,显得有些麻木。

接着,贝恩斯沿着一道走廊飞快地向屋子里走去。他走到一间卧室,拽开门,发现里面有一架大衣柜。他转身快速返回,穿过客厅,进入餐厅,然后又来到另一间卧室。短短一瞬间的工夫,他就已经检查遍了整座房子。

他透过一扇窗子向外看。外面是后院,院里停着一辆生锈的破旧卡车,还有个防空地下室的入口,周围散落着成堆的铁罐。鸡在到处挠食儿,一条狗睡在草棚下面。还能看到几个旧轮胎。

他发现一道通往屋后的门。他轻手轻脚地把门拉开,走了出去。他的视野里没有人。外面有间谷仓,独立于主屋之外,是座东倒西歪的老旧的木制建筑。更远处是雪松林,还有条河道。

贝恩斯小心翼翼地沿着房子的外围绕行。他大约有三十秒钟的时间。他刚才关上了厕所门,男孩会以为他又回到了里面。贝恩斯透过一扇窗户看房子内部:一个大衣柜,里面塞满旧衣物、纸盒子和成捆的旧杂志。

他转身往回走,来到墙角,转了个弯。

纳特·约翰逊巨大的身躯挡住了他的去路，"好吧，贝恩斯。这可是你自找的。"

突然，有一道粉红色的光波划过。那道光太过耀眼，令阳光都黯然失色了。贝恩斯向后跳开，伸手在外衣口袋里摸索。但光的余波还是击中了他，他在那股能量的打击下险些摔倒。他的西装形护甲吸收了这一击的能量，并消解了不少，但剩下的电力还是刺激得他牙齿打战，有一瞬间他甚至像提线木偶一样颤抖不止。黑暗如潮水一般向他涌来。他知道，护甲上的网格状防护结构一定发着白光，它正在吸收能量，并尽可能地将其消解。

他亮出了自己的"金属管"，而约翰逊并没有任何护甲。"你被逮捕了。"贝恩斯沉着脸低声说，"把你的棍子放下，举起双手。把你家人也都叫来。"他用枪管示意，"好了，约翰逊。干脆点儿。"

那细管颤抖了几下，然后从约翰逊的手指间滑落，"你竟然还活着。"他渐渐明白过来，恐惧的神色也越来越明显了，"那……那你一定是——"

戴夫和琼都来了，"**爸爸！**"

"你们都到这边来。"贝恩斯下令，"你们的妈妈在哪儿？"

戴夫麻木地扬了一下头，"里面。"

"找到她，带她到这里来。"

"你是变控局的人。"纳特小声说。

贝恩斯没有回答。他正在摆弄自己的脖子，拉扯自己肥厚的下巴。他从双下巴的褶皱里拿出一个小的联络用麦克风，装进衣袋里。麦克风的金属电线闪闪发亮。土路上传来发动机的轰鸣声,开始还只是轻微的颤响,然后逐渐变大。两辆泪滴形的黑色金属物滑行过来,停靠在农舍旁边。人们蜂拥而出,都穿着国家警察的深灰绿色制服。天空中也有成群的黑点在降落,就像一群丑陋的苍蝇,遮天蔽日,不断吐出人员和装备。那些人缓慢地落到地面上。

"他不在这里。"贝恩斯对第一个来到面前的人说,"他跑了。通知后方实验室里的威兹德姆。"

"我们已经封锁了整个地区。"

贝恩斯转向纳特·约翰逊,后者还迷茫地呆呆站着,似乎无法理解周围发生的一切。他的一对儿女都在他身边。"他怎么知道我们会来的?"贝恩斯问。

"我不知道。"约翰逊咕哝着说,"他就是——知道。"

"心灵感应吗?"

"我不知道。"

贝恩斯耸耸肩,"我们很快就会知道。我们已经在这片地区布下了天罗地网。不管他有多大神通,都逃不掉的。除非他能凭空消失。"

"你们抓到他之后——如果能抓到他的话,会怎么对待他呢?"琼结结巴巴地问。

"研究他。"

"然后就会杀了他吗?"

"这要看实验室的评估结果。如果你们能多给我点儿参考信息，我就能预测得更准确些。"

"我们没什么能告诉你的。我们自己也什么都不知道。"那女孩的声音因绝望而尖厉了起来，"他从来不说话。"

贝恩斯吓了一跳，"**什么**？"

"他平时都不说话。他从不跟我们说话，从来都没有过。"

"他多大？"

"十八。"

"没有交流。"贝恩斯出汗了，"十八年来，你们之间都没有建立语义学上的交流吗？那他有没有**任何**与人交流的方式呢？手语？代码？"

"他——根本就不理我们。他在这里吃饭，跟我们待在一起。有时也和我们玩游戏，或者跟我们坐在一起。他常常一走就是好几天。我们从来都搞不懂他在干什么、去过哪儿。他睡在谷仓里——自己一个人。"

"他真是金色的吗？"

"是的。皮肤、眼睛、头发、指甲，一切。"

"他个子很高吗？体型很优美？"

那女孩隔了一会儿才回答。有一种奇特的情感在她疲惫的身体里涌动着，让她短暂地容光焕发。"他美得让人难以置信，像是降临人世的神。"她的嘴唇颤抖着，"你们不会找到他的。他能做到好多神奇的事，你们根本不会知道他是怎么做到的。他的力量远远超过你们有限的——"

"你觉得我们抓不到他?"贝恩斯不由皱起眉头,"不断有新的搜捕小组到达。你从来没见过我们的特工组织发动围剿。在过去的六十年中,我们不断查漏补缺。如果他能逃脱,将是史无前例——"

贝恩斯突然闭了嘴。三个人正在快步走向门廊,其中两个是穿着绿色制服的警察,他们中间夹着第三个人。那个人走路悄无声息,轻灵矫健,身体微微发光,比警察要高大很多。

"**克里斯!**"琼尖叫起来。

"我们抓到他了。"其中一名警察说。

贝恩斯不安地摆弄着手里的激光枪,"在哪儿抓到的?怎么抓到他的?"

"他自首的。"警察回答,声音里充满了敬畏,"他自己来到我们面前。看看他,他就像一尊金属雕像,就像是某种——神。"

那个金灿灿的身影在琼身边停留片刻,然后缓慢而平静地转过身,面向贝恩斯。

"克里斯!"琼尖叫起来,"**你为什么还要回来啊?**"

贝恩斯也在纳闷同一件事。不过,他暂时放下了这个疑问,"喷气机在前院吗?"

"可以随时出发。"一名警察回答。

"很好。"贝恩斯从他们身边大步走过,下了台阶,来到了泥土地上,"我们走,我要把他直接带回实验室。"他细细打量平静地站在两名警察之间的高大身影。站在他身边,警察就像是缩小了一样,显得又丑陋又招人嫌。像矮人……琼刚才说什么来着?像是降临人世的神。贝恩斯生气地移开视线。"动作快点儿。"他低声催促，"这家伙可能很厉害。我们还从来没见过同样的类型，我们不知道他到底有什么本事。"

除了那个坐着的人，房间是空的。仅有四面光秃秃的墙壁、地板和天花板。一道沉静的白光将房间的每一个角落都照得纤毫毕现。远端墙壁的高处有一块空槽里嵌着观察窗，通过观察窗，整个房间的情况都一览无余。

坐着的人很平静。从房间的门被上锁开始，到房间外传来沉重的门闩落下的声音，再到精明的技术人员各就各位，坐到观察窗前，他一直保持着静止。他低头看地板，弓身向前，双手交握，面容平静，近乎没有表情。四个小时，他连一块肌肉都没动过。

"怎样？"贝恩斯说，"你们了解到什么了？"

威兹德姆不满意地咕哝说："并不多。如果我们在四十八小时内不能把他的秘密挖出来，就只能强制对他执行安乐死。我们不能冒险。"

"你认为他接近于突尼斯变种。"贝恩斯说。他自己也是这样想的。他们以前找到过十个这种变异人，生活在被遗弃的北非城镇里。他们的生存技能很简单，他们杀死并消化其他的生命形式，然后模仿猎物，取代猎物在自然界的位置。他们被称为"变色龙"。为了消灭这帮家伙，变控局损失了六十条人命。六十名顶级专家，都是变控局训练有素的干将。

"有线索吗?"贝恩斯问。

"他特别得要死。这事儿肯定很难办。"威兹德姆手按着一堆胶片说,"这是完整的报告,我们从约翰逊和他的家人那里得到的所有信息。我们给他们注射了记忆清理剂,然后放他们回家了。十八年来,都没有语义学上的交流,但他看起来却完全发育成熟了。十三岁成年,生命周期短于我们,成长得比我们快。但他的这些金色毛发是怎么回事? 还有这金色光芒? 简直像是镀了金的罗马雕像。"

"分析室的报告送来没有? 你肯定已经获取了他的脑波。"

"他们已经扫描过他的整个脑波模式,但还要花些时间才能解读完毕。我们都忙得像疯子一样,他却坐在那里一动不动!"威兹德姆用短粗的手指戳着观察窗,"我们那么容易就抓住了他。他应该**没多大本事**才对,是吧? 但在给他执行安乐死之前,我还是想知道他到底能做到些什么。"

"也许我们应该让他多活一点儿时间,直到解开谜团。"

"四十八小时后执刑。"威兹德姆固执地重复了一遍,"不管我们有没有得到研究成果。我不喜欢他。他让我毛骨悚然。"

威兹德姆站在那儿,咬着雪茄。他有一头红色头发,满脸横肉,身材矮胖,有着像桶一样的浑圆胸腔,冷漠又凶悍的眼睛深陷在威严的面庞里。埃德·威兹德姆是变控局北美分部的头儿,但现在他很担心。他的小眼睛骨碌碌来回转,像是在他凶悍的大脸上装了两盏灰色警报灯。

"你在怀疑,"贝恩斯缓缓地说,"这就是……**那东西**?"

"我一直就是这么想的。"威兹德姆没好气地说，"我也只能这么想。"

"我是说——"

"我明白你的意思。"威兹德姆来回踱步，在研究室的桌子、座位上的技术人员、专业设备和嗡嗡轻响的电脑间穿行。胶卷放映机和研究终端机发出嗡嗡的声音。"这东西跟他的家人一起生活了十八年，而**他们**却不能理解他。连**他们**都不知道他到底有什么本事。他们只知道他能做什么，却不知怎样做到。"

"他能做什么？"

"他知道一些事情。"

"哪一类的事呢？"

威兹德姆从腰间拔出他的激光枪丢在桌上，"拿去。"

"干什么？"

"到这边来。"威兹德姆做了个手势，将观察窗滑开一英寸①，"用枪打他。"

贝恩斯眨眨眼睛，"你说过要等四十八小时的。"

威兹德姆骂了一句，抓起那把枪，透过窗口瞄准坐着的人的后背，扣动了扳机。

一道炫目的红光射出。房间中有一团能量云腾起，能量云中闪现出火花，然后熄灭，变成一团黑色的灰尘。

"我的上帝啊！"贝恩斯惊叫，"你——"

---

①英美制长度单位，1英寸约等于2.54厘米。

他没说完这句话，那个人已经不在原地坐着了。就在威兹德姆开枪的同时，他躲到了房间一角，避开了激光束，动作快到让人看不清。他现在正慢慢返回原处，脸上的表情毫无变化，还是一副深思的模样。

"第五次了。"威兹德姆说着，把枪收了起来，"上次是我和贾米森一起开枪，也没打中。他能精准地判断激光束从哪里来、什么时候来。"

贝恩斯和威兹德姆面面相觑。两人都在想同一件事。"但即便是读心术，也不能帮他判定子弹方向。"贝恩斯说，"时间也许是能预料到的，但弹道不行。你事先知道自己要打哪里吗？"

"我不知道。"威兹德姆平静地回答，"我一下子就开枪了，打到哪儿近乎是随机的。"他皱起眉头，"**随机**。我们必须在真正的随机情况下做个测试。"他招手叫了一组技术人员过来，"让一组建造团队来这里。十万火急。"他抓过纸笔，开始画草图。

在建造团队施工时，贝恩斯在实验室外的大堂见到了他的未婚妻。这里是位于变控局中央的大休息厅。

"你最近怎么样？"她问。阿妮塔·费里斯是个身材高挑的金发女郎，蓝眼睛，体型成熟丰满，保养得当。她还不到三十岁，是个美貌又干练的女人。她身穿金属箔材质的长裙和斗篷，衣袖上有红黑两色的条纹——A级人物的标志。阿妮塔是语义分析局的局长，是政府的顶级协调员。"这回有什么趣事吗？"

"趣事很多。"贝恩斯带她离开大堂，进入幽暗的酒吧区。这里播放着轻柔的背景音乐，不断变幻的光影呈几何图纹。模糊的身影在昏暗的环境中灵巧地穿行，从一桌赶往下一桌。那些是安静又高效的机器人服务生。

当阿妮塔品尝她的汤姆·柯林斯鸡尾酒①时，贝恩斯简单地描述了他们的新发现。

"会不会是这样，"阿妮塔不紧不慢地问，"他体内有某种干扰器？以前有过一种变异人，他们能直接用念力改变周围环境，无须任何工具，直接用念力控制物体。"

"念力吗？"贝恩斯焦灼地用手指轻敲桌面，"我觉得不像。那东西只是有预测的能力，但无法控制物体。他无法阻止激光束飞来，但可以提前躲开。"

"他难道能在分子间跳来跳去？"

贝恩斯没有笑，"这是很严肃的事儿。我们部门处理这类怪物已经有六十年之久——超过你我年龄的总和。以前总共发现过八十七种变异人，我是说能够繁衍后代的真正的变异人，而不是简单的畸形胎儿。这是第八十八种。以前的每一种，我们都能妥善处理，但这种——"

"这种变异人为什么让你特别担心呢？"

"首先，他已经年满十八岁。这本身就已经令人难以置信。他

---

① 以金酒为基酒，配以柠檬汁、糖浆等辅料，用柠檬片或红樱桃做装饰的一款口感清爽的鸡尾酒。

的家人居然设法把他隐藏了那么久。"

"那些丹佛郊区的女人的年龄不是比他还大吗？我是说那些长着——"

"她们生活在官方集中营里。高层有些人突发奇想，允许她们繁育后代，可能是为了工业生产。我们把安乐死刑期推迟了几年。但克里斯·约翰逊却在我们的**控制之外**。丹佛那些怪人都生活在持续的监控之下。"

"也许他就是无害的。你们总是先入为主，把所有变异人都看作威胁。他甚至有可能带来好处。以前不也有人认为那些女人能辛勤工作吗？也许这个怪物也有促进种群进步的用途。"

"问题是**哪个**种群？肯定不是人类。就像是老生常谈的'手术很成功，但病人死了'，如果我们依靠变异人推动人类的进化，那么地球的继任者就将是变异人，而不是我们人类。变异人为了自己的种族而繁衍生息。不要指望我们能给他们套上锁链，让他们为我们服务，想都别想。如果他们真的领先于我们这些'智人'，他们就会在这场公平的竞争中胜出。为了生存，我们从现在开始，就得用点儿手段把他们消灭干净。"

"你的意思是说，我们可以这样定义：如果有更高级的人类出现，我们立马就会知道。他会是那个我们无法安乐死的人。"

"差不多就这么回事。"贝恩斯回答说，"如果真有更高级的人类存在的话。也许世上只是出现了一些怪异的人类而已，他们只是在某一方面比现有的人类更进步。"

"尼安德特人①很可能以为克罗马农人②也只在某些方面比他们更进步而已，只是更善于创建符号、打制燧石而已。从你的描述来看，眼下这东西，可不只在某些方面比人类进步。"

"这个怪物，"贝恩斯缓缓地说，"他有预知的能力。截至目前，他成功地存活了下来。他适应环境的能力强过你我。你觉得要是我们被关在那间审讯室，被人用激光枪乱射，能活多长时间？在一定意义上，他已经掌握了最高阶的生存能力。如果他的预测每次都精准的话——"

墙上的广播响起："贝恩斯，快到实验室来。离开酒吧，赶快过来。"

贝恩斯把椅子向后一推，站起身来，"一起去吧，你或许想看看威兹德姆又有什么天马行空的想法。"

　

一群变控局的重要人物挤在一起，围成了一个圈。他们大多是头发灰白的中年人，正在听一个穿着白衬衣、两袖高高卷起的消瘦的年轻人介绍一个复杂的金属和塑料造出的方盒，那东西占满了观测台的中心地带。从方盒中伸出了一排丑陋的炮管，这些闪亮的炮管连接着像迷宫一样复杂的电子线路。

"这次，"年轻人兴奋地说，"将是我们第一次实弹测试。它随机

---

① 尼安德特人是一种在约3万到12万年前居住在欧洲及西亚的古人类，属于晚期智人的一种。

② 克罗马农人是智慧较高的早期人类，属于晚期智人。

开火——至少以我们目前的能力，已经最大限度地做到了随机。重量不同的球被抛入气流中，然后自由降落，落下的时候会切断继电器。它们每次下落的方式都不同，而下落的方式会影响机器的射击方式。每次下落，都会使得机器以不同的射击时间和射击角度开火。这个机器共有十个炮管，每一个都不停地移动。"

"**没有人**事先知道它们会以怎样的方式射击吗？"阿妮塔问。

"没有人。"威兹德姆揉搓着他的那双大胖手，"读心术帮不了他。那一套对我们这机器没有用。"

阿妮塔来到观察窗前，方盒也已就位。她惊叫了声，"就是他吗？"

"有什么不对吗？"贝恩斯问。

阿妮塔两腮飞红，"怎么会这样？我以为会是一个——**丑陋的怪物**。可是上帝啊，他可真是俊美！就像是一尊黄金雕像。就像是神！"

贝恩斯笑起来，"他才只有十八岁，阿妮塔。对你来说，太嫩了一点儿。"

那女人仍旧透过观察窗看着里面的情景，"你看他。才十八岁？我不信。"

克里斯·约翰逊坐在房间正中的地板上。他一副深思模样，低着头，两臂交叉，双腿盘坐在身下。在头顶的强光照耀下，他健美的身体泛着微光，光晕沿着他的轮廓波动，就像是用柔软的黄金塑造出的光彩夺目的金身。

"挺美的，不是吗?"威兹德姆嘟囔着说，"好的，开始吧。"

"你们要杀死他?"阿妮塔质问。

"我们尝试着杀死他。"

"但是他——"她犹疑地停顿了一下，"他不是怪物。他不像其他变异人，不像那些丑陋的双头怪，或是昆虫状的家伙，也不像突尼斯来的那些怪物。"

"那他是什么，我请问?"贝恩斯问。

"我不知道。但你们不能就这样**杀死**他，这太可怕了!"

那方盒"咔嗒"一声启动了。那些炮管动起来，静静地变换着位置。三根缩回，消失在方盒内部；其他几根伸出。炮管迅速而高效地移动就位，突然，毫无预兆地开火射击。

激光束呈扇面向房间里射击，声势令人震惊。机器射击的模式每一瞬都在改变，不同的射击角度，不同的速度。令人应接不暇的纷乱眩光从打开的观察窗向房间中不断倾泻。

那个金黄的身影动了起来。他来回闪避，娴熟地躲开身边到处飞舞的激光束。烟灰如翻卷的浓云遮蔽了他的身影，他被发出爆裂声的火焰和尘灰吞没了。

"住手!"阿妮塔叫起来，"看在上帝的分上，你们会害死他的!"

那房间已经变成了能量地狱。人影已经完全消失。威兹德姆又等了一会儿，然后才对操作方盒的技术人员们点点头。他们按下几个操作按钮，炮管的射击速度减缓，最终射击停止了。炮管缩回了盒中。一切都安静下来。盒内的机械构造也不再嗡嗡作响。

克里斯·约翰逊还活着。他从渐渐散去的尘云中现身，身上到处是被烧焦的痕迹，但没有受伤。他躲过了全部的激光束。激光束袭来，他于其间穿梭闪避，就像在粉色火焰构成的刀锋上起舞的舞者。他活下来了。

"不！"威兹德姆嘟囔着，浑身战栗，面色阴沉，"他不靠心灵感应。那些激光束是随机发射的，没有事先安排好的射击模式。"

三个人面面相觑，都是又惊又怕。阿妮塔颤抖着，她脸色苍白，一双蓝眼睛瞪得好大。"那么，现在怎样？"她轻声问，"结论是什么？他到底有什么本事？"

"他善于猜测。"威兹德姆揣测道。

"别再自欺欺人了。"贝恩斯回应说，"他并不靠猜。这才是最可怕之处。"

"是，他的确不是猜的。"威兹德姆缓缓点头，"**他早知道**，他预知了每一击。我想知道……他**有可能**犯错吗？他**有没有可能**判断错误呢？"

"可我们抓住了他。"贝恩斯指出。

"你说过，他是自愿被抓回来的。"威兹德姆脸上的表情很奇怪，"他是不是在埋伏设置好了**之后**才回来的？"

贝恩斯跳了起来，"是的，是在那之后。"

"他是因为无法突破包围，所以才自首。"威兹德姆苦笑，"我们的埋伏的确是完美无缺。它也应该是完美无缺的。"

"只要包围圈有一个漏洞，"贝恩斯轻声说，"他就会知道，然后脱身而去。"

威兹德姆调了一队武装卫兵过来，"把他从这里带走，送到安乐台去。"

阿妮塔尖叫起来："威兹德姆，你不能——"

"他比我们先进太多了。我们根本没有办法跟他竞争。"威兹德姆的眼睛里流露出萧索的神情，"我们只能猜想未来会怎样，而他却**早已知道**。未来尽在他的掌握之中。不过，我觉得这也帮不了他被安乐死的命运。一瞬之间，整个安乐台都将被毒气淹没。瞬间致命的毒气会把整个区域完全覆盖。"他不耐烦地对卫兵示意，"动手，马上把他带下去，一点儿都不要耽搁。"

"我们能做到吗？"贝恩斯心事重重地咕哝道。

卫兵在囚室的一道闸门前列队。控制塔上的工作人员小心地打开门锁。前两名卫兵谨慎地进入囚室。激光枪做好了随时射击的准备。

克里斯就站在房间中央，他背对着那些悄悄接近他的人。有那么一会儿，他很安静，一动不动。卫兵们向两侧散开，更多的同伴进入了房间。然后——

阿妮塔尖叫。威兹德姆咒骂。黄金人猛地转身，向前起跳，他像一道迅疾的闪电，一下就闯过了三层卫兵，突破闸门，逃进了走廊。

"抓住他！"贝恩斯大叫。

到处都有卫兵在奔忙。激光束照亮走廊，那黄金人从他们中间闯过,已经跑上了斜坡。

"没用的。"威兹德姆平静地说,"我们不可能打中他。"他按下一个按钮,然后是另一个,"但这招可能管用。"

"什么——"贝恩斯还没来得及开口,那跳跃的人影突然直直地向他冲来,将他撞向一边。那身影飞快地从他身边掠过。他跑起来毫不费力,脸上也没有表情,一面跑,一面闪躲跳跃,避开在身边乱飞的激光束。

有一个瞬间,那张金黄的脸就在贝恩斯面前。那张脸一闪而过,消失在一条偏僻的走廊里。卫兵在他后面追赶,不停地单膝跪地射击,大声地发布指令。重型机枪的开火声响彻整栋建筑物的内部。闸门落下,通往外面的走廊一条接着一条被封闭。

"上帝啊!"贝恩斯惊叹着站起来,"这家伙这么强,除了跑就不会干别的吗?"

"我刚刚下了命令,"威兹德姆说,"已经封锁了整座建筑。现在没有一条路可以出去。任何人都不准进出。他暂时能够在建筑物内部自由行动,但绝不可能逃出去。"

"哪怕我们只忽视了一个出口,他都能知道。"阿妮塔战战兢兢地指出。

"我们不会忽视任何出口。我们抓到过他一次,就能再次抓到他。"

一台早就进入房间的信使机器人现在才把它带来的消息毕恭毕敬地交给威兹德姆,"分析部门送来的,长官。"

威兹德姆打开记录胶卷。"我们将会了解他的思维方式。"他两手发抖,"也许可以借此发现他的弱点。他的确比我们更有头脑,但这并不意味着他无懈可击。他只能预测未来,却不能改变它。如果前方只有死路一条,他也没办法……"

威兹德姆的声音渐小,直至沉默。过了一会儿,他把胶卷交给了贝恩斯。

"我在楼下酒吧等你。"威兹德姆说,"我要喝点儿烈酒提神。"他的脸已经变成铅灰色,"我只能说,**打死我我也不希望这个就是要替代我们的种族。**"

"分析结果怎样?"阿妮塔不耐烦地从贝恩斯肩膀后面向前探视,"他到底是怎么思考的?"

"他根本不思考。"贝恩斯说着,把那卷胶卷交还给他的上司,"他根本就不用思考。他几乎没有前额叶。他不是人类,也不使用符号。他只是一种动物而已。"

"一种动物。"威兹德姆说,"只有某一方面的机能高度发达。他不是什么超人,他根本就不是人。"

变控局大楼上上下下的走廊里,到处都是卫兵和武器装备,不时传出一阵阵铿锵的声音。成群结队的警察拥入大楼,和卫兵并肩工作。走廊和房间都在被逐一排查,然后被封锁。早晚,那个名叫克里斯·约翰逊的黄金人都会被找到,并被逼入绝境。

"我们一直都在担心,会有一类智慧超群的变种人出现。"贝恩斯深思着说,"就像人类比大猩猩高等一样,他们比人类高等。我们以为他们会有隆起的颅腔,有心灵感应能力、完美的语义系统、顶级的符号化和计算能力。他们沿着我们的进化路线继续向前发展,是一种更为优秀的人类。"

"但他的反应却是出于本能!"阿妮塔惊叹地说。她已经拿到那份分析报告,正坐在一张桌子边细细研读,"本能反应,就像一头狮子。一头金狮。"她把报告胶卷推到一边,脸上的表情很奇怪,"他是狮神。"

"禽兽而已。"威兹德姆厉声纠正,"你是想说,他是个金毛野兽吧。"

"他跑得很快。"贝恩斯说,"但也仅此而已。不会制造工具。他不建造任何东西,也不使用身边的任何工具。他就只知道站在那里,等待合适的时机,然后飞快逃走。"

"这比我们预料到的所有情况都更糟糕。"威兹德姆说。他平常红润的脸颊已经变成铅灰色。他像个老头儿一样无精打采,粗壮的双手不停颤抖,稳定不下来。"居然要被一种动物取代! 一种只知道逃跑和躲藏的动物。他甚至没有语言!"他愤恨地说,"这就是那些人没有办法跟他交流的原因。我们一直还想知道他使用怎样的语义系统。他根本就没有这种东西! 他的能力根本不值一提,跟一条狗没有什么两样。"

"这意味着智能的失败。"贝恩斯嘶哑地说,"我们成了这条进化线路上的最后一环,就像恐龙一样。我们将智能发展到了极致,也许发展得太过了。如今，我们知道太多，想得太多，以至于失去了行动的能力。"

"如今的人类善于思考，"阿妮塔说，"却不善于行动。这已经开始让社会失去活力。但这个异类——"

"这个异类的身体机能比任何时代的人类都要强。我们可以回忆起曾有过的经历，把它们记在脑子里，从中学习。最佳状态下，我们可以根据记忆中的过往事实，对未来做出合理的预测，但我们没有绝对的把握。我们必须考虑概率。人类眼中的未来是灰色的，而不是非黑即白那样明确。我们只是在猜想。"

"克里斯·约翰逊不用猜想。"阿妮塔说。

"他可以预见到未来，看到未来要发生的事。他可以——预知。我们暂时这样称呼他的能力吧。他能看到未来。也许在他看来，那都不算是未来。"

"的确。"阿妮塔若有所思地说，"他眼中的未来应该就是现实，他所谓的现实范围更为广阔。他的现实世界在未来，而不是过去。我们的现实，却始终跟过去相关。对我们来说，只有过去才是确定无疑的。对他来说，未来是确定的。他很可能并不记得过去，跟没有记忆的动物没有什么两样。"

"随着他个人的成长，"贝恩斯说，"随着他的种族的进化，预知能力可能会渐渐增强。从预知十分钟，到三十分钟，然后一个小时，一天，一年。最终，他们或许能预知一生。他们中的每一个，都将生活在确定无疑、没有变化的世界里。他们的世界中没有变量，没有不确定性。永恒不变！他们没有任何需要担心的事。他们的世界是完全静态的，就像铁板一块。"

"而等到死亡降临时，"阿妮塔说，"他们就会坦然接受。他们不会有任何挣扎。因为对他们来说，死亡也是早已发生之事。"

"**早已发生之事**。"贝恩斯重复说，"对克里斯而言，我们的枪弹早就已经发射过了。"他刺耳地苦笑，"出众的生存能力并不意味着更高级的人种。如果再来一次全球大洪水，能生存的将只有鱼类。如果再来一次冰川纪，也许地球上只剩下北极熊。当我们打开门锁时，他早已经看到那些卫兵，知道他们站在哪些位置，将会做什么。他有一项了不起的能力，但并没有发达的头脑。那只是一种身体层面的**感官**能力而已。"

"但如果所有出口都被封闭。"威兹德姆说，"他就会知道自己无法脱身。他此前投降过一次，这次他还会投降的。"他摇摇头，"只是个动物，没有语言，也不会利用工具。"

"有了那种感官能力。"贝恩斯说，"他并不需要其他东西。"他看了下手表，"已经过了午夜两点。整栋楼都彻底被封锁了吗？"

"你不能离开。"威兹德姆说，"你整晚都得守在这里，甚至得待到抓住那个混蛋为止。"

"我是说她。"贝恩斯指指阿妮塔，"她早上七点就得到语义局。"

威兹德姆耸耸肩，"我管不了她。要是她想走，可以离开。"

"我还是留下吧。"阿妮塔决定说，"我想在这里看着他——被消灭。我在这里睡。"她犹豫了一下，"威兹德姆，有没有别的办法？如果他只是个动物，我们能不能——"

"你说动物园？"威兹德姆的声音愤怒地拔高，听起来有些歇斯底里，"把他关进动物园的笼子里吗？看在上帝的分上，不要！他还是被消灭掉更好！"

好长时间，那个高大、闪亮的身形都蜷缩在黑暗里。他在一间储藏室中。周围都是木箱和纸盒，整整齐齐地码着。所有物品上都有编码和记号。四下寂静无人。

但只要再过一会儿，就会有人类闯入，搜查整个房间。他可以看见这一场景。他能清楚地看到这些人遍布房间各处，手执激光枪，表情凶狠，眼里透着杀气。

这情景只是众多场景之一。他的眼前有多个场景，每一个都纤毫毕现。每一个场景之后又重叠着其他的后续场景，后续场景逐渐模糊，最终消失。模糊程度是渐进的，一重比一重模糊。

马上要发生的、最靠近他的那个场景，极为清晰。他可以轻易地看到那些持枪者。他要在这些人到达之前离开这个房间。

黄金人平静地站起来，走向房门。走廊是空的。他已经看到自己身在门外，在空旷、有回声的走廊里，四周是金属墙壁和暗淡的灯光。他大胆地推开门，走了出去。

走廊尽头的电梯指示灯正亮着。他走到电梯前，进入。再过五分钟，就会有一群卫兵跑来，跳进同一台电梯里。但到那时，他应该已经离开电梯，电梯也已经再次回到楼下。现在，他按下按钮，上到更高的一层。

他步入一段偏僻的通道，这里看不到任何人。这当然不会让他觉得意外，他根本就没有吃惊的能力，对他而言，这种情绪就不存在。不久之后，所有事物的位置、物体间的空间关系，对他来讲都像自己的身体一样，了如指掌。他唯一不知道的，就是此前发生过的事。它们都消失了。他也曾隐隐约约、模模糊糊地好奇过，不知道自己经历过的那些事物都到哪里去了。

他到了一间小小的物资补给室。这里刚刚被搜查过。还要再过半小时，才会有人再次打开这里的门。他有这么多时间。他可以预知半小时后的事情。然后——

然后他就能看到另一个区域，比这里更远一些的区域。他不断地移动，不断地探索之前没见过的区域。视野和景象不断地延展开来，静止的画面呈现在眼前。所有的事物都一动不动，就像是一张巨大棋盘上摆好的棋子。他在棋盘上移动，两臂交叉，面容平静。就像个置身事外的观察者，未来的事物就像脚下的大地一样清晰可见。

此时此刻，蹲在这间狭小补给室里的他，看见了未来半小时的场景，这些场景异常多样。各种可能出现的未来摆在他面前。这半个小时被切割成了无数种可能性，这些可能性构成的路线无比复杂。他来到了一处关键区域。他即将在这些错综复杂的可能性世界中穿行。

他把注意力放到了十分钟以后的一个场景。这一场景如同三维静态图一样,展现了这样的一幅画面:走廊尽头有一架重机枪,射击范围覆盖了整条走廊。人们正谨慎地逐个搜索房间,并复查所有房间,重复着他们之前的做法。半小时后,他们将会来到这间补给室。有一个场景显示,他们在检查这个补给室。那时,他当然已经离开。他不在那个场景里,他已经去了另外一个地方。

下一个场景显示的是一个出口。卫兵排成密集的队列。无路可逃。在那个场景里,他藏在一边,紧贴在门框内掩藏身形。外面的街道清晰可见,星辰、路灯、途经的车辆和行人。

下一个画面里,他离开了那个出口,转身返回。无路可逃。另一幅画面里,他看到自己到达另外一个出口。随着他一个接着一个区域地探索,他的形象不断被复制,出现了无数个黄金人。但每个出口都被严防死守。

在一个模糊的场景里,他看到自己浑身焦黑,已经死亡。那是因为他试图闯过封锁线,从出口离开。

但那个场景还很模糊。只是无数波动着的隐隐约约的静止场景中的一个。他要选择的路不会将他引向那个方向。它不会把他带上那条死路。那个场景中的黄金人——那个房间里的小小人形,和他的关系不大。那的确是他自己,但只是个在未来的自己。他永不会见到那个自己。他忘记了那个形象,继续在其他图景中搜寻。

围绕着他的无数画面组成了一个复杂的迷宫,像一张密集的网,他正在细细察看。他就像在观察一个有无数房间的玩具屋。在这数不胜数的房间中,每一间都有家具、小人,所有东西都静止不动。同样的小人和同样的家具,在很多场景中重复出现。他自己的形象就经常出现。此外还有平台上的两个男人和一个女人。这一组合一遍又一遍地出现。这幕场景不断地重复上演,同样的演员和道具,做着不同的有可能发生的事情。

离开那间补给室之前,克里斯·约翰逊已经检查过跟他所在的房间相邻的房间。他已经探查了那些房间中的情况。

他推开门,平静地回到走廊里。他完全清楚自己该去哪里、该怎样做。蹲在闭塞的小房间时,他安静而娴熟地审视了每一个微缩的自己,观察自己必将选择的那条路上的每一幅场景,观察玩具屋中的那个房间——那个没有士兵的地方。他正在向那儿前行。

阿妮塔脱掉她的金属箔外衣,把它挂在衣架上,然后解开鞋带,把鞋子踢进床下。门开的时候她正在解胸衣。

她大吃一惊。那个高大的黄金人悄无声息、从容不迫地进了门,又反手把门锁上。

阿妮塔一把抓过梳妆台上的激光枪。她握枪的手在发抖,她整个身体都在颤抖。"你想干什么?"她质问,手指捏紧了枪柄,"我会打死你的。"

那人静静地打量她,两臂交叉在胸前。这是她第一次近看克里斯·约翰逊,他有一张高贵的面容,英俊又淡漠。肩膀宽阔,满头浓密的金发,金色的肌肤,一副金光闪耀的好皮囊——

"你为什么来这儿?"她几乎喘不过气来,心脏狂跳不已,"你想干什么？"

她本可以轻易地杀死这个人，但那支激光枪却抖个不停。克里斯·约翰逊毫不畏惧地站在她面前。他当然一点儿也不害怕。为什么要怕？他岂不是早就预见到了当前的场景吗？那么个小金属管又能把他怎样？

"当然。"她突然说，声音很小，几乎哽咽，"你可以预见未来，你知道我不会杀死你，要不然你也不会来这里。"

她脸红了，很害怕，同时也觉得很尴尬。他完全清楚她将会做什么。他能看清这些事，就像她能看到面前的墙、壁床、整齐地折叠起来的被子、她挂在衣柜里的衣服和梳妆台上的钱包以及其他零碎物品一样简单。

"好吧。"阿妮塔向后退，然后把枪放在梳妆台上，"我不会杀死你。为什么要做这种事？"她在钱包里摸索，找出香烟。她用颤抖的手把烟点着，感到自己的脉搏在加速。她很害怕，却又不由自主地被吸引。"你是想待在这里吗？这样做没用的。他们已经来检查过两轮了，过会儿还会来的。"

他能听懂她说的话吗？从他脸上反正是什么都看不出来，仍旧是那副空洞又威严的表情。神啊，他块头好大！他不可能只有十八岁，只是个男孩，只是个孩子。他看起来更像是降临人世的金色的神。

她极力摆脱这个念头。他不是神，他是野兽。**金毛野兽**，来取代人类的位置，来夺走人类的地球。

阿妮塔抓起激光枪，"出去！你只是个动物！又大又蠢的野兽而已！你根本听不懂我说的话。你甚至没有自己的语言。你不是人。"

克里斯·约翰逊还是默默无言，就像他在等待。等待什么？虽然从外面走廊里不断有声音传来，他却没有表现出害怕或者不耐烦的情绪。那是人们搜查时发出的声音——金属的撞击声、机枪和激光炮被拖来拖去的声音、喊叫声和低沉的滚动声。大楼里面的区域，一个接一个地被搜查，然后被封锁。

"他们最终会抓到你。"阿妮塔说，"你会被困在这里。他们随时都会来查这个区域。"她狠狠地按灭了香烟，"看在上帝的分上，你能指望**我**做什么？"

克里斯向她走过来。阿妮塔向后退缩。他有力的双手握住了她的手。突然，她被吓得倒吸一口冷气。她盲目而绝望地挣扎了一会儿。

"放开我！"她挣脱开来，从他面前跳开。他的脸上没有任何表情。他平静地靠近她，像是一个漠然的神，前来享用她的身体。"你走开！"她摸到了自己的激光枪，想要振作起来。但那把枪却从她指间滑落，滚到了地板上。

克里斯弯腰捡起那把枪。他把枪放在手掌中，递还给阿妮塔。

"仁慈的上帝啊。"阿妮塔低声说。她哆哆嗦嗦接过那把枪，犹疑着把它握紧，最终还是放回了梳妆台上。

在房间暗淡的光线里，那个巨大的金色身影看上去在闪耀光芒，即便在黑暗中，轮廓仍然清晰可见。一位神——不，不是神，而是兽。一只巨大的金毛兽，没有灵魂的家伙。她很迷惘。他到底是什么，或者两者都是？她摇头，茫然无措。时间已经很晚，接近凌晨四点。她极度疲劳，心里乱成一团。

克里斯把她揽入怀抱，他温柔且充满怜爱地捧起她的脸，亲吻她，他强有力的手紧紧抱住了她。她觉得呼吸困难。夹杂着金色光芒的黑暗向她袭来。她觉得天旋地转，丧失了理智。她十分享受，沉醉其中。黑暗淹没了她。她消融在了愈加汹涌的原始力量的洪流中。每一瞬间都更加热烈。直到最后那凶猛地一击，她的神志一片空白。

阿妮塔眨眨眼。她坐起来，本能地整理了一下头发。克里斯站在衣柜前。他正在伸手拿什么东西。

他转身面对她，把什么东西丢在床上。那是她厚重的金属箔旅行斗篷。

阿妮塔低头看那件斗篷，没明白过来，"你想做什么？"

克里斯站在床边，等着。

她犹豫地拿起那件斗篷。冰冷的恐惧感像藤条一样拉扯着她。"你想让我帮你逃出去。"她轻声说，"在那些守卫和警察面前蒙混过关。"

克里斯什么都没说。

"他们会当场打死你的。"她摇摇晃晃地站起来，"你不可能从他们面前逃走。上帝啊,难道除了逃跑你就不能做点儿别的吗？一定还有更好的办法。也许我可以求求威兹德姆。我是A级——局长级的人物。我可以直接向全体委员会成员提案。我应该能稳住他们,甚至能让安乐死刑期无限期推迟。但如果我们想要硬闯出去,活着的机会怕是连十亿分之一都没有。"

她突然闭了嘴。

"但你从不赌运气。"她慢慢地说,"你不会管什么概率。你**知道**将来会发生什么,你已经看过了底牌。"她细细打量对方的面孔,"你根本就不可能被我们打得措手不及。这根本就不可能。"

有一会儿,她站在原处沉思,然后她迅速下定了决心。她抓起斗篷,披在赤裸的肩膀上。她把沉重的腰带系紧,弯腰把鞋子从床下拿出,抓起钱包,快速走到门口。

"来吧。"她说。她的呼吸急促,两腮通红,"我们走。趁现在还有几处出口可供选择。我的车就停在外面,就在大楼旁边的停车场里。我们一个小时就可以到达我的住处。我在阿根廷有间冬季度假小屋。万不得已,我们还可以飞到那边躲起来。那儿很偏僻,远离城市,周围都是丛林和沼泽,几乎与世隔绝。"她急切地准备开门。

克里斯伸手阻止了她。他极有风度,不慌不忙地挡在了她身前。

他一动不动地等了好半天。然后他拧开门把手,毫不犹豫地进了走廊。

走廊空空的,一个人都没有。但阿妮塔一瞥之下,看到了一名快速离开的卫兵的背影,如果他们早一秒出门——

克里斯沿着走廊向前走,她跟在后面。他走得很快,毫不费力。阿妮塔费了好大劲才能跟上他。看起来,他完全知道自己要去哪里。先向右,穿过侧面的走廊,这是运送补给品的通道,然后进入货梯。他们向上升,突然,他把电梯按停了。

克里斯又等了一会儿,才拉开电梯门,走了出来。阿妮塔紧张地跟在后面。她能听到那些声音:士兵,还有枪支。距离他们很近。

他们已经接近一个出口。有两排卫兵站在正前方,二十个人排成两堵密不透风的人墙,中间是一架巨大的自动重型机枪。那些人非常警惕,每张脸都神色严肃。他们瞪大了眼睛,四处查看,手里紧握枪支。一名警官在这里担任指挥。

"我们不可能从这里通过。"阿妮塔倒吸一口冷气,"我们连十英尺都走不了。"她向后退缩,"他们会——"

克里斯抓住她的胳膊,继续平静地向前走。她觉得心里涌起一阵莫名的恐惧。她极力挣扎,想要逃走,但克里斯的手指却像钢铁一样坚硬,她怎么也挣脱不了。这个巨大的金色生物就这样沉默不语地将完全无力抵抗的她拖在身边,径直走向那两堵人墙。

"**他来了!**"枪支纷纷被举起。人们快速展开应对行动。自动机枪的炮管也转了过来。"**抓住他!**"

阿妮塔已经被吓蒙了。她瘫软在身边这具强壮的身体上,绝望地被他强有力的手臂拖着前进。两排卫兵向他们靠过来,举起的机枪形成了一堵墙。阿妮塔极力想要克服恐惧,她绊了一下,险些摔倒。克里斯毫不费力地扶起她。她抓他、打他,挣扎着摆脱他的钳制——

"别开枪!"她尖叫。

那些枪不确定地晃了晃。"她是谁?"卫兵们在调整位置,想要在不伤到她的情况下击中克里斯。"他劫持的人质是谁?"

其中一个人看到了她袖子上的标志,红黑两色的条纹——局长级。最高级别。

"她是 A 级人物。"那名卫兵震惊到连连后退,"女士,快让开!"

阿妮塔总算找回了自己的声音,"别开枪。他——现在归我管了。你们懂吗?我要带他出去。"

卫兵组成的人墙紧张地后退,"没有人可以出去。威兹德姆局长亲自下的命令——"

"威兹德姆也管不到我。"她竭力让自己的声音听起来清楚而干脆,"让开路。我要把他带到语义分析局去。"

有一会儿双方僵持不下。没有人知道该怎样做。然后,有一名卫兵,缓慢地、犹犹豫豫地让开了一点点。

克里斯行动了。他身影一闪,丢下阿妮塔,掠过那些迷茫的卫兵,从防线的缺口穿出,离开出口,跑上大街。激光束纷纷射向他离去的方向。大呼小叫的卫兵群起而追之。阿妮塔被落在后面,无人理会。卫兵和重型自动机枪都冲进了黎明前的黑暗。警笛长鸣。巡逻车呼啸着启动了。

阿妮塔呆呆地站在原地,脑子里一片混乱。她倚在墙上,想要调匀呼吸。

他就这么走了,离开了她。上帝啊!她到底做了什么?她自己也觉得难以置信。她用力地摇头,两手捂着脸。她就像是被催眠了。她失去了自己的意志力,失去了常识,也失去了她的理智!那个禽兽,那只金色的大野兽,骗了她。他占了她便宜,又跑掉了,消失在夜色里。

悔恨痛苦的泪水从她夹紧的指缝间流下。她徒劳地想把泪水揩干,但泪水不停地涌出来。

"他跑了。"贝恩斯说,"这下我们再也不可能抓到他。他现在可能已经跑到几百万英里之外的地方去了。"

阿妮塔蜷缩在角落,面对着墙坐着。她缩成一团,沮丧而忧伤。

威兹德姆来回踱步,"但他又能去哪儿呢?他能藏在什么地方?没有人敢窝藏他!每个人都知道关于变异人的法律规定!"

"他一生多数时间都在森林里度过。他会狩猎——他以前经常这样干。那时候,他的家人都不知道他一个人出门做什么。他在捕猎,在林木下过夜。"贝恩斯苦笑着,"而且,他只要遇上个女人,就会令她乐于协助他藏身——就像**她**那样。"他用手指指了一下阿妮塔。

"所以说他那金黄的肤色、浓密的毛发和天神一样的身姿,都是出于**实用**的目的,不只是装饰。"威兹德姆的厚嘴唇蠕动着,"他不止有一种生存的能力,而是有两种。一种是全新的生存技能。另一种极为古老,从生命产生之时就已经存在。"他停止踱步,看着蜷缩在角落的身影，"那就是迷人的外形。在禽类中，公鸡有鸡冠，天鹅有亮丽的羽毛；鱼类则有鲜艳的鳞片；兽类有光洁的皮毛。野兽的长相并不一定就**凶恶丑陋**。狮子的样子就不那么凶，老虎和其他大型猫科动物也一样。用来形容它们的词，肯定不是'凶恶丑陋'。"

"他根本不用担心。"贝恩斯说，"他会安然无恙的。只要人类中还有女性存在，就会有人愿意照料他。而且，他有预知能力，能看到未来，他已经知道人类女性完全抵抗不了他的诱人魅力。"

"我们会抓到他的。"威兹德姆嘟嚷说，"我会让政府宣布全国进入紧急状态。军队和警察都将全力寻找他的下落。我们会出动由男人组成的军队，整个星球上的专家，用上最先进的机器和设备。我们早晚都能抓到他。"

"到时候抓到也没用了。"贝恩斯说。他把手放在阿妮塔肩上，讥讽地拍拍她的肩膀，"你会有伴的，亲爱的。你肯定不会是唯一上当的女人。你有幸成了长长队列中的第一人。"

"谢谢。"阿妮塔咬牙切齿地说。

"最古老的和最先进的生存技能相结合，造就了一个具有完美适应能力的野兽。妈的，我们怎么才能阻止他呢？我们可以把**你**泡进绝育池里，但我们不可能把所有人都泡进去。他这一路不知要遇上多少女人。如果我们错过一个，人类就会玩完。"

"那我们也只能努力，"威兹德姆说，"尽可能地找到那些女人，趁她们生育之前。"他垮着脸，神色疲惫，但仍旧有微弱的希望之光从脸上闪过，"也许他的生存技能会在遗传中弱化。也许我们的遗传基因更强大，他的技能无法遗传下去。"

"我可不会把宝押在这上面。"贝恩斯说，"我好像已经知道了两个物种中，哪一个将会成为主宰者。"他干笑道，"我说，我觉得自己应该**猜**得挺准的：赢家不会是你我。"

轮 回

"邪教。"吟游诗人蔡大人若有所思地说。他正在仔细查阅接收机缓缓吐出的报告纸带。接收机锈迹斑斑,显然没怎么抹润滑油,它运作的时候会发出刺耳的声音,还冒着带酸味儿的烟。蔡大人眼见其凹凸不平的表面已经开始泛起可怕的红色,就把它关掉了。过了一会儿,他读完了那条报告,把它和其他垃圾一同扔到垃圾箱中,将垃圾箱塞得满满当当。

"是什么样的邪教呢?"吟游诗人宋武轻声问道。他勉强打起精神,在肥胖的橄榄色皮肤的脸上挤出了一个好奇的笑容,"你刚才说的是……"

"任何一个稳定的社会都会受到邪教威胁,我们的社会也不例外。"蔡大人捻着他那精心修剪过的手指,"有些社会底层的家伙总是会心怀不满,他们对命定的上位者怀有强烈的嫉妒心。于是,他们暗中勾结，组成极端而反叛的帮派。他们会在深夜集会，恶意诋毁社会公义。他们乐于败坏风俗和道德。"

"真恶心。"宋武附和道，"我是说，"他又赶紧补充，"这听起来真是让人难以置信，居然有人参与这样的极端组织，举行如此令人作呕的邪教仪式。"他紧张地站起来，"如果你允许，我想去那边走一趟。"

"且慢，"蔡大人喝止道，"底特律那一带，你熟悉吗？"

宋武有些心虚地点头，"有一点点了解。"

蔡大人以他一贯雷厉风行的态度，迅速地做出了决断，"我现在就派你前往此地，调查后提交一份蓝标报告。如果该团体的确危险，就通知神圣军队。它毕竟是由最恶毒的家伙组建的——来自技术阶级。"他脸上透着鄙夷，"白人，多毛的大块头。等你回来，我们将给予你六个月的假期，让你到西班牙尽情游览那些古代城市的遗址。"

"白人！"宋武惊叫，脸都绿了，"但是我最近身体不太好。求您了，要是有其他人可以承担这一使命的话——"

"或许，你依然坚守着破羽大师的信条吧？"蔡大人扬起一边的眉毛，"破羽大师是位了不起的文献学者。我从他的作品中得到过一些启发。你知道的，在他看来，白人是尼安德特人的后裔。他们硕大的体型、密集的体毛和粗糙的相貌都昭示了一种先天不足，除了纯动物层面的欲望，他们理解不了更高深的东西。劝导他们皈依我们，根本是浪费时间。"

他严厉地盯着面前的年轻人，"要不是对你的忠诚有着非比寻常的信心，我不会委派给你如此重大的使命。"

宋武焦虑地捻了捻串珠。"赞美艾戎大神。"他咕哝道，"您真是太仁慈了。"

宋武溜进一台电梯，向上升去，耳边传来巨大的机器轰鸣和呼啸声。电梯晃晃悠悠，走走停停，好容易才到了中央事务局大楼的顶层。他快步走过一道昏暗的长廊，长廊里有寥寥可数的几盏黄灯。过了一会儿，他来到扫描室门前，向机器人门卫出示了自己的身份证。"吟游诗人费胖先生在吗？"他问。

"在的。"机器人让到了一旁。

宋武进入办公室，经过一排排废弃的生锈的机器，走到仍有人使用的区域。他找到自己的妻兄，后者正在一张桌子旁边，一边弯腰查看图纸，一边吃力地亲手抄写材料。"愿您清虚寂静。"宋武小声招呼。

费胖不耐烦地抬头瞥了他一眼，"我都跟你说过不要再来。要是军方知道我让你用扫描仪达到私人目的，他们肯定会把我锁在审问架上的。"

"小声点儿。"宋武咕哝道，他一只手扶在自家亲戚的肩膀上，"这是最后一次了。我马上就要离开此地，再让我看一眼，最后一次。"他橄榄色的脸上一副虔诚哀告的表情，"我很快就会得到报应。这将是你我最后一次交谈。"

宋武的表情很快又从可怜巴巴转变得带有几分狡黠，"你肯定不想从此灵魂备受折磨吧。现在这种时候,你都没有机会给我什么补偿了。"

费胖哼了一声,"好吧,但是看在艾戎大神的分上,你动作快点儿。"

宋武快步走向主扫描仪,坐进一个摇摇晃晃的篮子里。他把控制器打开,前额紧贴在目镜上,插入了自己的身份证,指示时空的指针晃动起来。那台古老的机器慢慢地、很不情愿地启动了,开始追踪他在未来时间线上的行动轨迹。

当宋武观察身处未来的微缩的自己时,他的手在发抖,身体也在战栗,汗水从脖子上流下来。**苦命的宋武啊**,他郁闷地想。八个月后,那个微小的身影还在忙忙碌碌地尽职工作。他备受折磨,到处碰壁,每天都在忙、忙、忙。时间继续向后推移,他看到自己倒地身亡。

宋武的眼睛从目镜前移开,等着自己的脉搏平复下来。在这个时间点之前的事情,他都可以承受,包括见证自己的死亡。随后的部分,才让他不敢看。

他默默祈祷了一会儿。他斋戒的程度够了吗?在四天的自我鞭笞净罪期间,他用上了金属头的鞭子,这已经是最重的自我刑罚了。他散尽了所有财富,打碎了母亲留给他的精美花瓶—— 一件贵重的传家宝。他在市中心的污泥里打过滚,当时有上百人看到过,可以作证。这些应该已经足够洗清罪孽了吧。他拥有的赎罪时间真的不多!

他感觉到了一丝勇气,坐直身体,把眼睛放在目镜上。他吓得浑身发抖。要是结局没变怎么办?要是他受的折磨不够怎么办?他操纵控制杆,让时空指针指向时间线上他死亡之后。

宋武尖叫一声,吓得连连后退。他的未来还是老样子,一点儿都没有变,根本就没有任何改观。他的罪孽太重,不可能在这么短的时间内被洗清。赎罪可能要花上很多年,而他并没有很多年的时间。

他离开那台扫描仪,经过妻兄身边。"谢谢。"他小声说道,声音是颤抖的。

费胖那一贯公事公办的棕色脸膛上居然显现出一丝同情,"坏消息吗?下一世的情况不妙?"

"岂止是坏消息啊。"

费胖的同情转眼就变成了正义的申斥,"除了怪你自己,还能怪谁?"他板着脸质问,"你明知今生的所作所为将决定下一世的祸福。如果你将来要沦落成低等动物,就应该回想一下你以前的恶劣行为,忏悔你曾犯过的罪孽。正所谓天道无情。因果报应才是真正的公平。你今生的善恶决定你来生的果报。你本应无怨无悔,而只有理解和悔过。"他转眼又被好奇心征服,"来生你会变成啥?蛇吗?还是松鼠?"

"这不关你的事。"宋武闷闷不乐地走向出口。

"我自己看不就得了。"

"随便。"宋武郁闷地回到走廊里。他已经被绝望搞得晕头转向：他的归宿没有改变，还是老样子。

八个月之后他就会死。有多种瘟疫在当今人类的居住地肆虐，他会死于其中之一。他将会发烧，浑身出现红疹，在燥热中翻滚挣扎，痛苦不堪。他的内脏将衰竭，身体极度消瘦，两眼上翻，在经历一段持续不停的痛苦之后死去。他的尸体将被埋入乱葬坑，跟几百具其他尸体—— 一整条街的尸体—— 一起，等着被机器人清洁工运走，这些机器人不会被感染。他的遗体将在郊区的公用垃圾焚烧炉中被烧掉。

与此同时，那永恒的光点——宋武的灵魂，会从此生赶往另一世。但他的灵魂不会得到升华，而是会沉沦。他已经在扫描仪上看到过很多次自己灵魂堕落的过程。总是一成不变的可怕画面——一幅令他难以承受的画面——他的灵魂总是如石头般不断下坠，落入轮回道中，永世不得超生。

他犯过罪。年轻时，宋武曾经跟一个黑眼睛的长发少妇有过一段情，她的头发像瀑布一样披散在肩膀和后背上。诱人的红唇、丰满的胸部，还有那翘起的臀部，总是让他欲罢不能。她是他朋友的妻子，属于武士阶层，但宋武却把她变成了自己的情妇。他当时还认为有足够的时间洗刷罪孽。

但他错了：轮回很快就要到来。瘟疫来袭，他不再有足够的时间绝食、祈祷和行善。他注定会堕落，直接投胎到某个臭气翻涌的破烂行星，困在某个红巨星周围，困在一个充斥着污垢和腐烂物的横无涯际的深渊之中，那里是最低等的丛林世界。

在那里,他将成为一只长有闪亮翅膀的苍蝇,一只肥大的蓝屁股食尸者,只知道嗡嗡叫着,在巨蜥蜴的腐烂尸体间爬来爬去,吞吃那些恶臭污秽之物。这些蜥蜴都是在互相搏斗中死去的。

从这片深渊之中,从这个满是害虫的病态而肮脏的星系开始,他还要千辛万苦地重爬一遍无穷无尽的宇宙等级阶梯。他花费了亿万年才爬到现在的位置,成为地球上的一名人类,有幸身处明亮温暖的太阳系。现在,他只能重来一遍了。

蔡大人笑容可掬,"艾戎大神保佑你。"机器人船员检查完锈迹斑斑的观察飞船,终于批准飞船在有限范围内飞行。宋武慢慢进入飞船,坐在残缺不全的驾驶台前。他无精打采地挥挥手,然后狠狠关上舱门,手动把它拧紧。

飞船摇摇晃晃地飞上午后的天空。他不情愿地看了下蔡大人传给他的报告和观测记录。

廷克主义是个小教派。他们仅有几百名信徒,全部来自技术阶级——所有社会等级中最被人蔑视的一个。吟游诗人当然在社会顶层,他们是社会之师,引领人类到达清虚境界的圣人。然后是诗人,他们把关于伟大的艾戎·胡的传说编写成传奇故事。传说,艾戎生活在可怕的"疯狂年代"。诗人之下就是艺术家,然后是音乐家,然后是普通工人——他们监管机器人劳工。地位再低点儿的就是商人、武士、农民,最后,处在最底层的,才是技工。

大多数技工都是白人——大块头、皮肤苍白的家伙们,体毛多得难以置信，像大猩猩；他们跟大猩猩的相似程度惊人。也许他们的确跟尼安德特人有着血缘关系，因而根本不可能达到清虚境界。宋武一直自居为非种族主义者，他不喜欢那些把白人称为劣等种族的家伙。有些极端主义者认为：如果允许白人跟其他高等种族通婚，就会带来万劫不复的灾难。

不管怎样，这个问题都没有现实意义，没有任何正派、自尊的高阶层女人——印第安、蒙古或班图①人种——会自甘堕落到允许小白接近自己的地步。

在他的飞船下方，荒凉的旷野向四面延伸，一幅阴森丑陋的景象。虽然如今大多数的废墟都已经被泥土和荒草覆盖，但没有植被的红色土地仍旧大片大片地裸露着，布满熔渣的地方也仍旧清晰可见。他可以看到地面上忙碌的人类和机器人，还能看到遍布在绿色原野上的小小的棕色村庄，围成一个又一个圆圈，数不胜数；有时还会有古老城市的废墟——地面上的巨大疤痕，像张开的妄言之口，暴露在天空下。这些伤口永远无法愈合，至少现在还没有。

前方就是底特律地区了，据说，这儿的名字来自一名早已被遗忘的精神领袖。这里的村庄比别处密集。他的左边是一片铅灰色的水面，依稀像是湖泊。更远处是什么，就只有艾戎知道了。没人去过那么偏远的地方。那边已经不再有人烟，只有野兽和来自北方的重度核辐射污染区的变异生物。

他让飞船降落。右手边是一大片开阔的田野，一台农垦机器人

---

①班图人是非洲最大的民族，主要居住在赤道非洲和南部非洲。

正在用焊接在其腰间的金属钩耕地,这个部件是从某架被丢弃的机器上拆卸下来的。宋武的飞船笨拙地落地,弹了几下才停住。机器人不再挥舞金属钩,惊异地抬头看他。

"清虚与您同在。"宋武爬下飞船时,机器人顺从地说道,声音十分刺耳。

宋武把他那叠报告文件收起来,放进公文包。他关上飞船舱门,快步走向城市的废墟。机器人重新开始拖曳着它生锈的金属钩翻耕坚硬的地面。它伤痕累累的身体吃力地弯下去,缓慢、沉默、任劳任怨地干着活儿。

当宋武疲惫地在错落交杂的建筑废墟和垃圾间前进时,听到一个小男孩尖声问道:"吟游诗人,您去哪儿?"这是个黑脸的班图族小男孩,穿着一件满是补丁的红色破衣服。他像小狗一样跟在宋武身边跑,一路蹦蹦跳跳,咧嘴露出一口白牙。

宋武马上提高了警惕。他跟黑发女孩曾有过的纠缠让他学会了基本的伪装和回避技巧。"我的飞船坏掉了。"他小心翼翼地回答。这种状况当然很常见。"它是我们那地方能用的最后一艘飞船。"

那男孩跳了起来,爆发出一阵笑声,落下的时候踏坏了几丛生长在路边的绿色野草。"我知道有人能修好它。"他没心没肺地大叫。

宋武脉搏跳动的速度都变快了。"哦?"他咕哝了一声,一副没兴趣的样子,"这里的确有些人,还在从事不大光彩的修理行业。"

男孩严肃地点头。

"是那些技工吧?"宋武追问,"他们的人数多不多? 都在这些老旧的废墟附近住吗?"

这时,出现了更多的黑脸小男孩,还有些黑眼睛的班图族小女孩。他们蹦跳着从垃圾和废墟间出现。"你的飞船出什么毛病了?"其中一个大声地问宋武,"它飞不动了吗?"

他们都在他身边,喊叫、奔跑。他不紧不慢地继续前进。这帮小孩可真野,一点儿教养都没有。他们在地上打滚、打架,翻着筋斗,互相追逐,跟疯了一样。

宋武问:"你们中有多少人受过启蒙课程呢?"

周围突然安静下来,气氛有些尴尬。孩子们心虚地互相看着,没有一个人回答。

"仁慈的艾戎啊!"宋武惊恐地叫起来,"你们都没有上过学?"

孩子们羞愧地低下头。

"那你们还怎么顺应天意生活? 怎么了解自己的宿命? 这真是太过分了!"

他用一根肥嘟嘟的手指指着那些男孩,"你们有没有时时刻刻为来生做准备呢? 有没有坚持每天反省,净化自己的灵魂? 有没有坚持拒绝食物、性、娱乐、财富、学识和休闲的诱惑?"

但答案显而易见。他们肆意的笑闹已经证明这些小孩还在蒙昧之中,远远谈不上什么清虚宁静。然而唯有达到清虚的境界,人才能了解永恒的命运。宇宙中的命运之轮一刻不停地旋转,众生皆在其中。

　　"你们就像是一群花蝴蝶!"宋武带着轻蔑反感地说道,"你们跟野外的鸟兽没有什么两样,同样顾不上明天的事情。今朝有酒今朝醉,仿佛明天不会来临似的。就像那些昆虫——"

　　但说到昆虫,他就想起那只翅膀闪亮的蓝屁股苍蝇,在腐臭的蜥蜴尸体上攀爬。宋武觉得胃里翻江倒海。他好不容易才克制住呕吐的冲动,继续大步向前。渐渐地,村庄在前方出现了。

　　周围有农夫在贫瘠的土地上劳作。熔渣上面覆了一层薄薄的土,几根干瘪的麦秆耷拉着头,摇摇晃晃。土地的状况非常糟糕,比他以前见过的任何土地都差。他甚至能感觉到脚下踩着的是金属地面。金属几乎是直接裸露着的。弯腰劳作的男女用白铁罐浇灌弱小的庄稼。这些老旧的金属容器都是从废墟里捡回来的。还有一头牛拉着一辆简陋的运货车。

　　另一块地里有些女人,正在用手拔草。所有人都行动迟缓,样子愚蠢迟钝,全都被土地里的十二指肠钩虫感染了。他们都光着脚。只有孩子们还没有被钩虫寄生,但很快也会的。

　　宋武仰首看天,感谢艾戎大神。在这里,人们承受着非同寻常的苦难,每个人都经受着痛苦的折磨。这些男女在人间炼狱中饱受炙烤,他们的灵魂很可能已经被净化到了惊人的程度。有个婴儿躺在阴凉处,旁边就是昏昏欲睡的母亲。苍蝇就在婴儿的眼睛上爬。他的妈妈发出沉重而沙哑的呼吸声,嘴巴无力地张开,棕色的面庞上泛着病态的潮红。她的肚子鼓鼓的,已经再次怀孕。又一个永生的灵魂将要从较为低级的阶层开始向上攀爬。她硕大的乳房从肮脏的袍子里露了出来，耷拉着。昏睡中的她一翻身，乳房便微微晃动。

"你们过来。"宋武厉声招呼那帮跟着他的黑脸小孩，"我要跟你们谈谈。"

那些孩子向他靠近，眼睛都盯着地面，默默地围在他的身边。宋武坐下，把公文包放到一边。他娴熟地盘腿打坐，完全符合艾戎教义书第七册中要求的传统坐姿。

"我来问，你们回答。"宋武宣称道，"你们知道基本教义吗？"他眼神凌厉地环顾四周，"谁记得基本教义？"

有一两人举了手。大多数孩子悻悻地看向别处。

"第一条！"宋武厉声说道，"你是谁？你是宇宙轮回中的一颗尘埃。

"第二条！你是什么？只是超越想象的无垠星空中的一粒微尘。

"第三条！生命该如何度过？顺应天命。

"第四条！你身在何处？在轮回阶梯中的某一级。

"第五条！你来自何方？你历经无数次轮回。每次轮回，都会让你上升或下降至其他等级。

"第六条！下次轮回，你将前往何方？根据你在这一世的行为而定。

"第七条！什么是正确的行为方式？顺应永恒之道，顺应那些组成了神圣六道的宇宙之力。

"第八条！痛苦的意义何在？以此净化灵魂。

"第九条！死亡的意义何在？让凡人从尘世中解脱，也许他能就此升入更高的境界。

"第十条——"

但宋武的声音却在此时戛然而止。两个近似人形的身影正在向他靠近。高大的身躯，惨白的皮肤，大步跨过被烘烤着的田野，从一行行病恹恹的麦子中间走来。

那是来迎接他的技工。他浑身上下起了一层鸡皮疙瘩。白人，他们的皮肤泛着不健康的白色，像刚从石头下面挖出来的夜行昆虫一样。

他站起来，忍住恶心，准备向他们打招呼。

宋武说了句："清虚至上！"那两人在他的面前停住了，他能够闻到来人的体味，像是麝香味，又像是绵羊的腥膻味。两个大块头雄性白人，他们浑身都是汗，皮肤看上去又黏又湿。两人都留胡子，头发长且乱。他们身穿帆布长裤和长靴。宋武惊恐地瞥见他们胸口上茂密的体毛，就像是一张毛毯似的。他们的腋窝、胳膊、手腕上，甚至手背上，都有浓密的毛。也许破羽大师说得对，也许在这些人庞大、笨重、生长着金色毛发的身躯里，依然保存着原始的尼安德特人——那些根本算不上人的人——的血统。透过这两人的蓝眼睛，他仿佛看到了猩猩。

"嗨。"第一个白人说。过了一会儿，他才又犹豫着补充说："我名叫贾米森。"

"皮特·费里斯。"另一个人咕哝道。两人都没有注意通常的礼节。宋武有些不快，但竭力不表现出来。这是故意的，是在侮辱自己？还是仅仅出于无知？这不好说。正如蔡大人所说：在社会底层，总有一股由怨恨、嫉妒和敌意组成的暗流涌动。

"我在进行一次例行调查。"宋武解释说，"调查农村地区的出生率和死亡率。我会在这里待几天。有没有什么地方可以住呢？酒店或者旅馆之类的。"

两个雄性白人陷入了沉默。"为什么？"其中一个莽撞地问。

宋武眨眨眼睛，"为什么？什么为什么？"

"你为什么要自己做调查？如果你需要任何信息，我们都可以提供。"

宋武简直不敢相信，"你知道自己在跟谁说话吗？我可是一名吟游诗人！你居然问我为什么！你们足足比我低了十个等级。你怎么敢——"他气得说不出话来。乡下的这些技工，早就把自己的本分忘得一干二净。本地的吟游诗人干什么吃的？他们就眼睁睁地看着整个社会结构崩坏吗？

他想到如果技工、农夫，还有商人被允许混在一起，甚至通婚，在同样的地方饮食，会诱发的种种风险，身体就不由得剧烈颤抖起来。这样一来，整个社会的结构会完全崩塌。所有人出行都乘坐同样的车，使用同样的厕所……这简直不可想象。宋武面前突然展现出噩梦似的景象：技工们和来自吟游诗人与诗人等级的女人们一起生活、交媾。他仿佛看见了一个横向的社会，人人平等，这让他惊恐万分。这完全违背天道、拂逆神意,"疯狂年代"重又来临。想到这些他就不寒而栗。

"本区的管理人在哪儿?"他问,"带我去见他。我要直接跟他对话。"

两个白人转过身,一句话没说,就沿着来路往回走。宋武生了一会儿闷气,然后跟上了他们。

他们带他穿过凋敝的田野和饱受风沙侵蚀的荒凉群山——那里寸草不生。废墟在周围不断延展。在城市边缘,稀稀疏疏地散布着村落。他看到歪斜的简陋木屋,还有泥泞的街道。村里浮着一股恶臭味,那是垃圾和死亡的气息。

好多条狗睡在小屋下面。孩子们在恶劣、腐坏的垃圾堆里晃悠、嬉戏。几个老人坐在门廊上,表情空洞,眼神麻木。鸡在到处刨食,他还看到些猪和皮包骨的猫。还有那些有着生不完的锈的金属一层一层堆叠着,有的金属堆竟然接近三十英尺高。被红色熔渣覆盖的大楼到处都有。

村子外面就是真正的城市废墟——绵延几英里的断壁残垣;建筑的骨架、水泥墙、浴缸和烟囱;翻倒的金属壳,那是以前叫作汽车的东西。这些都是"疯狂年代"遗留下的痕迹。正是那被称作"疯狂年代"的十年,为人类最可悲的一段历史拉上了帷幕。在那之前的疯狂而迷乱的五百年,现在被称为"异端时代",那时的人们对抗天意,妄图把命运掌握在自己的手里。

他们来到一座大房子前,这是一座两层的木制建筑。两个白人登上腐朽的楼梯。他们沉重的靴子踩在木板上，木板嘎吱作响，听起来极为不祥。宋武紧张地跟在他们身后。他们来到一个游廊，似乎是一个露台。

露台上坐着一个古铜色皮肤的肥胖官员，身穿一件没有系扣的马裤，他油亮的黑发梳在脑后，用一根骨簪别住，耷拉在又红又粗的脖子后面。他有高挺的大鼻头、扁平的宽脸盘、好几层的下巴。他正在用锡铁杯喝柠檬汁，眼睛盯着楼下泥泞的街道。两个白人出现时，他微微直了一下身子，看起来已经非常费力了。

"这个人，"名叫贾米森的白人指了一下宋武说，"他想要见你。"

宋武生气地推开他，自己走上前，"我是来自中央管理局的一名吟游诗人。你们认得**这个**吗？"他扯开袍子，露出胸前神圣军队的标志——镶金边的红色火焰图案，"我要求你们给我适当的礼遇！我来这里，可不是要被呼来喝去，应付某些——"

他说得有点儿多了。宋武强压怒火，用力握住公文包。肥胖的印第安人平静地打量他。两个白人已经晃悠到了露台远端，蹲在阴凉处。他们背过身，点了两根粗陋的纸烟。

"你居然允许这样？"宋武难以置信地质问，"这些人，混居在一起？"

印第安人耸耸肩，整个人瘫软在椅子里。"愿清虚与你同在。"他咕哝着，"你要跟我一起坐会儿吗？"他平静的表情还是一成不变，像是完全没有觉察到对方的不满，"来点儿柠檬汁？或者咖啡？柠檬汁对这些有好处。"他指了指自己张开的嘴巴，松软的牙床上到处都是溃疡。

"我什么都不想喝。"宋武气呼呼地说,然后坐在了印第安人对面的椅子上,"我这次来,是要进行一项官方调查。"

印第安人微微点头,"哦?"

"出生率和死亡率。"宋武犹豫了一下,然后身体倾向印第安人的方向,"我坚决要求你把这俩白人赶走。我要跟你说的可是机密大事。"

印第安人的表情毫无变化,大脸上仍是一副漠不关心的样子。过了一会儿,他微微转身。"你们到街上去吧,"他下令,"随便干什么都行。"

两个白人一边小声埋怨,一边站起来,气冲冲地经过桌子旁边,皱着眉,相当不满地瞪着宋武。其中一个人还故意大声咳嗽,并向栏杆外吐痰,显然是在羞辱他。

"太蛮横了!"宋武气得差点儿哽住,"你怎么能容许这种行为?你看到他们的行为了吗?艾戎为证,这真让人难以相信!"

印第安人满不在乎地耸耸肩,打了个饱嗝,"所有的人类,在宇宙轮回中,都是兄弟。艾戎在地球上时,不也是这样教诲的吗?"

"当然是的,但——"

"这些人,难道不也是我们的兄弟吗?"

"当然,"宋武傲慢地回答,"但他们也必须守本分。他们属于微不足道的社会阶层。只有遇到很少发生的工具需要维修的情况时,我们才会需要他们。但在过去的一年里,我连一种需要维修东西的情况都想不到。社会对这一阶层的需求每年都在下降。最终，这个阶层，连同其成员一起，都将——"

"你或许是主张绝育吧？"印第安人耷拉着眼皮，老奸巨猾地问。

"我的确有些这方面的主张。底层像兔子一样疯狂繁衍，不停地生孩子，比吟游诗人阶层的生育率高太多。我到哪儿都能看见大肚子的白人妇女。但最近几年，却很少有吟游诗人的后代出生。底层的家伙们肯定非常淫乱。"

"他们生活中也就这点儿乐趣了。"印第安人淡定地小声说道。他又嘬了一口柠檬汁，"你应该学着更宽容一些。"

"宽容？我对他们并没有恶意，只要他们——"

"有传言说，"印第安人继续细声细气地说，"艾戎·胡本人就是个白人。"

宋武气急败坏，张口就想反驳，但脱口欲出的话却卡在了喉咙里。下面泥泞的街道上，有什么东西正在靠近。

宋武问："那是什么？"他激动地跳起来，快速走到围栏旁边。

一行人正缓慢而庄重地前进。就像收到了特别信号一样，男女村民都从他们简陋的屋子里面走出来，兴奋地站在街边围观。随着游行队伍逼近，宋武呆住了，一时间觉得天旋地转。越来越多的人聚集起来，看上去足有好几百人。他们摩肩接踵，交头接耳。人与人紧紧地挤在一起，乌泱泱的一大片，左右摇摆。人人的脸上都写满急切。歇斯底里的呻吟声在人群中扩散开来，就如同大风刮过树梢，惊起了每一片叶子。他们组成了一个独立的整体，一个巨大而原始的有机体。游行队伍不断靠近,每个人都呈现出心醉神迷、欲仙欲死的状态。

游行者都穿着奇怪的服装:衣袖卷起的白衬衣、式样古老到不行的深灰色裤子、黑色的鞋子。所有人的装束都一模一样。因为他们全都穿着白衣灰裤,排成两列的纵队显得十分醒目。每个人都高扬着头,鼻孔大张,下巴僵硬,平静而庄严地行进着。队伍中的男男女女看起来既呆滞又狂乱,那冷酷凶残的表情让宋武惊惧地后退。队伍越来越近,裹在古老的白衬衫和灰裤子里的,仿佛是一尊尊灰白色石像,是从遥远的过去传来的可怕气息。他们的鞋跟踏在地面上发出生硬的闷响,震得周围的简陋房舍摇摇欲坠。睡觉的狗都被吵醒,孩子们开始哭号,鸡咕咕乱叫,四下奔逃。

"艾戎神啊!"宋武叫起来,"这到底是怎么回事?"

游行者手持具有象征意味的器具,那些宗教图案肯定有某种古怪的含义,但是宋武猜不出来。其中有像管道和球杆一样的东西,还有看上去像是用金属制成的闪亮的网。**金属**!它没有生锈,闪闪发亮。他感到极为震惊。这些东西看上去竟是新的!

游行队伍就从他们楼下通过。游行者身后,一辆巨大的货车隆隆地驶来。其上竖立着的肯定是象征雄性生殖力的符号,那是一根螺栓形长管,有一棵树那么高。它从一块闪亮的金属块里面突出来,随着车子的颠簸,长管上下起伏。

车子后面还有更多的游行者,也都是神情严肃、眼神呆滞,携带着粗细不一的管子和其他闪闪发亮的器具。他们继续前进。街上已经挤满了一脸敬畏之色的男男女女。他们已经完全失去了神智，跟在游行队伍后面。再接下来，则是小孩和狗。

最后一名游行者手持一面细长的三角旗。旗帜在她头顶上方飘摇着。旗杆很长，被她牢牢地抱在胸前。杆顶那面鲜艳的旗子迎风招展。宋武认出了上面的记号，刹那间，他似乎失去了知觉。这旗子就在眼前，在他脚下；它居然就在他眼皮底下经过，在光天化日之下，暴露在所有人眼前。旗子上，是一个巨大的字母"T"。

"他们——"他想要开口，但却被印第安胖子打断。

"廷克主义者。"他喃喃地回答，又喝了一口柠檬汁。

宋武抓起他的公文包，向楼梯方向快步走去。楼梯下面，两个大块头的白人已经蓄势待发。印第安人迅速地向他们做了个手势。"喂！"他们恶狠狠地向他走来，眼圈发红，眼神有如石头一样冰冷，小小的蓝色眼珠里全是恶意。他们的皮衣下面，发达的肌肉已经鼓了起来。

宋武在自己的袍子里摸索着。他拔出了颤击枪，瞄准两个白人，扣下扳机。但什么事情都没发生，枪已经坏掉了。他疯狂地摇晃那东西，成块的铁锈纷纷掉落。它已经没用了，完全坏掉了。他把枪丢开，在绝望中下定决心，跨过楼梯扶手跳了下去。

他连带着一大批朽坏的木料一起掉落到了街道上，翻滚了几下后，头撞到了墙角，然后摇摇晃晃地站起来。

他开始奔跑。在他身后，两个白人推开那些茫然前进的人群，快步追来。宋武一转头，瞥见了他们汗淋淋的苍白面孔。他转过一个弯,在破旧的房舍间飞奔,跳过一条臭水沟,爬过几个胡乱堆放的垃圾堆,一路连滚带爬,终于气喘吁吁地躺在了一棵大树后面,他手里还紧握着公文包。

现在已经看不到那两个白人了。他已经甩掉了他们,暂时安全了。

他四下张望。飞船在哪个方向呢?他手搭凉棚,避免直视傍晚的阳光,渐渐看清了飞船弯曲的涡轮形轮廓。它在他的右手边,离他很远,在逐渐暗淡的天光下隐约可见。宋武颤巍巍地站起来,小心地向那个方向靠近。

他现在处境艰危,这一整个地区的人都是廷克主义支持者——甚至包括中央管理局指派的管理人。而且这个教派并不只在特定的社会阶层流行,它已经渗透到社会最高层。在这里,他不仅仅是不能信任白人,连班图人、蒙古人或印第安人也不能相信。整个地区都与他为敌,等待着他自投罗网。

艾戎神啊,这真是比神圣军队那些人想象的复杂好多!难怪他们需要一份侦察报告。整个地区的人都陷入了宗教的狂热之中,成了极端的异教徒,传播着邪恶的教条。他打了个哆嗦,但没有停下脚步,小心躲避着田野中的农夫,不管对方是人类还是机器人。他加快脚步,警觉和恐惧让他突然提升了行动速度。

如果这东西蔓延开来,如果有相当可观的一群人信仰了它,或许"疯狂年代"就会重演。

飞船已经被占领。三四个大个子白人在周围逡巡，吊儿郎当地叼着香烟，苍白的脸上长着很多毛。宋武很震惊，但也只能悄悄爬下山坡。他因为绝望而感到麻木。飞船已经被敌人抢先占据。他现在还能怎么办？

天快要黑了。他必须要在黑暗中步行五十英里，穿过陌生而险恶的土地，才能到达下一个有人居住的地区。太阳已经开始落山，空气转凉。此外，由于他在黑暗中失足滑进过臭水沟，浑身都被肮脏而浑浊的污水浸湿了。

他只好原路返回，脑子里一片空白。现在他还能怎么办？他孤立无援，颤击枪已经坏掉了。他独自一人，无法跟神圣军队取得联络。到处都是廷克主义者。他们很可能会活剥了他，用他的血来浇灌庄稼，或许比这更糟。

他绕过一片农场。已是黄昏，天色渐暗，有个模糊的身影还在田里劳作，那是个年轻女子。他经过时，小心翼翼地看了她一眼。她背对着宋武，正弯腰在几排玉米秧苗之间忙碌。她在做什么？会不会在——艾戎开恩啊！

他连忙费力地穿过田地奔向她，连路都没来得及看，更别提小心谨慎了。"姑娘啊！给我**住手**！我以艾戎神的名义，命令你马上住手！"

宋武上气不接下气地来到姑娘面前，手握着他的公文包不停喘息。"那些可都是我们的**兄弟**！你怎么忍心杀害他们？他们甚至可能是你的至亲，不久之前才坠入轮回道中。"他拍落她手中的罐子。那东西掉在地上，里面困着的甲虫纷纷四处逃散。

那姑娘气得满脸通红,"我可是花了一个小时才抓到它们的!"

"你在残害他们! 在碾碎他们啊!"他惊恐得几乎说不出话,"我都看到了!"

"这是当然。"女孩扬起她的黑色眉毛,"它们咬坏了我家的玉米。"

"但他们还是我们的兄弟!"宋武近乎癫狂地重复道,"他们当然要吞食玉米了,因为前生犯下的某些过错,天命要让他们——"他突然打住,觉得毛骨悚然,"你不知道吗? 没有人跟你讲过这些?"

那女孩或许有十六岁。在渐浓的夜色里显得娇小、苗条,一手拎着空罐,另一只手里握着一块石头。黑发像潮水一样涌向她的脖子。她的双眸大而闪亮,嘴唇丰满红润,皮肤是柔和的棕色——很可能是波利尼西亚人①。一只甲虫四脚朝天地摔在地上,女孩弯腰去捉它,宋武趁机瞥见了她紧致的乳房。这让他的脉搏加速,好像瞬间年轻了三岁。

"你叫什么名字?"他问,态度和善了一点儿。

"弗里雅。"

"多大了?"

"十七。"

"我是个吟游诗人。你以前跟吟游诗人说过话吗?"

---

① 大洋洲东部波利尼西亚群岛的一个民族集团,包括毛利人、萨摩亚人、汤加人、图瓦卢人、夏威夷人、塔希提人、托克劳人、库克岛人、瓦利斯人、纽埃人、复活节岛人等十多个支系。

"没有，"女孩小声说，"我觉得应该没有。"

她的身影在黑暗中隐隐约约。宋武几乎看不清她的样子，但他看到的那隐约身影，已经让他的心陷入了痛苦之中。浓密的黑发是一样的，还有同样的深红双唇。这女孩更年轻一些，这是自然，她几乎还算是个孩子，而且来自农夫阶级。但她跟刘的体态相近，而她一旦成熟——也许再过几个月就成。

他开始使用吟游诗人的技能，声音变得听不出年纪，无比甜美迷人，"我在此地降落，旨在完成一项调查。飞船出了问题，我不得不在此过夜。但我在此地无亲无故，当此困境，我——"

"哦。"弗里雅立刻就开始同情他，说道，"那你今晚就住我家吧？我哥出门去了，家里有空出来的房间。"

"深感荣幸。"宋武马上回答，"可否劳烦您带路？我会乐于酬答您的恩情。"女孩向黑暗中一个模糊的黑影走去，宋武在后面快步跟随，"我难以相信，您竟然没有受过教育。这个地区堕落得令人发指。你们是怎么落到这步田地的？我现在就得说，我们必须多加相处。你们中没有一个人接近清虚境界——你们都被蒙蔽了，无人例外。"

"那是什么意思？"弗里雅走进门廊，一边开门一边问。

"蒙蔽吗？"宋武惊奇地反问，"我们**一定要**多花点儿时间在一起。"他急切地跨入房门，在门槛上绊了一下，险些摔倒，"也许你需要全套的指导，我们可能要从头开始才行。我可以安排你到神圣军队学校学习，当然是在我本人的保护之下。蒙蔽的意思就是你的行为举止不符合宇宙之道。你们怎么能在这种状态下活着呢？我亲爱的，你真的需要重回合乎天命的生活道路上来！"

"哪一个天命？"女孩带他进入一间温暖的起居室。壁炉里烧着木柴，噼啪作响，两三个男人围坐在一张木桌周围，其中一个是长发老者，头发已经全白了，另外两人则稍微年轻些。还有一个瘦弱干瘪的老妇人，坐在屋角的摇椅上昏昏欲睡。厨房里有个丰满的女人正在准备晚饭。

"什么？天命当然只有**一个**！"宋武有些震惊地回答。他扫视了一下屋里的人，公文包突然掉到了地面上。"白人。"他说。

周围全都是白种人，甚至连弗里雅也不例外。她经过暴晒，皮肤几乎被晒成了黑色，但毫无疑问，她是白种人。宋武现在回想起来了：白人如果老晒太阳就会变黑，有时候肤色比黄种人还深。女孩已经把她干活时穿的长袍挂在门后衣钩上。现在她身着家常短裙，大腿像牛奶一样雪白。而那两个年长的男女——

"这位是我的祖父，"弗里雅指着老男人说，"本杰明·廷克。"

在廷克家两个年轻人警觉的注视下，宋武洗了澡，换上干净衣服，然后吃了东西。他不大舒服，只吃了一点儿。

"我搞不懂。"他嘟囔着，无精打采地推开餐盘，"中央管理局的扫描仪显示我只有八个月可以活。瘟疫将会——"他犹豫了一下，"但事情总在变化之中。扫描仪只能用于预测，并非是不可更改的。总有多种可能性。自由意志影响——任何行为，如果意义足够重大——"

本·廷克笑了起来，"你想要活下去吗？"

"当然！"宋武有些不快地嘟囔。

所有人都笑起来，甚至包括弗里雅，还有裹着围巾的老妇人，她头发雪白，蓝眼睛很温柔。这两位是他最早见到的女性白人。她们并不像男性白人那样高大且迟钝，身上也没有他们那有如野兽般的特征。两个年轻的白人男子看起来就很凶。两兄弟和他们的爸爸正在研究一系列复杂的文件和报告。文件散乱地放在餐桌上，旁边就是空盘子。

"这个地区，"本·廷克低声说，"应该在这儿安装输水管，还有这里。这种地方最缺的就是水。下一次播种庄稼之前，我们会倒几百磅①化肥进去，然后翻耕土地，把化肥埋进去。那时候，机械犁应该都已经做好了。"

"再之后呢？"其中一个头发乱糟糟的儿子问道。

"再之后就是喷洒农药。如果到时候还没有烟碱喷剂，我们就得再次尝试铜锈。我更喜欢喷药灭虫，但我们的产量恐怕不够。不过，通过上次的钻孔作业，我们已经找到了一些原料贮藏地，产量应该会开始提高。"

"还有这里。"一个儿子说，"这里需要排水，不然会导致蚊虫滋生。我们可以试试用石油灭蚊，就像在这边尝试过的一样。但我建议，最好的办法还是把那片湿地填平。要是挖泥机和铲斗车没被占

---

①英美制重量单位，1磅约等于0.45千克。

126

用的话,我们可以用这两样工具。"

宋武听见了这一切。他摇摇晃晃地站起来,气得浑身发抖。他用颤抖的手指指着老廷克。

"你们在——搅乱天意!"他嘶声说。

他们一起抬头,"搅乱什么?"

"搅乱天意! 阻挡天命啊! 艾戒开恩啊! 你们在阻碍这世界的神圣轮回。为什么——"他突然醍醐灌顶。他领悟到了一个极为陌生的道理,足以让他的世界天翻地覆,"你们这样做,真的会阻挡天命轮回。"

"这么说,"年迈的本·廷克回答,"其实也对。"

宋武再次坐下,完全惊呆了。他的脑子已经拒绝再接收任何东西,"我不明白,这世界怎么了? 如果你们减缓了轮回的进程,如果你们搅乱了天意——"

"他还真是个麻烦。"本·廷克若有所思地喃喃自语,"要是我们杀了他,神圣军队还会再派下一个同样的家伙来。他们有几百个像他这样的角色。如果我们不杀他,送他回去,他又会大呼小叫,把整个中央管理局都招来。现在摊牌还为时过早。虽然我们的势力发展得很快,但还需要几个月时间才能抵抗他们。"

宋武的脑门上开始冒汗,他哆嗦着擦掉汗珠,"如果你们杀了我,"他咕哝着,"就会在轮回中连降好几级。你们已经升到这么高的等级,为什么要让这么多代的修行付之东流呢?"

本·廷克犀利的蓝眼睛死死盯着他。"我的朋友,"他缓缓问道,

"人在来生的形态，是不是取决于今生的行为？"

宋武点头，"这一点众所周知。"

"那么，什么才是正确的行为呢？"

"顺应天命。"宋武马上回答。

"也许我们的行动就是天命的一部分。"本·廷克沉吟着说，"也许天意就想让我们排干沼泽里的水，杀死蝗虫，给孩子们接种疫苗。毕竟，是天意让我们来到了这个世界上。"

"如果你杀了我，"宋武哀告说，"我就会变成一只吞食腐尸的苍蝇。我**看**过了，一只翅膀闪亮的蓝屁股苍蝇，在一只蜥蜴的尸体上爬来爬去。就在某个行星上水汽蒸腾、腐臭熏天的森林中，在其中的臭水沟里。"泪水夺眶而出，他徒劳地想把它们揩干，"在一个鸟不生蛋的星系，重回进化阶梯的最底端！"

廷克感觉很好笑，"怎么会这样呢？"

"因为我犯过罪。"宋武抽着鼻子，脸涨得通红，"我跟别人的妻子通奸。"

"你就不能洗清罪孽吗？"

"没时间啊！"他的痛苦升级为锥心的绝望，"我的思想**依然**龌龊！"他指了下弗里雅，后者站在通往卧室的门廊里。她身着短裙，柔软而白皙的肉体以及露在外面的被晒黑的皮肤显得楚楚动人。"我还是会有淫乱的念头。我控制不住自己。八个月后，命运之轮就将启动，我会在一场瘟疫中丧生——然后一切就都完了！如果我能活到老年，形如枯槁，牙齿脱落，再没有什么欲念——"他肥胖的身体激动地抽搐着,"但我没有**时间**赎罪了。根据扫描仪所显示的,我会在年轻时夭折!"

听完这番倾诉,廷克沉思了一会儿。"那瘟疫,"他终于开口,"它的症状具体是怎样的?"

宋武描述了一番,随着他的描述,他那橄榄色的皮肤呈现出一种病态的惨绿。等他讲完,三个男人心照不宣地对视。

然后本·廷克站起来,"跟我来吧。"他发出一道简短的命令,挽住吟游诗人的胳膊,"我有东西要给你看。它是旧时代的遗物。早晚,我们会发展到能够自己生产它们的程度,但现在,这东西剩下的已经不多了。所以我们把它们封藏起来,严加守卫。"

"这次使用有充足的理由。"其中一个儿子说,"很值得。"他跟自己兄弟对视,面露微笑。

吟游诗人蔡先生读完了宋武的蓝标报告,狐疑地将其丢下,审视比自己年轻的吟游诗人,"你确定那里不需要进一步调查?"

"那个小教派会自行灭亡的。"宋武满不在乎地咕哝道,"它没有什么真心的支持者。人们只是利用它来宣泄情绪,教理本身一无是处。"

蔡大人并不相信。他重新阅读了报告的一些部分。"我觉得,你的话或许也有道理,但我们已经听到那么多传闻——"

"谎言而已,"宋武含糊地说道,"都是些八卦谣言。我可以走了吗?"他走向门口。

"急着去度假吗?"蔡先生微笑着表示理解,"我能理解你的感受。这份报告一定让你精疲力竭了吧。深入农村,到那么偏远的地方。我们必须拟订更好的农村教育制度。我确信,这些地方的人全部都在蒙昧中生活。我们必须把清虚教义送到他们中间。这是我们的历史使命,是我们阶层的天职。"

"当然,当然。"宋武低声说,然后躬身行礼退出大厅,进入走廊。

他一面走,一面心怀感激地抚摸着自己脖子上挂着的串珠。当他的手指滑过那些小红丸时,口中情不自禁地祈祷。这些崭新的带着光泽的小球,已经取代了原来那些褪色的珠子——这是廷克主义者给他的赠礼。他用手紧紧握住它们,这些珠子即将派上用场。在未来的八个月里,它们必须完好无损。在他探访西班牙的城市废墟期间,他一定会小心保管珠子,因为他最终会在那里感染瘟疫。

他是史上第一位佩戴盘尼西林念珠的吟游诗人。

最后的主宰者

知觉渐渐恢复，他不情愿地转醒。几个世纪的沉重回忆、无法承受的疲惫，都压在他身上。醒来的过程很痛苦。假如他有能发出尖叫的器官，肯定叫出声来了。不过，现在他开始感到愉悦了。

他已经这样挣扎着转醒八千次，每一次都更加困难。总有一天，他将无法醒来。总有一天，他将永远地沉睡在那黑池之中。但不是今天。今天他还活着，克服了创痛之后，他迎来了胜利的喜悦。

"早上好。"一个欢快的声音说，"今天天气可真不错，您说呢？我马上把窗帘拉开，您就可以看看外面了。"

他的视觉和听觉已经恢复，但还不能动。他静静躺着，渐渐恢复了对房间里的各种事物的感知。他看到地毯、墙纸、茶几、灯盏、装饰画，然后是办公桌和监视屏。耀眼的金色阳光透过窗户倾泻进房间。窗外是蓝天、远山、田野、建筑、道路、工厂，还有工人和机器。

彼得·格林还在忙着整理，年轻的脸上铺满了笑容，"今天有很多事要做。许多人会来拜访您，有些法令要签署，还要做出一些决断。今天周六，会有人从偏远的区域赶来。我希望维护团队这次也能出色地完成工作。"他赶紧补充说，"不用说，他们肯定做得不错。我在来这里的路上跟福勒谈过了。所有故障都已经完美修复。"

这位年轻人好听的男高音融入明亮的阳光里。声音和景象，除此之外什么也没有。他没有任何感觉。他试着挪动胳膊，但什么都没有发生。

"不用担心。"格林注意到了他的恐惧，"它们很快就会和其他部位一道恢复机能。您会没事的。您**必须**安然无恙。没有您，我们怎么可能活下去？"

他放松下来。上帝为证，天知道这种事情已经发生过多少遍了！他隐约感到一阵怒气。这些人为什么就不能协调得好一点儿？为什么就不能一步到位，而不是这样零零碎碎挨个恢复？他必须调整一下他们的工作程序，将他们组织得更好一些。

明亮的窗外，一辆低矮宽敞的金属壳汽车发出咔嚓的响声，停住了。一群穿制服的人鱼贯而出，抱着若干沉重的装备，快步走向大楼主入口。

"他们终于到了。"格林叫着，松了一口气的样子，"有些晚，对吧？"

"又是堵车。"福勒进门的时候抱怨说，"交通信号系统又出了点儿问题。出城方向的车流跟城里的车搅到一起去了。到处都堵车。我希望您能改进一下相关法律。"

现在他的周围开始躁动起来。福勒和麦克莱恩的身影逐渐逼近,像两颗突然升起的巨大卫星。维护团队的人员用专业的眼光关切地俯视他。他被翻成侧卧姿势。他听见低沉的会谈声、急切的耳语声、工具碰撞的金属声。

"这里。"福勒轻声说,"然后是这里。不,等会儿再弄那里。小心。现在沿这里一直向上。"

工作在极度寂静中进行。他能感觉到那些人靠得很近,他们模糊的轮廓有时会挡住光线。他被来回翻转,像一袋谷物一样被抛来抛去。

"好了。"福勒说,"安装磁带。"

又是长久的沉默。他无聊地盯着那面墙,看着那张稍稍褪色的蓝粉两色墙纸。墙纸是老式设计,上面印的女人身穿有箍衬裙、镶褶边的白衬衫、尖头皮鞋,小巧的肩上搭着一把小阳伞,身旁有一只异乎寻常干净的小狗。

然后他又被翻转回来,正面冲上。五个人影吭哧吭哧地在他身上忙碌,他们运指如飞,衬衫下的肌肉不断起伏。最后,他们终于直起身来,退开。福勒拭去脸上的汗水。他们都神经紧绷,异常疲倦,视线模糊。

"继续。"福勒急躁地下令,"启动它。"

电流击中他。他喘不过气来,身体弓了起来,随即慢慢落下。

他的身体。他现在有了感觉。他试着动了一下双臂,又摸了摸自己的脸、肩膀，还有墙，墙面真实又坚硬。突然之间，世界又变回了三维的。

福勒看上去松了一口气，"感谢——上帝。"他精疲力竭、萎靡不振，"您感觉如何？"

过了一会儿他才回答道："还好。"

福勒把团队其他成员打发走。格林从角落开始清扫房间。福勒坐在床边，点燃他的烟斗。"现在听我说。"他说，"我有坏消息。我会直截了当地告诉你，我知道你喜欢这样的方式。"

"什么坏消息？"他问，同时打量着自己的手指。他早就心里有数。

福勒眼下挂着黑眼圈，他没刮胡子，国字脸上满是疲惫和虚弱，"我们一整夜没睡，一直在修理你的发动机系统。我们暂时是把它修好了，但看样子撑不了太长时间，最多几个月。那东西老化得越来越严重。你的核心零件是无法替换的，一旦坏了，就再也无法恢复。我们可以手工焊接继电器和电路进去，但那五个突触①线圈是无法修理的。世上本就只有屈指可数的几个人能够制造它们，而这些人两个世纪前就已经死了。如果这些线圈烧毁的话——"

"突触线圈有没有老化迹象？"他打断了福勒。

"现在还没有。目前只是发动机控制的部位在老化，尤其是胳膊。你腿部的遭遇会在胳膊那里重演，然后扩展到所有动力系统。

---

① 一个神经元与另一个神经元接触的部位，是信息传递的关键部位。在文中，"突触线圈"是存储记忆的重要零件。

最后的主宰者

到今年年底,你将瘫痪。你还可以看、听、思考,但也仅此而已。"他补充说,"对不起,博尔斯。我们竭尽全力了。"

"没关系。"博尔斯说,"不是你们的错。谢谢你跟我直说。我——也猜到了。"

"准备好下去了吗?今天有很多人带着他们的麻烦事儿前来拜访。你到达之前,他们都会堵在那里。"

"我们走。"他尽力集中精神,把注意力转移到今天的具体事务上来,"我要加快重金属研究的进度。它的进度又滞后了,像往常一样。我也许要把几个人从相关部门调走,派到发电机部门去。水位很快就将下降。我想在有电可用的时候开始给各部门供电。我一转脸的工夫,所有事情就都开始出岔子。"

福勒向格林打了个手势,他马上走了过来。两人弯腰扶住博尔斯,吭哧吭哧地把他架起来抬到门口,沿着走廊来到了外面。

他们把他放进那辆低矮宽敞的金属壳汽车里,这是一辆新的小型服务卡车。卡车光洁的表面跟他那坑坑洼洼的外壳对比鲜明。他的外壳已经有多处凹陷,锈迹斑斑,到处都是腐蚀的痕迹。当福勒和格林跳上卡车前座,开车进入主干道时,这台由陈旧的钢铁和塑料组成的布满了铜绿的灰暗机器发出了嗡嗡低鸣。

爱德华·托尔比浑身是汗。他把包往上拱高了些,弓起身,收紧枪带,嘴里咒骂着。

"爸爸,"西尔维娅责怪他说,"别说脏话。"

135

托尔比愤怒地往路边的草丛里吐了一口痰。他张开手臂揽了下娇小的女儿，"抱歉，西尔维。我没别的意思，就是这天儿太热了。"

早晨十点过的阳光照在尘土飞扬的路面上。他们一行三人缓缓地向前走着，灰尘如同云雾一样在三人身边涌动。他们都累得要死。托尔比脸膛通红，显得闷闷不乐。他嘴里叼着一根没点着的香烟。他高大健壮的躯体耸成一团，不情愿地向前走着。他女儿的帆布衬衫湿漉漉地粘在胸前和胳膊上，后背也有一团一团的汗迹。牛仔裤下面，她的大腿肌肉因为疲乏而抽搐着。

罗伯特·佩恩落后托尔比父女一小段距离，他将两手深深插进衣兜里，眼睛盯着前面的路。他脑子里一片空白，因为在上一座联盟营地喝下了双份环己巴比妥制剂，他现在昏昏欲睡。不仅如此，炎热的天气也让他犯困。路的两边是延绵的田野、长着草料与杂草的牧场和零零星星的树木，还有一座倒塌的农舍，以及一座有两百年历史的锈迹斑斑的防空洞遗址。他们还看见过几只脏兮兮的绵羊。

"绵羊。"佩恩说，"它们把草根都吃了，草再长不回来了。"

"现在他又成了农业专家。"托尔比对女儿说。

"爸爸，"西尔维娅没好气地说，"您说话不要老是这么难听。"

"都怪这天儿，热死我了。"托尔比又大声咒骂，但并没什么实际用处，"这么遭罪真是不值。给我十品克①，我现在就愿意跑回去告

---

① 作者杜撰的货币单位。

诉那帮人:整件事儿都是在胡扯蛋。"

"或许事实就是这样,从头到尾全是胡扯。"佩恩温和地说。

"好吧,就派你回去。"托尔比嘟囔着,"你回去告诉那帮家伙,他们听到的消息全都是胡扯。他们会给你发一枚勋章,也许你还会官升一级。"

佩恩笑起来,"你们两个都闭嘴省省吧。前面像是有个小镇的样子。"

托尔比巨大的身躯满是期待地绷直了。"哪儿呢?"他手搭凉篷向前看,"天哪,他说得对。那儿真有个村子,并不是幻影。你也看到了,对吧?"他的心情马上好转,搓着两只大手,"你觉得怎样,佩恩?来几瓶啤酒,跟本地的农民掷骰子赌上几局——也许我们可以留下来过夜。"他期待地舔舔嘴唇,"村里或许还会有些姑娘,我是说喜欢在酒馆附近出没的那种类型——"

"我知道你指的是哪种类型。"佩恩打断他说,"就是那些厌倦了每天无所事事生活的女人。她们想去看看大商埠,想遇见给她们买机械物品的男人,跟这些人浪迹天涯。"

路边有个农民,正在好奇地打量他们。他已经停住了马儿,靠在他简陋的犁上,掀起了草帽。

"这个小镇叫什么名字啊?"托尔比大声问。

那农夫沉默了一会儿。他是个老头儿,干瘦,一脸沧桑。"这个镇子吗?"他重复了一遍。

"是啊,前边这个。"

"那是个不错的小镇。"农夫打量着他们三个人，"你们以前来过吗？"

"没有啊，老爹。"托尔比说，"从没来过。"

"跟车队走散了吗？"

"不是，我们徒步来的。"

"那你们走了多远？"

"大约一百五十英里吧。"

农夫估量着他们身后沉重的背包、钉了鞋掌的徒步鞋、满是尘土的衣服、汗水淋漓的面庞。牛仔裤、帆布衬衣、铁头手杖。"那可是够远的。"他说，"你们还打算走多远？"

"我们随意，想走多远就走多远。"托尔比回答说，"前面镇子上有没有能投宿的地方？酒店有吗？或者小旅馆？"

"那个镇子，"农夫说，"叫费尔法克斯。那儿有座木材厂，是全世界顶尖的。还有几个陶器作坊以及一个机器制衣厂，制作的都是普通的机织服装。还有个枪械店，卖的枪是落基山这一边最好的了。蛋糕店也有一家。镇上还有一位年长的大夫，此外还有一位律师。几个有书的人会教孩子们认字，他们是跟旅行车队来的，他们改造了一座旧谷仓来作学校。"

"镇子有多少人口呢？"佩恩问。

"很多人，而且一直都有小孩出生。但是不仅老人会死，小孩也会死。我们去年流行过一阵热病，大约有一百个孩子死掉。大夫说，病是从深水井里传出来的，于是我们把那口水井封了，但仍旧有孩子死去。大夫又说是牛奶惹的祸，于是他们赶走了一半的奶牛。还好我家的没被赶走。因为我带枪站在门外，打死了第一个想来牵走我家奶牛的混蛋。秋天一到，就不再有孩子死掉。我想，病根儿还是暑热。"

"肯定是天热闹的。"托尔比同意道。

"是啊，这儿每年都这么热，而且相当缺水。"他的老脸闪过一丝狡黠，"你们想喝点儿水吗？那位年轻女士看上去相当劳累了。你们可以到那边房子里弄几瓶水喝。水被冰在泥巴里的，好喝又凉爽。"他犹豫了一下，"一品克一杯。"

托尔比大笑，"不用了，谢谢。"

"一品克两杯好了。"农夫说。

"没兴趣。"佩恩说。他拍了下腰间的水壶，三人继续向前。"再见。"

那农夫的脸色冷了下来。"该死的外乡人。"他咕哝着，气哼哼地继续犁地。

烈日下的小镇一片寂静。马儿被拴在木桩上，一副昏昏沉沉的样子，苍蝇嗡嗡叫着，落在马背上。几辆小汽车零零散散地停放着。人们无精打采走在人行道上。有几位瘦削老者倚靠在门廊上打瞌睡。狗儿和鸡在房檐下的阴凉处睡觉。房子普遍较小，木结构居多，板材上满是开裂、剥落的痕迹，奇形怪状，东倒西歪，老旧不堪。房屋被岁月和炎热摧残得厉害。到处都积着灰尘，灰尘就像一张厚厚的毯子，罩在开裂的房屋和表情呆滞的人与动物身上。两个瘦削的男人从一扇开着的门里走出来，"你们是谁？来干什么？"

他们停了下来，取出身份证件。那两个人检查过塑封的身份卡之后，又核对了照片、指纹和体貌特征数据，最后才把卡归还。

"无联，"其中一个说，"你们真是无政府主义者联盟派来的？"

"正是。"托尔比回答。

"连那个女孩也是？"两个男人带着刻意掩饰的欲望瞧了瞧西尔维娅，"跟你们讲，只要把那女孩送给我们享用一会儿，就免除你们的人头税。"

"别唬我。"托尔比不高兴地说，"什么时候起联盟的人要缴税了？不管人头税还是其他税，我们都一概不交。"他不耐烦地从两人身边挤过去，"卖酒的店面在哪里？我都要渴死了！"

他们左手边有一座两层的白漆房子，几个男人闲坐在门前的走廊里，眼神空洞地看着他们。佩恩朝房子走去，托尔比父女跟在后面。前门上那面已经褪色掉漆的旧招牌上写着：**啤酒、葡萄酒供应**。

"就是这里了。"佩恩说。他带着西尔维娅走上中央凹陷的台阶，经过那些闲人，进入酒馆。托尔比跟着进来，一面走一面如释重负地解下背包。

房子里凉爽、昏暗。有几个男女顾客在吧台那里，还有些人坐在桌子旁。几个年轻人在后面玩投掷游戏。屋角有个机械音乐盒转动着播放音乐——这机器非常破旧，被损坏了一半，仅剩一部分功能可用。吧台后面有一台古老的背景切换机，正在切换着模糊的幻灯投影：海滩、山顶、积雪的山谷、高大连绵的群山，紧接着是一个搔首弄姿的裸体女人。没有人留意这些模糊又黯淡的图景。吧台是由老旧得不可思议的透明塑料制成的,肮脏、破旧,泛着岁月的黄色。它一头的反重力涂层已经剥落,现在用砖头支撑。饮料搅拌机早坏掉了,现在只有葡萄酒和啤酒可卖。没有任何活人懂得如何调制饮料,哪怕是最简单的类型。

托尔比走到吧台前。"啤酒。"他说,"来三杯。"佩恩和西尔维娅坐在一张桌子旁,放下他们的背包,酒保给托尔比端来三杯浓稠的黑啤酒。他亮了下自己的身份证明,把酒端到桌边。

后方的年轻人已经停止了游戏。他们看着新来的三个人喝啤酒,解开徒步鞋的鞋带。过了一会儿,其中一个人慢慢靠过来。

"话说,"他问,"你们是从联盟来的吧?"

"对啊。"托尔比昏昏欲睡地嘟囔着回答。

酒馆的所有人都在看、在听。那年轻人坐在三人对面,他的同伴们也都兴奋地围拢过来,坐在周围。他们是小镇里的年轻人,生活无聊,内心狂躁,对现实不满。他们的眼睛盯着铁头手杖、枪支和厚金属鞋掌的鞋子。几个人交头接耳。他们十八岁左右,皮肤黝黑,身材修长。

"你们是怎么加入的?"其中一个人莽撞地问。

"你说联盟?"托尔比仰靠在椅子里,找到根火柴,点燃香烟。他松开皮带,响亮地打了个饱嗝,满足地仰坐着,"考进去的。"

"那你们需要懂些什么?"

托尔比耸耸肩,"啥都要懂一些。"他再次打嗝,若有所思地将手从两颗纽扣间伸进去挠了挠胸口。他注意到了周围那群人，有个留胡子、戴牛角边眼镜的老头。另一桌有个男人，身如巨桶，穿红衬衫、蓝条纹长裤，肚子向前凸出。

周围有年轻人，还有农夫。有个黑人穿着脏兮兮的白衬衫和裤子，腋下夹着一本书。还有个宽下巴的金发女郎，戴着发网，涂着红指甲，脚蹬高跟鞋，身着紧身的黄色连衣裙，她跟一个头发灰白、穿深棕色西服的生意人坐在一起。有个高大的年轻人跟一位大眼睛的黑发女孩手拉手。女孩身穿柔软的白色衬衫，搭配着一条裙子，小拖鞋踢到了桌子底下。她赤裸的黝黑双脚在桌子下面交叠，苗条的身体急切地前倾。

"你必须知道，"托尔比说，"联盟是怎么形成的。还要知道我们那天怎样推翻了各级政府，推翻并且毁灭了它们，烧毁了所有政府建筑和所有档案记录——数十亿的缩微胶卷和文件资料。巨大的篝火堆连烧了几个星期。在我们推倒建筑的时候，里面的白色小怪物蜂拥而逃。"

"你们杀了他们？"那个桶状身材的男人双唇猛地抽搐了一下，问道。

"我们放他们走了。他们已经无力为害。他们逃走，躲了起来，藏到石头下面。"托尔比笑起来，"一群急着逃跑的滑稽小东西，就像昆虫。然后我们冲进去，收集所有的记录资料和用来做记录的设备。上帝为证，我们烧掉了一切。"

"还有那些机器人。"一名年轻人说。

"是的，我们还捣毁了所有的政府用机器人。当时本来就没有多少。只有到了政府的决策层，有大量事实数据需要整合的时候，才用得到它们。"

年轻人的眼睛都鼓了出来，"你看到他们了？捣毁机器人的时候，你也在场吗？"

佩恩笑起来，"托尔比说的'我们'，指的是联盟。那已经是二百年前的事儿了。"

那个年轻人紧张地笑笑，"是啊。给我们讲讲大游行呗。"

托尔比喝光了他那杯酒，把杯子推到一边，"我没有啤酒了。"

他的酒杯很快被续满。他低声道谢，然后继续讲，声音低沉，因为疲惫而吐字不清，"大游行。传说那场面真是壮观呢。全世界的人都丢下了手头的工作，揭竿而起。"

"最早是从东德开始的。"宽下巴的金发女人说，"最早的暴动。"

"然后扩展到了波兰。"那黑人有点儿害羞地补充说，"我祖父以前经常跟我讲，大家如何围坐在一起，收听电视新闻。那是他的祖父告诉他的。暴动随后蔓延到了捷克斯洛伐克，然后是奥地利、罗马尼亚和保加利亚，再然后法国、意大利。"

"法国是第一个推翻政府的地方！"那个戴眼镜的小胡子老头大声喊道，"他们整整一个月都没有政府。那里的人早知道，没有政府，他们照样能好好生活！"

"但还是大游行刺激了行动。"黑发女孩纠正道，"就是那时候，他们开始拆除政府建筑。在东德和波兰，一群又一群暴动的工人自发行动。"

"俄罗斯跟美国是最后一批。"托尔比说，"到大游行的队伍开始向华盛顿进军时，已经有接近两千万人。我们那时候的规模很大！等我们采取最终行动时，他们已经无法阻挡。"

"但他们还是枪杀了不少游行者。"金发女郎严肃地说。

"的确，但还是不断有人加入联盟阵营。人们还向士兵们呼喊。'嗨，比尔！别开枪！''嘿，杰克！是我，乔。''别开枪——我们是你们的朋友！''不要杀死我们，加入我们！'而且，上帝为证，过了一段时间他们真的加入了。他们不可能一直枪杀自己的同胞。他们终于丢下武器，让开了道。"

"然后你们就找到了那个地方。"那个黑发的小个子女孩激动得几乎喘不上气。

"是啊，我们找到了。有**六**个不同的地点，三个在美国，一个在英国，两个在俄罗斯。我们花了十年才找到最后一个地点，并确认它确实是最后一个。"

"然后呢？"年轻人痴迷地问。

"然后我们拆解了它们中的每一颗。"托尔比站了起来。他身姿伟岸，手里紧握着啤酒杯，暗红色的脸上一派严肃，"这世上每一颗该死的核弹。"

随后是一阵不安的寂静。

"是啊。"那年轻人嘟囔说，"你们真的消灭了那些好战的人。"

"再也不会有那路货色。"桶状男说，"他们已经一去不返。"

托尔比把弄着他的铁头手杖，"也许是的，也许不是。世上可能还有少数这类人幸存。"

"你什么意思?"桶状男问。

托尔比抬起他那双严厉的灰眼睛，"你们这帮家伙别再继续逗我们了。我什么意思，你们心知肚明。我们已经听到传闻，这附近就藏着一帮这样的家伙。"

众人震惊，不敢相信。然后愤怒酝酿出了怒吼："胡说八道!"桶状男吼道。

"是吗?"

小胡子眼镜老头跳起来，"我们这里，没人跟政府有关系! 我们都是好人!"

"你做事最好小心点儿。"其中一名年轻人细声细气地对托尔比说，"我们这里的人特别受不了别人的指责。"

托尔比摇摇晃晃站起来，手里握着他的铁头手杖。佩恩也站起来。两人并肩站着。"要是你们中有谁了解任何情况，"托尔比说，"最好说出来。马上就说。"

"没人了解。"一脸严肃的金发女人说，"你面对的都是实诚人。"

"就是的。"黑人点头附和，"我们这里没有人做过什么坏事。"

"你们救过我们的命。"黑发女孩说，"要不是你们推翻政府，我们都会死于战争。我们为什么要对你们有所隐瞒呢?"

"这是大实话。"桶状男大声说，"要不是联盟，我们不可能活到现在。你怎么能怀疑我们会跟联盟作对呢?"

"行了，"西尔维娅对她父亲说，"我们走吧。"她站起来，把佩恩的背包也丢给他。

托尔比咄咄逼人地咕哝了一声，最后他拿起自己的背包，挂上肩头。房间里一片死寂，每个人都一动不动。三个人收拾好自己的物品，走向门口。

那个黑头发的小个子女孩制止了他们。"下一个小镇离这儿有三十英里呢。"她说。

"而且路也不通。"她的高个儿同伴补充道，"好几年前，那条路就被山体滑坡冲断了。"

"你们为什么不在我们家住一晚呢？我家有足够的房间。你们可以好好休息，明天早早出发。"

"我们不想给你们添麻烦。"西尔维娅小声说。

托尔比和佩恩对视了一下，然后看看那女孩，"要是你家真有那么多房间的话——"

桶状身材的男人来到他们面前，"听着。我有十张黄票子，我想把它们捐给联盟。我去年卖掉了自家农场，现在跟我兄弟和他的家人住一起，再也不需要这些票子了。"他把黄票子塞给托尔比，"拿着。"

托尔比把它们推回去，"自己留着吧。"

"这边来。"高个子年轻人说。他们一起走下中央凹陷的台阶。令人眩晕的暑热和灰尘突然扑面而来。"我们有辆车，就在那边，一辆老旧的汽油车。我老爸把它改造了，现在什么油都能烧。"

"你应该收下那些票子的。"他们坐进这辆老旧的破车时,佩恩对托尔比说。苍蝇在他们周围嗡嗡乱飞。他们几乎无法呼吸,整辆车就像个大熔炉。西尔维娅用卷起来的报纸给自己扇风。黑头发女孩解开了衬衣纽扣。

"我们要钱做什么?"托尔比开朗地笑着说,"我这辈子都没有为任何东西付过钱。你也一样。"

汽车突突响,冒着黑烟缓缓前进,驶上公路。它开始加速,发动机响声震天。不一会儿,车速就已经快得惊人。

"你看到他们了。"西尔维娅在喧嚣声中说,"他们愿意把所有一切都给我们。我们救过他们的命。"她挥挥手,示意着周围的田野、农夫、粗陋的机器工具、枯萎的庄稼、老旧的农舍,"要不是联盟,他们可能都已经没命了。"她厌烦地拍死一只飞虫,"他们依仗着我们。"

汽车在年久失修的公路上疾驰,黑头发的女孩转头来看他们。她小麦色的皮肤上有一道道汗渍,半掩的胸部随车子的颠簸而抖动。"我叫劳拉·戴维斯,皮特和我有一间老农舍,是我们结婚的时候他爸爸给的。"

"楼下的房间都可以给你们住。"皮特说。

"我家没有电,但有个很大的壁炉。这里晚上很冷,白天酷热难耐,太阳落山之后,又冷得可怕。"

"我们没关系的。"佩恩嘟囔道。车子晃得厉害,让他觉得有点儿恶心。

"是啊。"那女孩说。她的黑眼睛闪着狡黠的光芒，殷红的嘴唇似笑非笑。她故意将身体靠近佩恩，小脸熠熠发光，举止怪异，捉摸不透，"是啊，我们会把你们照顾得很好。"

就在这时，车子飞离了路面。

西尔维娅一声尖叫。托尔比蜷起身体，头缩在两膝之间，整个人团成一个球形。佩恩觉得自己突然卷进了绿色的帷幕中。当汽车向下翻落时，他感到了一阵恶心的失重感。车落地的声音震耳欲聋，盖住了其他一切声响。这一下凶猛的撞击将佩恩从他的座位上抛出。他失去生命的身体被甩了出去。

"把我放下。"博尔斯下令说，"我在这栏杆上靠一会儿，然后再进去。"

队员们把他放在水泥地面上，将磁力固定装置安装好。男男女女在宽阔的阶梯上跑上跑下，在这栋博尔斯的总办公大楼里进进出出。

这片台阶上的风景会让他开心。他喜欢在这儿稍作停留，环顾他的世界，欣赏他精心建造起来的文明。一砖一瓦都是好不容易才添上的，为此他耗费了无数心思和时间。

这里面积不大，周围群山环绕。这片谷地呈浅口碗状，四周是暗紫色的山丘。山丘以外，就是平常人生活的世界，那里有焦干的土地，以及凋敝、贫穷的城镇和年久失修的道路、残破的房屋、摇摇欲坠的农舍，到处都是坏掉的汽车和机械装置。灰头土脸的人们浑浑噩噩地四处漫游,穿着手工缝制的破衣烂衫。

他看到过外面的世界,他知道那是什么样的。但在这个山谷之中,不再有麻木不仁的面庞、传染病、病弱的庄稼、简陋的犁具和其他古老的工具。这里,在这片谷地,博尔斯精细地复制了二百年前的人类社会,旧时代的那个世界,那是还拥有政府的时代,是被无政府主义者终结的那个时代。

那个世界的结构、知识、信息和蓝图都储存在他那五个突触线圈里。过去的两个世纪中,他一丝不苟地复制了那个世界,一手建造了这个在他周围闪亮着、忙碌着的微缩社会。这里的道路、楼宇、屋舍、工厂,都属于一个已然死去的世界,都是过去时代的片段。这是他用自己的金属手指和头脑一手建成的。

"福勒。"博尔斯叫道。

福勒走上前来。他看上去很憔悴,眼睛又红又肿。"怎么了? 你想进去了吗?"

头顶,晨间巡逻机队轰鸣着飞过,在晴朗无云的天空中画下一串小黑点。博尔斯抬头仰望,感到非常满意,"好壮观。"

"而且非常准时。"福勒看着腕表,表示同意。在他们右边,一长串重装坦克沿着绿野间的高速路蛇行,它们的炮塔在阳光下闪烁。随后是一大队步兵跟随,士兵们的面目都隐藏在生化面具后面。

"我在想,"博尔斯说,"继续相信格林可能并不明智。"

"你……怎么会这么说?"

"每隔十天我都要被关掉一次,以便你的人进行维护。"博尔斯不安地扭动身体，"整整十二个小时的时间，我没有任何抵抗能力。在那期间，格林会看护我。到目前为止什么也没发生，但是——"

"但是什么？"

"但是我觉得，如果是由一队士兵来承担这份职责，会更加安全。对单独一个人而言，这份诱惑太大了。"

福勒皱起眉头，"我倒没觉得。这样说来，我不也同样危险吗？我负责检修你的设备，我大可以乱改几条线路，或者朝你的突触线圈发送超负荷的信息，让它们爆掉。"

博尔斯疯狂地旋转起来，随即平静下来，"的确。你能做到。"过了一会儿他又问，"但这样做，对你有什么好处？你知道，只有我才能维持这里的局面。只有我懂得怎样维持一个有序的社会，不让它陷入一团混乱。要不是我，这里的一切都会崩溃，你们只能得到尘沙、废墟和荒草。所有外面的人都会冲进来，抢占控制权！"

"当然。所以……你又为什么要担心格林呢？"

几辆卡车满载着工人隆隆驶过。许多人身着蓝绿色工装，衣袖高高卷起，手拿各种工具。这是一支采矿队伍，正要去山里开采。

"带我进去。"博尔斯突然说。

福勒叫来麦克莱恩。他们把博尔斯架起，带他穿过密集的人群进入大楼，穿过走廊到达他的办公室。官员和技工敬畏地让开通道，让这台巨大的、遍布凹痕和锈迹的大箱子经过。

"好了，"博尔斯不耐烦地说，"到此为止。你们可以走了。"

福勒和麦克莱恩离开这间豪华的办公室。这里有华美的地毯、家具、窗帘和一排排的图书。博尔斯已经开始伏案工作，披阅大堆的报告和文件。

两人沿廊道离开时，福勒摇头说："他撑不了多久了。"

"你是说发动机系统吗？我们难道不能强化一下——"

"我不是指那个。他的精神正在崩溃，他已经无法继续承受这份压力。"

"我们谁都承受不了。"麦克莱恩咕哝道。

"主导这一切的责任已经令他不堪重负。他知道一切都仰赖于他，知道只要一转身、一疏忽，整个体系都会分崩离析。把整个真实的世界挡在外面，还要让这个模型一样的世界正常运转，这活儿太难了。"

"但他已经坚持了好长时间。"麦克莱恩说。

福勒沉吟着，"或早或晚，我们总要迎接这样的挑战。"他忧郁地用手指抚摸着一把大螺丝刀的刃口，"他已经心力交瘁。早晚有人要取代他的角色。他这么继续衰弱下去的话……"他把螺丝刀插回腰间，跟他的手钳、锤子和铬铁放在一起，"只要搭错一根线。"

"你什么意思？"

福勒笑起来，"是他自己逼我这样做。只要搭错一根线，就会——噗。但这之后怎么办？这才是个大问题。"

"也许，"麦克莱恩轻声说，"你和我可以离开这个老鼠笼。你、我，还有其他人。我们可以像真正的人一样生活。"

"**老鼠笼**，"福勒嘟囔着，"我们就像是被困在迷宫中的老鼠，给别人表演戏法儿,按别人的想法生活着。"

麦克莱恩和福勒对视一眼,"而且这个别人,还不是我们的同类。"

托尔比虚弱地挣扎了一下。四周一片寂静。有液体滴到他的身旁,有根横梁将他死死地压住,他被汽车扭曲的残骸包裹在其中。他头朝下倒吊着。汽车侧翻在地,翻下公路后,倒在壕沟里,卡在两棵大树之间。他的周围全是佝偻的树枝和变形的金属,还有死尸。

他用尽力气向上推。那横梁移开了一些,他艰难地坐起来。有根树枝刺穿了挡风玻璃。那个黑发女孩还保持着拧身看后座的姿势,也被同一根树枝穿透了身体。那树枝从她脊柱刺入,从前胸穿出,然后又扎进座位里。她双手握着树枝,耷拉着脑袋,嘴巴微微张开。她身边的男人也死了,他的两只手都不见了,挡风玻璃的碎片洒落在他周围,他躺在残破的仪表板和自己血淋淋的内脏之间。

佩恩也死了,他的脖子像腐朽的扫帚杆一样被折断。托尔比把他的尸体推到一边,检查自己女儿的状况。西尔维娅一动不动。他把耳朵贴在她衬衫上听,她还活着,他隐约还能听到她的心跳。她的胸部还在她父亲的耳边一起一伏。

他用一条手绢包扎住她胳膊上皮开肉绽的伤口,血还在往外渗。她身上的划伤很严重,一条腿折在身下,显然是骨折了。她的衣服也被扯破,头发里全是血污,但她还活着。他推开扭曲的车门,磕磕绊绊地走出来。午后炽热的阳光像火焰一样向他袭来,他退缩了一下,然后把女儿瘫软的身体从变形的车门中拖出来。

有声音。

托尔比抬头看,身体紧绷起来。有东西正在接近,像是某种嗡嗡飞舞的昆虫,它们正快速地扑下来。他放开西尔维娅,蹲下来,四面察看,然后笨拙地躲到沟渠中。他脚下打滑,摔了一跤,在绿色藤条和嶙峋的灰色巨石间滚出好远。他紧握着枪,躺在湿漉漉的阴影里喘息,窥视着头顶的动静。

那"昆虫"已经降落,实际上是一台小型飞行器,喷气式的。这景象让他极为震惊。他听说过喷气式飞行器,看过它们的照片,还在联盟营地里的历史教育课上学习过相关知识。但现在,却是亲眼**看**到了一台喷气机!

一群人拥了出来。他们穿着军装,沿着公路开始行动,顺着沟渠的斜坡下来。他们全都警觉地弓着身,向毁掉的汽车逼近。他们手持沉重的步枪,样子看上去凶狠老练。他们把车门扯下来,爬进去察看。

"有一个人跑了。"有个声音传到他耳边。

"肯定就在附近躲着。"

"看,这个还活着! 这个女人,她爬了出来。其他人全都死了。"

愤怒的咒骂声响起:"可恶的劳拉! 她本应该跳车的! 这个疯狂的小傻瓜!"

"也许她没来得及。上帝啊,那东西把她刺穿了。"那声音听起来恐惧又震惊,"我们很难把她的尸体弄下来。"

"把她丢在这里算了。"领头的军官挥手让手下离开汽车,"把所有尸体都丢在这里。"

"受伤的那个怎么办?"

这名军官犹豫了一下。"杀了她。"他最后说,然后抓过一把步枪,举起枪托,"你们其他人向四面散开,去找另一个人。他很可能就躲在——"

托尔比开了火。军官的身体被火力切作两半,下面一半缓缓倒地,上面一半则灰飞烟灭。托尔比转过身,艰难地弓起身子挪动着,一面爬一面射击。在其他人慌乱地退回他们的喷气式"昆虫机"关上舱门之前,他又解决了两个。

他之前占有出其不意的优势,现在这点优势已经没有了。对方军力强大,人数众多。他毫无胜算。现在,那昆虫机已经升空。敌人在天上,很容易发现他的踪迹。但他救了西尔维娅一命,这已经难能可贵。

他蹒跚地行走在干涸的河床上,漫无目的。他无处可去,既不了解乡间的地形,又没有任何交通工具。他被一块石头绊住,一头栽倒。他摇摇晃晃地站起来时,觉得身上剧痛,眼前一片昏黑。他的枪也不见了,丢失在了灌木丛里。他吐出掉落的几颗牙齿和血渍,愤懑地抬头,看着午后炽热的天空。

那昆虫机正在远离,嗡嗡响着飞向远方的山丘。它越来越小,成了一个黑色小球,然后是空中的一个小点,直至完全消失。

托尔比又等了一会儿，然后爬上深谷的斜坡，回到汽车残骸旁边。敌人去搬救兵了，他们还会回来。现在是他唯一的脱身机会。他想带西尔维娅离开，沿路逃走，藏起来。他们或许可以躲进一间农舍，或许可以回镇上去。

他回到车旁，停了下来，感到头晕目眩。三具尸体还在，两具在前排，佩恩在后排，但西尔维娅却不见了。

他们把她带走了，回到了他们的老巢。她被拖进了那架喷气式昆虫机。地上有一道血迹，从车旁起始，经过斜坡，一直延伸到公路上。

托尔比猛地打了一个寒战，接着打起精神。他爬上汽车，把佩恩的枪从他的腰带上解下来。西尔维娅的铁头手杖还放在座位上，他把这个也拿上了。然后他沿着公路前进，他走得很慢，小心翼翼。

他突然意到一个非常讽刺的事实，他已经找到了他们三人一直在寻找的目标。那些穿军装的人，他们是有组织的，对某个中央权威机构负责。他们还乘坐着新组装的喷气机。

在群山的那边，就有一个政府。

"长官。"格林说。他紧张地抚平自己的金色头发，年轻的脸不自觉地抽搐着。

办公室里挤满了成群的技工、专家和普通市民。整个办公室人声嘈杂，人们都在讨论今天亟待解决的问题。格林挤过人群，来到博尔斯的桌前。博尔斯靠两个磁力框架支撑着。

"长官,"格林说,"出事了。"

博尔斯抬眼看他。他推开金属写字板,放下刻写笔。构成他眼睛的元件闪了几下,发出咔嗒声。在他破旧的躯体内部,发动机部件又开始悲鸣,"什么事?"

格林靠过来。他脸上是一副博尔斯从未见过的表情,透着恐惧和冷酷的决心。他的脸既狂热又木然,仿佛血肉已经硬化成了岩石,"长官,巡逻队报告说,有一支联盟小队正在向北进发。他们在费尔法克斯跟我们的巡逻队相遇。这件事就发生在第一道路障外围。"

博尔斯什么都没说。在他身旁,官员、专家、农夫、工人、工厂经理、战士,各种各样的人都不耐烦地一边抱怨一边向前拥。每个人都想要挤到博尔斯桌前,他们带来了各种亟待解决的问题。还有许多状况需要他处理,都是当天需要解决的紧急事务:道路、工厂、疾病控制,维修、建筑、生产、设计、规划。桩桩件件都十万火急,需要博尔斯思考和处理。哪件事都等不得。

"联盟小队被消灭了吗?"博尔斯问。

"一个死了。还有一个受了伤,被带回了这里。"格林犹豫了一下,"有一个逃了。"

博尔斯默然半晌。他周围的人们小声嘟囔着互相推挤。他忽视了他们。突然之间,他把监视屏抓到面前,吧嗒一声把它打开,"有一个逃了? 这话我可不爱听。"

"他射杀了我们巡逻队的三名成员,包括领队在内。其他人害怕了。他们抓了那个受伤的女孩,返回了这里。"

博尔斯将巨大的脑袋抬起来,"他们犯了大错。应该先去找逃走的那个。"

"这还是第一次有此类——"

"我知道,"博尔斯说,"但这样做依然是错。与其抓两个跑一个,还不如完全不去招惹他们。"他的视线转向监视屏,"拉响紧急警报,关闭工厂,让所有能够使用武器的工人和农民都武装起来。还得封闭道路,把女人和孩子转移到地下掩体。架设重炮,备好物资,暂停一切非军事生产,还有——"他考虑了一下,"逮捕所有我们不能完全信赖的人。C名单上面的所有人,枪毙他们。"他猛地关上监视屏。

"会发生什么事呢?"格林惊恐地问。

"我们一直都在准备应对的事——全面战争。"

"我们有武器!"格林兴奋地说,"一个小时之后,我们就会有做好战斗准备的一万人。我们有喷气飞机、重炮、炸弹、细菌弹。联盟算什么?不过是一群只有大背包的乌合之众。"

"对,"博尔斯说,"不过是一群背着大包的乌合之众。"

"他们怎么可能做大事?一群无政府主义者,怎么能好好组织起来?他们没有组织,没有中央权力机关,不受控制。"

"他们拥有整个世界。十亿人。"

"**一盘散沙**!就跟个俱乐部似的,来去自由。他们无须服从任何法律,但我们却有严格的组织机构,我们经济生活的方方面面都高效运行。我们,我的意思是指您,可以控制一切。只要您一声令下,战争机器就开始运行。"

博尔斯缓缓点头,"的确,无政府主义者并不善于合作,联盟无法将他们组织起来。这本来就是个悖论。无政府主义者的政府……事实上就是反政府,他们不去统治世界,还到处巡行,确保别人也不会统治它。"

"像占着马槽的疯狗。"

"如你所说,联盟实际上就是由完全无组织的个人组成的志愿者俱乐部。没有法律和中央权力机关,没有社会结构,也就无所谓统治管理。他们只会阻挠想做这些事的人。他们就是一群破坏分子。但是——"

"但是什么?"

"以前就是这样的。两百年前,他们也没有组织,没有武器,只是一大批没有规章制度和中央机构的暴民,但他们还是推翻了世界各地的政府。"

"但我们有一整支军队。所有道路都已经埋设了地雷。我们还有大炮、炮弹、子弹。我们全民皆兵。我们本身就是个全副武装的军营!"

博尔斯在沉思,"你刚才说,他们有一名成员在这里?有个联盟成员被我们抓住了?"

"一个年轻女人。"

博尔斯示意周围的维护人员,"带我去她那里。我要在战争开始之前跟她谈谈。"

西尔维娅静静地看着那些穿军装的人艰难地把那件沉重的东西推进房间。他们费力地挪到床前,将两张椅子拼在一起,然后小心翼翼地把抬着的东西放上去。

很快,他们就用保护性支撑设备将两把椅子锁好,启动磁力支撑架,然后小心地退开。

"好了。"那台机器人说,"你们可以走了。"那些人离开了。博尔斯回头面对着床上的女人。

"一台机器。"西尔维娅脸色煞白,小声说,"你是一台机器。"

博尔斯没说话,微微点了一下头。

西尔维娅不自在地动了下身体。她还很虚弱,一条腿被固定在透明的塑料壳里。她脸上也缠着绷带,右臂阵阵抽痛。夕阳透过窗帘照进室内。窗外繁花盛放,还有草地、篱笆。篱笆墙外,则是建筑和工厂。

过去的一个小时里,天空中满是喷气飞机,大群大群地掠过天空,朝远山飞去。众多车辆沿着公路飞驰,拖着火炮和其他重型军事设备。人们排成密密麻麻的队形前进着,那是一排排穿灰军装的士兵,背着枪,戴着头盔和防化面具。队伍一眼望不到头。士兵们穿着整齐划一的军装,排成一模一样的方阵。

"我们有很多人。"博尔斯说,他指那些行进中的士兵。

"是。"西尔维娅看着几名匆匆走过窗前的士兵。他们那年轻的脸上挂着忧虑的表情，头盔在腰间摇晃，身上挂着长长的步枪和水壶。穿着防弹胸甲，戴着抗辐射面罩，防化面罩则挂在脖子旁，以便随时戴上。他们都很害怕，都是一群半大孩子。接着其他人也走来了。一辆卡车发动起来。士兵们被运往前线，跟其他人会合。

"他们将去战斗。"博尔斯说，"去保卫他们的工厂和家园。"

"所有这些装备，都是你们自己生产的，对吧？"

"正确。我们的工业结构非常完美，我们的生产力极高，我们的社会合理且科学地运行着。我们随时准备好了应对当前这种危机。"

西尔维娅突然明白了对方说的是何种危机。"联盟！我们中肯定有一个人逃脱了。"她吃力地坐起来，"是哪个？佩恩还是我爸？"

"我不知道。"机器人冷漠地嘟囔了一句。

西尔维娅又惊又气。"上帝啊。"她虚弱地说，"你根本就不理解我们。你主宰这里的一切，却毫无共情能力。你只是一台机械设备，一台计算机，一台旧时代政府用来整合数据的机器人而已。"

"正确。我已经有两百岁了。"

她非常震惊，"你一直都活着。而我们还以为，你们全都被消灭了！"

"我被漏掉了。我本来也是要被毁掉的，但我当时没在之前的位置上。我在一辆卡车里，正在离开华盛顿的路上。我看到了那帮暴民，提前逃走了。"

"两百年前，传说中的时代。你真的亲眼见过他们给我们讲的那些大事件？旧时代，大游行，还有政府覆灭之日。"

"是的，我亲眼见证了那一切。我们有一帮人在弗吉尼亚集结了起来，有专家、官员和熟练工人。后来我们来到这里，这里足够偏远，人迹罕至。"

"我们听过传言。说有一个残留的社会……还在像旧时代那样生活。但我们不知道在哪里，怎样做到的。"

"我当时运气好。"博尔斯说，"侥幸逃生。其他机器都已经被毁。你在这里看到的一切，都是花了很长时间才构建起来的。距离此地十五英里处是一圈环形山丘。这里是一片盆地，周围都有山峰环绕。我们还设置了路障——伪装成山体滑坡的样子。没有人来这里。甚至在仅仅三十英里外的费尔法克斯，他们也一无所知。"

"那个女孩，劳拉知道。"

"她是我们的探子。我们在周围一百英里范围内的所有居民点都安置了探子。你们一到费尔法克斯，我们就得到了消息，并派出了一架飞行器。为免除后患，我们设了个局，想让你们死于车祸，但却有一个人逃脱了。"

西尔维娅摇摇头，还是不明所以。"怎么可能？"她问，"你们是怎么运作下去的？人民难道不反抗？"她挣扎着坐起来，"他们一定知道别处发生的事情。你们怎样控制他们的？现在，他们的确都穿上军装动身了。但——**他们会战斗吗？你能仰赖他们吗？**"

博尔斯不紧不慢地回答道："他们相信我。"他说，"我有大量的知识储备，懂得世上已经失传的信息和技术。地球上还有其他地方能够制造喷气飞机、监视屏和电缆吗？这些知识我全都懂。我有记忆存储单元、突触线圈。因为我，他们才有了这一切。这一切对你们而言只是模糊的回忆，是语焉不详的传说。"

"你要是死了怎么办?"

"我不会死! 我是永生的!"

"你已经开始老化，不得不被人搬来搬去。还有你的右臂，你几乎挪动不了它!"西尔维娅的语气严厉，毫不留情，"你的整个躯干都已经千疮百孔、锈迹斑斑。"

那机器体内的嗡嗡声骤然加剧，一时之间说不出话来。"我的知识会一直存在。"他终于咬牙切齿地说，"我一直有信息传输的能力。福勒已经做好了一个广播系统，即便在我说话都——"他哽咽了一下，"一切都在掌握之中。我已把一切都安排妥帖。这一切已经维持了两个世纪之久，它还会一直延续下去!"

西尔维娅突然出手。一切都在极短的一瞬间发生。她被透明塑料壳包着的靴子踏住了机器人身下的两张椅子，她手脚并用，猛推椅子，那椅子来回摇摆——

"福勒!"机器人尖叫。

西尔维娅用尽全身力气，腿部的剧痛令她两眼发黑。她紧咬嘴唇，用肩膀猛撞机器人凹陷的外壳。他挥舞着双臂，发出嗡嗡的声响。两张椅子缓缓地分开了，机器人从上面滑落下来，仰躺着，两臂还在徒劳地挥舞。

西尔维娅吃力地下床，费力地走向窗户。那条断腿吊在空中，毫无用处，似乎是被透明塑料壳裹着的死物。机器人像只愤怒的甲虫一样,两臂挥舞着,眼部元件眨动着,生锈的部分因为恐惧和愤怒而尖啸不止。

"福勒!"他再次尖叫,"快来救我!"

西尔维娅够到了窗户,她用力拉扯锁扣,它们都是锁上的。她从桌上抓起一盏台灯,砸向玻璃窗。玻璃在她身边碎裂开,危险的碎片洒落下来。她一瘸一拐地向前冲。这时,维修小组的人已经冲进了房间。

福勒看见机器人仰面躺在地上,极为震惊。他脸上掠过一丝古怪的表情,"看看他!"

"救我!"机器人激动起来,"救我!"

有人抱住西尔维娅的腰,把她拖回床上。她又踢又咬,指甲刺进了那个男人的脸颊。他让她的脸冲着床,将她按在床上,然后拔出手枪。"待着不许动!"他怒喝。

其他人正在弯腰扶起机器人。

"出了什么事?"福勒问道。他来到床前,脸色狰狞,"他是自己摔倒了吗?"

西尔维娅的眼睛里满是仇恨跟绝望,"是我把他推倒的。我差一点儿就成功逃脱了。"她胸部剧烈起伏,"我都走到窗户那边了,但我的腿——"

"送我回房间!"博尔斯哭喊。

维护人员把他扶起来,抬下廊道,送他回私人办公室。片刻之后,他已经惊魂未定地坐在自己堆满文件和报告的办公桌前了,浑身的机械设备乱响。

他勉强抑制住恐慌，试图继续工作。他必须坚持。他的监视屏开启了，正常工作着。整个系统都已经启动。他面无表情地看着一名分部指挥官派出一大堆喷气式轰炸机，黑压压的一团，像一群苍蝇一样飞上天空，迅速离开。

这个体系必须存续下去，他一遍又一遍告诉自己，他必须挽救它，必须把人们组织起来，让**他们**去挽救它。如果人们不去战斗，这一切不就完了吗？

愤怒和绝望让他难以自持。这个系统并没有自我保护能力，它不是个独立的个体，无法脱离身处其中的人类而存续。事实上，它**就是**这些人。它和人群是统一体，当人们为了一个社会体系的存续而战斗时，他们在保护的，其实也就是他们自身。

社会体系瓦解了，身处其中的人们也就无处栖身了。

他看到一大队脸色惨白的士兵正在向远山进军。他老旧的突触线圈发出微光，不安地战栗，随即恢复正常。他已经两百岁了。很久以前，他被制造出来。他来自一个完全不同的世界，那个世界创造了他，又因为他，那个世界得以存续。只要他还在，旧世界就在。就算只剩一个微缩的模型，但它仍在运行。这是他的宇宙模型，他的造物，是他合理运行着的、可控的世界，这里的一切事物都条分缕析、整合有序。

他让一个理性、进步的世界继续存活。他在一个腐朽、死寂、遍布尘埃的干涸星球上建立了一片富饶的绿洲。

博尔斯摊开文件,开始解决最为紧迫的问题。在进行了全面的军事动员之后,他要将和平时期的经济政策转型为战时经济政策。社会组织的全面军事化,需要调动他统治下的每一个男人、女人、孩子,每一台设备、每一分能源。

爱德华·托尔比小心翼翼地钻出来。他的衣服已经破烂不堪。在爬过荆棘和藤蔓时,他丢失了背包。他的脸上、手上都负了伤,人也累到近乎虚脱。

在他面前是一道山谷,一片巨大的盆地。里面有农田、房屋、公路、工厂、机械装备,还有好多人。

他观察了那些人足足三个小时。看不到头的队伍沿着宽窄不一的道路,从山谷向群山进发。有人步行,有人坐卡车、坐小汽车,或者装甲车、武器运输车。头顶上,有人驾驶快速轻巧的战斗机和巨大笨重的轰炸机。这些闪亮的飞行器盘旋在部队上空,严阵以待。

这是大规模战争的场面。像这样规模的战争已经有两百年不曾发生过了,但古老的景象又出现在了眼前。他在野营培训课上播放的老录影带和档案里看到过这样的场景。眼前像是一支幽灵部队,被召唤来再次作战。一大批人和军械,准备着迎接战斗和死亡。

托尔比小心地爬下斜坡。有名士兵把摩托车停在乱石密布的山坡下,正在安装天线和无线电发射机。托尔比伏低身体,绕道而行,神不知鬼不觉地接近他。这是个金发的年轻人,正在紧张地摆弄电线和中继器。他紧张地舔着嘴唇,周围略有一点儿声响,他就会抓起步枪四面张望。

托尔比深吸一口气。年轻人这时背对着他,他在连接一条复杂的动力线路。机不可失,失不再来。托尔比一个大步跨出来,举起手枪开火。那堆装备和士兵的步枪都被烧毁了。

"不要出声。"托尔比说。他四下张望,没有人看到他。主干道在他右手边半英里远的地方。太阳正在落山,在群山上投下一片巨大的阴影。整片田野由棕绿色变成了深紫色。"把手举过头顶,抱头,跪到地上去。"

那年轻人吓得瘫了下去,"你要干什么?"他看见了那根铁头手杖,马上面无血色,"你是联盟的人!"

"闭嘴!"托尔比喝令,"首先,说说你是哪个部门的,**你的上级是谁?**"

那年轻人磕磕巴巴说出了他知道的一切。托尔比听得很认真。他很满意。敌方采取的是最常见的集权结构。这正是他想要的。

"在你们的高层,"他打断那人,"谁才是职位最高的那个人? 谁拥有最高指挥权?"

"博尔斯。"

"博尔斯!"托尔比皱起眉头,"这听起来不像是人类的名字。听着像是——"他吃惊地打住话头,脚下一晃,"我们早该猜到的! 一台古旧的政府机器人,现在还在运行。"

那年轻人发现有逃跑的机会。他跳起来，向前飞奔。

托尔比一枪打中他左耳上方。那年轻人俯身栽倒，不再动弹。托尔比迅速跑到他身边，把他的深灰色军装剥下来。这身儿对他来说当然有些小，但摩托车的大小却很合适，他看过这种东西的录影带，从小就想拥有一辆，想要有辆速度飞快的小摩托，载着他如风般自由来去。现在，他算是梦想成真了。

半小时后，他沿着一条平整、宽阔的马路驶向山谷中心，前往那些耸立在夜空之下的楼宇建筑。摩托车的前灯劈开了夜幕，他的车子还会左摇右摆，但基本上可以算是掌握了驾驶要领。他加速，道旁的一切飞快地向后闪过，树木、田野、干草堆、停在原地的农耕机械。所有车辆都跟他背道而驰，那都是向前线开拔的军队。

这些奔向前线的军队，就像是一群奔向海洋寻死的旅鼠。一千人、一万人，穿着铠甲，全副武装，神情戒备。个个都被携带着的火炮、炮弹、火焰喷射器和细菌弹压弯了腰。

其实他们只弄错了一点，世上根本就不存在跟他们敌对的军队。他们已经犯下了错误，有作战双方才能开战。而现在，只有一方的军队复活。

距离建筑密集区一英里处，他把摩托车推下马路，小心隐藏在一座干草堆里。有一会儿，他想过把铁头手杖也留下，但最后还是耸耸肩，带上了它和手枪。他总是带着手杖，这是联盟的标志，它代表着那些四处巡行的无政府主义者，他们周游四方，保护这个世界。

他穿过黑暗，大步向前方的建筑走去。这里的男人已经变少了，女人和孩子更是完全没有了踪影。前方有电网拦住去路，武装到牙齿的军人蹲在后面，探照灯在路面上不停地扫来扫去，高高耸立的雷达后面还有一个丑陋的方形水泥堡垒。这里就是政府所在地。

他观察了一段时间探照灯，终于搞清楚了它的运动方式。在它的强光下，士兵们苍白又疲惫的面目清晰可见。都是些年轻人，他们从未有过实战经验。这是他们第一次遇敌，他们都心怀恐惧。

等到光线照不到他，他站起来，向铁丝网前进。铁丝网自动为他打开一个缺口。两名守卫站起来，动作生疏地用刺刀拦住他。

"出示证件！"其中一个下令。这两个年轻的少尉都还是大男孩，嘴唇发白，显得十分紧张。他们似乎只是扮演着战士。

怜悯和轻蔑让托尔比禁不住冷笑，"都给我滚开。"

其中一个人紧张地打开了手电筒，"站住！这班岗的通行口令是什么？"他用刺刀挡住托尔比的去路，两手不由自主地微微抽搐。

托尔比从衣兜里掏出手枪，趁探照灯转回来之前击毙了两名卫兵。他们的刺刀铿然落地。他俯身向前急冲。周围喊叫声四起，与此同时还出现了许多其他人的身影。到处都是痛苦、惊恐的喊声。流弹乱飞。暗夜被照亮，他弓着身子从这片混乱中冲出去，转过一座仓库的墙角，跑上一段楼梯，进入了前面那座巨大的建筑。

他必须速战速决。他手里紧握着铁头手杖，跑进一段幽暗的走廊。靴子踏地的回声在周围回荡。人们跟在他的身后拥进了大楼。几簇能量束从他身边飞过。有一块天花板被炸成灰，在他身后塌落。

他到达楼梯,快速向上跑。他跑上一层楼,在黑暗中摸索着门把手。身后有微光闪动。他侧过身,迅速举枪——

但还是被一记猛击放翻在地上。他被冲力撞到墙上,手枪也脱手飞出。有个人影弯腰站在他旁边,紧握着步枪,"你是谁?来这里干什么?"

这人不是士兵,胡子拉碴,身穿肮脏的衬衫和皱巴巴的裤子,两眼红肿。腰间别满了各种工具,锤子、手钳、螺丝刀,还有一段焊铁。

托尔比痛苦地站起来,"要不是你手里有那把破枪——"

福勒警觉地跟他拉开距离,"你是谁?这层是禁止普通士兵进入的。你明明知道——"然后他看到了那根铁头手杖,"我的天,"他小声说,"你就是他们没能抓到的那个人。"他发出颤抖的笑声,"你就是那个逃脱了的人。"

托尔比的手指紧握住手杖,但福勒马上做出了反应。他枪口上挑,对准了托尔比的脸。

"你老实点儿。"福勒警告道。他微微侧身观察。士兵们正在快步跑上楼梯,靴子声嗒嗒响,喊叫声在空中回荡。他犹豫了一会儿,然后用步枪指了下前面那段楼梯,"上楼,马上走。"

托尔比眨眨眼,"这个——"

"上楼!"枪口顶在托尔比身上,"快点!"

托尔比带着困惑快步走上楼梯。福勒紧跟在他身后。到了第三层,福勒凶巴巴地押着他穿过一道门,枪口死死顶住他的后背。

他发现自己到了一条走廊，两边是无数的办公室门。

"继续走。"福勒恶狠狠地下令，"沿着走廊向前。快点！"

托尔比加快了脚步，他的脑子也转得飞快，"你这混蛋到底想要做什么——"

"我做不到。"福勒在他耳边紧张地说，"再过一百万年都不行。但这件事必须有人去做。"

托尔比停住了，"什么事？"

两人狰狞且带着挑衅意味地瞪着对方，眼中都带着怒火。"他就在里面。"福勒用枪指了下某扇门，厉声说，"你只有一次机会。抓住它。"

托尔比犹豫了不到一秒钟，然后打消了疑虑，"好的。我会抓住时机。"

福勒跟在他后面，"小心，注意脚下。沿途有好几个检查点。只要一直向前走就可以，走到不能继续时为止。看在上帝的分上，快去！"

托尔比加快脚步，他的脚步声逐渐变小。然后他到达门前，拉开门。

里面有很多士兵和官员。他撞向人群，众人纷纷倒地，四散退开。他继续跌跌撞撞向前跑。那些倒地的人这才挣扎着爬起来，手忙脚乱、洋相百出地去找各自的配枪。他又闯过一道门，进入内部办公室，越过一张桌子。桌子边有个被吓到的女孩瞠目结舌地看着他。然后是第三道门，后面是一间凹室。

一个看上去很凶悍的年轻人跳起来,火急火燎地拔枪。托尔比没有武器,被困在凹室里进退两难。有人在猛推他刚刚闯入的门。他紧握铁头手杖向后退,那个金色头发的年轻人拿着枪胡乱扫射,能量束射偏到一尺开外的地方,但他依然感觉到了灼人的热力。

"你这肮脏的无政府主义者!"格林尖叫。他的面容扭曲,不停地扣动扳机,"你这杀人如麻的无政府主义奸细!"

托尔比丢出他的铁头手杖,这一下用了全力。手杖呼啸着在空中划出一道曲线,径直砸向年轻人头部。格林看到它飞来,立即躲开。他向一旁跳开的动作灵活又迅捷。他发出一声冷笑。手杖砸在墙上,然后翻落到地上,哐当作响。

"居然用手杖砸我!"格林怒斥,继续射击。

能量束没击中他。这回格林是故意的,他在戏耍他。托尔比弯下腰,拼命去抓手杖。他捡起它。格林冷眼旁观,脸色阴沉,双眼明亮。"再扔啊!"他吼道。

托尔比高高跃起,出其不意地击中年轻人。格林惨叫,被他一杖打得跌跌撞撞后退,然后突然像疯了一样地反击。

托尔比本来更为强壮,但他已经筋疲力尽。他摸爬滚打、跋山涉水好几个小时,那是一段漫长的旅程。经历过车祸和一天的跋涉之后,他已经是强弩之末。但格林却在最佳的状态,身体结实灵巧。他拧身避开对手的攻击,伸手掐住托尔比的咽喉,手指甲抠入了他的肉里。托尔比踢中对手的裆部。格林摇晃着后退,身体痉挛,痛得直不起腰。

"非要这样，好吧。"格林狠狠地说。他的脸色难看又凶残。他摸到了手枪，抬起枪管。

突然，格林的半个脑袋爆开。他手一松，枪掉落在地上。他的身体还直立了片刻，然后瘫作一团，像一堆没人穿的衣服。

托尔比瞥见了那支从自己身边探出的步枪枪口，还有那个腰悬工具的人。那人疯狂地招呼他继续前进，"快去！"

托尔比沿着铺了地毯的走廊飞奔，穿过两台忽明忽暗的黄色落地灯。一群官员和士兵跌跌撞撞地跟在他后面，一面喊叫，一面胡乱开枪。他拉开一扇厚重的橡木门，停下了。

他来到了一个奢华的房间，挂着带褶皱的窗帘，贴着颜色绚丽的墙纸，台灯、书架，一应俱全。一瞥之下，仿佛可见过去的繁华和富庶。地毯很厚，暖气够热，还有台监视屏。房间深处有张巨大的红木桌子。

桌边有一个坐着的身影，正在处理成堆的文件和报告，身边还有一沓沓的参考资料。那东西跟周围精致的陈设形成了鲜明的对比。它是一台巨大、破旧、锈迹斑斑的金属块，表面到处都是凹痕和修补痕迹，还泛着铜绿，显然是台十分老旧的机器。

"是你吗，福勒？"机器人问。

托尔比紧握铁头手杖，向它逼近。

机器人怒气冲冲地转过身，"你是谁？去叫格林来，把我带到地下掩体去。已经有一处关卡报告说，他们发现联盟的特工——"机器人突然打住话头。它冰冷的机械眼死死盯着眼前的人。它眨眨眼,眼珠不安地来回转了几下,"我不认得你。"

然后它看到了铁头手杖。

"联盟的特工。"机器人说,"你就是那个闯过了封锁线的人。"它明白过来,"你就是那**第三个人**。你没逃回老巢,却来了这里。"金属手指笨拙地摆弄着桌面上的物品,然后伸进抽屉。它找到一支枪,别扭地举起来。

托尔比把枪敲飞,它"砰"地掉在地上。"跑啊!"他对机器人喊道,"逃走啊!"

它一动不动地坐着。托尔比的手杖猛击下来,机器人脆弱而精密的脑部元件分崩离析。他的胳膊和手掌上全是散落的线圈和电路,还粘着导电液。机器人颤抖着,机械结构报废了。它从椅子上欠起一半身体,然后摇晃、栽倒。它躺倒在地面上,零件和齿轮滚向四面八方。

"仁慈的上帝啊。"托尔比头一次看到这样的场景。他哆嗦着弯腰观察机器人的残骸,"它彻底残了。"

很多人围在他身边。"他杀死了博尔斯!"众人露出震惊又困惑的表情,"博尔斯死了!"

福勒慢慢上前,"你解决了它,好了。现在什么都不剩了。"

托尔比站在人群中,手里还拿着他的铁头手杖。"那可怜的破烂东西,"他轻声说,"坐在那儿毫无还手之力。我一进来就杀死了它。它根本没有任何胜算。"

大楼里乱作一团。士兵和官员疯狂地四处晃荡,悲痛欲绝,歇斯底里。他们有时撞在一起,有时聚集成堆,喊叫着,下达着毫无意义的指令。

托尔比挤过人群。没有人关注他。福勒将机器人的残骸聚成一堆,收集起碎片。托尔比在他身边停下。博尔斯就像儿歌里唱的坐在墙头的矮胖子一样,栽一个大跟斗,就再也爬不起来。至少现在不行。

"那个女的在哪儿?"他问福勒,"他们抓来的那个联盟成员。"

福勒慢慢挺直身体,"我带你去找她。"他带着托尔比走过杂乱拥挤的走廊,来到医疗区。

看到两个男人进来,西尔维娅担心地坐起来。"你们想干什么?"随即她认出了自己的父亲,"爸爸! 感谢上帝! 原来生还的是你。"

托尔比关上门,把走廊里的喧嚣隔绝在外,"你怎么样? 腿伤还好吗?"

"正在好转。发生了什么?"

"我解决了它,那台机器人,它死了。"

有一会儿,三个人都没说话。外面的走廊里,人们还在疯狂地来回奔走。消息已经泄露。已经有士兵聚在大楼外交头接耳。这些人离开了自己的岗位,茫然失措,不知该干什么。

"都结束了。"福勒说。

托尔比点点头,"我知道。"

"他们会厌倦蜷缩在散兵坑里的感觉。"福勒说,"他们会回来的。一旦听到消息，他们就会丢弃武器装备，从战场撤离。"

"好。"托尔比咕哝道，"越早越好。"他摸了下福勒的步枪，"你也会这么做，我希望。"

西尔维娅犹豫了一下，才说："你们有没有觉得——"

"觉得什么？"

"我们会不会做错了？"

托尔比疲惫地苦笑，"现在想这个，你还真会挑时间。"

"博尔斯只是在做他认为正确的事。这里的人们建造了自己的家园和工厂，整个地区……他们生产了很多产品。我一直在看窗外，看到的这些让我想了很多。他们做了这么多事，制造了这么多东西。"

"还造了好多枪炮。"托尔比说。

"我们也有枪啊。我们也杀人，也破坏。我们拥有他们的一切缺陷，却没有一个他们的优点。"

"我们至少没有战争。"托尔比轻声回答，"就为了保护这个精致的小小组织，山上埋伏了一万人。所有人都在等着开战，等着发射他们的炮弹和细菌弹，就为了让这个组织运行下去。但他们达不到目的了。很快，他们就会放弃阵地，开始返回。"

"这个小社会本来很快就要崩溃。"福勒说，"它已经逐渐失去控制力，它已经无力回天。"

"事已至此，无法挽回。"西尔维娅喃喃地说，"我们尽到了自己的职责。"她微笑，"博尔斯和我们，都在尽自己的本分。只是时代选择了我们，而不是他。"

"对啊。"托尔比表示同意，"我们只是完成任务。我们永远不必为此感到抱歉。"

福勒什么都没有说。他站在那里，两手插在衣兜里，静静看着窗外。他的指尖摸到了一些小东西，三个完好的突触线圈，那是报废机器人的记忆体元件，它们完好无缺，是他从残骸里回收的。

只是以防万一，他对自己说，万一时代又变了呢？

父　怪

"晚饭做好了。"沃尔顿夫人招呼道,"去叫你爸来,让他洗手吃饭。你也一样要洗手,小伙子。"她端着一口冒着热气的砂锅走向收拾整齐的餐桌,"他应该在车库里。"

查尔斯犹豫了一下。他才八岁,可脑子里的烦恼,怕是能令希勒尔①无所适从。"我——"他欲言又止。

"有什么不对吗?"琼·沃尔顿察觉了儿子语气中的惶惑,作为母亲,她心里马上警觉了起来,"特德没在车库里吗? 天哪,他刚刚还在那边磨剪树篱的大剪刀呢。他没去安德森家吧? 我跟他说过,晚餐马上就要做好了。"

---

① 希勒尔(公元前70—公元10年),全名希勒尔·哈·撒根,习称大希勒尔。公元前后巴勒斯坦犹太人族长,犹太教公会领袖和拉比。其阐释的犹太教经书对后世犹太教解经学家具有重大影响。编有《古代犹太拉比格言集》,成为后人编写《塔木德》的依据之一。

"他就在车库。"查尔斯说，"但他在——自言自语。"

"自言自语！"沃尔顿夫人解下鲜艳的塑料围裙，把它搭在门把手上，"特德吗？怎么会？他从来都不自言自语。去叫他来。"她把滚烫的黑咖啡倒进小小的中式青花瓷茶杯里，然后把奶油玉米舀到盘子里，"你到底怎么了？快去叫他！"

"可我不知道该叫哪一个。"查尔斯情急之下脱口而出，"他俩长得一模一样。"

琼·沃尔顿握着铝煎锅的手指一松，锅中的奶油玉米差点儿洒出来。"小伙子——"她正要发火，特德·沃尔顿就大步走进了厨房。他一面使劲闻食物的味道，一面期待地搓手。

"啊，"他开心地叫道，"炖羊肉。"

"是炖牛肉。"琼嘟囔着纠正道，"特德，你刚在外面干了什么？"

特德坐在自己的位置上，打开餐巾，"我把剪刀磨得像剃刀一样锋利，还上了油，现在它快得很。最好别碰它，你的手会被割掉的。"他是个帅气的男人，刚刚三十岁出头。浓密的金发，强壮的臂膀，灵巧的双手，方脸，一双闪亮的棕色眼眸。"哇，炖肉看起来真不错。今天上班真累。周五了，你懂的。好多事儿堆在一起，我们必须在五点钟之前厘清所有账目。阿尔·麦金利说，要是我们把午餐时间安排得更合理一些，我们部门的工作效率就能提高百分之二十。他想让我们错开吃饭时间，这样就始终都有人在工作。"他招呼查尔斯坐过来，"坐下，我们开饭吧。"

沃尔顿夫人给大家盛上冻豆子。"特德，"她慢慢地坐下，问道，

"你有什么心事吗?"

"心事?"他眨眨眼睛,"不,没什么特别的,就是平常那些事儿。怎么了?"

琼·沃尔顿不安地看看儿子。查尔斯僵硬地坐在他的位置上,面如死灰,毫无表情。他没动,既没打开餐巾,也没碰一口牛奶。她能感觉到空气里弥漫着紧张情绪。查尔斯把椅子从他父亲身边挪开。他蜷缩着,身体紧绷,尽可能远离父亲。他嘴唇翕动,念念有词,但她听不清他在说什么。

"怎么了?"她探身向前问。

"**另外一个**,"查尔斯正在小声嘟囔,"进来的是另外一个。"

"你是什么意思啊,亲爱的?"琼·沃尔顿大声问,"什么另外一个?"

特德愣了一下,脸上掠过一丝奇怪的表情,但转瞬即逝。在那个短暂的瞬间,特德·沃尔顿的脸变得极为陌生。怪异、冷漠的神情闪现在那张扭曲、抽搐着的脸上。他的目光失去了焦点,瞳孔向后收缩,一层古老的隔膜覆盖在眼珠之上,完全不是平常那副疲惫的中年居家男人模样。

然后他就恢复了常态,虽然仍旧有细微的差别。特德咧着嘴笑,狼吞虎咽地开始吃炖肉、冻豆子和奶油玉米。他大笑,搅动他的咖啡,一边开玩笑,一边吃。但事情很不对劲。

"他是另外一个。"查尔斯说。他脸色煞白,双手开始颤抖。他突然跳起来,从餐桌前退开。"你滚开!"他喊起来,"滚到外面去!"

"嘿，"特德凶神恶煞地吼道，"你中了什么邪？"他严厉地指指男孩的椅子，"你乖乖给我坐好了吃饭，小子。你妈妈辛辛苦苦做饭，不能让你随便糟蹋。"

查尔斯转身，跑出厨房，向楼上自己的房间跑去。琼·沃尔顿非常震惊，坐立不安，"这……这到底是——"

特德继续吃饭。他的脸色难看，眼神凶狠。"那个熊孩子，"他咬牙切齿，"就是欠教育。也许我应该私下跟他好好谈谈。"

查尔斯蹲下来，听着楼下的动静。

那个父怪正走上楼梯，离他越来越近。"查尔斯！"它愤怒地大叫，"你在那儿吗？"

他没有回答，而是无声地退回房间，把门关严。他的心怦怦直跳。父怪已经踏上二楼，再过一会儿，就将进入他的房间。

他快速跑到窗前。他很害怕。那怪物已经在黑暗的走廊里摸索门把手。他掀开窗户，爬到房顶上。伴随着一声闷哼，他跳到正门旁边的花园里，摇晃了一下，痛得直抽冷气。然后他跳起来，逃到透出窗口的亮光照不到的地方。在漆黑的夜晚，灯光在地上刻出一方金黄的印记。

他来到车库。它矗立在前方，像是矗立在地平线上的黑色方块。他呼吸急促，在衣兜里翻找手电筒，然后他小心地推开滑门，进入车库。

车库里是空的，汽车停在库门口。左边是他爸爸的工作凳。锤子、锯子之类的工具挂在木板墙上。墙边放置着割草机、草耙、铁锹、锄头，还有一大桶煤油。到处都钉着废旧车牌。水泥地板上积了一层灰，房间正中有一大摊油迹。在手电筒晃动的光线照耀下，还能看到几簇沾满黑色油污的野草。

门后就有一个巨大的垃圾桶，桶盖上放了一堆皱巴巴的报纸和杂志，已经潮湿发霉。查尔斯搬动它们时，闻到一股刺鼻的腐朽味道。蜘蛛从报纸杂志中掉落到水泥地上，惊惶四散。他踩烂它们，继续寻找目标。

接下来看到的情景让他尖叫。他扔掉了手电筒，本能地向后跳开。突然之间，车库又是一片漆黑。他勉为其难地跪下来，在黑暗中摸索着手电筒。他有时会碰到死蜘蛛，有时会摸到油腻的青草。像是花了无数个世纪，他终于找到了手电筒。他压抑着自己的恐惧，将手电筒的光照进他搬开那堆杂志后露出的井口一样的地方。

父怪把它藏在了桶的最底端，就藏在枯叶和碎纸板之间，在腐烂的杂志和窗帘布之间，在妈妈从阁楼中取下来准备烧掉的杂物堆里。那东西还有一点爸爸的形貌，足以让他辨认出来。他找到了它，但它的样子让他想要呕吐。他手扶着垃圾桶，闭上眼，好一会儿后才有勇气再看。桶里是他爸爸残留的身体，他真正的爸爸。父怪不需要的残渣被丢弃在此。

他拿来草耙，伸进桶中去戳那残骸。它很干，被草耙轻轻一碰，就散架了。那些碎片就像是被丢弃的蛇蜕，单薄易碎，只是一层**空壳**，里面的部分都不见了。那些才是重要的部分。他爸爸就剩了这么点儿，只有一层易碎的干皮儿，被揉作一小团，丢在垃圾桶最底

181

下。这就是父怪留下的。它已经吃完了其余的部分。它吞噬了父亲的精华，然后取代了他。

有声音。

他丢下草耙，快步赶向门口。父怪正沿着院子里的小路向车库走来。它的鞋子踩在砂石路面上。它小心翼翼地在黑暗中摸过来。"查尔斯！"它生气地叫嚷，"你在里面吗？别被我抓到，你这小混蛋！"

接着房子门廊处亮起灯光，他能看到妈妈丰腴的身形，她显得紧张而僵硬，"特德，别打他。他只是被什么事吓得厉害。"

"我不会打他的。"父怪没好气地回答。它停下来，擦亮一根火柴，"我只是想要跟他谈谈。他需要学着讲规矩。就那样离开餐桌，大半夜往外跑，还爬上房顶——"

查尔斯偷偷从车库溜出来。火柴光照亮了他跑动的身影。父怪吼了一声，猛冲上来。

"到这里来！"

查尔斯逃掉了。他比那个父怪更了解周围的地形，虽说对方对环境也挺熟悉。它吞噬了父亲的精华，吸收了其中的知识，但没有人比男孩更了解周边环境。他到达篱笆墙，翻过去，跳进了安德森家的院子，钻过晾衣绳，然后再沿着他家房子的侧面狂奔，进入枫树街。

他蹲下来，屏住呼吸静听。父怪没有追来，它已经回去了，又或许它绕道房子外的人行道。

他颤抖着深吸一口气。他必须继续逃。或早或晚，那家伙总会找到他的。他环顾左右,确定它没在暗中窥视,然后弯下腰,像小狗一样快速跑掉。

"你想干吗?"托尼·佩雷蒂挑衅地问。托尼十四岁。佩雷蒂家的餐厅以橡木板装修而成。他坐在餐桌前,身边都是书本和铅笔,还有吃了一半的火腿花生酱三明治和一杯可乐。"你是沃尔顿家的孩子,对吧?"

托尼有份校外兼职工作,在镇上的约翰逊电器商店拆装炉具和冰箱。他个子很高,神情木然,黑头发,橄榄色皮肤,一口雪白的牙齿。他揍过查尔斯几次。附近几乎所有的小孩都挨过他的揍。

查尔斯扭扭捏捏地说:"那个……佩雷蒂。你能不能帮我一个忙?"

"你想干啥?"佩雷蒂觉得很烦,"找人打得你鼻青脸肿吗?"

查尔斯郁闷地低下头,握紧双拳,支支吾吾地简单讲了此前发生的事。

等他讲完。佩雷蒂轻声吹了个口哨,"不是耍我的?"

"这是真的。"他马上点头,"我带你去看。你跟我去,我就指给你看。"

佩雷蒂慢慢站起来,"行啊,带我去吧。我想看。"

他从自己房间里拿来BB枪①,两人一起沿着黑暗的街道走向查

---

① 仿真玩具,可发射较不具杀伤力的塑胶子弹(BB弹),也可译作"彩弹气枪"。

尔斯的家。路上他们都没怎么说话。佩雷蒂沉着脸，想着心事。查尔斯还没回过神来，脑子里一片空白。

他们在安德森家的私人车道那里转弯，从他家后院斜穿过去，爬过篱笆，小心地跳进查尔斯家的后院。周围没有一点儿动静，院子里很安静。房子前门紧闭。

他们透过起居室的窗户往里看。百叶窗已经关闭，但还留着一条窄缝，从中透出金黄色灯光。沃尔顿夫人坐在沙发上缝补一件棉布T恤衫。她的大脸膛是一副难过又焦虑的表情，无精打采地忙碌着。在她对面，就是父怪。它正靠坐在爸爸的安乐椅里面，脱掉了鞋子，读着当天的晚报。角落里的电视机开着，但却无人观看。一瓶啤酒放在安乐椅的扶手上。那个父怪的坐姿跟他爸爸一模一样，它还真学会了不少。

"看起来跟你老爹没什么两样。"佩雷蒂狐疑地小声说，"你真的没骗我？"

查尔斯带他去了车库，给他看垃圾桶。佩雷蒂把他晒黑的长胳膊伸下去，小心地把干枯、焦脆的残渣取出来。两人铺开那东西，爸爸的轮廓渐渐显现出来。佩雷蒂把残骸放在地上，然后将散掉的部位归位。那残留物带着点儿像琥珀一样的黄色，几乎算是没有颜色，近乎透明。它薄得像纸一样，干燥，而且毫无生气。

"就剩这点儿了。"查尔斯含着眼泪说，"他就剩下这么一点儿，怪物已经把他里面的东西吃干净了。"

佩雷蒂脸色变得苍白。他哆哆嗦嗦地把残骸放回垃圾桶。"这可真是严重了。"他咕哝着，"你之前说，你见过他们两个在一起？"

"他们在谈话，两个人看起来一模一样。我是碰巧跑进来的。"查尔斯擦掉眼泪，打了个寒噤。他已经无法继续隐瞒，"那怪物是在我眼前把他吃掉的。然后它走到房子里，装作是我爸爸。但它不是。它杀了我爸，把他皮肤之下的部分都吃掉了。"

佩雷蒂默然半晌。"我跟你说，"他突然开口，"我以前也听说过类似的事情。这事儿很棘手，你必须开动脑筋，不能光顾着害怕。你现在不害怕了，对吧？"

"我不怕。"查尔斯硬撑着小声说。

"我们首先要做的，是找出杀死它的办法。"他摇了下自己的BB枪，"我不知道这个有没有用。你爸爸可是个大块头，不会轻易就被人控制住。"佩雷蒂想了想，"我们还是离开这里吧。它可能还会回来。人们说杀人犯总是会回到现场。"

他们离开车库。佩雷蒂蹲下身，再次透过窗户往里看。沃尔顿夫人已经站了起来，她正焦急地说着什么。他们隐约能听到里面的声音。父怪丢下报纸。两人正在争吵。

"看在上帝的分上！"父怪喊道，"不要做这样的蠢事。"

"一定是出事了，"沃尔顿夫人伤心地说，"发生了可怕的事。你让我给医院打个电话问问。"

"你不用给任何人打电话。他没事，很可能就在街上玩儿。"

"他从来不会这么晚出门，他也从来都不会不听话。他今天就是被吓坏了——被你吓坏了！我觉得今天不能怪他。"她难过地哽

185

咽，"你到底是怎么了？现在的样子真奇怪。"她走出房间，来到门口，"我要到邻居家看看。"

父怪恶狠狠地看着她背影，直到她消失。接着，一件可怕的事发生了。查尔斯惊叫起来，就连佩雷蒂也在小声咕哝。

"你看，"查尔斯小声说，"那是——"

"天啦。"佩雷蒂瞪大了眼睛说。

沃尔顿夫人一出门，父怪就瘫倒在椅子上。它开始变软，嘴巴张开，眼睛无神地瞥向一侧。它的头向前垂下，像个被丢弃的提线木偶。

佩雷蒂从窗前退开。"这就清楚了。"他小声说，"我已经弄清了真相。"

"这是怎么回事？"查尔斯问。他又惊又怕，不明所以，"看起来，就像是被关闭了电源一样。"

"正是如此。"佩雷蒂缓缓点头，脸色阴沉，忍不住战栗着，"有什么东西在外面控制它。"

查尔斯被吓坏了，"你是说，它被我们世界之外的某个东西控制？"

佩雷蒂不耐地摇摇头，"只是这座房子外面而已！就在这院子里。你知道怎么找到那东西吗？"

"不是很懂。"查尔斯强打精神，"但我认识一个很会找东西的人。"他努力回想那个名字，"博比·丹尼尔斯。"

"那个黑小孩？你说他会找东西？"

"他最棒了。"

"那好吧。"佩雷蒂说,"我们去找他来。我们必须找到屋外的控制者。那东西派**它**进入房子,还遥控着它……"

"它就在车库附近。"佩雷蒂对那小个子、瘦脸盘的黑人小孩说,后者正跟他们一起蹲在黑暗处。"受害者就是在车库里被它攻击的。所以,从那边找起吧。"

"从车库里面?"丹尼尔斯问。

"是车库**周围**。沃尔顿已经翻找过车库里面了。我们就在周围找。它不会跑远。"

车库旁边有一片小花坛,还有一大丛杂乱的竹林。车库到房子之间散落着废旧物品。月亮已经出来,一层冷冷的、雾一样的光辉照耀着一切。"如果我们不能马上找到它,"丹尼尔斯说,"我就得回家。我不能熬太晚。"他比查尔斯大不了多少,好像只有九岁。

"行。"佩雷蒂同意,"开始找吧。"

三人分散开来,小心地搜寻地面。丹尼尔斯的动作快到难以置信。他瘦小的身体迅速地移动着,令人眼花缭乱。他爬过花丛,翻开石块,探看房子下面,然后分开植物枝干,熟练地在掺杂着堆肥、荒草的树木枝叶间翻找,每一英寸都不肯放过。

佩雷蒂找了一会儿就停下了,"我来站岗吧。这事儿或许有危险,父怪也许会跑来阻止我们。"他拿着BB枪站在后门台阶上,查尔斯跟博比·丹尼尔斯继续搜寻。查尔斯动作比较慢,他很累,身体冰冷麻木。一切看起来都不像是真的，那个父怪，还有他亲生父亲的遭遇，但恐惧还是促使他继续寻找。万一同样的劫难降临到他妈妈，乃至他自己身上呢？或者其他人身上？甚至整个世界。

"我找到了！"丹尼尔斯尖细地叫起来，"你们都快过来看啊！"

佩雷蒂举起他的气枪，小心翼翼地靠近。查尔斯快步走过去。他将手电筒的黄色光柱照向丹尼尔斯站着的地方。

那个黑人小孩刚才翻开了一大块石头。在潮湿、腐臭的泥土里，光柱照亮了一个泛着金属光泽的东西。这是只细长的节肢动物，数不清的弯折的腿正在拼命掘地。它像蚂蚁一样，体表覆盖着甲壳。这只红棕色的甲虫正迅速从他们面前消失。它成排的细腿儿扒拉着，地面很快就被挖开。它拼命向自己挖开的隧道中逃窜，长得丑怪狰狞的尾巴在空中疯狂摇摆。

佩雷蒂跑进车库，拿回草耙，用它插中了那虫子的尾巴，"快动手！用气枪打它！"

丹尼尔斯抓过枪来瞄准，第一枪就把那虫子的尾巴打折了。虫子在地上狂扭，没用了的尾巴拖在身后。它还掉了好多条腿。虫子足有一英尺长，像一条巨大的千足虫。它还在拼命挣扎，想要逃入地下。

"再打！"佩雷蒂下令。

丹尼尔斯笨拙地摆弄着那支枪。虫子扭动着身体低声嘶鸣，它的头来回晃动，扭转身来咬那支钉住它的草耙，小黑豆似的眼睛里闪着仇恨。它徒劳地攻击了草耙一阵子，然后，毫无征兆地，它的身体突然开始猛烈地抽搐起来。所有人都惊恐地后退。

查尔斯感觉到自己脑子里有嗡嗡的响声。嗡嗡声响亮、急促，带着金属音色，像是有十亿根钢丝同时在震动。那股力量摇晃着他，金属的噪声让他耳鸣不止、头晕目眩。他摇摆着站起来，向后退去。其他人也一样，全都脸色苍白、心惊肉跳。

"如果用枪打不死它。"佩雷蒂急促地说，"我们可以淹死它，或者烧死它，或者用针刺穿它的脑子。"他紧握草耙，把虫子死死钉在地面上。

"我带了一小罐甲醛，"丹尼尔斯咕哝说。他用手指紧张地摆弄着气枪，"这玩意儿到底怎么使啊？我好像没有办法——"

查尔斯把枪从他手里抢过来，"我来杀了它。"他蹲下，一只眼睛盯着准星，扣住了扳机。那条虫子还在扭动、挣扎。它散发出的力场仍在冲击他的鼓膜，但他握住了枪，手指收紧……

"好了，查尔斯。"父怪说。它强有力的手指抓住了他，那力道让他手腕发麻。他徒劳地挣扎，枪掉在了地上。父怪还想推倒佩雷蒂。那男孩灵巧地跳开。但虫子也趁机摆脱了草耙，成功地钻进了隧道。

"我要狠狠打你一顿屁股，查尔斯。"父怪继续说，"你吃错药了吗？你可怜的妈妈担心得都要疯掉了。"

它一直都在，藏在暗影里，蹲在黑暗中观察他们。它平静又无情的声音，就像父亲嗓音的伪劣复制品，回荡在查尔斯耳边。它拖着他走向车库。怪物冰冷的气息吹在他脸上，冰凉又清新，像是正在腐朽的泥土。它的力气非常大，查尔斯什么都做不了。

"别跟我斗。"它平静地说，"跟我走，去车库里。这是为你好。我想得很清楚了，查尔斯。"

"你找到他了？"他的母亲打开了房子后门，急切地大声问道。

"是的，我找到了他。"

"你现在要干什么？"

"教训他一下。"父怪推开车库门，"去车库里。"它嘴角露出虚假的微笑，既没有欢欣，也不带其他情绪，"你回客厅去吧，琼。我来处理这些就行了。这更适合我，你从来都不喜欢惩罚孩子。"

后门不情愿地关上了。光线暗下来，佩雷蒂趁机弯腰摸索气枪。父怪马上停住了脚步。

"你们都回家吧，孩子们。"他冷冷地说。

佩雷蒂手里握着气枪，拿不定主意。

"快走。"父怪重复说，"放下那个玩具，离开这里。"它慢慢向佩雷蒂逼近，一手拉扯着查尔斯，一手抓向佩雷蒂，"城里不准持有气枪。你老爸知道你有这东西吗？市规里有这一条。我想你最好把那东西先给我，否则——"

佩雷蒂一枪击中了它的眼睛。

父怪呻吟了一声，按住被击中的眼睛。它猛地扑向佩雷蒂。佩雷蒂沿着车道逃开，举起了枪。父怪一个箭步，然后用强有力的手指从佩雷蒂手里夺走了枪。它一言不发地挥枪撞向房子外墙，把它砸得粉碎。

查尔斯趁机挣脱它的手逃跑了。他整个人都麻木了。他能躲到哪里去呢？怪物就位于他和房子之间。它现在已经过来找他了。那个黑影摸索着，凝视着黑暗的环境，仔细地搜寻着他的位置。查尔斯后退，如果有个地方能藏身就好了……

竹林。

他迅速钻进竹林。竹子又老又粗。他钻进去后，竹子就在他身后簌簌地合上了。父怪从衣兜里翻找出一根火柴点亮，然后点燃了整包火柴。"查尔斯，"它说，"我知道你就在这里，藏在某个地方。藏起来是没用的。你只不过会使自己的处境更为艰难。"

他的心在狂跳，继续蹲在竹林里。这里，垃圾和污垢散发出腐臭的味道。到处堆积着野草、垃圾、废纸、盒子、旧衣服、木板、白铁罐、瓶子。蜘蛛和蜥蜴在他周围乱爬。竹子在夜风中摇摆。到处都是虫子和脏东西。

而且还有其他东西。

一个静默不动的身影，像喜阴的蘑菇一样从垃圾堆里面长出来。它是一个白色的圆柱体，湿软的一大坨，被月光蒙上了一层湿润的光泽。层层织网包裹着它，就像发霉的蛹。在它身上，隐约可见胳膊和腿，还能模模糊糊看出尚未成形的头部，只是其上还没有清晰的五官。但他能看出它是什么。

是长得跟妈妈一样的怪物。它在车库与住房之间的阴暗污秽之处生长，就躲在高耸的竹子后面。

它就要成形了。再过几天，它就会成熟。现在它还只是一个蛹，苍白、柔软、饱满多汁，但太阳会把它晒干、晒暖，使它的外壳硬化。它会变得强壮，颜色会变深。它将破茧而出。等哪天他的妈妈来到车库，那个母怪就会……母怪后面，还有一个松软的白色幼体，那是成虫不久前才产下的。它刚长出来，还很小。查尔斯能看到父怪是从哪儿离开的。它也是在这儿生长，然后发育成熟。最终，他的父亲在车库碰到了它。

查尔斯魂不守舍地走着，经过那些发霉的木板、恶臭的垃圾和废料，经过饱满多汁的蘑菇蛹。他虚弱地伸手抓住篱笆，钻了过去。

他又看到了一个，又一只蛹。他之前没看到这一只。它不是白色的，色泽已经变深，表面的丝网、饱满多汁的柔软质感和水汽，都已经消失。它准备好了。它动了一下，微微挪动双臂。

这是……查尔斯怪。

竹子被分开，父怪伸手紧握住男孩的手腕。"你待在这儿别动。"它说，"你站在这里正好。别动。"它用另一只手撕扯着查尔斯怪身上残留的茧，"我得帮它脱壳，它现在还有点儿虚弱。"

最后一丝潮湿的灰色表皮也被扯开，查尔斯怪蹒跚走出。它试探着前进，父怪帮它清理出一条道来，方便它走向查尔斯。

"这边走。"父怪轻声说，"我帮你抓紧他。等你吃饱了，就会变强壮。"

查尔斯怪的嘴巴一开一合，它贪婪地向查尔斯伸出手。男孩拼命挣扎，但父怪巨大的手掌把他死死按在原处。

“快别挣扎了，年轻人。”父怪命令道，“你要想好过点儿，那你就必须——”

父怪突然高声尖叫，浑身抽搐。它放开了查尔斯，踉跄后退，身体剧烈扭动，然后撞在车库墙上，四肢抽动。它翻滚着、摆动着，像是在跳一段痛苦的舞蹈。它惨叫、呻吟，想要爬走。接着，它渐渐安静了下来。查尔斯怪也静悄悄地瘫倒在地，躺在竹子和腐烂的废物之间，身体绵软无力，神色空洞，显得愚蠢至极。

终于，那父怪也不再动弹。只有竹林还在夜风里轻轻鸣咽。

查尔斯笨拙地站起来。他来到水泥车道上。佩雷蒂和丹尼尔斯向他走来，两人都瞪大眼睛，神色戒备。“别靠近他。”丹尼尔斯严厉地说，“他还没死透，还得等一会儿。”

“你们做了什么？”查尔斯喃喃问道。

丹尼尔斯放下一大桶煤油，长出一口气，“我在车库里发现了这个。我家住在弗吉尼亚州的时候，常常用煤油烧蚊子。”

“丹尼尔斯把煤油倒进了那只爬虫的洞里。”佩雷蒂解释说，他还是惊魂未定，“是他的主意。”

丹尼尔斯小心地踢了下父怪的尸体，“它现在死了。虫子一死，它就会死。”

“我猜其他那几只也会死。”佩雷蒂说。他推开竹子，检查垃圾中长出的蛹。查尔斯怪不再动弹。佩雷蒂用小棍子扎它胸口，它都没有反应。“这只已经死了。”

“我们最好还是确保万无一失。”丹尼尔斯沉着脸说。他抬起那桶沉重的煤油，把它拖到竹林边，"那怪物掉了些火柴在车道上。你去拿来吧，佩雷蒂。"

他们对视了一下。

"好的。"佩雷蒂小声说。

"我们最好先把喷水龙头打开。"查尔斯说，"万一火势蔓延。"

"我们动手吧。"佩雷蒂不耐烦地说。他已经向前走去了。查尔斯快步跟上，他们在月亮的微光下寻找火柴。

惊奇伊甸园

约翰逊船长第一个出舱。他用仪器扫描了这颗星球连绵起伏的山林和绿得让人眼睛发痛的广袤原野。头顶的天空蓝而纯净。树海的更远处,是一片大洋轻抚着大陆边缘,水天一色,只是偶尔会有特别艳丽的海草浮上浪花翻涌的水面,把蓝海几乎变成紫色。

他只移动了四英尺,就从控制台到达自动舱门,经过那儿的舷梯,下到松软的黑土坑里。喷气推进器把地面吹开,泥土抛撒得到处都是,现在还冒着白烟。他用手遮在眼睛上方,挡住金色阳光。然后,等了一会儿,摘下眼镜,用袖子擦了擦。他是个小个子男人,精瘦,面色灰黄。摘掉眼镜的他紧张地眨眨眼,很快又把眼镜戴上。他深吸一口温暖的空气,让它留在自己肺部,任其涌遍全身,然后恋恋不舍地呼出。

"不错嘛。"布伦特在打开的舱门口,瓮声瓮气地说。

"这个地方要是离地球近一点儿，肯定到处是人们丢弃的空啤酒罐和塑料盘儿。树也会被砍光，水里会尽是旧式喷气摩托艇，海滩会臭气熏天。地球开发公司还会在各地建起几百万座塑料小房子。"

布伦特不置可否地咕哝了一声，跳了下来。他是个膀大腰圆的壮汉，衣袖高高卷起，黝黑的两臂上，汗毛又多又长。

"那边是什么？ 像是条小路的样子。"

约翰逊船长取出一份星图，细查了一番，"我们之前，还没有任何一艘飞船报告过这里的情况。这份星图上说，这个恒星系里的行星全都无人居住。"

布伦特大笑，"你有没有设想过，这里或许早就有文明存在？ 只不过不是地球文明呢？"

约翰逊船长将手指按在配枪上。他从来没有用过这把枪，这还是他第一次被派到巡逻范围之外的银河区域。"也许我们应该起飞离开。事实上，我们不用非得绘制这里的地图。我们已经绘制过三颗更大行星的地图，没有必要再加上这颗。"

布伦特大步走过湿漉漉的地面，向那条小路接近。突然，他蹲下来，用手扒开稀疏的草丛。"这个地方曾有某种东西经过，土里面留有印迹。"他大声惊叫起来，"是脚印！"

"人类吗？"

"看起来像是某种动物。体型很大——或许是大型猫科动物。"布伦特直起身，脸上表情凝重，若有所思，"或许我们可以打到几只新鲜猎物。就算没什么收获，也活动过筋骨了。"

约翰逊船长紧张地来回踱步，"我们怎么知道这些动物为了防御会做些什么？我们还是谨慎一点儿，留在飞船里。我们可以从空中侦察，对这样一个小地方来说，稍微了解下就已经足够。我可不想在这里多待。"他哆嗦了一下，"这儿让我觉得毛骨悚然。"

"你怕了？"布伦特伸了伸懒腰，打了个哈欠，然后沿小路走向连绵不断的葱绿色丛林，"我喜欢它。这儿就像个国家森林公园——连野生动物都有了。你尽管留在飞船里好了，我可是要给自己找点儿乐子。"

布伦特一手扶枪，小心地在黑暗丛林里穿行。他是个资深的探险家，更年轻的时候，曾去过很多偏僻地方，这足以让他清醒地认识到自己在做什么。他时不时停下来，检查路面，触摸泥土。那串巨大的脚印还在延伸，而且还有其他脚印加入。一群动物都曾沿着这条路线走过，好几个物种，体型都很大，很可能是去往水源地，一条小溪，或者一汪水池。

他爬上一道斜坡——然后突然蹲下。前方有一头动物，蜷着身体躺在一块平整的石头上，闭着眼睛，显然是睡着了。布伦特围着它转了个大圈，谨慎地保持着面向那只动物的方向。那是一只猫科动物，这是一定的，但却属于他从未见过的亚种。有一点儿像狮子，但是要大一些，个头跟地球上的犀牛相仿。长长的黄褐色皮毛，大脚掌，尾巴像是扭结的帆索。有几只苍蝇在它体侧爬动，那动物的肌肉颤动了几下,苍蝇马上警觉地飞走。它的嘴巴微微张开,布伦特能看到闪亮的白牙在阳光下泛着湿漉漉的光,还有巨大的红舌头。它呼吸粗重、缓慢,在甜睡中打着鼾。

布伦特摆弄着他的激光枪。作为一个有道德的冒险家,他不能在对方熟睡的时候开枪:他必须扔块石头过去,把它砸醒。但是,作为一个人类,面对体重两倍于自身的猛兽,他还是很想就这样悄悄打穿它的心脏,然后把残骸拖回飞船。那家伙死后,头还会很好看,整张皮看起来也会很不错。他会编一个不错的故事来解释——那家伙正从一棵树上朝他扑过来,或者是从灌木丛里跳出来,吼声震天。

他跪下来,右臂撑在右膝上,左手托住手枪底部,闭上一只眼睛,小心翼翼地瞄准。他深呼吸,稳住手枪,拨开保险。

他正准备扣下扳机时,又有两只巨大的猫科动物沿路走来,闲散地从他身边走过,用鼻子碰了碰那只正在熟睡的同伴,然后,它们就一起走进了丛林深处。

布伦特放下枪,觉得自己很傻很可笑。那两只后来的动物根本就当他不存在。其中一只倒是朝他的方向瞄了一眼,但两只都没有停步,也没有任何格外留意他的迹象。他站起来,身体有点儿摇晃,额头冷汗直流。上帝啊,要是这些家伙愿意,早就已经把他撕成了碎片。他当时蹲在地上,还背对着它们——

他必须得更加小心才行。不能随便停下来,待在同一个地点不动。继续前进,还是返回飞船? 不,他不愿意就这样回到飞船。他还需要拿回些东西,给胆小如鼠的约翰逊看。这个小个子船长或许正紧张地坐在控制台前,担心他有没有碰到什么意外。布伦特小心地拨开灌木,越过刚才那只熟睡的巨兽趴过的石头,回到那条小路上。他还要再探索一段,找到点儿值得带走的东西,也许找个安全的地方露宿一夜。他有一包干粮。万一遇险,还可以用安装在颈部的通信器呼叫约翰逊。

他走出丛林,前面是一片平整的草地。到处都有花儿开放,红的、黄的还有紫色的花朵,他快速地在花丛中穿过。这颗行星是未经污染的处女地,仍处在原始时期,没有人类涉足。就像约翰逊说的,过一段时间,这里就会到处是塑料餐盘、啤酒罐和腐臭的垃圾。也许他也可以得到一份土地租约,组建一家公司,把整个该死的星球都占下,然后慢慢分租出去,只给最合适的人,向他们许诺这里不会进行任何商业开发,只建设最具私密性的住宅。把这儿建成地球富人的养生后花园,供有闲阶级独享,可以垂钓、打猎:猎物要多少有多少,还相当温顺,不熟悉人类。

这些盘算让他很开心。在走出草地再次进入一片密林时,他已经在盘算如何得到启动资金。他或许还需要拉些其他人加入这个计划,找些捞过油水的家伙给自己撑腰。他们会需要好的市场推广和广告策略。未开发的星球越来越稀少,这甚至可能是最后一个。如果他错过了这次,或许要等很久才可能再有这样的机会……

他的思路戛然而止。一切盘算全部落空。失望让他如鲠在喉,脚步也突然停住。

前方道路渐渐开阔，林木也更加稀疏。明亮的阳光从枝杈间透下来，照进黑黢黢的蕨类、灌木和花丛中。在一座小丘上有座建筑，是一栋石头房子，有台阶，房前有走廊，有坚实的白墙，看上去像是大理石质地。周围有座花园。房子有窗，门前有路，后面有栋较小的附属建筑。一切都整洁精致——看起来还非常现代。一眼小喷泉涌出蓝色的泉水，流入池中。几只小鸟在鹅卵石铺就的小路旁边蹦跳，用尖嘴和爪子找食吃。

这颗行星，原来早就有人居住。

布伦特警觉地接近。石砌的烟囱上腾起一缕灰烟。房后有鸡舍，还有只像牛一样的动物在房后阴影里的水槽边打瞌睡。其他动物，有些像小狗，还有一群像是绵羊。一小片规整的农田——但是跟他此前见过的农田都不一样。房子是大理石建造，或者至少是外观跟大理石接近的材料。动物们都被某种形式的力场约束着。一切都干干净净。有个角落里放着废物桶，可以把废水和垃圾吸纳进半地下的罐子里。

他来到一段阶梯前，这里通往房后的走廊，他想了想，走上阶梯。他并没有特别害怕。这个地方透着一种宁静从容，一种井然有序的平静。很难想象会有什么危险。他来到门前，犹豫了一下，然后开始找门把手。

门上没有把手，但一触即开。布伦特觉得自己有点儿蠢，随后进入了那道门。门后是一间奢华的厅堂，他的靴子一踏上地毯，周围暗藏的灯就亮了。长长的帏帘发着光，遮住了那些窗户。他朝一个房间里窥探，里面所有的家具异常巨大。奇怪的机器和其他物件随处摆放。墙上有装饰画，屋角有座雕像。他转过一个墙角，进入一间巨大的休息室，但还是没有见到人。

一只巨大的动物，体型足有小马那么大，从一扇门后走出，小心地嗅了下他身上的味道，舔了下他的手腕，然后走开了。他的心提到了嗓子眼儿，目送着对方离去。

温顺，这里的所有动物都很温顺。是什么人建造了这座房子？他感觉到一阵恐慌。也许不是人类，也许是另外的某个物种，某种外星人，来自银河之外。也许这里就是某个外星人帝国的边疆，某种前哨站。

他犹豫不决，想着是否应该走出房子，跑回飞船，跟猎户座十一号星的巡航站进行视频通话。这时，他身后传来了轻微的窸窣声。他快速转身，手按配枪。

"谁——"他张大嘴巴，愣住了。

一个女孩站在那儿，表情平静，睁着一双大而迷茫的黑眼睛。她身材高挑，几乎跟他一样高，差一点就有六英尺了。瀑布一样的黑发垂披在她肩膀后，长可及腰。她穿一件闪亮的长袍，是用某种有金属色泽的怪异材料做成的。衣服上有无数亮片闪烁，反射出头顶的灯光。她的嘴唇殷红丰满，两臂交叉于乳房之下。当她呼吸时，双乳微微颤动。她身边站着刚才那只像小马一样的动物，刚才试探过他然后走掉的那一头。

"欢迎你，布伦特先生。"那女孩说。她微笑着，露出小小的雪白牙齿。她的声音轻柔又富有韵律感，特别纯净。她突然转身，长袍曳地，穿过一道门去了隔壁的房间。"到这边来。我一直在等你。"

布伦特小心地进了那道门。有个男人站在长桌尽头，显然怀有敌意地看着他。这人身材高大，超过六英尺，宽肩粗臂，肌肉发达，一边扣上外衣纽扣，一边向门口走去。桌上满是杯盘碗盏、美食珍馐，机器仆人正在默默地清理桌子，那女孩显然是刚跟那男人一起吃过饭。

"这位是我哥哥。"女孩指着黑脸巨人说。男人稍稍向布伦特躬身致礼，用陌生而流畅的语言跟女孩说了几句话，然后突然离去，他的脚步声渐渐消失在走廊里。

"我很抱歉，"布伦特喃喃地说，"我不是故意要闯进来的，破坏了你们的雅兴。"

"不用担心，他本来就要走了。事实上，我们两个相处得也不是很好。"那女孩把帏帘掀开，露出一面巨大的窗户，从这里可以俯瞰森林，"你可以看到他正离开。他的飞船就停放在那边，看到了吗？"

布伦特花了一点时间，才辨清那飞船的轮廓。它完全跟周围的景物融为一体。直到它突然垂直飞起时，布伦特才意识到它之前一直都停在那里，而他甚至还从那飞船旁边几码以内的地方走过。

"他这人脾气不好。"那女孩松手让窗帘落回原处，"你饿了吗？来，坐下跟我一起吃吧。反正埃厄提斯也走了，这里只有我一个。"

布伦特小心地坐下。那些食物看起来不错，盘子都是用某种半透明金属做的。一个机器人在他面前摆放餐具，餐刀、叉子和勺，摆完了站在一边,随时听候差遣。那女孩用她奇特而流畅的语言下达指令。它迅速给布伦特备好食物,然后退下了。

现在只剩下他和那女孩。布伦特开始大快朵颐。食物非常美味。他从类似于鸡的禽类身上扯下两根翅膀,津津有味地啃食。他大口喝下玻璃杯中的深红色葡萄酒,用袖子擦了擦嘴,开始吃一大盘熟透了的水果,然后是蔬菜、腌肉、海鲜、热面包——他尽情享受美食,见什么都吃。那女孩只吃了很少一点儿精选的食物,好奇地打量布伦特,直到他终于吃饱,把空盘子推到一边。

"你的船长在哪儿?"她问,"他没有跟你一起来吗?"

"约翰逊? 他留在飞船里了。"布伦特打了个响亮的饱嗝,"你怎么会说地球人的语言? 这显然不是你的母语。你又怎么知道我还有其他同伴?"

女孩笑起来,笑声清脆迷人。她用一张小手绢擦了擦手,然后从深红色的酒杯里喝了一口,"我们早就从监视器里看到你们了。我们很好奇,你们人类的飞船深入这么远的星空还是头一次。我们不知道你们怀有什么目的。"

"只看监视器,不足以让你学会地球语言啊。"

"当然。我是跟你们同族的人学会的,那是很久以前的事了。从我记事起,就一直会说你们的语言。"

布伦特有些困惑,问道:"但你之前又说过,我们的飞船是第一个到达这里的。"

女孩笑起来,"的确,但我们常常拜访你们的小小世界,我们对它了解得非常透彻。那里是我们旅行的一个中继站。我去过地球很多次——最近有段日子没去了,但早先那些日子,我经常出门旅行。"

布伦特莫名地打了个寒战,"你们到底是什么人? 来自哪里?"

"我也不知道我们最早来自哪里。"女孩回答道,"如今,我们的文明已经散布在宇宙各地,可能始于远古时代的某一个地方。但现在,我们已经遍布各处了。"

"那我们人类以前为什么没见过你们?"

那女孩笑了笑,继续吃东西,"你没听到我刚才说的吗? 你们**早就**见过我们了,经常见。我们甚至会把地球人带来这里。有一次我记得很清楚,就在短短几千年前——"

"你们的一年是多长时间?"布伦特问。

"我们本身没有'年'这个概念,"女孩的黑眼睛像是看透了他,眼里泛着笑意,"我刚才说的,就是**地球**年。"

他过了几分钟才完全明白过来。"几千年,"他喃喃地说,"你已经活了一千年了吗?"

"一万一千年。"女孩坦诚地回答。她略一点头,机器人将餐具收走。她靠在椅背上,打了个哈欠,像只小而灵巧的猫儿一样伸了伸懒腰,然后突然站起身,"跟我来。我们都吃完了。我带你参观下我的房子。"

布伦特笨拙地起身,快步跟在她后面,信心破灭了。"你是不会死的,对吧?"他抢上前去,挡在她和房门之间,呼吸粗重,脸激动得通红，"你不会衰老。"

"衰老？不，当然不会。"

布伦特搜肠刮肚地想了半天，说道："你们是神。"

女孩笑眯眯看着他，黑眼睛满足地忽闪着，"不能算是。我们所知晓的，你们几乎也都知晓了——你们几乎跟我们一样掌握了丰富的知识、科技和文化传统。最终，你们会赶超我们。我们是个古老的种族。在数百万年前，我们的科学家成功地减缓了躯体朽坏的速度。从那时起，我们就不再有人死亡。"

"也就是说，你们进入了停滞状态。没有人死，也无人出生。"

女孩从他身边挤了过去，穿过门口，沿走廊远去。"哦，一直都有人出生。我们种族的人口一直都在不断地增长。"她在一扇门前停住，"我们没有舍弃任何一种快乐。"她意味深长地看着布伦特，目光扫过他的肩膀、胳膊、黑头发和严肃的面庞，"我们跟你们人类很接近，唯一的区别在于我们能永生不死。在将来的某个时间，你们很可能也将解决这个问题。"

"你们的人在我们星球活动过？"布伦特追问。他已经开始明白过来了，"这么说，所有古老的宗教和神话就都是真的了，那些神和神迹。你们一直都跟我们有接触，给过我们一些东西，为我们做过一些事。"他一脸震惊，跟在女孩身后，进入房间。

"是啊。我想我们也算是为你们做过一些事，在我们顺路经过的时候。"女孩在房间里走动，把几幅巨大的窗帘放下来。轻柔的阴影笼罩着沙发、书架和雕像。"你会不会下国际象棋？"

"国际象棋？"

"这是我们的国术。我们传授给了你们祖先中的名门贵族。"她小小的尖脸上透出一丝失望，"你居然不会下？太糟糕了。那你平时都做些什么？那你的同伴呢？他看上去比你要聪明一点儿。他会下国际象棋吗？也许你应该回去一趟，把他叫来。"

"我不这么认为。"布伦特说着向她逼近，"据我所知，他什么都不会。"他伸手抓住女孩的胳膊，女孩吃惊地推开他。布伦特张开粗壮的胳膊，硬把她抱紧。"我觉得，咱们并不需要他。"他说。

他亲吻女孩的嘴唇，她的红唇温暖又甘醇。她惊叫，极力挣扎。他能感觉到对方苗条的身躯贴着自己的身体扭动。云雾一样的香气从她的黑发间翻涌而起。她的胸部剧烈地起伏，用尖利的指甲挠他的脸。他放开手，任她逃开。女孩惊魂未定，两眼冒火，呼吸急促，身体紧绷，将闪亮的长袍紧紧裹在身上。

"我完全可以杀死你，"她低声说着，一手搭在镶满珠宝的腰带上，"你并不明白这一点，对吧？"

布伦特向前靠近她，"你很可能有这个能力，但我打赌你不会这样做。"

她向后退开。"不要犯傻，"她红唇微启，笑容转瞬即逝，"你很勇敢，但不太聪明。尽管如此，这样的性格品质对男人来讲也不算坏。又笨又勇敢。"她灵巧地避过他的拉扯，溜到他够不着的地方，"你的体能也不错。在那么小的飞船里，你是怎么做到的？"

"每个季度参加健身课程，"布伦特回答道，他再次挡在女孩和门之间，"你在这儿生活一定相当无聊，只有你一个人。最初几千年的新鲜劲儿过去之后，一定会感觉很难熬。"

"我找到了些事情做，"她说，"别再接近我。尽管我很欣赏你的勇气，但我也应该提醒你——"

布伦特再次抓住了她，用一只大手把她的两只手反扣在身后，逼她后仰，然后强吻她半张开的双唇。女孩挣扎得很凶，用细密的小白牙咬他。他呻吟着松口。女孩挣扎着大笑起来，黑眼睛神采飞扬，呼吸愈加急促，两腮飞红，半袒的双乳不安地颤动，身体像被困的小兽一样扭曲。布伦特搂住她的腰，把她抱了起来。

一股巨大的力量击中他的身体。

他放开女孩。她轻巧地双脚落地，跳舞一样退开。布伦特已经痛得直不起腰，脸色灰白，脖子上、手背上冷汗直流。他坐在一张椅子上闭上双眼，肌肉打结，身体痛苦地抽搐。

"对不起。"那女孩说着，不再理会他，自顾自地在房间里走动，"这都要怪你自己——我都提醒过你小心行事了，也许你最好还是离开这里，回到你的小飞船上去。我可不想让你遭遇任何不幸。杀死地球人有违我们的规定。"

"刚才——那是什么鬼把戏？"

"没什么，是一种反斥力，我猜是。那条腰带是在我们的一颗工业星球生产的。它能帮我防身，但我也不懂得它的运行原理。"

布伦特吃力地站起来，"你这个小女孩，还挺棘手的。"

"小女孩？我这个年龄被称作小女孩，未免太**老**了一些。在你出生之前,我就已经很老了。在你的同族制造火箭之前,甚至在你们懂得织布,懂得用符号记录心中所想之前,我就已经很老了。我曾亲眼见证你们种族的进步,然后又倒退回野蛮,然后又开始进步。你们建立了无数的帝国和家园。埃及人最早移居小亚细亚时,我就已经在世了。我见过生活在底格里斯河谷的人们建造起他们的砖屋,我见过亚述人将战车驶向战场。我和我的朋友们造访过希腊、罗马、米诺斯和吕底亚,还有印第安红种人建立的大帝国。我们是古人眼中的神明,基督徒眼中的圣贤。我们来了又去。随着你们逐渐开化,我们便很少出现了。我们还有其他中继站,你们的星球并不是唯一可以歇脚的地方。"

布伦特沉默了。他的脸上已经开始恢复红润。那女孩坐进一张松软的沙发,向后靠着枕头,平静地盯着他,一只胳膊伸开,另一只则横放在大腿上。她的长腿蜷在身下,小小的双足并拢。她看上去就像是一只嬉戏之后满足的小猫,静静休憩着。他很难相信她说的那些话,但他的身体还在痛。他只是承受了一点点来自她的力场的冲击,就险些丧命。这件事还真的不能置若罔闻。

"怎样?"过了一会儿,女孩问他,"你现在打算做什么?天渐渐晚了,我觉得你应该回到自己的飞船去,你的船长会担心你是不是出了什么事。"

布伦特走到窗前,拉开那厚重的窗帘。太阳已经落山,黑暗正降临在外面的森林。星星已经开始出现,一颗颗的小白点出现在渐浓的紫色夜幕里。远山的线条突起在天幕下,黑,而且阴森可怖。

"紧急情况下，"布伦特说着敲敲自己脖子，"我能联系上他，告诉他我平安无事。"

"你真的平安无事吗？ 你根本就不该出现在这里。你以为你知道自己在做什么？你以为你能应付得了我。"她轻巧地从位子上站起来，把黑头发甩到肩膀后面，"我能看清楚你的想法。我跟你以前交往过的某个女孩过于相像，那个浅黑肤色的白人女孩曾经被你耍得团团转——你还总在朋友们中间吹嘘这一点。"

布伦特涨红了脸，"你能心灵感应。你应该早告诉我的。"

"我只能感应一点点，但这对我来说就足够了。把你的香烟丢给我，我们这边没有这种东西。"

布伦特从衣袋里翻出他的那包烟，丢给女孩。她点着了一根，满足地深吸一口。一团灰烟在她身边升腾，跟房间里渐浓的夜色混为一体。屋子的角落都已陷入黑暗中，她也成了模糊的人影，蜷起来缩在沙发上，烟头在她深红的唇间一明一暗。

"我不怕。"布伦特说。

"是的，你的确不怕。你不是懦夫。如果你还能拥有跟勇气相称的智慧——但那样的话，可能你就不会这样勇敢了。我敬佩你的勇气，尽管与之相配的是愚蠢。人类有很多勇气，即使那都是基于无知，但还是很了不起。"过了一会儿，她说，"过来这边吧，陪我坐会儿。"

"我有什么好担心的呢?"过了一会儿，布伦特问，"如果你不启动那条该死的腰带，我就什么事儿都不会有。"

黑暗中，女孩动了一下，"远没有那么简单。"她稍微直了直身子，理理头发，从脑袋后面拽了一个枕头出来，"你看，我们是完全不同的物种。我的种族要比你们领先数百万年。跟我们的接触——亲密接触——将伴有致命后果。对我们来说当然无所谓，受害的将是你。与我相处之后，你就不可能继续保持人类的形态了。"

"你什么意思？"

"你的身体会发生变化，进化性的变化。这是我们发出的牵引力所造成的结果。我们的身体充满能量，跟我们亲密接触会对你的身体细胞施加影响。外面那些动物，都稍微进化了一些，已经不再是普通的野兽。它们能听懂简单的指令，完成基本的日常任务。但目前为止，它们还没有语言。对如此低等的动物来讲，受我们影响后进化的速度还是非常慢，而且我跟他们的接触也没有那么亲密。但对你而言——"

"我明白了。"

"我们本不应该准许人类靠近。埃厄提斯已经避开这里，但我太懒不想走——而且我也不怎么在乎这事儿。可能我这个人啊，的确不太成熟，不是很爱负责任。"她微笑道，"而且我所说的亲密接触，比我的大多数族人所说的要来得更亲密一些。"

黑暗中，布伦特几乎分辨不出她娇弱的身体轮廓。她仰面躺在一堆靠垫上，嘴唇微启，两臂交叉于乳房之下，头向后仰。她的样子很可爱，是他见过的最美的女人。过了一会儿，他将身子向女人靠近。这次她没有回避。他轻轻亲吻她，双臂环抱住她柔软的身体，把她紧紧地揽在怀里。她的衣服沙沙作响，秀发轻抚在他身上，温暖而芳香。

"值了。"他说。

"你确定吗？你不能反悔哟，一旦开始就要继续，懂吗？你将不再是人类，你会进化，达到你们人类几百万年后才能达到的状态。你会被放逐，成为超前于时代的个体，没有同类。"

"我会留在这里。"他轻抚她的面颊、她的秀发、她的脖颈。他能感觉到她健康的黄褐色肌肤下血液的脉动，还有她空空的咽喉中剧烈的跳动。她的呼吸在加快，她的胸部紧贴他身上一起一伏。"假如你能接纳我。"

"好，"她喃喃地说，"我接纳你，如果你真想要这样。但事后不要怪我。"她脸上掠过一丝笑意，一半伤感，一半顽皮。她暗色的眸子闪亮起来，"答应我，不要怪我，好吗？这种事以前发生过——我恨那些责怪我的人。我总是说永不再犯，无论怎样都不要再犯。"

"这种事以前发生过？"

那女孩笑起来，笑声婉转，近在耳旁。她热情地亲吻他，把他紧紧抱住，贴在自己身体上。"在一万一千年里，"她低声耳语，"其实常常发生。"

约翰逊船长整晚都没睡好。他试图用紧急通信频道呼叫布伦特，但却没有得到回应。只有模糊的噪声，以及爵士乐跟糖果广告，这是来自猎户座十一号星视频节目的遥远回音。

文明世界的声音提醒他，他们应该继续上路，考察这颗行星的预定时间仅有二十四小时，它本来就是这个恒星系里最小的行星。

"该死。"他咕哝着，放下咖啡壶，看了看腕表，然后出了飞船，在清晨的阳光下去周围散步。空气已经从深紫色变成灰色，天冷得要命。他打了个哆嗦，跺跺脚。一些小鸟样子的生物飞落下来，在周围的灌木丛中啄食。

他正准备通知猎户座十一号星时，那个女人出现了。

她正快步走向飞船，身材高挑而瘦削，穿着一件厚厚的皮毛大衣，两臂深藏在皮袋下面。约翰逊站在原地动弹不得，被惊呆了，甚至都没想到去掏枪，而仅仅是大张着嘴巴，呆呆望着。那女孩在一小段距离之外停下来，把一头黑发甩到身后，向他的方向吐出长长一口银白的寒气，然后说："我很抱歉让你煎熬了一个晚上。都是我的错，我本应该马上把他送回来的。"

约翰逊船长的嘴巴张开又合上。"你是什么人？"他最终问道，但已被吓得魂不附体，"布伦特在哪儿？发生了什么事？"

"他稍后就来。"女孩转身走向森林，打了个手势，"我觉得，你还是马上离开。他想留在这儿，这也是最好的选择——因为他已经变了。留在我的森林里他会很开心，毕竟还有其他，嗯……男人，能够与他做伴。真是奇怪，你们人类的表现总是一模一样。你们的种族走上了一条非常特别的发展路线。或许将来，这值得我花些时间研究一下。这肯定跟你们极低的道德水平有关。你们好像拥有粗俗的天性,而这种天性最终会支配你们的发展。"

森林里走出一个奇怪的身影。有那么一会儿,约翰逊船长以为自己眼花了。他眨眨眼,又眯起眼睛来细看,然后难以置信地小声惊叫了起来。在这里,在这么偏远的星球上——但他并没有看错。那的确是一只巨大的猫科动物,从那女孩身后,没精打采地缓缓走了出来。

女孩已经走远,然后停下来向那野兽挥手。后者却哀鸣着绕着飞船徘徊。

约翰逊看着那头野兽,突然觉得莫名恐惧。他本能地判定,布伦特已经不可能再返回飞船了。这颗怪异的星球上一定发生了怪事,那女孩……

约翰逊重重地关闭气闸,快步走到控制台前。他必须赶回最近处的基地,报告这一切,并且申请启动更为全面的调查。

火箭引燃时,约翰逊透过舷窗向下看,那只动物正在徒劳地向离去的飞船挥动脚爪。

约翰逊不由得打了个冷战。那姿势,太像一个恼羞成怒的人类了……

托尼和甲壳虫

橙色的阳光透过厚厚的石英窗照进卧室。托尼·罗西打个哈欠，动弹了一下，然后睁开他的黑眼睛，迅速坐起来。他一把掀开被子，滑到温暖的金属地板上，然后关闭闹钟，快速来到衣柜前。

看起来是个好天，外面一片静谧，没有狂风呼啸，也没有沙丘挪移。男孩的心兴奋地狂跳。他套上裤子，拉严强化拉链，然后费力地穿上厚帆布衬衫，又坐在床边穿靴子。他拉上靴筒上端的密封口，然后又拉严了手套。接着，他调整好气泵压力，把它背在两侧肩胛骨之间。他从床头柜上抓起头盔，做好了准备。

在用餐室，妈妈和爸爸已经吃完了早饭。他从楼梯上咚咚地下来时，就听到他们谈话的声音，是不安的低语。他停下来听。他们在谈些什么？是不是自己又一次闯了祸？

然后他便听到了那个声音，在父母的低语之外的另一个声音，是静电噪声和爆裂声。这是来自猎户座β星的四号行星的全系统音频信号。他们把音量开到了最大，播音员沉闷的嗓音在轰响。又是战争，总是战争。他叹了口气，抬脚进入用餐室。

"早。"他爸爸嘟囔了一句。

"早上好，亲爱的。"妈妈也心不在焉地说道。她坐在位置上，头偏向一边，因为特别专注，额头显出皱纹，薄薄的嘴唇因为担心而绷紧。他的父亲已经把脏盘子推开，正在抽烟，两肘支在桌面上，黝黑而多毛的健壮胳膊裸露着。他紧皱着眉头，专注地听着洗碗池上方喇叭里传来的模糊吼叫声。

"情况怎么样?"托尼一边问，一边滑入自己的椅子，漫不经心地伸手去拿合成葡萄柚，"猎户座那边有消息吗?"

两人都没有回答，他们根本没听见他说话。托尼开始吃葡萄柚。外面，在这套小小的金属塑料材质的居室之外，已经渐渐喧闹起来，充满了喊叫声、模糊的撞击声，还有农村地区的小贩驾驶卡车沿公路驶往卡内特的隆隆声。泛红的日色渐强，壮丽的猎户座α星正静静升起。

"天气不错，"托尼说，"没有信风。我想去N区待一段时间。我们正在建造一座漂亮的航天港，当然了，只是模型。不过我们一直没有找到足够的原材料，所以现在还缺——"

伴随着一声狂暴的怒吼，他的父亲伸手"啪"地拍在桌子上。喇叭里的吼叫声马上消失了。"我就知道!"他站起来，愤怒地从餐桌前走开，"我警告过他们会有这么一天，他们就不应该仓促行事。应该先建成A级补给站,这才是第一步。"

"我们的主力舰队不是已经从猎户座γ星赶来了吗?"托尼妈妈紧张地咕哝道,"昨天深夜的简报还说,就算情况进一步恶化,也只有猎户座九号和十号会被放弃而已。"

约瑟夫·罗西刺耳地大笑,"让昨夜的简报见鬼去吧。他们跟我一样明白到底发生了什么。"

"到底发生了什么事?"托尼应声问道,把葡萄柚推开,开始倒脆谷片,"我们要输掉战争了吗?"

"是!"他父亲气得嘴唇扭曲,"地球人,正在输给——输给一群**甲虫**。我早就警告过他们,但他们就是不肯等。我的上帝,这个星系现在只剩十年的好日子可过。他们为什么一定要那么冒进?所有人都知道猎户座之战会非常艰难。整个该死的甲虫族舰队都埋伏在那里,就等着我们进入圈套,而我们就那么一头扎了进去。"

"但没有人料到甲虫有这么强的战斗力,"利娅·罗西轻声反驳,"所有人都以为,他们只会象征性地放几枪,然后——"

"他们别无选择,**只能战斗**! 猎户座已经是最后一个立脚点。如果他们不在那里作战,他妈的还能去哪儿打?"罗西先生好一通咒骂,"他们当然要战斗。我们已经占据了他们所有的行星,只剩下猎户座内环——倒不是说那里有多大的战略价值,但毕竟是敌人的老巢。如果我们此前建好了强大的补给基地,我们早就已经击败甲虫族舰队,大获全胜。"

"请不要叫他们'甲虫'。"托尼已经吃完了谷物片,嘟囔道,"他们是帕乌人，跟这里的土著居民一样。'Beetle①'这个词来自猎户座α星在阿拉伯语中的古称'Betelgeuse'，完全是我们人类杜撰的。"

约瑟夫·罗西的嘴巴张开又闭上，最终说："怎么，你是个该死的甲虫拥护者吗？"

"乔，"利娅打断了他，"看在老天的分上。"

罗西先生向门口走去，"要是年轻十岁，我就会上阵杀敌。我会让那些亮甲壳的虫族真正领教一下人类的厉害，狠狠教训他们一通。还有他们那些老旧的破烂垃圾飞船，就是一堆改装过的货船而已！"他两眼冒火，"想到他们居然能够击毁地球战舰，让**我们**的年轻人牺牲——"

"但猎户座本来就属于他们。"托尼小声说。

"属于**他们**！你这小混蛋什么时候成了空间法的专家了？怎么，我应该——"他气得说不下去了，"我自己家孩子，"他喃喃地说，"你今天再给我胡说一句，我就狠狠教训你一顿，让你疼上一个星期。"

托尼把椅子向后推开，"反正我今天也不在家待着。我要去卡内特，带我的伊普机器人去。"

"好啊，去跟甲虫们玩啊！"

托尼没说话。他已经戴好头盔，扣紧密封处，然后推开后门，进入气密隔离间。他拧开氧气阀，让气罐过滤器开始工作。这些都成了本能反应，毕竟，他迄今为止一直都在外星系的殖民星球度过。

---

① 即前文的"甲虫"。

一阵微弱的信风吹到他身边,把红色和黄色的灰尘抛洒到他的靴子周围。阳光从他家的房顶上反射过来——房子只是沙丘斜坡上看不到尽头的一排排方形盒状建筑之一,由天边一排矿石提纯设备护卫。他不耐烦地发出召唤信号,他的伊普机器人从存储棚里滑行出来,铬金外壳反射着阳光。

"我们去卡内特城,"托尼不知不觉用上了帕乌语,"快跟上!"

伊普机器人跟在他身后,他开始快步走下斜坡,攀过沙丘,走向大道。今天有不少小贩在外面,是个适合去市场售卖的好日子。这里每年只有四分之一的时间适合出门旅行。猎户座α星是个容易出状况、不太可靠的主恒星,跟太阳完全不能相提并论——托尼每周六天、每天四小时看的教学视频上这样说的,他本人从来没有亲眼看到过太阳。

他到了喧闹的大道旁,这里到处都是帕乌人。他们成群结队,驾驶着内燃机式卡车,这些车辆老旧而肮脏,发动机总是惨叫个不停。他向每辆途经的卡车挥手。过了一会儿,有辆车减速停下来。车上装满了提斯——一种晒干了打成捆的灰色蔬菜,脱水后随时可以食用,是帕乌人的主食之一。懒洋洋驾车的是一个黑脸的老年帕乌人,一只手从打开的车窗探出来,唇间含着一片拧成卷的叶子。他跟其他帕乌人相似:瘦长松软的身体,背覆硬壳,整个身体都包在一个易碎的外壳里面,从生到死都不会脱离这层壳。

"你想搭便车?"帕乌人喃喃问道——这是当地人遇见步行的地

球人时，被要求回馈的一种礼仪。

"有没有空间容纳我的伊普机器人？"

帕乌人满不在乎地用爪子示意，"它可以跟在车后面跑。"那张丑脸上掠过幸灾乐祸的笑意，"要是它能到达卡内特，我们就把它当废品卖掉。我们或许用得上里面的几个冷凝器和导流管。现在缺的就是维修用的电子器材。"

"我知道，"托尼沉着脸爬进卡车驾驶室，"那些都被送到猎户座一号星的大维修站，给你们的作战舰队用了。"

对方革质面孔上的笑容完全消失了，"是的，作战舰队。"他转开视线，再次发动卡车。在后车厢，托尼的伊普机器人已经爬上提斯堆，正在用它的磁力线小心地固定身体。

托尼注意到了帕乌人突然的表情变化，觉得困惑。他想要跟这人闲聊——但这时却发觉，其他帕乌人也都保持着反常的沉默，无论是其他卡车上的人，还是同一辆车上的。当然，这都是因为战争。早在一个世纪之前，战火就已经蔓延过这个星系。这些人都是被同胞抛下的。现在，所有的眼睛都集中在猎户座方向，关注着地球舰队跟帕乌人武装运输舰之间的战斗。

"传言是真的吗？"托尼小心翼翼地问，"你们要赢了？"

年迈的帕乌人咕哝道："我们也有耳闻。"

托尼考虑了一会儿，"我父亲说，地球人推进的速度过快，他说我们本应该先巩固已经占领的地盘。我们没能建造足够的补给基地。他年轻时曾是军官，曾在地球舰队服役两年。"

帕乌人沉默了一会儿。"说得对,"他终于回答,"当你们距离母星如此之远,补给就成了大问题。而反观我们则没有此类困难,我们不需要跨越那么远的距离。"

"现在参战的人里面有你认识的吗?"

"我有些远亲。"这个答案模棱两可。那个帕乌人显然不想多谈这个话题。

"你以前见过你们的作战舰队吗?"

"没见过现在这支。这个星系被占领时,我们当时的作战单位大多已被毁灭了。残兵艰难地逃到了猎户座,加入了当地舰队。"

"你的亲戚们就在残兵队伍里吗?"

"是的。"

"那么,这颗行星被占领时,你就已经在世啰?"

"你问这个干什么?"老帕乌人的身体剧烈颤抖,"这关你什么事?"

托尼向前探身,看到卡内特的城墙和城中建筑已经耸立在远处地平线上。卡内特是一座历史悠久的城市,已经有数千年历史。帕乌文明非常稳定,在达到一定技术水准之后,就陷入了停滞。早在地球联盟诞生之前,帕乌人就已经有了能在行星之间航行的客运和货运飞船。他们有内燃机汽车、音频电话,还有一种基于磁性的动力系统。他们铺设各类管道的技能尚可,而医药技术高度发达。同时,也有自己的艺术形式,感情真挚,激动人心,并且还有模糊的宗教意识。

"你觉得哪一方会赢得战争呢?"托尼问。

"我不知道,"帕乌老头突然急刹车,"我就到这里了。请出去,把你的伊普机器人也带走。"

托尼惊得语无伦次,"但是你不是要去——"

"我不去了!"

托尼推开车门。他略微有些不安,那张皮革质的面孔是一副严厉又死板的表情,而那个老家伙语调中的锋芒,也是他以前从来没有听到过的。"谢谢。"他跳下车,站到红色尘土里,给伊普机器人发了信号。它马上松开了磁性锁。而那辆卡车也立即轰鸣着重新启动,甩下他们,进了城。

托尼眼看卡车离去,还是有些茫然。炽热的尘土舔舐着他的脚踝。他机械地迈开双脚,拍拍裤子上的尘土。一辆卡车在鸣笛,他的伊普机器人迅速把他拉到主干道外的平整人行道上。大群的帕乌人从他们身边经过,乡下人的行列一眼看不到头,纷纷赶往卡内特城处理日常事务。一辆巨大的公共汽车停在城门口,乘客们正在下车,有男男女女的帕乌人,还有小孩。他们大笑、喊叫,声音跟城里的喧闹混为一体。

"你进城吗?"一个尖厉的帕乌人嗓音在他身后响起,"继续走吧——你挡住路口了。"

这是个年轻女性,爪子里携带着很重的东西。托尼觉得有些难堪。帕乌女性有一定的心灵感应能力,这是她们的性征之一,在近距离范围内对地球人也有效。

"来,"她说,"帮我一把。"

托尼点头,伊普机器人就接过了那堆重物。他们跟着人群一起进入城门。"我要到城里去,"托尼说,"我搭便车走了一大段路程,但后来,司机却把我撂在这里。"

"你是从人类居住地来的?"

"是的。"

她细细打量了他一番,"你一直都生活在这里,对吧?"

"我在这里出生。在我出生的四年之前,我的家人就从地球迁过来了。我爸爸曾是地球舰队的军人,他有移民优先权。"

"也就是说,你从来没见过你们的母星。你多大了?"

"十岁。地球年。"

"你不应该问那个司机那么多问题。"

他们已经穿过防污染护盾,进入城区。前面是一片信息广场,许多帕乌男女聚集在周围,滑行槽和运输车到处隆隆作响。建筑、道路和其他露天设备随处可见。这座城市被包裹在一层防尘护罩下面。托尼解开头盔,把它扣在腰带上。这里的空气闻起来有点儿臭,算不上清新自然,但尚可呼吸。

"我告诉你件事儿吧。"年轻女性一边走在托尼身边,一边小心地说,"我不觉得今天是你来卡内特城的好日子。我知道你以前都定期到这里来跟朋友们玩。但或许,今天你本应该留在家里,留在人类定居点。"

"为什么?"

"因为今天所有人都心神不定。"

"我知道，"托尼说，"我妈跟我爸也都一惊一乍的。他们在听从猎户座β星基地发来的广播。"

"我说的不是你家人。其他人也在听广播，这里的人们，我的同类。"

"他们心神不定，的确。"托尼承认，"但我常常来这儿。人类居住地没有人跟我一起玩儿，而且，我们正在做一个项目。"

"航天港模型。"

"对啊，"托尼有点儿嫉妒地说，"我真想学会心灵感应。那一定很好玩。"

那名女性帕乌人沉默了，出神地思索了一会儿，"如果你的家人离开这里返回地球，"她问，"将会怎样？"

"那不可能，地球上已经没有我们的容身之地。早在二十世纪，C型炸弹就已经摧毁了亚洲和北美洲的大部分地区。"

"假如你们**不得不**回去呢？"

托尼不懂，"但我们回不去了呀。地球上可居住的土地上都已经人满为患。我们的主要问题，就是在其他星系给地球人找到可以居住的地方。"他补充道，"而且不管怎样，我也不是特别想回到地球。我已经习惯了这里的生活，我所有的朋友都在这儿。"

"我自己拿包裹吧，"那帕乌女人说，"我要走另外一条路，走第三层步道。"

托尼向他的伊普机器人点头，后者把包裹放进这位女性手里。

她又逗留了片刻，考虑该说点儿什么。

"祝你好运。"她说。

"哪方面？"

她微笑，带一点儿讽刺的样子，"建造航天港模型方面吧。我希望你和朋友们能顺利把它完成。"

"我们当然能完成它了，"托尼吃惊地说，"现在都快要完成了。"她什么意思啊？

但他还没来得及追问，帕乌女人就已经快步离开了。托尼有些不快和担心，他脑子里的困惑也更多了。过了一会儿，他慢慢走进那条熟悉的小巷，朝着城里的居民区而去，经过几家商店和工厂，就能到达朋友们居住的地方。

当他靠近时，那帮帕乌人小孩默默看着他。他们刚才在一棵巨大的庞杰罗树下玩耍，当人工气流涌过城市，那棵老树的枝杈就会轻轻摇摆。而现在，孩子们都坐在那里一动不动。

"我没想到你今天会来。"毕普里斯说，声调冷淡。

托尼尴尬地停下来，他的伊普机器人也照做。"你们怎么样？"他喃喃地问。

"挺好。"

"我今天搭了一段便车。"

"嗯。"

托尼蹲在树荫下。那些帕乌孩子全都没有动弹。他们个头较小，块头不像地球小孩那么大。他们的外壳还没有硬化，还没有变成乌黑的角质,这让他们看上去软软的,而且未成形,也让他们的身体更为轻便敏捷。他们动起来比成年同类轻松多了,还能到处蹦跳。但现在,却没有人蹦跳。

"出什么事儿了?"托尼问,"大家都怎么了?"

没有人回答。

"模型在哪儿?"他问,"你们这段时间在继续建造吗?"

过了一会儿,勒利尔轻轻点了下头。

托尼觉得内心隐隐燃起怒火,"说话呀!你们到底怎么了?你们在生什么气呢?"

"生气?"毕普里斯回应道,"我们才没有生气。"

托尼百无聊赖地在尘土里乱划。他知道这是怎么回事,肯定又是那破战争,猎户座附近爆发的战争。他的怒火腾地燃了起来,"忘了那该死的战争吧!昨天,战争还没爆发的时候,一切都还好好的。"

"的确,"勒利尔说,"都还好好的。"

托尼听出他话里有话,"那都是一百年前的事了。又不是我的错。"

"当然。"毕普里斯说。

"这里也是我的家,不是吗?我在这里,不应该和你们每个人享有同样的权利吗?我就生在这里。"

"当然。"勒利尔干巴巴地说。

托尼无助地环视他们所有人,"你们一定要用这副嘴脸对我吗？你们昨天还都不是这副样子。我昨天才刚来过——我们所有人，昨天都在场。从昨天到现在，到底发生了什么？"

"那场战斗。"毕普里斯说。

"**那**又能带来什么不同？为什么一切都变了？战争一直都有。据我所知，所有的时代都有没完没了的战争。那这一次的又有什么不同？"

毕普里斯用他强壮的爪子切开一块泥团。过了一会儿，他把碎块扔到一边，缓缓站起身来。"好吧，"他若有所思地说，"根据我方的广播信号，看起来这次的战斗，我们的舰队会打赢。"

"是啊，"托尼表示同意，"我爸爸说，我们人类没能建造足够的补给基地。我们很可能要退却到……"而此时他才明白事情的严重性，"你是说，一百年来的第一次——"

"是的。"勒利尔也站了起来。其他人跟他一起起身。他们离开托尼，走向近旁的一座房子。"我们要赢了。就在半小时前，地球人被我们从侧翼包抄。你们的右翼已经完全崩溃。"

托尼惊呆了，"而这很重要，对你们每个人都很重要？"

"重要！"毕普里斯停下来，突然变得极为愤怒，"这当然重要！一百年了——终于有了第一次。我们有生以来第一次，我们正在击败你们。我们打得你们落荒而逃，你们——"他狠狠吐出那句话，简直像在吐痰，"你们这些白蛆！"

接着，他们消失在房子里。托尼坐那儿，傻乎乎地俯视地面。他的手漫无目的地动着。他以前也听到过这个词儿，看见它被涂写在墙上，画在定居点附近的沙地里。**白蛆**。这是帕乌人对地球人的蔑称。因为他们的身体又白又软，没有硬壳，皮肤苍白又柔弱。但以前，当着地球人的面，他们从来都不敢大声说这个词。

在他身边，伊普机器人不安分地躁动，它体内复杂的无线电系统已经感知到了周围的敌对气息，自动处理机制正在启动，线路正在开合。

"没关系。"托尼喃喃说，慢慢站起身，"也许我们最好现在就回家去。"

他步履蹒跚地走向来时的步道，心里已经完全动摇。那台伊普机器人平静地在前方开路，金属面庞安静从容，什么感觉都没有，一句废话也不说，而托尼的思绪却已经乱成一锅粥。他摇摇头，但剧烈的眩晕感却还在持续。他没法使自己的思绪慢下来、停下来。

"等一下。"一个声音从开放式门廊里传来，是毕普里斯。那声音冰冷、淡漠，几乎像陌生人。

"你想干什么？"

毕普里斯向他接近，爪子全都背在身后，摆出帕乌人面对陌生人的正规手势，"你今天不该来这儿。"

"我知道。"托尼说。

毕普里斯取出一小块提斯茎，装作聚精会神的样子，开始把它卷成管状。"听着，"他说，"你说你在这颗星球拥有平等权利，但你没有。"

"我——"托尼小声说。

"你知道为什么没有吗？你说这不是你的错，我觉得这样说也对，但这也不是我的错，也许这并不是任何人的错。我已经认识你很长时间了。"

"五年了。地球年。"

毕普里斯把那根草茎揉成一团丢开，"昨天我们还在一起玩，一起建造一座航天港，但今天我们就不能一起玩了。我的家人让我告诉你，以后再也不许到这里来。"他犹豫了一下，不再看托尼的脸，"但我还是要在他们对你说任何话之前，告诉你。"

"哦。"托尼说。

"今天发生的任何事——战斗，还有我们舰队的状况，都是此前我们没料到，也不敢奢望的。你明白吗？一个世纪的败逃。先是从这个星系，然后是猎户座β星的所有行星，再然后是其他的猎户座恒星。我们在有些地方战斗过，都只是散兵游勇的抵抗。那些逃脱劫难的人联合了起来。我们为猎户座的基地输送了物资——你的族人并不知情。但当时希望渺茫，至少，那时候没人看到希望。"他静默了一会儿，"有趣的是，"他说，"当你被逼入绝境、无路可退的时候，才会殊死一搏。"

"要是我们的补给基地——"托尼沉重地说道，却被毕普里斯凶狠地打断。

"就知道说你们的补给基地！你难道还不明白吗？我们正在将你们打败！现在你们滚蛋吧！你们这些白蛆，都滚出我们的星系！"

托尼的伊普机器人威风凛凛地向前进。毕普里斯看到它，弯腰捡起一块石头,径直丢向伊普机器人。石头砸中金属外壳,无害地弹落一边。毕普里斯又捡起一块石头。勒利尔和其他人也很快跑出房子,一名成年帕乌人在后面保护他们。一切发生得太快。更多的石块击中伊普机器人,还有一块石头砸在托尼的胳膊上。

"滚出去!"毕普里斯尖叫,"别再回来!这是我们的行星!"他的爪子伸向托尼,"我们会把你撕成碎片,要是你胆敢——"

托尼朝他胸口猛击一拳。他那层软壳像橡胶一样内陷,帕乌人踉跄后退,摇摇晃晃地摔倒,一面喘息,一面尖叫。

"**臭甲虫!**"托尼哑着嗓子叫道。突然,他感到恐惧。一大群帕乌人正从四面八方朝这里快速集中,全都面露凶光,黑着脸,怒气冲冲,怒火如同风暴一般逼近。

更多的石块如雨点般落下,有些击中了伊普机器人,其他砸向托尼周围,掉落在他的靴子旁,还有一块呼啸着从他脸旁飞过。他迅速把头盔戴上,害怕极了。伊普机器人已经发出了紧急求助信号,但还要再过几分钟才会有飞船赶到。此外,城里还有其他需要帮助的地球人,所有星球上、所有城市里都有地球人,在猎户座α星的全部二十三颗行星、猎户座β星的十四颗行星和猎户座的其他行星上,全部都住有地球人。

"我们必须逃离此地,"他小声告诉伊普机器人,"想想办法!"

有块石头击中了他的头盔,塑料开裂,空气向外泄露,然后自动封口胶将缺口堵住。更多石块飞落。大批帕乌人合围上来,一群吼叫着、怒气冲冲、甲壳乌黑的外星生物。他能闻到他们身上酸涩的昆虫体味,听到他们爪子闭合的声音,感受到他们冲击而来的重量。

伊普机器人开启热力射线,向周围的帕乌人射出一道宽宽的热力线。帕乌人举起了粗糙的手持武器,几颗子弹从托尼身边划过,他们在向伊普机器人射击。托尼隐约能感觉到那台金属体同伴就在身边。一声震耳欲聋的跌落声,伊普机器人被推倒。甲虫群蜂拥而上,那金属外壳从视线中消失。

大群甲虫像是疯狂的巨兽,不断撕扯着挣扎中的伊普机器人。其中几个猛击它的头部,其他的扯掉突出的部分和闪亮的手臂零件。伊普机器人停止了挣扎,甲虫群移开,喘息着,手中紧抓着刚刚撕扯下来的残骸。然后,他们看到了托尼。

站在第一排的帕乌人向他冲上来时,他们头顶上方的保护罩突然碎裂,一台地球侦察飞船如迅雷般从天而降,热射线向周围疾射。人群四散逃避,有些在开枪射击,有些还在扔石块,其他的只顾蹦跳着逃命。

托尼吃力地站起来,步履蹒跚地走向侦察飞船降落的地方。

"我很抱歉,"乔·罗西轻声说道,抚摸着儿子的肩膀,"我今天不应该允许你去那里的,我应该早料到危险。"

托尼蜷身坐在巨大的塑料安乐椅上,前后摇晃,脸上被吓得没有血色。那台救回他的侦察飞船马上又返回了卡内特城。除了包括他在内的第一批之外,那里还有更多地球人需要接应。男孩回来后什么都没说,他的头脑一片空白,耳边还回荡着人群的呼喊声,还能感觉到他们的仇恨——一个世纪以来被持续压抑的怒火和愤恨。这记忆驱除了他头脑中所有的一切，将他完全包围，即使到了这会儿也还是一样。还有伊普机器人挣扎的场面，它的机器肢体被人折断，被拖走、被扯开的声音。

他的妈妈用抗感染药清理了他身上的割伤和划伤。乔·罗西哆嗦着点燃一支烟，说："要不是伊普机器人在场，他们可能早就把你杀死了。这些甲虫。"他打了个冷战，"我一开始就不应该允许你去那里。一直以来那么长时间……他们随时都可能会做出这样可怕的事，任何一天。用刀刺死你，或者用他们该死的爪子割开你的喉管。"

在定居点下方，橙色的阳光照在炮管上。隐约的爆炸声已经在滑坡的沙丘间回响。周边的防御系统正在启动。黑色的影子快速逼近，然后开始攀爬人类定居点的斜坡。一片片的黑影移出卡内特城，向人类定居点逼近，跨越过一百年前地球联盟勘察员所划定的种族界限。卡内特已经沸腾起来，整个城市爆发出阵阵狂热的隆隆声。

托尼抬起头，"他们——他们包抄了我们的侧翼。"

"是啊，"乔·罗西按灭他的烟头，"他们的确做到了，那是一点钟的事。两点钟时，他们已经在我军战线中央打入了一个楔子，将地球舰队截为两段，打散了我军阵形——迫使舰队逃走。再趁我们退却时各个击破。上帝啊，他们打起仗来简直像疯子。现在他们已经闻到了味道，我们的血腥味。"

"但事情已经出现转机，"利娅反驳说，"我们的主力舰队已经开始出现。"

"我们一定会打赢的，"乔喃喃地说，"这会花掉一些时间。但上帝为证，我们一定会把他们灭绝，杀掉他们中的每一个。就算是要花上一千年，我们也会追杀每一艘飞船——我们会把他们赶尽杀绝。"他的声音因为极度的狂暴而增高，"甲虫族！该死的虫豸！一想到他们试图伤害我的孩子，用他们肮脏的黑爪子去——"

"要是你还年轻，你就会亲自奔赴战场。"利娅说，"可你现在过了能从军的年龄，这并不是你的错。作战的心理压力太大了。你已经做好了自己那份工作，而他们也不能让年纪大的人犯险。这不是你的错。"

乔握紧双拳，"我感觉那么的——无助。要是有什么我能做的就好了。"

"地球舰队会消灭他们的。"利娅安抚他说，"你自己不也这样说过吗？他们会追杀每一个敌人，把他们全部消灭。没什么可担心的。"

乔可怜兮兮地瘫软下去，"这样没用。我们还是得面对现实，别再自欺欺人了。"

"你什么意思？"

"面对现实吧！我们赢不了，这次不行了。我们已经走得太远。好日子到头了。"

一片静默。

托尼坐直了一些，"你是什么时候知道的？"

"我很久以前就知道了。"

"我是今天才明白的。我一开始并不懂，这里是——偷来的土地。我在这里出生，但这里却是我们偷来的土地。"

"是的，它的确是我们窃取的。这里并不属于我们。"

"我们能待在这里，只是因为我们更强大。但现在却不是了，我们正在被敌人击败。"

"他们现在知道地球人并非不可战胜，我们跟其他所有人一样有弱点。"乔・罗西的脸灰白且松弛，"我们从他们那里抢走了很多的行星。现在，他们正在一颗颗收回。当然，这要花一些时间。而我们会慢慢退走，又要花五百年再回去。从这里到太阳系，还要走过许多的星系。"

托尼摇头，仍然没弄明白，"就连勒利尔和毕普里斯都不例外。他们所有人都在等待时机，等着我们输掉战斗，等着将我们赶离这颗星球，赶回我们最初的家园。"

乔・罗西来回踱步，"是的，我们将开始撤退。归还土地，不再占有它们。未来会像今天一样——我们输掉战斗，撤退，陷入僵局，甚至更糟。"

他热切的眼睛仰望金属小屋的房顶，脸上写满痛苦和激情。

"但是，上帝为证，我们会让他们的每一步都付出惨重代价。一路战斗着返回地球！寸土必争！"

元　无

　　莱缪尔紧紧贴着墙,躲在黑暗的卧室里紧张地窃听。微风吹动蕾丝窗帘,黄色的街灯灯光斜斜地泼洒在床上、床头柜上,也照亮了他的书籍、玩具和衣物。

　　隔壁房间有两个人在窃窃私语。"琼,我们必须采取些行动。"一个男人说。

　　一声压低的惊叫:"拉尔夫,请不要伤害他。你必须控制自己。我不许你伤害他。"

　　"我本来也没想要伤害他。"男人的声音里充斥着强烈的痛苦,"可他为什么要做那样的事?他为什么不能像别的男孩子那样玩棒球、捉迷藏?他为什么一定要烧毁商店,折磨弱小的动物?**为什么?**"

　　"他跟别人不一样,拉尔夫。我们必须试着理解他。"

"也许我们该带他去看医生，"当父亲的说，"也许他的腺体有什么毛病。"

"你的意思是带他去看老格雷迪大夫？但你说过了，他也找不到任何——"

"不是格雷迪大夫。莱缪尔毁了他的X光射线设备，还砸烂了他诊所里的所有家具之后，他就不再理我们了。不，莱缪尔的情况要严重得多。"一段紧张的沉默，"琼，我要带他去希尔疗养院。"

"哦，拉尔夫，求你——"

"我是认真的。"他的决心强烈，发出像是困兽般刺耳的怒吼，"那些心理学家或许还能改变点儿什么。也许他们能帮他，也许不能。"

"但他们可能就不会再让我们带他回来了。哦，拉尔夫，我们可只有这一个孩子！"

"当然，"拉尔夫厌烦地喃喃道，"我当然知道，但我已经下定决心。就是他用刀刺伤他的老师，然后跳窗逃走那次，让我下定了决心。莱缪尔必须去希尔疗养院。"

天气晴朗而温暖。摇曳的绿树之间，医院巨大的白色建筑亮得耀眼，这是一座水泥、钢铁和塑料建成的堡垒。拉尔夫·乔根森惴惴不安地四下张望，手指揉弄着他的帽子，被周围的庄严气氛镇住了。

莱缪尔倾耳静听，全力调动他巨大而灵动的耳朵，这能让他听到很多人说话的声音，像一片在他周围不断涌动的声音之海。那声音来自众多病房和诊室,来自各个楼层,那些声音让他兴奋莫名。

詹姆斯·诺思医生向他们走来,友好地伸出一只手。他高大帅气,也许三十岁,褐色头发,戴一副角质黑框眼镜。他步伐沉稳,跟莱缪尔握手,短暂而自信。"这边请。"他朗声说。拉尔夫抬脚向诊室方向走去,但诺思医生摇摇头,"不是您,我是说那孩子。莱缪尔和我需要单独谈谈。"

莱缪尔很兴奋,跟在诺思医生后面进入他的房间。诺思迅速用三重磁性锁扣紧房门。"你可以叫我詹姆斯,"他热情地笑着对男孩说,"而我会叫你莱姆,可以吗?"

"当然。"莱缪尔有点儿警觉地答应。他并没有从这人身上感觉到敌意,但他已经学会了对任何人都保持戒心。他不得不小心行事,即便是面对这位友好又英俊的医生,一个显然有智慧的人。

诺思点着一支烟,打量男孩。"当你捆绑并试图解剖那些流浪汉时,"他若有所思地问,"你是怀有科学意义上的好奇心,对吧?你想要**得知**——事实,而不是观点。你想要亲眼看到人体的内部构造。"

莱缪尔一下子兴奋了起来,"但没有人理解我。"

"的确,"诺思摇头说,"的确,他们不可能理解你。你知道为什么吗?"

"我想我知道。"

诺思来回踱了几圈,"我会给你做几项测试来一探究竟,你不会反对吧?这样我们会更加了解你。我一直在研究你,莱姆。我通读过警方的记录,还有媒体的报道文件。"他突然拉开抽屉,拿出一份明尼苏达多项人格调查表、一本罗夏墨迹测试套装①、一套本德格式塔测验②套图、一套莱茵式"超感官知觉"测试套牌、一张占卜板、一对骰子、一块磁性手写板、一个有头发并且能套在指尖的蜡娃娃和一小块镶了黄金的铅块。

"你想让我做什么？"莱缪尔问。

"我会问你一些问题，然后给你几件东西让你玩。我会观察你的反应，做些记录。听起来怎样？"

莱缪尔犹豫了一下。他太需要一个朋友了——但他又觉得害怕。"我——"

诺思医生一手搭在男孩肩膀上，"你可以相信我。我可不像那天早上痛打你的那帮孩子。"

莱缪尔感激地仰头看他，"你知道那件事吗？我只是发现他们游戏的规则完全是任意制定。所以我自然而然让自己回归本原，轮到我击球时，我直接用球棒敲了投手和接球员的头。后来我还发现，其实人类的所有伦理规范都完全是这种货色——"他欲言又止，突然有些害怕，"也许我——"

诺思医生坐在他的办公桌后面，开始洗那副莱茵式"超感官知觉"测试套牌。"别担心，莱姆，"他温和地说，"一切都会好的。我理解你。"

---

① 罗夏墨迹测试由瑞士精神科医生、精神病学家罗夏创立，是最著名的投射法人格测验。

② 一种心理测试，用于评估三岁及以上儿童或成人的视觉运动功能、发育障碍和神经损伤。

测试之后，两人默然对坐。现在已经是下午六点，外面的太阳已经开始落山。最终，诺思医生开口说道："难以置信，连我都几乎不敢相信，你是拥有极端逻辑的人。你完全摒弃了来自动物丘脑的情感，你的意识完全不受道德和文化偏见的牵绊。你是个绝对的偏执狂，没有一丝同情心。你完全无法感知伤感、怜悯或者同情，还有**任何**人类正常的情感。"

莱缪尔点头，"是的。"

诺思医生身体仰靠椅背，惊叹不已，"甚至连我都很难理解这个。这太惊人了。你拥有超级逻辑，完全摆脱了价值导向性的偏见，而且你把整个世界看成有组织地跟你作对的敌人。"

"是的。"

"当然。你已经分析过人类社会行为的结构，明白一旦他们发现你的本相，就会扑上来，试图毁灭你。"

"只因我与众不同。"

诺思情绪激动，"他们一直把偏执狂归类为精神疾病，但它并不是！这类人根本就不曾脱离现实——正相反，偏执狂正是**直面**现实者。他们是完美的经验主义者，不会被伦理、道德和文化禁忌束缚。偏执狂所看到的才是世界的本相，他才是唯一清醒的人。"

"我一直在读《我的奋斗》，"莱缪尔说，"它表明我不是独自一人。"他在脑子里默默地表示感谢：*不再孤独*，在世上还有更多我的同类。

诺思医生注意到了他的表情。"在未来的浪潮里，"他说，"我不可能是弄潮儿，但我可以试着去理解它。我会认识到自己仅仅是凡人，被我的动物性情感和文化偏见左右。我不可能成为你们中的一员，但我可以支持你们……"他抬头看，激情照亮了他的脸，"而且，我可以帮助你们！"

随后的几天，莱缪尔的生活中充满惊喜。诺思医生做好安排，获得了他的委托监护权，男孩住进了医生在城里的公寓房。在这里，他无须面对家人的压力，可以任意做自己喜欢的事。诺思医生马上开始帮助莱缪尔寻找其他已经变异的偏执狂患者。

有天晚饭后，诺思医生问："莱缪尔，你能跟我讲讲你的元无（NULL-O）理论吗？要掌握'无物质倾向性'的原理非常困难。"

莱缪尔挥手示意房间里的一切东西，"所有这些表面看来存在的物体——都有一个名称。书、椅子、沙发、地毯、台灯、窗帘、窗户、门、墙壁，如此等等。但这种对象划分完全是主观臆想的产物，基于一种完全过时的思维体系。事实上，世上本无一物，整个宇宙都是一个整体。我们从小学习以客观对象为单位来思索世界。这东西，那东西。直到元无实现，这种纯粹的语言上的划分就将消失，其实它早就已经毫无用处。"

"你能否给我举个例子，或做个展示？"

莱缪尔犹豫了一下，"这很难独自完成的。等以后，当我们联系到更多人之后……我现在也可以粗略展示一下，在很小的范围内。"

诺思医生注视着莱缪尔满房间奔忙,把所有东西收集成一堆。然后,等所有书籍、图画、地毯、帘幕、家具和其他杂七杂八的东西都被收集好了之后,他有条不紊地把所有东西都砸碎,成了不可辨认的一大坨。

"你明白没有?"他因为刚才这通忙活而筋疲力尽,脸色苍白,"曾被强行划分出的不同对象,其区别现在已经消失。这种让事物恢复其原初统一状态的努力,也可以推广到全宇宙。宇宙就是个经验层面的整体,是统一的物质,不应该划分为生物和非生物、存在和不存在。它应该是一大簇形式统一的能量,而不是不同的微粒! 在纯属杜撰的实体表象之下,这才是世界的本真:它是混沌一团的纯粹能量。记住:表象不等于现实。这也是元无理论的第一定律! "

诺思医生脸色凝重,被深深震撼了。他踢了下坏掉的椅子碎块,如今它只是成堆的木头、布料、纸张和碎玻璃中的一块。"你觉得,这个让一切重归本原的过程能实现吗?"

"不知道,"莱缪尔坦率回答,"当然会遭遇一些阻力了。人类会跟我们作战,他们无法超出那种猿猴式的**物**欲——他们喜欢触摸和占有光彩照人的东西。这将完全取决于我们如何彼此协调。"

诺思医生从衣兜里取出一张纸。"我有个线索,"他轻声说,"这是一个人的名字,我觉得他应该也是你的同类。我们明天将去拜访他——然后见机行事。"

雅各布·韦勒博士在他戒备森严的实验室门口,干净利落地对他们表示欢迎。这里可以俯瞰帕洛阿尔托城。众多身着政府军制服的警卫把守着他正在进行的重要工作，保护这里的巨大实验室和研究系统。身着白袍的男男女女在这里昼夜不停地工作。

"我的工作呢，"他一面说，一面示意关闭身后那扇极厚重的大门，"是制造钴弹必需的基础性研究，这种东西跟氢弹类似，只不过用钴取代了氢。你们很快就会发现，很多顶级的核物理学家都是元无主义者。"

莱缪尔屏住呼吸，"也就是说——"

"当然，"韦勒开门见山，"我们已经努力了好多年。佩讷明德的火箭推进器、洛斯阿拉莫斯国家实验室的原子弹、后来的氢弹，还有现在这个钴弹。当然了，也有很多不信奉元无主义的科学家，都是些带有情感偏见的凡夫俗子，比如爱因斯坦。但我们的工作已经取得重大进展，除非遭遇太大抵抗力，我们将很快就能采取行动。"

实验室后门滑开，一组白衣男女鱼贯而入。莱缪尔的心开始狂跳。这就是他们，实力强大的成年元无主义者！男女都有，**而且已经工作多年**！他能够轻易地认出他们。所有人都有长而灵动的耳朵，借助它，变异的元无者可以在很远距离外听到细微的动静。这让他们总能够互相通信，不管他们在世界的哪个角落。

"讲解下我们的计划。"韦勒对身边一名小个子金发男人说，他平静安详、面容严肃，与这个重要时刻相得益彰。

"钴弹已经近乎完成，"那男子小声说，他有点儿德国口音，"但这还不是我们计划的最后阶段。之后还会有地弹，这才是第一阶段的最终成果。我们从未公布过地弹计划。如果人类发现了它，我们就将面对重大的情感阻力。"

"那么地弹又是什么？"莱缪尔问，他已经兴奋得红光满面。

"'地弹'这个短语，"矮个金发男人说，"是指把地球本身变成反应堆，达到其临界质量，然后使其引爆的过程。"

莱缪尔大为激赏，"我真没想到你们的计划已经取得如此重大的进展！"

金发男人微笑道："是的，从项目最初启动以来，我们已经完成了很多工作。在拉斯特博士的指导下，我拟定了计划中基本的思想观念。最终，我们要把整个宇宙统一成同态混合体。不过目前，我们主要的关注点还是地球。但是，一旦我们在这里取得了成功，就没有理由不把我们的工作无限继续下去了。"

"我们早已做好安排，"韦勒解释说，"适时转移到其他行星。这位弗里施博士——"

"我们在佩讷明德研发了一种引路火箭的改装版，"金发男人继续说，"我们用它制造了一艘飞船，能够带我们到达金星。我们将在那里开启第二阶段工作。一颗金弹将被制造出来，它将使金星恢复无定型的能量状态。然后——"他微笑着说，"就将有一颗太弹，太阳化身成为炸弹。如果成功，它就将把整个太阳系，连同所有行星和卫星一起炸成规模巨大的初始材质。"

到 1969 年 6 月 25 日，元无主义者几乎控制了全球所有强国的政府。这个过程从三十年代中期开始，到现在为止已经大功告成。美国和苏维埃俄国都被元无者牢牢掌握。元无人士控制了所有政策制定相关职位，因此，已经开始加快元无计划的进程。时机已到，他们已经无须继续保密。

第一批氢弹引爆时，莱缪尔和诺思医生在一艘环绕地球飞行的火箭飞船上旁观。经过细心安排，美国和苏维埃俄国在同一时间发动了氢弹袭击。一小时内，就达到了一级战果：北美洲和东欧的大部分地区被彻底毁灭。巨大的辐射尘云飞腾呼啸，目力所及之处皆是金属色的熔浆池，岩浆翻涌喷溅。在非洲、亚洲、无数岛屿和偏远之地，幸存的人们恐惧地蜷缩成一团。

"完美。"韦勒博士的声音传入莱缪尔耳中。他在地底某处，在护卫森严的总部里，那里还存放着即将组装完成的金星飞船。

莱缪尔赞同道："了不起的成果。我们终于设法统一了地面上至少五分之一的领土。"

"但好戏还在后头呢。接下来将要释放出钴弹。这样一来，人类就不可能打扰我们最后阶段的工作，也就是地弹的安装。我们还要安装一些引爆终端。只要有人类幸存就会对此进行干扰，那么我们就无法成功了。"

在一周内，第一颗钴弹被引爆了。之后还有更多，它们纷纷从小心隐藏的苏维埃俄国和美国的发射井口中飞出。

到了1969年8月5日，地球人类总数已经下降到三千人。元无者在他们的地下办公室里，得意得容光焕发。实现物质统一的计划按部就班地顺利进行，他们的梦想正在成真。

"现在，"韦勒博士说，"我们可以开始设立地弹引爆终端了。"

其中一个终端设定在秘鲁的阿雷基帕，另一个在地球的另一端——爪哇岛上的万隆。一个月内，就有两座巨大的高塔矗立在烟尘滚滚的天空下。两组元无者穿戴沉重的护甲和头盔，日夜不停地忙着推行他们的计划。

韦勒博士驾机带莱缪尔去秘鲁基地。从旧金山到利马，一路上只有翻涌的灰尘和仍在燃烧的金属色火焰，再没有生物和单独个体存在的迹象：一切都已经被熔为单一的、涌动的残渣。连海洋本身都成了蒸汽和沸水。从空中看，海洋和陆地并无区别。地球表面只剩灰白交错的一团，曾经的蓝海绿林、街道城市和茫茫田野，如今都已经消失不见。

"那边，"韦勒博士说，"看到了吗？"

莱缪尔看到了，真真切切。它的壮美让他几乎窒息。元无者树起了一个巨大的泡状护盾。在无尽的熔渣海洋里，他们用合成树脂建起一座巨大的透明球。从球中可以看到引爆终端，它极为复杂，由大量闪亮的金属和线路组成。韦勒博士和莱缪尔看着它，半晌说不出话来。

"你看，"韦勒解释道，他驾驶火箭飞船穿过护盾上的闸门，"我们仅仅将地球表面的物质统一了，也就是一英里左右厚度的岩石层。这颗行星的大部分质量，其实还没什么变化。但地弹将解决这个缺憾。这颗行星仍以液态存在的核心将会喷发。整个球体将变成一个新的小恒星。然后等到太弹引爆，整个太阳系都会变成一团巨大而统一的炙热气团。"

莱缪尔点头，"合乎逻辑。然后呢——"

"然后就是银弹。我们要解决整个银河系。这个阶段的最后成果，如此巨大，如此恢宏，我们几乎不敢想象。银河毁灭之弹，而最后的最后——"韦勒微笑，眼睛光彩闪烁，"就是宇宙寂灭之弹。"

他们降落，弗里施博士前来迎接，对方像是受了刺激般异常紧张。"韦勒博士！"他急切地说，"出事儿了！"

"怎么了？"

弗里施博士的脸都气歪了，靠着元无思维中一次情感激烈的跃动，他才重新整合了自己的意志力，抛弃掉了那些不理性的冲动，说道："居然有人类活了下来！"

韦勒觉得难以置信，"你什么意思？怎么会——"

"我听到他们说话的声音了。我当时正在转动耳朵，侧耳欣赏泡形罩外面熔渣奔流的声音，然后就听到了普通人类的对话。"

"但，他们在哪儿？"

"地下。某些有钱的工业资本家把他们的工厂秘密转移到地下，尽管此举有违其政府的禁令。"

"的确，我们拟定了防止此类事件发生的禁令。"

　　"这些工业资本家是典型的受丘脑贪欲神经元控制而行动的人。他们把全部的劳工力量都转移到地下,在战争开始时充当奴隶。至少有一万名人类活了下来。他们还活着,而且——"

　　"而且什么?"

　　"而且他们还临时制造了巨型钻头,现在正以最快速度向我们这里逼近。我们将面临一场战斗。我已经通知了金星飞船那边。它正在被升起,即刻到达地面。"

　　莱缪尔和韦勒博士惊恐地对视。他们总共只有一千名元无者,面临的是以一对十的不利局面。"这真是可怕,"韦勒愤愤地说,"偏偏就在我们即将大功告成的时候。启动塔还要多少时间才能做好准备?"

　　"要再过六天,才能让地球过渡到临界反应状态呢。"弗里施嘟囔道,"可那些钻机却几乎就要到了。转动耳朵,你们也能听见。"

　　莱缪尔和韦勒博士照做。立即,他们就听到了含混不清的对话声。声音非常嘈杂混乱,来自好几个不同的钻孔,朝着包裹着两个终端的防护球会聚。

　　"完全是一群普通人!"莱缪尔惊叫说,"我一听就知道!"

　　"我们被困住了。"韦勒抓起一把电浆枪,弗里施也照做,所有的元无者都武装起来,把工作丢在了一边。随着惊天动地的巨响,一根大钻头从地底穿出,径直向他们飞来。元无者们盲目地扫射,然后四散奔逃,退向引爆塔。

　　第二根钻头出现,然后是第三根。元无者冲他们射击,人类还击，空气中飞舞着炽热的能量束。这些人类只是一群被雇主关进地下的劳工而已，普通到不能再普通。他们简直就是人类社会底层的代表：文员、公交车司机、临时工、打字员、门卫、裁缝、面包师、车间工人、搬运工、棒球手、电台广播员、车场维修工、警察、卖领带的、卖冰淇淋的、上门推销员、剧院检票的、接待员、焊工、木工、建筑工人、农民——就是那些一想到他们存在，就让元无者浑身不舒服的普通人。

就是这群激愤的普通人妨碍了这项伟大的事业，制止了这场炸弹、细菌弹和制导导弹的盛宴，他们正从地底冲出来。终于到了这天——他们奋起反抗了。无需责任感的理性主义，这超级逻辑终于迎来了自己的末日。

"我们一点胜算都没有，"韦勒着急地喊道，"别管引爆塔了。快把飞船弄到地面上来。"

一名推销员和两名管道工正在向终端方向开火。一组身着连身裤和帆布衬衫的人正在扯掉电线。其他同样普通的人则用热能枪破坏复杂的控制系统。火舌向上舔舐着，终端塔摇摇欲坠。

金星飞船出现了，被一个复杂精密的悬吊系统送到了地面。元无者们即刻顺次而入，排成两列笔直的纵队，所有人都冷静平和，尽管那帮疯狂的人类正在消灭他们。

"畜生，"韦勒伤感地说，"这群乌合之众。不过是无脑的畜生而已，完全被情绪左右。野兽，根本就不懂得用逻辑来理解事物。"

一束热激光让他闭了嘴，后面的人继续前进。终于，所有幸存的元无者都已经登上飞船,而巨大的舱门也砰然关闭。伴着雷鸣似的呼啸声,飞船打开了推进器,穿透防护罩,升入空中。

莱缪尔躺在他中枪倒地的原处,此前有个疯狂的水电工,用激光枪打伤了他的左腿。他悲哀地看着飞船升空,悬停了一下,然后就刺破护罩,消失在燃烧的天空中。周围到处是普通的人类,有的在修理被破坏的防护罩,下达命令,或者兴奋地狂喊,他们的噪声冲击着他过于敏感的耳膜。他虚弱地抬起两手,捂住了耳朵。

飞船走了,他被留了下来。但即便没有他,计划仍将继续。

他听见一个遥远的声音,那是金星飞船上的弗里施博士,正把两手圈成喇叭状向下呼喊。那声音很微弱,部分消逝于无尽的宇宙空间,但身处嘈杂环境下的莱缪尔还是设法分辨出了它的内容。

"再见……我们会记住你的……"

"好好努力!"男孩大声回应,"不要放弃,直到我们的计划最终实现!"

"我们会努力的……"那声音更加模糊,"我们会继续坚持……"声音消失了,然后又短暂地响了一声,"我们终将成功……"然后就只剩一片寂静。

他脸上挂着平和的微笑,反射出内心的幸福和满足,觉得自己完成了一份了不起的工作。莱缪尔躺回地上,等着那群不理智的人形野兽把他的生命终结。

各为其主

　　阿普尔奎斯特正在穿越荒野,他走的是狭窄的小路,旁边有一条开裂的深谷。就在这时,他听到了人声。

　　他停住不动,手按上了超能射线枪,听了好半天,但只听见风在山脊上的树木残枝间的呜咽,有如空洞的低语声,混杂着他身边的干草发出的窸窸窣窣的声音。声音来自深谷。谷底怪石嶙峋,堆满了垃圾。他伏身从沟壑的边缘向下看,想找到声音的来源。

　　没有在下面看到移动的东西,找不到判定声音来源的线索。他开始觉得两腿发疼。苍蝇在他身边嗡嗡叫,落在他汗湿的额头上。太阳晒得他头疼。过去几个月来,尘云一直都比较薄。

　　他的防辐射手表告诉他,现在已经下午三点。他终于耸耸肩,僵硬地站起来。让它见鬼去吧,让他们派个武装搜索队来。反正这也不关他的事,他只是个四级邮差而已,平民一个。

他沿着山坡走向大路的途中，又听到了刚才的声响。这次，他站在深谷边的高处，看到有东西一闪而过。他感到恐惧、疑惑和惊讶，这不可能——但又是他亲眼所见，这可不是什么小报流言。

一个机器人，躲在荒野深谷里做什么？所有的机器人在多年之前就被全部销毁，但这一台却近在眼前，躺在废墟和蔓草之间。这具锈迹斑斑、破旧不堪的残躯，虚弱地向站在山间小道上的他求救。

公司外围防御系统准许他穿过三级隔离门，进入地下隧道。他缓缓下行，在前往组织层的路上，心事重重。他摘下邮包时，主管助理詹金斯正好匆匆走过。

"你这混蛋到底跑哪儿去了？这都快四点了。"

"抱歉。"阿普尔奎斯特把他的射线枪上交给附近的一名卫兵，"你有没有可能给我弄一份五小时外出许可证？我想去调查一点儿东西。"

"门儿都没有。你知道的，他们正在清理整个右翼地区，要让每个人严格遵循二十四小时戒备指令。"

阿普尔奎斯特开始分拣信件。大多数都是北美各大公司高管之间的私人信函，有写给公司领地外娱乐女明星的信，有家书，还有下级官员的请愿书。"即便如此，"他想了想才说，"我还是要想办法去看看。"

詹金斯狐疑地看看这个年轻人，"出了什么事？你是不是发现了战争过后遗留下的完好设备？还是埋在某个地方的没被破坏的物资仓库？是这样吗？"

那个瞬间，阿普尔奎斯特险些就跟他说了，但忍住了。"也许吧，"他满不在乎地回答，"有可能。"

詹金斯恶狠狠地瞪了他一眼，推开监控室的门，扬长而去。墙上的大地图面前，几名军官正在分析当天的活动。另有六个中年男子坐在周围的椅子里，多数都是秃头，衣领肮脏污秽。在房间一角，拉德主管睡得正香，两条肥腿杵在身前，衬衫没系纽扣，多毛的胸部清晰可见。这些就是掌管底特律公司的人了。一万个家庭，整个地下生活空间，都要仰赖他们。

"你在胡思乱想些什么？"一个声音突然在阿普尔奎斯特耳边炸开来。劳斯总监已经进入工作室，像往常一样，又出其不意地抓到了他。

"没什么，先生。"阿普尔奎斯特回答。但对方那双敏锐的、如瓷器般湛蓝的眼睛已经看穿了他。"只是有点累了。我的压力指数偏高，本来想申请调休的，可是现在这么忙……"

"休想骗过我。一个四级邮差，忙也忙不到你身上。你到底在打什么鬼主意？"

"先生，"阿普尔奎斯特冒失地问，"当初为什么要消灭机器人？"

周围一下子安静了。劳斯那张阴沉的脸上显出了几分惊讶，继而变成了敌意。没等他开口，阿普尔奎斯特赶紧说道："我知道我等级太低，没资格询问理论问题，但这个问题对我很重要。"

"这是一个禁忌的话题，"劳斯威严地大声宣告，"即便是高级人员也不能妄加议论。"

"那么机器人跟战争有什么关系？战争因何而起？战前的人们过的是怎样的生活？"

"这个话题，"劳斯重复道，"不能讨论。"他缓缓走向墙面地图，阿普尔奎斯特被晾在原地，身处咔嗒作响的机器、窃窃私语的军人和官僚之间。

他只好本分地继续分拣信件。之前发生过一场战争，机器人牵涉其中。他只知道这么多。战后还有少量机器人幸存，在他小时候，爸爸曾经带他去过工业制造中心，看到过机器人在操作机器。曾经，这世上还有过更为复杂精密的机器人，但都已经消失了，简单的机器人也很快就被清理干净了。而且非常肯定的是，现在绝对没有再生产机器人。

"**发生了什么事？**"父亲把他拖走时，当时的他问，"机器人都到哪里去了？"

那时也没有答案。那已经是十六年前，现在，最后的机器人都不见了，就连关于机器人的记忆都正在消失。再过几年，这个词大概也将不复存在。**机器人**，它们到底怎么了？

他拣完了那些信，走出监控室。没有一名主管注意到他。他们正在争论某个深奥的战略问题。公司的演习中，有的进攻，有的防守，局面紧张，相互攻讦。他从口袋里找出一根被挤扁的香烟，动作生疏地点燃。

"最高级职员晚餐时间，"通道里的喇叭有气无力地宣告，"饭后休息一小时。"

几名主管大声交谈着,从他身边经过。阿普尔奎斯特按灭香烟,走向自己的工作岗位。他一直工作到六点,然后他的晚餐时间到了。周六之前都不会有更多的休息时间了,但如果他不吃晚饭的话……

那台机器人很可能是个低等型号,属于最后报废的那一批,跟他小时候看到的低等类型一样。它不可能是复杂的战时机器人,那得躺在那样一条深沟里,生锈、腐蚀,撑过战争以来的那么多年……

但他的脑子里总有一份放不下的奢望。伴随着猛烈的心跳,他进入一架电梯,按下按钮。在天黑前,他就会知道真相。

机器人躺在成堆的金属熔渣和荒草之间。残缺不堪的生锈金属条挡住阿普尔奎斯特的去路,他小心翼翼地从裂缝侧面向下爬去,手里握着射线枪,脸上紧扣着防辐射面罩。

他的辐射读数器发出极大的响声:深谷底部很热,有辐射。那里遍布着被污染的水洼,被熔化的钢铁与塑料凝结成块,和被毁坏的设备一起堆积在锈迹斑斑的金属残渣上。他踢开蛛网一样的焦黑金属线,轻手轻脚地绕过破损的古老机器的燃料箱,上面已经攀满了藤条。一只老鼠匆匆逃走。这时已接近日落时分,到处都是黑沉沉的阴影。

机器人默默地观察着他。它的身体已经只剩下一半,头、两只胳膊和躯干的上半部,腰部以下被残忍地切除,只剩下模样怪异的断口。它显然已经失去了行动能力。表面到处是伤损和腐蚀的痕迹，缺了一只目镜，有几根机械手指呈怪异的角度弯曲着。它仰躺着，面向天空。

这是一台战时机器人，错不了。在它仅剩的那只眼睛里，仍有古老的自我意识在闪烁。这可不是他小时候看到的简单的机器工人。阿普尔奎斯特觉得嗓子发干，这可是真家伙。它在有意地追随着自己的行踪。它是活的。

它坚持了这么久，阿普尔奎斯特想，**这么多年**。他觉得颈后寒毛直竖。周围一切都很安静，群山、树木和废墟都寂静无声，一点儿动静都没有。他和那台古老的机器人，就是这里仅有的活物。**所有的一切都躲藏在这条裂缝的底部，等着有人到来**。

冷风吹过，他本能地裹紧大衣。有几片树叶被吹到了机器人呆滞的面孔上。藤蔓爬满了它的躯干，甚至缠绕进了它的零部件里。它被雨水淋过，也曾被阳光暴晒。冬天，积雪覆盖过它。田鼠和其他动物嗅过它，昆虫曾在它躯干间爬过。但它还活着。

"我听到你的声音了，"阿普尔奎斯特喃喃地说，"从上面经过的时候。"

机器人随即说道："我知道。我看见你停下了。"它的声音微弱、沙哑，像是砂纸互相摩擦，既谈不上有什么音色，也没有抑扬顿挫，"你能跟我说一下现在的日期吗？我断过电，不知道断了多少时间，是因为线路终端发生了暂时的短路。"

"今天是6月11日，"阿普尔奎斯特说，"2136年。"他又补充了一句。

机器人显然是在积攒有限的气力。它微微移动一侧胳膊,然后任由其落下。它唯一完好的眼睛闭合着,从它身体深处传来了生锈的齿轮加速转动的嗡嗡声。阿普尔奎斯特意识到:这台机器人随时可能油尽灯枯。它能存活到现在,已经堪称奇迹。它身上爬着好多蜗牛,到处是黏糊糊的黏液线,交叠在一起。一个世纪……

"你在这里多久了?"他问,"从战争时就在吗?"

"是。"

阿普尔奎斯特紧张地笑笑,"那可是一段很长的时间。差不多要超过一百年了。"

"正是。"

天很快就黑了下来。阿普尔奎斯特开始翻找他的手电筒。他已经几乎分辨不出深谷的斜坡了。远处,一只鸟儿在黑暗中发出了几声沉郁而沙哑的鸣叫。灌木丛沙沙作响。

"我需要帮助。"机器人说,"我全身大多数驱动装置都被毁了。我无法离开此地。"

"你身体里的其他部件怎么样呢? 首先得看看能量储备。你还能坚持——"

"电池组遭受过巨大的破坏,只有数量有限的传导线路还可以使用,而它们现在也已经过载。"机器人唯一完好的眼睛再次看向他,"当前的技术状况怎样? 我看到过飞行器从头顶经过。你们还生产和维护电子设备吗?"

"我们在匹兹堡还有一个运行中的工业制造中心。"

"如果我指出基本的电子元件，你能听懂吗？"机器人问。

"我并没有接受过机器工训练。我被归类为四级邮差，但我在维修部门有熟人，我们能让自己的各种机器正常运转。"他紧张地舔舔嘴唇，"当然，这有风险，法律风险。"

"法律？"

"所有机器人都已经被消灭，你是唯一幸存的了。其他机器人，多年之前就被熔化了。"

机器人的那只眼睛里没有透露出任何情绪。"你为什么要下到这里？"它问。它的视线移动到阿普尔奎斯特手里的射线枪上，"你是某个等级体系中的小人物，听命于上级，是大社会系统中按部就班地运行着的组成部分。"

阿普尔奎斯特笑起来。"我想是的。"然后他止住笑，"战争为什么会爆发？战前的生活是什么样子？"

"你不知道吗？"

"当然不知道。除了最高级别的管理者，普通人不被允许获得理论性的知识。而且，就连我们的上司也都不了解那场战争。"阿普尔奎斯特蹲下来，让手电筒的光柱照在机器人黑暗中的脸孔上，"以前不是这样的，对吗？我们曾经不需要生活在地下的掩体中。这世界并非一直都是一片废墟。人们不需要一直为公司当牛做马。"

"战争之前，世上并没有什么能管理人民的公司。"

阿普尔奎斯特得意地咕哝道："我就知道。"

"当时的人们生活在城市里，后来城市被战争摧毁了。有防卫力量的公司在战争中幸存下来，这些公司的管理人员成了政府官员。战争持续了很长时间，一切有价值的东西都被毁灭了。给你们剩下的，只是个耗尽了的空壳。"机器人沉默了一会儿，然后继续说，"最早的一台机器人生产于1979年，到2000年，所有日常性的工作都已经由机器人承担。人类可以自由地去做他们想做的事情，艺术、科学、娱乐，想做什么就做什么。"

"艺术是什么?"阿普尔奎斯特问。

"创造性工作，旨在实现内心理念的具象化。那时候，地球上所有的人都能自由地实现在文化领域的梦想。机器人维护世界，人类享受生活。"

"那时的城市，是什么样子?"

"机器人依照人类艺术家画出的蓝图重建或改造城市，清洁、卫生、美丽，就像是众神的家园。"

"为什么会爆发战争?"

机器人的独眼眨了一眨，"我已经说了太多话。我的电力供给低到了危险的程度。"

阿普尔奎斯特打了个哆嗦，"你需要什么? 我给你弄来。"

"最紧迫的，我需要一套A型核电池组，输出功率要达到一万个单位。"

"好的。"

"然后，我需要维修工具和铝材，还有低阻电线。给我纸笔，我可以列个清单。你看不懂,但电子设备维护部门的人会懂。当务之急,是找到电池组。"

"然后你就会给我讲战争的事?"

"当然。"机器人干涩的嗓音微弱到近乎消失。夜晚中的阴影投射在它的四周,影影绰绰,冰冷的晚风吹着幽暗的草丛和灌木。"请一定尽快。可能的话,明天就来。"

"我该去告发你,"主管助理詹金斯冷冷地说,"你迟到了半小时,现在还要做这事儿。你到底在做些什么? 想被踢出这家公司?"

阿普尔奎斯特凑得更近了一些,"我必须得到这东西。那个——仓库在地下。我必须自己开辟出一条安全通道。否则,那个地方就会被从地面掉落的废墟掩埋。"

"这个秘密仓库有多大?"贪婪驱散了詹金斯粗糙脸上的疑虑。他已经花掉了很多公司发放的酬金。"你进去看过没有? 里面有没有你认不出来的机器?"

"我一件都认不出来。"阿普尔奎斯特不耐烦地说,"别浪费时间了。那一大堆垃圾肯定会塌的。我必须抓紧时间。"

"东西在哪里? 我想去看看。"

"这事儿我要单干。你就负责给我提供材料,我不在的时候帮我打掩护。这才是你该做的。"

詹金斯不安地扭动着他的身体,"要是你敢欺骗我的话,阿普尔奎斯特——"

"我没撒谎。"阿普尔奎斯特生气地回答,"我什么时候能拿到电池组?"

"明天上午。我需要填好一大堆申请材料呢。你确定自己会操作它吗?我觉得最好派一支维修小队跟你一起去。以防万一——"

"我自己能行。"阿普尔奎斯特打断他,"你只要搞到东西。剩下的,我自己处理。"

早晨的阳光洒下来,透过了成堆的碎石和垃圾。阿普尔奎斯特紧张地把新电池组连接到位,把各条引线拧紧,又把腐蚀严重的盖子合上,然后颤抖着站起来。他把旧电池组丢到一边,等待着。

那台机器人动了一下,它的眼睛恢复了活力和意识。过了片刻,它试探性地动了动自己的一只胳膊,摸索损坏的躯干和肩膀。

"你还好吗?"阿普尔奎斯特急切地问。

"看上去不错。"机器人的声音听起来要稍微有底气些了,显得更有自信,"旧电池组几乎已经完全耗尽。幸好你及时出现。"

"你说过,人曾经住在城市里,"阿普尔奎斯特马上开始提问,"机器人承担所有工作?"

"机器人承担的,是维持工业体系运转所必需的例行工作。人类因此有了足够的闲暇,可以从事各自喜欢的活动。我们乐于为他们工作。这曾是我们的责任。"

"后来怎么了?出了什么麻烦?"

机器人接过纸笔,一面说话,一面仔细地写下零件编号,"人类中出现了一个极端组织，一个宗教团体。他们声称，上帝的意旨就是让人类流着汗辛勤地工作。他们想清理掉所有的机器人，让人类回到工厂里，继续像奴隶一样劳动，亲自承担所有的例行工作。"

"但是为什么？"

"他们声称，劳动是精神层面的高贵行为。"机器人把那张纸丢还给他，"这是我需要的零配件清单。我需要这些材料和工具，才能修复我身上已经损坏的系统。"

阿普尔奎斯特摆弄着那张纸，"这个宗教团体——"

"人类分裂成了两派：道德主义者和享乐主义者。他们互相争斗了好多年，而我们一直置身事外，等他们决定我们的命运。我无法相信的是，道德主义者居然能战胜理智和常识赢得胜利。但结果就是这样。"

"你是否觉得——"阿普尔奎斯特欲言又止，他很难说出自己内心的挣扎，"有没有可能让机器人重回这个世界呢？"

"你的意思并不明确。"机器人突然把那根铅笔折为两段，丢到一边，"你到底想说些什么？"

"公司统治下的生活并不幸福。死亡和艰辛的工作，还有各种表格、倒班、超长的工作时间、严苛的命令。"

"这是你们的社会体系。我没有责任。"

"关于机器人制造的知识，你能回想起多少？战争之前，你担任什么样的工作？"

"我是一名机器个体管理者。在我赶往一座应急个体制造厂的途中，飞船却被击落了。"机器人指指自己周围残破的碎片，"这些就是我的飞船，以及船上货物的残骸。"

"'机器个体管理者'是什么？"

"我负责机器人制造。我设计机器人的原型机，并使其投入生产。"

阿普尔奎斯特觉得有点儿头晕，"这么说，你真懂得如何制造机器人。"

"是的。"机器人急切地指了指阿普尔奎斯特手里拿着的纸条，"拜托你一定要尽快给我弄到这些工具和材料。我现在这个样子毫无自保能力，我想要恢复行动能力。万一有火箭飞船从头顶经过的话……"

"公司之间的通信联络很不方便，我都是步行投送信件的。整个国家的大部分土地都已经变成了废墟。你可以在不被察觉的情况下工作。你的应急个体制造厂怎么样了？或许，它有没有可能并没有被摧毁？"

机器人缓缓点头，"它非常隐蔽。它的确有幸存下来的希望，虽然非常渺茫。它很小，但设备齐全，自给自足。"

"如果我能找到维修配件，你能否——"

"这件事我们稍后再谈。"机器人重新躺倒说，"等你回来，我们可以再继续谈。"

他从詹金斯那里搞到了所需物品，还有一张二十四小时通行证。他蹲在裂缝斜坡下，着迷地看着那台机器人有条不紊地拆开自己的身体,更换损坏的零件。几小时后,全新的动力系统就已经安装完成,基本的腿部组件也已经焊接到位。到中午时分,那台机器人已经开始调试机械脚趾板了。

"以前在深夜里,"机器人说,"我能跟应急个体制造厂通过无线电取得联系,但是信号非常微弱。它还在,完好无损。是那里的机器人值班员说的。"

"机器人?你是说——"

"一台负责传递信息的自动机器,不是像我这样的生命体。严格地说,我并不是机器人。"它的声音听起来更加自信了,"我是仿生人。"

阿普尔奎斯特弄不清两者到底有什么区别。现在,他的脑子里全是各种各样激动人心的可能性,"那我们就可以继续了。有了你的知识,加上那边的原材料——"

"你没见过那个恐怖的时代,破坏行为无处不在。道德主义者系统性地摧毁了我们。在他们占领的每一座城市,仿生人都被全部清除。随着享乐主义者节节败退,我的同类遭遇了野蛮的灭绝。我们被人类从机器旁边的岗位拖走,然后被摧毁。"

"但那已经是一个世纪之前!现在没有人想毁灭机器人。我们需要机器人来帮助我们重建这个世界。道德主义者赢得了战争,却把整个世界变成了一片废墟。"

机器人调试着它的动力系统,直到两腿动作协调起来,"他们的胜利是个悲剧。不过,我比你更了解当前的局势,我们必须小心地行动。如果这次又被人类消灭,可能就再也没有翻盘的机会了。"

阿普尔奎斯特跟在机器人后面,看它迟疑地迈过废墟,走向裂缝边缘。"我们都被工作压弯了腰,成了地下掩体中的奴隶。我们不能继续这样沉沦下去。人类会欢迎机器人的,我们需要你们。我常在想,黄金时代是一番怎样的景象,那些喷泉和花朵,那些美丽的地表城市……现在却只剩下废墟和苦难。道德主义者获胜,但却没有人得到了幸福。我们会乐于——"

"我们在什么地方?这儿是什么位置?"

"密西西比河稍微向西一些,大约几英里吧。我们必须得到自由。我们不能再这样活下去,一直在地下苦熬。如果我们有自由支配的时间,就可以探索整个宇宙的秘密。我找到过一些老旧的科普录影带,讲生物学理论的,那些人花好多年研究抽象问题,他们有那个时间,也有那份自由。机器人维持经济体系运转的同时,那些人可以出去——"

"战争期间,"机器人满怀心事地问,"道德主义者安装了检测范围达到数百平方英里的监测屏。那些屏幕还在运行吗?"

"我不知道。估计没有了。公司范围外的所有东西都失灵了。"

机器人在沉思。它已经用一只新眼换掉了被损坏的那只。现在,两只眼睛里面都闪耀着专注的神情,"今晚上我们就制订针对你们公司的计划。我到时会让你知道我的决定。在此之前,不要把这里的情况告诉任何人。你明白吗?现在我担心的,是道路系统的问题。"

"大多数公路都已经被毁。"阿普尔奎斯特极力抑制住兴奋之情，"我确信，我们公司的大多数人都是——享乐主义者。也许顶层有那么少数几个道德主义者吧，或许还有几名主管也是。但底层员工和他们的家人——"

"好了，"机器人打断他，"这些我们以后再考虑。"它朝四下看看，"周围这些损坏的设备中，有些我可以用得上。它们的某一部分还在运行，至少现在还在。"

阿普尔奎斯特设法避开了詹金斯，快步穿过组织层，到了自己的工作岗位。他脑子里翻江倒海，周围的一切都显得那样模糊和不真实。那些争吵的主管、发出咔嗒声和嗡嗡声的机器设备、带着口信和备忘录匆匆来去的文员和初级管理人员。他抓起一摞信件，开始机械地分拣它们，放入对应的卡槽中。

"你到外面去了。"劳斯总监挖苦道，"怎么回事，见女孩吗？要是你跟公司以外的人结婚，就会失去你在这里攒下的那一点儿等级分。"

阿普尔奎斯特放下信件，"总监，我想跟你谈谈。"

劳斯总监摇摇头，"小心点儿。你知道第四级人员的行为规范，最好别再问更多问题。把精力集中在你的工作上，把理论问题留给我们来考虑。"

"总监，"阿普尔奎斯特问，"我们公司原先是哪边的？道德主义者，还是享乐主义者？"

劳斯像是没有听懂他的问题。"你什么意思?"他摇头,"我不知道这两个词具体指什么。"

"战争期间。我们是参战的哪一方?"

"仁慈的上帝啊,"劳斯说,"当然是人类一方。"他本来就严肃的脸突然变得更为冷酷,"你什么意思,**道德主义者**?你在说什么?"

阿普尔奎斯特突然开始冒冷汗,几乎说不出话来,"总监,有些不对劲啊。战争不是在两个人类派别之间爆发的吗?道德主义者摧毁了机器人,因为他们不喜欢人们整天享乐的样子。"

"战争的双方是人类和机器人。"劳斯严厉地说,"我们赢了。我们摧毁了所有机器人。"

"但它们在为我们工作!"

"它们本来是作为工人制造出来的,但它们造反了。它们有一种哲学,觉得自己是高等智能——那些仿生人。它们把我们看作牲畜。"

阿普尔奎斯特浑身都在发抖,"但它告诉我——"

"它们屠杀我们。在人类占据优势之前,有数以百万计的人遇难。它们杀人、说谎、隐藏形迹、偷窃,为生存不择手段。当时就是你死我活的争斗——别无选择。"劳斯一把抓住了阿普尔奎斯特的领口,"你这该死的傻瓜!你这混蛋到底做了什么?回答我!你到底做了些什么?"

太阳正在落山。双履带装甲车轰鸣着行驶到裂缝边缘。士兵们纷纷跳下，从斜坡滑到谷底，手里都紧握着超能射线枪。劳斯很快出现了，阿普尔奎斯特跟在他身边。

"就是这个地方？"劳斯问。

"是的，"阿普尔奎斯特垂头丧气地回答，"但它现在不见了。"

"那当然。它已经完全修好了，没有继续留在这里的必要。"劳斯向手下人示意，"找也没用的。安放一颗战术原子弹在这里，我们走。飞行大队或许能抓住它。我们会在整片地区喷射放射性气体。"

阿普尔奎斯特麻木地踱到裂缝边。裂缝下面，阴影越来越浓重，野草和废弃物隐匿其中。当然，机器人的踪影却不见了。它原先所在的地方，如今只剩下几段电线和被丢弃的身体部件。老电池组还在原处，还有几件工具。再无其他。

"动作快。"劳斯命令手下们，"我们必须尽快出发。现在还有好多工作要做。启动整个警报系统。"

部队开始从斜坡向上爬。阿普尔奎斯特也跟在别人后面，向双层履带车爬去。

"不行。"劳斯马上说，"你不能跟我们走。"

阿普尔奎斯特看出了他们脸上的表情。那些深藏着的，但近乎狂热的恐惧，以及对自己的痛恨。他想要跑，但那些人几乎马上就擒住了他。他们铁青着脸，一言不发地动手施暴，等他们打够了，将奄奄一息的他踢开到一边，自己钻进双层履带车。他们摔上车门，发动机发出轰鸣，车子启动了，沿小路驶向大路。又过了一会儿，它越来越小,渐渐消失在远方。

现在只剩他一个人了,身旁是半掩于土中的炸弹和渐浓的夜色。巨大而空虚的黑暗,正在慢慢吞噬一切。

展　品

　　"你的西装样式真怪。"机器人公交司机[1]评论说。它滑开车门，停在路边，"那些小小圆圆的东西是什么?"

　　"是纽扣。"乔治·米勒解释道，"它们既是实用的，也是装饰性的。这是二十世纪款式的古董套装。我是出于工作需要，才穿这个的。"

　　他给机器人付过钱，抓起公文包，沿着坡道电梯快速走向历史研究所。主楼当天的展览已经开始了，到处有穿长袍的男女来来去去。米勒搭上专用电梯，挤在两个来自公元前部门的大块头控制员之间。不一会儿，他就已经到了自己的楼层，二十世纪中期馆。

　　"早好[2]。"他轻声问候弗莱明控制员，两人在原子能发动机展区

---

　　① 这是作者设想的一种未来公用交通工具，类似于出租车，并非生活中所见的公交车。
　　② 原文"Gorning"，故意把日常的问候简化了。文中还有些类似的表达，不再一一注明。

碰上了。

"早好。"弗莱明粗声粗气地回应了他,"听着,米勒,让我们一劳永逸地谈妥这件事吧。要是每个人都像你这样穿衣服怎么办?政府对我们的着装有严格的要求。你能不能偶尔收敛一下自己不合时宜的做派?你手上那破烂到底是什么东西?它看上去像是一只被踩扁的侏罗纪四脚蜥。"

"这个是鳄鱼皮公文包。"米勒解释说,"我把研究资料磁带卷装在里面。二十世纪末,这种公文包是管理阶层权威地位的象征。"他拉开公文包,"试着理解下,弗莱明。通过熟悉我研究的那个时代的日常物品,我和研究对象的关系深化了,从单纯的学术兴趣转化成了真正的感同身受。你经常说,我有些单词发音的方式怪怪的。其实那就是艾森豪威尔当政时期美国商人的口音。了然?"

"呃?"弗莱明有些懵。

"'了然'是二十世纪的表达方式。"米勒把他的研究资料磁带卷摆在桌子上,"你还有什么事吗?没有的话,我要开始今天的工作了。我已经发现了有力证据,表明二十世纪的美国人尽管会自己铺砖,却并不自己织造衣物。我想就此修改下我那部分的展示细节。"

"再没有比你们这些学者更极端的家伙了。"弗莱明咬牙切齿地说,"你已经落后于时代二百年了。整天活在你的遗迹和文物里,还有那些该死的古老废弃物的高仿品中。"

"我爱自己的工作。"米勒淡淡地回答道。

"没人反对你好好工作,但世上还有工作之外的事情。你身处这个社会,就是一个政治-社会体。你小心点儿,米勒! 董事会已经不止一次收到关于你怪癖行为的投诉。他们欣赏敬业精神……"他的眼睛眯成一道缝,"但你太过了。"

"艺业高于生活。"米勒说。

"你说……什么? 刚刚这又是什么意思?"

"二十世纪的观念而已。"米勒脸上浮现出不加掩饰的优越感,"你不过就是个巨大机构里的小官僚,是无人性的文化专制系统的爪牙。你没有自己的判断标准。在二十世纪,人们还有对艺术的独立判断力。'艺术品位''成就感',这些词对你都毫无意义。你没有灵魂——这也是来自二十世纪黄金时代的概念。那时的人享有自由,可以说出他们的真实想法。"

"小心点儿,米勒!"弗莱明紧张得脸都白了,压低了声音,"你这该死的书呆子。从你的磁带卷里出来,面对现实。你这样乱说话,会给我们所有人都惹来麻烦。你要是愿意,尽可以继续崇拜过去。但记住——它已经消失,被埋葬了。时代变化,社会进步。"他不耐烦地指着占据整层楼的展区,"那些,只是不完美的复制品而已。"

"你怀疑我的研究成果?"米勒火了,"这里的展览绝对真实! 我已经根据最新的研究成果修正过它。关于二十世纪,就没有我不了解的事情。"

弗莱明摇头,"跟你讲不通。"他受够了,转身大步走向下行电梯,离开了这一楼层。

米勒整理了一下衣领和鲜艳的手染领结，理平细条纹的蓝色外套，接着熟练地点燃一根二百年前的古董香烟。他把注意力转回资料卷。

弗莱明这个家伙，为什么不能让他清静一下？弗莱明是庞大的等级体系中的一个非官方代表。等级体系就如同一张黏糊糊的灰色巨网，覆盖着整个星球。此等风气深入了每一个工业、职业和居住区。啊，要是能像二十世纪的人那样自由该多好！他暂时放缓了磁带的播放速度，做梦一样的表情掠过他的面庞。那是激动人心的年代，充满雄心，尊重个性，那时的人是真正的人……

就在那时，正当他沉浸在研究的美好中时，听到了奇怪的声音。它们来自他负责的展区深处，来自那经过了仔细调试的精细的核心地带。

他的展区里面有人。

他能听到那些躲藏其中的人，就在展区深处。某个人或者某种东西越过了阻挡观众的安全屏障。米勒关掉磁带播放器，慢慢站起来。他谨慎地向展区靠近，浑身都在发抖。他关掉安全屏障，跨越栏杆，踏上一片水泥人行道。有几名好奇的游客眨着眼睛，观看这位个子矮小、穿着奇装异服的人蹑手蹑脚地走在二十世纪展区的复制品之间。他渐渐消失在了展区深处。

米勒沉重地呼吸着，沿人行道走到了一片细心维护的砾石小路上。也许是另一名理论专家，某个董事会的走狗，正在四处窥探，寻找能让他丢脸的破绽。这里不够准确，那里有个无关紧要的小错之

274

类的。汗水从他的前额上流下来，之前的气愤变成了当下的恐慌。他的右手边有一片花圃，生长着保罗红玫瑰和低矮的三色堇。后面是湿润的绿草坪，草坪后是闪亮的白色车库，库门升起到一半，现出1954年款别克修长的车尾——然后就是房子的主体了。

他必须小心行事。如果这人真是董事会派来的，他将面对的是官方体系。也许对方会是个大人物，甚至有可能是埃德温·卡纳普，董事会主席，全球董事会纽约分部的最高级别官员。米勒忐忑不安地爬上那三级水泥台阶。现在，他站在一座二十世纪风格的房屋的门廊上，这里是他展区的中心。

这是座漂亮的小房子。要是他生活在那个年代，也会想要拥有一座这样的房子。这里共有三间卧室，是加州牧场式的带凉台的平房。他推开前门，进入客厅。房间一端有壁炉，酒红色深色地毯，现代风格的沙发和摇椅，配有玻璃罩的低矮的硬木咖啡桌——上面摆着铜烟灰缸、一枚打火机、一叠杂志。时髦的落地灯由塑料与钢材制成，一个书架、一台电视机，宽大的落地窗俯瞰房前的花园。他穿过这个房间，进入走廊。

房子里的摆设齐全得惊人。他脚下的地暖发散出些微暖意。他向第一间卧室内窥探。这是一位女士的闺房，丝绸床罩、上过浆的白色床单、厚窗帘，一张梳妆台摆满了瓶瓶罐罐，还有巨大的椭圆形镜子、可以看到衣柜里的衣物，一件晨衣搭在椅背上，地上是拖鞋，尼龙长筒袜仔细地叠好放在床脚。

米勒沿走廊继续向前，查看第二个房间。鲜亮的墙纸上绘着小丑、大象和走钢索的人，这是儿童房，两张小床给两个男孩。里面有飞机模型，床头柜上放着一台收音机、一对梳子、课本、优胜锦旗、一块"禁止停车"的标牌和一本集邮册。镜子前面插着拍立得照片。

这里也没有人。

米勒往现代化的洗手间里瞅瞅，甚至还看了看贴有黄色瓷砖的浴池。他穿过餐厅，顺着通向地下室的楼梯向里看，那儿放着洗衣机和烘干机。然后他打开后门，检视后院，那里有一片草地、一台枯叶焚烧炉。几棵小树后面是其他房屋的三维投影，隔得越远，房屋越小，直到消失在惟妙惟肖的青山深处。后院中也没有人，空荡冷清。他关上门往回走。

这时候，他突然听到厨房里传来笑声。

这是一个女人的笑声，伴随着勺子和餐盘碰撞的叮叮声。一同传来的还有食物的香气。即便博学如他，也花了一点儿时间才分辨出来，那是火腿和咖啡的香味，还有现烤蛋糕。有人在吃早餐，二十世纪式的早餐。

他从走廊返回，经过了一个男人的卧室。卧室里到处是乱扔的衣服和鞋子。然后他来到厨房门口。

一个三十来岁的漂亮女人和两个十多岁的小男孩，围坐在一张由铬合金和塑料制成的早餐桌前。他们已经吃完了早饭。两个男孩百无聊赖，坐立不安。阳光透过窗户，照在水池上。电子钟显示的时间是早上八点半。角落里的收音机正兴高采烈地聊个不停。一大罐黑咖啡放在桌子中央，周围环绕着空盘子、牛奶杯和银器。

那女人穿一件白衬衫,搭配花呢格子裙。两个男孩都穿着洗得发白的蓝色牛仔裤、运动衫和网球鞋。这几个人都没注意到他。米勒愣在了门口,耳边不断传来他们的谈笑声。

"这事儿你们要请示爸爸才行。"女人装出一副严肃的表情,"等他回来再说吧。"

"他已经同意了。"其中一个男孩抗议说。

"那么,就再问一次好了。"

"可他每天早上脾气都很坏。"

"今天不会。他昨晚没犯干草热①,睡得很好。大夫给他新的抗敏药物很有效。"她扫了一眼钟,"去看看他为什么这么慢,唐。他上班要迟到了。"

"他刚才在找报纸。"其中一个男孩向后一推椅子,站起来,"报纸又没被扔到门廊上,掉进花圃里了。"他转身走向房门,正好和米勒打了照面。他脑子里突然闪过一个念头,觉得这男孩看起来好面熟,太熟了——就像他认识的某个人,只不过更年轻。那孩子突然停住了。他心里一紧,不知该怎么解释。

"呀,"男孩说,"你吓我一跳。"

那女人迅速抬头扫了米勒一眼,"你站在外面干什么,乔治?"她问,"回来喝完你的咖啡吧。"

米勒慢慢走进厨房。那女人正在喝她剩下的咖啡。两个男孩都站了起来,向他身边靠拢。

_____
① 季节性过敏鼻炎。

"你不是答应过我，这周末可以跟同学们到俄罗斯河边野营吗？"唐问，"你还说，我可以从体育馆借一个睡袋。我的那个被你捐给了救世军①，因为你对里面的木棉过敏。"

"好。"米勒含糊地低声说。这个男孩的名字叫唐，他的兄弟叫特德。但他怎么会知道这些？餐桌边的女人站起来，收拾脏盘子，把它们放进洗碗池。"他们说你已经答应过了。"她回头说。盘子被放进洗碗池时，叮当作响。她开始向上面撒皂粉。"不过你还记得他们想开汽车那回吗？他们说已经得到了你的许可，言之凿凿得让你都相信了，然而事实上你并没有答应过。"

米勒坐在桌前，有些恍惚。他漫无目的地摆弄了一会儿烟斗，然后把它放在铜烟灰缸里，他又检查了一下袖管。发生了什么？他觉得头好晕。他突然站起来，快步走向窗前，走到洗碗池旁边。

房舍、街道、市镇外的远山，还有人们的形象和声音。三维投影幕布的效果逼真到惊人。或者，这真的是三维投影吗？他怎么才能分辨？到底发生了什么？

"乔治，你怎么了？"玛乔丽一边问，一边将一件粉色塑料围裙系在腰间，然后开始向洗碗池里放热水，"你应该把车开出来去上班了。你昨晚上不还说吗，戴维森那老头儿已经在大声抱怨了，说有些员工上班老是迟到，工作时间站在饮水机旁谈笑风生。"

---

①救世军是一个于1865年成立，以军队形式作为其架构和行政方针，并以基督教作为信仰基本的国际性宗教及慈善公益组织，以街头布道和慈善活动、社会服务著称。

戴维森,这名字一下子让米勒清醒了,他当然记得这个人。一幅清晰的画面浮现在他的脑海:一个高个子、白头发的老男人,干瘦、古板,爱穿马甲,用怀表。随后他想起的是联合供电公司的整个办公室,十二层办公楼,就在旧金山市中心。公司大堂放着报纸和雪茄架。然后是鸣笛的汽车、拥堵的停车场。电梯里满是有着明亮双眸的女秘书,穿着紧身毛衣,带着迷人的香水味。

他慢悠悠地走出厨房,穿过走廊,途经自己和妻子的卧室,进入客厅。前门开着,他跨出门,来到门廊。

这里的空气清新凉爽,这是一个晴朗的四月的清晨,草地还是湿的。许多汽车正沿着弗吉尼亚大街驶向沙特克大道。大清早,通勤的车辆络绎不绝,职员们都赶着去上班。街对面,厄尔·凯利正沿人行道快步走向公交站,一边走一边兴高采烈地挥动着《奥克兰论坛报》。

米勒可以看见远处的海湾大桥、耶尔瓦布埃纳岛和金银岛,再远就是旧金山市区了。再过几分钟,他就将驾驶自己的别克车飞驰过大桥,汇入其他成千上万的身着蓝色隐格布西装的职员之中。

特德从他身边挤过去,站在门廊里,"那就是可以喽? 你同意让我们去野营?"

米勒舔舔干涩的嘴唇,"特德,听我说。我觉得有点儿奇怪。"

"什么奇怪呀?"

"我说不清。"米勒紧张地在门廊里徘徊,"今天是周五,对吗?"

"是啊。"

"我也觉得应该是周五。"但他怎么知道今天周五？他怎么会知道所有这些事情？但今天又理所当然的是周五。艰难漫长的一周即将过去——老戴维森一直紧盯着他。周三尤为难熬，那天发生了罢工，导致通用电气的订单骤降。

"我问你点事儿，"米勒对他儿子说，"今天早上——我离开厨房去取报纸了。"

特德点头，"是啊。那又怎样？"

"我当时站起来，离开了房间。**我离开了多久？**时间不长，对吗？"他艰难地组织语言，但脑子里却还是一片混乱，"我跟你们一起坐在早餐桌前，然后站起来，到外面去找报纸，对吗？然后我就回来了。是不是？"他焦躁起来，声音越来越响，"我今天早上起床，刮胡子，穿衣服。我还吃了早餐，现烤蛋糕和咖啡，还有火腿。**对吗？**"

"对呀。"特德同意，"怎么了？"

"就跟平常一样。"

"我们只有周五早餐吃现烤蛋糕。"

米勒缓缓点头，"对。周五吃现烤蛋糕。因为周六和周日早上，你的弗兰克舅舅跟我们一起吃早饭，但他不喜欢现烤蛋糕，所以我们周末早上就不再吃了。弗兰克是玛乔丽的哥哥，一战时他在海军服役，是一名下士。"

"拜拜。"特德说。唐从屋里出来跟他会合了，"晚上见。"

两个小男孩抱着课本，悠闲地朝位于伯克利中心区的现代化高中走去。

米勒回到房子里,下意识地在衣柜里翻找他的公文包。它在哪里? 该死的,需要的时候总也找不到。那里面有记录了斯罗克莫顿县①的全部账户的文件。戴维森要知道他把这玩意儿搞丢了,一定会鬼吼鬼叫的,就像上次在真蓝咖啡馆,大家庆祝扬基队获得系列赛胜利时一样。那鬼东西到底在哪儿?

他缓缓直起身,回想起来了。显然,他把包放在工作台旁边了。取出研究资料磁带卷后,他把包扔在了那里。那时他还在历史研究所,弗莱明还在跟他喋喋不休。

他到厨房去找妻子。"那个,"他尴尬地说,"玛乔丽,我今天早上可能不会去上班了。"

玛乔丽转过身,担心地看着他,"乔治,出什么事了吗?"

"我就是——完全混乱了。"

"又过敏了吗?"

"不,是脑子的问题。上次本特利夫人家的小孩失常的时候,家庭教师协会推荐的那位心理医生叫什么名字来着?"他在混乱的记忆中寻找着,"格伦伯格,应该是的。地址是医学-牙医大楼。"他走向门口,"我会顺道去看看。有点儿不对劲——很不对劲。我不知道到底是怎么回事。"

亚当·格伦伯格是个大块头的胖男人,快要五十岁了,一头棕色鬈发,戴角质边框眼镜。米勒说完之后,格伦伯格清了清喉咙,掸了

---

① 美国得克萨斯州中北部的一个县。

掸布克兄弟牌西装的袖子，若有所思地问："找报纸的时候有发生过什么事吗？任何意外的事情？你最好仔细回想一下那一小段时间。你从餐桌旁边站起来，出门，来到门廊，然后开始在灌木丛里找报纸。然后呢？"

米勒恍惚地揉了下额头，"我不知道，一切全乱了，我不记得找报纸的事。回到房间之后，我的记忆才变得清晰起来。在那之前，我只记得历史研究所，还有跟弗莱明的争吵。"

"你的公文包又是怎么回事？重新回忆一下那个部分。"

"弗莱明说，它的样子就像一只被踩扁的侏罗纪四脚蜥。然后我说——"

"不。我指的是，你在衣柜里到处找，却没有找到它的那个部分。"

"我在衣柜里找过它，当然没有找到。因为它在历史研究所，在我的工作台旁边。工作台在二十世纪的楼层，靠近我的展区。"米勒脸上现出一种古怪的表情，"上帝啊，格伦伯格。你想过没有，这一切可能只是一次**展览**？你，和其他所有人——也许你们都不是真的，都只是展品而已。"

"这对我们来说，并不是什么令人愉快的事，是吧？"格伦伯格带着难以察觉的笑容说。

"只要不被惊醒，睡梦中的人总觉得自己挺安稳的。"米勒反驳说。

"也就是说，我只是你梦到的人物。"格伦伯格大度地笑着说，

"我还应该感谢你哩。"

"我来这儿,并不是因为特别喜欢你,而是因为我忍受不了一直想着弗莱明和历史研究所。"

格伦伯格抗议道:"这个弗莱明。在你去找报纸之前,可曾意识到他的存在?"

米勒站起身来,在豪华办公室里放着的皮椅和巨大红木办公桌间来回踱步,"我得面对这件事。我现在成了一件过去时代的展品,一件人工复制品。弗莱明说过我会落得这样的下场。"

"请坐下,米勒先生。"格伦伯格说,他的语调温和却又威严。等到米勒再次坐下,格伦伯格继续说:"我理解你说的话。你有一种笼统的感觉,周围的世界都不真实,像是舞台上的布景。"

"一场展览。"

"是的,博物馆里的一场展览。"

"在纽约历史研究所,R层,二十世纪楼层。"

"除了这种——模糊的不真实感之外,你还对这个世界以外的人物和地点有明确的记忆。你记得另外一个区域,我们的世界被包含在其中。也许我应该这么说,在那个'真实世界'里,我们这儿只是个影子世界。"

"对我来说,这个世界并不像幻影。"米勒用力敲打皮革椅背,"这个世界完全真实。这就是不对劲的地方。我进到这里,只是为了探查一个奇怪的声音,现在却回不去了。上帝啊,我的余生都只能在这个复制品世界里度过了吗?"

"我想你应该知道，有很多人都有过你现在的感觉，尤其是在面对巨大压力的时候。顺便问一下，那报纸在哪儿？你找到它了吗？"

"对我来说——"

"那是不是你烦躁情绪的源头？我注意到，一提到报纸，你就会情绪激动。"

米勒疲惫地摇头，"算了，不说了。"

"的确，这是小事。报童不小心把报纸丢进了灌木丛，没丢到门廊处，这让你很生气。它一遍又一遍地发生，而且是一大早，在你出门上班之前。这件小事似乎象征了你在工作场合承受的一系列挫折和失败，甚至象征了你的整个生活。"

"我才不会在乎什么破报纸。"米勒看看腕表，"我该走了——已经快到中午了。戴维森老头一定会暴跳如雷的，要是我出现在办公室的时间晚于——"他突然住了口，"又来了。"

"什么？"

"所有这一切！"米勒不耐烦地指指窗外，"这一整个地方，这该死的世界，这场**展览**。"

"我有个想法。"格伦伯格医生缓缓说道，"我就直说了，要是不合适，你尽管反驳。"他抬起那双犀利、专业的眼睛，"看到过小孩玩火箭飞船吗？"

"上帝啊，"米勒气呼呼地说，"我连在地球和木星之间运输货物的商业货运火箭都见过好不好？它们就在拉瓜迪亚太空港起降。"

格伦伯格微微地笑了一下，"那继续回答我的下个问题，你工作压力大吗?"

"你什么意思啊?"

"那种感觉或许很好。"格伦伯格坦率地说,"活在一个未来世界,有机器人和火箭承担一切工作。你本人只要安享清福就够了。无须焦虑,没有忧愁,也不会有挫败感。"

"历史研究所的工作足够让人烦心和沮丧了。"米勒突地站起来,"听着,格伦伯格。要么这个世界只是历史研究所R层的一场展览,要么我就是个幻想着逃离现实的中产阶级职员。现在我还无法判断哪一个才是事实。我一会儿以为眼前的一切才是真实的,过一会儿又会——"

"我们很容易判断的。"格伦伯格说。

"怎么做?"

"你当时在找报纸。沿着房前的小路,一直走到草坪。**那件事具体是在哪里发生的?** 是在小路上? 还是门廊上? 试着回想下。"

"我不用费力回想就能知道,当时我在人行道上。我关掉了安全屏障,跨过了栏杆。"

"那就找到人行道,找准确切的位置,回到原地。"

"为什么?"

"这样你就可以证明给自己看了,并没有所谓的'另一边'。"

米勒缓缓地深吸一口气,"那要是有呢?"

"不可能。你自己都说了:两个世界,仅有一个是真实存在的。这个世界是真实的——"格伦伯格重重地拍了下他的红木办公桌,

"因此，另一边不会有任何东西。"

"也是。"米勒沉默了一会儿。突然，一副古怪的表情浮现在他脸上，然后凝固住了，"你找到了漏洞所在。"

"什么漏洞?"格伦伯格困惑了，"什么——"

米勒向办公室的门走去，"我开始明白了，我提出的问题本身就错了。我不该一直试图甄别哪个世界是真实的。"他回头朝着格伦伯格医生苦笑，"显然，两个世界都是真实的。"

他拦下一辆出租车，回到家中。家里没有人。男孩们在学校，玛乔丽去城里买东西去了。他在房子里等待时机，确认没有人能看到街上的情况后，才沿着门前的小路走上人行道。

他没花多大工夫就找到了那个地点。在停车场的边缘，有一处空隙，那儿的空气中泛着微弱的光芒。透过空气，他能看到模糊的形状。

他是对的。就是这儿——完整、真实，就像他脚下的人行道一样真实。

微光中能看一条被切断的长金属杆，露出了呈圆环形的边缘。他认出这是他为了进入展区而跳过的护栏，护栏后面就是安全屏障了，但安全屏障仍然是关闭的。再往外，就是本楼层的其他区域，尽头是历史研究所的墙壁。

他小心翼翼地迈步进入那片发光区。他身边的空气像雾一样是半透明的，闪烁着微光。模糊的形状变得清晰。有个身着暗蓝长袍的人影正在移动，还有些好奇的人正研究着展品。走动的人渐渐消失在了视野中。他已经可以看见自己的办公桌了,他的磁带播放器,还有成堆的研究资料卷。桌旁就是他的公文包,所在的位置跟他记得的一样。

他正想跨过围栏去取公文包时,弗莱明出现了。

当弗莱明走近时,米勒本能地从两个世界的连接处退了回去,或许是因为他看到了弗莱明脸上的表情。不管是因为什么,米勒已经回到了展区的世界,稳稳地踩在水泥路面上。弗莱明停在了连接处的另一侧,涨红了脸,嘴唇因为愤怒而扭曲。

"米勒,"他大声地说,"你给我出来!"

米勒笑着回答说:"行行好,弗莱明。麻烦把我的公文包丢给我,就是我桌旁那个奇怪的东西。我给你看过的——记得吗?"

"别再耍花样,老实听我说!"弗莱明恶狠狠地说,"你麻烦大了。**卡纳普已经知道了。**我必须得向他报告。"

"干得漂亮,真是官家忠诚的走狗。"

米勒低头点燃他的烟斗。他深吸一口烟,吐出一大团灰色的烟雾。烟雾飘过连接处,飘进R层,呛得弗莱明一边咳嗽,一边后退。

"那是什么鬼东西?"他质问。

"烟草,他们这边的东西。这玩意儿在二十世纪很常见。你不会了解这些的——你研究的时代是公元前二世纪,古希腊时代。我不知道你是否喜欢那个时代。他们那时候没有完善的管道铺设技术,人的平均寿命也很短。"

"你在扯些什么?"

287

"相比之下，在**我**研究的这个时代，平均寿命就长得多了。而且，你真应该来看看我们这里的浴室，贴着黄瓷砖，还有淋浴。历史研究所的休闲中心可没有这些。"

弗莱明气哼哼地嘟囔说："也就是说，你打算留在那边？"

"这地儿挺好。"米勒轻松自在地回答，"当然，我在这里属于社会中上层。我跟你讲讲这边的生活吧：我有个漂亮的妻子——在这个时代，婚姻是合法的，甚至是神圣的。我有两个不错的孩子，都是男孩，他们这周末要去俄罗斯河边野营。他们跟我和妻子生活在一起，我们有他们的完全监护权。国家无权干涉他们的成长。我还有一辆崭新的别克——"

"幻象！"弗莱明怒斥，"都是心理妄想。"

"你确定？"

"你这该死的白痴！我一直都知道，你这人过于自我，根本没有面对现实的勇气。你和你的复古怪癖都见鬼去吧。有时候，我为自己的理论专家身份感到羞耻，后悔自己当初没有选择工程部门。"弗莱明的嘴唇在颤抖，"你知道吗？你疯了。你站在一片属于历史研究所的人造展品中。这些都是由塑料、电线和各种架子搭成的，只是过往时代的复制品、模仿品。你却宁愿待在那里，而不肯面对现实。"

"真奇怪。"米勒若有所思地说，"我觉得自己刚听过同样一番说教。你应该不认识那位格伦伯格医生吧？他是位著名的心理学家。"

　　卡纳普总监带着他的那群助理和专家赶到现场,对他来说,这已经算是轻装简从了。弗莱明迅速退开。米勒发现自己见到了二十二世纪最有权势的人物之一。他笑笑,伸出一只手。

　　"你这个疯狂的混蛋!"卡纳普怒吼道,"自己给我滚出来,要么我们就把你拖出来。要是到了那一步,你就彻底完蛋了。你知道他们会对重度精神病患者做什么,他们会强制给你执行安乐死的。我给你最后一次机会,从那个虚假的展区——"

　　"抱歉。"米勒说,"但这里不是展区。"

　　卡纳普严肃的脸上突然显出惊讶的神色。有一会儿,他强大的气场消失了,"你是想说——"

　　"这是扇时间之门。"米勒小声说,"你没办法拖我出去,卡纳普。你根本碰不到我。我身在过去的时代,在两百年前。我回到了曾经存在过的时间点。我发现了一座桥梁,借由它逃离了呈线性的时间系统。你奈何不了我的。"

　　卡纳普和他的专家们凑到一起,迅速开了个技术研讨会。米勒耐心地等待着,他有足够的时间,他已经决定了,下周一再去上班。

　　过了一会儿,卡纳普再次来到连接处前,小心翼翼地远离安全护栏,"你的理论很有趣,米勒。这正是精神病人的特异之处,他们会给自己的幻象合乎逻辑的阐释。**先验合理性**,你的概念看似可靠,内在逻辑一致。只不过——"

　　"只不过什么?"

　　"只可惜并不是真实的。"卡纳普重拾了信心,现在的他好像很享受这次谈话，"你以为自己真的回到了过去。是的，这个展区极为逼真。你的工作一直都做得不错，你的展区在细节的真实性上无与伦比。"

"我一直努力做好自己的工作。"米勒嘟囔道。

"你穿样式复古的衣服，说话方式也像个古代人。你尽一切努力让自己回到过去，沉浸在自己的研究当中。"卡纳普用手指轻敲护栏，"这样太可惜了，米勒。要是毁掉如此逼真的展品，真的是非常可惜。"

"我明白你的意思了。"米勒过了一会儿说，"我当然也觉得相当可惜。我一直为自己的工作成果感到骄傲——不愿意看到它被拆除。而且这样做，对你们没有任何益处，无非是关闭了一条时间隧道而已。"

"你确定？"

"当然。这个展区只是一座桥梁，是连接过去的一条纽带。我的确是**通过**展区回到了过去，但现在我已经不在展区中了。"他畅快地笑了，"拆除展区也抓不到我，只会把我困在过去。你要是想做，就动手吧。我并不想回去。我真希望你能看看这边的世界，卡纳普。这真是个不错的地方，自由、充满机遇，政府的权力有限，还必须对人民负责。如果你不喜欢自己的工作，可以辞职。这里也没有强制安乐死。过来看看呗，我介绍我的妻子给你认识。"

"我们会抓到你的。"卡纳普说，"毁掉你幻想中的一切。"

"我觉得，我'幻想'中的人物大概不会为此忧心的，格伦伯格肯定不会,玛乔丽应该也不会——"

"我们已经在做拆除准备了。"卡纳普平静地说,"我们会慢慢来的,不求一蹴而就。这样,你就有机会欣赏到我们是如何科学地毁掉你的幻想世界的,顺便领略一下末日之**美**。"

"你们在浪费时间。"米勒说。他转身离开,沿水泥路踏上砾石路,然后来到小屋门廊。

到了客厅,他一下子倒在安乐椅上,打开电视。接着去了趟厨房,拿来一罐冰啤酒。他乐呵呵地回到安全又舒适的客厅中。

他坐在电视机前,发现低矮的咖啡桌上有件东西,卷作一团。

他苦笑起来,这不就是他找了半天的晨报吗? 玛乔丽把它跟牛奶一起拿进来了,就像平常一样,但显然,她忘记告诉他了。他满足地打了个哈欠,伸手拿起报纸。他安然自若地打开报纸,读到了加粗的报头:

俄罗斯研制出钴弹①

全球末日近在眼前

---

① 只存在于设想中的核武器。钴-60衰变产生的射线会破坏生物DNA,地球生物会在短时间之内全部灭亡。

爬行者

　　它建造，建得越多，就越享受建造的过程。炙热的阳光照耀，夏日的微风轻拂，它快乐地辛勤工作着。当材料用完时，它会停下一会儿，休整片刻。它的巢穴不大，像是练习用的模型，而不是真正的建筑。它脑子里的一部分会向它指出这一事实，而另一部分则还是感到兴奋和骄傲。巢穴至少大到足够让它进入其中。它沿着入口的隧道爬进去，满足地蜷成一小团。

　　透过房顶的裂隙，有几颗灰土像雨点一样落下。它分泌出黏液，用以加固有裂隙的地方。它的巢穴里空气清新凉爽，几乎没有浮尘。它最后一次爬过内层墙面，涂抹上分泌出的速干黏液。还需要做些什么？它开始感觉昏昏欲睡，可能过不了一会儿就会睡着了。

　　它考虑了一下，然后将一部分身体探出了仍旧敞开的入口。身体的那个部分警觉地看着、听着，其他部分却满足地沉沉睡去。它内心宁静满足，知道从远处看来，这里只是个深色的土堆而已。没有人会注意到它：没有人能猜到，地面以下隐藏着什么。

而万一有人发现，它也早已有了应对之策。

伴着一声刺耳的刹车声，农夫刹住了他那辆老旧的福特牌卡车。他咒骂着后退了几码，"那边有一个，跳下车去看看它吧。小心汽车——这里人开车很快的。"

欧内斯特·格雷特里推开车门，小心翼翼地踏上正午前就被晒得滚烫的柏油路面。空气里弥漫着阳光和干草的味道，昆虫在身边嗡嗡飞舞。他沿着公路谨慎地前行，两手塞在裤兜里，细瘦的身体向前倾着。他停下来，俯视地面。

那东西已经被完全轧扁。体表有车轮痕迹，内脏已经破裂，飞溅出体外。这个东西的形状很像是蜗牛，身体一端是胶质长管，布满感应器官，另一端是乱七八糟的扩张的原生质。

最让他难受的是那张脸。一时之间，他都不敢直视，他不得不打量路面、远山、高大的雪松树林或任何其他的东西。那双死去的小眼睛里藏着某种东西，一份迅速消逝的光彩，它们不是鱼类那种呆滞的双眼，愚蠢又空洞。虽然在卡车冲过去把它轧扁前，他只瞥见了一眼，但刚看见过的生命的光彩让他无法释怀。

"隔三岔五的，总有爬行者从这条路上穿过。"农夫平静地说。

"有时候，它们甚至会跑到镇子里。我第一次看到的那只，就是在格兰特大街中间,它一小时大约能走五十码的样子。它们爬行得很慢。有些十几岁的毛孩子喜欢追着它们跑。我嘛,只要看到,就会尽量躲开。"

格雷特里无聊地踢了一下那东西。他隐约有点儿好奇,不知道周围的灌木丛和山野里还有多少此类生物。他能看到远离公路的农舍——田纳西艳阳下的白色小方块,马匹和其他昏昏欲睡的牲畜,肮脏的鸡群在刨食,平静而闲适的农村沐浴在夏末的阳光里。

"本地区的辐射实验室在哪里?"他问。

农夫遥指了一下,"那边,那些小山后面。你是打算收集它们的尸体吗?标准石油公司加油站那边的大油罐里还有一只,当然是死的。他们给那罐子加满了煤油,以免尸体腐烂。跟这只相比,那只保存得很好。乔·杰克逊用一根宽四寸、厚二尺的木条砸烂了它的脑袋。那是某个深夜,他发现那东西在他的私人产业上爬过。"

格雷特里颤颤巍巍地回到卡车上。他觉得胃里翻腾不息,不得不做了几次深呼吸,"我没想到它们有这么多。华盛顿方面派我来的时候,只说这里有过几次目击事件而已。"

"一直都挺多的。"农夫开动卡车,小心地绕过路面的残骸,"我们试图适应它们的存在,但做不到。这不是什么好东西。好多人都在搬家了。你能感觉到空气里的气氛不对,十分压抑。这是个难题,我们不得不面对它。"他加速,粗糙的双手紧握着方向盘,"看起来,**它们**这样的怪物不断出生,而我们的新生儿却几乎已经没有了。"

回到镇上,破旧的酒店大堂中有个电话亭,格雷特里在那儿给弗里曼打了个长途电话,"我们必须做点儿什么。它们在这里到处都是。我下午三点要去看它们的野外巢穴。那个经营出租车招呼站的家伙知道地点,他说,那一窝一定有十一二只。"

"当地居民有何感受?"

"你能指望他们怎么想? 他们觉得这是天谴。也许他们是对的。"

"我们本应该早些让他们搬走,把方圆几英里内的居民区清空,那样就不会有这种问题了。"弗里曼停顿了一下,"你有什么建议?"

"我们为了做氢弹实验接手的那座小岛。"

"那岛可他妈大了。我们之前迁走了岛上所有的原住民,将他们安置到了别处。"弗里曼哽住了,"上帝啊,那边的怪物有**那么多**吗?"

"惊魂未定的居民当然会夸大其词。但以我的印象判断,这里至少有上百只。"

弗里曼沉默了好长时间。"我之前没想到。"他终于说,"我得提交文件让决策部门审批。我们本来打算继续在那座岛上做实验的。不过,我明白你的意思了。"

"我会期待你的成果的。"格雷特里说,"这事儿很棘手。我们不能让这玩意儿存在,人们无法在这些怪物周围生活。你应该到这里来一趟,亲自看一看。让人过目不忘。"

"我会——尽我所能,我会跟戈登谈谈。明天再给我打个电话。"

格雷特里挂了机,走出单调又肮脏的酒店大堂,来到烈日下的人行道上。路边的小店店面昏暗破败,小汽车随处停放。几位老人弯腰驼背,坐在台阶上或者软塌塌的藤椅上。他点燃一支香烟,看看手表,手有些颤抖。时间已经接近三点。他缓缓走向出租车停靠站。

整个小镇死气沉沉,没有任何东西能搅动沉闷。看到的只有椅子里一动不动的老头儿们,还有飞速驶过公路的外来车辆。灰尘和静默笼罩着一切。时光像是灰白的蜘蛛网,罩在所有的房舍和商店上。没有笑声,没有任何声响。

没有小孩在玩游戏。

一辆肮脏的蓝色出租车无声地停靠在了他身边。"好了,先生。"司机是个贼眉鼠眼、三十多岁的男人,乱糟糟的牙齿缝里叼着一根牙签。他用脚踢开变形的车门,"我们走吧。"

"那里有多远?"格雷特里上车的时候问。

"就在城外。"出租车开始加速,轰鸣着向前飞驰,一路上起伏颠簸,"你是联邦调查局的?"

"不是。"

"看你的西装和帽子,我还以为你是。"司机好奇地打量他,"你是怎么听说了爬行者的事呢?"

"辐射实验室报告的。"

"是啊，就是因为他们那边的辐射源。"司机驾车离开公路，拐到一条土路上，"那地方在希金斯家的农场里。那些疯狂的怪东西选了希金斯老太太家的地底来建造它们的房子。"

"房子？"

"它们建成了某种城市样子的东西，就在地底。你会看到的——至少能看到入口。它们十分忙碌，互相合作，共同建造房子。"出租车驶离了土路，从两棵巨大的杉树间穿过，越过一片坑坑洼洼的农田，最终在一条乱石密布的沟渠边停下。"就是这里了。"

在这里，格雷特里头一回看到了活体。

他笨拙地爬下出租车，两腿麻木到不听使唤。在树林和空地中央的隧道入口之间，那些东西在缓缓移动。它们在收集建筑材料，黏土和野草之类的东西。然后用某种黏液把它们混合起来，揉制成简单的块状，再小心翼翼地搬入地下。这些爬行者身长两到三英尺，年长的肤色更黑，体重更大。它们的行动速度都慢得让人痛苦，像是阳光下默默涌流的一带黑水。它们体表柔软，没有外壳，看上去无害。

他再次被这些生物的脸所吸引。它们的面孔似乎是人类面孔的拙劣仿制品，就像是皱缩成一团的婴儿脸，如纽扣般的微小双眼，嘴巴是一条窄缝，耳朵微微扭曲，还有几缕湿漉漉的细软毛发。本来该长胳膊的位置是细长的伪肢，可以伸长和收缩，像软面团一样。爬行者的身体柔韧到不可思议，它们可以伸展身体，可以在触角碰到障碍时让身体弯折。它们对两名人类毫不在意，甚至看起来像是不曾发觉他们的存在。

"它们有多危险?"格雷特里终于开口问道。

"嗯,它们有某种刺针。据我所知,它们蜇伤过一条狗,蜇得很重,那条狗全身肿胀、舌头变黑,然后出现了痉挛和僵硬的症状,最后死掉了。"司机接着略带些歉意地说,"那狗儿到处乱嗅,打断了它们的建造工作。它们总是一刻不停地忙碌着。"

"它们大部分都在这儿了吗?"

"我猜是的。它们像是都集中到了这里,我看到它们向这边爬行了。"司机比画着说,"它们都在不同的地方出生。在辐射实验室周边,每个农舍都生出了一两个。"

"希金斯太太的农舍在哪儿?"格雷特里问。

"那边。树林后面,看到了吗? 你是想——"

"我一会儿就回来。"格雷特里说,忽然迈开了步子,"在这儿等我。"

格雷特里走近时,老太太正在浇灌门廊周围生长的深红色天竺葵。她快速看了一眼来人,衰老且满是皱纹的脸上写满了警觉和猜疑,喷壶在她手上像是某种钝器。

"下午好。"格雷特里说。他脱帽致意,向她出示了自己的证件,"我在调查这些——爬行者。它们就在您的农田边缘。"

"为什么?"她的嗓音空洞、干涩、冷淡,跟她衰老的面孔和身躯一个样。

"我们在努力寻找解决方案。"格雷特里觉得浑身不自在，犹疑地开口，"有人建议，我们最好把它们运走，安置到墨西哥湾的一座小岛上。它们不属于这里。这影响了周围居民的正常生活，不应该这样的。"他尴尬地住了口。

"的确，不应该这样的。"

"而且，我们也已经开始让所有人迁离辐射实验室周边。我猜，我们很早以前就应该这样做了。"

老妇人两眼冒光，"你们的人和你们的机器，看看你们都干了些什么！"她激动地用骨瘦如柴的手指指着他，"你们必须搞定这情况，你们必须做点儿什么。"

"我们将会尽快把它们迁到一座小岛上。但还有一个问题，我们必须确保那些父母没有反对意见。父母们有对它们的监护权。我们不能直接就——"他无奈地停了一下，"他们会怎么想呢？会不会允许我们把他们的——孩子装进卡车，运到别处去呢？"

希金斯太太转身朝房子走去。格雷特里惴惴不安地跟着她，穿过幽暗的、积满灰尘的房间。弥漫着霉臭味的房子里，到处堆放着破油灯、褪色的装饰画、旧沙发和旧桌子。她带他穿过一间大厨房——里面有巨大的铁制的坛坛罐罐，然后又走下一段木楼梯，来到一扇漆着白漆的门前。她急促地敲门。

门的另一侧传来一阵忙乱的声音，有人的耳语声，还有慌慌搬动东西的声音。

"开门。"希金斯太太命令道。一段焦灼的等待后，门缓缓打开了。希金斯太太把门推开，招呼格雷特里跟着她进去。

房间里站着一男一女两个年轻人。看到格雷特里进来，两人都向后退去。女人怀里抱着一个长长的纸箱，那是男人突然交到她手里的。

"你是谁?"那男人质问道。他突然又把纸箱抢回手中。他妻子的小手已经不堪重负，开始发抖。

格雷特里看到的，就是其中一对不幸的父母。那年轻女人不会超过十九岁，有一头棕色的头发，苗条、瘦小、胸部丰满，穿着一件廉价绿裙，黑眼睛中流露出了惊恐的神情。那男人颇为帅气，高大强壮，皮肤黝黑，胳膊粗壮，有力的双手紧抱着纸箱。

格雷特里忍不住看向那纸箱子，箱顶打了一些洞。纸箱在男人手里微微颤动，这轻微的震颤又令纸箱来回摇晃。

"这个人，"希金斯太太对那名丈夫说，"是来把它带走的。"

那对夫妻静静地接受了这个消息。丈夫什么也没做，只是把箱子抱得更紧了一些。

"他会把它们全部都送到一个小岛上。"希金斯太太说，"全都安排好了。没有人会伤害它们，它们会安全地活着，做任何它们想做的事。不管是建造还是爬行，只不过没有人不得不看到它们。"

年轻女人点点头，眼神空洞。

"把它交给这个人。"希金斯太太不耐烦地下令，"把箱子交给他，一了百了。"

过了一会儿，那丈夫走到一张桌子前面，把箱子放下。"你了解它们吗?"他问,"知道它们吃什么吗?"

"我们——"格雷特里无措地开口。

"它们吃各种叶子,而且只吃叶子和草。我们一直都给它收集最嫩的叶子。"

"它还只有一个月大。"年轻女人干涩地说,"它一直都想出去,跟其他同类在一起,但我们把它留在了这里,我们不想让它去那边。现在不行,以后或许可以,至少我们是这样想的。我们不知道该怎么办,什么都不能确定。"她大大的黑眼睛眨了眨,无声地乞求着,然后又失去了神采,"这种事,很难想通。"

那位丈夫解开粗大的棕色绳索,打开纸箱盖子,"喏,你可以看看它。"

这是格雷特里见过的最小的一只。苍白、柔弱,身长还不到一英尺。它爬到了箱子一角,蜷缩在乱糟糟的嚼碎的树叶和某种蜡质物质中间。在它的身周,有一种用来遮盖身体的透明物质,看上去有些蠢,它就在那东西后面沉睡。它没发现周围的人,他们根本就不在它的注意力范围之内。格雷特里感到,自己心里有一种无助的恐惧感在升腾。他退开去,年轻人重新掩住了箱盖。

"我们早知道它是什么。"他哑着嗓子说,"它一出生,马上就知道了。最早一批出现的时候,我们在公路那端见过一只。鲍勃·道格拉斯让我们过去看它,它是他和朱莉生出来的。那时候,它们还没有集中到我家农场,在那条沟渠里聚集。"

"告诉他当时发生了什么。"希金斯太太说。

"道格拉斯用一块石头砸碎了它的脑袋,然后浇上汽油把它烧了个干净。上周,他和朱莉收拾行装,搬走了。"

"它们中有多少个被杀?"格雷特里勉强开口问道。

"应该不少。好多男人看到这种东西,精神就崩溃了。你也怪不得他们。"那男子的黑眼睛绝望地回避着人,"我猜,我当时也险些就这样做了。"

"也许我们当时就该那样做。"他的妻子喃喃地说,"也许我当时不该阻止你。"

格雷特里抱起纸箱,向门口走去,"我们会尽快完成这件事,卡车已经在路上了。一天之内,这事儿就该结束了。"

"感谢上帝。"希金斯太太短促且不带丝毫感情地说。她打开门,格雷特里带着纸箱,穿过幽暗、霉味弥漫的房子,走下房子前塌陷的台阶,走进午后炽热的阳光中。希金斯太太停在红色天竺葵花圃旁边,拿起喷壶,"你要带走它们,就全部带走,一个也不要留。明白吗?"

"好的。"格雷特里嘟囔着答应。

"留些你们的人和卡车在这里,继续监视。不要让任何这样的怪物留下,让我们不得不看到它们。"

"只要等到我们把人们从辐射实验室周边迁走,就再也不会有更多——"

他还没说完,希金斯太太就已经转过头,去浇她的天竺葵了。

蜜蜂围着她嗡嗡飞舞，花儿在热风中无精打采地摇摆着。老妇人绕着房子一路走一路弯腰浇水，过了一会儿就消失在了格雷特里的视野里，只剩下他一个人抱着纸箱。

他感到尴尬、羞耻，然后搬着纸箱缓缓走下山坡，穿过农田，来到沟渠边。司机站在出租车旁边，抽着烟，耐心地等他回来。那群爬行者还在继续建造它们的城市，大街小巷已经初见规模。在有些隧道入口，他注意到有复杂的划痕，或许是文字。还有些爬行者聚集在一起，建造某些他辨识不出的复杂造物。

"我们走吧。"他疲惫地告诉司机。

司机奸笑着打开后门，"我一直都开着计价器。"他鼠脸上一副自鸣得意的表情，"你们这些人都有假报账目的办法——你们才不在乎这点儿小钱。"

它建造，建得越多，就越享受建造的过程。目前，这城市已经超过八十英里深，直径也达到了五英里。整个小岛被变成了一座巨大的城市，并且每天都在密如蜂窝的构造中添加更多窟室和通道。最终，它会到达海洋彼岸的大陆。然后，真正的工作就将开始。

在它右边，井然有序的一千名同伴正在默默忙碌着，建造着新的支撑结构，用来巩固主繁育室。等到这里建成，所有人都会感觉更好。母亲们刚刚开始繁育幼崽。

但这也正是现在使它烦扰的心事，甚至减损了一点儿建造的乐趣。它看到过第一批出生的新生儿，然后那新生儿就被迅速地隐藏了起来,这件事就此成为隐秘。它只瞥见了一个鼓起的头颅,短短的身体,坚硬到不可思议的肢体。它尖叫、哭号,脸憋得通红,又毫无目的地傻笑,**手舞足蹈**。

恐惧中,终于有人拿石头砸死了这个返祖的怪胎,并祈祷再也不要生出这样的后代。

行销有道

　　通勤飞船从四面八方呼啸而过，埃德·莫里斯在办公室煎熬一整天后，终于踏上归途，返回地球上的家。木卫三-地球航线塞满了筋疲力尽、脸色难看的上班族。木星正处在远离地球的太阳另一端，行程足有两个小时。每隔几百万英里，规模巨大的船流就会减速，甚而陷入让人苦不堪言的停滞状态。交通灯闪个不停，火星和土星来的飞船也涌入这条主要的交通动脉。

　　"上帝啊，"莫里斯嘟囔说，"人到底能累到什么程度？"他将飞船锁定到自动驾驶状态，暂时从控制台那里移开视线，点了一根他现在急需的香烟。他两手发抖，脑袋犯晕。已经过了六点，萨莉肯定生气了；晚饭又要放凉，美味不再。一切都一成不变。驾驶飞船令人精神崩溃，轰鸣的喇叭声和暴怒的司机都纷纷从他的小飞船旁掠过，留下愤怒的手势、喊叫、咒骂……

还有那些广告，这才是最要命的。从木卫三到地球的漫长路程中，他能忍受其他的一切——只有广告不能忍！而等到了地球，又会出现成群结队的销售机器人。这真的太过分了，它们简直无处不在。

为了绕过一起五十艘飞船连环相撞事故，他放慢了船速。维护飞船正在来回奔忙，将飞行线路上的残骸清理干净。警用火箭飞快地闪过，他船舱内的扬声器响起了它们的鸣笛声。莫里斯娴熟地升高飞船，从两艘船速缓慢的商业运输船中间穿过，闯入暂时空着的左船道，然后加速向前，把事故现场甩在了身后。顿时，愤怒的喇叭声纷纷响起，但他全不在乎。

"泛太阳系制造公司向您表示诚挚的敬意！"一个巨大的声音在他耳中轰响。莫里斯呻吟了一声，蜷在椅子里。他正在接近地球，广告音量还在加大。"您还在为日常生活的巨大压力感到烦恼吗？您的压力指数是否已经快要超过安全线？一个个人身份原件就能解决您的烦恼。它极度轻巧，可以佩戴于耳朵后面，接近您的前额叶——"

谢天谢地，他熬过了这通广告。随着他快速驶离广告覆盖区，广告的音量越来越小，逐渐消失在他身后。但另一则广告又在前方等待。

"司机们！每年都有成千上万的人死于星际航行。海波诺动力控制公司拥有专家级的代码源，可以确保您出行安全。倾身托付，安全无忧！"那声音越来越大，"工业专家表示——"

前两个还都是音频广告,比较容易忽略掉。但现在,一条视觉广告正在渐次成形。他皱起眉头,闭紧眼睛,但还是无能为力。

"人类!"一个充满了虚情假意的声音从他的四周传来,"您可以**永远**摆脱代谢运动导致的异味。现代科技可以无痛移除肠胃系统,替代系统可以帮您克服最为惨痛的社交障碍。"视频信号已经完全载入并锁定视神经。一个近乎全裸的女孩,金发凌乱,蓝色双眼迷离,红唇微启,头部后仰,脸上带着意乱情迷的狂喜神色。女孩渐渐向他凑近,嘴唇贴向他的嘴唇。突然之间,女孩脸上的情欲消失了,换成了恶心又反感的样子,然后图像也随之淡去。

"您可曾有过这样的经历?"那声音有如雷鸣,"在激情如火的性爱当中,您有没有因为肠胃活动排除的气体冒犯过您的爱侣,结果导致——"

他飞过了广告,声音终于停止了。他的头脑终于属于自己了。莫里斯狂踩推进器,让小飞船向前猛冲。刚才那份广告带来的视听压力是直接施加在他的脑中的,如今已经减弱到了触发点之下。他呻吟了一声,摇头摆脱掉它最后的影响。在他周围,到处是若隐若现的广告声音在回响着。它们闪烁着,喋喋不休,就像是遥远射频站发射出的信号杂音。到处都埋伏着广告,他小心翼翼地回避着,十分灵巧,就跟动物陷入绝望时的本能反应一样,但还是无法躲过所有的广告。绝望笼罩着他。一个新的视听信号轮廓已经在形成。

"你,上班谋生的男士!"这广告的吼声冲进上千名疲惫的通勤者的眼睛和耳朵里,灌进他们的鼻孔和喉咙,"受够了一成不变的旧工作？奇迹脑波有限公司完善了一套了不起的远程思维扫描仪，让你轻松获知其他人的所说所想，帮你轻松超越同事，了解老板的私人生活，让职场不确定性一去不回！"

莫里斯的绝望情绪暴增。他把推进器开到最大功率，小飞船摇摇晃晃地脱离了常规飞行道，爬升到外部禁行区。飞船的前风挡冲破保护墙时，响起一声刺耳的尖啸——然后广告声就在他身后淡去。

他减速，在痛苦和疲惫的双重压力下浑身颤抖。地球就在前方，他很快就将到家。也许晚上他能好好睡一觉。他颤巍巍地压低飞船机鼻，准备连接芝加哥公共降落场的牵引光束。

"市面上最好的代谢调整设备。"销售机器人刺耳地喊叫着，"保证维持内分泌平衡，无效全额退款。"

莫里斯疲惫地走过机器人身边，走上通往居住区的人行道，他的居所就在那里。那台机器人尾随了几步，然后放弃了他，赶着去骚扰下一个苦瓜脸的上班族去了。

"第一时间了解全部新闻资讯。"一个金属质感的声音喋喋不休地对他说，"请在你最不常用的那只眼睛里安装瞳内视屏。保持与世界同步，无须等待过时的每小时更新。"

"**滚开**！"莫里斯呵斥道。那台机器人让开去路，他跟一群弯腰驼背的男女一起穿过街道。

到处都是机器人销售员，打手势、哀求、号叫。有一台开始尾随他,他加快了脚步。它还赖在他身后,不停地念它的销售词,试图吸引他的注意,一直跟着他走上了坡,来到居所前面。它还不肯罢休,于是他弯腰捡起了一块石头,愤怒地向它投掷过去。他逃也似的进入房子,甩手重重地关上门。那台机器人犹豫了一下,然后转身快速离开,去骚扰另一个带着大包小包艰难爬坡的妇女去了。那女人想要避开机器人,但却没能如愿。

"亲爱的!"萨莉喊了一声。她快步从厨房出来,同时在塑料短裙上擦着手,明亮的双眼中显露着激动的神色,"哦,你这小可怜儿!你看起来好累的样子!"

莫里斯摘了帽子和外衣,快速地亲吻了一下妻子裸露的肩膀,"晚饭吃什么?"

萨莉把他的帽子和外衣挂进衣柜,"我们要吃天王星野生雉鸡,你最爱吃的。"

莫里斯舌底生津,感觉到一股细微的能量缓缓注入了他疲乏至极的身体,"真的吗?今天是什么好日子?"

妻子的棕色眼睛有些湿润,泛起浓浓的怜爱,"亲爱的,今天是你生日啊。你三十七岁生日,你忘记了吗?"

"可不是。"莫里斯苦笑了一下,"我确实给忘了。"他踱步进入厨房。餐桌已经摆好,咖啡在杯子里冒着热气,旁边是黄油和白面包,还有土豆泥和绿色菜豆。"我的天,好丰盛。"

萨莉按下烤炉按钮,冒着热气的雉鸡已经被细细切分完毕,装在盘子里滑上了餐桌。"去洗洗手,我们就可以开饭了。抓紧时间,免得凉了。"

莫里斯把两手伸进自动清洗孔,然后感激地坐在餐桌前。萨莉端上香喷喷的鲜嫩雏鸡,两人开始用餐。

莫里斯吃光了盘子里的食物,靠在椅背上,慢条斯理呷着咖啡,然后才开口说道:"萨莉,我不能再这样下去了,必须想想办法。"

"你是说开飞船上下班吗? 我真希望你能在火星找个差事,像鲍勃·扬那样。也许你可以跟雇佣委员会的人谈谈,解释一下你面临的种种压力——"

"不只是驾驶飞船。**它们无处不在、无孔不入**,不分昼夜地袭扰着我。"

"你指谁,亲爱的?"

"卖东西的机器人,我一停下飞船就出现了。除了机器人,还有那些视听广告。它们直接深入人的脑子里,像附骨之疽一样挥之不去,简直把人烦死了。"

"我懂。"萨莉同意地拍着他的手背,"我去买东西的时候,它们也会成群结队紧追不舍,所有机器人一起说话,真的是让人抓狂——很多时候,你甚至根本不知道它们在说什么。"

"我们必须突破重围。"

"突破重围?"萨莉很震惊,"你到底什么意思?"

"我们必须摆脱他们。它们正在毁掉我们。"

莫里斯在衣袋里摸索了半晌,小心地取出一小块金属箔。他小心翼翼地将其展开,铺展在桌面上,"看这个,办公室的同事们都在传看,传到我这里的时候,我留下了一份。"

"这是什么?"萨莉读出上面的字句时,眉头皱起,"亲爱的,我觉得你拿到的信息不完整,肯定还有更多详情资料。"

"一个全新世界。"莫里斯的语气变得温柔起来,"那里还没被这些东西控制,目前还没有。它在很遥远的地方,远在太阳系之外,远在星海之间。"

"比邻星?"

"足有二十颗行星,其中一半可供人类居住。那边目前仅有几千人,一些工人、科学家,还有几支工业资源调查小队。到处是可供占据的土地。"

"但这也太——"萨莉做了个鬼脸,"亲爱的,你不觉得那边开发得还不够吗?他们说,那边的生活就像回到了二十世纪,还在使用冲水马桶、浴缸、汽油驱动的汽车——"

"是这样的。"莫里斯卷起那小块残破的金属,脸色凝重,极为严肃,"那里要比这边落后上百年,没有这些东西——"他指了一下起居室里的烤炉和其他家具,"我们要适应没有这些的生活,我们必须适应更简单的生活方式。像我们的先辈一样,过简朴的生活。"他想要微笑,但脸上的肌肉却不听使唤,"想象一下,你会不会喜欢那样的生活?没有广告,没有机器人销售员,交通速度是每小时六十英里,而不是六千万英里。我们可以搭乘大型交通系统中的公用车辆,这样我就可以卖掉自己上下班用的火箭飞船……"

两人都没有出声,一时安静了下来。

"埃德。"萨莉开口说，"我觉得我们还需要慎重考虑这件事。你的工作怎么办？到了那边，你能做什么？"

"我会找个差事做的。"

"但具体做**什么**？你连这个都没有想清楚吗？"她的声音略显尖厉，透露出某种程度的不快，"在我看来，我们需要把这件事想想清楚，而不是一下子就抛弃这边的一切，简单地——说走就走。"

"要是我们不去，"莫里斯语速很慢，竭力让自己保持平静，"它们早晚会逼死我们。我们剩下的时间不多了，我不知道自己还能撑多久。"

"真是这样，埃德？你这样说还真是有够夸张。要是你感觉那么痛苦，为什么不请个假，做一个全面的抑郁症检查？我之前看过一个视频节目，是一个心理问题比你严重很多的人在接受治疗，他也比你老得多。"

她跳起来，"我们今晚出门好好庆祝一下。好吗？"她纤长的手指摆弄着短裙拉链，"我会穿上那件新的塑料材质晚礼服，就是我一直没有勇气穿上的那一件。"

她的眼睛里泛着兴奋的光，快步进入卧室，"你知道我指的是哪一件吧？靠近了看，它只是半透明的，但离得越远，它会变得越清透，直到——"

"我知道那件衣服。"莫里斯疲惫地说，"我在回家路上看到过那东西的广告。"他缓缓站起来，茫然踱进客厅，在卧室门口站住了，"萨莉——"

"什么事?"

莫里斯欲言又止。他本来想再问她一遍,跟她谈谈那半条他小心密封后带回家的磁性卷。他本想跟她谈人类边境的生活,谈谈半人马座比邻星,谈谈离开就不再回来的计划。但他没能得到开口的机会。

门铃响了。

"门口有人!"萨莉兴奋地叫起来,"快去看看,是谁来了!"

夜色下,那台机器人静默不动。冷风从它背后吹进房子。莫里斯打了个寒噤,从门口后退一步。"你想干什么?"他质问道,心里莫名地发怵,"你有什么事?"

那台机器人比他见过的其他机器人更为高大。身体高而且宽,配有粗壮的抓钩和扁长的眼眸。它的躯干上部是方盒形,而不是常见的圆锥形。它有四条下肢,而不是常见的两条。它几乎有七英尺高,比莫里斯高出一大截。巨大又壮实。

"晚上好。"它平静地说。它的声音乘着夜风传来,混杂着夜晚沉郁的喧嚣声——交通噪声和信号灯提示音。朦胧夜色中,有几簇身影匆匆掠过。整个世界显得黑暗而叵测。

"晚上好。"莫里斯本能地回应道,他发觉自己在打哆嗦,"你是卖什么的?"

"我要向您演示一下法斯拉德。"机器人说。

莫里斯的大脑一下子迟钝了,不知道如何反应。**法斯拉德**是个什么东西？一切就像是做梦一样，还是噩梦。他竭力收敛心神。"你说什么？"他哑着嗓子问。

"法斯拉德。"机器人没有解释。它面无表情地打量着眼前的人类，就像它没有义务解释任何事情，"只要一点儿时间就好。"

"我——"莫里斯欲言又止。他后退，避开门口的风。机器人神色不变，从他身边滑过，进入房子。

"谢谢您。"机器人说。它现在已经停在了客厅中央，"麻烦您把妻子叫来，好吗？我也想让她看看法斯拉德。"

"萨莉，"莫里斯无助地喊道，"过来一下。"

萨莉气喘吁吁地跑进客厅，兴奋得连双乳都颤动了起来。"什么事？哇哦！"她看见那台机器人，犹犹豫豫地停下了，"埃德，你订购了什么东西吗？还是正要买什么东西？"

"晚上好，"机器人对她说，"我将向您展示法斯拉德。请坐好。麻烦坐在沙发上，两人坐一起。"

萨莉满怀期待地落座，她双颊绯红、两眼放光，充满好奇和疑惑。埃德麻木地坐在她旁边。"你看，"他闷闷不乐地说，"也不知法斯拉德到底是什么鬼东西。**这到底在搞什么？**我其实不想买任何东西！"

"您叫什么？"机器人问他。

"莫里斯，"他差点儿噎住，"埃德·莫里斯。"

机器人转向萨莉。"莫里斯太太，"它微微鞠了一躬，"我很高兴见到你们，莫里斯先生和太太。你们是这个街区第一次亲眼见到法斯拉德的人。这是我在本区域的第一次演示。"它冰冷的眼神扫过房间,"莫里斯先生,我猜您是有工作的。您在哪里上班?"

"他在木卫三上班。"萨莉乖乖回答,像学校里的小女生一样,"公司是地球金属开发总公司。"

机器人消化了一下这条信息。"一台法斯拉德会对您很有用。"它又看看萨莉,"您做什么工作?"

"我是历史研究所的磁带转录员。"

"从职业角度而言,法斯拉德对您毫无用处,但在家务方面,它会让您受益良多。"它用强健的钢爪抓起一张桌子,"例如某些时候,一件好家具被笨手笨脚的客人损坏了。"机器人把桌子砸成了碎片,木头和塑料的碎片纷纷落下,"您就会需要一台法斯拉德。"

莫里斯无助地跳了起来,他无力阻止事态发展。一份令人麻木的重压紧紧地裹住了他。机器人已经在把桌子碎块扔到一边,选了一盏沉重的落地灯。

"哦,天哪,"萨莉吸了一口凉气,"那是我喜欢的一盏灯。"

"只要您拥有一台法斯拉德,就没有任何事情值得担心。"机器人抓起那盏灯,把它扭成了极为怪异的样子。它扯坏灯罩,摔烂灯泡,然后把灯的残骸丢开,"这类事情可能出现在强烈爆炸之后,比如氢弹袭击之类。"

"看在上帝的分上,"莫里斯咕哝说,"我们——"

"氢弹袭击这种事或许永远不会发生。"机器人继续说,"但这种状况一旦出现,法斯拉德将是不可或缺的利器。"它跪下来,从腰间拔出一根结构复杂的管状物。它用那根管子瞄准地板,轰出了一个直径五英尺的大洞,原有的东西都被原子化了。它从那危险的洞口边缘后退一步,"我还没有更深地挖掘这条隧道,但两位应该已经看明白了。在遭到氢弹袭击时,法斯拉德可以确保你们的生命安全。"

"袭击"这个词似乎在那机器人的金属脑子里激起了一系列连锁反应。

"有时候,地痞流氓会在夜间袭击人。"它继续说,毫无征兆地猛然转身,一拳击穿了墙壁,墙面坍塌成了一地的石灰粉和到处滚落的残砖。"而这样一下就足以击退他们。"机器人挺直身体,遥望室外,"到了夜晚,您经常劳累到连按下烤炉按钮的力气都没有。"它大步闯进厨房,开始猛按烤箱按钮。一大堆食物四处飞溅。

"住手!"萨莉喊叫起来,"从我的烤炉旁边滚开!"

"您可能太累,甚至无力给浴缸放水。"机器人猛地扳下浴缸开关,水一下子喷涌出来。"或者您想直接上床。"它把床从卧室拖出来,摔在地上。机器人步步逼近萨莉,吓得她连连后退。"有时候,由于整日的辛勤工作,您已经无力自己脱掉衣服,这种情况下——"

"你马上出去!"莫里斯对它吼道,"萨莉,快去叫警察。这东西疯掉了。**快**!"

"任何一个现代家庭都需要一台法斯拉德。"机器人继续说,"比如说,电器如果坏掉,法斯拉德可以即时修复故障。"它抓过自动加湿设备遥控器,扯坏里面的线路,然后又靠在墙上把它修好,"有时候您不想去上班。法斯拉德已经获得法律授权,只要不连续超过十天,可以代替您上工。如果在这段时间之后——"

"我的上帝啊!"莫里斯说,他终于明白了过来,"你就是法斯拉德。"

"没错。"机器人表示同意,"全称是'全自动自我管理型智能机器人'(家用型)。我们还有法斯拉克(建筑型)、法斯拉姆(管理型)、法斯拉斯(士兵型)和法斯拉布(行政型)。我是家用型。"

"你——"萨莉极为吃惊,"你自己就是待售品。你在……自己卖自己。"

"我只是在展示自己的能力。"法斯拉德机器人回答说,他继续说话的同时,不带感情的金属眼死死盯着莫里斯,"我确信,莫里斯先生,您会乐意拥有我的。我价格合理,质保证书齐全,配备全套使用说明书。我想不出您有任何**拒绝**我的理由。"

时间已经是十二点半。埃德·莫里斯还坐在床脚边,穿了一只鞋,另一只拿在手里。他眼神空洞地看着前方,什么都没说。

"我的老天,"萨莉抱怨说,"你快点儿解开那鞋带,上床来吧,你明天早上五点半就得起床呢。"

莫里斯心不在焉地摆弄着鞋带。过了一会儿,他放下手里的鞋,开始拉扯另一根鞋带。房子里寒冷、寂静。外面,凄凉的夜风穿过房子侧面的杉木林,发出呜咽声。萨莉蜷着身体躺在辐射暖灯下面,半睡半醒,唇间还叼着一支香烟,享受着那份温暖。

法斯拉德就站在客厅里,它没有离开,它还在那里,等着莫里斯把它买下来。

"差不多得了！"萨莉尖刻地说，"你到底什么毛病？它已经修好了它损坏的所有东西，它只是在展示自己的能力。"她昏昏欲睡地叹了口气，"它的确是把我吓到了，我还以为它出了什么故障。他们这个主意真的很棒，让机器人向人们推销自己。"

莫里斯还是不说话。

萨莉翻个身，俯卧在床上，懒洋洋地按灭了烟头，"它也不是很贵，对吧？区区一万金币，要是我们能让朋友们跟风下单，还能拿到百分之五的销售提成。我们需要做的就是展示它，根本就不用自己去做任何**推销**，它自己就会推销自己的。"她咯咯笑起来，"他们都喜欢能够自我推销的商品，对吧？"

莫里斯解开他的鞋带，但却又把鞋子穿上，鞋带系紧。

"你在搞什么？"萨莉生气地质问，"立刻上床来！"她怒气冲冲地坐起来。而莫里斯却离开了房间，慢慢地走向走廊。"你要去哪儿？"

在客厅，莫里斯打开灯，面对法斯拉德坐下。"能听到我说话吗？"他问。

"当然。"法斯拉德回答，"我从不停机。有时候紧急状况会发生在深夜里：孩子突然生病，或者有什么事故发生。你们现在还没有孩子，但如果——"

"闭嘴。"莫里斯说，"我不是来听你啰唆的。"

"但您问了我一个问题。每一个自我管理型智能机器人都与核心信息交换网络相连。有时候，人们需要即时得到某些信息。法斯拉德随时随地都可以回答任何理论性和实务性问题,只要不讨论形而上学就好。"

莫里斯拿起使用说明书,翻看了一下。法斯拉德有几千种不同的功能,它永远不会老化,永远不会不知所措,也不可能犯错误。他把说明书丢到一边。"我不会买下你的。"他对机器人说,"永远不会。过一百万年都不会。"

"哦,您会的。"法斯拉德纠正说,"这么好的机会您不能错过。"它的声音里透着平静的、钢铁一样的自信,"莫里斯先生,您拒绝不了我。法斯拉德绝对是现代家庭不可或缺的帮手。"

"你滚出去。"莫里斯语调不变地说,"滚出我的房子,永远别再回来。"

"我不是您的法斯拉德,所以您无权对我发令。除非您按照标价将我买下。我现在只听命于自我管理智能机器人有限公司,他们的指令跟您的相反。我要一直留在您这里,直到您把我买下来。"

"那要是我永远不买你呢?"莫里斯虽然这样问,心里却已经一片冰凉。他已经预感到了答案会是怎样的令人心寒。这个问题不可能有其他答案。

"我就会继续留在您身边。"法斯拉德回答,"最终您还是会把我买下来的。"它从壁炉架上的一个花瓶里扯出几枝枯萎的玫瑰,扔进垃圾桶,"您将发现,在越来越多的情况下,一台法斯拉德是不可或缺的。最终您甚至会想,没有我的那些年,您都是怎么活下来的。"

"有没有什么你做不到的事情?"

"哦，有的。我做不到的事情很多，但只要**您**能做到的事，我都能做——而且比您做得好很多。"

莫里斯缓缓吁了一口气，"我要买下你，才真的是疯了。"

"但您还是要买我的。"那个冷冰冰的声音说。法斯拉德伸出一根空管，开始给地毯吸尘，"我在任何情况下都能派上用场。请留意，这张地毯已经变得松软起来，而且纤尘不染。"它收起刚才的管子，伸出另外一根，喷出一团一团的白色颗粒，弥漫在房间的每一个角落里。莫里斯咳嗽起来，踉跄后退。

"我正在喷药驱除飞蛾。"法斯拉德解释说。

白色的雾气变成了一种难看的蓝黑色。房间黯淡下来，似乎暗藏杀机。法斯拉德的身形只剩下一个隐约的轮廓，在房间正中有条不紊地移动着。过了一会儿，雾气消散，又能看得清家具了。

"我刚刚还喷药杀灭了有害细菌。"法斯拉德说。

它给房间墙重新喷过漆，还制作了与之相配的新家具。它加固了浴室顶棚，增加了烤炉散热孔的数量。它还新安装了电线，拆除了厨房里的所有固定装置，替换成更先进的型号。它检查过莫里斯的财务账目，为他算好了来年需要缴纳的所得税。它削尖了所有铅笔。它还抓住他的手腕，迅速地做了个体检，立刻诊断说，他的高血压症状源自心理压力过大。

"等您把各种责任都交到我身上，自己就会感觉好多了。"它解释说。它丢掉了萨莉留下的剩汤，"有食物中毒风险。"它报告说，"您的妻子很性感，但在更高层次的智力活动方面能力有限。"

莫里斯走到衣柜前,取出他的外套。

"您要去哪里?"法斯拉德问。

"去上班。"

"这么晚?"

莫里斯向卧室里扫了一眼。萨莉已经在舒适的辐射暖灯下沉
沉睡去。她苗条的身躯像鲜嫩的玫瑰一样粉红、健康,脸上还是无
忧无虑的模样。他关上前门,快步走下台阶,进入黑暗。冷风扑面
吹来,他顶风来到停靠站。他的小型通勤飞船跟数百艘同类飞船停
在一起。只要投入二十五美分硬币,就可以让服务机器人把它运到
面前。

十分钟后,他已经在前往木卫三的路上。

当他在火星停船加燃料时,法斯拉德赶上了他的飞船。

"您显然还没有搞懂。"法斯拉德说,"我得到的指令,是不断向
您展示我的优点,直到您满意为止。截至目前,您还没有完全接纳
我,所以我还需要继续做展示。"它调出一套复杂的网络,连接了飞
船的控制系统,调试完善了所有的拨盘和计量器,"您应该对自己的
飞船勤加检修。"

它来到飞船后部,检查喷气发动机。莫里斯昏沉沉地向地勤示
意,飞船脱离了燃料泵。他加速,把尘沙覆盖的小个子行星抛在后
面,前方就是巨大的木星了。

"您的喷气发动机状况不佳。"法斯拉德从后面回来,报告道,

"主刹车的杂音让我很不舒服。您一降落,我就会开始对飞船进行全面维修。"

"你们公司不介意你免费给我帮忙吗?"莫里斯嘲讽地问。

"在公司看来,我已经是您的法斯拉德了。这个月底,您就将收到一张交款发票。"机器人利落地甩出一支水笔和一沓表格,"我将为您解释四种轻松支付方案。如果支付一万金币现金的话,您将得到百分之三的优惠。此外,您家里的部分家具也可以折现——都是您不再需要的东西。如果您想要分四次付清款项的话,第一笔需要马上支付,最后一笔在九十天之内付清。"

"我从来都是付现金的。"莫里斯咕哝着。他正在小心地重设控制板上的路线坐标。

"九十天付款方案并没有额外的利息。还有一种六个月付款方案,但要支付百分之六的年息,您要额外负担的金额是——"它突然中断了这个话题,"我们更改了飞行线路。"

"正确。"

"我们已经离开了官方指定的飞行交通线。"法斯拉德收起它的纸笔,快速来到控制台前,"您在干什么? 这样做,是要缴纳两金币罚款的。"

莫里斯不理它。他沉着脸坐在控制台前,两眼紧盯着显示屏。飞船正在急剧加速。警告浮标叫个不停,他从那些东西面前一掠而过,冲进孤寂黑暗的深空中。几秒钟后,他们就已经把所有的飞船甩到了身后。他们很快就离开了木星,独自向更远的星空进发。

法斯拉德计算了一下飞行线路,"我们正在离开太阳系,飞向半人马座。"

"你猜对了。"

"您难道不该给您的妻子打个招呼吗?"

莫里斯哼了一声,把加速杆推得更高一些。飞船震颤着、摇晃着,然后好不容易恢复了平稳。喷气机开始发出刺耳的哀鸣。读数显示,主涡轮已经开始升温。他无视所有警告,将应急燃料也投入了使用。

"我可以给莫里斯夫人打电话。"法斯拉德建议说,"再过一会儿,我们就离开有效通信区间了。"

"不用麻烦了。"

"她会担心的。"法斯拉德快速跑到后舱,再度检查发动机。当它回到驾驶舱时,显得极度紧张,"莫里斯先生,这艘飞船并不具备星系间航行的能力。它是一台D型家用飞船,仅适合星系内航行。它并不能承受这么快的速度。"

"要去比邻星,"莫里斯回答说,"我们就需要这么快的速度。"

法斯拉德把它的电线接入控制台,"我能分担一部分电路负担。除非您掉头返程,不然我无法保证喷气式发动机不出故障。"

"让喷气发动机见鬼去吧。"

法斯拉德沉默了,专心地听着飞船下部越来越刺耳的尖啸声。整个飞船都在剧烈颤抖。小片油漆剥落。由于机械部件磨损,地板已经发烫。莫里斯的脚还踩在加速阀门上。飞船不断加速,太阳被抛在了他们的身后。他们已经离开了人们熟悉的太空区域，离太阳越来越远。

"现在已经无法跟您太太视频通话了。"法斯拉德说，"飞船尾端有三架紧急求助火箭，要是您愿意，我可以帮您发射，看能不能吸引到过路的军事运输船。"

"为什么？"

"他们可以拖带我们返回太阳系。虽然这样要被罚掉六百金币，但在目前情况下，这已经是我能想到的最好结果。"

莫里斯背对着法斯拉德，把加速阀门一踩到底。刚才的哀鸣声已经变成狂暴的怒吼。众多设备裂开了、破碎了，控制台上好多线圈爆开。灯光变暗、熄灭，然后又很勉强地重新亮起。

"莫里斯先生，"法斯拉德说，"现在您必须准备好面对死亡。根据统计数字，目前涡轮机爆炸的概率高达百分之七十三。我会尽我所能挽救我们，但现在的处境不容乐观。"

莫里斯回头看显示屏。有那么一会儿，他渴望地凝视着不断变大的半人马座双星。"它们看上去不错，是吧？重要的是比邻星，它有二十颗行星呢。"他查看那些不断闪烁的设备，"喷气发动机状况怎样？这些设备都烧坏了，我看不出发动机的情况。"

法斯拉德犹豫了一下，它想开口，却又改变了主意，"我到后面去检查一下吧。"它走到飞船后端，钻下短小的孔道，消失在了噪声震天、摇晃不停的发动机室。

莫里斯探身按灭了烟头。他又等了一小会儿，然后抬手将速度提到最高,那是控制台上仅剩的还可操作的装置。

爆炸把飞船撕成了两半。船体的碎片从他身边飞过。他的身体因为失重而浮起,然后重重地撞在控制台上。金属和塑料碎片像雨点一样纷纷打在他身上。炽热的光燃起、变暗,最终消失在寂静里。别无他物,仅有死灰残留。

应急气泵低沉的嘶嘶声让他渐渐恢复了意识。他被压在控制台的残骸下面,一只胳膊骨折了,扭曲地搭在身上。他试图移动双腿,但腰部以下都已经失去了知觉。

他的飞船的残片还在向半人马座方向飘飞。舱面密封设备正徒劳地想要修补巨大的破洞,自动温控和重力调节设备也还颤颤巍巍地在工作,它们都有自备电池。视窗中,壮观的双恒星系统越来越巨大,奇美而绚烂。

他当时很高兴。他很感激,能在寂静的报废飞船上,躺在废墟之下,看着不断变大的恒星。这真是绝美的景象。他想看这番景色已经很久了。它现在就在面前,而且每一个瞬间都更为接近。再过一两天,飞船就将扑进光球层表面,灰飞烟灭。但他还可以享受这死亡之前的最后光明,再没有任何东西,会来破坏他的幸福。

他想起了萨莉,她应该还在辐射暖灯下沉睡。萨莉会喜欢比邻星吗?很可能不会,她大概会想方设法地早些回家。这里的美妙,他只能独享。这儿只属于他一个人,他因此感到由衷的宁静。他可以躺在这里,一动不动,而那燃烧的奇观会越来越接近……

有声音。成堆的被烧化了的废料后面，有什么东西正在站起来。在视窗透入的微光映照下，一个扭曲的满是伤痕的东西显现出影影绰绰的轮廓来。莫里斯费力地扭头看去。

法斯拉德摇摇晃晃地站起来。它的大部分躯干都已经不在了，被击碎或是断掉了。它步履蹒跚，然后在一阵刺耳的刮擦声中将脸转向了前面。它一寸一寸慢慢地向莫里斯靠近，在离他还有几英尺的时候，再无力前行，停住了。它体内的齿轮嘎吱嘎吱地运转着，继电器开开合合。它残损的身体被一种模糊不清、不知所谓的生命力驱动着。

"晚上好。"它尖厉的金属声音艰难地说。

莫里斯尖叫。他想要挪动身体，但倒下的梁柱却把他死死地固定在原处。他哭喊、哀号，想要爬远点儿避开它。他向它吐口水、嘶吼，最终无奈地低声饮泣。

"我想向您展示一台法斯拉德。"那金属质感的声音继续说，"麻烦您把妻子叫来，好吗？我也想让她看看法斯拉德。"

"你滚开！"莫里斯尖叫着说，"从我面前滚开！"

"晚上好。"法斯拉德继续说道，声音像是从一卷破损的磁带中发出来的一样，"请坐好。我很高兴见到你们，您叫什么？谢谢，你们是这个街区第一次亲眼见到法斯拉德的人。您在哪里上班？"

它死气沉沉的眼睛紧盯着他，空洞的眸子里没有任何情绪。

"请坐好。"它又说，"这次展示很快就可以完成，只会占用您一点点时间。这次展示很快就会——"

空壳游戏

　　那声响立马就把奥基夫惊醒了。他甩开被单,滑下帆布床,抓起墙上挂的B型手枪,用脚踩下警报箱。警报箱发出的高频声波令整个营地的警铃全部响起。奥基夫从房子里冲出来的时候,周围到处都有灯光闪耀。

　　"在哪里?"费希尔尖声问道。他出现在了奥基夫身边,身上还穿着睡衣,蓬头垢面,睡意蒙眬。

　　"在右侧的远处。"奥基夫跳到一边,为一口从地下存储库里推出来的巨炮腾出位置。在夜色的掩盖下,士兵们的身影在掩体中出现了。右边是一大片黑雾弥漫的沼泽地,草木繁生,蕨类和多浆的球根水草矗立在泥泞的湿地中,这是参宿四第二行星表面的常见地貌。夜间,磷光在沼泽上空飞舞,鬼气森森的黄色光点在浓重的黑夜里时隐时现。

"我推测，"霍斯托科夫斯基说，"他们是沿着大路袭来的，但并没有在大路上行军。大路两侧各有大约五十英尺高的隆起的土丘，那里也是沼泽的边缘，信号较弱，所以我们的雷达才没有反应。"

一只巨大的机械挖泥"虫"正在穿过泥泞，将沼泽里的积水隔断在两侧，开出一条坚硬的路面，上面冒着沼泽蒸发的烟雾。沿途的植被、腐朽的树根和落叶都被吸走，道路很快就被清理干净了。

"你看到了什么？"波兹贝恩问奥基夫。

"我什么都没看到，我当时睡得很沉，但我**听**到了他们的声音。"

"干什么的声音？"

"他们正准备向我的房子里注入神经毒气。我听见他们解开便携式气泵的管子，并且拧开高压气罐的开关。幸亏上帝保佑，在他们封好接口之前，我已经冲出了房子。"

丹尼尔斯快步赶来。"你说这次是毒气袭击？"他已经取下了腰带上悬挂的防毒面具，"别那样傻站着——把你们的面具都戴上！"

"但他们没能启动毒气设备。"西尔贝曼说，"奥基夫及时拉响了警报。他们已经退回到了沼泽地里。"

"你确定？"丹尼尔斯问。

"你没有闻到任何异味，对吧？"

"那倒是，"丹尼尔斯承认，"但无味的毒气才是最致命的。因为你通常都不会发觉自己中毒，等发觉的时候，就已经晚了。"他还是戴上了面具，以防万一。

几排房子旁边出现了几个女人——在闪烁着的应急探照灯的

照耀下,能看得出她们睁着大眼睛,身材纤弱。几个孩子小心地跟在她们身后。

西尔贝曼和霍斯托科夫斯基移动到了大炮旁边的阴影里。

"有趣,"霍斯托科夫斯基说,"这个月的第三次毒气袭击了。加上前两次在营地里布设爆炸点的尝试。他们在加快进攻节奏呢。"

"你已经对敌人了如指掌了,是吗?"

"我不用等到总结报告,也能看出我们面临的压力在增加。"霍斯托科夫斯基警觉地四面张望,然后把西尔贝曼拖近了一些,"也许雷达屏幕没有反应这件事也是有隐情的。它本应能探测到一切,包括巨型蝙蝠在内。"

"但如果他们沿着土丘边缘逼近,像你说的那样——"

"我那样说,只是个障眼法。**我们这里有敌人的内应,他干扰了我们的雷达。**"

"你是说,我们中有叛徒?"

霍斯托科夫斯基正在透过夜晚湿润的雾气观察费希尔的一举一动。费希尔已经小心翼翼地走到了大路边缘,那里正是坚实的路面和被烤干了的沼泽泥相连的地方。他蹲下来,翻弄着污泥。

"他在干什么?"霍斯托科夫斯基问。

"翻找什么东西吧。"西尔贝曼漫不经心地说,"这有什么奇怪?他本来就应该寻找敌军活动的踪迹,不是吗?"

"你看着,"霍斯托科夫斯基警告说,"等他待会儿回来,肯定会装作什么都没发生过。"

过了一会儿，费希尔回来了，他一边快速地走着，一边搓掉手上的泥污。

霍斯托科夫斯基拦住了他，"你刚才找到了什么？"

"我吗？"费希尔眨眨眼睛，"我什么也没找到啊。"

"休想骗过我！你刚才趴在地上，明显是在沼泽里翻找什么东西。"

"我——以为自己看到了某个金属物件，仅此而已。"

霍斯托科夫斯基不由得感到一阵激动：果然不出他所料。

"好了！"他大声说，"你到底找到了什么？"

"我以为自己看到了输气管，"费希尔咕哝道，"但那不过是一段草根而已，一段又粗又湿的草根。"

紧张的寂静。

"搜他身。"波兹贝恩下令。

两名士兵抓住了费希尔。西尔贝曼和丹尼尔斯迅速地搜遍了他的全身。

他们搜出了费希尔的随身手枪、军刀、紧急警报哨、自动信号应答机、盖革计数器、脉搏探片、医疗包和身份证明文件。没有发现其他东西。

士兵们放开了他，有些失望。费希尔闷闷不乐地收起他的东西。

"他的确没有发现任何东西。"波兹贝恩宣布，"对不起，费希尔，我们不得不保持警惕。我们必须时刻小心，只要他们还在外面，忙着制订各种针对我们的阴谋诡计。"

西尔贝曼和霍斯托科夫斯基相对而视,然后默默地走开了。

"我想我明白了。"西尔贝曼小声说。

"我也知道了,"霍斯托科夫斯基回答说,"他**掩埋**了某种东西。我们会把他刚才摆弄过的那片沼泽掘地三尺,我估计会找到一些很有趣的东西。"他好斗地耸了耸肩膀,"我早就知道这里有人为他们当内应。一名地球探子,就潜藏在我们营地里。"

西尔贝曼愣了一下,"地球人? 是他们在攻击我们吗?"

"当然就是他们。"

西尔贝曼显得有些迷茫。

"我以为,跟我们为敌的应该是其他人。"

霍斯托科夫斯基很生气。

"你觉得是谁?"

西尔贝曼摇摇头,"我也不知道。之前我并不关心谁在跟我们为敌,只想知道该如何应对。我觉着,之前我将袭击者默认是外星人了。"

"那么在你看来,那群地球猿人的后代不是外星人,还能是啥?"霍斯托科夫斯基讽刺地说。

每周例会时间,营地中的九位领导者都集中到了地底加固会议室。等检查完最后一名领导者,放其进入之后,入口就被封锁了起来。全副武装的士兵守卫在入口处。

多姆格拉夫-施瓦赫是会议的主席，他坐在深陷的椅子里，神色十分专注，一只手放在例会桌上，另一只手则放在一颗按钮上。只需要按一下，他就能立刻被弹射到房间外的安全屋中，避过一切攻击。波兹贝恩正在对会议室进行例行检查，仔细查看每一张桌子、椅子，避免被暗中安装了摄像头。丹尼尔斯两眼紧盯着盖革计数器。西尔贝曼完全被包裹在了复杂精密的钢铁-塑料全身护甲里，护甲内有复杂的电路，发出持续的嗡嗡声。

"你他妈的穿这套盔甲是什么意思？"多姆格拉夫-施瓦赫生气地质问，"脱下来，让我们看到你本人。"

"去你的。"西尔贝曼吼了回去，但隔着繁复的外壳，声音并不大，"我从现在开始会一直穿这套护甲。昨天深夜，有人想用带有致命细菌的针扎我。"

一直在位置上打瞌睡的拉努瓦尔突然惊醒了，"带有致命细菌的针吗？"他跳起来，快步走到西尔贝曼面前，"我得问清楚，你有没有——"

"不许靠近我！"西尔贝曼大叫，"你要再敢靠近一步，我就电死你！"

"我上周报告过，敌人发动了一次袭击。"拉努瓦尔因为兴奋而声音急促，"他们想用重金属盐类在我们的水源处投毒。我当时就料到，他们下一步的策略将会是使用过滤细菌。在疫症爆发之前，我们是没法察觉过滤后的病毒的。"他从衣袋里取出一个瓶子，倒出几颗白色药丸，一颗接一颗地丢进嘴里。

房间里的每个人都采用了某种方式来保护自己，都根据自身经验选择了不同的保护装置。但整个营地的防御策略，却要由例会全体出席者共同制定。唯一没有忙着保护自己的人就是泰特。他坐在那里，脸上苍白，神情紧张，但倒也没有其他举动。多姆格拉夫-施瓦赫暗自留意——泰特对外界的信任程度高得反常。这表明，他在某种程度上并不担心可能遭遇的进攻。

"不许说话。"多姆格拉夫-施瓦赫说，"开会时间到。"

他是因为指针转轮指到他的名字而担任主席的。这种方式没有什么暗箱操作的可能。在一个孤立的、仅有六十个男人和五十个女人组成的殖民地，这种随机选择的方式是必要的。

"丹尼尔斯将会宣读本周的威胁模式总结报告。"多姆格拉夫-施瓦赫下令说。

"为什么？"波兹贝恩直截了当地质疑道，"我们自己编订了这份报告，每个人都知道里面有什么内容。"

"跟以前每次宣读报告的目的一样。"西尔贝曼回答说，"为了确定没有人篡改过里面的内容。"

"读一下提要就够了！"霍斯托科夫斯基大声说，"我一分钟都不想在这间地下室里多待。"

"你是怕有人堵住出路吗？"丹尼尔斯嘲笑他说，"这里有六条应急逃生通道。你应该清楚的——每一条通道都是你坚持要修建的。"

"读摘要吧。"拉努瓦尔要求道。

335

丹尼尔斯清清喉咙，"在过去七天里，敌方公然发动了十一次袭击。最主要的一次进攻针对我们新建的 A 级桥梁系统。它被破坏，目前已经无法使用。桥基的主要材料——混合塑料被溶解，所以变得脆弱不堪。当第一支卡车运输队经过时，整个系统就塌掉了。"

"我们都知道了。"波兹贝恩沉着脸说。

"我们损失了六条人命和大量设备。军队在该区域搜寻了一整天，但破坏者还是设法逃离了现场。在这次袭击后不久，我们就发现水源被重金属盐类污染。我们因此填平了原有的水井，钻了新井。现在，我们所用的水都要经过过滤和水质分析系统的检测才能使用。"

"我还会把自己喝的水烧开。"拉努瓦尔激动地补充说。

"我们所有人都同意，攻击的频率在上升，危害程度越来越大。"丹尼尔斯指了一下巨大的墙面地图和图示，"要不是有防弹层和随机应变的指挥网络，我们今晚可能就会被消灭。当下的问题是——**是谁在攻击我们?**"

"地球人。"霍斯托科夫斯基说。

泰特摇头，"地球人，才怪! 猿人后代跑到这么远的地方来干什么?"

"我们自己就跑到了这么远的地方，不是吗?"拉努瓦尔反驳说，"而我们也曾经是地球人。"

"绝不!"费希尔喊道，"也许我们曾在地球居住，但我们绝不是地球人。我们是更为高级的变种。"

"不是地球人，那敌人又会是谁呢？"霍斯托科夫斯基继续质问道。

"他们是飞船上的其他幸存者。"泰特说。

"你怎么会知道？"西尔贝曼问，"难道你看到过他们？"

"我们没能回收任何一艘救生船，还记得吗？ 他们一定早就弃船登陆了。"

"如果对方只是孤立的少数幸存者，"奥基夫反驳道，"他们就不会有那些用来对付我们的装备和武器。敌人训练有素，是组织化程度极高的武装力量。五年了，我们都没能战胜他们，甚至没能**杀死**他们中的任何一个。这完全展示出了他们的强大实力。"

"我们并没有试图打败他们。"费希尔说，"我们只是想自保而已。"

突然之间，九个人全都沉默了。

"你是指那艘飞船。"霍斯托科夫斯基说。

"它很快就能离开沼泽了。"泰特说，"然后我们就有了对付他们的撒手锏——肯定能让对方长点儿记性。"

"上帝啊，"拉努瓦尔不屑地叫道，"那飞船就是一堆破烂而已——那颗流星彻底摧毁了它。我们就算能把它捞出来，又能怎样？除非把它彻底重修一遍，它根本就派不上任何用场。"

"要是连猿人都能制造那东西。"波兹贝恩说，"我们就一定能修好它。我们手里有足够的工具和机器设备。"

"而且，我们找到了控制舱。"奥基夫指出，"我觉得没有任何理由不把它捞出来。"

拉努瓦尔的表情突然变了,"好吧,我收回我的反对意见。我们把它弄出来吧。"

"你们的动机何在?"丹尼尔斯激动地叫起来,"你们这是把这主意强加到我们身上!"

"他肯定别有用心。"费希尔激动地表示赞同,"别听他的。让那该死的鬼东西留在原地最好!"

"现在想那个,已经晚了。"奥基夫说,"它已经连续上升了好几个星期。"

"你跟他是一伙的!"丹尼尔斯尖叫说,"你们正在策划一场阴谋,要对付我们所有人。"

飞船残破不堪,腐朽严重,还滴着水。磁铁抓钩将其从沼泽中拖出来,放在挖泥"虫"开辟出来的干硬地面时,湿漉漉的泥水从里面渗流出来。

"虫子"们在沼泽中烧出了一条路,通往飞船控制舱。吊车将控制室吊到空中,粗重的强化塑料支架被安装在下方。在正午的阳光下,纷乱缠绕的野草像是久未打理的长发,裹住了球形的控制舱。这是五年来它第一次暴露在阳光下。

"你们进去吧。"多姆格拉夫-施瓦赫急切地催促说。

波兹贝恩和拉努瓦尔沿着烧出的道路,前往固定完毕的控制舱。手电筒的黄色光线照在冒着蒸汽的舱壁和泥水下的控制台上,有种不祥的意味。脚下的水洼里还有疯狂摆动的鳗鱼。整个驾驶舱的设备大多已经扭曲、破碎。拉努瓦尔第一个进入，不耐烦地催促波兹贝恩跟上。

"你来看看控制台的情况——你是工程师嘛。"

波兹贝恩用手电筒照着生锈的金属堆起来的斜坡，蹚过齐膝深的垃圾，终于到了损毁严重的控制台前。这里的设备有的被熔解，有的被弯折，已经乱成一团。他在控制板面前蹲下来，开始拆脏兮兮的表层板。

拉努瓦尔推开一扇补给品柜门，最下层有一批金属盒装的音频和视频磁带。他急切地打开一盒录像带，将胶卷举到闪烁着的阳光下去看，"这是船上存储的数据资料。现在我就能证明，这艘飞船上除了我们，并没有其他人了。"

奥基夫出现在破败的入口处，"进展怎么样？"

拉努瓦尔从他身旁挤过，来到外面的支撑架上。他放下一堆数据磁带盒，然后返回湿漉漉的控制室。"控制台那里有什么发现吗？"他问波兹贝恩。

"奇怪。"波兹贝恩喃喃地说。

"怎么了？"泰特问，"摧毁过于严重吗？"

"这里倒是有好多电线、中继器、仪表、动力线路和开关，但没有任何操作它们的控制设备。"

拉努瓦尔快步走过去，"不可能，一定要有啊！"

"要维修它，你必须拆掉所有这些面板——几乎要把整个设备都拆开来，才能看到里面的运作机制。没人能够坐在这里操作这艘飞船。这里什么都没有，只有一个平整的、完全密封起来的空壳。"

"也许这里不是控制舱。"费希尔提醒说。

"这些是转向设备——这个是错不了的。"波兹贝恩扯出了一堆烧焦的线路，"但它完全是独立运作的，由机器人控制，能够自动航行。"

他们面面相觑。

"这么说，我们就是飞船上的囚徒。"泰特茫然地说。

"谁囚禁了我们呢？"

"地球人！"拉努瓦尔说。

"我不明白。"费希尔恍惚地嘟囔道，"是**我们**计划了整个飞行航程，不是吗？我们逃出了木卫三，摆脱了敌人。"

"放一下那些磁带。"波兹贝恩对拉努瓦尔说，"看看里面有什么。"

丹尼尔斯关闭了视频扫描机，打开灯。

"好了，"他说，"你们都亲眼看到了，这是一艘医用飞船。上面没有船员。它由木星的中央光速导波发射出来，乘着光从太阳系来到了这里。一颗流星冲破了飞船保护层，飞船出现了机械故障，坠毁在了这里。"

"假如当时它没有坠毁呢？"多姆格拉夫–施瓦赫小声问。

"那么我们就将被送往北落师门①四号行星上最大的医院。"

---

①南鱼座α星。

"把上一卷磁带再放一遍。"泰特要求。

墙上的内置扬声器发出若干杂音,然后清晰地播放起来:"在处理这批病人的过程中,请务必牢记妄想狂患者与其他心理人格错乱病症中的妄想综合征表现的细微差别。妄想狂患者尚能保持其基本人格体系的完整。如果不出现使他敏感的东西,他还是个讲逻辑的人,有理性,甚至可能有才华。他可以作为谈话对象(他甚至可以谈论自己),他对自己的周边环境有正常认知。

"妄想狂患者跟其他心理病患的不同之处,是他们仍有对外界刺激做出反应的能力。他跟所谓正常人格的区别,是他有一套固定不变的成见。他会从错误的假设出发,构建出自己的信仰、逻辑体系。这些体系本身合乎逻辑,只是前提错误。"

音频仍在播放,丹尼尔斯哆哆嗦嗦地插了句话:"这些磁带是给北落师门四号行星的医院管理人员提供的。它们被锁在控制舱的补给品柜子里。控制舱本身又被密封起来,跟飞船的其他部分相隔离。我们中的任何人,都没有机会进入。"

"妄想狂患者特别顽固。"地球医生冷静地继续说,"他的固定观念不可能被撼动,这些观念会主导他的生活。他用自己的逻辑把一切事件、人物、偶然的言辞和偶然发生的事情编织进自己的体系之中。他确信,整个世界都在密谋残害他——他是一个特别重要、拥有特殊能力的个体,有无数阴谋诡计等待着他。为了挫败这些阴谋,妄想狂患者会不惜一切代价自保。他会密切注视政府方面的举动,频繁搬家,而在病症最危险的晚期阶段,甚至可能变得——"

西尔贝曼愤怒地关闭了音频。整个房间一片死寂。营地的九名领导者全都坐在自己的位置上呆若木鸡。

"我们只是一群疯子。"泰特终于开口说，"装着一堆神经病的飞船，不巧被流星撞到，坠毁到了这颗星球上。"

"你少自欺欺人了。"霍斯托科夫斯基没好气地说，"那流星一点儿都不像是偶然情况好吗？"

费希尔歇斯底里地咯咯笑起来，"都到这时候了，还在疯狂妄想。我的上帝，所有这些袭击都只是幻象，全都是我们脑子里的臆想！"

拉努瓦尔大致朝着那堆磁带的方向指了指，"我们现在该相信什么？**到底有没有进攻我们的人？**"

"我们已经自卫了长达五年之久！"波兹贝恩反驳道，"这还不够证明他们存在吗？"

"可是，你曾亲眼看到过他们吗？"费希尔狡猾地反问。

"跟我们作对的，是整个银河系最为强大的特工。地球来的冲锋队和军事间谍全都经受过严格特训，专门进行破坏和颠覆活动。他们非常聪明，哪会那么容易现形？"

"他们毁掉了桥梁系统。"奥基夫说，"我们的确没有看到过敌人，但是那该死的桥，可是千真万确地倒塌了。"

"或许那桥建得不够好。"费希尔指出，"或许它就是该塌了。"

"东西不可能平白无故地塌掉！这里发生的一切，肯定都事出有因！"

"比如什么?"泰特问。

"每周出现的毒气攻击,"波兹贝恩说,"水源里出现的重金属盐。这只是我随便举两个例子。"

"还有用于传播细菌的晶体。"丹尼尔斯补充道。

"或许这些都不存在,"拉努瓦尔争辩道,"但我们怎么能证明?如果我们都是疯子,**我们怎么可能了解真相?**"

"我们这里有一百多人,"多姆格拉夫-施瓦赫说,"我们都亲身经历了所有的袭击。这还不够证明吗?"

"一个虚假的神话,也可能被整个社会所接受、相信,甚至传给下一代人。许多人都相信神祇、仙女、巫师——你相信一件事,并不足以证明其真实。长达好多世纪,地球人都相信地球是平的。"

"假如所有的直尺都变成了十三英寸长[①],"费希尔问,"有谁能察觉它被加长了呢? 至少要有一把尺子,仍保持了十二英寸的长度,由它来充当不变量,充当一个恒久的标准。我们都是十三英寸长的尺子,都不精准。我们需要一位非妄想狂患者充当不变量。"

"又或者,这一切都只是敌人的策略。"西尔贝曼说,"也许是他们暗中布置了控制舱,把这些磁带放在那里。"

"现在的局面,同需要证伪一种信仰没什么区别。这几乎是不可能的事情。"波兹贝恩分析道,"科学实验的特点是什么来着?"

"它是可以被复制的。"费希尔马上回答道,"听着,我们现在是在原地绕圈子,**我们正在试图衡量我们自己。**你不能随便拿一把尺

----

① 作者在此处将12英寸作为标准尺长。

子,不管是十二英寸还是十三英寸的,然后用它测定其自身的准确性。没有任何仪器或设备能判定自身是否精准。"

"不。"波兹贝恩平静地回答,"我就可以做出一个有效又客观的测试。"

"世上并没有这样的测试!"泰特激动地叫嚷起来。

"绝对有! 一周之内,我就会完成它。"

"毒气袭击!"一名士兵喊叫起来。警笛声从四面八方传来。女人和孩子忙乱地寻找他们的防毒面具。大口径重炮从地下仓库被推出,发出隆隆的声响,然后被安置在射击位置。沼泽地边缘,挖泥"虫"正铲开污物,修筑了一条防护性隔离带。探照灯射向蕨草丛生的黑暗处。

波兹贝恩关严钢铁坦克车的座舱盖,向工人发出信号。坦克快速驶出泥沼和枯草丛。

"好了,"波兹贝恩深呼吸,"我们冲到地下去。"

他重新出现在地下大厅。一个圆柱形气缸正在被安放固定。

"那个缸里,"波兹贝恩说,"应该有气态的氰化氢。它是从袭击现场采来的气体样本。"

"这样做有什么用?"费希尔抱怨说,"他们现在还在外面进攻,而我们却站在这里!"

波兹贝恩示意工人们动手。他们开始安装检测设备。"我们会有两份样本,是从不同地区空气中的水蒸气提炼而来的。每一份都标注得很清楚,分别为样本A和样本B。其中一份来自遭到攻击的现场,另一份则来自这个房间。"

"要是我们检定两者都不含有毒气体呢?"西尔贝曼担心地问,"那你的实验不就失败了?"

"那我们就多做几次实验。过几个月之后,如果还是只能得到空气不含毒气的结果,那么我们受到攻击的说法也就不攻自破了。"

"那万一两边的检测结果都是有毒……"泰特有些困惑地说。

"如果真是那样,我们现在都已经是死人了。要是在我们看来,两个样本都有毒,我觉得就可以证明我们都是妄想狂患者了。"

过了一会儿,多姆格拉夫–施瓦赫勉强表示同意,"第一份是受控对比样本。如果我们已经认定了不可能得到不含氰化氢的受控样本……"

"这办法确实够狡猾。"奥基夫承认,"你的出发点是我们唯一能确信的事实——也就是我们自己还活着。我们还真是不容易质疑**这个**。"

"我列举一下可能的结果。"波兹贝恩说,"两份有毒,意味着我们大家都是神经病。两份无毒,意味着这次袭击警报可能是误报,也可能是攻击者根本不存在。一份有毒一份无毒,表明有真实的攻击存在,我们大家完全清醒而且理智。"他环视营地的所有领导者,**"但有一点必须得到我们的一致认可,两份样本分别来自哪里。"**

"我们的反应要被暗中记录吗?"泰特问。

"由机械眼通过打孔记录下来制成表格,最后再由机械设备汇总。我们每个人都会给出自己的鉴定结果。"

过了一会儿，费希尔说："我来试试。"他走上前来，探身查看比色计，然后认真地研究两份样本。他反序再检查了一遍，最后果断地抓起了选填刺针。

"你确定吗？"多姆格拉夫-施瓦赫问，"你真的确定哪个是无毒的受控样本吗？"

"我确定。"费希尔在纸卡上打了孔，标注了他的检查结果，然后走开。

"下一个是我。"泰特不耐烦地挤上来，"让我们快点完成它。"

一个接一个，九人都检查了两份样本，记下了他们的检查结果，然后走到旁边，忐忑不安地等待。

"好了，"波兹贝恩终于说，"我是最后一个。"他匆匆地俯身看看，记下自己的结果，然后把设备推到一旁，"给我最终读数。"他对扫描仪旁边的工人说。

片刻后，结果闪现出来，所有人都可以看到。

费希尔	A
泰特	A
奥基夫	B
霍斯托科夫斯基	B
西尔贝曼	B
丹尼尔斯	B

波兹贝恩	A
多姆格拉夫-施瓦赫	B
拉努瓦尔	A

"我的天啦,"西尔贝曼轻声说,"这么简单就证明了。我们就是妄想狂患者。"

"你这笨蛋!"泰特向着霍斯托科夫斯基大叫,"明明就是A,不是B! 你他妈的怎么可能选错?"

"该选B,这比探照灯还清楚!"多姆格拉夫-施瓦赫愤怒地回击道,"A根本就是无色的好不好!"

奥基夫挤上前来,"到底是哪个,波兹贝恩? 到底哪个是有毒的样本?"

"我不知道。"波兹贝恩承认,"我们这帮人,怎么可能有能力断定呢?"

多姆格拉夫-施瓦赫桌子上的呼叫器响了起来,他按开显示屏。

一名士兵操作员的脸出现在画面上,"攻击已经结束,长官。我们打退了敌人。"

多姆格拉夫-施瓦赫讽刺地微笑,"抓到俘虏了吗?"

"没有,长官。他们逃回了沼泽里。不过,我觉得应该是击中了几个敌人。我们明天会派出巡逻队去搜寻他们的尸体。"

"你觉得能找到他们?"

"这个嘛，沼泽通常都会把他们吞没。但这次说不定——"

"够了，"多姆格拉夫-施瓦赫打断他说，"要是这回真有意外收获，向我报告。"他结束了通话。

"现在怎么办？"丹尼尔斯冷冰冰地问。

"现在继续修理飞船已经毫无意义了。"奥基夫说，"何必浪费我们的时间，去轰炸空无一人的沼泽呢？"

"我建议继续修理飞船。"泰特表示反对。

"为什么？"奥基夫问。

"这样我们就可以继续前往北落师门，自己去那里的医疗站。"

西尔贝曼瞪着他，一脸的难以置信，"你说去自首？为什么不留在这儿呢？我们又没有伤害任何人。"

"的确，现在还没有。我担心的是未来，几个世纪之后。"

"到时候我们早死了。"

"在座的各位当然早就死了。但我们的后代怎么办？"

"他是对的。"拉努瓦尔承认道，"最终，我们的后代会遍布这颗恒星周边的各大行星。早晚我们的飞船会遍布整个星系。"他想要微笑，但脸上的肌肉却不听使唤，"那磁带已经指出了妄想狂患者如何顽固，他们会疯狂地坚持其固有的错误见解。如果我们的后代扩张到地球附近，就可能爆发星际战争。我们可能会赢，因为我们的脑袋更加一根筋。我们从来都心无旁骛。"

"一群天生的狂热分子。"丹尼尔斯低声说。

"我们必须隐瞒这一消息，不能让营地里的其他人知道。"奥基夫说。

"必须的。"费希尔同意,"我们得让他们仍旧以为飞船是用于氢弹攻击的。否则,我们马上就会有大麻烦。"

他们开始麻木地向密封门走动。

"等一下,"多姆格拉夫-施瓦赫着急地说,"那两个工人。"他转身返回,而九人中的其他人,有的继续向走廊里走,有的返回了原座位。

然后事情就发生了。

西尔贝曼第一个开了枪。费希尔在尖叫声中,身体的一半消散成了放射性尘埃,组成尘埃的小颗粒在空中回旋。西尔贝曼又单膝跪地向泰特开枪。泰特向后仰倒,避过了这一击,同时拔出了他的B型手枪。丹尼尔斯也躲开了拉努瓦尔的射击。后者的子弹击中了前排座椅。

在翻滚的浓烟中,拉努瓦尔冷静地贴着墙移动。前面有个高大的人影,他举枪射击。那人影倒向一边,然后还击。拉努瓦尔踉跄了一下,像泄了气的皮球一样瘫倒,西尔贝曼快步上前。

多姆格拉夫-施瓦赫正疯狂地在他桌子上寻找逃生按钮。他的手指触到了按钮,但就在他按下按钮的同时,来自波兹贝恩的手枪的能量束却削掉了他的上半截脑袋。失去生命力的躯体立定了片刻,然后就被桌子下复杂的备险机关送到"安全屋"去了。

"这边走!"为了盖过B型手枪的嘶鸣声,波兹贝恩大声喊道,"快点儿,泰特!"

多条能量束转向他的方向。半个会议室被轰塌，房顶伴着巨响落下，解体为砖灰瓦砾和燃烧的残片。他和泰特爬向紧急出口中的一个。在他们身后，其他人紧追不舍，疯狂射击。

霍斯托科夫斯基找到了出口，挤过被卡住的门。他向自己前方正在沿走廊飞奔的两个身影开枪。其中一个摔倒了，但另一个人拉起了他，两人一同艰难地逃走了。丹尼尔斯枪法更好一些。泰特和波兹贝恩刚跑出地面，丹尼尔斯便击倒了两人中身材较高的一个。

波兹贝恩继续跑了一小段，然后无声地一头撞在了一座塑料房子的侧面墙上。在夜空下，矗立着的墙面是一个幽暗的黑影。

"他们跑到哪儿去了？"西尔贝曼出现在了通道出口粗声质问。他的右臂已经被拉努瓦尔的能量束切断，断臂也烧伤得十分严重。

"我干掉了两人中的一个。"丹尼尔斯和奥基夫小心翼翼地接近那个一动不动的身形，"被干掉的是波兹贝恩。这样就只有泰特逃走了。我们已经干掉了四个人中的三个。这么短的时间内，有这样的战绩已经很不错了。"

"泰特这家伙特狡猾。"西尔贝曼喘息着说，"我觉得他早就起了疑心。"

他扫视周围的黑暗环境。战士们刚应对了毒气攻击，正从前线返回，向这边快步赶来。探照灯照射着刚才发生枪战的现场。远处有警笛声呜咽。

"他朝哪个方向跑了？"丹尼尔斯问。

"向那边的沼泽中跑去了。"

奥基夫小心地沿着狭窄的街道前行。其他人慢慢跟随在后。

"你是第一个反应过来的,"霍斯托科夫斯基对西尔贝曼说,"有一会儿,我也相信了测试的结果,然后才意识到我被骗了。他们四个人联手策划了这起阴谋。"

"我没想到对方竟然有四个人。"西尔贝曼承认,"我知道我们中至少有一个人是地球人的间谍。但是拉努瓦尔……"

"我早料到拉努瓦尔是地球人的间谍了。"奥基夫平静地宣称,"我一点儿都没觉得测试结果意外。他们伪造观测结果,也就暴露了自己的间谍身份。"

西尔贝曼向一队士兵挥手下令,"找到泰特,把他抓回来交给我们。他应该就藏在我们的营地外围。"

士兵们匆匆离去,惊异地小声嘟囔着。到处都有警铃声急响。人们来回奔忙。整个营地都躁动不安,就像个被扰乱的蚁穴。

"换言之,"丹尼尔斯说,"他们四个看到的真实结果其实跟我们一样,他们也看出 B 是有毒样本,但却故意写下 A 这个答案。"

"因为他们知道我们会填 B。"奥基夫说,"因为 B 才是从袭击现场取回的有毒气体样本。他们只要故意把答案写错。这样一来,结果就可以证实拉努瓦尔的'人人都是妄想狂患者'假定,而这也正是波兹贝恩最早设计这个测试的目的所在。这个计划在很久之前就已经制订好了,是他们整个破坏计划中的一环。"

"最早就是拉努瓦尔发现了那些磁带!"丹尼尔斯说,"费希尔和他一道,把它们藏在飞船残骸里面。波兹贝恩再借机向我们兜售他的测试计划。"

"他们到底是什么目的?"西尔贝曼突然问,"他们为什么要证明我们都是妄想狂患者?"

"这还不明显吗?"奥基夫说,"他们想让我们去自首。地球猿人当然想要扼杀将来会胜过他们的种族。我们当然不能屈服。他们四个很聪明——连我都险些被骗过。当结果显示为五比四时,我也有过片刻的怀疑。但我之后马上认识到,他们制定了一个如何阴险狡诈的阴谋。"

霍斯托科夫斯基检查了一下他的 B 型手枪,"最好是能抓住泰特,逼他说出事情的真相,交代他们的全部计划,这样我们就可以白纸黑字地记录下来了。"

"你到现在还不确信吗?"丹尼尔斯问。

"当然信,但我还是希望听到他亲口承认。"

"我怀疑大家再也没有机会见到泰特。"奥基夫说,"他现在一定已经逃到了地球人的阵营中。他可能正坐在星际军事运输舰上,向某个佩戴金色肩章的地球大人物汇报情况。我打赌,就在这会儿,他们已经开始调集巨炮和更多的突击队员来围剿我们了。"

"我们最好早做准备。"丹尼尔斯果断地说,"我们会修好飞船,在上面装满氢弹。等我们清除了他们在我们星球的基地,就把战火引到他们的老巢去。只要对太阳系发动几轮突袭,应该就能让他们吃到教训,不再来招惹我们。"

霍斯托科夫斯基冷笑,"这场战争肯定不会容易——我们要对抗一整个银河系。但我觉得我们能赢。我们每个人,都胜过一百万个地球猿人。"

泰特躺在黑暗处的草丛中,浑身发抖。滴着水珠的黑色野生植物缠绕、包裹着他。有毒的夜行昆虫掠过沼泽表面。

他浑身都是泥污,衣服也被撕扯得破烂不堪。他在途中遗失了B型手枪。他的右肩很痛,胳膊几乎动弹不得,很可能是骨折了,但麻木与迷茫使他无暇顾及这些。他脸朝下趴在泥地里,闭上了眼睛。

他一点儿生存下去的机会都没有,没人能从沼泽中生还。他虚弱地按住了一只吸附在他脖子上的虫子。虫子在他手中挣扎了片刻,终于不情不愿地死掉了。它死后,腿还抽搐了好半天。

一只针刺蜗牛试探地爬到了他的身边,然后开始在泰特不能动弹的身躯上四处乱爬。他能明显地感觉到带着黏液的蜗牛爬过他的身体,就在这时,他听到了远处营地传来的微弱声响,整个营地都开始行动了。他一时之间没有明白这意味着什么,然后他突然懂了,惊恐得开始发抖,却又无可奈何。

针对地球的行动,第一步已经如火如荼地展开了。

在无聊的地球上

西尔维娅欢快地在夜晚的点点光亮下奔跑,穿过玫瑰丛、波斯菊和沙斯塔雏菊,沿着砾石小路,越过散发出阵阵香甜的青草地,向下跑去。沿路的一摊摊水中倒映出天上的群星,她从其间掠过,脚踏之处星光闪烁,就这样一路跑到了砖墙另一边的斜坡。参天而立的雪松无视在地面穿梭的瘦小身影,她的棕发随风飘扬,眼中神采奕奕。

"等等我。"里克叫道,沿着这条他不算熟悉的道路谨慎地追在她后面,但西尔维娅还是一步不停地蹦蹦跳跳往前跑。"你慢一点儿!"他生气地喊道。

"就不!我们已经晚了。"西尔维娅毫无预兆地突然冲回他面前,挡住去路,"把你口袋里的东西掏空。"她喘着气,灰色的眼睛亮晶晶的,"把金属都丢掉。你知道他们受不了金属。"

里克翻了下衣兜。他的外衣口袋里有三枚硬币——两个十美分和一个五十美分，"这些也算吗?"

"**当然**!"西尔维娅抢过硬币，丢进了黑黢黢的马蹄莲花丛里。金属在湿答答的叶片间发出轻响，消失了。"还有别的吗?"她急切地抓住他的胳膊，"他们已经在路上了。里克，你还带了别的金属物件吗?"

"只剩我的手表了。"西尔维娅激动地伸手去抢，但里克躲开了，"**这个**，你可不能丢进灌木丛。"

"那就把它放到日晷上，或者墙头上，或者某个树洞里。"西尔维娅又跑起来，她兴奋而热烈的声音飘回他耳边，"丢掉你的烟盒、钥匙，还有腰带扣——任何金属的东西。你知道他们有多么痛恨金属。快点儿，我们已经晚了!"

里克闷闷不乐地跟在后面，"来了来了，**小巫婆**。"

黑暗中的西尔维娅厉声说:"不要这么**叫我**! 这不是真的。你为何要听信我姐姐、母亲，还有——"

她的话被一阵声响掩盖了。羽翼的扑打声从远处传来，就像巨大的叶子在冬日的寒风中飒飒作响。夜空被翅膀疯狂的重击声惊醒了。这次他们来得很快。太过贪婪，太过急切，他们拒绝再等待。男孩感到一丝恐惧，快步跟上了西尔维娅。

西尔维娅穿着绿裙子和上衣的娇小身影被巨大的飞行生物团团包围住，她一只手试图将他们推开，另一只手尽力扭开了水龙头。在翅膀的翻飞中，她就像风中芦苇一样飘摇不定，甚至有一阵子从里克的视野里消失了。

"里克!"她微弱地呼喊,"来帮帮我!"她把那些东西推开,挣扎着站起来,"他们快让我窒息了!"

里克艰难地穿过这堵由闪动的白光筑成的围墙,来到水槽边。他们正在贪婪地吮吸从木质龙头中流出的血浆。他把西尔维娅拉到自己身边。她被吓得不轻,瑟瑟发抖。他把她紧紧抱在怀里,直到周围暴烈的响动逐渐平息下来。

"他们饿了。"西尔维娅无力地说。

"你那么直接冲过去,也太蠢了。他们能把你烧成灰。"

"我知道,他们什么都能够办到。"她有些发抖,既兴奋又害怕。"看看他们,"她低语道,沙哑的声音充满了敬畏,"看看他们多么巨大,看看他们的翼展。而且还是**白色**的,里克。洁白无瑕,那么完美,我们的世界里没有什么能与之比拟。伟大、纯净又美好。"

"他们肯定很想喝羔羊的血。"

周围扑扇的翅膀扬起的风把西尔维娅柔软的发丝吹到男孩脸上。他们准备离开,咆哮着冲上天空——与其说是冲上云霄,不如说是消失了,回到他们自己的世界,那个能嗅到这个世界的血腥味的地方。然而,他们并不只是为了血而来,还为了西尔维娅。**她**把他们引来了。

女孩瞪大了灰色的双眼,将手伸向那些正在飞升的白色生灵,其中一只振翼俯冲下来。那道咆哮的耀眼白光犹如一眼短暂闪现的喷泉,烧得周围的花草咝咝作响。里克赶紧退开。燃烧着白色火焰的身影在西尔维娅头顶盘旋了一阵，接着突然一声空响，最后一只巨大的白翅膀也消失了。天空、大地逐渐冷却，恢复了黑暗和沉寂。

"对不起。"西尔维娅小声说道。

"以后别再这样了。"里克努力地从震惊的麻木中缓过来，"这很危险！"

"我很抱歉，里克。有时候我会忘乎所以，可我真的没想把他们引得这么近。"她试着笑了笑，"从我第一次带你来过这里之后，这几个月以来我都挺小心的。"她的脸上闪过一丝狂热，"刚才你**看到他**了吗？那力量和火焰！他甚至没碰到我们。他只是——看了我们一眼，仅此而已。然后周围的一切就都被烧焦了。"

里克抓住她。"听着，"他咬牙切齿地说，"你不许再召唤他们。这样是不对的，这里不是他们的世界。"

"这没有什么不对的，这景象很美。"

"但不安全！"他的手指掐进她的肉里，她痛呼出声，"不要再引诱他们来了！"

西尔维娅歇斯底里地笑起来。她挣脱里克的掌控，站到了那些"天使"升空时在大地上烧焦的圈里。"这是**情不自禁**的事儿。"她叫嚷起来，"我属于他们。他们是我的家人，从遥远的过去开始，代代相承，都是我的同胞。"

"你这话什么意思？"

"他们是我的祖先。总有一天，我会成为其中的一员。"

"你这个小巫婆!"里克怒气冲冲地吼道。

"不,"西尔维娅回答,"我才不是巫婆。里克,你还不明白吗?我是一名圣徒。"

厨房温暖明亮。西尔维娅把渗滤壶插上电,从洗碗池上方的橱柜里拿出一个装着咖啡豆的大红罐子。"你别听他们的。"她一边说一边摆好盘子和咖啡杯,然后从冰箱里取出奶油,"你知道他们根本就不懂。你看看他们。"

西尔维娅的妈妈和两个妹妹,贝蒂·卢和琼,互相倚靠着站在客厅里,恐惧又警觉地打量着厨房里这对年轻情侣。沃尔特·埃弗里特站在壁炉前,表情空洞、失神。

"你**听我说**,"里克说,"你有能力吸引他们。你是说,你并不是——难道沃尔特不是你亲生父亲吗?"

"哦,当然,他当然是。我是个完整的人啊。我看起来不像人类吗?"

"但你是唯一一个拥有这种力量的人。"

"身体构造方面,我跟别人一样。"西尔维娅若有所思地说,"我只是有看到他们的能力,仅此而已。在我之前,也曾有人具备这样的能力——那些圣徒、烈士。我小的时候,听妈妈读过圣贝尔纳黛特的故事。你记得她的洞穴在哪儿吗?一座医院旁边。他们就在那上空盘旋,而她看到了其中一员。"

"但那些血浆! 这太诡异。以前从未发生过这样的事。"

"哦，是的。血浆会把他们吸引来，尤其是羔羊的血。他们喜爱在战场之上盘旋，就像女武神瓦尔基里，他们也是把死者送往瓦尔哈拉神殿的使者。这就是圣徒和烈士切割肉体自残的原因。你知道我是怎么想出用血浆吸引他们飞来这个点子的吗？"

西尔维娅在腰上系上一条小围裙，给渗滤壶里加满咖啡。"我九岁的时候，就从《荷马史诗》里读到过，就在《奥德赛》里面。尤利西斯在地上挖出一条沟渠，灌入血浆，来吸引那些来自死亡国度的阴影。"

"没错。"里克不情愿地承认，"我也记得这段情节。"

"那些亡魂都曾活在这世上。每个生活在这个世界的人类，他们都会死，然后去往那个世界。"她开始激动起来，"我们将会拥有翅膀！我们都将拥有飞行的能力，体内都将充满火焰和力量，将不再是可怜的爬虫。"

"'爬虫'！你总是用这个词来称呼我。"

"你当然是一只爬虫。我们都是爬虫。肮脏污秽的爬虫，地壳表面的爬行者，活在粪土和尘埃之间。"

"血浆为什么能把他们吸引来呢？"

"因为血代表着生命，吸引它们的东西就是生命。血浆在盖尔语中被称作'uisge beatha'——'生命之水'。"

"流血意味着死亡！一整槽的血浆……"

"才不是死亡。当你看见一条毛虫变成蛹，你能说它死了吗？"

沃尔特·埃弗里特站在厨房门口，听了女儿的话，脸色很难看。

"总有一天，"他粗声大气地说，"他们会抓住她，把她带走。她想跟他们走，她一直都在等待那一天。"

"你看到没？"西尔维娅对里克说，"他也不懂。"她关闭渗滤壶，倒出咖啡。"你喝咖啡吗？"她问父亲。

"不要。"埃弗里特回答。

"西尔维娅，"里克说，就像哄小孩子一样，"如果你跟他们走了，就不会有机会回到我们身边了。"

"我们早晚都要去往彼岸，这是我们人生的一部分。"

"但你才十九岁。"里克哀求道，"你年轻、健康又漂亮。而且我们的婚姻——我们的婚姻怎么办？"他从桌边站起来，"西尔维娅，你不能这样下去了！"

"但我**控制不了**。我第一次见到他们时只有七岁。"西尔维娅站在洗碗池边，手里握着咖啡渗滤壶，眼神恍惚，"还记得吗，爸爸？我们那时还住在芝加哥。那是一个冬天，我在从学校回家的路上摔倒了。"她抬起细瘦的胳膊，"还记得这道疤痕吗？那天我在砾石路和冰雪上摔倒了，划伤了自己，哭着往家跑。当时雨雪交加，寒风在我周围咆哮，胳膊流的血把手套都浸透了。就在那时我抬头，看到了他们。"

空气里一片沉默。

"他们想要带走你。"埃弗里特可怜巴巴地说，"他们像一群苍蝇，一群丽蝇，悬浮在你的周围，等着你。呼唤你跟他们一起离去。"

"为什么不呢？"西尔维娅的灰眼睛炯炯有神，两颊洋溢着欢乐和期待，"你见过他们，爸爸。你知道那意味着什么。这将是一次升华——从肉体凡胎变成神！"

里克走出了厨房，看到两姐妹紧挨着站在客厅里，好奇又忐忑不安。埃弗里特夫人独自站着，脸色像大理石像一样凝重，钢丝边眼镜后面藏着一双阴郁的眼睛。里克经过时，她转开了视线。

"外面到底发生了什么？"贝蒂·卢紧张地小声问。她十五岁，两颊凹陷，相貌平平，身材干瘦，长着一头灰褐色的头发，"西尔维娅从来都不许我们跟她一起出门。"

"什么都没发生。"里克回答。

那女孩缺乏魅力的脸上燃起怒火，"你说谎。你们两个都在花园里，躲在黑暗中，还——"

"别跟他说话！"埃弗里特夫人厉声说。她把互相倚靠着的两个女孩扯开，瞪了瞪里克，眼神里充满了仇恨和痛苦，然后又迅速看向别处。

里克打开通往地下室的门，然后打开了灯。他缓缓下楼，进入这个被水泥墙和泥土地面包围着的房间。里面既寒冷又潮湿，头顶上有一盏持续发着暖黄光的灯，悬着它的电线上布满了灰尘。

房间一角放着巨大的地板炉，配有粗壮滚烫的通气管。在它旁边的是热水器和一些闲置的杂物，有整箱的旧书、报纸、旧家具，表面都积着厚厚的尘土，覆着层叠的蜘蛛网。

房间的那一头放着洗衣机和滚筒甩干机，还有西尔维娅的水泵和冷藏系统。

里克从工作凳上拿起一把锤子和两把笨重的管道扳手，慢慢逼近那设计复杂、为"白鸟"供食的水箱和管道，手里端着咖啡杯的西尔维娅这时却突然出现在楼梯上端。

她迅速走下楼梯，来到他身边。"你到这下面来干什么？"她一面问一面研究着他的神情，"你拿锤子和扳手干什么？"

里克把几件工具撂回工作凳上，"我认为或许我现在就能解决你带来的麻烦问题。"

西尔维娅挡在他和那些水箱之间，"我还以为你能理解。它们一直都是我生命的一部分。我第一次带你去看它们的时候，你看似还能明白——"

"我不想失去你，"里克厉声道，"不管对方是人是怪，不管是这个世界还是其他时空。**我绝不会放弃你。**"

"这根本就不是放不放弃我的问题！"她的眼睛眯了起来，"你下到这里，就是要毁掉这一切。只要我一不留神，你就会把它们都砸毁，是吗？"

"没错。"

女孩脸上的愤怒变成了恐慌，"你真忍心让我困在这里吗？我已经完成了这段旅程的前一部分，必须继续向前走——我待在这里的时间已经够长了。"

"你就不能再等等吗？"里克愤怒地质问。他的声音已经无法掩饰内心的绝望了，"人类的生命本就短暂，那一天难道还会来得不够快吗？"

西尔维娅耸耸肩，转向别处。她两臂交叉在胸前，红嘴唇紧闭着，"反正你只想做只爬虫，一只毛茸茸的小爬虫而已。"

"我想要的是**你**。"

"你不可能**占有我**！"她愤怒地转过身来，"我根本没时间浪费在这种事情上。"

"是，你总是在想更高级的东西！"里克狂躁地吼道。

"当然。"她的语调缓和了一些，"我很抱歉，里克。还记得伊卡洛斯的故事吗？你也是想飞上天空的啊。"

"但要等到适当的时候。"

"为什么不能是现在？为什么还要等？你只是在害怕而已。"她轻巧地避开他，狡猾地撇了下红嘴唇，"里克，我想让你看点儿东西。但你得先答应我，你不会告诉任何人。"

"是什么东西？"

"你答应吗？"她把手放在男孩的嘴唇上，"在这件事上我必须小心，这花了好多钱。还没有人知道。这是中国的习俗，人生的一切都以其为终点。"

"我很好奇，"里克说，心里涌出几分不安，"给我看吧。"

西尔维娅兴奋得发抖，钻进冻硬的冷冻线圈后面的一片黑暗中，消失在了巨大而笨重的冰箱后面。他能听见她在拉扯某件东西，一阵刮擦声，像是某个大家伙被拖出来的声音。

"看到了吗？"西尔维娅喘息着说，"帮我一把，里克。它很重，是硬木和铜做的,还镶着金属边,这是手工打蜡抛光过的。而且上面的花纹——看看这上面刻的花纹!是不是很美?"

"这是什么?"里克的声音变得沙哑。

"这就是我的蛹壳。"西尔维娅说。她满足地坐在地板上,把头幸福地靠在那口抛光的橡木棺材边缘。

里克抓住她的胳膊,把她拖起来站好,"你不能在这样阴冷的地下室里坐在一口棺材旁边,毕竟——"他突然停下,"怎么了?"

西尔维娅的脸痛苦地扭曲着。她从他面前退开,迅速地把手指放进嘴里,"我的手被割破了,就在你刚才拉我起来的时候,好像划在某个钉子之类的东西上面了。"一道细细的血流沿着她的手指滑下。她在自己衣袋里摸索着手绢。

"让我看看。"里克靠近她,她却避开了。

"严重吗?"他问。

"不要靠近我。"西尔维娅低声说。

"到底怎么了? 让我看看!"

"里克,"西尔维娅的声音紧张又低沉,"去拿水和包扎胶带来。越快越好!"她正在极力控制渐渐升起的恐惧,"必须要尽快止血。"

"我们上楼去吧?"里克笨拙地挪动了一下,"看起来伤势并不严重。你不如……"

"快呀。"女孩的声音突然变得极为悲切,恐惧已经无法掩饰,"里克,**快去**!"

里克不明所以地跑上了几级台阶。

　　西尔维娅的恐惧透过声音传给里克。"不，已经太晚了。"她虚弱地叫道，"别再回来！离我远一些。这是我自己的错，是我这么训练他们，让他们飞来的。**别再靠近！我很抱歉，里克。哦——**"地下室的墙面突然爆裂开来，淹没了她的声音。一大团发光的白色东西冲了进来，耀眼的光芒充斥着整个地下室。

　　他们要找的是西尔维娅。她朝着里克跑了几步，又犹疑地停了下来。然后，那一群白鸟停在了她周围。她尖叫了一声。然后，一声剧烈的爆炸，把地下室变成了一个火热的熔炉，闪亮的碎片四处飞舞。

　　他被冲击波击倒在地。水泥地又热又干，空气里热浪滚滚。白鸟们从窗户冲出，震碎了玻璃，烟火舔舐着墙面，天花板塌了下来，灰泥像雨点般落下。

　　里克挣扎着站了起来。刚才的狂暴渐渐平息了下来。地下室里一片杂乱，所有器物的表面都被烧得焦黑，覆盖着烟灰，到处都散落着碎木料、破碎的衣服和水泥块。地板炉和洗衣机都变得面目全非，复杂的水泵和冷藏系统也变成了闪着寒光的废料堆。一整面墙都被完全扭曲，撕裂到了一边，地上到处落着灰泥。

　　西尔维娅的身体被扭成一团，胳膊和腿都以怪异的角度折叠起来。一部分干瘪和碳化了的残骸碎成了一堆灰，还有一些被烧焦的碎骨片和一点残留的、一碰便碎的凄惨空壳。

　　夜空漆黑，寒意刺骨，寥寥的几颗星星像冰晶一样在他头顶上方闪烁,潮湿的风拂过湿漉漉的马蹄莲花丛。黑玫瑰花丛之间的小径上弥漫着薄雾,夜风经过,扬起小道上散落的碎石子。

他蹲了好一会儿,眼观四路,耳听八方。雪松林的后面,高大的房子矗立在天穹下。斜坡底部,几辆车正沿着高速路行驶。除此而外,悄无声息。在他前方,巨大的陶瓷水槽和连接管道的轮廓显得有点儿突兀,那是从前西尔维娅用来输送地下室冰箱里的血浆的。水槽已经干掉了,除了几片掉落的枯叶,里面空空如也。

里克深呼吸了一次,把清冷的夜间空气在胸腔里憋了一会儿,然后僵硬地站了起来。他仔细扫视天空,却没发现任何动静。他知道,他们就在那儿,在那儿观察和等待着。就是他们,那些模糊的影子,那些在传奇般的往昔中留下回响的生物,那些神一般的形象。

他开始移动那些沉重的大桶,里边装着从新泽西一家屠宰场买来的血浆,都是些廉价的肉牛血,黏稠,而且已经开始结块。他把桶拖到水槽边,倒了进去,紧张地避开溅起的血浆。头顶的天空依旧是一片死寂,黑暗的花园里夜雾弥漫,也仍然寂静无声。

他站在血槽旁边等待,琢磨着那些异类还会不会出现。他们曾被西尔维娅引来过,但很明显,他们的到来不仅仅是为了那些血浆。没有了她,这儿失去了吸引力,水槽里装着的也从美食变成了未加工的生食。他把空的金属桶挪到灌木丛旁边,把它们踢下斜坡,然后小心地翻遍自己的衣兜,确认里面没有任何金属。

西尔维娅多年来的投喂培养了他们循着血腥味而来的习惯。现在她去了他们的世界,这是否意味着他们不会再降临?潮湿的灌木丛里出现了一点儿动静,里克疑惑:是有什么动物吗? 还是小鸟?

湿漉漉的血浆在水槽里闪着光,黏糊糊的一团发着暗光,就像老旧的铅。过去在这种时候他们就会出现,但今天却毫无动静,头顶上方的大树间也没有一点儿声响。他沿着低垂的黑玫瑰丛间的小道离开,在这条他曾和西尔维娅一同跑过的砾石小路走着——他猛地停止思考,关上近期记忆的阀门,不去想她明亮的眼眸和深红的双唇。斜坡的那一边是高速公路和空寂无人的花园,还有那座寂静的房子,以及在里面蜷缩着等待消息的她的家人。过了一会儿,他听见一阵低沉的嘶嘶声。他不自觉地绷紧了身体,但发现那只是一辆沿着公路行驶的柴油卡车发出的声音,那车头灯在黑暗里亮得耀眼。

他依然顽固地站在那儿,两脚分开,脚跟陷入松软的黑土里。他不会离开,他要一直等在这里,直到他们降临。不管付出多大代价,他一定要让她回来。

潮湿的雾气像展开的罗网一样飘过月亮,天空像一片巨大的荒原,既无生机,也无温度。深空里充斥着死气沉沉的阴冷,仿佛远离了太阳,远离了所有的生命。冷星在浓雾的帷幕后时隐时现。他抬头仰望,直到脖子酸疼。深空里还有别的东西存在吗? 他们是根本就不想来,还是对他这个人毫无兴趣? 从前吸引他们来的是西尔维娅,而现在他们已经得到了她,所以不会再来了吗?

突然,他身后有什么东西悄无声息地动了一下。他感觉到了,随即转身去看,这时四面八方的灌木和乔木都在夜色的掩护下自动开始挪动,像纸板道具一样晃动、聚集,有某个东西在其间穿行而过,快速、安静,然后消失了。

那是他们,他能感觉到。他们藏起了奇异的力量和耀眼的火光,以冰冷、麻木的形象出现,从树林间升起,衬得雪松林又矮又小。他们在远离他和他的世界的地方,被好奇心和习惯力驱使而来。

"西尔维娅,"他语调清晰地询问,"哪一个是你?"

没有回应。也许她并不在他们中间,他感觉自己很蠢。一道模糊的白光飘到水槽上空停留了片刻,然后毫不犹豫地飞走了。接着另一只也飞来察看片刻,然后也离开了。水槽上方的空气颤动了一会儿,又恢复了寂静。

他体内升起一阵恐慌。他们对水槽不感兴趣,准备离开,回到那个世界里去。"等等啊。"他喃喃哀告。

几个白色身影停了下来。他缓缓向他们靠近,对他们闪烁不定的巨大身形还有几分忌惮。若是被他们任何一只碰到,他立马就会被烧焦,变成一堆黑灰。于是,在距离他们还有几英尺的地方,他停下了。

"你们知道我想要什么,"他说,"我想要她回来。她不应该这么早就被带走。"

静默。

"你们太贪婪了。"他说,"你们那样做不对。她本来就是要去你们那里的,早晚都要去。她都已经想好了。"

黑雾中传来窸窣的声音。树间,那些闪烁的影子微微有些动作,开始回应他的质询。"**的确**。"一个超然世外、不像人声的声音传到他耳中。那声音在他周围回荡,从一棵树传到另一棵,无法辨别来源和传播方向,很快就被夜风吹走,只留下隐约的回声。

他松了一口气。他们停留下来了,他们能感知到他的存在,还在听他说的话。

"你们觉得这样做对吗?"他继续问,"我们本来要结婚,生儿育女,她本可以度过漫长的一生。"

没有回答,但他能感觉到气氛变得紧张起来。他凝神静听,但还是听不到任何回应。过了一会儿,他意识到他们产生了争执。紧张感逐渐加强,更多的影子闪现出来,云雾、寒星都被他们掩盖住了。

"里克!"一个声音颤抖着,飘落到树木和湿漉漉的花丛中的幽暗处,他几乎听不清。那声音几乎是刚刚出现就已经消失,"里克——帮我回去吧。"

"你在哪里?"他辨别不了她的位置,"我能做什么?"

"我不知道。"她的声音里饱含着困惑和痛苦,"我也没明白发生了什么。肯定是误会,他们肯定是以为我想要马上来到这边的世界。但我**没**想这样!"

"我了解,"里克说,"那是意外。"

"他们的确在等我。我有了蛹壳,也有了吸引他们来的血槽,但一切还是发生得太快了。"她声音里的恐惧越过那个世界模糊的边界,直直传入在这个世界的他的心底,"里克,我后悔了,现在我想回去。"

"这可不是你这么一说就能回来的事儿。"

"我知道。里克,你们的世界里时间是缓慢前行的,这边的时间不一样,我感觉我已经离开很久很久了。已经过去好几年了,对吗?"

"才一个星期而已。"里克说。

"都是他们的错。你没有怪我吧? 他们也知道他们做错了事,这件事的参与者都已经受到了惩罚,但这对我毫无帮助。"她的声音因为痛苦和恐慌变调了,他几乎分辨不出她在说什么,"到底怎么样我才能回来呢?"

"他们不知道吗?"

"他们说这不可能。"她的声音在颤抖,"他们说我在尘世的身体已经被毁,烧成了灰。即使我回来,也没有可以寄宿之处。"

里克深呼吸了一下,"让他们想别的办法,用什么方法这件事完全是取决于他们。他们怎么可能没有送你回来的力量?! 他们这么快就把你带走,当然必须送你回来,这是**他们**应负的责任啊。"

那些白影开始不安地躁动,冲突愈演愈烈,他们难以达成共识。里克小心地后退了几步。

"他们说这样很危险。"西尔维娅的声音不知是从什么地方传来的,"他们说,以前曾做过一次这样的尝试。"她试图控制自己的语调,"这边跟你们那边之间的纽带并不稳定,两个世界之间的空间中有大量自由飘浮的能量。在这边，我们拥有的巨大力量其实并不真正来自我们自身。这是一种宇宙能量，只不过被我们引导和控制住了。"

"他们为什么就不能……"

"这里是更高级的世界。能量会自然而然从低等区流入高等区，反向流动会产生巨大风险。血浆，就是某种指引能量流动的标志，就像是闪光的标记物。"

"就像飞蛾总会萦绕在灯泡周围一样。"里克沉痛地说。

"如果他们试图把我送回，中间出了差错的话——"她哽了一下，然后继续说，"如果他们把某一步搞错，我可能会迷失在两个世界之间，可能会被那些自由能量吸收。他们看上去是有部分生命力的，但我们完全不了解他们。记得普罗米修斯盗火的故事吗……"

"我明白了。"里克尽可能平静地回答。

"亲爱的，假如他们试图送我回去，首先得找到一具能够进入的肉体。你也知道，我现在已经没有形体了。这边的一切都没有实际形体，你看到的翅膀和白光都不是真实存在的。如果我成功回到你们的世界……"

"你就必须造出一个可以进入的模型。"里克说。

"我必须占据那边的某个肉身。我将进入其中，并将其重塑为自身。很久之前'他'做过这样的事，把一个这边世界的原始形态放入了你们的世界。"

"既然他们以前成功过一次，这次也可以。"

"那个'他'已经不在了，升入了更高级的世界。"她的语调里透出某种讽刺意味，"还有比这里更高级的世界存在，往上的梯子并非到此就结束了，好像一直都会有更高级的世界。一个接着一个，没有人知道终点在哪里。"

"那你回来这件事的选择权是在谁手里呢？"里克问。

"这取决于我自己。"西尔维娅的声音有点虚弱，"他们说，如果我自己愿意冒险，他们会做相应的尝试。"

"你想怎么做？"他问。

"我很害怕。要是出了意外怎么办？你是没见过世界之间的连接区，那里有各种不可思议的可能性，他们让我害怕。'他'是唯一一个有足够勇气去尝试的人，其他所有人都很害怕。"

"可这是他们的错，他们应该承担责任。"

"他们知道这个。"西尔维娅顿了一下，心情仿佛十分痛苦，"里克，亲爱的，请告诉我该怎样做。"

"回来！"

又是一阵沉默。过了一会儿，她微弱又可怜的声音再次响起："好吧，里克。如果你觉得应该这样做的话，那我就试试回来吧。"

"就该这样。"他坚定地说。他迫使自己停止思考，停止描绘和想象任何事情。**他必须让她回来**。"让他们现在就开始准备。告诉他们——"

热力在他面前爆炸，声音震耳欲聋。他被冲击波抛到半空，掉进一片充满纯能量的火海里。他们正在离开，这片火海在他周围怒吼。有一个短短的瞬间，他以为自己看到了西尔维娅，看到她的手哀求似的朝他伸来。

然后那火焰冷却了下来，他视线模糊，独自躺在一片寂静的潮湿夜雾里。沃尔特·埃弗里特把他扶了起来。"你这该死的白痴!"他一遍又一遍地抱怨，"你根本就不该引他们回来。他们从我们身上夺走了那么多，已经够了!"

他们回到了宽敞、温暖的客厅。埃弗里特夫人沉默地站在他面前，面无表情，但神情严肃。两个女儿焦急地围在他身边，极度好奇，瞪大了眼睛，眼神中透露出对这件事病态的痴迷。

"我没事儿。"里克喃喃说，他伸手从脸上抹掉了些黑灰。他的衣服多处被烧焦和熏黑，有些干草粘到了他的头发上，是那些东西飞离时留下的，他们当时在他周围烧出了一个圆环。他躺在沙发上闭眼休息，一睁眼发现贝蒂·卢·埃弗里特正在把一杯水硬塞进自己手里。

"谢谢。"他轻声说。

"你真不该去那个鬼地方。"沃尔特·埃弗里特重申，"为什么?为什么你要做那样的傻事? 你明知道她落到了怎样的下场，你也想变成那样?"

"我想让她回来。"里克小声说。

"你疯了吗? 她回不来了，她已经死了。"他的嘴唇抽搐着，"你亲眼所见。"

贝蒂·卢细细地打量着里克。"刚才外面发生了什么?"她问，"你像是看到她了。"

里克艰难地站起来,离开了客厅。他走进厨房,把洗碗池里的水放空,给自己倒了一杯酒,然后疲惫地倚靠在洗碗池边。这时贝蒂·卢又出现在了门口。

"你到底想干什么?"里克问。

女孩的脸颊泛着不健康的红晕。"刚才在外面一定发生过什么。你喂了他们食物,对吧?"她朝里克逼近,"你想把她带回来?"

"是的。"里克说。

贝蒂·卢神经质地笑着,发出咯咯的声音,"但你做不到。她已经死了,我亲眼看到她的身体被烧成灰烬。"她脸上闪着兴奋的神色,"爸爸总是说,她早晚会碰到麻烦,还真被他说中了。"她俯身凑近里克,"她是个小妖婆!她活该落到这样的下场!"

"她会回来的。"里克说。

"**不可能!**"女孩相貌平平的脸上掠过恐慌,"她**回不来**了!她已经死了,就像她自己以前总说的那样,化茧成蝶。她现在是只蝴蝶!"

"你回屋去!"里克说。

"你没资格对我发号施令。"贝蒂·卢歇斯底里地提高了嗓门,"这里是**我**家。我们不想再看到你出现在这里,爸爸很快就会跟你说这件事。他不欢迎你,我也不欢迎你,我妈妈和妹妹也同样……"

里克察觉到了身边毫无预兆的变化。就像电影卡住了一样,贝蒂·卢僵住了,嘴巴微微张开,一只手臂抬起,说话声戛然而止。就像一个瞬间失去生命力的形体,被夹在两块玻璃板中间,在地板上耸立着。她变成了一个昆虫标本,没有语言,没有动作,仅剩一具空壳。这诡异的状态并不是死亡,而是突然回到了毫无生气的原始状态。

新的灵魂正在渗入这个被捕获的空壳,一道生命的彩虹停留在她身体上空,就像滚烫的液体一般,想要急切地涌入她身体的每一个地方。那女孩绊了一下,发出呻吟声,身体剧烈地抽搐,然后重重地撞向墙壁,放在头顶架子上的一只瓷杯被震得掉在地面摔碎了。女孩麻木地后退了几步,一只手捂着嘴巴,眼睛瞪得老大,里面满是痛苦和震惊。

"噢!"她呼痛说,"我的手被割破了。"她摇了摇头,抬起眼望着他,神情吸引着他全部的目光,"好像划在某个钉子之类的东西上面了。"

"**西尔维娅!**"他抓住她,把她拖离那堵墙。他手里握着**她**的胳膊,温暖又丰满的成年女性的胳膊。震惊的灰色眼眸、棕色的头发、微微颤动的胸部,她现在的模样,跟她死去前在地下室里的那个样子一模一样。

"我看看。"他说。他把她的手从嘴上拿开,颤抖着检查她的手指。那里没有伤痕,只有一条正在迅速消退的细白线,"没事儿,亲爱的。你完全没事儿!"

"里克,我去了**那边**。"她的声音沙哑虚弱,"他们来了,把我拖到了彼岸。"她的身体剧烈地哆嗦着,"里克,我是真的**回来**了吗?"

他紧紧抱着她，"你完完整整地回来了。"

"那么长的时间……我被困在那里一个多世纪，数不清过了多少年。我以为——"她突然挣脱开去，"里克……"

"怎么了？"

恐惧充斥在西尔维娅脸上，"有点儿不对劲。"

"没有哪儿不对劲。你回家了，除了这，别的都不重要。"

西尔维娅从他身边退开，"但他们给我找了个活体来用，对吧？不是什么失去灵魂、已经被遗弃的肉体。里克，他们没有那种力量，他们无法重现那个'他'曾实现过的事。"她的声音惊慌失措，音调越来越高，"这是错误的。他们本不应该傻到犯下如此大错，不该来打破这种平衡，它现在已经不再稳定了，他们中的任何一个都无法控制……"

"别再说这种话！"里克堵在门口激动地说，"这样做值得——**无论怎样**都值得。如果他们打破了什么平衡，也是他们自己的错。"

"我们无法恢复它！"她的音调骤升，声音尖厉，和拉扯电线的声音一样刺耳，"我们已经启动了这个新模式，它开始向四面扩展了。'他'设立的平衡被**打破**了。"

"好了，亲爱的，"里克说，"我们去客厅坐坐，跟你的家人见个面，这样你就会感觉好一点儿。你必须努力从这种糟糕的状态中恢复过来。"

他们走近了那三个在客厅里坐着的人，其中两人坐在长沙发上，一人坐在壁炉前的直背椅子里。他们一动不动，面无表情，肤色蜡黄,身子软弱无力。这对情侣进入房间时,他们没有做出任何反应。

里克停下了脚步,对眼前这一切感到很困惑。沃尔特·埃弗里特一手拿着报纸,脚上趿着拖鞋,整个身体都向前瘫着。他的烟斗还在椅子扶手上的烟灰缸里冒着烟。埃弗里特夫人也坐着,膝上放着针线,脸上一如既往的严肃表情,但却带着一分怪异的模糊,就像构成她五官的材料都被融化,然后流到了同一个位置。琼缩着身子坐着,整个人成了不成形的一团,就像一团粘到一起的黏土,每过一瞬间,她的形象都在变得更加模糊。

琼的身体突然塌了下去,两只胳膊松松地吊在身体两侧,头也垂了下去,四肢和身体丰满了起来,容貌也迅速变化着。衣服变成了另外一身,头发、眼睛和皮肤的颜色也都变了,她身上蜡一样的苍白消失了。

她把手指按在唇上,无声地看着里克,眨了眨眼睛,目光聚集在他身上。"噢!"她惊叫。她嘴唇活动的样子很怪,声音也很微弱,声调不稳,就像质量低劣的录音。她费力站起来,身子摇摇晃晃,极不协调地两脚站定,姿势怪异又僵硬地一步步朝他靠近,就像提线木偶。

"里克,我的手被割破了。"她说,"好像划在某个钉子之类的东西上面了。"

埃弗里特夫人的身体也在剧烈变化着。一开始是不成形、模糊的一团,然后发出了沉闷的声音,姿势怪异地动来动去。渐渐地,她的轮廓变得鲜明起来。"我的手指头。"她的声音十分虚弱。接着安乐椅上的第三个形象也开始说同样一套词儿,就像是在黑暗中逐渐出现的镜像。很快,四根手指竖起,四张嘴唇同时翕动着,吐出相同的句子。

"看我的手指头。我的手被割破了,里克。"

就像是鹦鹉学舌一般,这些语言和动作被重复模仿,又逐渐归于平静。这些形象慢慢成形,每一个细节都是熟悉的那个样子。一次又一次,在他周围重复同样的话。坐在长沙发上的人重复两遍,坐在壁炉前的椅子上的再说一遍,紧贴他身旁的又来一遍。紧贴着他的这个西尔维娅离得是那么近,近到他能听到她的呼吸声,能看到她的嘴唇在微微抖动。

"到底怎么回事?"他身边的西尔维娅问。

长沙发上的一个西尔维娅重新开始做起了针线活,她有条不紊地继续工作,完全沉浸其中。深陷进安乐椅上的那个西尔维娅拿起她的报纸和烟斗,开始继续读报。另一个踮起身体,一副紧张又害怕的样子。他身边的那个西尔维娅跟着他退到了门口,她忐忑不安地喘着气,灰眼睛瞪得大大的,鼻翼紧张地翕动着。

"里克……"

他一把拉开门,跑到外面黑暗的走廊里。他像机器一样穿过周围浓浓的夜色,摸索着走下阶梯,径直朝车道走去。灯光在他身后划出一块暖黄色的四方形,照出了西尔维娅的轮廓,她正快快不乐地望着他的背影。在她身后,其他人的轮廓也全都一模一样,一群纯粹的复制体，全都低头忙着各自手中的事。

他钻进自己的车，开上了公路。

夜色中树木和房屋昏暗的影子在车窗外一闪而过。这股恶性浪潮正在一圈圈地向四面八方蔓延，随着被破坏的平衡状态四处扩散，这股破坏力量围成的圆圈越来越大，被波及的范围也会越来越广。他想看看这种异象能够蔓延多远。

他驶入了主干公路，很快就有许多车出现在他周围。他想看清那些车里的状况，但它们速度太快，飞驰离开了，只有前方的那辆红色普利茅斯在他的视线范围内。开车的是个身着蓝色西装的肥胖男子，正欢快地跟身边的女子谈笑。里克开着车紧追在这辆红色汽车后面。那个男人挥舞着肥胖的手掌，笑的时候露出闪着光的金牙。坐在副驾上面容娇美的女孩朝着那男人微笑，她理了理自己的白色手套，抚平了她那头深色的秀发，然后摇上身侧的车窗。

突然一辆重型柴油卡车插到了两车之间，那辆普利茅斯消失在了他的视野中。他绝望地绕过卡车，插到那辆快速行驶的红色轿车前面去。不一会儿，轿车又超过了他。有那么一会儿，他能清清楚楚地看到车里的两个人。那女孩变得很像西尔维娅，同样精致的尖下巴，同样笑起来会微微张开的厚嘴唇，同样娇弱的两臂和双手。她就是西尔维娅。那辆普利茅斯拐了弯，有那么一阵，他的前方不再有别的汽车。

他在茫茫夜色中行驶了许久，油量表的读数越来越低。他前方是低矮起伏、向远处延伸的郊野，还有那在城镇、一眨不眨的星星和阴沉夜空之间铺展开的旷野。终于,他看到前方有红黄两色的光线在闪动,那是个十字路口,应该有加油站和巨大的霓虹灯,他朝着那团光线行驶过去。

他拐离公路,驶入浸透了油污的砾石小路,在一个单泵的加油箱前把车停了下来。他爬出车门,脚下的碎石子被踩得嘎吱作响,接着他又拧开油箱盖,抓起汽油管。就在油箱快要加满时,冷清的加油站站房的门打开了,一个穿白色工装裤、海军蓝衬衫的苗条女子走了出来,一头浓密的棕色鬈发几乎遮住了她头上那顶小小的帽子。

"晚上好,里克。"她轻声说。

他赶紧把汽油管放回去,发动汽车逃回公路。他只顾加速,已经不记得有没有把油箱盖子拧回去。他已经行驶了一百多英里,离州界线越来越近。

第二天清早,他发现了一间小小的路边咖啡馆,在清晨冰冷幽暗的空气里发出温暖的黄色灯光。车速慢了下来,他把车停在公路边冷清的停车场里,然后带着困倦的双眼推开了咖啡馆的门。

人们正在享受早餐,煎火腿和黑咖啡温暖的浓香包围了他,这一幕让他放松了下来。一台自动点唱机在屋角大声地播放歌曲。他在高脚凳上坐了下来,弓着身子,两手抱着头。他旁边坐的那个身材瘦削的农夫好奇地打量了他一番,然后继续开始读报纸。两个面容凶悍的妇女坐他对面,也都凝视了他一会儿。店里还有个帅气的年轻人,穿着牛仔外套和牛仔裤,正在吃红豆和米饭,桌上还放着一大杯热气腾腾的咖啡。

"吃点啥？"干练的金发女服务员问，她耳朵后面夹着根铅笔，头发在脑后束成了一个紧致的发髻，"看来你昨晚上没少喝酒啊，先生。"

他点了咖啡和蔬菜汤。他很快就吃上了，双手机械地把食物送进嘴里。他突然发现自己狼吞虎咽地在吃火腿奶酪三明治，他点过这些吗？点唱机还在咿咿呀呀地唱，客人来了又走。路边有个小镇向一侧延伸，镇子后面是一座座缓坡小山。暗淡的阳光毫无温度，从云层中射出，宣示着清晨的来临。他又吃了一个热热的苹果派，然后用餐巾纸迟钝地擦拭嘴巴。

咖啡馆里很安静，连点唱机都停了，柜台上也没有一个人动，没有人开口说话。外面也没有任何动静，只是偶尔有卡车轰鸣着在路上吃力地行驶着，车身潮湿，车窗关得紧紧的。一份令人不安的宁静笼罩着一切。

他抬起头，看到西尔维娅站在他面前。她的两臂交叉在胸前，目光空洞地看向他身后。她耳后夹着一支明黄色的铅笔，棕色头发绑成了一个紧致的发髻。餐厅角落里坐着其他人，其他好多位西尔维娅，面前摆着餐盘，有的在打瞌睡，有的在吃饭，有的在看报。除了穿着打扮不同，每一个都跟旁边的人长了一副相同的面孔。

他赶紧回到了车上，半小时后就越过了州界线。明亮却冰冷的阳光照在挂着露水的房顶和人行道上，他加速驶过多座陌生的小镇。

在早晨明亮的街道,他看到那些早起的西尔维娅三三两两地走着,赶往上班的地方,高跟鞋的咔嗒声回响在清晨的寂静里。在公交车站,他看到西尔维娅们成群结队地站着等车。他还能想象在每栋房子里,有不计其数的西尔维娅正在起床、吃早餐、洗澡、穿衣。一整个小镇的西尔维娅都在为新的一天做准备,将要开始日常的工作。这种异象还在扩展、蔓延。

他离开了那些小镇。他的脚重重地从油门上滑下来,车速渐渐变慢。他看到两个西尔维娅正一同穿过一片平地,手里拿着书,是两个在上学路上的孩子,两个和西尔维娅一模一样、一成不变、绝无二致的形象。一条狗兴奋地跟在两个女孩身后打转,它那么无忧无虑,这种异象丝毫没有减损它的快乐。

他继续驾车前行,驶入了前方的一座城市。一幢幢高耸的写字楼矗立在苍穹下。他经过核心商业区时,街上非常繁忙,四处都是噪声。在接近城市中心的一个地方,他追上了异象怪圈扩展的边界,进入了没有被波及的地区。这里再也没有千千万万的西尔维娅了,灰眼睛和棕头发被长相各异的男女老幼取代。他加速穿过市中心,从城市另一端进入宽阔的四车道高速路。

但他过于疲惫,终于还是减速了。已经连续开车好多个小时,他的身体已经累到不由自主地发抖。

前方路边有个橘色头发的年轻人,欢快地举起大拇指示意想搭便车。他瘦得像根竹竿儿,身穿棕色的肥大裤子和一件浅色骆驼毛毛衣。里克把车停了下来,打开了前车门。"上车。"他说。

"谢了，哥们儿。"那年轻人快步跑上来，刚爬上车子，里克就开始加速。年轻人砰的一下关上车门，感激地靠在椅背上，"外面越来越热了，站在那儿还真有点儿受不了呢。"

"你准备去哪儿？"里克问。

"我想去芝加哥呢。"年轻人羞涩地笑着说，"当然，我并没指望坐你的车去那么远，只要能搭车走上一截就很感激了。"他好奇地看看里克，"你又打算去哪里呢？"

"哪儿都成。"里克说，"我可以把你一直送到芝加哥。"

"这个……可是足有二百英里呢！"

"没问题。"里克说，他变道进入左侧快车道，继续加速，"假如你想去纽约，我也可以开车送你到那儿。"

"你没事吧？"年轻人不安地把身体挪开了一点儿，"我诚心感谢你让我搭便车，但是……"他犹豫了一下，"我是说，我并不想让你偏离你原定的目的地。"

里克专心地看着前面的路，双手紧握住方向盘，"我会开得很快，不会减速，也不会中途停车。"

"你还是小心驾驶为妙。"年轻人担心地警告他，"我可不想遇到车祸。"

"这一点还是让我自己来操心吧。"

"但这样很危险。要是出了意外怎么办？这太冒险了。"

"你错了，"里克盯着路面，一脸严肃地嘟囔道，"这样的冒险很值得。"

"但要是出了什么意外——"那声音犹疑着停下,然后又继续说,"我可能会迷失。所有的纽带都不够稳定,很容易就会迷失。"那声音已经因为恐惧和担心而颤抖起来,"里克,求你……"

里克转身,"你怎么会知道我的名字?"

那年轻人踡成一团靠在车门边。他的脸软软的,看起来融化了一样。整张脸就像已经失去了原来的样貌,正在融为一体,成为不成形的一团。"我想要回来,"从他体内发出的声音说,"但我又感到害怕。你没有看过那地方——两个世界之间的空间。那里只有能量,别无其他。里克,只有那个'他'在很久以前去过那个地方,其他人一点儿都不了解那里的状况。"

那声调开始变得轻柔、清晰,音调也变高了。这个年轻人的发色褪成了深棕色,惊恐的灰眼睛忽闪忽闪地看着里克。里克觉得两手动弹不得,他俯在方向盘上,迫使自己一动不动。他慢慢让车子减速,把车开进了右车道。

"我们要停下吗?"他身边那个人问,现在变成了西尔维娅的声音。就像一只新生的昆虫在阳光下晾干身体,让它变得坚硬成形,成为不可修改的形状。西尔维娅挣扎着从椅子上坐直,朝窗外看去,"我们在哪儿?这儿前不着村、后不着店啊。"

他踩下刹车,伸手越过西尔维娅的身体,用力推开车门,"滚出去!"

西尔维娅困惑地看着他,"你这话什么意思?"她声音颤抖着问,"里克,出了什么事?有什么不对吗?"

"**滚出去！**"

"里克，我不明白。"她向外滑出一点点，脚尖踏上了车外的地面，"是车子出了什么故障吗？可我怎么感觉一切都正常呢？"

他轻轻把她推出车门，然后猛地关上门。汽车往前冲了出去，汇入了上午十点左右的车河里。在他身后，那个娇小又茫然的人影从地上站了起来，看上去既心碎又不知所措。他迫使自己不去看后视镜，用尽全力猛踩油门。

他打开了收音机，它嗡嗡地响着。于是他转动调节旋钮，过了一会儿，收到了一个大型广播网络节目的信号。收音机里传出一个女人微弱又困惑的声音。有一会儿，他没能听清她在说些什么。等他认出这个声音的时候，感到一阵恐慌，立刻就把那东西关上了。

那是她的声音，是她在哀怨地低语。他想起了这个广播电台是在芝加哥，怪圈已经延伸到那么远了啊。

于是他减速了，现在赶路已经没有意义。它已经超过了他，延伸到越来越远的地方。堪萨斯的农场、密西西比小镇的破旧商店、新英格兰工业城市的穷街陋巷，到处都会有棕头发、灰眼睛的女孩匆匆来去。

它还会穿越重洋，很快蔓延到整个世界。非洲会变得很奇怪：部落里将到处是长得一模一样的白皮肤年轻女人，全都干着原始的活儿。她们捕猎、采集野果、手工舂米、剥掉动物毛皮，还会生火、织布，或小心地打磨锋利的小刀。

他驶离主干道，进入一条小道，然后缓慢地开上了回家的路，意兴阑珊,从来路折回。

在一个交叉路口,有一名交通警察穿过车流来到他的车前。他僵硬地坐着,两手扶方向盘,麻木地等待警察问话。

"里克,"她来到窗前,哀求似的问,"一切不是都还好吗?"

"是的,都很好。"他木然回答。

她的手从开着的车窗伸进来,可怜兮兮地碰了碰他的胳膊。还是那只他如此熟悉的手,一样的手指和红指甲。"我是那么想跟你再次团聚。我们现在又在一起了,不是吗?我已经回来了,不是吗?"

"当然是。"

她痛苦地摇头,"我不明白。"她又说,"我以为一切问题都解决了。"

他野蛮地发动汽车,猛冲了出去,那个路口很快被甩在身后。

时间已经是午后。他筋疲力尽,头脑也已经混乱不清,只是恍恍惚惚地驾车驶回了自己的家乡。她无处不在。街道上有好多个她,正在赶往各个地方。他在自己的住宅楼前停下了汽车。

大厅里空荡荡的,一个长得和西尔维娅一模一样的人问候了他。里克靠她手里拿着的油腻抹布、大扫帚和一大桶木屑认出她是这栋楼的守门人。"求你,"她哀求,"告诉我到底出了什么事。里克,求你告诉我。"

他想从西尔维娅身边挤过去,但被她绝望地拉住,"里克,**我回来了**。你还不明白吗?他们太早带走了我,现在又把我送回了人世。这只是一场误会。我再也不会召唤他们,那都是过去做过的傻事了。"她还是不依不饶跟在他身后,从大厅一直跟到楼梯那里,"我以后再也不会召唤他们了。"

他开始往楼上走,西尔维娅犹豫了一下,在最下面一级的阶梯上坐了下来,一副伤心又可怜的模样,小小的身体裹在巨大的工人装和硕大的靴子里。

他打开自己的公寓门,走了进去。

窗外,傍晚的天空一片深蓝,附近房屋的屋顶反射着白亮的阳光。

他觉得全身酸痛,笨拙地踱进浴室,这里看去奇怪又陌生,这里是一个不容易被她发现的地方。他给洗手池里放满热水,卷起袖子洗了脸和手,热水在池中盘旋。他抬头瞥了一眼。

洗手池上方的镜子里,照出了一张惊恐的脸,上面满是泪痕,表情近乎疯狂。那张脸很难看清,它仿佛在摇摆和滑动。灰眼睛里闪着恐惧,深红的嘴唇颤抖着,喉咙也在涌动着,还有一头松软的棕发。那张脸在可怜巴巴地向前看,然后,洗手池前的女孩躬下身子擦干了脸。

她转身,疲惫地离开浴室回到客厅。

她感到混乱、犹疑,然后倒进一张椅子,闭上双眼,被痛苦和疲劳压倒。

"里克,"她喃喃地哀求道,"试着帮帮我。我已经回来了,不是吗?"她摇摇头,十分不解,"求你了,里克。我以为一切问题都解决了。"

福斯特，你死定了

上学就是活受罪，一贯如此。只不过今天更糟。迈克·福斯特编完了他那两个密不透风的篮子，直挺挺地坐好。周围的其他孩子还忙碌不休。钢筋水泥的建筑外面，傍晚的阳光显得有些清冷。秋高气爽，山丘上洋溢着绿色和棕色。有几架NATS（北美地区防卫军）的战机懒洋洋地盘旋在镇子上空。

老师卡明斯夫人肥胖的身形正阴森森地向他的桌子逼近，"福斯特，你弄完了吗？"

"是的，老师。"他急切地回答，双手捧起两只篮子，"我可以走了吗？"

卡明斯夫人挑剔地检查他的篮子。"那你的捕兽夹模型呢？"她追问。

他在书桌里掏摸了一番，取出复杂的小型捕兽夹，"都完成了，卡明斯夫人。我的小刀也磨好了。"他向老师展示剃刀一样锋利的小刀，那是他用废汽油桶碎片做的，那片金属闪闪发光。老师拿起那把小刀，将信将疑地用一根手指熟练地测试它是否锋利。

"硬度不够。"她宣布，"你把它打磨过头了。这样的话，只要使用一次，刀就会变钝。你去武器制作部的主实验室好好看看他们那边的样品。他们打磨得比较适度，刀刃还有适当的厚度。"

"卡明斯夫人，"迈克·福斯特哀求说，"我能不能**明天**再纠正这个错？求您了，我现在就想离开。"

班里所有人都在饶有兴趣地旁观。迈克·福斯特涨红了脸。他痛恨独树一帜、引人注目，但他**必须**离开。他没法儿在学校里多待一分钟。

卡明斯夫人不为所动，低沉地说："明天是挖掘课。你不会有时间改造你的小刀的。"

"我会挤时间。"他马上向老师保证，"等到完成挖掘课任务之后。"

"不行，你没那么擅长挖掘。"老女人打量着男孩瘦弱的四肢，"我认为，你最好今天就完成小刀，明天所有的时间都在地里练习挖掘。"

"掘地能有什么用？"迈克·福斯特质疑道，他已经不抱什么希望了。

"每个人都要懂得如何掘地。"卡明斯夫人耐心地回答。周围的孩子们都在轻声讪笑，她狠狠扫视一周，让他们闭了嘴，"你们都知道挖掘的重要性。战争一开始，地面上会堆满废墟和垃圾。如果我们想要生存，就要会挖掘，对不对？你们有没有人看过金花鼠围着植物根系挖掘呢？金花鼠知道，它会在地下的某处发现有价值的东西。我们所有人都要像棕色的小金花鼠一样。我们要学会如何在废墟中挖掘，找到下面的好东西，因为好东西一定在地底。"

迈克·福斯特难过地坐下，手里摆弄着他的小刀。卡明斯夫人离开他的座位，继续沿着过道巡视。有几个孩子轻蔑地对他笑，但没有任何人能让他的坏心情进一步恶化。挖掘技能不会对他有任何帮助，等到炸弹落下来，他肯定当场就会被炸死。他胳膊、大腿和屁股上扎过的所有疫苗，到时候都不会有一点儿用处。他白白浪费了自己的零花钱。迈克·福斯特活不到被细菌性传染病感染的时候。除非——

他跳起来，尾随卡明斯夫人到她的办公桌前。在极度的痛苦跟绝望中乞求说："求您了，我今天必须走。我有不得不做的事。"

卡明斯夫人干涩的嘴唇愤怒地扭曲起来，但男孩眼睛里的那份恐惧感染了她。"出了什么事？"她问，"你身体不舒服吗？"

男孩呆若木鸡地站着，不知该怎样回答她。这出好戏让班里的同学看得很过瘾，大家交头接耳、喜笑颜开，直到卡明斯夫人用笔重重地敲击桌子。"安静。"她厉声说。然后她的语调略微温柔了一点儿，"迈克尔，如果你有什么不舒服的地方，就下楼到心理诊所去。如果你的内心不安，就没有必要继续工作。格罗夫斯小姐会乐于开导你的。"

"我没有。"福斯特说。

"那你怎么回事？"

班里躁动起来。好多人在替福斯特回答。因为屈辱和难过，他的舌头打结，说不出话。"他爸爸是反备战主义者。"好几个人解释说，"他家都没有地下掩体，而且他也没有在民用备战设施那里注册。他的父亲甚至没有给NATS捐过钱。他们家什么贡献都没有做过。"

卡明斯夫人惊异地看着默不作声的男孩，"你家真的没有掩体吗？"

他摇头。

女人心里被一种奇怪的感觉填满。"但是——"她欲言又止。但是你如果一直留在地面，只有死路一条。她想了想，改成了："但是，你能躲到哪里去呢？"

"无处躲藏。"旁边那些同学小声地替他回答，"其他人都会躲藏到地下掩体里，而他只能留在地面上。他甚至没有进入学校掩体的许可。"

卡明斯夫人感到震惊。以她墨守成规的学者型思维方式，她认定所有学生都有权进入教学楼下复杂的地下避难区。但显然不是。只有那些参与了社区防御计划，为社区军备事务捐过钱的人的孩子才能进入地下掩体。如果福斯特的父亲是反备战主义者……

"他害怕坐在这里。"周围的声音平静地解释说，"他害怕自己坐在教室里的时候发生战争。其他人都能安全地躲进地下掩体里去，而他……"

　　他缓步沿街游荡,两手深深地插进衣兜,踢飞人行道上的黑色小石子。太阳正在落山。疲惫的人们正从狮鼻型的通勤飞船走下来,因为从西边一百英里的工厂回到了家而备感愉快。远山上有某物闪亮:那有一座高耸的雷达站,正在夕阳下无声地旋转。头顶盘旋的北美防卫战机数量有所增加。黄昏这几个小时是最危险的。假如有导弹袭来的话,这时视觉监测系统很难发现贴地飞行的高速导弹。

　　一台新闻播报机向途经的他大声喊叫。战争、死亡、本国和国外开发出的惊人的新型武器。他垂下头,继续向前走。经过那些被用作住房的小小水泥屋——它们的样式整齐划一,像是加固过的坚实碉堡。在他前面,明亮的霓虹信号灯在夕阳的余晖下闪烁着:那里是城市商业区,到处是车辆和忙碌的人群。

　　在距离霓虹灯闪烁的区域还有半个街区的地方,他停住了脚步。他的右边是一座公共避难所,一条幽暗的、隧道一样的入口通道外,竖立着暗色的自动旋转门。门票五十美分。如果他在这里,在大街上,而且还有五十美分,他就会没事。在备战演习时,他曾多次挤到公用掩体中。然而在那些总是缠着他的可怕噩梦中,他没有那五十美分。他瑟瑟发抖地呆立着,任由别人慌乱地从他身边挤过。四处警笛嘶鸣不息,他却无处藏身。

　　他继续缓步向前,直到进入最耀眼的光芒下。那里是通用电气公司的豪华展销大厅，它足有两个街区大小，是一个巨大的广场，被单色的光照得通明。他停下来，第一百万次细看那些令人惊叹的东西。他每次经过这个展位，注意力都会被吸引。

巨大展厅的中央，是一件单独展示的展品。那是一台精密的规律运动着的机械设备，配有支撑架支持管线、桁条、壁壳和密封闸门。所有的灯光都会聚在它上面。巨大的信息牌列举了它的一百零一条优点，没有任何人会质疑它的品质。

1972 年新款防弹防辐射地下掩体隆重面世！敬请了解产品以下优点：

◇ 全自动升降电梯——防卡、自驱动、易密封

◇ 三层外壳，能承受五个 G 的重力，保证不变形

◇ 原子能加热系统、保鲜系统——外加自动空气净化网络

◇ 食物及用水三重去污系统

◇ 配备针对前期烧伤的四重防感染处理装置

◇ 能够全面抗菌

◇ 可分期付款

他长时间凝视那座掩体。它基本上就是一台大铁箱，一端是狭长的管道，那是下降入口，另一端有紧急逃生舱口。它完全自给自足：是个微缩的小世界，能自己提供照明、热量、空气、水、药物和几乎食用不尽的食物。如果配备齐全，里面还会有录影带和音频磁

带、娱乐设施、床、椅子、屏幕，地面上普通住宅里有的一切。实际上，它就是个位于地下的房子。不管是日常必需品还是娱乐用具，它应有尽有。哪怕是面临最严重的氢弹或细菌喷雾袭击，一家人也能在里面安全甚至舒适地待着。

它的价格是两万美元。

就在他呆呆凝视那套巨大展品时，有一名销售员出了店门，来到幽暗的人行道上，他想去一趟旁边的咖啡馆。"嗨，孩子，"他经过迈克·福斯特身边时，随口问了一句，"我们的产品不赖吧？"

"我能进那里面看看吗？"福斯特忙不迭地问，"我能不能下到掩体里面去？"

销售员停住了脚步，认出了那孩子。"你就是那个破孩子。"他缓慢地说，"常常来烦我们的那一个。"

"我就是想进里面去看一看，几分钟就好。我不会弄坏任何东西——我保证。我甚至可以不碰任何东西。"

那名销售员是个年轻的金发小伙儿，二十出头，长得很帅。他犹豫了一下，内心很矛盾。这孩子相当讨厌。但他毕竟有家长，他说不定能够促成交易。现在生意不好做，时间已经是九月底，但季节性销售低谷还没有过去。如果把这孩子赶走，让他四处向人兜售看到的新鲜玩意儿，并不会带来实际上的好处；但反过来，鼓励小崽子们爬进精密设备到处乱摸，也不是什么高明的营销手段。他们会浪费时间，会搞坏东西，要是不当心，他们有时还会偷走一些小物件。

"没门儿。"销售员说，"听着，你可以叫你老爸来这里看看。他看过我们的样品吗？"

"看过。"迈克·福斯特紧张地说。

"那他还在犹豫什么？"销售员夸张地向亮闪闪的样品挥手示意，"我们会提供慷慨的以旧换新交易，当然要将折旧和磨损考虑进去。他原来的掩体是什么型号？"

"我们家没有任何掩体。"迈克·福斯特说。

销售员眨眨眼睛，"你说啥？"

"我爸爸说，买那些都是浪费钱。他说那些人只是在恐吓大家，让人买下根本不需要的东西。他说——"

"你爸爸是个反备战分子？"

"是的。"迈克·福斯特郁闷地回答。

销售员长出一口气，"好吧，孩子。抱歉我们之间是没什么生意可做了。但这不怪你。"他逗留了片刻，"你爸他有什么毛病吗？他总该加入了北美地区防御计划吧？"

"也没有。"

销售员轻声咒骂。这是个投机者，占着别人的便宜。他之所以安全，是因为社区里的其他人交出了百分之三十的收入，让防御体系得以持续运营。每个镇子总有这么几个不自觉的败类。"你妈妈是怎么想的？"销售员问，"她也跟他持一样的立场吗？"

"她总说——"迈克·福斯特没有继续说下去，"我能不能就进去一小会儿？我不会弄坏任何东西。**一次**就好。"

"要是我们放小孩子进去乱窜，怎么可能再卖得掉它？我们可不想把它当成样品打折出售——我们以前已经有过太多这类惨痛经历了。"销售员的好奇心被勾了起来，"怎么会有人成为反备战分子？他是一直都那样，还是受了什么刺激才变成那样？"

"过去他们卖给人们汽车、洗衣机、电视机这些东西，大家都用得上。但NATS和掩体却没啥实际用处，所以人们永远都觉得缺点儿啥。工厂可以一直不停地生产枪和防毒面具，而只要人们心存恐惧、怕死，就永远都会为这些东西买单。因为他们觉得如果不买，就可能会没命。人们可能会受够了每年买一辆新车，因而不再更换车辆，但为了保护自己的孩子，倒是可以一直购买新型掩体。"

"你相信这些吗？"销售员问。

"我希望我们有那台掩体。"迈克·福斯特说，"要是我们家有那样一座掩体，我会每天下到里面睡觉。一旦我们有需要，它就能派上用场。"

"也可能不会爆发战争。"销售员说。他感觉到了男孩的痛苦和恐惧，对他露出个和善的笑容，"你也不用老是担心。你很可能看了太多录像带。平时多出去玩玩，换换心情。"

"地面上，谁都不安全。"迈克·福斯特说，"我们必须躲到地下，而我没地方可去。"

"你还是叫你老爸来吧。"销售员不耐烦地咕哝道，"也许我可以说服他。我们有好多分期付款计划。告诉他找比尔·奥尼尔，好吗？"

迈克·福斯特走开了，在夜幕下的马路上闲逛着。他知道自己本应该到家了，但他步履沉重，身子也迟钝乏力。这种疲惫感让他想起昨天田径教练在运动练习时说过的话。他们当时在练习憋气，深吸一口气然后开始跑。他表现很差，别人还在涨红了脸跑步时，他就已经憋不住，喘息着停住了。

"福斯特，"教练生气地说，"这样你就死了。你明白吗？如果碰到毒气袭击——"他疲倦地摇摇头，"你到旁边自己练练去吧。想活命的话，你得表现得更好些。"

但他本来就没想过自己能活命。

当他踏上自家门廊，发现客厅的灯已经点亮。他能听见父亲的声音，隐约也能听到母亲从厨房传来的声音。他进入房子，反手关门，然后开始脱外套。

"是你吗？"他爸爸问。鲍勃·福斯特瘫坐在椅子上，膝头堆满了他的家具零售店的纸带和财务报表。"你跑哪儿去了？晚饭都做好半个钟头了。"他脱掉了外衣，卷起衬衫衣袖。他的胳膊苍白细瘦，但肌肉发达。他累了。他的眼睛大而黑，头发日渐变得稀疏。他不安地挨着翻检纸带。

"对不起。"迈克·福斯特说。

父亲看了一眼怀表——他肯定是世上唯一还带怀表的人了。"去洗手。你到底去干吗了？"他审视儿子，"你看起来好奇怪。没觉得不舒服吧？"

"我去过城区。"迈克·福斯特说。

"你去那儿干什么？"

"看地下掩体。"

父亲没说话，抓起一把财务报表，塞进文件夹里。他薄薄的嘴唇紧抿，额头上刻着深深的皱纹。纸带掉落在地上，滚得到处都是，他气愤地哼了一声，艰难地弯腰去捡。迈克·福斯特也没帮他的意思，而是穿过房间，走到衣柜前，把外套挂在衣架上。等他回头，发现母亲正在把摆满食物的小桌推进餐厅。

全家人默不作声地吃饭，眼睛盯在食物上，避免眼神交流。终于父亲开口说："你看了什么？还是从前那些旧货色，我估计。"

"已经有新的了，72型。"迈克·福斯特说。

"它跟71型完全一样。"他父亲狠狠地一扔叉子，叉子插进了桌面。"增加些小配件，多镀层铬。然后就完了。"他突然不屑地看着儿子，"是这样吧？"

迈克·福斯特可怜巴巴地摆弄着奶油鸡块，"新的型号配有防卡下降梯，你不会在进入掩体的半路上就被困住。你只需要躲进去，其他事交给它就可以了。"

"明年的新款就能主动接上你，送你到地下了。只要人们买下今年这台，它马上就会成为过气产品。这就是他们想要的结果——他们尽可能快地推出新款，就是想让你时刻不停地买买买。现在还没到1972年，还只是1971年而已。那东西怎么就已经摆出来了？他们不能等等吗？"

迈克·福斯特没回答。这些话他已经听过太多次了。从来没有真正意义上的新品，只是加了点儿配件，多镀了层铬，但不管怎样，旧款还是会被抛弃。父亲争辩起来总是声音巨大、情绪激动，几乎算得上是状若疯癫，但却总说不到点子上。"那我们就去买个旧款好了。"他冲口而出，"我不在乎，随便哪一款都行。就算二手的也成。"

"不对，你想要的是**最新**款。崭新的、闪亮的，能在邻居面前炫耀的那种。好多拨盘、旋钮和附加设备。他们想卖多少钱？"

"两万美元。"

父亲长出了一口气，"就那么个破玩意儿。"

"他们能分期付款。"

"当然。你可以用余生还清欠款。加上利息、服务费。这东西保修期多久？"

"三个月。"

"那它坏掉了怎么办？只要三个月时间一到，它就会停止净化和除菌，甚至彻底坏掉。"

迈克·福斯特摇摇头，"不会。它又大又结实。"

父亲涨红了脸。他个子矮小，又瘦又轻，看起来骨头一捏就碎。他突然回想起自己这辈子那些没用的抗争，他一路艰难挣扎，小心翼翼地收集和守护那点微不足道的东西，工作、钱、零售店。他是零售店的财务、经理，还是老板。"他们是在恐吓我们，以维护社会的发展。"他绝望地对着妻子和孩子喊叫，"他们只是不想再出现大萧条。"

"鲍勃，"他的妻子缓慢而平静地说，"你不能再这样子。我已经受够了。"

鲍勃·福斯特眨眨眼。"你在说什么?"他喃喃地说,"我累了。这些该死的税。现在小零售店难以为继,没办法跟那些大型连锁店竞争。真该有个保护我们的法律。"他的声音越来越小,"我吃饱了。"他把椅子从桌边推开,站了起来,"我要去沙发那里躺一会儿,打个盹儿。"

他妻子消瘦的脸颊上浮现出愤怒的神色,"你必须买一台! 我受够了他们议论我们的样子。邻居、生意人,我们认识的所有人都对我们指指点点。我不管去哪儿,干点儿什么,都会听到别人的闲话。这种情况自他们发明了那个词——'反备战'——就开始了。你已经是城里仅剩的反备战分子。那些产品在城里流通,所有人都在为备战付钱,只有我们家例外。"

"不。"鲍勃·福斯特说,"我还是不能买。"

"为什么不行?"

"只因为,"他直截了当地回答,"我买不起。"

全家人陷入了沉默。

"你把所有希望都寄托在那家店上。"露丝最后说,"但它还是每况愈下。你这收藏癖就跟那种喜欢在墙上的小洞里囤各种东西的耗子似的,但现在早就没人想要实木家具。你已经落后于时代——成了一件老古董。"她用力拍桌。桌子猛地一跳,像受惊的动物似的,然后它立马开始自动收捡空盘,快速离开房间,逃回了厨房。当桌子逃跑时,它配有的洗涤缸已经开始洗碗了。

鲍勃·福斯特疲惫地叹口气，"我们还是不要吵了。我要去客厅，请让我先睡一个多小时。也许我们可以晚些时候再谈这件事。"

"你永远都说'晚些时候'。"露丝抱怨道。

她的丈夫离席去了客厅。那是一个瘦小的、伛偻的身影，稀疏的头发已经变得灰白，突出的肩胛骨像是一对折断的翅膀。

迈克站起来。"我去做作业了。"他说。男孩跟在父亲后面离去，脸上带着怪异的表情。

客厅很安静。视频机已经关闭，照明灯光也调得很弱。露丝在厨房里给烹饪炉设定下个月的食谱。鲍勃·福斯特仰躺在沙发上，他的鞋子已经脱掉，头枕在抱枕上，面容憔悴苍白。迈克犹豫了一会儿，然后说："我能问你件事儿吗？"

他的父亲呻吟着动了一下，张开眼睛，"什么事？"

迈克坐在他对面，"再给我讲讲你给总统提建议的事儿吧。"

他的父亲坐起来，"我没有给总统提过什么建议，我只是跟他说了几句话而已。"

"反正给我讲讲吧。"

"我都跟你讲过一百万遍了。从你还是婴儿开始，每过一段时间都要讲一遍。那个时候你也在场呢。"他回想起往事，语调也变得柔和起来，"你当时才刚开始学走路，我们得抱着你。"

"他长什么样子？"

"嗯，"他的父亲开始讲述，不自觉地用了已成套路的开头，"他看起来跟荧幕上的形象差不多,只不过个头要矮一点儿。"

"他来我们这里干什么?"迈克急切地追问,尽管他早就熟知了所有细节。总统是他的英雄,是这个世界上他最敬佩的人。"他为什么大老远来到**我们**的小城?"

"他在巡视。"父亲的语气中添加了几分苦涩,"只不过是碰巧经过这里。"

"什么样的巡视呢?"

"遍访全国城镇。"父亲的语调越来越严肃,"看看我们过得怎么样。看看我们有没有花钱配置足够的北美地区防御系统、防弹掩体、防疫注射剂、防毒面具和雷达网络,是否做好了应对攻击的准备。当时,通用电器公司才刚开始建设他们的展厅和产品演示区——一切都亮丽夺目,而且昂贵。那些是首批家用防卫设备。"他撇撇嘴,"所有产品均能分期付款。到处都张贴着广告、海报,灯光炫目,还为到场女士免费提供栀子花和甜品。"

迈克·福斯特的呼吸变得急促了起来,"就是那天,我们得到了备战旗。"他急切地说,"就是那天,他把旗帜授予了我们。他们把它升上市中心的旗杆,每个人都在欢呼。"

"你记得这些吗?"

"我——大概记得。我记得当时的人群和声音。天很热。那是六月份,对吗?"

"6月10日,1965年。场面很是壮观。当时还没有多少城镇得到那面绿色大旗。人们还忙着购买汽车和电视机,他们还没发觉,那样的时代行将终结。电视机和汽车都是实用性的商品,不管是生产还是销售,数量都是有限的。"

"他把那面旗子授予了**你**,对吗?"

"这个嘛,那面旗子是授予我们所有商店业主的。这是商务部安排的活动。让各个城镇互相竞争,看哪里能又多又快地购买那些备战的玩意儿。想用这个方法来推动城镇发展,刺激消费。当然,他们的说法是:如果防毒面具和掩体是我们自己**购买**的,我们就会更精心地维护它们。就像我们平时会肆意破坏公用电话和人行道似的。还有公路,它们不也是州政府兴建的嘛。至于军队,也是一样。军队不是一直都有吗?以前都是政府征召组织民众作为防卫力量?我猜测,应该是军费开支太庞大了。我想他们用这种办法减少了国债,省了不少钱。"

"告诉我,他当时说了什么。"迈克·福斯特小声说。

他的父亲摸出烟斗,颤抖着点着,"他说:'这是你们的旗子,小伙子们。你们干得不赖。'"鲍勃·福斯特被呛到了,浓烈又刺鼻的烟涌上他喉头,"他面色红润,皮肤晒得黝黑,表情自然放松。他虽然大汗淋漓,但保持着笑容。他知道如何在公众面前表现自己。他记得很多人的名字,能讲很多好玩的笑话。"

男孩的眼睛瞪得好圆,满是敬仰,"他大老远来到了这里,而你还跟他说过话。"

"是啊,"他的父亲说,"我是跟他说过话。当时周围的人都在喊叫、欢呼。巨大的绿色备战旗正缓缓升起。"

"当时你说——"

"我对他说：'你就给我们带来这么个破玩意儿吗？一块绿布头？'"鲍勃·福斯特猛抽一口烟，"就是那时，我成了一名反备战主义者。只是当时，我还不知道。我只知道除了那块绿色布头，我们只能全靠自己了。我们本应该全国一心、全民一致，一亿七千万人同心协力，保卫我们的家园。相反，我们现在成了一堆各自为战的小城镇，筑起一座座带城墙的堡垒。我们回到了中世纪，各自征召军队——"

"总统还会再来吗？"迈克问。

"我觉得不会。他那次——也只是路过。"

"要是他再来，"迈克紧张地小声说，不敢怀有丝毫希望，"我们能去**看**他吗？我们能去**见**他吗？"

鲍勃·福斯特坐直了身子。他裸露在外的胳膊骨感苍白，瘦削的脸上满是疲惫，还有一份解脱，"你看到的那个破玩意儿卖多少钱？"他哑着嗓子问，"我是说，那个防弹掩体？"

迈克的心跳骤停，"两万美元。"

"今天是周四。周六我就带你和你妈去那里。"鲍勃·福斯特磕了磕烧了一半、还在闷燃的烟斗，"我会用分期付款买下它。秋季消费高峰就要到了。我通常会在这段时间多赚些钱——人们会买木制家具作为圣诞节礼物。"他突然从沙发上站起来，"就这么说定了？"

迈克说不出话来，只能点点头。

"好啊。"父亲用那种透着绝望的轻快语调说,"你不用再去店里,隔着橱窗看人家的样品了。"

掩体安装好了——需要额外支付两百美元。手脚麻利的安装工人身穿棕色外套,背上绣着"通用电气"标志。安装完成后,后院很快恢复了原状。泥土和灌木都被回填,地面也被整平,账单也被人恭恭敬敬地从门底下塞了进来。已经空了的笨重运货车隆隆驶离街道,街区恢复了宁静。

迈克·福斯特和他的妈妈,还有一群满脸艳羡的邻居一起站在房后走廊上。"现在好了,"卡莱尔太太终于打破沉默,"你们有了掩体,而且是最好的那种。"

"可不。"露丝表示同意。她当然注意到了周围的人群,家里已经很久没有同时出现过这么多人了。她枯瘦的身体里充满了一种阴暗的满足感。她对这些人充满了怨愤。"以后不一样了。"她厉声说道。

"是啊,"同一条街上的道格拉斯先生附和道,"现在你们有地方可躲了。"他手里拿着工人们留下的厚厚一本说明书,"这里面说,你们可以在掩体里存放一整年的给养。可以在下面生活十二个月,期间一次都不用返回地面。"他羡慕地摇摇头,"我那套还是69型,老款了,只能支持六个月而已。我想,或许——"

"那套对我们来说也还够用。"他的妻子打断他,但语气中还是透出了一份掩饰不住的向往,"我们能下去看一眼吗,露丝?你们都已经准备好了,对吧?"

迈克喉咙中发出了"哼"的一声冲到前面。他的妈妈露出理解的笑容,"他必须第一个下去。第一个参观的只能是他——你们知道的,这东西就是为了他买的。"

一众男男女女抱着双臂,站在九月的凉风里,等待着,观望着,看那男孩走向掩体那狭长的管道,停在几步之外。

他小心翼翼进入掩体,不敢碰任何地方。狭长的入口当然足够容纳他,那本来是给成年人设计的。下降梯感觉到了他的重量,开始下沉。伴随着让人屏息的"嗖"的一声,它就已经沿着漆黑的管道降到了掩体内部。电梯重重撞在缓冲垫上,男孩笨拙地从里面爬出来。电梯迅速升回地面。同时,一段坚不可摧的塑钢活塞堵在了那狭窄的接入口中,将掩体的地下部分密封。

他周围的灯自动亮起来。掩体内还空空的,补给品还没运送下来。空气里弥漫着清漆和机油味儿;在他脚下,发动机正微微颤动着。他一到来,空气净化和污染清除装置就启动了。在雪白的水泥墙上,仪表和拨盘突然开始运转。

他盘膝坐在地板上,一脸严肃,瞪大眼睛环顾。除了发动机,周围没有任何声响,上面的世界已经被完全隔离。他身处一个小小的、自给自足的宇宙中;这里有他需要的一切,或者说很快就将有了:食物、水、空气、休闲活动。什么都不缺。他需要的一切,全都唾手可得。他可以永远待在这里,度过每时每刻,不再提心吊胆。在这里,万事俱备,应有尽有。什么都不缺,也什么都不用怕,只有发动机在他脚下轻响。光秃秃的简陋墙面，将他四面包围。墙面微微有些温热，但完全不烫人，这里就像是一个培养皿。

他突然开始放声大叫，响亮的欢呼声在墙壁之间回荡。他几乎要被回声震聋。他紧紧闭上眼睛，握紧拳头，心里充满了喜悦。他再次呼喊——任由声浪席卷他。他的声音被周围的墙壁加强。近在咫尺、固若金汤、坚不可摧。

第二天上午，他还没到学校，消息就已经在孩子们中间传开了。他出现时，大家纷纷向他打招呼。所有人都笑着，彼此推挤着。最后是厄尔·彼得斯问道："你家真的买了一套新的通用电气S-72型掩体吗？"

"是的。"迈克回答。他的心里充满了安宁和自信，这是他从来没有过的感觉。"有空来我家吧，"他尽力装作轻描淡写的样子，"我可以带你们去看它。"

他继续向前走，但留意到了同学们羡慕的眼神。

"那么，迈克，"放学时，卡明斯夫人对要离开教室的他说，"感觉怎么样？"

他停在老师的讲桌前面，害羞，但充满了克制的骄傲。"感觉很好。"他承认。

"你父亲开始给北美地区防卫计划捐钱了吗？"

"是的。"

"你也得到了学校防空洞的进入许可？"

他开心地给老师看手腕上的蓝色小印章,"他给市政府寄了一张支票。他说:'既然我已经走了这么远,还不如走完全程算了。'"

"现在,你终于有了所有人都有的东西。"上了年纪的女人笑着对他说,"我为你高兴。你们现在也是拥护备战分子了,虽然这个词是我生造的①。你们——变得跟大家一样了。"

第二天,新闻播报机高声广播了一条消息,苏联首次展示了穿地弹。

鲍勃·福斯特站在客厅中央,手里拿着那份新闻录影带,消瘦的脸上满是愤怒和绝望。"天杀的,这就是骗局!"他声调拔高,因为愤怒而声嘶力竭,"我们刚买了那鬼东西,可是现在看看,**看看**!"他把录影带推到妻子面前,"看到没?我早跟你们说过!"

"我看过了。"露丝生气地回答,"我猜你会觉得,全世界都是为了骗你而存在的。他们一直都在改进武器,鲍勃。上周是可以感染谷物的细菌,这周是穿地弹。你不会觉得因为你改变主意,买了一套防弹掩体,他们就会停止武器研究。你没那么幼稚吧?"

夫妻两个怒目相向。"那该死的,我们现在该怎么办?"鲍勃·福斯特轻声问。

露丝走回厨房,"我听说,他们会推出相应的配件。"

"配件!你什么意思?"

"这样人们就不必购买新掩体啦。视频机上已经有广告了。他

---

① 原文为"pro-P",和反备战分子"anti-P"对应。

们会推出某种金属隔层，等到政府审查通过就能上市。他们把这种隔层装在地面上，就能阻止穿地弹。炸弹就会在地面爆炸，而不会损害到掩体了。"

"要多少钱？"

"他们没说。"

迈克·福斯特盘腿坐在沙发上听着。他在学校也听到了同样的消息。当时他们正在参加野果鉴别考试，学生们要识别密封包装的各种野果，把无毒的果子和有毒的区分开来。铃声突然响起，要求全校集合。校长向大家宣布了穿地弹的新闻，然后又讲授了敌人新近研发的伤寒变种的紧急治疗方法。

他的父母还在争吵。"我们必须买一套防弹配件。"露丝·福斯特平静地说，"要不然，我们的掩体就白买了。穿地弹经过特别的设计，能够穿透地面，并且以热源为目标。只要俄国人将它大量投入生产——"

"我买。"鲍勃·福斯特说，"我买穿地弹防护隔板，或者他们卖的其他东西。我再买下他们新推出的所有产品，永远不停买下去。"

"没有那么糟糕的。"

"你知道吗？跟出售汽车和电视机相比，这个销售游戏有一个真正的优势——这东西我们**必须**购买。它不是什么可有可无的奢侈品，不是什么又大又吸引眼球的东西，可以拿来向邻居炫耀。如果我们不买这些，我们就会死。他们一直都说，想要卖掉你的产品，就要让潜在消费者焦虑。创造不安——说他们的体味很糟糕，或者样子很可笑。他们现在所制造的产品,让除臭剂和发油都变得十分可笑。你无从拒绝。如果你不买,**你就会死**。完美的销售广告。买或者死——新的口号。请务必在你家后院安装通用电气氢弹防护套装,否则就会被屠戮。"

"别这么讲话!"露丝训斥他。

鲍勃·福斯特趴在厨房桌子上,"行,我放弃。我会随波逐流。"

"你真的同意要买? 我估计,到圣诞节就该上市了。"

"哦,当然,"福斯特说,"圣诞节肯定会上市的。"他脸上带着古怪的表情,"我们在圣诞节买下那个鬼东西。所有人都要买它的。"

通用电气的防弹配件大卖。

迈克·福斯特缓缓走过十二月熙熙攘攘的街头,沐浴在傍晚的余晖里。每家商店的橱窗中都有闪闪发光的防弹配件。不同样式和型号的配件,配给各种各样的掩体。价位也不同,适合不同深浅的钱包。在圣诞节里,拥挤的人群欢乐又兴奋。人们相互推搡着,但并没有恶意。人们身着厚重的衣裳,手里提着大包小包。一阵阵雪花飘飞,街道上白茫茫一片。汽车在拥挤的街道上缓慢前进。街灯和霓虹招牌闪亮,四周全是巨大的展示橱窗。

他的家里却黑暗冷清,他的父母还没有回家。两人都在店里上班。最近生意不好,只好裁减了一名店员,由妈妈顶上。迈克把手伸到掌纹密码锁前,前门打开了。自动取暖炉一直让房子保持着温暖宜人的温度。他脱掉外衣,放下书包。

他没有在房子里待太长时间。他的心兴奋地狂跳。他摸索着走出后门，走向房后的廊道。

他迫使自己停下脚步，转过身去，再次进入房间。要是他慢慢来，一切会顺利得多。从看见直指夜空的管道与地面接缝处的第一刻起，他就已经把进入掩体的每个瞬间在脑子里过了一遍。他对整个过程相当熟悉，没有一丝多余动作。此前他一直在精心考量和规划进入掩体的过程，直到一切都充满美感。每次他刚走进掩体入口的管道，他都会强烈地感受到自己的**存在**。接着，电梯一路往下，疾速降去，带起的疾风吹得他血液都凝固了。

然后就是掩体内部的华丽世界。

每天下午，他一回到家，就会下到掩体内部，躲进地底世界，隐藏在寂静的钢铁怀抱里。掩体买回来的第一天他就是这么做的。现在，地下房间已经被塞满，不再空空如也。这里有无数罐装食品、靠垫、图书、影带、音频磁带，墙面装饰画，纹理不同、色泽不同的鲜艳织物，花瓶里插着鲜花。掩体就是他的小世界，他会舒服地蜷缩在这里，周围就是他所需要的一切。

他快速地穿过房子，同时也提醒自己尽可能保持冷静。他在音频磁带中搜寻了一番。他要在掩体里坐到晚上开饭，听《柳林风声》的朗读版。父母会知道怎样找到他，因为他总是在地下。他拥有两个小时无人打扰的幸福时光，可以独自待在掩体里。然后等到晚饭吃完，他又会忙不迭地返回到地下，一直逗留到睡觉时间。有时到了深夜，父母都睡着之后，他还会偷偷起床来到掩体入口，躲进寂静无声的地下,藏到天亮才出来。

他找到那盒录音带,快步走过房间,经过门外昏黑的走廊,到了后院。灰色的天空中挂着几缕丑陋的黑云。小城中的一些地方,已经亮起星星点点的灯光。院子里冷清可怖。他犹犹豫豫地迈下台阶,然后僵在了原地。

前方是一个深坑,像是一张朝着夜空张开的巨口,空空荡荡的,没有牙齿。除了深坑,什么都没有了。掩体已经不见了。

他呆呆站着,不知过了多久。他一只手还抓着那盒录音带,另一只手扶着栏杆。夜色渐浓,那再没有丝毫用处的洞穴没入黑暗之中。在静默和深沉的忧愁中,整个世界逐渐崩塌了。有微茫的星光,近处房屋的灯火清冷暗淡,时隐时现。但男孩什么也看不到。他一动不动站在原地,身体像石头一样僵硬,死盯着曾经装着掩体的那个大坑。

父亲来他身边。"你在这里多久了?"父亲问,"多久了,迈克? 回答我!"

迈克好不容易才回过神来。"你今天回家比平时早。"他喃喃说道。

"我专门提前离开店铺。当你——到家时,我想在这里。"

"它不见了。"

"是。"父亲的语调那么冷,不带一丝感情,"掩体不在了。我很抱歉,迈克。是我打了电话,要求他们收回的。"

"为什么?"

"我没法买下它。至少这个圣诞节不行，今年人人都在买防弹配件。我怎么跟那些人竞争？"他哽住，然后难过地继续道，"这些人还真他妈公道，退了我一半的货款。"他语带讽刺，"我知道，要是我能在圣诞节前跟他们成交，就会得到比现在更好的条件。那样他们可以设法把它转卖给其他人。"

迈克什么都没说。

"试着理解吧。"父亲继续哑着嗓子说，"我必须把能筹集到的钱全部投入商店里，我必须让它运营下去。现在的局面就是，要么放弃掩体，要么放弃商店。而如果我放弃了商店——"

"最终我们会一无所有。"

父亲抓紧他的胳膊。"那时候我们也还是要放弃掩体。"他细瘦而有力的手指颤抖着，陷入了儿子的肉里，"你渐渐长大了，应该已经能理解我的苦衷。我们回头还会再买一台，或许不是最大的、最贵的，但一定会有一台。这次是决策失误，迈克，我无论如何都负担不起这一款，尤其是装上那套该死的配件之后。不过，我会继续给北美地区防卫计划捐钱，让你能继续使用学校的避难所。我会将这些东西维持下去。这不是什么原则问题，"他绝望地住了口，"我只是无能为力。你懂吗，迈克？**我现在别无选择**。"

迈克挣脱开去。

"你要去哪儿？"父亲在后面快速追赶，"快回来！"他疯了似的去抓儿子，然而在阴沉的天色中，他绊了一下，跌倒了。他一头撞在墙上，眼冒金星。他痛苦地站起来，到处摸索，想找什么扶一下。

等他能看清楚,院子里已经空空如也,儿子不见了。

"迈克!"他大声呼喊,"你在哪儿?"

没有回应。一阵带着刺骨寒意的夜风袭来,卷起成团的雪花包裹了他。除了冷风和黑暗,什么都没有。

比尔·奥尼尔疲惫地看了一眼墙上的钟表。已经九点半:他终于可以关门,将灯火通明的店铺锁上了。他将一大群嘟嘟囔囔、转来转去的顾客送出门,让他们各回各家。

"感谢上帝。"他长出一口气,扶着门等最后一位年迈的女士带着无数口袋和礼品走出去。比尔把密码锁扣上,拉下卷帘门,"人可真多。我从来没见过这么多人。"

"一切搞定。"阿尔·康纳斯在收银台那里回应说,"我已经数过钱了——你到店里走一圈,看一切是否正常。确保所有客人都已经离开。"

奥尼尔把他的金发向后一捋,松开领带。他满足地点燃一根香烟,然后开始在店堂里巡视。检查电灯开关,关闭巨大的通用电气展览样品和其他设备。最后,他来到展厅中央巨大的防弹掩体样品旁边。

他爬上扶梯,走进狭长的入口,然后踏上电梯。梯子"嗖"的一声,不一会儿,他就来到了掩体内部洞穴一样的空间里。

迈克·福斯特紧紧蜷成一团,缩在一个角落里。膝盖紧贴着下巴,瘦骨伶仃的胳膊环抱在脚踝边。他垂着头,只能看见他蓬乱的棕色头发。惊诧的销售员向他靠近时，他毫无反应。

"上帝啊！"奥尼尔叫起来，"又是那个熊孩子。"

迈克什么都没说。他将两条腿抱得更紧了，头深深地埋入膝盖。

"你躲在这底下，到底是几个意思？"奥尼尔惊怒交加地质问道，火气越来越大，"你们不是已经买了一台这种掩体了吗？"接着他记起来，"哦，对，你们退货了，我们不得不回收它。"

阿尔·康纳斯从升降梯里走出来，"你在这里磨蹭什么？快出去，然后——"他看到了迈克，话声一顿，"他在这下面干什么？把他拖出去，我们也该下班回家了。"

"好了，孩子。"奥尼尔温和地劝告，"你也该回家了。"

但迈克不动。

两个男人面面相觑。"我猜，咱俩只能硬把他拖出去了。"康纳斯板着脸说。他脱掉外套，丢在一台除菌设备上，"来，咱们速战速决。"

两人要一起动手才行。那孩子拼命挣扎，他不出声，只是在他们抓他的时候拼命挣扎，用指甲挠、抓，用脚踢，用手扇他们耳光，用牙齿咬。他们最终是半拖半抱，才让他能在电梯里待上足够的时间，得以顺利启动装置。奥尼尔跟他一起上去。康纳斯随后跟上。他们沉着脸，迅速地将他架到前门丢了出去，然后紧紧锁上门。

"哇哦。"康纳斯长出一口气，坐倒在柜台旁边。他的衣袖已经被撕烂了，脸上被挠出几道血痕。眼镜挂在一侧耳朵上，头发也乱糟糟的,整个人精疲力尽。"你觉得我们需要报警吗? 总感觉那孩子不太正常。"

奥尼尔站在门口喘息,望向门外的夜色中。他能看见那孩子坐在水泥路面上。"他还在外面没走。"他喃喃地说。人们从孩子两侧绕开。终于有个人停下来,把他拽起来。男孩挣脱那人的手,然后消失在黑暗中。那个比男孩高一些的身影拿起自己的包裹,愣了一下,继续赶路。奥尼尔离开门口。"真是一团糟。"他用手绢擦擦脸,"这家伙抵抗得真激烈。"

"他到底有什么毛病? 他什么也没说,他妈的一个字都不说。"

"圣诞节绝对不是收回商品的好时机。"奥尼尔说。他哆嗦着去拿自己的外套,"这太糟糕了。我真希望他们能留下那东西。"

康纳斯耸耸肩,"没钱,就没货。"

"该死的,我们为什么不能给他家一项特别优惠? 或许——"奥尼尔费了好大气力才说出来,"或许我们可以以批发价把掩体卖给这样的人。"

康纳斯气哼哼地瞪了他一眼,"**批发价**? 然后所有人都会要求批发价的。这不公平。而且真这么做了,我们的生意能做多久? 通用电气总公司又能继续经营多久?"

"我猜坚持不了多久。"奥尼尔闷闷不乐地承认。

"说话过一下脑子。"康纳斯尖刻地嘲笑道,"你现在需要的是一杯烈酒。跟我去后面的酒柜吧——我在那里的某个抽屉里藏了一瓶五十年的海格酒。回家前喝两口暖暖身子。你需要的是这个。"

　　迈克·福斯特在黑暗的街头游荡，周围都是购物后匆匆回家的行人。他对一切都视而不见。有人撞到了他，他却浑然不知。身边灯光闪耀，行人欢声笑语，汽车喇叭轰鸣，交通信号灯提示音作响。但他的脑子一片空白，仿佛是一具行尸走肉。他失魂落魄地走着，毫无知觉。

　　在他的右边，耀眼的霓虹灯广告牌在黑夜深邃的暗影里闪烁着。这是一个巨大的标志牌，明亮而且五颜六色：

地球和平 人类友善

公共防空洞 入场费0.5美元

打印的代价

　　灰烬，乌黑又凄凉的灰烬散布在道路两旁。高低不平的堆积物一直延伸到目力所及之外——那是建筑、城市以及整个文明的残骸—— 一颗受尽腐蚀、满目疮痍的星球，风霜鞭打下的黑色骨灰与钢筋水泥的残渣混杂在一起，形成了一堆堆无用的灰浆。

　　艾伦·弗格森打了个哈欠，点燃一支好彩牌香烟，懒洋洋地背靠在57款别克车闪亮的真皮座椅上。"这场面可真烦人，"他说道，"单调得要死——除了破垃圾外，什么也没有。看着就让人郁闷。"

　　"那就别看呗。"他身边的女孩满不在乎地说。

　　造型优美、动力强劲的汽车静静地驶过遍布垃圾的公路。弗格森的手几乎没碰电动方向盘，他悠然自得地听着收音机里播放的勃拉姆斯钢琴五重奏，收音机的信号来自底特律居住区。灰烬扑打着车窗，车窗上已经覆盖了一层厚厚的黑灰，尽管他们才走了几英里而已。不过没关系，在夏洛特家的地下室里，她有一根浇园用的绿色塑料管、一个铁皮桶和一块杜邦海绵。

"你还有满满一冰箱上好的苏格兰威士忌。"他大声补充道，"我记得你有——除非你那群死党已经把它们喝光了。"

夏洛特在他身边动了一下，汽车的嗡嗡声和闷热的空气催得她打了会儿瞌睡。"威士忌?"她喃喃道，"好吧，我还有一瓶五分之一加仑①装的卡尔弗特爵士威士忌。"她坐起来，把一头如云的金发甩在脑后，"不过已经有点儿变质了。"

后排那位瘦脸庞的乘客开口了。他是半路搭上他们车的。此人骨瘦如柴、满脸沧桑，身穿破旧的工装裤和旧衬衣。"变质到什么程度?"他紧张地问道。

"跟其他东西差不多吧。"她回答。

夏洛特没有注意听。她透过灰扑扑的车窗，出神地注视着外面的景象。路的右边有一片凸凹不平的黄色废墟，这儿曾是一座小镇，如今却像残存的牙齿一样矗立在正午时分灰沉沉的天空下。一个浴缸、几根直立的电话线杆、许多白骨、惨白的碎片，淹没在凹痕累累、绵延几英里的废墟之中。一幅失落而凄惨的景象。在一些如洞穴般发了霉的地下室里，脏兮兮的狗儿们挤作一团，抵御着风寒。厚厚的灰烬飘浮在空中，令真正的阳光无法到达地面。

"瞧那儿。"弗格森对后排的男子说道。

一只模拟兔横穿跑过了公路。他减速避开了它。那只眼瞎且

---

① 英美制容(体)积单位，1美制加仑约等于3.79升。

残废的兔子以恐怖的冲击力撞上一块残破的水泥板，随即被弹向一旁。它虚弱地继续爬了几步，有条狗忽然从地下室蹿出，咬碎了那只兔子。

"呃！"夏洛特反感地说道。她打了个寒噤，伸手调高了车内的暖风机。她身穿粉色羊毛衫和绣花长裙，瘦长的双腿蜷缩在身下，看上去娇小又迷人。"等我们回家后，我一定会很开心。这儿外面的景致可不太**宜人**——"

弗格森敲了敲两人之间的铁箱，坚实的金属摸起来很舒服。"他们一定会很高兴得到这些的。"他说，"如果情况真像你们说的那么糟糕。"

"哦，是的。"夏洛特表示同意，"情况糟透了。我不知道这能否帮上忙——他就快要没用了。"她那娇嫩的小脸儿因为忧虑而出现了细纹，"我觉得还是值得一试，但希望不大。"

"我们会把你们的小镇修整好的。"弗格森从容地安慰她道。当务之急是让这个女孩安心。这种恐慌情绪很容易会失控——以前的确**有过**失控的例子，不止一次。"但会花一些时间。"他补充道，同时看了她一眼，"你们应该早点儿告诉我们的。"

"我们本来以为他只是在犯懒，但他确实快不行了，艾伦。"她的蓝眼睛里闪过恐惧之情，"我们再也无法从他那儿得到什么好东西了。他就那么坐在那儿，就像一大坨肿块，仿佛病了或死了一样。"

"他已经老了，"弗格森轻声说，"我记得，你们的建造师已经有一百五十岁了。"

"但他们本来可以运行几百年的！"

"他们的日常消耗非常大。"后排座位上的男人指出。他舔了舔干燥的嘴唇，紧张地倾身向前，沾满泥污的双手紧握成拳，"你们都忘了，现在的状况并不符合他们的天性。在比邻星，他们都是协同工作。现在他们却被分裂成互相孤立的部分——而且，我们这里的重力更大。"

夏洛特点了点头，但她并没有被说服。"天哪！"她哀伤地说，"现在的局面太可怕——看看这个！"她在上衣口袋里摸索，然后取出一个亮晶晶的小东西，大小和十美分硬币差不多，"现在他打印出来的东西都是这个样子——或者更糟。"

弗格森拿起那块手表，观察了一番，一只眼睛仍然关注着路面。他手指轻轻一揉，表带就像枯叶一样碎成了很多毫无抗拉强度的小片黑色纤维质。表盘看上去倒是没有什么问题——但表针转都不转。

"它完全不能用。"夏洛特解释说。她一把将其抢回并打开，"看到没？"她把表举到他面前，鲜红的嘴唇不悦地紧绷着，"我排了足足半小时的队才得到它，可它却完全就是个废品！"

这只小小的瑞士手表的内核乱成一团，就是一小块没有成形的闪亮金属而已。没有任何明确成形的齿轮、轴承和弹簧，只是一团亮闪闪的废物。

"他仿制的原型是什么？"后排的男人问，"一块原装表吗？"

"也是打印件——但那是好的打印件。那是他三十五年前制作的——其实是我母亲的。你们觉得我看到这东西时是什么样的心情？我根本不能用它。"夏洛特收起那块无用的手表，放回上衣口袋，"我当时气疯了，我——"她没有说下去，坐直了身体，"噢，我们到了。看到那个红色霓虹标牌没？那是我们小镇的界标。"

标牌上写着"标准石油公司加油站"。颜色是蓝、红、白——那幢建筑矗立在路边，干净得一尘不染。一尘不染？弗格森在站前将车子减速。三人都紧张地向外张望，准备迎接可能面临的意外。

"你看到了吗？"夏洛特用细弱而清脆的声音问道。

加油站已经摇摇欲坠。这座矮小的白色建筑已经**很老**——老而且旧，成了一座千疮百孔、弱不禁风的危房，歪歪斜斜，遍布裂缝，犹如一座历史的遗迹。那盏明亮的霓虹灯时明时灭。油泵锈迹斑斑、东倒西歪。整个加油站已经开始变回灰烬，恢复成流动的黑色颗粒，回归它曾经来自的尘埃里。

弗格森注视着这座沉沦中的加油站，死亡的寒冷气息触动了他。他的小镇还没有出现衰败的迹象——暂时没有。打印出的复制品一旦老化，可以立即由匹兹堡的建造师更换。新打印件的样本是战前存留下来的原件。但这里，城镇中的各种打印物品都无法更换。

抱怨谁都没用。建造师并非无所不能，跟其他任何种族一样。他们已经倾尽全力——况且，他们是在外星环境下工作呢。

他们很可能起源于半人马座。他们被氢弹爆炸的光亮吸引，在战争末期出现在地球——发现幸存的人类正可怜地在带有辐射性的黑灰里挣扎,于是极力挽救被毁灭的文明残留下的任何事物。

经过一段时间的分析后,建造师分裂成了许多个体,并开始复制人类带给他们的幸存物品。这是他们的生存方式——他们曾在自己的星球上制造了一层密封膜,从而在一颗条件险恶的星球上创造出了满意的生存空间。

有个男子站在一台汽油泵前,正试图给他的66年款福特车加油。他一面徒劳地咒骂,一面撕开腐朽的管线。深琥珀色的液体洒在地面上,渗入油腻的砂石中。油泵本身也出现十几个泄露点。突然之间,一台油泵摇晃起来,然后垮塌成了一堆废铁。

夏洛特摇下车窗。"本,壳牌加油站状况比这里好一点儿呢!"她大喊道,"就在镇子另一端。"

那个肥胖的男子步伐沉重地走来,满脸通红,浑身是汗。"**该死**!"他喃喃道,"这破玩意儿什么东西都拉不出来。让我搭个便车去镇子那头吧,我到那里装一桶油回来。"

弗格森颤抖着推开车门,"附近都是这种状况吗?"

"更糟。"本·昂特迈耶感激地坐在后排乘客身边,别克车轰鸣着再次出发,"你们看那边。"

有间便利店已经倒塌,成了一堆扭曲的水泥和钢铁支架的废墟。窗子均已掉落,到处都是成堆的货物。人们正在其中穿行,一面拣拾物品,一面试图把废墟清到一旁。他们的脸阴沉又愤怒。

街道本身的状况也很差,到处都是裂缝、深坑和腐蚀的路肩。一根破裂的总水管不断渗出黏稠的脏水,形成了一大摊渐渐扩大的水池。路两旁的店面和汽车又脏又破。一切都显得破败不堪。有间擦鞋店的板门关闭，窗户裂口用破布塞着，招牌也已褪色、破损。隔壁那家肮脏的咖啡馆，里面仅有寥寥几名顾客，全都是身着破旧西装、样子落魄的人。他们一面努力阅读手中的报纸，一面从破裂的杯子里喝泥汤一样的咖啡。他们从被虫子蛀坏的柜台上端起破烂的杯子时，会有丑陋的棕色液体流下来。

"这样子撑不了多久的。"昂特迈耶喃喃地说，同时抹掉额头上的汗水，"这么发展下去可不行。人们甚至都不敢进电影院了。不过，放映设备本来也会崩溃，而且有一半的时间画面都是倒着的。"他好奇地看看默默坐在自己身边的那位尖脸男人，"我叫昂特迈耶。"他咕哝道。

两人握了握手。"约翰·道斯。"灰衣男子回答。他没有再做更多自我介绍。从弗格森和夏洛特让他上车以来，他说过的话总共不到五十个字。

昂特迈耶从外套口袋里取出一份卷起来的报纸，丢在弗格森旁边的前排空座上，"这是我今儿早上在门廊发现的。"

报纸上是一团毫无意义的文字。连字体都是大小不同、形状各异。稀薄的油墨还没有干，浅淡、断续、不均匀。弗格森扫了眼报纸的内容，但什么也看不出。那些混乱的故事净是在瞎扯，大字标题也毫无意义。

"艾伦有些原始样品给我们。"夏洛特说，"在那边那个盒子里。"

"它们没啥用。"昂特迈耶忧郁地回答，"他整个上午都没动静。

我排队时拿了一台烤面包机，想复制一份。但没成功。我开车回家，半道上车又坏了。我打开引擎盖查看，但现在哪儿还有人懂发动机？这本来就不是**我们**该负责的事儿。我到处瞎捣鼓了一番，让那鬼东西一直开到标准公司加油站……那该死的金属层那么薄，我用大拇指就捅开了。"

弗格森把他的别克车停在夏洛特居住的白色公寓前。他花了点儿时间才认出这个地方，这里和他上个月来此所见有了些变化。一座笨拙而业余的木头脚手架在其周围架设了起来。几名工人对着基座部分指指点点，整座房子正在缓缓向一侧塌倒。墙面上出现了巨大的裂缝，灰泥块掉得到处都是。大楼前堆满垃圾的人行道已经被人用绳索隔离。

"我们自己真是一点儿办法都没有，"昂特迈耶生气地抱怨道，"我们只能眼睁睁看着一切分崩离析。要是他不尽快恢复生命力的话……"

"以前他为我们打印的所有物品都已开始老化。"夏洛特说道，同时打开车门，轻巧地站到人行道上，"现在他给我们打印的物品都是一团糟。我们该怎么办？"她在正午的冷风中发抖，"我想我们会和芝加哥的居住区落得同样的下场。"

这话让四个人都僵住了。芝加哥，已经彻底崩溃的那处居住点！为那里打印的建造师已经衰老而死。他耗尽了所有生命力，变成了一团静默不动的死物。他周围的建筑和街道，他打印出的一切事物，都已渐渐老化，变回黑色尘灰。

"他没有留下后代。"夏洛特担心地小声说,"他在打印中把自己消耗殆尽,然后就那样——**死掉**了。"

过了一会儿,弗格森哑着嗓子说:"但其他人发觉了这一变化,他们尽快派出了一名替代者。"

"太晚了!"昂特迈耶喃喃道,"整个居住区已经退化。余下的或许只有寥寥几个一无所有的幸存者。他们饥寒交迫,四处游荡,被野狗吞食。那些该死的狗从四面八方赶来,享用了一场盛宴!"

他们一同站在腐蚀的马路边缘,既害怕又担心。就连约翰·道斯的瘦脸都透出纯粹的恐惧,一种直入骨髓的恐惧。弗格森有些自豪地想起距此以东几十英里自己的居住点。那里无比繁荣、充满活力——匹兹堡的建造师正值盛年,富有他们种族特有的创造力。完全不是眼前这副惨相!

匹兹堡居住区的建筑都坚实而且一尘不染。脚下的路面洁净坚固。商店的橱窗里,电视机、搅拌机、烤面包机、汽车、钢琴、衣物、威士忌和冻桃子全都是原件的完美复制——纯正而细节完备的产品,跟地下真空仓库里保存的原件毫无二致。

"如果这片居住区覆灭的话,"弗格森尴尬地说,"你们中有些人或许可以到我们那边去住。"

"你们的建造师能为一百人以上打印吗?"约翰·道斯轻声问道。

"眼下他还可以。"弗格森答道。他骄傲地指指自己的别克车,"你坐过这辆车——知道它有多棒吧。几乎跟它的原件一样棒。你得把两辆车并排放,才能找出其中的细微区别。"他咧嘴一笑,开了个老掉牙的玩笑，"或许我得到的就是原件。"

"我们现在还不用仓促决定，"夏洛特客气地说，"至少我们还有**一点点**时间。"她拿起别克车座位上的铁箱，走向公寓楼前的台阶，"跟我们一起上来吧，本。"她向道斯点点头，"你也来，喝杯威士忌，味道还不坏——有点儿像抗凝结剂，标签也不是那么容易看清，但除此之外，并没有太大问题。"

她刚踏上第一级台阶，一名工人便抓住了她，"小姐，您不能上去。"

夏洛特生气地挣脱开来，脸气得煞白，"我的房子就在楼上！我的所有东西都在里面——我就**住**在这儿！"

"但这幢建筑已经是危房。"工人又说了一遍。他并非专职的维修工，他只是这里的居民之一，自愿给这幢危楼看门。"看看墙上那些裂缝，小姐。"

"那些裂缝已经出现好几个星期了。"夏洛特不耐烦地招呼弗格森跟上来，"来吧。"她轻巧地登上门廊，伸手想要拉开巨大的镀铬玻璃门。

门从铰合部脱落下来，轰然爆裂。碎玻璃落得到处都是，一大团锋利的玻璃碴四处乱飞。夏洛特尖叫一声，跌跌撞撞后退。她脚下的水泥地也开始破碎，整个门廊在嘎嘎吱吱声中塌倒，成了一堆白色粉末，一大团飞扬的无形废墟。

弗格森和那名工人扶住挣扎的女孩。在飞散的水泥雾中，昂特迈耶拼命寻找那个铁箱；他的手指终于触到了它，遂将其拖到路边。

弗格森和那工人费力地逃脱了门廊周围的危险区,夏洛特则被他俩拖了出来。她想开口说话,脸上的肌肉却不住地抽搐。

"我的东西啊!"她终于小声地说了一句。

弗格森吃力地拦住她,"你哪儿受伤了? 你没事吧?"

"我没受伤。"夏洛特从脸上抹掉一缕血丝和白色粉末。她的脸颊被割破了,一头金发又湿又黏。她粉红色的羊毛汗衫也被扯破,污秽不堪。"那盒子——你们把盒子拿回来没有?"

"盒子没事儿。"约翰·道斯不动声色地回答。他仍旧坐在车里,一丝儿也没动过。

夏洛特紧靠在弗格森旁边——紧贴着他,因为恐惧和绝望,她的身体不住颤抖。"**看哪!**"她小声说,"看看我的手。"她抬起两只沾满白灰的手,"灰烬已经开始变黑了。"

她两手和胳膊上沾的白色碎末的确已经开始变黑。就在大家观望的同时,那粉末开始变灰,然后变成了烟垢一样的黑色。女孩身上破烂的衣物也开始焦枯、卷曲。她的衣服像收缩的谷壳一样纷纷裂开,从她身上剥落下来。

"上车,"弗格森下令说,"里面还有张毯子,是从我的居住区带来的。"

他和昂特迈耶一起把颤抖的女孩裹进了厚厚的羊毛毯子里。夏洛特蹲靠在座位旁边,双眼因为恐惧而大睁着。鲜血沿着她的脸颊流下,滴落到毛毯的蓝黄两色条纹上。弗格森点燃一根香烟,放在她颤抖的嘴唇间。

"谢谢。"她勉力道了声谢，声音里带着哭腔，然后哆嗦着接住香烟，"艾伦，我们现在该怎么办？"

弗格森轻轻掸去女孩金发上正在变黑的灰尘，"我们开车去他那儿，让他看我们带去的原件物品。也许他能做些什么。他们一看到新鲜的打印模本，总会振作起来。也许这能让他的生命力恢复一些。"

"他可不仅仅是睡着了而已，"夏洛特沉重地说，"他已经死了，艾伦。**我确定！**"

"现在还没有。"昂特迈耶粗着嗓子反驳道。但其实他们心里都有数。

"他繁衍过后代吗？"道斯问。

夏洛特脸上的表情告诉了大家答案，"他试过，也有几只幼崽孵化出来，但却没有一只存活。我在那边看到过一些卵，可是……"

她沉默了。大家都知道，在努力维持人类生存的过程中，建造师渐渐失去了生育能力。缺乏生命力的卵，孵出来的都是无法存活的后代……

弗格森钻进驾驶位，重重地关上车门。车门没有完全关拢。金属变形了——或者本来就有点儿变形。他越来越觉得火大。这车也不是完美的复制品——打印过程中，有那么一点点未能确保精确的元素。甚至他那辆轻捷、奢华的别克车都有问题。他居住区的建造师也在逐渐老化。

芝加哥居住区的惨剧迟早会在所有人的住地重演……

公园周围静静地停着好几排汽车,全都一动不动。公园里到处是人。居住区里的大部分成员都在场,每个人都带了件急需打印的物品。弗格森关闭发动机,把车钥匙装进衣袋里。

"你能坚持吗?"他问夏洛特,"也许你该留在车里。"

"我会没事的。"夏洛特说道,并竭力露出笑容。

她已经穿上了一件运动衫和一条长裤,那是弗格森从一家正在腐朽的服装店里给她找来的。他并不会心中有愧——本来就有些男女在路边散落的货物中翻拣。这套衣服或许能维持几天时间。

弗格森花了点儿时间为夏洛特找行头。他在货仓深处找到一堆材质结实的衬衣和长裤,这类纤维料子比较耐穿,远远没到变成黑灰的阶段。近期打印的成果吗? 或者,也许——不可思议,但的确有可能—— 这是店主用来作为打印样本的原物。在一家仍在经营的鞋店,他给她找了一双低跟拖鞋。她系的是他自己的皮带——他之前从服装店找来的那条,在他帮忙束在她腰上的时候就腐烂掉了。

昂特迈耶双手紧抱铁箱,四人一同向公园中央走去。周围的人们都默默不语、脸色阴沉。没有人开口。他们都带了某种东西,有些是几个世纪以来用心保存下来的原件,还有的是仅有些许瑕疵的优质打印件。他们脸上的表情,杂糅着绝望、恐惧和期待,就像一张张紧绷的面具。

"这些就是了,"拖在后面的道斯说,"那些死掉的卵。"

公园边上的树丛里,有一圈灰棕色的丸状物,大小和篮球差不多。它们都很硬实，表面已经钙化。有的已经破碎，蛋壳残片散落一地。

昂特迈耶朝其中一颗蛋踢了一脚，它立马分崩离析——只是个易碎的空壳而已。"被什么动物吸干了。"他说，"我们已经穷途末路了，弗格森。我怀疑是野狗深夜潜入此地，把蛋毁掉的。他已经虚弱到无法保护它们了。"

等在周围的男女发出一阵沉闷的怒吼声。他们气红了眼圈，手里紧握着拿来的样品，密密麻麻地挤作一团。一圈很不耐烦、气急败坏的人，围在公园中心。他们已经等了很久，他们受够了等待。

"这是什么鬼东西？"昂特迈耶蹲在树下被遗弃的一堆东西前面。他用手指抚摸模糊的金属表面，那东西似乎像蜡块一样熔化过——现在已经完全辨认不出外形。"我看不出来是什么。"

"那是台电动割草机。"旁边有个男人气呼呼地说。

"他多久之前打印的？"弗格森问。

"四天前。"那人愤怒地敲击它的表面，"你们甚至看不出它本来是什么——任何东西都有可能。我的旧机器用太久坏掉了。我把镇上的原始样品从仓库推过来，排了一整天的队——看看他给了我个什么货色！"他轻蔑地啐了一口，"这玩意儿一文不值。我就把它留在这里了——反正带回家也没用。"

他的妻子开了腔，声音尖厉，几近哭号，"我们该怎么办？旧机器也不能用了。它像周围其他东西一样在渐渐解体。如果新打印的东西完全没用，那我们——"

"闭嘴。"她丈夫呵斥道。他的脸丑陋又悲戚。他的长手指紧握一根烟斗,"我们再等一段时间。也许他能熬过这道难关。"

人们满怀希望的嘟囔声在他们四周响起。夏洛特打了个寒噤,继续向前挤。"我不怪他,"她对弗格森说,"但是……"她疲惫地摇摇头,"但这样干等又有什么用?如果他给我们打印的物品全都不堪一用……"

"他是做不到。"约翰·道斯说,"看看他!"他停下来,也止住其他人,"看看他,然后告诉我他如何才能康复!"

建造师行将就木。巨大又老迈的他,还蹲踞在居住区中心公园里,一团古旧焦黄的原生质,重浊的半透明胶状体。他的伪足都已焦枯,变成了黑色的蛇形,一动不动地躺在棕色的草丛中。其形体的中央区域诡异地凹陷下去。建造师正在渐渐萎缩,他体内的水分不断蒸发,被头顶虚弱的阳光慢慢烤干。

"哦,天哪!"夏洛特小声说,"他看起来好惨!"

建造师的中央部分在微弱地翕动,还能明显看出他的搏动,仍在固执地延续渐渐枯萎的生命。一大群有黑有绿的苍蝇密密麻麻地聚集在他周围。建造师周围弥漫着刺鼻的味道,那是正在腐烂的有机质发出的恶臭。一摊恶心的黑色废液正从他体内流出。

在这生灵的黄色原生质中,他那坚实的神经中枢还在痛苦地抽搐,越来越快、越来越大范围的搏动传遍黏稠的身体。他的躯体正在退化成斑块,过程基本可见。衰老和腐朽——伴着垂死的煎熬。

在那片水泥平地上,垂死的建造师面前,堆放着一批等着被复制的原件。旁边有几件已经被制造的复制品，都是些未成形的黑色球体，混杂了建造师分泌的体液。他就是用这些东西来辛苦地完成复制过程的。他已经停止工作，把他还能活动的伪足收回到了身下。他在休息——努力延长自己的生命。

"这可怜的家伙！"弗格森听到自己这样说，"他已经坚持不下去了。"

"他已经这样干坐了足足六个小时。"旁边有个女人尖声抱怨道，"就这么干坐着！他打算让我们怎么办？跪下来向他**哀求**吗？"

道斯愤怒地转身面向她，"你没看见他快死了吗？看在上帝的分上，**别来烦他！**"

人群中发出一阵可怕的吼叫声。许多面孔转向道斯——他则无动于衷，对他们视而不见。他身旁的夏洛特已经被吓得身体僵硬，脸色都变得苍白了。

"你小心点儿，"昂特迈耶轻声警告道斯，"这里有些人急需某些东西。他们中有些人在这里等着得到食物。"

时间在流逝。弗格森从昂特迈耶手里抓过铁盒，将其扯开。他弯下腰，把原件拿出来，一一摆在面前的草地上。

见此情形，周围的人们开始窃窃私语，声音里透着惊奇和敬畏。弗格森感觉到一份阴暗的快感。这些都是本居住区缺少的原件物品。这里只剩不完美的复制品了。以前的复制过程，也都是以不完美的复制件当范本。他一个一个拿起那些宝贵的原件，走向建造师前面的水泥地。有人生气地挡住他的去路——直到看见他带来的原件才让开。

他放下一块银色的朗森打火机；然后是一架博士伦牌双筒显微镜，上面还有乌黑的涂漆，仍装在原装皮套里；再来是一件皮克林高保真留声机盒；接着是一件亮闪闪的施托伊本水晶杯。

"这些原件都相当精致啊。"旁边有个男人很嫉妒地说，"你从哪儿搞到的？"

弗格森没有回答。他在观察垂死的建造师。

建造师没有动。但他显然已经发现了其他样品旁边多出的这些制作样本。在那具黄色身躯内，深色纤维在迅速移动，纠合在一起。前喷丝孔先是开始颤抖，再打开，剧烈的战栗摇撼着整团原生质，然后喷口中涌出酸臭的气泡。有一条伪足抽动了片刻，吃力地沿着黏糊糊的草地向前伸展，停顿了一下，然后碰了碰施托伊本水晶杯。

他把一堆黑灰拢到一起，混以之前喷口中的液体，形成一个灰扑扑的球形，算是施托伊本水晶杯的古怪映像。建造师颤抖起来，收回伪足，积攒力量。过了一会儿，他又一次试图加工那团材料。突然，他的整个身躯毫无征兆地开始剧烈震动起来，他的伪足筋疲力尽地垂了下去。伪足抽搐了一下，可怜巴巴地犹豫了一会儿，然后回缩，消失在中央躯干里。

"没用的，"昂特迈耶哑着嗓子说，"他做不到。已经太晚了。"

弗格森用僵硬的手指笨拙地把那些原件收集起来，颤抖着放回铁箱里。"看来是我搞错了。"他喃喃地说着，站起身来，"我以为这样就能解决问题。我没料到情况已发展到如此地步。"

夏洛特情绪低落，一言不发，麻木地离开了那片平地。昂特迈耶跟着她穿过聚集在平地周围的那群愤怒男女。

"等一下，"道斯说，"我还有样东西可以让他试一试。"

弗格森疲惫地等待，道斯在他的灰色粗布衬衫口袋里翻找。他摸索片刻，拿出一团包着东西的旧报纸。是个杯子，一个木制酒杯，做工粗陋，样子难看。他苦笑着蹲下来，把杯子放在建造师面前。

夏洛特在一旁看着，隐约有些好奇。"有什么用呢？就算他能将其复制出来。"她意兴萧索地用脚趾头碰了碰木杯，"它这么简单，你自己都能再做一个出来。"

弗格森吓了一跳。道斯捕捉到了他的视线——有那么一瞬间，两人就这么对视着。道斯似笑非笑，弗格森身体僵硬，逐渐明白了他的用意。

"没错。"道斯说，"就是我做的。"

弗格森一把抓起那杯子，他颤抖着翻来覆去打量它，"你用**什么**做的？我不明白你用了什么方法！你用的什么当**原料**呢？"

"我们砍了几棵树。"道斯从腰间解下一个泛着黯淡金属光泽的东西，"这个——小心别把自己割伤。"

小刀和杯子一样简陋——是用锤子锻打出来的，弯成适当角度，然后用铁丝缚绑。"这把小刀是你做的？"弗格森有些头晕地问道，"我简直不敢相信。**你从哪里开始的呢？**你必须有工具才能做出这件东西。这是自相矛盾的啊！"他的声音越来越高，近乎歇斯底里，"这根本就不**可能！**"

夏洛特幽怨地转过头去，"没用的——用那个砍不了任何东西。"她用带点儿一厢情愿的、可怜巴巴的口吻补充道，"我厨房里本来有一整套不锈钢刻刀呢——最优质的瑞典精钢。现在已经成了一团黑灰。"

弗格森的脑子里猛然涌现出上百万个问题，"这个杯子、这把刀——你们有一个团队吗？还有你身上穿的那东西——也是你们自己织成的？"

"行了。"道斯突然插嘴道。他收起刀和杯子，轻巧地退到一旁，"我们最好离开这里。我觉得他的日子马上就要到头了。"

人们在离开公园。他们已经放弃了，正垂头丧气地踱到正在腐朽的商店里，搜寻残存的食物。几辆汽车轰鸣着开动，走走停停地驶离了此地。

昂特迈耶紧张地舔了舔自己松弛的嘴唇。恐惧令他那苍白的皮肤布满斑点，显得粗糙无比。"他们越来越狂躁了。"他小声对弗格森说，"整个居住区都在崩溃——再过几个小时就剩不下什么了。没有食物，没有住处！"他看向那辆车，眼睛随即黯淡下来。

他不是唯一注意到那辆车的人。

一帮男子正缓缓向灰扑扑的巨大别克车聚拢。他们黑着脸，像一群满腹敌意的贪婪小孩，专心地抚弄那辆车，检查其挡风玻璃、引擎盖，触碰前大灯和结实的轮胎。这些人拿着粗陋的武器——铁管、石头，以及从倒塌的建筑废墟里找到的扭曲变形的钢筋。

"他们知道这辆车来自居民区之外。"道斯说，"他们知道我们要回去了。"

"我可以带你回匹兹堡居住区。"弗格森对夏洛特说。他走向汽车，"我可以说你是我的妻子。你可以回头再决定要不要去走这样的法律程序。"

"那本怎么办？"夏洛特虚弱地问。

"我不能把他也娶了呀。"弗格森加快了步伐，"我可以把他带到那儿去，但他们不会允许他留下的。他们有自己的配额系统。以后，等他们认识到自己的危机……"

"都闪开。"昂特迈耶呵斥那帮聚集起来的人。他凶巴巴地向他们逼近。过了一会儿，那些人不情愿地退开，最终让出了去路。昂特迈耶站在车门旁边，挺直巨大的身躯，保持警惕。

"带她过来——要小心！"他告诉弗格森。

弗格森和道斯将夏洛特护在中间，一同穿过人群，来到昂特迈耶身旁。弗格森把车钥匙递给那胖子，昂特迈耶随即猛地打开前门。他把夏洛特推进车里，然后挥手示意弗格森赶紧绕到另一侧上车。

那群人开始行动了。

昂特迈耶挥起大拳头，把领头那家伙打倒在追随者们身上。他费力地从夏洛特身前挤过去，硬把自己巨大的身躯塞到驾驶座上。发动机嘶鸣着开动。昂特迈耶将车挂到低速挡，然后猛踩油门。汽车向前驶去。人们疯狂地抓挠车身，把手伸进开着的车门，试图把车里的人抓出来。

昂特迈耶用力关上车门，将其锁死。汽车开始加速，弗格森最后一次看到胖子那大汗淋漓、被恐惧扭曲的面庞。

人们徒劳地试图抓住汽车平滑的车身。车速越来越快，他们一个接一个被甩开。有一个身形巨大的红发男子，拼命扒在引擎盖上，把手伸向破碎的前挡风玻璃，想抓驾驶员的脸。昂特迈耶驾车转了个急弯，红发男子硬撑了一会儿，最后终于松开了手，无声地翻滚下去，脸朝下栽到路面上。

汽车东拐西拐地飞速前行，最后消失在一排破旧的建筑之后。车胎的尖啸声音也渐渐消失。昂特迈耶和夏洛特踏上了前往安全的匹兹堡居住区的行程。

弗格森目视车子离去，直到道斯细瘦的手指搭在他肩上，他才终于回过神来。"好吧，"他嘟囔着，"车走了。不管怎样，夏洛特已经脱险了。"

"走吧。"道斯在他耳边说，"我希望你有双好鞋——我们有很长的路要走。"

弗格森眨了眨眼睛，"走？到哪儿？"

"我们最近的一处营地距此三十英里。我觉得咱们应该能走到。"他向远处走去，过了一会儿，弗格森跟上了他，"我之前做到过，这次应该也能做到。"

他们身后，人群再度聚集，他们的兴趣集中在垂死的建造师残躯上。低沉的怒吼声响起——挫败感，加上未能夺取汽车后的失落，把人们的怨气催化成了渐渐高涨的暴力念头。慢慢地，就像高处的水要向下倾泻一样，那群暴怒的、吵闹的人朝水泥平台冲去。

平台上，老迈垂死的建造师无助地等待着。他察觉到了这些人。他扭动伪足，虚弱地做出了最后一个反应，这是他生命的最后一次战栗。

接着弗格森目睹了一件可怕的事——这件事让他越来越羞愧，以至于他觉得手指无力，放开了一直抱着的铁箱。铁箱掉落下去，落地散开。他麻木地拣回箱子，站在那儿，无助地抱着箱子。他想要跑开，没有目的，去哪里都好，只要不在此地。他想到外面去，到寂静、黑暗、渐次扩张的阴暗里去，远离人类居住区。他想到外面死亡的灰烬世界中去。

建造师正在试图为自己打印一层防护盾，用灰烬筑成一道自保的围墙，而暴民则已经扑向他……

他们走了几小时后，道斯忽然止步，瘫坐在一望无际的黑灰之中。"我们休息一会儿吧。"他口齿不清地对弗格森说，"我带了一些食物，可以做熟了吃。我们用你的朗森打火机生火，要是它还有油的话。"

弗格森打开铁箱，把打火机递给他。一阵湿臭的冷风从他们身边吹过，把黑灰卷成阴惨的云团，扫过这片荒芜的地面。在远方，几道残垣如枯骨一般耸立着。又黑又丑的荒草无处不在。

"这个世界不像看上去那样死气沉沉。"道斯评论道，他从周围的灰烬丛中找了点儿干木柴和纸张，"你知道还有野兔和野狗。外面还有好多植物的种子——你只要给这些灰烬浇水，它们就会生长起来。"

"水？但现在早就已经不再——下雨。不管这个词过去是什么意思。"

"我们必须挖掘灌溉渠。水还是有的，不过你得把它挖出来。"道斯生起了一团小火——打火机里还有油。他把打火机扔回去，然后集中注意力给火堆添柴。

弗格森坐在那儿查看那块打火机。"你怎么才能制造出这样一件东西呢?"他突兀地问道。

"我们造不出。"道斯伸手到衣兜里，拿出一包食物——腌肉干和烤熟的谷物饼，"一开始你无法造出复杂的东西。你必须慢慢提升技艺。"

"健康的建造师就可以打印这类物品。匹兹堡那个就能完美地复制这块打火机。"

"我知道，"道斯说，"那正是让我们停滞不前的原因。我们必须等到他们放弃为止。他们早晚会的，你也清楚这一点。他们必须回到自己的星系——如果留在地球，他们的种族将全体灭绝。"

弗格森本能地握紧了打火机，"那样一来，我们人类文明也会随之断绝。"

"打火机吗?"道斯笑着说，"是的，那东西会消失——至少要很长一段时间。但我觉得你关注的重点错了。我们都必须重新接受现实的教育，我们人类的每一名成员。这对我来说也很艰难。"

"你从哪儿来的?"

道斯小声说："我是芝加哥的幸存者之一。那里崩溃后，我四处流浪——用石头打猎，睡荒废的地下室，赤手空拳抵御野狗的攻击。最后，我来到了其中一座营地。在我之前，那里就已经有了一些成员——你并不了解，我的朋友，但芝加哥并不是第一个崩溃的居住点。"

"然后你们就在打印工具吗? 比如那把刀?"

道斯放声长笑，"不应该叫打印——应该叫**制造**。我们制造工具，生产各种物品。"他拿出那个粗糙的木杯，将其放在灰烬上，"打印只是简单的复制。我无法向你解释'制造'的确切含义，你得亲自尝试来找到答案。制造和打印完全是两码事。"

道斯把三件东西放在灰烬上。精美的施托伊本水晶杯、他自己粗陋的木饮水杯，以及那位垂死的建造师试图打印的那团半成品。

"这是这个世界本来的运作方式。"他指着那个施托伊本水晶杯说，"某一天可能还会恢复成那副模样……但我们要选择正确的路——艰难的那条路—— 一步一步来，直到我们回到那个阶段。"他小心地把玻璃杯放回铁箱，"我们会留存这些物品，但不是复制它，而是将其作为榜样、作为目标。你现在可能还不明白其中的区别，但将来你会懂的。"

他指了指那个简朴的木杯，"这是我们当前的水准，不要嘲笑它，不要说它不是文明世界的成果，它就是——虽然它简单粗陋，但它是真的。我们将从这里开始。"

他拿起那团做坏的材料,建造师遗留的那件复制品。想了一会儿,他身体后仰,伸开手臂,将其远远丢开。那团东西落地,弹了一下,随即碎裂成片。

"那玩意儿什么都不是,"道斯激动地说,"我宁愿要这个杯子。这个木杯,比任何一件复制品都像施托伊本水晶杯。"

"你真是相当看重你的小木杯啊。"弗格森评价道。

"的确。"道斯把那木杯放进铁箱,放在施托伊本水晶杯的旁边,"将来有一天,你也会理解的。这要花点儿时间,但你终究会明白的。"他开始关闭铁箱,但还是停顿了一下,抚摸那件朗森打火机。

他遗憾地摇摇头,"有生之年无望,"他说着关上了箱子,"中间还有很多步要走。"他瘦削的脸上忽然发出光彩,透出一丝开心的期待,"可是上帝为证,我们正在朝那个方向前进!"

百战余生

温暖明媚的阳光下，老人坐在公园的长椅上，看着人们来来往往。

公园里干净又整洁；上百个崭新的黄铜浇水喷头悠悠旋转，草叶上沾满晶莹的水珠。一台锃光瓦亮的机器园丁四处奔忙，除草、修剪，再把废弃物收集到它的废物槽里。孩子们奔跑嬉戏，大呼小叫。年轻的恋人们手拉着手，坐在草地上，慵懒地晒着太阳。几帮帅气的士兵手揣在衣兜里，懒洋洋地散着步，欣赏在水池边裸身晒日光浴的姑娘们。公园外，纽约城呼啸而过的车辆和高耸入云的纤细尖塔都在阳光下闪耀着光华。

老人清了清喉咙，闷闷不乐地向灌木丛吐了口痰。明媚的阳光让他觉得刺眼，而且令他淋漓的汗水不断从肮脏破旧的外套上渗出。阳光还让他注意到自己脸上的胡子茬和失去的左眼，还有那道又深又难看的伤疤——他一侧脸颊的肉全被烧掉了。他用手焦躁地抓挠自己细瘦的脖子上的H环。他解开外套纽扣，挺直腰杆，靠在闪亮的金属椅背上。他感到无聊、孤独而愤恨。他拧转身体，想要让自己欣赏周围这安静平和的园林景致，看树木、青草和快乐玩耍的孩童。

三个面庞白皙的年轻士兵坐在对面的长椅上，开始打开他们的午餐盒。

细微而有怪味的气息卡在了老人的喉头，他老迈的心脏开始痛苦地狂跳，几小时以来，他头一回感觉自己的生命力完全复苏。他努力振作精神，竭力将模糊的视线集中在那几名士兵身上。老头拿出手绢，擦一下汗湿的面庞，然后开口对他们说话。

"下午天气不错。"

士兵们往上看了一眼。"是呀。"其中一人说道。

"他们干得不错。"老头指了指黄色的太阳和城市中的高楼大厦，"看上去很完美。"

士兵们没说话，他们的注意力都在滚烫的黑咖啡和苹果派上。

"简直可以乱真。"老人悲伤地继续道，"你们这班小年轻是重建队的吗？"他猜道。

"不，"其中一人说，"我们是火箭兵。"

老人握紧他的铝质手杖说："我过去是爆破兵。曾在以前的Ba-3连队服役。"

那几名士兵都没有接茬，他们在低声交谈。远处长凳上有几个女孩注意到了他们。

老人把手伸进外套口袋里,掏出一个用破旧的灰纸包住的东西,他用颤抖的手指打开纸包,然后站起身来。他摇摇晃晃穿过碎石路,来到那帮士兵面前。"看到没?"他把那东西递到大家面前,那是块闪亮的方形金属,"我在87年赢得的。我猜那时候你们都还没出生。"

年轻士兵们顿时来了兴致。"嘿!"其中一人艳羡地吹了声口哨,"那可是水晶盘勋章——一级的。"他抬起眼帘询问,"是你赢得的?"

老人得意地干笑起来,同时把金属片重新包好,收进衣兜里,"我在内森·韦斯特手下服役过,'风巨人号'飞船。我是到了敌人最后一次空间跃迁进攻时才得到这枚勋章的。但我和D战队的弟兄们一直都在前方作战。你们很可能还记得我们启动防御网络的那一天,它的覆盖范围从——"

"抱歉,"其中一名士兵含糊地说,"我们对那么久远的事没印象。那一定是在我们出生之前发生的。"

"的确,"老人急切地同意道,"那是六十多年前的事了。你们一定听说过佩拉蒂少校吧?他把敌人的掩护舰队逼入了流星云区,那些家伙的用意是掩护最后一波进攻。还有Ba-3部队如何牵制敌军长达数月之久,延迟敌军的总攻时间。"他激动地咒骂着往昔的敌人,"我们延缓了他们的进攻,直到自己的兄弟伤亡殆尽。然后他们就像秃鹫一样再次扑来,见人就——"

"抱歉,老先生。"士兵们轻快地站起身,收拾起他们的午饭,然后朝女孩们所在的长凳方向走去。女孩们羞涩地看了他们一眼，发出期待的咯咯笑声。"我们换个时间再听您的故事吧。"

老人转过身，气呼呼地一瘸一拐返回自己的长椅。他很失望，含糊不清地嘟囔着，向草丛里吐痰，同时努力让自己坐得舒服一点儿。但阳光让他心烦意乱，周围的人声和车辆声也让他难受。

他坐在公园的长椅上，眼睛似闭非闭，衰老的嘴唇扭曲变形，满是苦涩和挫败之情。没有人会对一个老眼昏花的糟老头感兴趣。没有人想听他含混不清、没完没了地讲述他参与过的战斗和见证过的战略。似乎也不再有人记得那场战争，那场战争仍像熊熊燃烧、吞噬一切的烈火一样，在老人日渐苍老的头脑里持续燃烧，但似乎已经没人记得那场战争了。他渴望跟人提起那场战争，只要他能找到愿意听的人。

韦切尔·帕特森让他的车子急停，扣下应急刹车。"好了，"他回头对后面的人说，"请放松。我们还得稍等片刻。"

这场面很常见。上千名地球人头戴灰帽、别着袖章，列队沿街行进，嘴里喊着口号，手中挥舞着各种制作粗糙的旗帜，几条街以外都能看到他们。

抵制谈判！ 卖国贼才要和谈！

是男人就要勇于作战！

不要讲空话，要用实力慑服！

地球强大才是和平的最佳保障！

在汽车后排座位上，有近视眼的埃德温·勒马尔惊异地哼哼着，把他的报告磁带放到一边，"我们怎么停下了？出了什么事？"

"又是游行示威。"伊夫琳·卡特漫不经心地回答。她向后靠在椅背上，不耐烦地点燃一支香烟，"总是这些人。"

示威者情绪激昂。男人、女人、下午特别停课的年轻人，全都表情疯狂，激动而专注，有人打着标语，有人带着粗陋的武器，穿着不成套的军服。沿途不断有围观群众被拉进游行队伍。身着蓝色制服的警察已经封锁了地面交通，他们冷眼旁观，等着人来干涉。当然，没人出头，没人那么蠢。

"指导委员会为什么不阻止游行？"勒马尔问，"只要派出几队装甲防暴兵，就能一劳永逸地将此事解决。"

他身旁的约翰·V[①]－斯蒂芬斯冷笑，"这场游行正是指导委员会出钱和组织的，还在视频网络上给他们自由时间，甚至殴打对此有怨言的人。你看那些站在一旁的警察，他们正等着殴打来干涉的人呢。"

勒马尔眨眨眼睛，"帕特森，这是真的吗？"

许多被怒火扭曲的面庞出现在豪华的64款别克车外。沉重的脚步声让铬金仪表盘震动不已，勒马尔博士紧张地把他的磁带放回

---

① 金星"Venus"的首字母。小说里的金星人带这样一个字母表明身份，也代表了地球人对他们的歧视。

金属盒中,像一只受惊的乌龟四下张望。

"你有什么好担心的?"V-斯蒂芬斯尖声说道,"他们又不会碰你——你是地球人。我才是应该冒汗的那一个。"

"他们疯了,"勒马尔喃喃道,"所有这些白痴,大喊大叫,到处游行——"

"他们并非白痴,"帕特森轻描淡写地回答,"他们只是过于轻信。他们相信自己听到的话,就像我们所有人一样。唯一的问题是,**他们被灌输的那些并不是真相。**"

他指了指其中一面巨大的旗帜,那是一张大型3D照片,在被人扛着行进的过程中不断扭曲、翻转。"应该怪**他**,他才是制造谎言的那个人。就是他给指导委员会施压,鼓吹仇恨和暴力——而且有足够的资源来传播自己的谬论。"

旗子上是一个眉头紧锁的白发老者,胡子刮得干干净净,面相高贵。他一副学者风范,身体魁梧,年龄不到六十。他有一双温和的蓝眼睛,下颌骨线条硬朗,带着令人崇敬的强大气场。在他帅气的照片下面,是他的个人口号,那应该是激情演说时喊出的。

只有叛徒才会妥协!

"他叫弗朗西斯·甘尼特。"V-斯蒂芬斯对勒马尔说,"是个美男子,不是吗?"他随后补充说,"按你们**地球人**的标准来看。"

"他看起来挺斯文的,"伊夫琳·卡特反对说,"看上去这么聪明的人怎么会和这种事有牵扯呢?"

V-斯蒂芬斯紧张地大笑起来,"他那双优雅白皙的双手,可比外面游行的任何一位管子工或木匠都要肮脏呢。"

"可为什么——"

"甘尼特和他的党羽是泛行星工业公司的所有者,这家控股公司控制着内行星进出口贸易的大部分份额。如果我的同胞跟火星人民都获得自由权,我们就会夺占他们的生意份额。届时他们就将面临商业竞争。但在当前环境下,他们却在重商主义的保护政策下牟利。"

游行队伍到了一个十字路口。有群人放下他们的旗帜,拿起了棍棒和石块。他们大声发令,挥手鼓动其他人继续前进,随后便恶狠狠地向一座小型现代建筑逼近,那里的霓虹灯闪着"多彩广告"字样。

"哦,天哪,"帕特森说,"他们要冲击殖民权益协会办公室。"他伸手要去开车门,却被V-斯蒂芬斯阻止了。

"你去了也无济于事,"V-斯蒂芬斯说,"再说里面已经没人了。他们通常会事先得到警告。"

暴徒们打碎玻璃钢窗,涌入了那座华丽小巧的建筑。警察们悠闲地走了过去,双臂抱在胸前,欣赏着眼前的壮观场面。损坏的家具不断从被砸毁的办公室正门扔到马路边上,其中有文件、桌椅、显示屏、烟灰缸,甚至还有反映内行星幸福生活的艳丽海报。刺鼻的黑烟从储藏室冒出,那是有人用极热光束纵火。过了一会儿,暴徒们纷纷涌出，回到街上，一脸满足和快乐的样子。

路边围观的人们表情各异，有些显得很开心，有些似乎有点儿好奇，但多数人都面带恐惧和不安。怒气冲冲的暴徒们背负着赃物横冲直撞经过时，他们纷纷退开、避让。

"看到没？"帕特森说，"只要几千人，就可以干出这种荒唐事，都是甘尼特基金会出资支持。那些冲在前面的人是甘尼特工厂的雇员，全都是跟生产活动无关的职业打手。他们试图扮演全人类的代言人，但他们并不是。他们只是一群喧闹的少数派，一小伙特别能闹事的狂热分子而已。"

示威者在渐渐散去。殖民权益协会办公室的状况惨不忍睹，已经成了一片被烧焦的废墟；交通已经瘫痪；纽约大部分城区的人都看到了那些可怕的口号，听到了骇人的脚步声和满是仇恨的喧嚣声。人们开始返回写字楼和商店，继续他们的日常生活。

接着，暴徒们看到了那个来自金星的女孩，她蜷着身子，躲在锁闭并上门的走廊里。

帕特森猛踩油门，驱车向前。车子蹦跳起来，发出刺耳的声响，直冲过大街，窜上人行道，冲向那群戴着兜帽、正在奔跑的暴徒。车头撞上了第一队人，把那帮家伙像落叶一样冲开。其他没有避开的人被金属车头撞翻在地，摔作一团，无数手脚在挥舞挣扎。

金星女孩看见车子向自己冲来——也看见了坐在车子前排的地球人。有那么片刻，她被吓得瘫在那里动弹不得。随后她转过身去，惊惶地撒腿就跑，沿着人行道狂奔，混进了街边的人流中。暴徒们重整队伍,片刻之后便齐声大叫着开始朝她追去。

"抓住那个蹼脚的贱货!"

"蹼脚贱货滚回自己的行星!"

"地球属于地球人!"

在这些不绝于耳的口号之下还暗藏着一道充满肉欲和仇恨的丑陋潜流。

帕特森将车倒回到街道上。他拳头重重按下汽车喇叭,驱车冲向女孩所在的方位,赶上了疯跑的暴乱分子,然后又超过了他们。有块石头从后窗弹开,紧接着一大批垃圾像急雨一样打在车身上。前方的人群忙乱地退散,给车子和暴徒留下了一条通道。没有人出手阻拦绝望奔逃的女孩,任由她一面哭泣,一面喘息,从停车场和人群之间穿过,也没有人帮助她。所有人都在麻木地观望,漠不关心,就像一群置身事外、觉得眼前的事跟自己完全无关的看客。

"我要抓住她,"V-斯蒂芬斯说,"把车子停在她前方,我会去截住她。"

帕特森驾车经过那女孩,然后猛地踩下刹车。女孩像受惊的野兔一般转身沿街折返。V-斯蒂芬斯一下子就跳到了车外,他开始追赶慌乱中跑向暴徒的女孩。他一把将她抱起,然后飞奔回车子。勒马尔和伊夫琳·卡特把他俩拉进汽车,帕特森则驾车向前疾驰。

片刻之后,他转了一个弯,撞断一根警戒线,逃出了危险区。人群的喊叫声和马路上杂沓的脚步声在他们身后渐渐消失。

"没事儿了,"V-斯蒂芬斯温柔地一遍遍安慰那女孩,"我们是你的朋友。瞧,我也是蹩脚人。"

女孩蜷缩在车门旁,惊恐地大睁着绿眼睛,瘦脸颊不住抖动,膝盖顶着腹部。她可能有十七岁。她那带有覆膜的手指下意识地抓紧自己被扯破的上衣领口,脚上只剩一只鞋。她脸上也有划伤,深色头发乱蓬蓬的。颤抖的嘴唇只发出了一些难以辨认的声音。

勒马尔试了下她的脉搏。"她的心脏都快跳出来了。"他咕哝道。他从外套口袋里取出一个急救包,将一针麻醉剂注入女孩哆嗦不已的小臂里,"这会让她放松一些。她没有受重伤——他们没抓到她。"

"没事了,"V-斯蒂芬斯低声道,"我们都是市医院的大夫,除了卡特小姐,她负责管理文件和资料。勒马尔大夫是神经病医师,帕特森大夫是癌症专家,我是外科医生——看到我的手没?"他用外科医生灵巧的双手抚摸着女孩的前额,"而且我和你一样,也是金星人。我们会带你去医院,让你在那儿休养一段时间。"

"你看到他们了吗?"勒马尔气呼呼地说,"没有人肯动一根手指来帮她。他们就那么干站着。"

"他们害怕,"帕特森说,"他们不想惹麻烦。"

"他们躲不掉的,"伊夫琳·卡特平静地说,"没人能躲过这样的麻烦。他们不可能永远这样袖手旁观。这可不是橄榄球赛。"

"以后会发生什么事呢?"那女孩声音颤抖着问。

"你最好离开地球,"V-斯蒂芬斯温柔地说,"金星人在这里都不安全。回到你自己的星球，留在那里，等着这场风波平息。”

“会平息吗？”女孩喘着气问道。

“早晚都会。”V-斯蒂芬斯伸手摸到伊夫琳的香烟，递给她，“事情不可能永远这副样子。我们必须要有自由。”

“别激动。”伊夫琳用威胁的口吻说。她的眼睛变得像木炭一样黯淡，暗藏杀机，“我还以为你不会在意这些俗事。”

V-斯蒂芬斯那暗绿色的面庞一下子涨得发红，“你以为我会袖手旁观，任由我的同胞们被杀戮、羞辱，任由我们的利益和诉求被冷落、无视，纵容甘尼特那样的石膏脸大肆地吸取我们的血汗发家致富——”

“石膏脸，”勒马尔吃惊地复述说，“那是什么意思，韦切尔？”

“这是他们对地球人的蔑称。”帕特森回答，“算了吧，V-斯蒂芬斯。在我们看来，现在根本就不是你我两星球的人之间有任何矛盾。我们都是同一个种族，你们的祖先是二十世纪末迁往金星的地球人。”

“你们的种种变化只是适应环境的小改变而已，”勒马尔安抚V-斯蒂芬斯道，“我们之间依然可以通婚并繁育后代——这就证明了我们同属一个种族。”

“我们的确可以。”伊夫琳·卡特细声细气地说，“可是又有谁愿意跟蹼脚人或乌鸦结婚？”

一时之间，没有人再说话。帕特森驱车前往医院的途中，车里的气氛逐渐紧张起来。金星女孩蹲坐在车里，默默地抽着烟，惊慌的双眼死盯着不断震颤的车地板。

帕特森在入口检查站减慢车速，出示了他的身份牌。医院保安示意车子可以进入，于是他渐渐加速。他收起身份牌时，手指碰到了衣袋里的某件东西，回忆突然涌现。

"这里有件东西，可以让你暂时忘记自己的困扰。"他对V-斯蒂芬斯说，然后把那根密封小管扔给蹒脚人，"军方今天早上把它打回来了，说是办公室工作失误。等你看够了，把它交给伊夫琳。本来这东西就是给她的，我却出于兴趣看了一下。"

V-斯蒂芬斯划开小管，里面的东西掉落出来。这是一份要求进入一间官方医院接受治疗的常规申请单，上面有一名退伍老兵的军人编号。管中还有汗迹斑斑的旧磁带、多年前残留下的纸质文件。油腻的金属箔显然被打开又折叠过很多次，曾被塞进衬衫口袋里，佩戴在肮脏的、体毛浓密的胸前。"这些东西重要吗？"V-斯蒂芬斯不耐烦地问，"我们有必要为某些文职人员的工作失误费心吗？"

帕特森把车停在医院停车场，关闭引擎。"看看申请书编号。"他说着推开车门，"等你有时间细看，就会发现它非同寻常。这份申请上有一位年迈老兵的军人证编号——但这个编号根本就没有启用过。"

勒马尔显得非常困惑，他看看伊夫琳·卡特，又看看V-斯蒂芬斯，但两人都没有给他任何解释。

老人的H环把他从不安的浅睡中惊醒。"戴维·昂格尔，"那个细声细气的女性声音重复说,"医院呼叫您返回。您得立即回医院。"

老人不满地哼哼着,吃力地醒来。他抓起铝合金手杖,一瘸一拐离开被汗水浸湿而反光的长椅,朝公园出口的围栏走去。他刚才正要睡着,正要暂时忘却那过于刺眼的阳光和那些孩子、女孩,以及年轻士兵们发出的吵闹的欢笑声……

公园边缘,两个人影悄悄爬进了灌木丛。那两个人影沿着小路从戴维·昂格尔身边溜过,他猛然止步,难以置信地站在原地。

他的声音让自己大吃一惊。他没命地狂喊起来,满是怒气和仇恨的尖叫声在整个公园里回荡,打破了树林和草地的宁静。"**蹼脚人!**"他嘶声尖叫,并开始笨拙地追赶他们,"蹼脚人和乌鸦人! 快来人哪!"

他挥舞着铝制手杖,磕磕绊绊地在那火星人和金星人后面追赶,一路气喘如牛。周围开始有人出现,纷纷带着空洞的惊诧表情。人们聚集成群,围观老人快步追赶那两位受到惊吓的外星人。他跑得筋疲力尽,在一座饮水泉旁绊了一下,险些摔倒,手杖也从手中滑落。他那张满是皱纹的脸气得放光,在布满老人斑的脸上,那道烧伤的痕迹更加突出,显得更加病态、丑陋。他健全的那只眼睛气得通红,满是恨意和怒火。唾液从他烧毁的嘴唇边流下。他徒劳地挥舞那双鸟爪一样的手,眼睁睁看着那两个变异人类爬进雪松林,朝公园远端逃去。

"拦住他们!"戴维·昂格尔口齿不清地喊叫,"别让他们跑了!你们这些人怎么回事? 你们这群胆小如鼠的懦夫。这样怯懦还算是人吗?"

"别激动,老爷子。"一名年轻士兵好言劝道,"他们又没有伤害任何人。"

昂格尔捡起手杖,从那名士兵的头旁挥过。"你们——只会**讲空话**!"他恶狠狠地说,"你算什么军人?"他剧烈咳嗽起来,无法继续讲话,继而弯下腰,吃力地喘着气,"我年轻的时候,"他终于能继续讲话了,"我们都是把火箭燃料倒在他们身上,而且把他们绑得结结实实。我们会把他们乱刃分尸,我们会把肮脏的蹼脚人和乌鸦人大卸八块,让他们知道我们的厉害。"

一名高大的警察已经拦住了那两个变种人。"走开,"他威严地命令道,"你们这些怪东西无权待在这儿。"

那两个变种人正准备从他身边逃开,那警察却漫不经心地抬起警棍,猛敲了一下火星人的眉心。火星人那又薄又脆的头部顿时皮开肉绽。他跌跌撞撞地逃走,头晕眼花,痛苦不已。

"这还差不多。"戴维·昂格尔喘息着说,多少满意了一点点。

"你这肮脏的坏老头。"一个女人低声指责他道,一脸恐惧,面色苍白,"这一切麻烦都是你们这种人造成的。"

"你是什么东西?"昂格尔反唇相讥,"乌鸦的走狗吗?"

人群逐渐散去。昂格尔抓住他的手杖,摇摇晃晃走向出口的栏杆,嘴里骂骂咧咧。他一面摇头,一面向灌木丛中使劲吐痰。

来到医院后,他仍旧气得发抖。"你们想干什么?"他走向大堂中央巨大的前台,凶巴巴地质问道,"我不知道你们这里在搞些什么。

你们先是打断了我到这里后的头一次真正的睡眠,然后我就看见蹼脚人和乌鸦人在光天化日之下到处游荡,嚣张得跟什么一样——"

"帕特森大夫想见您。"那名护士耐心地说,"301室。"她向一台机器人点了点头,"带昂格尔先生去301室。"

老人一瘸一拐,闷闷不乐地跟在平稳行进的机器人后面。"我还以为你们这些铁皮人在88年的欧陆之战中死光了,"他抱怨道,"这没道理啊,还有这么多细皮嫩肉、穿军服的小年轻。所有人都无所事事,到处游荡,不是傻笑,就是泡妞,女孩子们也不务正业,整天赤身裸体躺在草地上。肯定出了什么事,一定有事发生——"

"请进,先生。"机器人说话的同时,301室的门滑开了。

韦切尔·帕特森微微欠身相迎,老人进入房间,气呼呼站在他的办公桌前,紧紧握着铝制手杖。这是帕特森第一次当面见到戴维·昂格尔。两人都在认真地打量对方。一边是精瘦的、有着鹰一样面孔的老兵;另一边是衣冠楚楚的年轻大夫,长着稀疏的黑头发,戴着角边眼镜,一脸和善。伊夫琳·卡特站在他桌边,面无表情地观察、倾听,红唇间叼着一支烟,金发拢在脑后。

"我是帕特森大夫,这位是卡特小姐。"帕特森摆弄着他桌子上那些卷边折角、有明显破损的老式磁带,"请坐,昂格尔先生。我想问您几个问题。关于您的一些证件,我们还有些不能确定的地方。很可能只是日常工作出现了失误,但文件是打回到我这里来了。"

昂格尔警觉地坐下,"不是询问,就是禁令。我来这里一个星期了,每天都有这类杂事儿来烦我。也许我应该躺在大街上,然后死掉完事儿。"

"根据这里的资料，您已经来这里八天了。"

"我想是的。如果官方资料上这样写，那一定是千真万确。"老人恶狠狠地讽刺道，"如非事实，官方就不可能将其列入档案。"

"您是以老兵身份入院的。所有医疗和看护费用都由指导委员会承担。"

昂格尔顿时怒火中烧，"这有什么问题吗？我理应得到合理的照料。"他探身逼近帕特森，乖张地用手指指向他，"我十六岁就参军了，一辈子都在为地球工作和战斗。我本来还会继续做贡献，要不是他们恶毒的灭绝性攻击重创了我。我能活下来已经很幸运了。"他下意识地抚摸脸上可怕的烧伤痕迹，"看来你甚至都没有参战，完全不知道有那样残酷的战场**存在**。"

帕特森和伊夫琳·卡特面面相觑。"您多大年纪了？"伊夫琳突然问。

"表上没写吗？"昂格尔生气地嘟囔说，"八十九岁。"

"您是哪一年出生的？"

"2154年。你连这都算不出来吗？"

帕特森在记录金属箔上做了个浅浅的标记，"您所属的部队番号呢？"

提到这个，昂格尔有了说话的兴致，"Ba-3，你们或许听说过。尽管从这边的形势看，我都不清楚你们知不知道曾爆发过战争。"

"Ba-3，"帕特森重复道，"您在那支部队服役了多长时间？"

"五十年,然后我退伍了。我是说,第一次退伍,当时我六十六岁,这是通常的退伍年龄。我得到了一笔退伍金和一小块地。"

"然后他们再次征召您入伍了?"

"他们当然再次征召了我!你们不记得 Ba-3 再次投入战斗的事吗?我们都是一群老家伙了,差点儿就阻止了敌人。你俩当时肯定还小,但我们的战绩尽人皆知。"昂格尔取出他的一级水晶盘勋章,拍在桌面上,"我得到了**这个**!我们所有的幸存者都得到了一枚,我们十个人都有,三千壮士里面仅剩的幸存者。"他用颤抖的手拿起勋章,"我当时身受重伤。你们看到我的脸了吗?内森·韦斯特的星际战舰爆炸时烧伤的。我在部队医院养了好几年。那是他们把地球打得稀烂的年代。"那双老迈的手徒劳地试图握拳,"我们不得不坐视他们把地球变成烟火弥漫的废墟。到处只剩残渣、灰烬和连绵不尽的尸骸。不再有小镇,不再有城市。我们坐在那里,他们的C型火箭则呼啸而过。最后他们彻底毁灭了地球——然后又毁掉了我们的月球基地。"

伊夫琳想要开口,但却说不出话。办公桌后面的帕特森已经满脸煞白。"请继续,"他费力地咕哝道,"请继续讲。"

"我们还在坚守阵地,躲到地下,躲进了哥白尼峡谷的深处,而他们不断用C型火箭轰炸我们。我们坚持了大概五年。随后他们便开始登陆。我和残存的战友们只能借助可骑乘的高速攻击鱼雷升空逃走,在外行星空间建立了太空海盗基地。"昂格尔激动地扭动身体,"我最不愿讲这个部分。惨败,一切的终结。你们为什么要问我？我是3-4-9-5基地的创始人之一，那是所有人造作战基地中最好的一座，就在天王星和海王星之间。然后我再度退伍，直到那些卑鄙的鼠辈潜入，**轻而易举**地将其炸成了碎片。五千人蒙难，有男人、女人，还有孩子。整个殖民地完全被毁。"

"而您逃过了这一劫？"伊夫琳·卡特小声问道。

"我当然逃过了这一劫！我当时正在巡逻。我击中了其中一艘蹼脚人飞船。我将其击落，并看着他们死去。这让我感觉好受了一点儿。我随后去3-6-7-7基地待了几年，直到那里也遭到袭击。那是这个月早些时候的事。我当时是背水一战。"他痛苦地露出了脏兮兮的黄牙，"那一次无处可逃，至少我是不知道还有哪里可逃。"他那布满血丝的眼睛环顾了一下这间奢华的办公室，"我对这地方一无所知。你们把自己的人造基地维护得相当不错，看起来几乎和我记忆中的地球一样。只不过光线过强，享乐气息过重，不像真正的地球那样安宁。但你们甚至把空气的味道都调成一样的了。"

一阵沉默。

"那么您是在——那个殖民地被摧毁之后来到我们这里的？"帕特森犹疑着问。

"我想是的。"昂格尔疲惫地耸耸肩，"我最后记得的情形就是，泡形罩破碎，空气、热量和人造重力都开始流失。乌鸦人和蹼脚人的飞船四处登陆。我周围的人纷纷死去。我被爆炸的冲击波撞晕了过去，接下来我便发现自己躺在这里的街道上，有人在扶我站起来。有个铁皮人和你们的一名大夫带我来到了这儿。"

帕特森战栗着长出一口气。"我明白了。"他的手指下意识地拉扯着那堆汗迹斑斑、有多处破损的身份证明文件，"好吧，这样这些反常情况就说得通了。"

"文件都在吗？是不是缺了什么？"

"您所有的文件都在这儿。他们把您带进来的时候，您的身份资料管就挂在您手腕上。"

"那是当然。"昂格尔骄傲地挺起他那鸟一般的胸膛，"我十六岁就学会注意这一点了。士兵就算是死，也要把那根管子带在身上。那对确保作战记录的准确很重要。"

"记录的确是准确的。"帕特森语调沉重地说，"您可以回自己的房间了。或者去公园，去任何地方都可以。"他挥挥手，机器人平静地陪着年迈的老人离开办公室，进入了走廊。

门滑动着关闭后，伊夫琳·卡特开始缓慢而单调地咒骂。她用尖尖的鞋跟踩灭香烟，然后焦躁地来回踱起步来，"上帝啊，我们给自己惹了什么麻烦呀？"

帕特森拿起视频通话机，拨通一个外部号码，对超级网络管理员说："请帮我接军方总部。马上。"

"月球基地的总部吗，先生？"

"对，"帕特森说，"月球主基地的总部。"

办公室墙面上，在紧张踱步的伊夫琳·卡特身后，日历显示的时间是2169年8月4日。如果戴维·昂格尔生于2154年，那他应该只是个十五岁的少年。而他的确生于2154年。这个日期记录在他那张破旧发黄、汗迹斑斑的士兵卡上。这份证明文件曾陪伴他经过一段漫长的战争，而现在，那场战争还没有发生。

"他是个身经百战的老兵，"帕特森对 V-斯蒂芬斯说，"但他参加的那场战争要到一个月之后才会爆发。难怪他的申请会被 IBM 电脑拒绝。"

V-斯蒂芬斯舔舔他深绿色的嘴唇，"这场战争将在地球与两个殖民行星之间爆发。地球将会战败？"

"昂格尔参加了整场战争。他从头到尾见证了全过程——直到地球被完全摧毁。"帕特森踱到窗前，向外看去，"地球输掉了战争，地球人被屠杀殆尽。"

从 V-斯蒂芬斯办公室的窗户向外看，帕特森可以看见整个城市向周围延展。绵延许多英里的建筑在傍晚的阳光下反射着明亮的白光。这座城市有一千一百万居民。这里是一个巨大的工商业核心区，是整个人类社会系统的经济中心。而在这座城市之外，还有无数座城市、无数片农场、无数条高速公路和三十亿人。这是一颗繁荣而健康的星球，是行星变异人的故乡，尽管这些人已经变成了野心勃勃的金星人和火星人。无数艘货运飞船满载矿石和农产品，在地球与殖民星球之间往返。而测绘队已经在探索外行星，并以指导委员会的名义宣称占有原材料产地。

"他曾亲眼见证这颗星球的一切在放射性尘云中毁灭，"帕特森说，"他目睹了攻破地球防御系统的最后一波进攻。他们随后还摧毁了月球基地。"

"你说,军方的大人物正在从月球基地赶过来?"

"我对他们透露了足够多'故事'情节,才令他们立刻动身赶来。通常情况下,要花好几个星期才能引起这帮人的注意。"

"我想见见这个昂格尔,"V-斯蒂芬斯若有所思地说,"你有没有办法安排我——"

"你见过他。他最早被发现并被送来咱们医院时,就是你把他救活的,还记得吗?"

"哦,"V-斯蒂芬斯小声说,"就那个臭老头?"他的黑眼睛眨了几下,"原来他就是昂格尔……那个经历过未来战争的老兵。"

"那是一场你们会获胜,而地球将被击败的战争。"帕特森突然从窗边走开,"昂格尔以为这里只是一个位于天王星和海王星之间的人造卫星基地。他以为这里只是一个纽约城的袖珍复制品——笼罩着几千人和机器人的塑料穹顶。他对自己真正经历过什么一无所知。不知出于什么原因,他一定是沿着他的时间线被抛回到了过去。"

"我觉得原因或许是能量释放……或许是他疯狂的求生欲。但即便如此,整件事还是让人难以置信。这有一点——"V-斯蒂芬斯寻找着合适的词汇,"——有一点儿神秘气息。这到底算是什么事吗?神意显灵?还是上天派来了一个真正的先知?"

门开了,V-拉菲亚轻快地走进来,"哦,"她看见帕特森时说,"我不知道你在——"

"没关系。"V-斯蒂芬斯点头示意她进办公室,"你记得帕特森吧?我们接你进来的时候他也在车上。"

V-拉菲亚看上去比几个小时前的样子好多了。她脸上已经没有划痕,头发也恢复整齐,还换上了一件干净的灰色运动衫。她走向V-斯蒂芬斯时,绿色皮肤散发着光芒,显然还有些紧张和担心。"我要留在这里,"她警惕地对帕特森说,"我现在不能到外面去,最近一段时间都不能。"她用请求的目光,快速扫了V-斯蒂芬斯一眼。

"她在地球上没有家人,"V-斯蒂芬斯解释说,"她是以二级生化专家的身份来地球的。此前她一直在芝加哥城外的西屋实验室工作。她来纽约的目的是旅游购物,这显然是个错误决定。"

"她不能去丹佛的金星人居住点吗?"帕特森问。

V-斯蒂芬斯涨红了脸,"你不能容忍这里多一个蹩脚人吗?"

"她在这里能做什么?我们这里并不是战时堡垒。我们完全可以派一支快速客运火箭,把她送到丹佛去。没有人会阻止我们这样做。"

"这件事我们可以稍后再谈,"V-斯蒂芬斯没好气地说,"我们现在还有更重要的问题要讨论。你检查过昂格尔的证件吗?你确认它们不是伪造的?我也觉得这些可能都是真品,但我们必须完全确定。"

"此事必须绝对保密。"帕特森焦急地说,同时看了V-拉菲亚一眼,"不能让任何外人知情。"

"你是指我吗?"V-拉菲亚迟疑道,"我想我最好还是回避一下。"

"别走，"V-斯蒂芬斯一面说，一面有些粗暴地抓住她的胳膊，"帕特森，这件事你不可能完全保密。昂格尔可能已经跟五十个人说过了，他成天坐在公园的长椅上，缠住路过的人讲他的经历。"

"你们在谈什么？"V-拉菲亚好奇地问道。

"没什么大事。"帕特森警觉地说。

"没什么大事？"V-斯蒂芬斯回应说，"只是一场小规模战争。只是有人在兜售未来世界的走向。"他脸上掠过一波复杂的表情，内心的兴奋和强烈的期待已经无法抑制，"请**马上**下注，不要错失良机。要押宝在稳胜的一方哦，亲爱的。这毕竟是人类历史。不是吗？"他转身面向帕特森，表情像是有所期待，"你怎么看？我无法阻止局势的发展——你也一样无能为力。不是吗？"

帕特森缓缓点头，"我想你是对的。"他闷闷不乐地说，然后全力向其挥拳。

他打中了V-斯蒂芬斯身体的侧面，金星人慌忙躲闪。V-斯蒂芬斯拔出了冷光枪，他手指颤抖着瞄准对方。帕特森踢飞了那支枪，将他拽了起来。"这是个错误，约翰。"他喘息着说，"我不该让你看昂格尔的身份信息管。我就不该让你知道这件事。"

"没错。"V-斯蒂芬斯吃力地小声回答。他两眼迷茫，极度痛苦地盯着帕特森，"现在我知道了，现在我俩都知道了。**你们将失去一切**。就算你们现在把昂格尔锁起来，把他沉入地心，也为时已晚。只要我一离开这里，殖民权益协会的人就会知道。"

"他们已经烧毁了殖民权益协会在纽约的分部。"

"那我就去芝加哥分部，或者巴尔的摩。如有必要，我可以飞回金星。我会到处传播这条好消息。战争将会漫长艰险，但我们终将胜利，而你们完全无能为力。"

"我可以杀了你。"帕特森说。他的大脑在疯狂运转。现在还不晚，如果将V-斯蒂芬斯监禁，把戴维·昂格尔交给军方——

"我知道你在想什么，"V-斯蒂芬斯恶狠狠地说，"如果地球不参战，如果你们回避战争，你们可能还有一线生机。"他的绿色嘴唇疯狂地抽动着，"你以为我们会**让**你们避免战争吗？现在不会了！只有叛徒才主张妥协，这可是你们地球人自己说的。现在已经太晚了！"

"现在太晚的前提，"帕特森说，"是你能从这里逃出去。"他的手在办公桌上摸索，找到一件钢铁镇纸。他把镇纸抓过来——同时感觉冷光枪抵在了自己的肋骨上。

"我并不清楚这东西该怎么用，"V-拉菲亚慢悠悠地说，"但我猜它只有一个扳机可以扣动。"

"没错，"V-斯蒂芬斯如释重负地说，"但现在还不要扣扳机。我想跟他再谈几分钟，也许他能被我说服，恢复理智。"他从容地挣脱帕特森，退开几步，打量了一下对方破裂的嘴唇和被打坏的前侧牙齿，"这是你自找的，韦切尔。"

"你在讲疯话。"帕特森厉声道，他的眼睛盯着V-拉菲亚手中那把颤抖的冷光枪枪口，"你以为我们会参加一场明知会打败的战争吗？"

"你们没得选,"V-斯蒂芬斯两眼放光,"我们会逼你们作战的。等我们攻击你们的城市,你们就一定会反击我们。这是——人类的本性。"

第一束冷光没击中帕特森。他闪向旁边,同时伸手去抓金星女孩那细瘦的胳膊。他的手指落空,接着手枪再次轻响,他随即倒在了地下。V-拉菲亚往后退去,眼里全是恐惧和不安,惊慌地用枪对准他那再度爬起的身躯。他跳了起来,两手张开,扑向惊慌的女孩。他看到她再次扣动扳机,看到力场启动,枪管变黑,但并没有光束飞出。

门被踢开,一队蓝衣士兵冲进来,致命的交叉火力把V-拉菲亚裹在中间。帕特森呼出的气息在他面前形成一片冰冷的雾气,他向后栽倒,两手疯狂挥舞,那惊心动魄的呼啸声从他身边划过。

V-拉菲亚颤抖的身躯在空中舞动片刻,绝对低温的云团在她身体周围闪亮。然后她突然定住,身体僵硬得像是生命影带被暂停了一样。她的身体失去了所有光彩。一个仍然站立的人形默默站在那里,举着一只胳膊,定格在了无用的防御姿势。

随后那根速冻冰柱爆裂。扩张的细胞飞散成结晶的冰雨,飞散到办公室的各个角落,令人毛骨悚然。

弗朗西斯·甘尼特小心翼翼跟在部队后面现身,脸色通红,满头是汗。"你是帕特森吗?"他问道,然后伸出一只肥厚的手,但帕特森没有跟他握手。"军方的人理所当然通知了我此事。那老头在哪儿?"

"就在附近，"帕特森咕哝说，"有人看着。"他转身看看V-斯蒂芬斯，两人的目光有短暂的接触。"你看到了吗?"他哑着嗓子说，"这就是后果。你真的想要这样吗?"

"行了，帕特森先生。"弗朗西斯·甘尼特不耐烦地大声说，"我没有太多时间可以浪费。根据你的描述，眼前的情况非常重要。"

"的确。"V-斯蒂芬斯平静地答道。他从衣兜里取出手绢，抹掉了嘴角的血迹，"值得从月球赶来。你可以记住我说的话——我已经**知道**了真相。"

坐在甘尼特右边的那人是一名中尉。他一脸敬畏，默默地盯着显示屏。他年轻而帅气，一头金发，面庞上表情生动，惊讶地看着黑色浓雾中出现的巨大战舰，其中一台反应堆被撞毁，前炮塔倒塌，船体扭曲开裂。

"上帝啊，"内森·韦斯特中尉小声地说道，"那是'风巨人号'，我们最大的战舰。瞧呀——这样子肯定是完了。完全报废了。"

"那将是你的战舰，"帕特森说，"87年你将成为它的指挥官，届时它将被金星和火星联合舰队摧毁。戴维·昂格尔将成为你的手下。你会战死，而昂格尔将逃脱。你飞船上的少数幸存者将在月球上看着地球被金星和火星人发射的C型飞弹彻底毁灭。"

屏幕上，人影跳跃、扭曲，像是混浊水池底下的游鱼。一团暴烈的风暴在画面中央涌动，一团跃动的能量冲得飞船剧烈晃动。地球人的银色飞船静止了片刻，然后开始解体。闪闪发光的黑色火星战舰从巨大的缺口涌入——与此同时,等待多时的金星舰队也成功包抄至地球舰队的侧翼。两军协力包夹残余的地球飞船,将其尽数摧毁。短暂的闪光,宣示了那些飞船最后的时刻。远方,蓝绿相间的地球庄严地缓缓旋转着。

但它的表面已经开始出现丑陋的斑痕,那是突破了地球防御网的C型飞弹留下的巨大弹坑。

勒马尔关闭投影机,屏幕变成了空白,"这段脑波信息至此结束。我们能够提取到的都是这类视觉信息片段,是曾给他留下过深刻印象的一个个瞬间。我们无法得到连续的视像信息。下一段已经是几年之后,在一座人造空间站上。"

灯光亮起,观众们僵硬地站起身。甘尼特的脸已经变成难看的死灰色。"勒马尔大夫,我想再看一遍那段影像,关于地球的那一段。"他无助地做了个手势——你知道我说的是哪一段。

灯光变暗,屏幕再度亮起。这次画面中只有地球,一个不断后退的环状轮廓,随着戴维·昂格尔乘坐的高速鱼雷加速飞向太空而渐渐远离。从昂格尔坐的位置,可以清楚地看到他已死的家乡星球。

地球已经是一片焦土。在场的军官们不由自主地齐声哀叹。再没有任何活物,没有任何动静。只有传播死亡的辐射性尘云,漫无目的地在弹痕遍地的地壳上空翻卷。曾是三十亿人家园的鲜活行星,如今变成了一片焦黑的尘埃世界。除去废墟,别无他物,残骸遍地,永不止息的狂风在哀号,尸灰被吹过空无一物的海洋。

"我猜地球将会被某种低等植物接管吧。"屏幕变暗、顶灯亮起时，伊夫琳·卡特尖刻地说道。她的身体剧烈颤抖起来，然后转过了身去。

"野草或许还是会有的，"勒马尔说，"黑色的干草或许能从废墟间长出来，或许稍后还会出现一些昆虫，细菌当然会有的。我估计到多年以后，细菌活动会把灰烬变成可用的土壤。然后会有持续十亿年的降雨。"

"我们面对现实吧，"甘尼特说，"蹼脚人和乌鸦人会重新开发地球。等我们死光之后，他们将到地球来定居。"

"睡在我们床上？"勒马尔温和地问，"用我们的洗手间，住我们的房间，坐我们的交通工具？"

"我听不懂你在说什么。"甘尼特不耐烦地回答。他招呼帕特森靠近，"你确定除了这个房间里的人之外，没人知道这件事？"

"V-斯蒂芬斯知道，"帕特森说，"但他已经被关进了精神病病房。V-拉菲亚知道，但她已经死了。"

韦斯特中尉来到帕特森面前，"我们现在能跟他见面吗？"

"是啊，昂格尔在哪儿？"甘尼特问，"我的手下很想跟他当面谈谈。"

"你们已经了解了所有重要事实，"帕特森回答说，"你们知道战争将怎样爆发，你们也知道地球的下场。"

"你想说什么？"甘尼特警觉地问。

"避免这场战争。"

甘尼特耸耸他肥厚的肩膀，"说到底，历史是无法改变的。而眼前这些就是未来的历史。我们别无选择，只能继续前进和战斗。"

"至少我们也让他们付出了代价。"伊夫琳·卡特冷冷地说。

"你在说什么？"勒马尔激动得口吃起来，"在医院工作的你怎么能说出这种话？"

那女人眼睛里几乎冒火，"你看到了他们对地球的所作所为，你看到了他们是如何让我们死无葬身之地。"

"我们必须有超过这些事态的觉悟，"勒马尔抗议说，"如果我们放任自己陷入这种仇恨与暴力的旋涡——"他看着帕特森寻求支持，"那又何必把 V-斯蒂芬斯关起来？他并不比她更疯狂。"

"的确，"帕特森同意道，"但她是**我们**这边的疯子。我们不会把这种疯子关起来。"

勒马尔从他身边退开，"你也要到外面去战斗吗？跟甘尼特和他的士兵们一起？"

"我想避免这场战争。"帕特森闷闷不乐地说。

"有办法做到吗？"甘尼特问。他苍白的蓝眼睛里闪过一丝亮色，但随即便消失了。

"也许能做到。为什么不可能呢？昂格尔回到这个时代给事态增加了变数。"

"如果未来能被改变，"甘尼特缓缓说道，"那么我们或许还能在几种可能性之间做出选择。如果能有两种不同的未来，就可以有无数个。每个世界都会在不同的节点发展出分支。"他的脸变成了冷酷的大理石模样，"我们可以利用昂格尔对那些战斗的了解。"

"让我跟他谈，"韦斯特中尉激动地插嘴道，"也许我们能够得到一份关于蹼脚人作战策略的完整情报。他可能已经在脑子里把每一场战斗都回想过无数次了。"

"他会认出你的，"甘尼特说，"他毕竟曾在你手下服役。"

帕特森沉思片刻。"我不这么认为，"他对韦斯特说，"你比戴维·昂格尔年长很多。"

韦斯特眨眨眼，"你什么意思？他已经是个行将就木的老头儿，而我才二十多岁。"

"戴维·昂格尔现在十五岁，"帕特森回答，"你的年龄几乎是他的两倍。你已经是月球基地决策部门的军官，昂格尔都还没参军。他会在战争爆发后成为志愿兵，届时也只是毫无经验、没受过训练的新兵。等你到了老年，指挥'风巨人号'战舰时，戴维·昂格尔将是个中年小人物，他将在其中一座炮塔服役，而你连他的名字都不会知道。"

"这么说昂格尔已经在人世了吗？"甘尼特困惑地问。

"昂格尔就在这个世界的某处，等着登上历史舞台。"帕特森把该念头暂时放在一边，打算回头再做研究，它可能会引出有价值的可能性。"我不认为他会认出你，韦斯特。他甚至有可能从未见过你。'风巨人号'可是一艘相当大的飞船。"

韦斯特立刻表示赞同，"在我身上装一套监视系统，甘尼特。好让指挥的人能得到昂格尔陈述的视频资料。"

早晨明亮的阳光之下,戴维·昂格尔闷闷不乐地坐在他的公园长椅上,骨节突出的手指紧握铝制手杖,呆呆地看着面前的行人。

在他右手边,一台机器园丁正在反复修剪同一块草地,它的金属眼睛紧盯着旁边这个白发苍苍、身体佝偻的老人。隔着一段距离的卵石路上,有几个闲逛的人时不时会面向公园中隐藏的各类监视器说几句什么,确保信息传递系统始终开着。一位袒胸露乳、在水池边晒着日光浴的年轻女子朝两个士兵微微点了点头。那两名士兵在公园里四处散步,但始终留意着戴维·昂格尔。

这天上午,公园里足有上百人。他们都是一个庞大监视和保卫系统的组成部分,而一切的焦点,就是那个半醒半睡、情绪欠佳的老人。

"好了。"帕特森说。他的车子就停在绿地和树林边缘的停车场。"记住别刺激他。最早是V-斯蒂芬斯把他救活的。要是他的心脏出了什么问题,我们可没办法再让V-斯蒂芬斯把他救活。"

年轻的金发中尉点点头,整理了一下他那一尘不染的蓝外套,轻快地走上那条小路。他把盔帽向后掀,快步沿着卵石路朝向公园中央走去。随着他的行进,游荡在周围的人开始隐秘地调整各自的位置。他们一个接一个到达预定位置,草地上、长椅上,或者三三两两站在水池边。

韦斯特中尉停在一眼饮水泉旁边,允许管理水泉的机器脑把一股冰凉的水柱喷入自己口中。然后他慢悠悠地走开,站了一会儿,胳膊垂在身侧，心不在焉地看着一名年轻女子脱下衣衫，懒洋洋地伸展四肢躺在多彩的毯子上。她闭上眼睛，红唇微启，满足地轻叹一声，浅浅睡去。

"让他先跟你搭话，"她轻声对站在几英尺外、一只脚踩在长凳边沿的中尉说，"不要主动发起谈话。"

韦斯特中尉又看了她一会儿，然后继续沿卵石路散步。跟他擦肩而过的一名胖子在他耳边提醒说："别走那么快。样子悠闲点儿，别显得太急。"

"你要让人觉得自己能闲逛一整天。"一名尖长脸的保姆推着婴儿车经过时提醒他道。

韦斯特中尉走路的速度减缓到近乎原地踏步。他无聊地把路上的一小块碎石踢进了灌木丛，两手插进衣兜，游荡到湖边，出神地盯着水底深处。他点燃一根香烟，然后从路过的机器人小贩那里买了支冰激凌。

"弄一些在你外套上，长官，"机器人的喇叭小声提示说，"然后一边骂一边擦。"

韦斯特中尉任炙热的阳光把冰激凌晒化，等到有一些融化的奶渍从手腕滴到古板的蓝外套上时，他皱起眉头，掏出手绢，在池中蘸水，然后开始笨拙地擦掉冰激凌的痕迹。

长椅上，脸上有疤的老人用他完好的那只眼睛看着他，握紧自己的铝手杖，开心地笑起来。"要小心啊，"他挖苦对方说，"你要小心那东西啊！"

韦斯特中尉不耐烦地瞥了他一眼。

"又有更多融化了哦!"老头儿坏笑着,开心地向后倚靠,没牙的嘴巴乐得变了形。

韦斯特中尉好脾气地跟着笑笑。"我想是的。"他承认道。他把吃了一半且正在融化的冰激凌丢进物品回收箱,擦净了外衣。"天儿真是热。"他一面说,一面朝老人所在的大致方向走去。

"他们的模拟工作干得不错。"昂格尔表示同意,同时点了点他那颗鸟一样的头。他伸长脖子,眯起眼睛,仔细察看年轻人的肩章,"你是火箭部队的?"

"爆破队。"韦斯特中尉回答。其实,他的肩章是当天早上刚换的。"Ba-3。"

老人的身体颤抖起来。他剧烈咳嗽,向附近的灌木丛吐了口浓痰。"这样啊?"见中尉似乎要走,他欠起身,又兴奋又害怕,"那个,听我说啊,多年前,我曾在Ba-3部队服役。"他竭力让自己的声音听起来冷静又轻松,"在你出生多年之前。"

韦斯特中尉年轻英俊的脸上掠过惊异和难以置信的表情,"你别骗我哦。我们部队只有极少数老兵幸存。你在浪费我的时间。"

"我是真的,是真的。"昂格尔一面呼哧呼哧地喘着气说,一面着急地摸索上衣口袋,"喏,你看看这个。只要等一分钟,我就会让你看到好东西。"他虔诚又郑重地拿出他那颗水晶盘勋章,"看见没?你知道这是什么吧?"

韦斯特中尉低头盯着那块勋章看了好长时间。他心里充塞着真实的感动和震撼,这份情感无须伪装。"能让我仔细看看吗?"他最后问。

昂格尔犹豫了一下。"当然,"他说,"拿着看吧。"

韦斯特中尉拿过那块金属,看了好半天,掂了掂重量,用自己的皮肤感受勋章那冰冷的表面。最后把它还给老人,"你是87年获得的吗?"

"正是。"昂格尔说,"你记得?"他把勋章放回衣袋,"不,当时你都还没出生呢。但你听说过那场战斗,对吧?"

"是的,"韦斯特说,"我听说过很多次。"

"而你还没忘记?好多人都忘了那场战斗,忘了我们所做的牺牲。"

"我记得那天我们被打败了。"韦斯特说。他慢慢坐到长椅上,坐在老人身边,"对地球来说,那是不幸的一天。"

"我们的确失败了,"昂格尔同意道,"我们只有少数几个人生还。我到了月球基地。我目睹了地球的毁灭,看着它一点点被摧毁,直到什么都没有剩下。我的心都碎了,我哭到不省人事。我们都在哭,战士、工人都无助地站在那里哭。然后,他们又把导弹对准了我们。"

中尉舔了舔他干涩的嘴唇,"你们的指挥官是不是没能生还?"

"内森·韦斯特死在了他的飞船上。"昂格尔说,"他是全军最棒的舰长。他们把'风巨人号'交给他指挥,可不是没有原因的。"他苍老而饱经风霜的面容黯淡下来,整个人沉浸在了回忆里,"再也不会有韦斯特那样优秀的男子汉了。我看到过他，就一次。面容坚毅的大个子男人，肩膀很宽，像个巨人一样。他是个伟大的老人。再没有像他那样杰出的人了。"

韦斯特犹豫了一下，"你觉得，如果当时是另一个人在指挥作战的话——"

"不！"昂格尔尖叫起来，"没人能比他做得更好！我听人说过——我知道那些脑满肠肥的军事专家会怎样夸夸其谈。但他们错了！没有人能打赢那场战斗，我们毫无获胜的机会。敌人的兵力是我们的五倍——对方有两支庞大的太空舰队，一支正面直冲过来，另一支伺机撕碎并吞噬我们。"

"我明白了。"韦斯特沉重地说。他痛苦万分，很不情愿地继续道："那些缩在后方的战略家，他们到底说过什么？我从来不听上头那些大人物讲空话。"他试图笑一下，但脸上的肌肉却不听使唤，"我知道他们一直在说，我们本可以赢得那场战斗，甚至保全'风巨人号'，但我——"

"看这里——"昂格尔激动地说，他深陷的眼睛变得狂野有神。开始用铝头手杖在脚边的卵石地面上画出粗重的线条，"这条线是我军舰队。记得韦斯特当天是怎么布阵的吗？那天，我们舰队的指挥官堪称战术大师，天才。我们阻挡了敌军十二小时之久，然后他们才突破我们的阵线。没人曾料到我们能支撑那么久。"昂格尔激动地又画下一条线，"这是乌鸦人的舰队。"

"我明白了。"韦斯特喃喃道。他探身向前，以便让胸前的摄像头拍下地面上的粗糙线条，让其传输到头顶懒洋洋盘旋的扫描中心去，然后再从那里传回月球基地总部。"蹼脚人的舰队呢？"

昂格尔狡猾地扫了他一眼，突然变得没那么干脆了，"我没有烦到你吧？我想我们这些老人都喜欢喋喋不休。有时候我会烦到别人，占用他们过多时间。"

"请继续。"韦斯特回答说，他完全是真心的，"继续画吧——我看着呢。"

伊夫琳·卡特在灯光柔和的居所里不安地来回踱步。她两臂交叉，红唇气恼地紧绷，"我真是搞不懂你的想法！"她停下来，放下厚重的窗帘，"不久之前，你还愿意杀了V-斯蒂芬斯，现在却不肯帮忙对抗勒马尔。你知道勒马尔完全没有理解当前的局势。他不喜欢甘尼特，只知道不断鼓吹行星际科学家团体，强调我们对全人类负有责任之类的话。你难道看不出来，要是V-斯蒂芬斯把他拉拢过去的话——"

"也许勒马尔是对的，"帕特森说，"我也不喜欢甘尼特。"

伊夫琳暴发了，"他们会把地球灭绝的！我们不能跟他们开战——我们毫无胜算。"她停在他面前，双眼闪着怒火，"但他们还不知道这一点。我们必须消除勒马尔这个不确定因素，至少暂时要这样做。他自由行动的每一分钟，都会让我们的星球处于险境。三十亿人的生死，取决于限制他的人身自由。"

帕特森在思索，"我猜甘尼特已经向你通报了韦斯特今天做的初步调查的结果。"

"眼下还没有定论。那老人清楚地记得每一场战斗,而每次都以我方的失败告终。"她疲惫地抹了下额头,"我是说,我们**将会**输掉每一场战斗。"她用麻木的手指拿起空咖啡杯,"你还想再喝点儿咖啡吗?"

帕特森没有听到她的话,他在想自己的心事。他走到窗前,站在那里向外张望,直到她端了新做好的咖啡回来,黑咖啡,还在冒热气。

"你没有看到甘尼特杀死那个女孩的情形。"帕特森说。

"什么女孩? 那个蹩脚人吗?"伊夫琳往自己的咖啡里加了奶油和糖,"她打算杀了你的。V-斯蒂芬斯本打算通知殖民权益协会,让战争马上开始。"她不耐烦地把他的咖啡杯推过来,"无论如何,这女孩的命本来是我们救的。"

"我知道。"帕特森说,"这正是让我烦闷的原因。"他心不在焉地端起咖啡杯,不知其味地喝了几口,"我们为什么还要把她从暴民手中救出来呢? 那也是甘尼特策动的。我们又都是甘尼特的员工。"

"所以呢?"

"你明知道他在玩什么鬼把戏!"

伊夫琳耸耸肩,"我只是在力求务实。我不想看着地球被毁灭。甘尼特也不想——他想避免这场战争。"

"但几天前他还想开战,那时他以为自己能打赢。"

伊夫琳尖声笑了起来,"当然! 谁会去打一场明知要输的战

481

争?这不理智。"

"现在甘尼特会竭力避免战争。"帕特森缓缓承认,"他会让殖民地行星实现独立,他会承认殖民权益协会,他会除掉戴维·昂格尔和其他所有知情者,他会装成一位宽宏大量的和平倡导者。"

"这是当然。他已经在策划一次高调出访金星的行程,还有跟殖民权益协会代表之间的紧急会晤,以避免战争。他会向理事会施压,让他们做出让步,并让火星和金星分裂。他会成为新世界体系中的偶像。但这样子,不还是胜过地球被毁灭,胜过我们整个种族全体灭绝吗?"

"现在,巨大的社会机器已经转向,**反对**战争的响声占到了上风。"帕特森的嘴唇嘲讽地扭曲着,"人们要和平与和解,而非仇恨和极端暴力行为。"

伊夫琳靠坐在椅子的扶手上,脑子里迅速盘算着,"戴维·昂格尔参军的时候多大年龄?"

"十五六岁。"

"人们参军时会得到军人证编号,对吧?"

"没错。那又怎样?"

"我或许会算错,但根据我手头的数字——"她抬头看着对方,"昂格尔很快就会出现,并得到他的编号。那个号码这段时间随时都可能被启用,具体取决于新兵入伍的数量规模。"

帕特森脸上掠过一种怪异的表情,"昂格尔已经存在于世……是个十五岁的少年。少年昂格尔和百战余生的老兵昂格尔,同时存在于这个世界上。"

伊夫琳打了个寒噤,"真怪异。要是他俩见了面会怎样?他们之间肯定也有很大区别。"

帕特森的脑海中浮现出一个两眼炯炯有神的十五岁少年——他急于参战,时刻准备挺身而出,带着一腔理想主义者的义愤去杀死蹼脚人和乌鸦人。在这个时间点,昂格尔正在坚定地迈向征兵点……与此同时,那位瞎了一只眼、身有残疾的八十九岁老昂格尔,却在慢腾腾地从医院病房走向他常去的公园长椅,手里拄着铝手杖,用他沙哑、可怜的声音,向每一个愿意听的人讲述自己的故事。

"我们必须提高警惕。"帕特森说,"你最好让军方的人留意一下,在那个编号出现时马上通知你。等昂格尔获得那个编号的时候。"

伊夫琳点点头,"这应该是个好办法。也许我们可以要求统计局为我们特别安排一次排查,也许我们能找到——"

她突然住了口。房门无声地打开,埃德温·勒马尔站在门口,手里握着门把手,红着眼睛站在半明半暗处。他呼吸粗重地进入房间,"韦切尔,我必须跟你谈谈。"

"谈什么?"帕特森问,"出了什么事?"

勒马尔带着十足的恨意瞪了伊夫琳一眼,"他找到它了。我早就料到他会这样做。他一旦分析完那些资料,然后把整件事记入磁带——"

"你是说甘尼特?"一股冰冷的恐惧直插帕特森的骨髓,"甘尼特找到了什么?”

"危机关键点。那老人说过一次五艘飞船的运输队,那是给乌鸦人军事舰队输送燃料的。它们没有护航,而且是朝战线这边航行。昂格尔说,我们的巡逻队不会发现他们。"勒马尔的呼吸声变得沉重而狂乱,"他说,如果我们事先知道这件事——"他竭尽全力挺直身体,"我们就可以消灭这支运输队。"

"我明白了。"帕特森说,"这会让战局向有利于地球的方向倾斜。"

"如果韦斯特能够事先画出这支运输队的行进路线。"勒马尔最后说,"地球就会赢得这场战争。这意味着甘尼特会发动战争———旦他得到确切情报。"

V-斯蒂芬斯蹲踞在一条长椅上,这件家具身兼桌椅和床的职能,专供精神病房使用。他深绿色的两唇间叼着一根香烟。这个方盒形的房间简陋到极点,什么都没有。墙面闪着昏暗的微光。时不时,V-斯蒂芬斯会看一下自己的腕表,然后把注意力转回到在入口门锁那里爬上爬下的那件东西上。

那东西移动得又慢又小心。它已经连续二十九小时尝试打开那把锁。它已经探明了所有把厚重板材维护在原位的动力线路,它还已经探明那些线头与门框中磁铁的连接处。在过去这一小时里,它已经切透了强化表面,距控制中枢已经不到一英寸。那持续爬行、探索的东西是V-斯蒂芬斯的外科机械手,那是一台自给自足的精密机器人,平时都连接在他的右手腕上。

此时它已经脱离了那里的联结点。他把机器人取下,然后放在方盒形病房表面,让它去寻找出路。其他金属手指堪堪能够贴在平滑的墙面上,切割指则吃力地向深处掘进。对外科机械手来说,这项任务非常吃重。做完之后,它在手术台上就没什么用处了。但V-斯蒂芬斯轻易就可以再得到一只新的机械手——在金星,随便一家医疗用品店都有这东西出售。

外科机械手的食指到达阳极点,探询似的停了一会儿。全部四根手指都竖立起来,像昆虫的触角一样摇摆。它们一个接一个插入已经切割开的狭槽,寻找附近的阴极点。

突然出现一道炫目的亮光。一团白色毒云涌起,接着传来刺耳的"啵"的一声。机械手完成任务,掉落在地时,入口的门锁还是没有动静。V-斯蒂芬斯捻灭香烟,不紧不慢地站起来,走过方形病房,把机械手捡起来。

等到那只手被装回原位,成为他自己的神经肌肉系统一部分,V-斯蒂芬斯小心翼翼地握住门锁外围,过了一会儿才将其轻轻扯开。那锁头没有任何阻力,他随即发现自己正面对一条空荡荡的走廊。没有人影,也没有声响。没有卫兵,没有针对精神病人的安检系统。V-斯蒂芬斯快步前行,转过一个弯,然后又穿过一连串通道。

转眼间,他已经来到一扇宽大的观景窗前,俯瞰着楼下的街道、周围的楼房,以及医院的庭院。

他把自己的手表、打火机、水笔、几把钥匙和几枚硬币组装起来。利用这些材料,他用兼有血肉和金属成分的灵巧双手很快就组建成了一台布满线路和连接板的复杂设备。他把切割用的拇指掰掉,在它的位置旋上一个加热部件。稍微忙碌了一阵之后,他把那个装置焊接在了窗台下。从走廊里面完全看不到它,它距离地面也够高,不会被察觉。

当他开始向来路返回时,忽然听到一个声响,他顿时僵在了原地。有几个人在说话,其中一个是医院里的保安,另外还有一个人。这个人他很熟悉。

他快步跑回精神病房,进入他的密封小屋。磁性锁好不容易复了位,刚才的短路迫使锁簧弹开。他在脚步声停在门外时设法将其重新锁上。门锁的磁场已经失效,但门外的来客显然还不知道。V-斯蒂芬斯饶有兴味地听来人小心地关闭已不复存在的磁场,然后把门锁打开。

"进来。"V-斯蒂芬斯说。

勒马尔大夫走进病房,一手拿着公文包,另一只手里握着急冻射线枪,"跟我走。我已经把一切安排妥当。钱、假的身份证明、护照、车船票和通行许可。你会以蹼脚族商人的身份离开。等甘尼特发现时,你应该已经摆脱了地球军方的监控范围,到了地球司法管辖区以外。"

V-斯蒂芬斯十分吃惊,"可是——"

"动作快!"勒马尔用急冻射线枪逼他进入走廊,"作为医院大夫,我有权处置精神病患者。表面上看,你被列入了精神病患名单。在我看来,你并不比其他人疯狂多少。你甚至可能还要清醒一些,所以我才来了这里。"

V-斯蒂芬斯怀疑地看看他,"你真的知道自己在做什么吗?"他跟在勒马尔身后,顺着走廊往前走去,经过那名面无表情的保安,进入电梯,"如果他们抓到你,会把你当成叛国者处死的。那名保安看见你了——你要怎么守住这个秘密?"

"我根本就没打算保密。你也知道,甘尼特就在这座医院里。他和他的手下一直在对付那老头儿。"

"你为什么要告诉我这个?"两人沿着斜坡前往地下停车场。一名管理员把勒马尔的汽车调出,两人随即钻入车内。勒马尔坐在驾驶员位置,"你一开始就知道我为何被关进了精神病房。"

"拿上这个。"勒马尔把急冻射线枪扔给 V-斯蒂芬斯,开车钻出隧道上到地面,进入了纽约城正午阳光下的车流里,"你本来要联络殖民权益协会,告诉他们地球一定会输掉这场战争。"他驾车脱离主干道的车流,进入一条偏僻的公路,驶向行星际航空港,"你要告诉他们别再试图和解,而是全力进攻——马上动手,全面开战。对吗?"

"对,"V-斯蒂芬斯说,"毕竟,要是我们一定会打赢这场战争的话——"

"你并不确信这一点。"

V-斯蒂芬斯扬起一根绿色眉毛,"哦?我记得昂格尔可是个经历彻底战败的老兵呢。"

"甘尼特将会改变战争进程，他已经找到了制胜的关键点。一旦他得到确切情报，就会施压迫使指导委员会下令对金星和火星发起全面进攻。战争已经不可避免。"勒马尔将车急刹在行星际航空港停机坪边缘，"即便战争还会爆发，至少没有人会遭遇偷袭了。你可以告诉你们的殖民机构和政府，我们的舰队已经出动，告诉他们做好准备，告诉他们——"

勒马尔的声音逐渐变小，他像个发条耗尽的玩具一样软瘫在座位上，默默地往下滑去，然后把头抵在方向盘上，不再动弹。他的眼镜从鼻端掉落在地，过了一会儿，V-斯蒂芬斯帮他重新戴上。"我很抱歉，"他轻声说，"我知道你是一片好心，但你这样做，还真是帮了倒忙。"

他快速检查了一下勒马尔的头颅，急冻射线枪的波束没有穿透脑组织，勒马尔几个小时后就会恢复意识，除了剧烈头痛之外不会有其他后遗症。V-斯蒂芬斯把枪揣进衣兜，拿起公文包，把勒马尔软瘫的身体从驾驶位置推开。接着他便开动车子，掉头返回。

返回医院途中，他看了下自己的手表。现在还来得及。他向前探身，往安装在仪表盘上的付费视频电话投入一枚二十五美分硬币。一段例行的拨号程序之后，殖民权益协会的接线员出现在屏幕上。

"我是V-斯蒂芬斯，"他说，"发生了一点意外。我被带出了医院大楼，我现在正在返回途中，我估计能及时赶到。"

"振子包安装到位了吗?"

"是的，装好了。但不在我身边。我已经将其开动到了磁流极化状态。它已经准备好运行了——假如我能返回那里，并回到设备旁边的话。"

"我们这边也有些意外状况。"那位绿皮肤的女孩说，"这条通话线路安全吗？"

"没有加密。"V-斯蒂芬斯承认道，"但这是公用线路，线路可能是随机的。他们不太可能监听这条线。"他检查了一下电话质保牌旁边的电力显示，"没有反常耗电状况。继续说吧。"

"飞船无法到城区接应你撤离。"

"该死。"V-斯蒂芬斯说。

"你只能自行设法逃离纽约，我们无法在那里为你提供协助。暴徒们摧毁了我们在纽约的空港设施。你将只能乘车前往丹佛，那是飞船能够降落的最近地点，也是我们在地球的最后一个安全基地。"

V-斯蒂芬斯痛苦地说："算我倒霉。要是我被他们抓到，你知道我会落到什么下场吧？"

那女孩微微一笑，"对地球人来说，所有蹼脚人都长一个样子，他们会不加辨别地抓捕我们所有人，我们都逃脱不了干系。祝你好运，我们会等你回来。"

V-斯蒂芬斯生气地挂断了电话，同时减慢车速。他把车停在一个冷清的公用停车场，迅速下了车。此刻他位于一片公园绿地旁边，绿地对面矗立的就是医院大楼。他紧握公文包，朝医院入口跑去。

戴维·昂格尔用衣袖擦了擦嘴，然后虚弱地躺倒在椅子里。"我不知道。"他重复道，声音微弱而干涩，"我跟你们说过了，我不记得更多。那是很久之前的事了。"

甘尼特做了个手势，军官们从老人身边走开。"快了。"他一面疲惫地说，一面擦拭额头的汗珠，"虽然缓慢，但确实有进展。再过半小时，我们应该就能得到想要的情报。"

这间治疗室的一侧已经被军用桌面地图占据。桌上放了许多模型，用来代表蹼脚人和乌鸦人的舰队。白色发光的筹码代表列队迎战的地球飞船，它们排成紧密的环形阵，守卫着太阳系第三颗行星——地球。

"就在这附近的某个地方。"韦斯特中尉对帕特森说。他两眼通红，颌下满是胡茬儿，两手因为疲劳和紧张而不住发抖。他指着地图上一个区域，"昂格尔记得他听军官们谈论过这支运输舰队。舰队是从木卫三的补给基地起飞，它随后消失在了某个刻意安排成随机的航线上。"他的双手挥过那片区域，"当时，地球上完全没有人注意到它。后来，他们才意识到自己错过了什么。某位军事专家事后画下了它的航线，它被记入磁带并传播开去。军官们聚在一起分析了这起事件。昂格尔**觉得**运输舰队的路线靠近木卫二，但也可能是木卫四。"

"这信息远远不够。"甘尼特没好气地说，"迄今为止，我们得到的全部航线数据都来自地球战术专家的臆测。我们需要更精确的资料,战后公布的官方材料。"

戴维·昂格尔吃力地去够一杯水。"谢谢。"有位年轻军官把水杯递给他,他感激地咕哝道,"我当然希望自己能帮你们更多忙。"他伤心地说道,"我在努力回忆,但我记不清了,不能像以前那样清晰地回忆。"他苍老的面容因为过度专注而痛苦地扭曲,但却徒劳无功,"我仿佛记得,那支运输队在火星附近被迫停留过,似乎是遭遇了一场流星雨。"

甘尼特靠近过来,"继续说。"

昂格尔可怜巴巴地向他哀告,"我想尽一切可能帮助你们,先生。大多数人写有关战争的书时,就是看看别人的书上写了什么,然后人云亦云。"他伤痕累累的脸上有一份谦卑的感激,"我想你会在自己书里的某个地方提到我的名字吧。"

"当然。"甘尼特慷慨地说,"你的名字会出现在第一页。也许我们还能附上一张你的照片。"

"我了解那场战争的一切。"昂格尔喃喃地说,"给我时间,我就能回想起一切。**但请务必多给我些时间。我现在已经竭尽全力了。**"

老人的身体状况正在迅速恶化。他皱巴巴的面庞已经变成死灰色,像正在变干的油灰,他的肌肉无力地悬在易碎的黄色骨骼上。他呼吸时总带有喉音。在场的每个人都能看出,戴维·昂格尔要死了——很快就会死。

"要是他在回想起之前就挂了,"甘尼特小声对韦斯特中尉说,

"我就——"

"你说啥?"昂格尔尖声问道。他那只健全的眼睛突然变得敏锐又警觉,"我耳朵不太好使。"

"你只要把缺少的情报补足就好。"甘尼特不耐烦地回答。他甩甩头,"把他带到地图前面,让他能够看到双方阵形。这样或许会有助。"

老人被拽起来,推到地图前。技术人员和高级军官们围拢过来,那位老眼昏花、弯腰驼背的老人的身影顿时消失在大家视野里。

"他这样下去撑不了多久的。"帕特森激动地说,"要是你们不肯让他休息,他会心脏衰竭的。"

"我们必须得到情报。"甘尼特反驳道,他瞪着帕特森,"另外一名大夫在哪里? 勒马尔,我觉得应该叫过他了。"

帕特森向四周扫了一眼,"我没看到他。他可能受不了这里的气氛吧。"

"勒马尔根本就没来过。"甘尼特说,似乎没带任何情绪,"我不知道我们是不是应该派人去把他给抓起来。"他指了指伊夫琳·卡特。她刚刚到场,脸色发白,一双黑眼睛瞪得大大的,呼吸非常急促。"她建议——"

"现在已经不重要了。"伊夫琳冷冷地说道。她焦急地扫了帕特森一眼,"我不想跟你本人和你的战争有任何关系。"

甘尼特耸耸肩,"无论如何,我都会派出一支常规监控小队。只为以防万一。"他出了门,留下伊夫琳和帕特森共处一室。

"听我说，"伊夫琳焦急地说道，她的嘴唇热乎乎地贴在帕特森耳边，"**昂格尔的军人证编号出现了。**"

"他们什么时候通知你的?"帕特森厉声问道。

"我来这里的路上。我照你说的做了——我找了军方一名文员帮我留意这件事。"

"多久之前?"

"就是刚才。"伊夫琳的脸在发抖，"韦切尔，**他就在这儿。**"

帕特森愣了一下才明白过来，"你是说他们把他派到了这儿?就在这家医院?"

"是我让他们这样做的。我跟他们说，等他出来志愿参军，等他的编号出现在新兵名单上时——"

帕特森拉起她，带她快步离开那间诊疗室，来到了室外明亮的阳光下。他把她推上上行电梯，然后跟在后面也挤了进来，"他们把他关在哪儿的?"

"在公用接待室。他们对他说，来这里只是进行一次常规体检。某种小测试。"伊夫琳有些害怕，"我们现在怎么办? 我们还**能**做什么呢?"

"甘尼特觉得还有事可做。"

"假如我们——阻止了他呢? 也许我们可以把他排除在部队之外?"她摇摇头，有些困惑，"那又会怎样呢? 如果我们在这儿阻止了他，未来又会变成什么样呢? 我们的确可以把他拒之门外——你是一名大夫。只要在他的体检卡上画一个红叉就够了。"她大笑起来，

"我总是在想象这样做的结果。只要一个小红叉，就不再有戴维·昂格尔。甘尼特不会见到他，甘尼特也就不会知道地球没有胜算，而V-斯蒂芬斯也不必被关在精神病房，那个蹩脚人女孩也——"

帕特森张开的手掌重重地掴在那女人脸上，"闭嘴，清醒点儿吧！我们没时间胡思乱想了！"

伊夫琳在战栗，他扶住她的身体，紧紧抓住她的肩，直到她终于抬起头来。她的脸颊上逐渐浮现出一道红印。"对不起，"她勉强地小声说道，"谢谢你。我会好起来的。"

电梯抵达了主楼层。电梯门滑开，帕特森把她带进走廊，"你还没有见过他？"

"没有。当他们告诉我说那个编号已经出现，并且他正在赶来的路上之后，"伊夫琳气喘吁吁地跟在帕特森后面，"我就尽快赶来了。也许现在已经晚了。也许他已经等得不耐烦，然后离开了。他是个十五岁的少年，他渴望参战。也许他已经走了！"

帕特森拦住一位机器人服务员，"你现在忙吗？"

"不忙，先生。"机器人回答。

帕特森把戴维·昂格尔的军人编号告诉了机器人，"请去接待室找到此人。让他到这里来，然后封闭这条走廊。两边出入口都关闭，不许任何人进出。"

机器人迟疑地发出咔嗒声，"是否还有进一步指令？这组指令并不是一条完整的——"

"稍后我会通知你。请确保没人跟他一起出来，我想在这儿与他单独会面。"

机器人扫描了那个编号，然后进入了接待室。

帕特森握住伊夫琳的手臂，"害怕吗?"

"我吓死了。"

"我会处理好的。你只要站在那边就行了。"他把自己的香烟递给她，"给我俩都点上一根。"

"或许该点三根。一根给昂格尔。"

帕特森咧嘴一笑，"他太年轻了，记得吗？ 他这年纪还不能抽烟。"

机器人回来了，与它同来的还有一名金发男孩。他胖胖的，有一双蓝眼睛，困惑地皱着脸。"您要见我吗，大夫?"他犹豫不决地来到帕特森面前，"我的身体是不是有什么毛病？ 他们让我到这里来，却没说是为什么。"他突然变得异常紧张，"我不会得了什么让我无法参军的病吧?"

帕特森抢过男孩手里新印制的服役编号卡，扫了一眼，然后递给伊夫琳。她用麻木的手指接过卡片，眼睛则盯着那个金发男孩。

他不是戴维·昂格尔。

"你叫什么名字?"帕特森问。

那男孩结结巴巴报上他的姓名，"伯特·鲁滨逊。我的卡片上不是写了吗?"

帕特森转向伊夫琳，"编号就是这个，但人却不是昂格尔。一定出了什么事。"

"说吧，大夫，"鲁滨逊伤心地请求道，"我到底有没有得令我无法参军的病？请给我句准话。"

帕特森向机器人示意，"打开这条走廊，现在完事儿了。你可以继续你之前的工作。"

"我不明白。"伊夫琳喃喃道，"这一切根本说不通。"

"你没有任何问题。"帕特森对那年轻人说，"你可以报名参军。"

男孩如释重负，紧绷的脸松弛下来。"多谢大夫。"他缓缓走向下行电梯，"真的非常感谢您，我太渴望与那些蹩脚人作战了。"

"现在怎么办？"那男孩的宽大背影消失后，伊夫琳紧张地问道，"我们去哪儿？"

帕特森用力摇了摇头，回过神来，"我们会让统计局的人做个调查。**我们必须找到昂格尔。**"

通信室里嘈杂喧嚷，充满了视频和音频报告的声音。帕特森挤到一个无人的位置，打通了电话。

"查询这条信息要花一点点时间，先生。"统计局的女孩告诉他，"您是在线等待，还是我们回头打给您呢？"

帕特森抓起一根H通信环套在自己脖子上，"你们一有昂格尔的消息，就马上通知我。到时候立刻打通这条通信环。"

"好的，先生。"那女孩尽责地说道，然后结束了通话。

帕特森走出房间，沿着走廊往前走去。伊夫琳加快脚步跟上。"我们现在去哪儿？"她问。

"去那间诊疗室。我想跟那老人谈谈，我想问他些事。"

"甘尼特正在问。"伊夫琳喘息着说道,他们下到了底层,"你为什么——"

"我想问他的是现在,不是未来。"他们走进午后刺眼的阳光下,"我想问他此时正在发生的事。"

伊夫琳拦住了他,"你不能给我详细说明一下吗?"

"我有个设想。"帕特森急匆匆从她身边挤过去,"快走吧,再晚就来不及了。"

他们进入了诊疗室。技术人员和军官们围站在那张巨大的地图桌周围,察看上面的模型和线路示意图。"昂格尔在哪儿?"帕特森问。

"他走了。"一名军官回答道,"甘尼特觉得今天可以到此为止。"

"他去哪儿了?"帕特森怒不可遏地咒骂起来,"发生了什么事?"

"甘尼特和韦斯特带他回了医院主楼。他过度疲劳,无法再继续回忆下去。我们差点儿就成功了。甘尼特急得血管都要爆了,但现在我们只能等。"

帕特森抓住伊夫琳·卡特,"我要你启动全面紧急情况警报。把整个大楼都包围起来,而且要**快**!"

伊夫琳目瞪口呆地看着他,"可是——"

帕特森没理她,而是快步跑出诊疗室,朝医院主楼跑去。他前面有三个缓缓行进的身影。韦斯特中尉和甘尼特分别走在那老人两边,扶着他慢慢向前走。

"快闪开!"帕特森向他们喊道。

甘尼特回过头来，"出什么事了？"

"快带他离开！"帕特森朝老人扑去——但已经太晚了。

一束能量波从他身边飞过，周围出现了一圈炫目的白色火焰。老人那佝偻的身躯摇晃了一下，然后被烧成了焦炭。那根铝制手杖逐渐熔化，成了一堆残骸。曾经是那老人的身躯冒起了烟，它渐渐裂开，然后枯萎下去。接着，那干枯的残躯塌缩成了一小堆残渣。那圈能量波这才渐渐消失。

甘尼特漫不经心地踢了下那堆残骸，凝重的面庞因震惊和难以置信而呆滞麻木，"他死了，而我们没有得到情报。"

韦斯特中尉盯着那团仍在冒烟的灰烬，他扭曲着嘴唇说道："我们永远不可能找出情报。我们改变不了它。我们不可能打赢。"他突然用手指猛扯自己的军服，把那颗徽章拽下来，用力扔到远处，"我绝不会替你卖命，为你控制太阳系的野心牺牲！我才不会踏入这个死亡陷阱呢。别再指望我了！"

全面紧急警报的笛声在医院主楼响起。好多人跑向甘尼特，战士和医院的保安都在混乱地奔来跑去。帕特森对他们毫不在意，他的眼睛紧盯着正上方的一扇窗。

有个人站在那里。一个男人，他的两手正在灵巧地拆除一件东西，那东西在午后的阳光下反射着光芒。那人就是 V-斯蒂芬斯。他拆下那件金属-塑料制品，然后离开了窗口。

伊夫琳快步来到帕特森身边。"怎么——"她看到那堆骨灰，顿时尖叫起来,"哦,上帝啊。这是谁干的? 是**谁**?"

"V-斯蒂芬斯。"

"一定是勒马尔放他出来的。我就知道会出这种事。"她眼里满是泪水,声音骤然升高,成了歇斯底里的尖叫,"我跟你说过他会这么干的! 我早警告过你!"

甘尼特幼稚地问帕特森:"我们现在怎么办? 他已经被杀了。"怒火突然扫去了这个大块头的恐惧,"我要杀光这个星球上的蹩脚人。我要烧毁他们的房子,把他们吊死。我要——"他突然住了口,"但现在已经太晚了,是不是? 我们已经无能为力。我们输了,我们被打败了,而战争甚至还没开始。"

"没错。"帕特森说,"已经太晚了。你已经错过了时机。"

"要是我们能逼问出情报就好了——"甘尼特无助地咆哮道。

"你问不出来的。完全不可能。"

甘尼特眨眨眼,"为什么不可能?"他天生的狡猾之心有所恢复,"你为什么这样说?"

帕特森脖子上的 H 环大声响起。"帕特森大夫,"监视器的声音提示道,"统计局有一通紧急电话找您。"

"接过来。"帕特森说。

统计局职员那细弱无力的声音传入他的耳朵,"帕特森大夫,我已经查到了您所要的信息。"

"结果怎样?"帕特森问。但他其实已经知道了答案。

"我们多次核对了我们的检查结果,以确保准确。世上并不存在您描述的那个人。当前和有记录的过去一段时期,都不存在一位名叫戴维·L.昂格尔,且符合您所说的体貌特征的人。脑部、牙齿和指纹信息都没有在数据库中找到对应者。您是否希望我们——"

"不必了。"帕特森说,"我的疑问已经得到解答。就这样吧。"他关闭了 H 环的通话按钮。

甘尼特在一旁没精打采地听着,"我完全摸不着头脑,帕特森。给我解释一下吧。"

帕特森没理他。他蹲下来,戳了几下那堆曾是戴维·昂格尔的残骸。过了片刻,他再次打开 H 通信环。"把这些遗骸带到楼上的分析化验室。"他低声下达指令道,"马上派一支小队下来。"他缓缓站起身,更小声地补充道,"然后我要去找出 V-斯蒂芬斯——假如我能找到他的话。"

"毫无疑问,他已经在回金星的路上了。"伊夫琳·卡特愤愤地说,"嗯,应该是吧。我们已经无能为力了。"

"我们要打仗了。"甘尼特承认道。他在慢慢回归现实。他极力把注意力集中在周围的人身上,然后捋了捋蓬乱的白发,理了理身上的衣服,一度威严的形象多少恢复了一点儿,"既然躲不过,不妨像个男子汉一样去勇敢面对。"

一队医院机器人走到那堆残骸旁,开始小心翼翼地采集,帕特森走到一旁。"进行一次全面分析。"他对负责细节的技术人员说,"分离基本的细胞结构,其中的神经系统更要特别留意。尽快向我报告你们的分析结果。"

分析只花了一小时左右。

"您自己看吧。"实验室工作人员说,"这里,请拿着这些材料。连**手感**都不对劲。"

帕特森接过一份干枯、易碎的有机物残片。它就像是某种海洋生物被烤焦的表皮一样,轻易地在他手里碎掉了;他把残片放在实验设备之间时,它已经碎成了粉末。"我明白了。"他缓缓说道。

"总的来看,这做工还是很棒的,但强度不够。也许它本来就已经撑不了几天了。它正在疾速退化,阳光、空气,所有的一切都在分解它。其内部没有自我修复机制。我们的细胞一直都在再生、自我清洁和修复,而这东西是经过设定后开始运行的。显然,某些人在生物合成技术方面领先我们很多步。这是一件杰作。"

"是啊,干得真是漂亮。"帕特森承认道。他拿起另一份戴维·昂格尔遗骸的实验样本,若有所思地将其捻成碎末,"完全把我们骗了。"

"你不是识破了真相吗?"

"一开始并没有。"

"如你所见,我们正在重建整个生理系统,把遗骸恢复成一个完整的人体。当然,有些部分缺失了,但我们还是能重建出大致的轮廓。我还挺想见见造出这东西的人呢。这办法还真成功了。这不能算作机器。"

帕特森找到了已经重组成人造人面部的那堆烧焦的残骸。干枯、焦黑、薄如纸片的肌肤,黯淡无光的眼珠死气沉沉地盯着外面的世界。调查的结果完全正确。从来就没有戴维·昂格尔这个人。不管是地球还是其他什么地方,从来就没有这么一个人。他们一直称为"戴维·昂格尔"的个体,不过是个人造物。

"我们完全被骗了。"帕特森承认道,"除了我们俩,还有谁知道此事?"

"没有别人了。"那位实验室技术员指了下周围的机器人,"我是唯一了解分析细节的人类。"

"你能保守秘密吗?"

"当然。毕竟你是我上司。"

"谢谢。"帕特森说,"但如果你想,随时都可以利用这份信息换个上司。"

"甘尼特吗?"技术员大笑起来,"我可不想在他手下工作。"

"他会给你很好的待遇。"

"那倒是。"技术员说道,"但那样的话,早晚有一天,我得上前线。我还是更喜欢医院这里的工作。"

帕特森走向门口,"要是有人问,就说残骸太少,无法进行分析。你能把这些残骸处理掉吗?"

"虽然不愿意,但我想我还是能做到吧。"技术人员好奇地看着他,"你知道是谁制造的这东西吗? 我还挺想同他们握握手的。"

"我现在感兴趣的问题只有一个。"帕特森含糊其词地说,"一定要找到V-斯蒂芬斯。"

　　傍晚昏暗的阳光映入勒马尔的脑海,他眨了眨眼睛,挣扎着坐起来——脑袋随即重重地撞在了汽车仪表盘上。他感到一阵剧痛,再次坠入了痛苦的黑暗世界。过了一会儿,他缓缓醒转过来,开始四下打量。

　　他的车停在一处小而破旧的公共停车场深处。时间大约是下午五点半。附近车流喧嚣,汽车纷纷驶向停车场外狭窄的街道。勒马尔抬手小心地摸了下自己的头骨,有一个部位很麻木,大约一美元硬币那么大的部位,完全没有知觉,而且透着一股寒气,完全没有热度,就像他撞到过某个外星物体一样。

　　他努力打起精神,回想失去知觉之前发生过的事。就在这时,他忽然看见V-斯蒂芬斯大夫快速移动的身影。

　　V-斯蒂芬斯在车辆间轻快地穿行,一手揣在衣兜里,两眼异常警觉。他的样子有些反常,但头昏脑涨的勒马尔想不出到底是哪里反常。V-斯蒂芬斯快要跑到这辆车前时,他才反应过来——与此同时,此前的记忆也突然清晰起来。他躺下来,倚靠在车门上,尽可能一动不动。尽管如此,V-斯蒂芬斯拉开车门,坐上驾驶位时,他还是吃了一惊。

　　V-斯蒂芬斯的皮肤不再是绿色。

　　这位金星人重重地关上车门,把钥匙插进锁孔,发动了引擎。他点燃一根香烟,看了看自己手上那双厚重的手套,扫了眼勒马尔,然后驾车驶出停车场,驶入了傍晚的车流之中。有段时间,他一只手搭在方向盘上，另一只仍旧揣在衣兜里。然后，他驾车开始全速前进，同时掏出了他的急冻射线枪，将其扔在身边的座位上。

勒马尔立刻扑上去抢枪。V-斯蒂芬斯的余光瞥见那个瘫软的身体突然动了起来，于是猛踩刹车，丢开方向盘；两人默不作声，拼命争抢起来。汽车嘶鸣着停在了路中间，周围顿时响起了一片愤怒的汽车喇叭声。两人都在拼死争抢，谁都不肯松一口气，有一瞬间，两人僵持不下，互相锁住了对方，都动弹不得。然后勒马尔甩脱了对手，用急冻射线枪对准了V-斯蒂芬斯的脸。

"发生了什么事？"他哑着嗓子问道，"我昏迷了五个小时。**这期间你都干了什么？**"

V-斯蒂芬斯一言不发。他松开刹车，驾着车在车流中缓缓前行。香烟的灰色烟雾从他嘴角升起；他半闭双眼，眼神迷茫而蒙眬。

"你是地球人，"勒马尔惊讶地说道，"你根本就不是什么金星人。"

"我是金星人。"V-斯蒂芬斯冷冷答道。他展示了一下自己有蹼的手指，然后又戴上厚手套。

"可是——"

"你以为在我们需要的时候，没办法伪装出想要的肤色吗？"V-斯蒂芬斯耸耸肩，"染料、化学合成荷尔蒙，加上几个小小的外科手术。男厕所里待半个小时就能完成，只需一支皮下注射器和一瓶药膏……这个星球并不适合绿皮肤的人生活。"

街对面已经建起了一座粗糙的临时街垒。一队凶巴巴的人带着枪和粗糙的棍棒守在一旁,其中一些戴着灰色的国民防卫军帽子。他们正逐个拦下车辆,进行搜查。有个脸大体阔的男人拦下了V-斯蒂芬斯。他慢腾腾地走过来,示意车里的人摇下车窗。

"怎么回事?"勒马尔紧张地问道。

"我们在找蹼脚人!"那人吼道,一股浓重的大蒜味混杂着他帆布衬衫上的汗臭味扑鼻而来。他狐疑地向车内扫了几眼,"你们在附近有没有看到?"

"没有。"V-斯蒂芬斯说。

那人扯开后备厢,向里面看了看。"我们几分钟之前刚抓到过一个。"他用粗大的拇指朝身后指了指,"他就在那儿上面,看到没?"

那名金星人被吊在一根灯柱上。他脸上血肉模糊,看上去痛苦万分。灯柱周围有一帮人在围观,他们一脸严肃、凶神恶煞,像在等待什么。

"还会抓到更多的。"那人说着关上了后备厢,"比这多得多。"

"发生了什么事?"勒马尔努力开口问道,他觉得恶心又恐惧,声音小得几乎听不清,"为什么要这样做?"

"有个蹼脚人杀了人,一个**地球**人。"那人往后退了退,拍了下车身,"行了,你们可以走了。"

V-斯蒂芬斯驾车向前驶去。周围有些人穿着全套军装,既有国民防卫军的灰衣,也有地球军的蓝衣。军靴、沉重的皮带、军帽、手枪,还有臂章。红色臂章上印着加粗的黑色字母D.C.①。

---

① 即下文的"防御委员会",英文全称为"Defense Committee"。

"那是什么标志?"勒马尔小声问道。

"防御委员会。"V–斯蒂芬斯答道,"甘尼特的傀儡组织,他们声称要保卫地球免受蹼脚人和乌鸦人的侵袭。"

"可是——"勒马尔无助地比画了一下,"地球受到攻击了吗?"

"据我所知没有。"

"调转车头,回医院。"

V–斯蒂芬斯犹豫了一下,然后照他说的做了。片刻之后,车子就已经行驶在了返回纽约市中心的路上。"你这又是为什么?"V–斯蒂芬斯问,"你为什么想回去?"

勒马尔没有听见他的话,他正怀着挥之不去的恐惧,看着沿途的人们。男人、女人像野兽一样四处徘徊,寻找着猎杀的对象。"他们都疯了,"勒马尔喃喃道,"他们简直就是禽兽。"

"不,"V–斯蒂芬斯说,"这一切很快就会平息,只要等委员会失去他们的财源。现在一切仍将继续,但很快,这种疯狂的势头就会扭转,庞大的社会机器即将回转运行。"

"为什么?"

"因为甘尼特现在不想打仗了。新路线方针还需要一点儿时间才能传达下去。甘尼特很可能会出钱成立一个新的委员会,简称P.C.和平委员会。"

医院被一圈由坦克、卡车和重型野战炮组成的壁垒围着。V–斯蒂芬斯减慢车速,停下车,按灭了他的香烟。现在任何汽车都不被允许进出,士兵们在坦克之间巡逻,手握重型武器,武器上尚有包装上的机油。

"那么，"V-斯蒂芬斯问，"现在怎么办？枪在你手上，烫手的山芋应该由你处理。"

勒马尔往仪表盘上的可视电话投了枚硬币。他拨了医院的电话号码，等屏幕亮起时，他用嘶哑的嗓音要求跟韦切尔·帕特森讲话。

"你在哪儿？"帕特森厉声问道。他看到了勒马尔手里的急冻射线枪，然后两眼盯在了V-斯蒂芬斯身上，"你抓住他了。"

"没错，"勒马尔承认道，"可我不明白这里到底发生了什么。"他无助地向小屏幕上的帕特森问道，"我应该怎么做？这一切究竟是怎么回事？"

"告诉我你现在的位置。"帕特森紧张地说。

勒马尔将位置告诉了他，"你想让我把他带进医院去吗？也许我应该——"

"你只要握紧你的急冻射线枪就行了。我马上就到。"帕特森结束了通话，屏幕随即黯淡下去。

勒马尔困惑地摇了摇头，"我本来打算放你走的。"他对V-斯蒂芬斯说，"你却用急冻枪向我开火。**为什么?**"勒马尔的身体突然一阵颤抖，他一下子全明白了，"是你杀了戴维·昂格尔!"

"没错。"V-斯蒂芬斯答道。

勒马尔握着急冻射线枪的手颤抖不已，"也许我现在应该杀了你。也许我应该摇下车窗，叫外面那些疯子来把你抓走。我不知道该怎么做。"

"你爱怎么做都行。"V-斯蒂芬斯说。

帕特森来到车旁时，勒马尔还在考虑。他敲了下车窗，勒马尔打开车门。帕特森迅速钻进车子，然后重重地关上了车门。

"开车。"他对V-斯蒂芬斯说，"一直开，远离市区。"

V-斯蒂芬斯瞥了他一眼，然后缓缓发动了车子。"你们其实可以在这里动手的，"他对帕特森说，"没有人会干涉。"

"我想到城外去。"帕特森回答，他随即解释说，"我的实验室助手分析了戴维·昂格尔的遗体。他们能重建大部分合成物。"

V-斯蒂芬斯脸上突然有些激动，"哦？"

帕特森伸出一只手，"握个手。"他严肃地说道。

"为什么？"V-斯蒂芬斯困惑地问道。

"有人要求我这样做。那人认为，你们金星人制造那个人造人的做法相当高明。"

汽车穿过夜幕，嗡嗡地行驶在公路上。"丹佛是最后一个据点了。"V-斯蒂芬斯对这两个地球人解释道，"我们那里已经人满为患。殖民权益协会说，有些委员会的人开始炮击我们的办公室了，但指导委员会及时制止了这种行为。很可能是甘尼特施加了压力。"

"继续讲。"帕特森说，"不是关于甘尼特的事。我知道他的立场。我想知道，你们的人到底有什么目的。"

"殖民权益协会开发了那种合成物。"V-斯蒂芬斯承认，"我们对未来的了解不比你多——也就是说，一无所知。戴维·昂格尔从来就不存在。我们伪造了他的身份文件,设立了一套虚构的个性特征,还编造了一场不存在的战争——一切都是假的。"

"为什么?"勒马尔问道。

"就是为了吓唬一下甘尼特,好让他唤回自己的走狗,容许金星和火星独立,并打消用煽动战争的方式确保自己经济霸权的念头。我们在昂格尔的脑袋里构建的这段虚构历史中,甘尼特在九颗星球上拥有的商业帝国都崩溃了。甘尼特是个很现实的人。胜券在握时他才会冒险——但我们虚构的历史却完全不利于他。"

"所以甘尼特悬崖勒马了。"帕特森缓缓说道,"那你们呢?"

"我们一直都不想打仗。"V-斯蒂芬斯轻声说道,"我们从来都没有参加过这场战争游戏。我们只想要自由和独立。我不知道战争到底会是什么样子,但我能想象得出,肯定不会太让人愉快。对我们双方都不值得。而在之前的状况下,战争其实已经一触即发。"

"我想确定几件事,"帕特森说,"你是殖民权益协会的特工吗?"

"是的。"

"V-拉菲亚也是吗?"

"她也隶属于殖民权益协会。实际上,所有的金星人和火星人到了地球之后,都成了殖民权益协会的特工。我们想让V-拉菲亚渗透进医院,以便协助我的工作。因为我很可能无法及时消灭那个人造人。如果我不能完成任务,V-拉菲亚也能顶上。可甘尼特杀了她。"

"你为什么不直接用冷冻射线枪把昂格尔打死呢?"

"原因之一，是我们想彻底摧毁那个人造人的身体。当然这不可能做到。次要选择是将其烧成灰烬，使其身体解体到足够细微，细微到任何粗略的检查都查不出什么端倪。"他扫了帕特森一眼，"你为什么会下令进行如此彻底的检查呢?"

"昂格尔的证件号被投入了使用，而得到那个号码的却不是昂格尔本人。"

"噢。"V-斯蒂芬斯不安地说道，"太糟糕了。我们完全拿不准此事会在何时发生。我们本来想找一个几个月后才会被用到的编号——但过去数周，应征入伍的人数增加得实在太快。"

"要是你没能摧毁昂格尔呢?"

"我们在那个人造人的体内安置了一种特殊的自毁器，它完全没有幸存的机会。自毁器是专门针对它的身体设计的，我只需在昂格尔处于作用范围内时启动它就行了。即便我被杀，或者我没能启动自毁器，那个人造人也会在甘尼特得到他想要的情报之前自然死亡。最好是我在甘尼特和他的手下们面前摧毁它。重要的是，要让他们认为我们已经知道了战争的事。比起我被俘虏，让他们亲眼见证昂格尔被杀、震撼他们的心灵更加重要。"

"然后会怎样呢?"帕特森问道。

"我本来是要去跟殖民权益协会的人会合。我最初的计划，是在协会的纽约办公室搭乘一艘飞船，但甘尼特手下那些暴徒让那个计划流了产。当然，这是假设了你们不会阻止我。"

勒马尔已经开始出汗，"假如甘尼特发现自己上了当呢? 要是他发现从来就没有戴维·昂格尔这个人——"

"我们正在设法弥补。"V-斯蒂芬斯说,"等甘尼特去调查时,世上已经有一个戴维·昂格尔了。就目前而言,"他耸了耸肩,"事态如何发展取决于你们两位。毕竟你们手里握着枪。"

"放他走。"勒马尔激动地说。

"这么做可不好呀。"帕特森指出,"我们这是在帮蹼脚人使诈。也许我们应该叫一位委员会的成员来。"

"让他们见鬼去吧。"勒马尔咬牙切齿地说,"我不会把任何人出卖给那帮吸血的疯子,就算是——"

"就算是一个蹼脚人?"V-斯蒂芬斯问。

帕特森仰望着布满星辰的黑暗天穹。"最后到底会怎么样呢?"他问V-斯蒂芬斯道,"你觉得这一切会过去吗?"

"当然。"V-斯蒂芬斯立刻回答道,"早晚有一天,我们会向群星进发,进入其他星系。我们会遇见其他种族——我是说**真正**的其他种族,与人类完全不同的那种。然后人们就会明白,我们都是一家人。等我们有了其他的外星人做对比,一切都会显而易见。"

"好吧。"帕特森说道,然后把急冻射线枪交给了V-斯蒂芬斯,"我担心的只有这件事。我不希望这种局面一直持续下去。"

"不会的。"V-斯蒂芬斯低声答道,"其中一些非人类外星种族一定长得很丑。等看过它们之后,地球人肯定会**乐于**把自己的女儿嫁给绿皮肤的人类。"他微微一笑,"某些非人类种族,说不定根本就没有皮肤……"

亮壳防护

地球时钟向六点方向倾斜,下班时间快要到了。大群密集的通勤飞碟凌空飞过,从工业区潮水般涌向外围居住环。像夜蛾一样,飞碟们形成一片厚重的黑云遮蔽了傍晚的天空。它们安静、轻灵,载着乘客朝家的方向飞去,飞向等待着他们的家人、热腾腾的晚饭和舒适的床榻。

唐·沃尔什是他所在飞碟上的第三名乘客,他的到来使飞碟满载。当他还在把硬币投入票口时,地毯一样的飞碟就已经急不可耐地升空了。沃尔什满怀感激地坐下,背靠着不可见的安全护栏,打开了晚报。坐在他对面的另外两名乘客也在做同样的事。

霍尼修正案引发暴力冲突

沃尔什仔细思考了一下这个头条新闻的意义。他把报纸放低一些，以躲避持续的窗口气流，然后精读下一个栏目。

预计下周一投票人数剧增
全星球人民纷纷前往投票所

而在单开报纸的背面，则是当天的社会丑闻。

妻子谋杀亲夫，起因竟是政见分歧！

还有一条，让他感觉一股冷气从上到下贯穿脊柱。其实他已经看过很多类似的标题突然出现了，但每次都会觉得很不舒服。

波士顿纯粹主义暴民对自然主义者滥用私刑
窗户被砸碎——损失惨重

下一条却是：

芝加哥自然主义暴民对纯粹主义者滥用私刑
建筑被焚毁——损失惨重

沃尔什对面，一名乘客开始出声抱怨。那是个体格魁伟的壮汉,中年,红头发,似乎喝啤酒喝高了。他突然把自己的报纸揉成一团,扔到了飞碟外面。"他们永远也没办法通过它!"他大叫道,"他们会受到报应的!"

沃尔什把鼻子埋进报纸,极力忽略这个男人。又发生这种事了,这种他每时每刻都在惧怕的事——政治争端。另一名通勤者放低报纸,在极短时间内瞥了一眼红发男,然后继续读报。

红发男朝沃尔什说话:"你在《布特请愿书》上签字了吗?"他从上衣口袋里扯出一张金属箔,塞到沃尔什面前,"不要害怕,来为自由签下你的名字吧。"

沃尔什紧握他那张报纸,极力望向侧面的窗外。底特律居民区正在脚下掠过,他就快要到家了。"抱歉,"他嗫嚅道,"谢谢你,不用了,谢谢。"

"别烦他。"另外一名乘客对红发男说,"你看不出人家根本就不想签这个吗?"

"你少管闲事。"说完红发男就逼近沃尔什,颇为好斗地把金属板伸过来,"听着,朋友。你知道如果那东西通过,对你和你的一切意味着什么吗?你以为自己是安全的?醒醒吧,朋友。等《霍尼修正案》来了,自由自在就会一去不返。"

另外一名乘客默默放下报纸。他有点儿瘦,衣着考究,是个灰头发的世界主义者。他摘下眼镜说:"要我说,你闻起来就像个自然主义者。"

红发男打量了一下他的对手,他留意到瘦男人手上的钚环,那是一种足以打烂人下巴的重金属套环。"你又是什么人?"红发男喃喃地说,"一个娘娘腔纯粹主义者?我呸。"他故作恶心地啐了一口,然后重新把注意力转向沃尔什,"听着,朋友,你知道这些纯粹主义者是什么东西。他们想让我们变成堕落的人,他们会把我们变成女性化的物种。如果上帝创造了这样的宇宙,对我而言,它本来就已经足够。而那些纯粹主义者,他们在抑制人类天性的同时,也在与上帝为敌。这个星球,是像我这样体内流着红色热血的**男人**创造的,我们为自己的身体感到骄傲,为我们的外形和气味感到骄傲。"他拍了拍自己健硕的胸膛,"上帝为证,我为**自己**的体味感到骄傲!"

沃尔什拼命想搪塞过去,"我——"他喃喃地说,"不,我还是不能签这个。"

"你以前签过了?"

"不是。"

红发男健壮得像牛一样的脸上显现出一片疑云。"你是说,你**支持**《霍尼修正案》?"他粗重的声调愤怒地升高,"你想要葬送自然秩序中的——"

"我到站了。"沃尔什打断他说。他匆忙地拉了一下飞碟上的停靠信号绳。飞碟俯冲,飞向他居住区尽头的磁性固定区。固定区坐落在绿色和棕色的山坡上,是一片白色的广场。

"你等一下,朋友。"红发男恶狠狠地伸手去拽沃尔什的衣袖,此时飞碟滑落,停在固定区平滑的表面上。那里还停靠着成排的地面车辆,是妻子们在等着接她们的丈夫回家。"我不喜欢你的态度。你害怕公开表明立场？你以身为族群中的一员为耻？上帝啊，要是你连这点儿男子汉气概都没有——"

那个瘦削的灰发男人用钵环猛击红发男，握着沃尔什袖子的力道松开了。请愿书铿然落地，那两个人静默而又剧烈地打斗在了一起。

沃尔什把安全护栏推开，跳下飞碟，走下降落处的三层台阶，踩在了停车场的灰尘和煤渣上。傍晚的微光下，他辨认出了妻子的小汽车。贝蒂坐在位子上，正在看仪表盘上加装的电视，没有留意到他，也没有发现无声搏斗中的红发自然主义者和灰发纯粹主义者。

"禽兽，"灰发男站起身时喘息不定，"臭烘烘的畜生！"

红发男半昏迷地倚靠在安全护栏上，"天杀的——百合花味儿的娘炮！"他咕哝着骂。

灰发男按下解锁按钮，飞碟升到沃尔什头顶，继续它的行程。沃尔什感激地挥手，"谢谢，"他向头顶喊，"我很感谢你。"

"不必在意。"灰发男回答道，他正高高兴兴地检查自己被打断的一枚牙齿，随着飞碟越飞越高，他的声音也越来越小，"任何时候我都乐于帮助一个志同道合的……"最后一个词儿缓缓飘进沃尔什的耳朵里，"……纯粹主义者。"

"我不是！"沃尔什徒劳地呼喊，"我既不是纯粹主义者，也不是自然主义者！你听到了吗？"

但没人听到他的呼喊。

"我不是。"沃尔什单调地重复着这句话,这时候他已经坐上餐桌,用勺子吃奶油玉米、土豆和牛排,"我既不是纯粹主义者,也不是自然主义者。为什么我一定要非此即彼? 一个男人就不能有**自己**的立场吗?"

"请专心吃饭,亲爱的。"贝蒂嘟囔道。

透过这间明亮餐厅薄薄的墙壁,传来了其他家庭吃饭时的餐具碰撞声、其他正在进行的谈话声,还有电视机模糊的声响,炉具、电冰箱、空调和壁装电暖器的嗡嗡声。沃尔什对面,他的妻弟卡尔正在狼吞虎咽地吃着第二盘冒着热气的食物。在卡尔旁边,沃尔什十五岁的儿子正在浏览一本他从下行坡道小店买回来的平装版的《芬尼根的守灵夜》,那家小店提供给住宅小区种类齐全的日用品。

"吃饭时不要读书!"沃尔什生气地训斥儿子。

吉米抬头扫了他一眼,"少来吓唬我。我知道居住守则,你说的那条绝对不在其中。无论如何,我得赶在出门之前看完这本书。"

"你今晚要去哪儿呢,亲爱的?"贝蒂问。

"官方聚会事务。"吉米含糊其词地回答,"我只能透露这么多。"

沃尔什把注意力集中在食物上,竭力忍住脑海中叫嚣着想要进行长篇大论的想法,"今天下班回来的路上,"他说,"有人打架。"

吉米来了兴致,"谁赢了?"

"纯粹主义者。"

他儿子的脸上渐渐扬起一份得意,他是纯粹主义青年团中的一名小组长,"爸爸,你应该采取行动。只要现在注册,下周一你就会有投票资格了。"

"我会去投票的。"

"除非你是两大团体的成员。"

这倒是实话。沃尔什郁闷地看着儿子,目光越过他看向未来的漫长时光。他看到自己卷入了无数次像今天这样的窘境:有时候是自然主义者袭击他,另外一些情况下(像上周),攻击者会是愤怒的纯粹主义者。

"你知道,"他的妻弟说,"你这样袖手旁观、无所作为,就是在充当纯粹主义者的帮凶。"他满足地打了个饱嗝,把空盘子推在一边,"你就是那类被**我们**归类为不自觉的准纯粹主义者的人。"他瞪着吉米,"你这小喽啰!要是你到了法定年龄,我就会把你拖出去,把你屎都打出来。"

"拜托,"贝蒂叹气道,"餐桌上不要争论政治问题。让我们偶尔也清静一会儿。我真盼着那投票早点儿结束。"

卡尔和吉米怒目相对,一边吃饭一边警惕着对方。"你应该在厨房吃饭——"吉米对他舅舅说,"蹲在炉膛下面。你就像是从那儿出来的。看看你自己——这满身的臭汗。"尖刻的嘲笑让他暂时停止进食,"等我们把修正案通过了,你最好摆脱这种臭毛病,如果你不想被关进大牢的话。"

卡尔涨红了脸道:"你们这些卑鄙小人不会如愿的。"虽然他嗓门很大,却底气不足。自然主义者都很害怕,因为纯粹主义者已经控制了联邦议会。如果这次投票让他们得逞,还真有可能让立法机构把纯粹主义者的五项要求写进法律，然后强制进行那些有违自然的检查。"没人能摘除我的汗腺。"卡尔咕哝道，"没有人能迫使我服从呼吸管制、牙齿美白、头发浓密之类的要求。脏、老、肥、秃都是生活的一部分。"

"是真的吗？"贝蒂问她的丈夫，"你真的是不自觉的准纯粹主义者？"

唐·沃尔什恶狠狠地叉起剩余的一小块牛排，"因为我不肯加入任何一方，我就被叫作不自觉的准纯粹主义者或不自觉的准自然主义者。我只求这两种主义相互平衡。我将会是所有人的敌人——如果我不与任何人为敌，"他又补充了一句，"或不与任何人为伍。"

"你们自然主义者根本就没有什么能提供给未来。"吉米对卡尔说，"你们能给这个星球的年轻人（比如我）些什么？岩洞？生肉？还是野兽一样的存在？你们根本就是在反文明。"

"空喊口号。"卡尔反击道。

"你们想要让我们倒退回原始时代，远离社会整合！"吉米激动地在舅舅面前挥舞细瘦的手指，"你们这些只听从神经导向的野兽！"

"我要打烂你的头！"卡尔咆哮道，从位子上半站起身来，"你们这些纯粹主义小喽啰完全不懂得敬重长辈！"

吉米尖声嘲笑："我倒想看你试试。殴打未成年人要坐五年牢。来啊——来打我呀！"

唐·沃尔什腾地站起来，发出一阵重重的声音，离开了餐厅。

"你这是要去哪儿?"贝蒂焦急地在他身后追问,"你还没吃完饭呢。"

"未来属于我们年轻人,"吉米告知卡尔,"而这个星球上的年轻人都是坚定的纯粹主义者。你们一点儿机会都没有,纯粹主义革命就快到来。"

唐·沃尔什离开房间,沿着公用走廊走向下行坡道。两边都是紧闭的门,在他身边向远处延伸。不远处的各个家庭都忙着各自的生活,噪声、灯光、忙忙碌碌的身影包围了他。他从一对躲在黑暗的阴影中做爱的青年男女身边挤过,来到了坡道。他停顿了一会儿,然后突然向前,走向这个居住小区的最底层。

这一层寂静无人,阴冷又略显潮湿。头顶的人声已经逐渐远离,成了水泥天花板之上的嗡嗡轻响。他突然来到这孤独寂静的空间里,若有所思地在黑暗的杂货店和干货店之间穿过,经过美容店和烈酒店,经过洗衣店和药店,再经过牙齿诊所和全科医生诊所,来到本居住区心理分析师的等待室。

他能看到分析师就在内室。它一动不动安静地坐着,身体笼罩在傍晚暗色的余晖里。没有人来找它咨询,分析师已经被关闭。沃尔什犹豫了一下,然后穿过等待室的检验处,敲了敲透明的内室门。他的出现启动了继电器和各路开关,内室的灯光突然亮起,分析师坐直了身体,微笑着半站起身。

"唐,"它热情地打招呼,"请进来坐吧。"

他进了门,疲惫地坐下,"我觉得也许我应该来找你聊聊,查利。"他说。

"当然可以，唐。"机器人向前探身，看了下它宽大的红木办公桌上的钟表，"但是，现在不是晚饭时间吗？"

"是的，"沃尔什承认，"但我没有食欲。查利，你知道我们上次谈过什么……你应该记得我说过的话，记得我所困扰的是什么。"

"当然，唐。"机器人靠在它的转椅背上，把几乎跟真人一样的手肘支在桌面，和善地打量它的病人，"过去这几天，你过得怎么样？"

"不太好，查利，我必须做一件事。你可以帮助我，因为你没有偏见。"他恳求地看那张用金属和塑料做成的仿真人类面庞，"你可以不偏激地看待这些事情，查利。**我怎样才能加入两党之一呢？**他们所有的口号和宣传看起来都他妈的好蠢。我他娘的要怎样才能为了清洁牙齿和去除狐臭而兴奋异常？人们就因为这些鸡毛蒜皮的琐事儿自相残杀……这根本就毫无意义。如果那条修正案通过，还要发生自杀式的内战，我还将逼不得已地加入其中一方。"

查利点点头，"我大致明白了，唐。"

"我是不是应该出门去打倒某人，就是因为他身上有味儿或者没味儿？殴打某个我从来没见过的人？我不会这么做。我拒绝。他们为什么就不能放过我呢？我为什么不能有自己的观点？我为什么一定要卷入这样的——疯狂？"

分析师宽容地笑笑，"现实确实有点儿严酷，唐。你跟现在的社会格格不入，你知道的。所以文化风气和其他更多方面，在你看来都有些难以信服。但这就是你的社会，你必须生活在其中，你无法退出。"

沃尔什强迫自己两手放松,"我是这样想的。任何想要保留体味的男人,应该获准保留他的体味;任何不想要体味的男人,可以自己去把汗腺摘除。这样有什么问题吗?"

"唐,你在回避问题的关键。"机器人的声音冷静,不带一丝感情,"你刚才说的,是指两边都不对。这就很可笑了,不是吗?必然有一方是正确的。"

"为什么?"

"因为两种矛盾的观点已经穷尽了现实中的可能。你的立场其实算不上一种立场……只能算一种描述。你看,唐,你心理上有一个缺陷,就是无法把握问题的关键。你不想选定一种立场,只是因为害怕失去自己的自由和个性。你就像是那种理智的处女,你只想一直保持纯洁。"

沃尔什考虑了片刻。"我想要的,"他说,"是保持自己的正直。"

"你并不是一个孤立的个体,唐。你是社会的一分子……观念并不能存续在真空里。"

"我有权坚持自己的理念。"

"不是的,唐。"机器人温和地回答道,"那些不是你的理念,你不曾创造它们。你也不能在自己想要的时候开启或关闭它们,它们只是通过你来运行……它们只是存储在'你'这个运行环境下的设定而已。你相信的观点,只是某种社会因素和压力之下的一种反映。就你而言,两种互不相容的社会思潮给你制造了某种僵局。你的内心很矛盾……你决定不了该选择哪一方，是因为两方面的要素都存在于你的内心。"机器人睿智地缓缓点头，"但你必须要做出一个决断，你必须要解决这种冲突和争斗。你不能继续当看客……你必须成为参与者。没有人可以成为生活的看客……这就是生活。"

"你的意思是说，除了这些关于汗腺、牙齿、头发的争执之外，并没有另外一种生活？"

"逻辑上讲，应该存在其他形式的社会。但你投胎的是这儿，这就是你的社会……也是你拥有的唯一一个社会。你要么选择在其中生活，要么就无法生活。"

沃尔什站起身，"换言之，**我**必须调整状态，必须做出让步，牺牲自己。"

"恐怕是这样，唐。如果指望所有人都为了你改变，未免过于天真，不是吗？难道让三十五亿人改变，就为取悦唐·沃尔什？听着，唐，你心理上还没有完全摆脱婴儿式自恋期。你还没有完全学会面对现实，"机器人微笑说，"但你将来会的。"

从离开咨询室的那一刻起，沃尔什开始变得闷闷不乐，"我会考虑的。"

"这是为你自己好，唐。"

走到门口，沃尔什还想回头说些什么。但机器人已经关机，它正在融入黑暗和寂静里，胳膊肘还支在桌面上。在头上渐暗的灯光下，他瞥见了此前并没有注意到的什么东西——机器人脐部的电源开关处，有一个白色塑料标签连接到那里。在半明半暗之中，他看出了上面的字样：

联邦议会所有

仅供公众使用

这台机器人，跟这个多户家庭的居住区中的一切其他物品一样，都是由统治阶层提供的。这台分析师也是国家的造物之一，一个有办公桌、有职位的官僚。它的职能就是让唐·沃尔什这样的人接受周围世界的现状。

但如果他不听从小区内的心理分析师，他又能听谁的？他还能去什么地方？

三天后投票如期举行。醒目的头版头条并没有告诉他任何新鲜事儿——这一整天他的办公室里传遍了这个消息。他把报纸放进上衣口袋，到家了才细看。

纯粹主义者选战大胜

《霍尼修正案》必将通过

沃尔什疲惫地背靠在椅子上。厨房里，贝蒂正手脚麻利地准备晚餐。欢快的餐具叮当之声和烹饪食物的暖香之气在亮堂的小小居室里飘荡。

"纯粹主义者赢了,"当贝蒂带着好多银器和杯子走进房间时,沃尔什说,"一切都结束了。"

"吉米一定会很高兴的,"贝蒂含糊地答应着,"我想知道卡尔会不会按时回家吃晚饭。"她默默思忖了一会儿,"也许我应该到下行坡道多买些咖啡回来。"

"你还不明白吗?"沃尔什问,"事情已经发生了!纯粹主义者已经完全掌权了!"

"我明白,"贝蒂急忙回答道,"你不用大吼大叫。你签过那份请愿书了吗?就是自然主义者之间流通的那份《布特请愿书》?"

"没有。"

"感谢上帝。不过我就知道你不会,你从来不签那些人到处找人签字的东西。"她在厨房门口徘徊了一会儿,"我希望卡尔做事能足够理智。我可一点儿都不喜欢他在这种大夏天坐在家里猛灌啤酒,浑身臭得跟头猪一样。"

房门打开,卡尔快步走了进来,面色涨红,双眉紧皱。"不用给我准备晚饭了,贝蒂。我要去参加一次紧急集会。"他快速扫了沃尔什一眼,"现在你满意了吗?要是你也肯出一份力,或许就不会是现在这样的结果。"

"他们最快能在什么时候通过修正案?"沃尔什问。

卡尔突然神经质地大笑起来,"他们已经通过了。"他从桌面上抓起一大沓文件,丢进废物处理口,"我们在纯粹主义者总部安插了线人。新任议员刚一宣誓就职,他们就强行通过了修正案,想打我们一个措手不及,"他干笑道,"但他们不会成功的。"

门重重地关上了,卡尔匆忙的脚步声在公用走廊里渐渐消失。

"我从来没见他动作这么快过。"贝蒂惊异地说。

唐·沃尔什听着妻弟沉重的脚步声快速远离,一阵恐惧突然袭上心头。在小区外,卡尔迅速钻进一辆地面车。发动机启动,卡尔驾车远去。"他在害怕,"沃尔什说,"他有危险。"

"我觉得他能照顾好自己,他那么大块头。"

沃尔什哆嗦着点燃一支烟,"你弟弟块头再大也没用。虽然看起来他们应该不可能真的会这么做——通过一项像这样的修正案,强迫每一个人遵守他们认为正确的方式——但这件事已经酝酿多年……眼前正是一个漫长计划的最后一步了。"

"我希望他们已经把事情处理妥当了,以后都不再闹。"贝蒂抱怨道,"世界一直都是这样子吗? 我可不记得小时候每天都要听到政治话题。"

"当时他们只是不把这类事情称作政治而已。实业家们苦心研究民众,好让他们去购买和消费。这种研究集中在头发、汗液、牙齿的清洁上,城市里的人群接受了以后,围绕此主题逐渐发展出了一种意识形态。"

贝蒂摆好餐具,端上几盘食物,"你是说,整个纯粹主义政治运动都是有人蓄意发起的?"

"他们没有意识到,这场运动将会对他们形成多么严重的约束。他们没料到他们的孩子会成长在这样一个可怕的环境下:控制腋臭、洁白牙齿、美发，竟会成为这个世界上最重要的事，一种值得人们去为之战斗和牺牲的事，甚至是一种重要到可以杀死异见者的事。"

"自然主义者就是农村人吗？"

"生活在城市范围之外，并且没有被刺激因素同化的人。"沃尔什郁闷地摇头，"难以置信，人们会为了这么无关紧要的事情去杀人。整个人类历史上，人们之所以会互相残杀，都是因为被灌输了些口头废话或是毫无意义的口号——而那些灌输者则置身事外，坐享其成。"

"如果他们真的相信，那些话就并非毫无意义。"

"因为一个人口臭就杀死他，这就是毫无意义！因为一个人没有割除汗腺、安装人工废料排泄管道就暴打他，同样荒谬无比。一场无谓的战争就要开始了，自然主义者总部早就存储了大批武器。人们将会因为这种虚无缥缈的东西而死，就好像他们是为了什么真实的东西而死一样。"

"该吃饭了，亲爱的。"贝蒂指指桌面说。

"我不饿。"

"不要生闷气了，快吃饭吧。不然你就要得消化不良了，你知道这意味着什么。"

他知道这意味着什么，没错。这意味着他的生命会陷入危险。在纯粹主义者面前打一次嗝，就会是一场生死考验。在同一个世界里，无法同时容下打嗝的人和看不惯别人打嗝的人。总有些事情必须做出让步……现在已经让步了。修正案已经通过:自然主义者的生存空间已经被谋杀了。

"吉米今天要晚些回来。"贝蒂一面说,一面吃着羊肉块、绿豆和奶油玉米,"他要参加某个纯粹主义者庆祝集会。讲话啦、游行啦、篝火晚会啦什么的。"她满怀希望地补充道,"或许我们可以去看看热闹? 会很好看的,所有的灯火、讲话、游行。"

"你去吧,"沃尔什无精打采地用勺子吃饭,食而不知其味,"玩得开心点儿。"

当门被猛然撞开,卡尔大步闯进来时,他们还在吃饭。"有没有剩下点儿啥给我吃?"他问。

贝蒂欠身站起,很是吃惊,"卡尔! 你身上——已经没有臭味了。"

卡尔坐下来,自顾自抓过一盘羊肉块。然后他想起了什么,动作优美地选了较小的一盘羊肉和很小的一份豆子。"我饿了。"他承认道,"但并不是特别饿。"他吃得很小心、很安静。

沃尔什震惊地看着他。"这他妈到底咋回事?"他问,"你的头发——还有你的牙齿和呼吸。**你到底干了什么?**"

卡尔头也不抬地回答:"党派策略。我们要进行战略撤退。应对修正案并没有必要做什么有勇无谋的对抗。哼,我们可不想任人屠杀。"他喝了点儿温热的咖啡,"事实上,我们已经转移到地下了。"

沃尔什缓缓放下叉子,"你是说,你们不会反击?"

"该死的,当然不。那是自杀行为。"卡尔小心地四下张望,"听我说,我现在完全遵守《霍尼修正案》的全部条文,没有人能找出我的任何错处。等警察来查问时,都把嘴巴闭紧点儿。修正案有让人撤回原立场的权利,而我们巧妙地利用了这一点。我们看起来都很干净,他们又不能随便摸我们。但我们还是什么都不要说为好。"他展示了一块小小的蓝色卡片,"纯粹主义者党员证。日期填的是之前的。我们早就做好了计划以防不测。"

"哦,卡尔!"贝蒂开心地叫起来,"我真高兴。你看起来真是——**帅呆了!**"

沃尔什没说话。

"你怎么了?"贝蒂问,"这不正是你想要的结果吗?你并不想看到他们开战,互相残杀——"她的声音尖厉起来,"你是怎么都不能满意,对吧?现在出现了你想要的结果,你还是不满意。你到底想要什么?"

楼下有动静。卡尔坐直身体,一瞬间面无人色。如果可能的话,他本来会开始出汗的。"他们是来检查是否合规的合规警察。"他低声说,"坐好了,他们只会做个例行检查,然后就去下家。"

"哦,天哪,"贝蒂紧张地说,"我希望他们不要打坏什么东西。也许我应该再好好清理一下自己。"

"安静坐着就好,"卡尔咬牙切齿地说,"他们没有任何理由怀疑我们。"

等到门打开,吉米站在绿衣的合规警察身旁,显得十分矮小。

"就是他!"吉米指着卡尔尖叫道,"他就是自然主义者中的小头目! 闻一下就知道!"

警察们麻利地闯进房间,包围了一动不动的卡尔,他们迅速检查了他一番,然后退开了。"没有体味,"警官不同意吉米的指控,"也没有口臭。头发密集,保养良好。"他做了个手势,卡尔顺从地张开嘴。"牙齿洁白,全部清洁过。没有任何不可接受的。不,应该说这个人完全没问题。"

吉米气急败坏地瞪着卡尔,"老奸巨猾。"

卡尔从容不迫地继续吃盘中的食物,不理会男孩和他带来的警察。

"看来我们已经摧毁了自然主义者的抵抗意志,"警官对着他脖子上的对讲机说道,"至少在这个区,我们没有遭遇到任何有组织抵抗。"

"很好,"对讲机里的声音回答说,"你的区域是我们的一个重要据点。不过我们还要继续工作,越早在这里建立起强制清洁装置越好。"

有一名警察把注意力转到唐·沃尔什身上。他鼻子抽了抽,一个严肃的、难以捉摸的表情出现在他的脸上。"你叫什么名字?"他问。

沃尔什报上姓名。

警察们小心地围在他四周。"有体味,"一名警察说,"但头发浓密光洁。张嘴。"

沃尔什张开嘴。

"牙齿白皙清洁。但是——"警察用力闻了下，"有轻微的口臭……是因为肠胃不适吗？我不太确定。他算是自然主义者还是不算？"

"他不是纯粹主义者，"警官说，"纯粹主义者是不可能有体味的。所以，他一定是自然主义者。"

吉米挤到前排，"这个人，"他解释说，"只是个随波逐流的人。他不是任何党派成员。"

"你认识他吗？"

"他是——跟我有血缘关系。"吉米承认。

警察听信了他的话，"他虽然同自然主义者厮混，但还没有完全堕落进去？"

"他是骑墙派，"吉米同意，"一个准自然主义者。他还有救。这不应该属于犯罪范畴。"

"那就需要强制纠正，"警官宣布道，"好了，沃尔什。"他对沃尔什说，"带上你的东西，跟我们走一趟。修正案针对你这类人设立了强制清洁条款，我们不要浪费时间了。"

沃尔什照着警官的下巴来了一拳。

警官被打蒙了，两臂乱摆，一脸的难以置信。警察们歇斯底里地拔出手枪，哆哆嗦嗦地满屋举枪瞄准，尖叫着碰撞在一起。贝蒂开始疯狂尖叫。吉米也在尖叫，但他的小细嗓门被其他喧嚣声吞没了。

沃尔什抓起一盏台灯，猛砸在一名警察头上。房子里的灯光闪了几下,然后全灭了。房间一团漆黑,人们拼命尖叫。沃尔什撞到一个人,他用膝盖猛顶对方,那人惨叫一声倒地。有一会儿,他也在混乱中迷失了方向,但随后他的手指就摸到了房门。他把门轻轻扯开,冲进了公用走廊。

沃尔什到达下行电梯时,一个人影跟在他后面冲了过来。"**为什么?**"吉米在他身后不高兴地哭喊道,"我明明已经都安排好了——你根本就没有什么好担心的!"

电梯向地面迅速降落,那尖细、刺耳的声音也随之远去了。在沃尔什后面,警察们缩头缩脑地进入底层大厅,靴子踏地的脚步声在他身后沉闷地回响。

他看了下手表,他有十五分钟到二十分钟时间,然后就会被抓。这是免不了的。他深吸一口气,踏出电梯,尽可能平静地步入黑暗无人的商业区走廊,走在黑漆漆的店面中间。

沃尔什进入等待室时,查利处于开启状态,已经有两个人在等,还有一个人正在进行咨询。但一看到沃尔什脸上的表情,机器人马上就招呼他直接进去。

"怎么了,唐?"它严肃地问,指着一张椅子,"坐下来告诉我你在想什么。"

沃尔什讲述了一切。

等他讲完,分析师身体后仰,发出了一声低到几近无声的口哨,"这可是重罪,唐。他们会因此冷冻你,这是新修正案规定的。"

"我知道。"沃尔什点头，他内心平静无波。多少年来，他心里不断激荡着感情和思想的旋涡，像现在这样从他心里清除，还是头一次。他现在只觉得有点儿累，仅此而已。

机器人摇摇头，"好了，唐，你现在终于不再骑墙。这至少也算一点儿进步，你终于有所行动了。"它若有所思地把手伸进上层抽屉里，拿出一个便签，"警察的囚车到了没有？"

"我进入等待室的时候听见了警笛声，应该就在路上。"

机器人的金属手指不停地敲击着宽大的红木桌面，"你突然从抑制状态释放自己的那一刻标志着你心理上的成熟。你内心已经不再犹豫不决了，是吗？"

"是的。"沃尔什说。

"好的，那么，这件事迟早都会发生。虽然我很遗憾是以这样的方式到来。"

"我不觉得，"沃尔什说，"其实这是唯一可能的方式。我现在很清楚这一点。犹豫不决未必是一种消极的事，只是未曾在一切口号、有组织的党派、信念中找到一种可以为之而死的信仰罢了。我本以为自己是个没有信仰的人……现在我终于意识到我有一个非常强烈的信仰了。"

机器人没有在听。它在便签上草草写了些什么，签了名，然后熟练地扯下那张纸。"拿去。"它迅速把那张纸递给沃尔什。

"这是什么？"沃尔什问。

"我不想有任何事情干扰你的治疗。你现在终于开窍了——我们还想继续这个疗程。"机器人迅速站了起来,"祝你好运,唐。把这个纸条给警察看,如果他们还想找你麻烦,你就让他们来找我。"

纸条是联邦心理医师协会的保证书。沃尔什呆呆地接过来,"你是说,这个能让我摆脱困境?"

"之前都是你被迫的行为,你不应该担责。当然,他们还是会对你做一番象征性的检验,但不用担心,"机器人和蔼地拍拍他的肩,"之前是你最后一次异常神经反射……现在你正常了。那些行为都是心理压力积聚导致的,严格说来,是生命力的一种象征——并没有任何政治意义。"

"我明白了。"沃尔什说。

机器人态度坚决地把他推向出口,"现在从那里出去,把我的纸条儿拿给他们看。"机器人胸前弹出一个金属匣,"每晚睡前吃一粒这种胶囊。不是什么不得了的,这只是一种有助于平复神经的镇静剂。一切都会好起来的,我等着你早日再来。还有,记住这一句:我们一定会取得实质性的进展的。"

沃尔什不知不觉又回到了外面黑暗的夜色里。一辆警用囚车停在小区入口处,在死气沉沉的天空下,那个黑色的轮廓像一个巨大的不祥之兆。一群好奇的人躲在安全距离之外遥遥相望,想要搞清楚发生了什么。

沃尔什心不在焉地把那瓶药放进上衣口袋。他站了一会儿,呼吸着夜间冰冷的空气,感受着黑暗的夜晚中特有的清凉气息。在他头顶,几颗明亮苍白的星星在遥远的天穹中闪烁着。

"嘿!"一名警察大声说道,他惊疑不定地用手电照着沃尔什的脸,"你过来一下。"

"看上去就是他,"另一名警察说,"继续确认,伙计,动作麻利些。"

沃尔什取出查利给他的保证书,"我就来。"他回答道。他一边走向警察,一边把那张纸仔细地撕成碎片,丢进夜风里。风吹起碎纸屑,将它们带向四面八方。

"你他妈的刚刚做了什么?"一名警察问。

"没什么。"沃尔什回答道,"我不过是丢了几片废纸而已。只是些我再也用不上的东西。"

"这可真是个奇怪的家伙,"当他们用冷冻枪把沃尔什冰冻住的时候,一名警察咕哝说道,"他让我浑身起鸡皮疙瘩。"

"真高兴没有碰到更多这样的家伙,"另一名警察说,"除了几个像他这样的家伙之外,所有的一切都还算顺利。"

沃尔什动弹不得的身体被丢进囚车,车门重重地关闭。废料处理机马上开始工作,消化了他的身体,然后降解成基本矿物元素。片刻之后,囚车再度出发,去完成它的下一项任务。

调整失误

　　理查兹下班回家后总会顺便去做一件秘密的例行活动,这个连续的活动带给他的满足感甚至超过了他在商业局一天工作十小时的总和。他把公事包丢在一把椅子上,卷起衣袖,抓起一个装满液体肥料的喷壶,踢开后门。夕阳清冷的余晖洒在他身上,伴他一路小心翼翼地穿过潮湿的黑土地到达花园中央。他的心在兴奋地狂跳:今天它怎么样呢?

　　很好,每天都在长大。

　　他给它浇水,摘掉几片老叶,松土,拔掉一棵侵入周边的野草,再随意地洒点肥料,然后退开来观察它。再也没有什么能比创造性的劳动更让他感到满足的了。工作时间,他是个高薪齿轮,运转在近行星经济系统里。他的工作是处理语言信号,整天和其他人的语言信号在一起。而在这里,他却可以直接与现实互动。

理查兹蹲下来，观察自己的成果。那是一道迷人的风景，几乎成熟，几乎完全长成。他探身向前，小心地触摸它坚实的表面。

在渐渐变暗的天光下，那台高速运输机器发出淡淡微光。它的窗户已经成形；锥形外壳上已经有了四块苍白色的方框；控制泡刚开始从底盘中央长出；喷气尾翼已经成形并且完备。只有登陆舱和应急锁还没有长出来，但应该也用不了太长时间。

理查兹的满意程度升到顶峰。毫无疑问，这台交通工具已经近乎成熟。他现在可以随便选择一天把它摘下……然后就可以驾驶它到处飞翔。

九点的时候，等待室里就已经坐满了人，到处是香烟味；现在已经三点半了，大厅里几乎全空。来访者一个接一个地放弃，然后离开。被包围在丢弃的磁带、满到冒尖的烟灰缸、空椅子之中的那个桌子形状的机器人一直勤勉地恪尽它的职责——将来访者一个个劝退。但在房间一角还有一名年轻女子仍在等待，她的身体坐得笔直，小手紧紧抓住手袋，只有她还没有被机器桌支走。

那桌子又尝试了一次。现在时间已经接近下午四点了，埃格顿很快就要离开。没想到居然有人类会这样不理智，一定要等一个马上就要戴上帽子、穿上外衣回家的男人，这简直和机器桌敏感又理智的算法神经相违背，让它异常痛苦。那个女孩从早上九点开始就一直坐在那儿，瞪着一双大眼睛，目不斜视，既不抽烟，也不查看磁带，就在那里干坐着，静静地等。

"听着,女士。"桌子大声说,"埃格顿先生今天没打算见任何人。"

那女孩微微一笑,"我只要一分钟而已。"

桌子叹了口气,"您可真固执。您想干什么?有您这样敬业的员工,贵公司一定前途远大——但我说过了,埃格顿先生从来不买任何东西。他能有今天的地位,就是因为他会把你们这样的人拒之门外。我估计您是以为凭借自己的身材就能拿到大订单吧,"桌子贱兮兮地补充说,"像您这样一个好好的女孩子,您应该为穿成这样感到羞耻。"

"他会见我的。"那女孩轻声回答。

桌子用它的电子扫描仪迅速查看内存表格,搜索"见"这个字的双关义。"是啊,我觉得您穿成这样的确是能被见到。"它刚说完,这时通往内部办公室的门打开,约翰·埃格顿出现了。

"你可以自行关闭了。"他对机器桌下达指令说,"我现在就回家。你明早十点自动启动。我明天会晚点儿来。工业联盟集团要在匹兹堡召开政策层面会议,趁大家都在,我有话要对他们说。"

那女孩站起来。约翰·埃格顿是个身高体壮、肩膀像大猩猩一样壮实的男人,毛发浓密且蓬乱。他穿着敞开的夹克外套,上面有些食物残留的印记,衣袖卷起。他两眼深陷,黑黑的瞳孔闪烁着工业家的狡猾。女孩向他接近时,他警觉地打量着对方。

"埃格顿先生,"她说,"您能否抽出一点儿时间?我有事想跟您谈谈。"

"我不会购买任何东西,也不用雇人。"埃格顿的声音因为疲惫显得有点粗哑,"年轻的女士,请回去转告您的雇主,要是他们想展示给我什么东西,请派一位有经验的代理人来,而不是一个孩子,刚刚毕⋯⋯"

埃格顿眼睛近视。女孩到了他面前时,他才看清对方手指间夹着的那张卡片。对一个像他那样大块头的男人来说,埃格顿当时的行动可谓相当敏捷:他一个箭步冲过去撞开那个女孩,绕过机器桌,消失在办公室的一道侧门里。女孩的手袋叮当响着掉在地上,里面的东西摔得七零八落。她在那些物品和门之间犹豫了一瞬间,然后恼怒地嘘了一声,从办公室冲向了外面的大堂。通往楼顶的特快电梯亮起红灯,它已经上到第五十层,正在前往楼顶的私人领域。

"该死。"女孩说。她回转身重新进入办公室,心里特别烦躁。

那桌子已经开始回过神来。"你为什么不早告诉我你是免疫者?"它质问道。机器桌越想火气越大——那是职能部门人员那种义愤,"我明明给过了 s045 格式的表格要你填写,其中第六行明确要求你写明自己的职业信息。你——**欺骗**了我!"

那女孩理都不理那个桌子,跪下来收拾她掉落的物品。手枪、磁力铐、脖式麦克风、口红、钥匙、镜子、零钱、手绢,还有打算交给约翰·埃格顿的"二十四小时报检通知"⋯⋯她回到免疫局之后,肯定会被痛批。埃格顿甚至还设法避过了语音确认:录音磁带的线圈在手袋掉下来时摔坏了,现在已经失效,里面一片空白。

"你家老板很精明,"她气急败坏地对机器桌说,"我在这间臭烘烘的房子里跟一群推销员坐了一整天却一无所获。"

"我就说你怎么那么固执，"机器桌说，"我从来没见过这么固执的女推销员。我早该料到事情不对劲。你差一点就抓到他了。"

"我们还是会抓到他的，"那女孩离开办公室的途中说，"明天他来的时候，请这样转告他。"

"他不会来的。"桌子回答道。不过它这句话是说给自己听的，因为那女人已经走了。"他绝对不可能回来，至少现在不会。有你们免疫局的人在周围潜伏期间都不会。一个人自己的性命总是要比他的生意更重要，哪怕是这么大笔的生意。"

女孩走进一间公用视频电话亭，拨通了免疫局的电话。"他逃了，"她对自己的直属上司——那个面孔铁青的老女人说，"他没有碰过那张传唤卡。我想我应该是个很烂的服务者。"

"那他有没有看到那张卡片？"

"当然。所以他才突然跑了。"

老女人在一张便条纸上草草写上了几行字，"技术上讲，我们算是检测出了他。我会让我们的律师跟他的委托人死磕；而我则继续执行二十四小时报检通知的下一步程序，就当他已经接受了通知。如果之前他只是有很高警惕性的话，现在他将会是完全无法接近了；我们永远也不会比今天更近距离地接触到他。你搞砸这么重要的任务真是糟糕……"那女人做了决断，"给他家里打电话，向他的私人助理通报他拒绝'二十四小时报检通知'的法律罪责。明天早上我们就会通过正规新闻机器将通缉令发布出去。"

多丽丝挂断电话，把手按到屏幕上消除残影，然后拨通了埃格顿的私人号码。她对接线员念诵了正式通知，声明埃格顿将成为任何近行星居民都可以随意抓捕的合法目标。那名接线员——也是机器人——尽职尽责地记下了这条通知，就像对待多少码布料的订单一样。不知为何，机器人的冷静让她感到前所未有的泄气。她离开电话亭，心情黯然地沿着下行坡道走向了一个鸡尾酒吧，她将在那儿等待她的丈夫。

约翰·埃格顿长得完全不像念力异能者。多丽丝脑子里对这类人的固定印象，是身材矮小、脸色苍白的青少年，内向，苦闷，他们通常远离繁华的城区，藏身于偏僻的小镇或者农场中。埃格顿却是个商界名人……但是当然，这并不会影响他在随机检查网络中被抽到的概率。她一边小口喝着汤姆·柯林斯酒，一边试着思考到底是什么样的原因，能让约翰·埃格顿将他最早收到的那份报检通知无视掉，接下来被他无视掉的是对他的警告——罚金以及可能面临的监禁——然后是这个，他的最后通牒。

埃格顿真的是念力异能者吗？

吧台后面的暗色镜子中映照出她轻轻晃动的脸，让人想到半明半暗的光圈、星云状的妖魅影子，还有笼罩在内行星系统的昏暗的雾气。她在镜子里的形象完全符合人们对年轻的念力异能女子的想象：眼睛是重叠的黑色圈圈，睫毛湿润，潮湿的头发杂乱地包围住细瘦的肩膀，锥形的手指异常尖利。但这只是镜像，世上并没有女性异能者——至少在官方报告中还**没有**。

她的丈夫悄悄来到了她身后。他把外套丢在一个凳子上，然后坐下来。"你的事情顺利吗?"哈维语带怜惜地问。

多丽丝吓了一跳，"你吓到我了!"

哈维点燃一支香烟，招来了酒保。"波本威士忌，加水。"他温和地转头看向妻子，"开心点儿——世上还会有其他变种人可以给你追踪的。"他把下午新闻机上的磁带卷丢给她，"你很可能已经知道了，你们在旧金山的分部一口气抓了四个。他们中的每一个都非常特殊，其中有个家伙有一种特别可爱的小天赋，能加快自己不喜欢的人的代谢速度。"

多丽丝心不在焉地点点头，"我们从局里的备忘录里都听到过了。还有一个家伙能穿过墙壁，却不会穿透地板掉到楼下去。还有一个人能用意念移动石头。"

"埃格顿跑了?"

"快得像一道闪电——我以为那么大块头的男人不可能会有那么快的反应速度。但或许，他根本就不是人类。"她摆弄着手指间的高脚杯，"免疫局会向公众发布二十四小时追捕通缉令。我已经给他家里打过电话……这样一来，他的私人助理就可以有先下手的优势了。"

"这是他们应得的。毕竟，他们一直都在为他工作，他们本就应该优先享受赏金。"哈维试着开了个玩笑，但他的妻子并不捧场，"你觉得，像他那样的大人物能躲到哪儿去?"

多丽丝耸耸肩。这对已经隐藏起来的人来说只是个简单的问题：他们利用越来越偏离常规的行为和人群渐行渐远。有一些人并没有意识到自己与生俱来的与众不同，直到他们偶然被激发出异能……这就是那些所谓的**不自知**异能者。迫于他们的存在，才有了随机抽检制度的产生，也才有了该制度中由女性组成的免疫局。多丽丝心里掠过一个奇怪的想法：有些人可能并不是异能者，但却相信自己是——每时每刻都处于神经过敏一样的恐慌之中，认为自己与众不同，是另类，而实际上却是个彻头彻尾的正常人。埃格顿尽管在工业界拥有巨大影响和实力，却也可能只是个普通人，一直被自己是异能者的想法啃咬内心，整日活在恐惧之中。以前有过这种例子……或许也有些真正的异能者还在无忧无虑地满世界游荡，丝毫没有意识到自己的怪异之处。

"我们需要一种万无一失的测试方法，"多丽丝自言自语道，"某些可以让人自行检测的东西。这样每一个人都能**确定**。"

"你们不是有吗？在你们的随机网络里抽到他们的时候，难道你们都不能确认吗？"

"抽到他们的时候当然能，但能进到网络里检测的太他妈少了，而异能者被抽到的概率也只是万中之一而已。"她突然推开酒杯，站了起来，"我们回家吧。我现在又累又饿，想上床休息了。"

哈维一面付酒钱，一面抓起外套，"抱歉，亲爱的，我们今晚得去外面吃饭。商业局的一个同事，叫作杰伊·理查兹，中午吃饭的时候他跟我说的……事实上，你也被算上了。我们都被邀请去庆祝一件什么事儿。"

"庆祝什么?"多丽丝气愤地追问道,"什么东西一定得要我俩一起去庆祝?"

"他保密。"哈维一边回答,一边推开了那扇宽阔的临街大门,"他想在晚宴之后给我们一个平地惊雷。开心点儿——来一个晚间娱乐活动或许也不错呢。"

埃格顿没有直接飞回家。他漫无目的地高速盘旋在纽约边缘的住宅区高空,脑子里最初的恐惧退散之后,接下来就是一阵阵的怒火。他的第一反应就是飞向自己的田产和房产,但因为害怕遇到更多免疫局的雇员而打消了念头。就在他犹豫不决的时候,脖子上的脖式麦克风转接过来了免疫局的电话。

他很幸运。那女孩把二十四小时追捕通缉令通知给了他的一名机器人助理,而机器人对赏金并无兴趣。

他在匹兹堡工业区随便选了一处屋顶停机坪降落下来。再一次走运,没有人看到他。他进入下行电梯时浑身发抖,电梯开始向街道层下降。电梯里人数众多,有一名面无表情的文员、两位老妇人、一个一脸严肃的年轻男子,还有某位小官僚的美貌千金。这帮人看似人畜无害,但他并不傻。等到二十四小时的期限一过,这些人中的每一个,无一例外,都会渴望找到他的藏身之处。而他却不能怪他们:一千万美元,的确不是个小数目。

理论上来说,他还有一天的缓冲时间,但最后通牒的保密性奇差。毫无疑问，多数大人物都已经知道了它。埃格顿可以去找某个老朋友，他将被奉上美酒佳肴盛情款待，还能得到一个在木卫三上的、装有很多食物的小木屋作为藏身处——最后还会被人在眉心点上一枪，只要一天的时间一过。

他自己的工业联合企业里当然也有些偏远位置的资产，但那些都会被系统性地彻底搜查。他名下还有各种控股公司和挂名公司，但如果免疫局认为有必要，也会把这些全都查得一清二楚。直觉告诉他，他可能会成为整个内行星世界的实物教材，被免疫局操纵和利用。这种感觉让他几乎要发狂。那女性免疫者总是让他想起被自己深深埋葬的、从幼年时期以来经历的复杂往事；而她们的母系制度文化也让他极其反感。为了不被抓到，埃格顿必须放弃将集团作为基础轴心：现在他才终于意识到，或许自己在随机检测系统中的番号并不是完全随机的。

高明——为工业联盟集团的领导者们编制连续的身份识别番号，时不时将其投入检查网络中循环检测，然后一个一个把他们消灭掉。

他到达地面层时站在原地犹豫不决，城市中的车流喧嚣着在他身边驶过。假如工业联盟集团的领导者们简单地配合检查呢？配合第一轮报检通知，仅仅意味着接受一次例行公事的意念探测，执行者是受保护的变种人兵团，尽管被社会制裁，但这些拥有心灵感应能力的变种人因为他们能够被用来对抗其他异能者而被免疫局接纳。不管被拉过来检测是随机的还是有意的，受害者只能简单地同意这次探测,将自己的想法赤裸裸地袒露在免疫局面前,让战斧一样的探测意念在自己的意识中张牙舞爪,之后就可以回到自己的办公室,排除了嫌疑,安全便有了保障。但是这种情况只基于一个前提:这位工业巨头能够通过测试,他的确不是异能者。

埃格顿面色阴沉,前额满是汗水。他难道不是用特别隐晦的方式,断定自己**就是**异能者吗? 不,这不重要。重要的是一种原则:免疫局要探测控制着内行星系统支柱产业的六个工业联盟集团的巨头,这在道义上根本站不住脚。在这一点上,所有的工业联盟集团领导人都赞同他的立场……攻击埃格顿就是攻击整个工业联盟集团。

他急切地祈祷那些人**真的会**这样想。他拦下一辆机器人出租车,下令说:"去工业联盟集团大厦。如果有人想要拦住你,给他五十美元让他放行。"

巨大到能产生回声的厅堂,在他到来时黑暗又阴郁。会议预定在几天后才会召开。埃格顿漫无目的地在成排的座位间沿着过道漫步,那些座位在会议时将被来自多个工业区的技术人员和管理人员坐满;接着他经过用钢铁和塑料做成的长椅,那是领导人专座区;最后他朝着空空的演讲台走去。当他茫然地停在那片大理石台前时,眼前只有几点昏暗的微光。他猛然意识到自己的处境有多么无助:站在这座空空的大厅里,他瞬间领悟到自己这一番动作下来,已经成为一个彻头彻尾的被放逐者。无论他怎么尖叫哭喊,都不会有人出现在他身边。他不能召唤任何人、任何物。免疫局是近行星系统的合法官方机构。与之作对就意味着将自己置于整个社会组织的对立面——就算厉害如他，想要战胜整个社会，也是毫无希望。

他慌忙离开那座大厅，在一间昂贵的餐馆落脚，吃了一顿奢侈的晚餐。近乎疯狂地，他吃下了一份稀有进口美食的饕餮盛宴：至少他还可以尽情享受生命的最后二十四小时。他一边吃饭，一边担心地环顾四周的侍者和其他食客。每一张不同的脸上都是同样的淡漠——但很快他们就将从每一台新闻发布机上看到他的番号和照片。一场盛大的追捕即将展开，数以十亿计的猎人追在一只猎物后面。突然，他结束了他的晚餐，看了下表，然后离开了餐厅。时间是下午六点钟。

整整一个小时，他疯狂地在风月场放浪形骸，从一间套房闯入下一间，连闺房里住户的相貌都没看清。他离开后留下了一片混乱——因为他付的金额。接着他离开这狂浪的骚动，走进了街道里呼吸清新的夜风。直到十一点钟，他都在围绕城市居民区的公园里游荡，四面漆黑，只有星光隐隐闪烁，周围还有一些其他游荡的孤影。他的两手惨兮兮地插在口袋里，弯腰驼背，顾影自怜。远处一座城区的钟楼传来报时声，他的二十四小时正在飞逝，却没有人能阻止。

十一点三十分，他停止了漫无目的的游荡，打起全部的精神来分析自己当前的处境。他不得不面对现实：他唯一的机会在工业联盟集团大厦。技术人员和管理人员应该还没有出现，但大多数领导人应该已经到达平时偏爱的生活区了。他的腕上地图显示他现在离大厦有五英里远。他突然感到一阵恐慌,瞬间打定了主意。

他径直飞回大厦,降落在无人的屋顶停机坪,乘电梯下到生活区楼层。不能再拖延了:现在不行动,就再也不会有机会了。

"进来吧,约翰。"汤森和气地邀请他,不过当他听完埃格顿简要地讲述了自己办公室发生的情况后脸色就变了。

"你是说他们已经把最后通牒送达你家了?"劳拉·汤森急忙问道,她之前还在沙发上坐着,刚刚才站起来径直走到门边,"那就晚了呀!"

埃格顿把他的外衣丢进衣柜,在一张安乐椅上无力地坐下,"太晚了? 或许……现在想回避通知肯定是太晚了,但我并没打算坐以待毙。"

汤森和其他工业联盟集团的领导人都围在埃格顿身边,脸上混杂着好奇、同情的表情,还能找到一丝幸灾乐祸的痕迹。"你这回可真是惹上大麻烦了。"一位工业领袖说,"如果你在没有收到最后通牒之前找我们商量,或许我们还能想想办法。但这么晚了——"

周围七嘴八舌的吵嚷声在埃格顿听来就跟炸弹一样,他好不容易才熬到声音开始变小,"等一下,"他语调沉重地说,"我们把这个说清楚。我们都在一条船上。今天是我,明天可能就轮到你们。如果我没能顶住当前的——"

"放轻松,"一个细小的咕哝声传来,"让我们理性地解决这件事,或许事情并没有那么严重。"

埃格顿向后靠在椅背上，椅子变形，以适应他疲惫的身体。是的，他很愿意理性地解决当前的危机。

"在我看来，"汤森平静地说，他身子前倾，双手合十，"我们**能不能**对付免疫局根本不算个问题。总的来说，我们是内行星的一套经济系统，要是我们从免疫局抽出支柱，它就会垮。所以真正的问题是：我们到底**想不想**解散免疫局？"

埃格顿用一种嘶哑而又野蛮的声音说："上帝啊，不是它死，就是我们死！你们难道看不到他们正在利用检查网络和检测制度来对付我们吗？"

汤森扫了他一眼，然后继续对其他领袖们晓之以利，"也许我们都忘记了些什么。最早是**我们**建立了免疫局；换句话说，是我们工业联盟集团的前辈们建立了这一整套安全体系，包括设立随机抽检机制、驯化心灵感应者加以利用、最后通牒和有奖猎杀。**免疫局是为了保护我们而存在的**。否则念力异能者就将像野草一样疯长，最终让我们所有人窒息。理所应当，我们必须保持对免疫局的控制……它只能是我们的工具。"

"是的，"另一名领袖表示同意，"我们不能让它悖逆我们，在这一点上埃格顿非常正确。"

"我们可以假定，"汤森继续说，"始终都需要有这样一个机制去发现异能者。如果免疫局解散，就要新设一个机构来顶替它。现在我可以这样跟你说，约翰，"他若有所思地看着埃格顿，"如果你能想到一个替代方案，那我们可能会有兴趣听。但如果没有，免疫局就将继续存在。自从2045年出现第一例异能者以来,只有妇女群体显示出了免疫力。不管我们设立怎样的机构,都不得不在由女性组成的政策委员会之下运行……那它不过就是从头再来的免疫局罢了。"

场面一片寂静。

埃格顿内心的希望之火变得黯淡起来,"你们不是都同意免疫局在悖逆我们吗?"他哑着嗓子追问,"是吧,我们必须保护自己。"他徒劳地朝着整个房间里的人看去,而领导人们一个个看起来都跟石头一样冷酷。劳拉·汤森安静地向半满的杯子里倒咖啡,她也不说话,只是向埃格顿投来同情的一瞥,然后转身到了厨房。埃格顿周围又是一片冷漠的寂静,他颓然地坐回椅子里,然后就听到汤森继续啰唆。

"我很遗憾你在自己的番号出事后没有通知我们,"汤森说,"第一次收到报检通知时,或许我们还可以做点儿什么,但现在来不及了。除非我们打算就此彻底翻脸——而我不认为大家已经对此做好了准备。"他将手指威严地指向埃格顿,"知道吗,约翰?我觉得你根本不知道异能者是一种怎样的个体。你很可能把他们当成疯子而已,认为他们只不过是一种活在幻想里的人。"

"我很清楚他们是些什么人。"埃格顿生硬地回答道,但却忍不住反问了一句,"难道他们**不是**活在幻想中的人吗?"

"他们是那些能把自己的幻想体系带入现实时空中实体化的疯子。他们能把自己周围一片有限的区域扭曲成幻想中的样子——

明白吗？**那些异能者能让狂想成真**。所以在一定程度上，那并不是一种狂想……除非你能躲它足够远，远到能把它扭曲的空间和正常世界做比较。但异能者自身又怎么可能做到这一点呢？他不可能有客观的参照标准，因为他无法远离自身：不管他去到哪里，扭曲的时空就会跟到哪里。真正危险的异能者，是那些认为每个人都能用意念移动石头、能变形为动物或能合成基础矿物质的人。如果我们让一名异能者逃脱，我们任由他长大、生儿育女、拥有家庭、拥有妻子和孩子，我们就会让这些异能传承下去并且传播开来……那就会形成一个族群的信仰……然后成为一个新的社会。

"任何一名异能者都可以用自己的异能建立一个异能者的小社会。最大的危险就在于：最终我们这些不拥有异常能力的人反而会成为少数……我们原本合乎理智的世界观，反而会被看作另类。"

埃格顿舔舔嘴唇。他不想自己发出干涩又无精打采的声音——汤森说的话让他感觉到一股不祥的死亡预感，让他冷彻心扉。"换言之，"他喃喃说道，"你们并不打算帮我。"

"没错，"汤森说，"但原因并不是我们不**想**帮你。我们感觉免疫局并没有你想象的那么危险。我们认为异能者才是真正的心腹大患。如果你能找出不必依靠免疫局就能发现异能者的办法，我们就会站到你的一边——但在此之前没得商量。"他靠近埃格顿，伸出瘦得骨节分明的手指拍拍他的肩，"如果那些女人不把这些隐患彻底清除，我们就一点儿机会都没有。我们已经算幸运了……情况本来会比现在糟糕很多。"

埃格顿缓缓站起来。

"晚安。"

汤森也站起来,空气中弥漫着紧张和尴尬。"不过,"汤森说,"我们可以解除他们这次强加在你身上的追捕猎杀游戏。现在还有时间,面向公众的通告还没有发布,目前没有。"

"我该怎么做?"埃格顿绝望地问。

"你有那份二十四小时报检通知的副本吗?"

"没有!"埃格顿的声音歇斯底里,"我在那女孩把它交给我之前就逃离了办公室!"

汤森思索了一番,"那你知道她是谁吗?你知道哪儿能找到她吗?"

"不知道。"

"那就去问。找到她,接受那份通知,然后投案自首,争取免疫局的宽大处理。"

埃格顿一脸呆滞地摊开双手,"但这就意味着我的后半生都要和它绑在一起。"

"但你会活下去。"汤森温和地说,声音不带任何情绪。

劳拉·汤森给埃格顿带来了热气腾腾的黑咖啡。"要奶油和糖吗?"一直等到埃格顿终于注意到她的存在,她才柔声询问,"还是都加?约翰,你走之前一定得喝点儿热饮,回去可是一段很长的路。"

那个女孩的名字叫多丽丝·索雷尔。她住的公寓登记在丈夫哈维·索雷尔名下。没有人在家。埃格顿把门锁碳化掉,然后闯进去搜索了全部的四个小房间。他翻遍了梳妆台和抽屉,把衣物和个人日常用品一件件搬出来,然后又有条不紊地搜索了整个衣柜和碗橱,终于在写字台旁边的废物槽里找到了要找的东西:一张尚未拉出去焚化的便条,它被揉成一团后丢弃在废物槽里。上面有一个简单摘记下来的姓名:杰伊·理查兹,还有时间地点,以及一句附言:"假如多丽丝没有特别累的话"。埃格顿把便条放进上衣口袋,然后离开了那套公寓。

他找到这帮人的时候,时间已经是凌晨三点半。他停在一座低矮的商业局建筑的顶层,然后坐电梯下到居住层。从北区传来喧嚷声,灯光还亮着:派对还在进行。埃格顿无声祈祷着,抬手到门上,按下身份鉴别机。

开门的是一个帅气的男人,灰色头发,三十几快四十岁的样子,身材壮实。他一手拿着酒杯,茫然地看看埃格顿,因为疲劳和酒精过量,他的视线有些模糊。"我不记得邀请过——"他还没说完,埃格顿就已经挤过他身边,进入了那套公寓。

现场有很多人。或坐或站,低语声和低笑声不时响起。视野中满是美酒、松软的沙发、浓重的香水味、华美的礼服、不断变化色彩的墙面。机器人递送开胃小吃,角落黑暗的小屋里传来女士们柔和却又有些突兀的娇笑……埃格顿脱下外套,看似漫无目的地绕着场内走着。她应该就在某处。他一个接一个快速浏览着周围的面庞,快到只看到些掠影,一双双半开半合的眼和一张张正在说话的嘴。

突然,他离开了客厅,进入一间卧室。

多丽丝·索雷尔站在一扇窗前,默默无声地看外面城市的灯火。她背对埃格顿,一只手扶着窗台。"哦,"她微微转过身来,"这么快?"这时才看清来者是谁。

"我想要那个,"埃格顿说,"那份二十四小时报检通知。我愿意接受,请马上给我。"

"你吓到我了。"她哆嗦着离开那扇宽大的窗户,"你——来了多久了?"

"我刚到。"

"但是——**为什么**? 你真是个怪人,埃格顿先生。你让人猜不透。"她紧张地笑起来,"我完全无法理解你的想法。"

从黑暗处显现出一个男人的轮廓,走到门口时逐渐清晰。"亲爱的,你的马提尼来了。"那人发现了埃格顿,脸上的表情一半是茫然,一半是愤怒,"请走开,伙计。你不在受邀之列。"

多丽丝哆嗦着握住来人的手臂,"哈维,这位就是我今天试图服务的人。埃格顿先生,这位是我丈夫。"

两人面若冰霜地握了手。"东西在哪儿?"埃格顿毫不拖泥带水地问,"你带在身边吗?"

"是的,它就在我手袋里。"多丽丝走开去,"我去拿。你可以跟我一起去拿,如果你想的话。"她渐渐冷静了下来,"我想我应该是把手袋放在了附近的什么地方。哈维,我那该死的手袋在哪儿?"她在黑暗中依靠手袋上微微反射的光芒找到了那个小东西,"哦,它果然在这儿，就在床上。"

她站在一旁，点燃一支香烟，看着埃格顿仔细查看那张二十四小时报检通知。"你怎么又回来了？"她问。为了参加晚会，她换上了一件齐膝的丝质长裙，铜手环，凉鞋，头上别了一朵明艳的花朵。现在那花儿已经悲惨地枯萎；她的衬衣也皱皱巴巴，纽扣也打开了，而且她看上去疲惫得要死。她靠在卧室墙上，唇间叼着香烟，说："我不明白你现在这样做还有什么意义。再过半小时，针对你的公开通缉令就将发布——你的私人助理已经提前得到了通知。上帝啊，我真是筋疲力尽了。"她不耐烦地四下环顾，看向她的丈夫，"我们离开这儿吧。"丈夫走过来时，她对他说，"我明天还得去上班。"

"我们还没有看到惊喜。"哈维·索雷尔不开心地回答道。

"让惊喜见鬼去吧！"多丽丝从衣柜里扯过自己的外套，"为什么一定要搞得这么神秘兮兮？我的上帝，我们到这已经五个小时，那家伙**还**不肯说。就算他完善了时空旅行的方法或者能化圆为方，我都没有兴趣了。去他妈的，搞这么晚。"

正当她使劲挤过拥挤的客厅时，埃格顿加快脚步赶上她。"听我说，"他喘着气，扳住她肩膀急匆匆地讲下去，"汤森说，如果我回来投案自首就能争取免疫局的宽大处理。他说——"

那女孩甩开了他，"是的，当然，这是法律规定的。"她生气地回头瞪自己丈夫，他已经落到了后面，"你到底走不走？"

"我马上就来。"哈维回答道，充血的双眼透着不满，"但我总要跟理查兹道个别。你也应该告诉他，是**你**执意要走的。我不会装作提前退场是我的主意。如果你不肯注重社交礼仪,那至少也应该向晚会主人道个别吧……"

那个曾给埃格顿开门的灰发男子离开一伙来客,微笑着靠近过来,"哈维!多丽丝!你们要走了吗?但你们还没看过我的惊喜。"他的大脸上全是失望,"你们**不能**离开。"

多丽丝想要开口表示自己他妈的当然可以离开。"这样的,"哈维急忙插进来打圆场,"你能不能现在就让我们看一眼?好了,杰伊,我们已经等得够久了。"

理查兹有些犹豫。更多人正在疲惫地起身围拢过来。"好了,"好多人在请求,"别再继续卖关子了。"

理查兹继续犹豫一会儿之后,终于做出了让步。"好吧。"他同意,也知道自己已经拖延了够久。在这群疲惫又百无聊赖的宾客中间,渐渐有一点儿好奇心复苏的迹象。理查兹夸张地抬起双臂,他还想要继续榨取宾客们更多的好奇心,"时候到了,诸位!请跟我来,惊喜就在后院。"

"我一直在猜东西在哪儿。"哈维说着,跟在主人后面,"来吧,多丽丝。"他抓住妻子的胳膊,拖着她跟自己走。其他人拥挤着跟在后面,穿过餐厅、厨房,来到后院门口。

夜里寒气袭人。冷冽的寒风吹向他们,人们哆嗦着,磕磕绊绊走下昏黑的台阶,进入极冷的黑暗里。约翰·埃格顿感觉到一个小小的身躯撞到自己,是多丽丝气愤地甩开了她的丈夫。埃格顿小心地跟在她后面。她很快穿过拥挤的人群,沿着水泥小道走到了围绕着院子的围栏旁边。"等等。"埃格顿喘息着说，"听我说。之后免疫局就要逮捕我吗？"他无法掩饰自己语调中的那种请求意味，"我能指望这种投案自首的做法吗？通缉令是不是就能避免了？"

多丽丝疲惫地叹口气，"对的。行，要是你愿意，我就把你带回免疫局，让你的文件进入下一步处理程序。不然，它会在那里等上一个月。我想，你也知道这将意味着什么。你寿命的剩余部分都要服从免疫局管理。我想你也已经了解了这些。对吧？"

"我知道。"

"你真想要这样吗？"她有些疏离地问他，又忍不住好奇，"像你这样的男人……我以为你会选择其他方式。"

埃格顿痛苦地扭动身体，"汤森说——"他可怜巴巴地开口。

"我想知道的是，"多丽丝打断了他，"你当初为什么没有回应第一次报检通知？如果你能配合……就根本不会沦落到眼下这一步了。"

埃格顿开口想要回答，他正想说出其中牵扯的原则问题、自由社会的概念、个人权益、自由和合法程序、政府公权力的不合理入侵等等，而就在这时，理查兹打开了户外高功率探照灯，他专门为这个场合预先安装了这些设备，他要让所有人一起目睹他了不起的成就。

有一瞬间，人群被震惊到鸦雀无声。然后突然之间，尖叫声响起，所有人纷纷逃离。人们一脸震惊，吓到头晕目眩，他们翻越围栏，撞开院子周围的塑料隔离层，闯进邻家的庭院，然后逃到马路上。

　　理查兹目瞪口呆站在他的杰作旁边,完全懵掉,还没搞清楚状况。在探照灯的强光下,那架高速运输机显得极为精美,它已经完全成形。半小时之前,理查兹还曾带了手电偷偷溜出来看过,然后,他兴奋得发抖,剪断了长出飞船的那根藤条,如今它已经离开了结出它的那根植株,他把它推到庭院边缘,加满燃料箱,拉开舱门,让它做好了起飞前的一切准备。

　　在那株植物上面,还有其他像飞船一样的果实,处于不同的生长阶段。他浇水和施肥都有独到的方法:今年夏天结束之前,这株植物应该能结出一打喷气式飞行器。

　　多丽丝疲惫的脸上流下了眼泪,"你看到了吗?"她伤心地对埃格顿说,"它很美。看看它,看它停在那儿多漂亮。"她痛苦地转开视线,"可怜的杰伊……等他明白过来……"

　　理查兹还站在原地,两腿叉开,呆呆看着空无一人、被踩得七零八落的花园。他看到了埃格顿和多丽丝的身影,过了一会儿,才迟疑着向他们走来。"多丽丝,"他哽咽着问,"**出了什么事?我做错了什么?**"

　　突然之间,他的表情剧变。惊异消失了,首先是狂乱的、毫无掩饰的恐惧,他终于明白了自己是什么,为什么他的宾客会四散奔逃;然后,他脸上出现的是恍然大悟后的疯狂。理查兹笨拙地转身穿过庭院,踉踉跄跄地跑向他的飞船。

　　埃格顿对准他的后脑勺开了一枪。多丽丝开始尖声惨叫的同时,他一盏接一盏打坏了那些探照灯。庭院、理查兹的尸体、闪亮的飞船都被吞没在寒冷的黑暗里。他把那女孩按倒，将她的脸强行贴在花园围墙上生长的、潮湿而又冰冷的藤蔓上。

过了片刻，她才终于平复下来。之前她先是颤抖着躺在被压坏的草皮和藤蔓间，两手互握放在腰间，然后浑身哆嗦着，茫然无措地来回摇摆，直到筋疲力尽。

埃格顿扶她站起来，"这么多年并且没有一个人发现。他在保密—— 一个大秘密。"

"你会安然无恙的，"多丽丝说，她的声音那样低沉微弱，让他几乎听不清，"免疫局会乐于免除你的嫌疑，你制止了他。"她虚弱地颤抖着，在黑暗里瞎子似的寻找自己的手袋和香烟，"要不是你，他本该逃走了。还有那株**植物**。我们该怎么处置它呢？"她找到了香烟，动作粗暴地点燃了一根，"它怎么办？"

他们的眼睛渐渐适应了夜幕。在模糊的星光下，视野中那株植物的轮廓渐渐清晰了起来。"它活不下去的，"埃格顿说，"它是他幻想的一部分。现在，异能者本人已经死了。"

虽然惊魂未定、情绪低落，但其他宾客也开始三三两两返回庭院。哈维·索雷尔从阴暗处跌跌跄跄地爬出来，带着歉意接近他的妻子。远方的某处有警笛声响起，有人打电话通知了机器人警察。"你要跟我们一起走吗？"多丽丝颤声向着埃格顿问道，她指指自己的丈夫，"我们要开车离开，可以顺路将你送到免疫局。你的案子可以解决，会有某种形式的契约，最多会让你在那里待上几年。别的惩罚就没有了。"

埃格顿径直从她面前走过，"不用了，谢谢，"他说，"我现在还有其他事情要做。也许晚些时候会去吧。"

"但是——"

"我觉得我已经得到了自己想要的东西，"埃格顿摸索着找到了后门，进入理查兹那间无人的公寓，"这也是我们一直在找的那个东西。"

他马上用紧急电话的方式拨了一个号码，汤森公寓里的信号器在三十秒内就会有铃声响起。睡眼蒙眬的劳拉叫醒了她的丈夫，视频电话两端两个男人的影像刚一出现，埃格顿立马就开始了讲话。

"我们有自己的鉴定标准，"他说，"我们并不需要免疫局。我们可以解除对她们的支持，因为我们其实并不需要她们来为我们监控。"

"什么？"汤森生气地质问道，他还没有完全从睡梦中清醒，"你到底在讲些什么？"

埃格顿重复了刚才的话，尽可能地用自然平和的语气。

"那么**将来**谁监控我们呢？"汤森咆哮起来，"你他妈的什么意思？"

"我们可以互相监控，"埃格顿耐心地继续说，"没有人能逃出监控范围，因为每个人都可以将自己作为他人的鉴定标准。理查兹不可能客观地评定自己，但我可以——**尽管我并没有免疫力**。我们不需要任何机构凌驾于我们之上，因为我们自己就可以做到这项工作。"

汤森不情愿地考虑了一番。他打个哈欠，用睡袍裹紧身体，两眼惺忪地看了眼手表，"上帝啊，这么晚。也许你说的有点儿道理，也许根本毫无道理。你先跟我说说这个理查兹……他有什么样的异能？"

埃格顿跟他讲了一下，"你看，这么多年……他自己毫无感觉，而我们却当场就能看出来，"埃格顿的声音激动地升高，"我们可以再度自行管理我们的社会了！ 以共识为标准——其实我们一直都有现成的标准，只是没有一个人真正意识到。作为单个的个体时，我们每个人都容易犯错；**但作为一个整体，'自我'是不会错的**。我们需要做的，就是保证随机抽样的检查网络可以覆盖所有人，从现在起我们就必须得加快进度了，让覆盖范围变得更广，检测频率变得更强。只有加速这个过程，才能让我们早晚有一天全部处于检测网络之内。"

"我明白了。"汤森同意。

"我们当然还要保留驯服的心灵感应者。这样我们就能得到所有人的想法和他们潜藏的愿望。但感应者本身不对这些想法进行评价，这事儿得由我们自己来处理。"

汤森困倦地点头，"听起来不错，约翰。"

"这个想法是我刚一看到理查兹的植物就想到了的。真的是一瞬间——我非常确定这一点。怎么会出现理查兹这样的漏网之鱼呢？ 像他那样的幻想体系明显就不符合我们的世界。"埃格顿伸手用力拍打面前的桌子，一本属于杰伊·理查兹的书滑落，无声地跌在厚实的地板上，"你懂吗？ 异能者的世界和我们正常人之间的世界

562

有着本质性的不同。我们要做的，就是把异能现象揭发出来，当我们能看到它的时候。那样我们就能将它和现实进行比较了。"

汤森沉默了一会儿。"好吧，"他终于说，"你过来一下。要是你能说服工业联盟集团里的其他人，我们就采取行动。"他做出了自己的决定，"我会叫他们起床，都聚到我这儿来。"

"好的，"埃格顿快速把手伸向结束通话按钮，"我会尽快赶去。还有，谢谢你。"

他快步离开那间洒落了一地的垃圾和酒瓶的公寓，没有了欢庆的来宾，现在这里一片凄清。在后院，警察已经开始到处侦察，检查那株依靠杰伊·理查兹的幻象天赋而存活的植物。它就快死了，很快就将变成一段短暂的记忆。

夜晚的空气凉爽清新，埃格顿从上行电梯里走出来，进入商业局楼顶。几个人说话的声音从下面传来，而房顶上则空无一人。他扣紧厚外套的纽扣，张开双臂，从房顶腾空而起。他增加着高度和速度，不一会儿，他就已经在飞向匹兹堡的路上。

他在夜里安静地飞行，干净清新的空气盈满他的肺腑。满足感和逐渐增加的兴奋感充斥着他的内心：他一眼就发现了理查兹不对劲——这有何难？他怎么可能会看不出来？能在后院的植物上种植出飞船的家伙，绝对是疯子。

还是拍拍胳膊就飞上天简单多了。

超能世界

一

他走进那套公寓时，迎面而来的是里面的人群发出的噪声和他们的身形组成的彩色色块。突如其来的喧嚣让他的认知有些混乱。虽然留意着涌入感官的形体、声音、气味和3D影像，但他还是极力想看透表象，抓住端倪。他停在了门口，启用精神力能让他或多或少消除一些模糊的背景干扰；人们毫无意义的疯狂活动被渐渐归置到相对齐整的模式下。

"怎么了？"他的父亲敏感地问。

"这就是我们半小时之前预见到的情景。"八岁的男孩没有回答，他的母亲替他说道，"我真希望你允许我找个超能公会的人来探测一下他。"

"我并不能完全相信公会。而且我们还有十二年的时间可以自行处理这件事，如果到时候我们还没能找到对策——"

"以后再说吧。"她弯下腰，换了副轻快的语调对男孩说，"进去吧，蒂姆。跟大家打个招呼。"

"努力融入人群怎么样？"他的父亲柔声补充道，"至少就今晚，直到晚会结束，好吗？"

蒂姆默默穿过拥挤的客厅，无视周围那些东倒西歪的身影，他身体前倾，径直走向一边。他的父母都没能跟上他的脚步；他俩先是被主人叫住，然后就被一些参加晚会的自然人和超能者围住了。

忙碌间，男孩被忘在了一边。他沿着客厅大致走了一圈，满意地发现这里什么异常也没有，然后他看到旁边有一条走廊。一名机器侍者为他打开了一间卧室的门，他走了进去。

卧室没有人，晚会才刚刚开始。他关上门，任由身后的人影和声响逐渐模糊、淡化。一股细微的女性香水味弥漫在这间优雅的房间里，被来自城市中心管道系统那温暖的、仿地球式的人造空气传播开来。他挺直身体，呼吸着那醉人的香气，花香、果香、香料味儿——还有别的什么气味混在其中。

为了将最后一种气味鉴别出来，他不得不一直走入卧室深处。它就在这间屋子里——酸臭，像坏掉的牛奶——他依靠周围上升的温度计算着。它**肯定**就在这里。

他好奇地打开了一个衣柜。机械选装机试图为他推荐衣物，但被他无视了。衣柜打开之后，气味更加浓烈。如果"那个"没躲在衣柜里面,也一定就在衣柜附近。

床底下吗?他蹲下身来,向床下看。没有。接着他躺在地板上,四肢张开,看向费尔柴尔德的金属工作台(殖民地军官房间里的典型家具)底下。气味更浓烈了。害怕又兴奋的情绪攫住了他。他跳起来,把桌子推离平滑的塑料墙面。

"那个"就贴在墙上,刚才被桌子挡住的地方。

这是一只右型异类①,肯定是。他只确认过一只左型,虽然只是一瞬间。眼前这只异类还没彻底隐形。他小心地从它面前退开。意识到他的动作,它也在没得到他配合的情况下尽量远离。那只异类平静地看着他,虽然已感觉到了他的举动,但它什么也不能做,也没有试着和他交流,因为之前的尝试总是以失败告终。

蒂姆是安全的。他停下来,花了好长一段时间细细观察那只异类。这是加深对它的了解的好机会。两者之间相隔一段距离,蒂姆只能感觉到它的视觉影像和气味——都是由异类身上挥发出的微型粒子构成的——从对面传来。

没办法给这种异类下定义。大多数情况下,它们看起来极为相似,就像由同一种东西复制出来的。但也有时候大相径庭。有没有可能是它们在试着选择不同的形态,想尽各种办法渗透进这个世界?

---

① 和上文的"那个"一样,英文都是用的"Other",有"另外的""其他的"之意,因中文"异类"不能表达该意,故此注释。

他又一次有了那个想法。客厅里的那些人,不管是自然人还是超能者——甚至包括他所属的潜能者——似乎都和他们自己的异类实现了某种切实可行的均势。这很奇怪,因为他们的左型竟然超越了他们自己的本身……难道他们的右型在不断变弱的同时,左型在不断增强?

所谓异类,总数到底是不是有限的呢?

他回到那间群魔乱舞的客厅。人们喁喁私语,正朝各个方向走来走去,到处都是衣冠楚楚的模糊身影。从他们身边经过时,那温热的气息压迫着他。他很清楚,自己有必要从父母那里得到更多信息。他试过在太阳系教育传送装置中搜索目录——但一无所获,因为传送装置的线路已经失效了。

"你去哪儿逛了?"他母亲停下谈话问。她刚刚跟一群自然人官员相谈甚欢,他们占据了房间一隅。这时,她注意到了他脸上的表情。

"哦,"她说,"就连这里都有?"

他对母亲的疑问感到诧异。它们的出现是不分场合的。她连这个都不知道吗? 他离开了母亲,独自陷入了思索。他需要帮助,没有外部的辅助,仅凭他自己是无法理解的。但他要怎么面对语言障碍? 它们能用什么术语来描述? 还是别的什么用语? 他在起居室游荡期间,那模糊的霉臭味还是能透过众人的体味传到他鼻端。那个异类还在,趴在以前放桌子的地方,躲在无人卧室的阴影里。等着朝这边走来,或者等他朝那边走去。

朱莉眼看自己八岁的儿子走远，娇小的脸上显出几分担忧。"我们以后要更留意他才是。"她对丈夫说，"我预见到，越来越多这样的东西会找到他。"

柯特也预见到了，但他还是继续跟周围聚集的自然人军官谈话。"要是他们真的向我们开战，"他问，"你们打算怎么办？你们也知道，'大碗面'无法应对加强型的机器人导弹攻击。此前偶尔出现的几颗，其实都是试探性质的……而且，他能应付还是因为有朱莉和我提前半小时提供的预警。"

"的确。"费尔柴尔德挠挠他的灰鼻头，揉揉下巴上新长出的胡茬儿说，"但我并不认为他们会公开宣战。这等于承认我们做出了实实在在的成就。这会让我们获得合法地位，为我们打开局面。我们或许就可以把你们这些超能者全都搜罗到一起，然后——"他无奈地苦笑，"考虑一下一起逃往太阳系深处，远远超出安德洛玛刻星云范围。"

柯特听着，并没有感觉到任何反感。因为这人说的话全在意料之中。在他和朱莉驾车前来的路上，两人都已经预见到了这场聚会、这些毫无成果的讨论，以及他们儿子的反常。妻子的预见能力比他好一些，能看到的时长更多一点点。比如现在，她又已经得到了领先于他的新预见。他想知道她脸上的焦虑到底预示着什么。

"恐怕，"朱莉悄声对他说，"今晚我们回家的路上要有一场小小的争吵了。"

好吧，现在他才预见到那情形。"大环境就是这样。"他说，不想涉及争吵的内容，"这里每个人都很担心。不是只有你我才会发生争吵。"

费尔柴尔德听着，面带同情之色，"我终于明白作为一个预知者的苦处了。但是，既然你们已经知道要发生争吵，为什么就不能在事情发生之前改变它们呢？"

"当然能，"柯蒂斯①回答，"就像我们给你们提供预警，而你们用这些情报改变我们与地球之间的战局那样。但如果涉及的只是朱莉和我，就没什么好在意的了。我俩想要回避这种事需要耗费大量的精神力……而我们两个都没有那么充沛的精力。"

"我只希望你能让我把他交给超能公会。"朱莉小声说，"我受不了他这样走来走去，在家具下面、衣柜里面搜寻，寻找上帝才知道是什么的东西。"

"寻找异类。"柯特说。

"鬼才知道那是什么。"

费尔柴尔德，一个天生的调停家，试着给他们调停。"你们还有十二年时间呢，"他开口说，"蒂姆还是个潜能者，这没有什么可耻的。你们所有人都是从那个阶段过来的。如果他有超能力，早晚都会显现出来的。"

"说得就像你有无限期预知能力一样。"朱莉取笑他说，"你怎么知道超能力一定会显现出来？"

---

① 原文为"Curtis"，之前的"柯特"（Curt）是其简称。

费尔柴尔德好脾气的脸上显出极力思考的样子。柯特有点儿同情他。费尔柴尔德已经承担了太多责任,要做太多决定,掌握着太多人的生死。在跟地球决裂之前,他只是个被任命的官员而已,职务清楚,日程明晰。现在早就没人会在周一早上为他打出内部日程备忘录,费尔柴尔德也再没有什么指令需要遵循了。

"让我们看看你那件小玩意儿吧。"柯特说,"我对它的工作原理还挺好奇的。"

费尔柴尔德有些吃惊。"你怎么会——"他这才想起对方的特长,"当然,你一定已经预见到了它。"他在自己衣兜里翻找,"我本打算拿它当作今天晚会的惊喜,但是有你们两个预知者在场,就不可能有什么惊喜可言了。"

其他自然人军官也都围拢过来,看他们的头儿打开一件方形纸包,从里面拿出一块闪闪发光的石头。费尔柴尔德将眼睛凑近,仔细检查着那块石头,就像珠宝商人打量一颗宝石。人们都很好奇,周围一下子就安静了。

"好精致!"柯特赞叹道。

"谢谢。"费尔柴尔德说,"现在,投放它们的准备工作已经就绪,任选哪天都可以。闪光属性是为了吸引小孩子和底层民众,他们会对这种小玩意儿有兴趣,因为可能会换到钱。当然还有女人。任何人都有可能停下来,捡起一件他们认为是钻石的东西,除非这人是技术专家。我做给你们看啊。"

他看了一下客厅里那些身着华丽晚礼服的来客。在房间一边,蒂姆侧头呆站着。费尔柴尔德犹豫了一下，把那块石头丢在地毯上，让它朝男孩滚去，几乎碰到他的脚。男孩的眼睛都没动一下，显然他正透过周围的人群看着什么，根本没有留意到脚边那个闪亮的东西。

柯特走向前来，准备化解这次小小尴尬。"你大概要建造出喷气运输机那么大的东西，才能吸引他的注意。"他弯腰捡起石头，"蒂姆本来就对五十克拉钻石这种俗气的东西没有兴趣，这怪不得你。"

费尔柴尔德展示失败，多少有些失望。"我差点儿忘了这点，"他脸色好转起来，"大概是因为地球上早就没潜能者了。听一下这个，然后讲讲你对这个长篇大论的看法。我也是文稿作者之一呢。"

那颗石头冷冷地贴在柯特手心。他耳朵里听到了一阵蚊蚋式的嗡嗡声，接着一个平静、舒缓的声音从石头中传来，惹得房间里的人们议论纷纷。

"我的朋友们，"石头里的录音宣告道，"地球与人马座殖民星之间发生冲突的原因，被媒体肆意歪曲了。"

"你这个真的是针对小孩吗？"朱莉问。

"也许他认为地球上的小孩比我们这儿的小孩进化得更快。"一名超能者军官说道，房间里立时响起一波讪笑。

那个细小的声音还在啰唆，言语中夹杂了法学论证、理想主义号召，以及摇尾乞怜般的呼吁。其中的哀求成分尤其让柯特感到愤怒。为什么费尔柴尔德必须卑躬屈膝，请求地球人的怜悯？在听录音时，费尔柴尔德自信地抽着烟斗，两臂交叉，肥胖的脸颊上写满了心满意足。显然,他本人并未意识到自己灌入石头的文字有多么**苍白无力**。

柯特突然想到:实际上,在场的所有人(包括他本人)都不曾直面他们兴起的这场"分离运动"虚弱到了什么程度。现在指责假宝石中的软弱论调并无意义。任何对他们当前处境的描述,都免不了会折射出殖民地居民的内部分歧和底气不足。

"人们早就公认,"石头继续断言道,"人人生而自由。而奴役——让一个人或一群人从属于其他人群的做法——只是旧社会的遗毒,是一种古老的顽疾。人们一定要拥有自决权。"

"听一块石头这样讲话好奇怪。"朱莉打趣说,"它只是一块不会动弹的石头而已。"

"你们被媒体灌输:殖民地的分离主义者将会危及你们的生命,降低你们的生活水平。**这是在说谎**。如果殖民行星都得到了自决权,建立了自己的市场经济体系,全人类的生活水平都将得到提升。地球政府针对太阳系外地球后裔生存的星球实行的重商主义经济体系——"

"孩子们会把这东西带回家,"费尔柴尔德说,"他们的父母会从孩子手里接过它们。"

石头继续说教:"外星各殖民地不会一直只充当地球基本需求的供应方,提供原材料和廉价劳动者。殖民地的人们不可能永远充当二等公民。殖民地居民和留在太阳系的居民一样,也有选择其社会形态的权利。有鉴于此,殖民地政府已经向地球政府递交了请愿，要求将那些妨碍我们实现天赋人权的束缚切断。"

柯特和朱莉交换了个眼神。这份学究气的、教科书式的宣讲词像一团重负一样，压在在场每个人的心头。殖民地选出来管理分离运动的，就是这样一个人吗？一个书呆，一头禄蠹，一介庸官——柯特更加情不自禁地想到——还是一个没有任何超能力的人。一个自然人。

费尔柴尔德跟地球决裂的原因，或许就是某份无关痛痒的日常训令用词不当。没有人（除了超能公会中的心灵感应者）了解他参与反抗的动机，以及他能坚持多久。

"你觉得这东西怎样？"等石头结束了它的独白，再次从头开始播放时，费尔柴尔德问，"数百万颗这种东西，雨点一样投放在太阳系内的行星和卫星表面。你们知道地球媒体现在是怎样报道我们的，那些恶意中伤，说什么我们要占领太阳系，说我们是来自外太空的入侵者、妖怪、变种、怪物。我们不得不反击这样的宣传。"

"这个嘛，"朱莉说，"在场的有三分之一确实是怪物，所以面对现实又何妨？我知道我自家的儿子就是个百无一用的怪物。"

柯特抓住她的胳膊，"我不许任何人说蒂姆是怪物，你也不行！"

"但这是事实！"她甩脱胳膊，"如果我们是在太阳系内——如果咱们还在一起——你我都会被关进集中营，等着被——你知道的。"她情绪激动地指向他们儿子的方向，"根本就不会有蒂姆。"

房间一角有个尖脸男人站出来发了言："我们不会再回到太阳系。我们是依靠自己的力量闯出来的，没有得到其他任何人的帮助。这件事费尔柴尔德一点忙也没帮上，我们只是逃出来时顺便带上了他。请不要忘记这些！"

柯特瞪着那个人。雷诺兹，超能公会的头儿，一个心灵感应者，他又喝多了，醉到连对自然人的厌恶都掩饰不住了。

"或许是吧，"柯特同意，"但我们本该花更多的时间才能做到。"

"你我都心知肚明，到底是什么让这颗殖民星球幸免于难。"雷诺兹说，他涨红的脸膛透着傲慢，嘴角挂着冷笑，"要是没有'大碗面'和萨莉，还有你们两个预知者、超能公会和我们其他人，单靠这些官僚能撑几天？面对事实吧——我们并不需要什么遵纪守法的呼吁来装点门面。我们之所以会赢，不是因为虔诚地乞求实现自由跟平等，而是因为地球上没有超能者。"

房间里的友好气氛消弭无踪。与会的自然人生气地议论纷纷。

"听我说，"费尔柴尔德对雷诺兹说，"你毕竟还是人类，尽管你有读懂人心的超能力。拥有超能力并不会——"

"你少来向我说教。"雷诺兹说，"没有任何笨脑瓜有资格对我指手画脚。"

"你真是越走越偏了。"柯特对雷诺兹说，"总有一天会有人制止你的。如果费尔柴尔德做不到，也许我会。"

"你和你那多管闲事的公会。"一名拥有复生能力的超能者揪住雷诺兹的衣领说，"你们以为彼此之间能实现头脑联通，就一副高高在上的样子。你们以为——"

"把你的手从我身上拿开。"雷诺兹恶声恶气道。一只玻璃杯掉在地上摔了个粉碎，接着传来一个女人歇斯底里的尖叫声。雷诺兹和那个男人打了起来，然后第三个人加入了战局，转眼间，整个房间沸反盈天。

费尔柴尔德大声喊叫着维持秩序，"看在上帝的分上，要是我们争斗不休，大家就都完了。你们还不明白吗——**我们必须同心协力。**"

过了好一会儿，这场骚动才平息下来。雷诺兹推开柯特走过时，脸色煞白，嘴里念念有词："我才不要待在这种鬼地方。"其他的心灵感应者也一脸愤愤不平地跟在他后面离开。

当柯特和朱莉在微蓝的夜色中缓缓驶向家中时，费尔柴尔德宣传辞令中的一小段，仍在柯特脑中一遍遍回响：

"你们被告知，因为超能者比自然人更厉害，所以我们才赢了。这是个彻头彻尾的谎言！分离运动既不是事先有计划，也不是由超能者或变种人主导的。这场抵抗运动是由殖民地各阶层的居民自发性地共同参与的反抗。"

"我不确定，"柯特沉吟说，"也许费尔柴尔德错了。也许是他在不知情的情况下被超能者操控了。但就我个人来讲，我还是挺喜欢他的，尽管他有点儿傻。"

"是啊，他是傻。"朱莉同意道。在黑暗的车厢里，她的香烟明亮得像是愤怒燃烧的炭火。蒂姆蜷作一团在车后座躺着睡下了，发动机的热力温暖着他的身体。比邻星三号行星的地表荒芜多山，展现在这辆小型地面车前方的原野昏黑、险恶又陌生。在罐状温室和原野之间，少数人造道路和建筑分散在各处。

"我不相信雷诺兹。"柯特继续说，心里知道自己正朝着早已预见到的那情景前进，却还是不愿回避它，"雷诺兹很精明，不择手段、野心勃勃，他想要的是名声和地位。但费尔柴尔德却会考虑到整个殖民地。灌输到石头里的每一句话就是他的心声。"

"那个垃圾玩意儿。"朱莉一脸轻蔑，"地球人会笑掉大牙的，我可没指望他们能一脸严肃地听那样的说教，而且上帝知道，我们的生死居然会取决于这样荒谬的计划。"

"这个嘛，"柯特很小心地继续说，他知道这段谈话将向何处发展，"地球上或许会有那么一些人，比你和雷诺兹更富有正义感。"他将脸朝向妻子，"我能预见到你会做什么，你自己也能。也许你是对的，也许我们的确应该尽早解决我们的事。十年是一段很长的时间，特别是在没有感情支撑的情况下。而且，这本就不是一件你情我愿的事。"

"的确不是。"朱莉同意说。她掐灭香烟，哆嗦着又点燃一根，"如果世上除了你之外还有任何一名男性预知者，哪怕只有**一个**，事情也不会发展成这样。这件事我永远不会原谅雷诺兹。你也知道，我们的结合是他的主意。我真不该同意。为了整个种族的荣耀！为了传承和提升超能者团体！ 有史以来第一对男女预知者的神秘结合……现在看看，我们生出了一个什么货色！"

"闭嘴！"柯特说，"他没睡着，他能听见你说话。"

朱莉的声音饱含痛苦，"是啊，能听见。但要听懂？那就不行了。我们一直想知道第二代是什么样子——好啊，现在我们知道了。预知者加预知者等于怪物。无用的变种。怪物——我们面对现实吧，他身份识别卡片上的字母'M'代表的就是怪物①。"

柯特的手紧握在方向盘上，"这个词，你和别人都不许用在他身上。"

"怪物！"她紧逼过来，牙齿被仪表盘上的光映得煞白，双眼仿佛在燃烧，"也许地球人是对的——也许我们预知者就该被强行绝育、处死、强制消失。我觉得……"她突然止住，不想继续说下去。

"继续，"柯特说，"你觉得，如果革命成功，我们控制了各大殖民星球的话，我们也应该部分沿用那一套。当然，超能公会要在管理体系的顶端。"

"把谷粒和糠分开。"朱莉说，"首先要将殖民地的居民与地球居民分开，然后是将我们超能者与自然人分开。如果一个自然人想和我们一起，哪怕是我的亲生儿子——"

"你现在的做法，"柯特打断她说，"就是按照人的实用性来判决他们的未来。蒂姆没有用，所以就没有理由让他活下去，对吗？"他的血压正在升高，但他已经不管不顾了，"把人像家畜一样控制起来进行交配。剥夺他们自主生存的权利；将那种权利作为由我们一时的心血来潮来决定的特权。"

柯特驾车在荒凉的公路疾驰，"你听到了费尔柴尔德关于自由

---

①英文为"Monster"，"怪物"之意，M是其第一个字母。

和平等的空谈。他相信那些,我也一样。而且我相信蒂姆——或者其他随便什么人——都有生存的权利,不管我们能不能利用他的天赋,或者说,不管他有没有天赋。"

"他当然有权生存。"朱莉说,"但请你记住,他不是我们中的一员。他是个怪物,没有我们的能力,我们的——"她语调骄傲地说出那几个字,"超能力。"

柯特把车靠到公路边上,然后停下来拉开车门。凄冷荒凉的空气吹进车里。

"你继续开车回家吧。"他探身到后排座位上,把蒂姆拍醒了,"来吧,孩子,咱俩下车。"

朱莉伸手接管方向盘,"你们什么时候回家?或者你已经打定主意彻底离开了吗?最好早定主意。要是你的那个'她'是脚踏几条船的类型就不好了。"

柯特退后几步远离车子,车门在他身后重重地关闭。他拉起儿子的手,领着他沿公路前进,走到一处由黑色阶梯构成的斜坡,那斜坡往上延伸着,通往暗沉的夜色里。两人走上台阶时,听到车子在公路上呼啸着开走的声音,它正穿过夜色朝家疾驰而去。

"我们在哪儿?"蒂姆问。

"你认得这个地方,我每周都带你来。这就是专门训练你和我这类人的学校——这里是超能者受教育的场所。"

二

　　他们周围有灯亮起。从他们脚下的主入口坡道往里，有多条像金属藤蔓一样的分支走廊。

　　"你可以在这里小住几天。"柯特对儿子说，"要离开妈妈一段时间，你能忍耐一下吗？"

　　蒂姆没回答。站在父亲旁边的他，已经沉入了惯常的沉默状态。柯特又一次纳闷，这孩子咋就这么内向——他显然是内向的——同时又保持着高度的警觉。答案就体现在遍布他那小小身躯上每一英寸的紧绷感中。蒂姆只是不愿接触人类。他和外部世界的联系似乎都是强迫性的——或者，更准确的说法，他只关注着他特有的那个外部世界。不管那个世界是什么，其中都不包括人类，尽管里面有真实的外在客体。

　　正如他已经预见到的那样，儿子突然离开他身边。柯特任由孩子快步走进侧面的一条走廊。他看见蒂姆站住，焦急地拉扯一扇储物柜的门，想要把它打开。

　　"好吧。"柯特只能迁就他。他跟在孩子后面，用他的通行钥匙开了锁，"看到了？里面什么都没有。"

　　仿佛是洪水退去一般，孩子的脸上显出了如释重负的表情。这让柯特明白，自己的孩子在预知能力方面是有多么的欠缺。他心下一沉。自己和朱莉都有的宝贵超能力完全没有遗传下来，不管这孩子有什么超能力,他肯定不是预知者。

时间已是深夜两点多,但学校内部的场所里还有不少人在活动。柯特情绪低落,朝酒吧里的几名公会人员打了声招呼,他们身边摆着好多啤酒杯和烟灰碟。

"萨莉在哪儿?"他问,"我想进去见'大碗面'。"

一名心灵感应者懒洋洋地用拇指点了一下,"她就在附近。那个方向,在孩子们的生活区,很可能睡着了。现在这么晚了。"他看了眼柯特,后者正在想朱莉的事,"你早该甩了这样差劲的老婆。不管怎么说,她真是又老又干瘪。而你真心喜欢的是年轻又丰满的类型——"

柯特在脑袋里甩出一波不快之感,很满意地看到那个嬉皮笑脸的年轻人因这敌意而面露难色。另外一名心灵感应者挺直身体,在柯特背后喊道:"等你玩够了那个老婆,让她来找我们哦。"

那人一面允许了柯特进入儿童宿舍区,一面继续说道:"我觉得你喜欢的是那种大约二十岁的女孩。深色头发——如果猜错的话,请纠正我——深色眼睛。你脑子里已经有了一个完整的形象。也许是某个特定的女孩,让我看看。她个子不高,相当漂亮,她的名字是——"

对于这种不得不向公会袒露内心想法的状况,柯特暗地里骂了声娘。心灵感应者遍布殖民地各处,特别是在学校和殖民地政府。他握紧蒂姆的手,让他通过了那扇门。

"你带来的这个小孩,"蒂姆经过时,那名心灵感应者说,"探测起来非常奇怪。介意我探测得更深入一点儿吗?"

"不许再窥探他的意识。"柯特凶巴巴地命令道。他把蒂姆身后的门重重摔上,虽然明知这样也不会有任何意义,但他还是很喜欢那道厚重的金属门被关上的感觉。他推着蒂姆走过一道狭窄的走廊,进入一个小房间。蒂姆意图挣开,想进另外一扇门,柯特用蛮力把他扯了回来。"那里面什么都没有!"他严厉地训斥儿子,"只是个洗手间而已。"

蒂姆还是想要挣脱。萨莉出现时,他还在挣扎。她裹了一件长袍,睡眼惺忪。"你好,珀塞尔先生。"她问候柯特,"你好啊,蒂姆。"她打着哈欠开了一盏落地灯,然后倒在一张椅子里,"这么晚了。我能为你们做些什么呢?"

她十三岁,长得很高,身材瘦长又单薄,玉米须一般的黄头发,脸上长满雀斑。她睡意蒙眬地抠抠指甲,在蒂姆坐到她对面时又打了一次哈欠。为了逗他,萨莉让旁边桌上的一双手套动了起来。看到那双手套摸索到桌子边缘,盲目地挥舞各个手指,然后开始小心地往下爬,蒂姆开心地笑起来。

"很好,"柯特说,"你的技艺越来越娴熟了。看来你没有再逃课。"

萨莉耸耸肩,"珀塞尔先生,这间学校教不了我任何东西。你知道我是最高级的超能者,拥有驭物能力。他们只是让我独自研习而已。事实上,我还在指导一帮小孩子,他们是潜能者,将来可能会成才。我觉得其中有几个应该有前途,如果他们肯努力训练的话。这间学校能给我的只有鼓励,你知道的,心理上的满足、多种维生素、新鲜空气什么的。但他们可教不了我。"

"他们可以教你认识到自己的重要性。"柯特说。他当然已经预见到了这段谈话。过去的半个小时内,他已经选择过好几种可能的沟通方式,一个接一个放弃,最后选了这个,"我来见'大碗面',这就意味着必须叫醒你。你知道为什么吗?"

"当然,"萨莉说,"因为你害怕他,而'大碗面'害怕我,所以你要我陪你一起去。"她收起超能力站了起来,任由那双手套颓然倒下,"好吧,我们出发。"

他之前已经见过"大碗面"很多次,但一直都没能习惯"大碗面"那副样子。尽管每次都能事先预见,但他还是感到战战兢兢。柯特站在平台前的空地上,静静地抬头向上看,跟以往的每次一样感到震撼。

"他现在好胖,"萨莉实话实说,"要是不减肥,他活不了太久的。"

"大碗面"软塌塌地坐在技术部专门为他定做的巨大椅子上,像一团发灰变质的布丁。他双眼半开半合,肥硕的双臂无力地垂在旁边。那一圈圈肥肉像生面团一样,从手臂旁的椅子里漏出来。鸡蛋形的头颅上长着稀疏又潮湿的头发,像是腐臭的海草。香肠一样的手指上已经看不到指甲了。他小小的暗灰色眼睛迟钝地眨巴着,似乎辨认出了柯特和萨莉,但肥胖的身体未能做出任何动作。

"他在休息。"萨莉解释说,"刚吃过东西。"

"你好。"柯特说。

从那两片香肠一样的嘴唇之间、肥大的嘴巴内部，传出了一个粗壮又模糊的声音，闷雷一般地回应了一下。

"他不喜欢这么晚被打扰。"萨莉打着哈欠说，"这无可厚非。"

她绕着房间慢慢溜达了一圈，无聊地用超能力催动墙上那些灯架。灯架挣扎着，试图摆脱束缚它们的塑料基座。

"这主意看起来真是太蠢了，要是你不介意我这么说的话，珀塞尔先生。心灵感应者一直在阻止地球势力向这里渗透。而你现在要做的这些事，却完全是在和他们唱反调。也就是说，你是在帮助地球，是吗？如果没有超能公会探测外界的话——"

"是我把地球势力挡在外面的。""大碗面"嘟囔说，"我有我的超能力墙，能挡回任何东西。"

"你的确能弹回那些弹道导弹。"萨莉说，"但是你无法挡住渗透进来的奸细。就算当下有一个地球奸细混进来，你也发现不了。你只是一坨愚蠢肥腻的油脂而已。"

她这番描述倒是非常准确。不过这坨肥油还是整个殖民地防御系统的核心，毕竟他是最富有天赋的超能者。"大碗面"是整个分离运动的主力……虽然他自身存在很大的问题。

"大碗面"拥有近乎无限的超能力，智商却低如三岁小孩。他完全可以算是"白痴型天才"。他神奇的超能力完全吞噬了他的个性，抑制他，退化他，而不是扩展他。如果他体内的欲望和恐惧有相应程度的狡猾来配合的话，他在多年前可能就已毁灭整个殖民地了。

但"大碗面"是个无助又被动的人,因害怕萨莉就只能闷闷不乐地对殖民地政府唯命是从。

"我吃掉了一整头猪。""大碗面"挣扎着换成一个接近于坐的姿势,打了个饱嗝,无力地擦了下嘴角,"好吧,准确地说,是两头。就在这个房间,就在刚才。我要想吃,还能得到更多。"

殖民星上的食物大多都是些温室中培育的人造蛋白质。"大碗面"自得其乐地炫耀着其他人无福消受的东西。

"那猪,""大碗面"神气地说,"是从地球运来的。前一天晚上,我还吃了好多只野鸭。再往前一天,我吃的是从参宿四弄来的一种动物。还没人给它命名过,只知道它会跑和吃。"

"很像你,"萨莉说,"只不过你不会到处跑。"

"大碗面"咯咯地笑。骄傲到一时忘记了对她的恐惧。"吃些糖吧。"他邀请大家。一大波巧克力跟冰雹似的从天而降。正当柯特和萨莉都后退时,房间的地面瞬间就像被洪水铺满一般。随着巧克力降临的,还有机械部件、硬纸板箱、展示货架,甚至还有一块水泥地板。"地球上的巧克力工厂。""大碗面"开心地解释说,"我早就看准它的位置了。"

连蒂姆都从他的冥想中回过神来了。他弯下腰,急切地捡起一大把巧克力。

"拿吧,"柯特对他说,"你可以把它们都带走。"

"只有我才能拿!""大碗面"气急败坏地狂吼了一声,巧克力一下子就全部消失了。"我把它们送回去了。"他气哼哼地解释说,"这是我的。"

其实"大碗面"没有任何恶意，他只是个自私的小孩罢了。他的超能力能将整个宇宙间的任何物品变成他的所有物。没有什么东西能超出他那双肥胳膊的范围，他是真的可以摘下天边的月亮。幸运的是，大多数东西都是他无法理解的。他对它们没有丝毫兴趣。

"我们还是别玩了。"柯特说，"你找找看，现在有没有心灵感应者处于能探测我们的范围内？"

"大碗面"蛮不情愿地搜寻了一番。他对任何位置的事物都有感知能力。通过他的超能天赋，他可以跟宇宙中的任何物体保持联系。

"近处没有。"他过了一会儿宣布，"有一个在一百英尺外……我会把他挪远点儿。我不喜欢探探们进入我的地盘。"

"所有人都痛恨探探们。"萨莉说，"这是一种邪恶、肮脏的超能力。窥探别人的内心世界，就像在别人洗澡、换衣服或者吃饭时偷窥一样。真是不合常理。"

柯特苦笑，"这跟我们的预见能力有什么两样？你可没说过我不合常理。"

"预见能力对事不对人。"萨莉说，"比起知道将来要发生什么事，还是探查别人过去已经发生的事更糟糕。"

"应该说更好才对吧。"柯特说。

"才不呢。"萨莉强调说，"正是因为知道会出什么事，我们才惹上了这场大麻烦。因为你，我时时刻刻提心吊胆，不敢自由思考。

每次看到一名探探,都让我浑身起鸡皮疙瘩。不管我多么努力,还是会不由自主地想到**她**。越是知道不能想,反而越会去想。"

"想通过我的预知能力找到帕特是不可能的,二者并没有任何联系。"柯特说,"预知能力并没有你说的那么致命。要找到帕特的位置是个复杂的工程。这也是我深思熟虑后做出的选择。"

"你问心无愧吗?"萨莉问。

"嗯。"

"要不是有我,""大碗面"插话道,"你们永远都没办法找到帕特。"

"我倒宁愿我们没有找到她。"萨莉激动地说,"如果不是因为帕特,我们也不会卷入这件事。"她愤愤地瞪了一眼柯特,"而且我一点儿都没觉得她好看。"

"那你说我们该怎么办?"柯特强作耐心地问那孩子。他已经预见到了,指望一个小女孩和一个智障理解帕特的事,注定会徒劳无功。"你也知道,我们不可能装作从未发现她。"

"我知道。"萨莉承认,"而且探探们也已经从我们脑子里窥探到了一些蛛丝马迹,所以才会有这么多在附近出没。我们不清楚她的具体位置,反倒成了好事。"

"我知道她在哪儿。""大碗面"说,"我知道她的准确位置。"

"不,你不知道。"萨莉说,"你只是知道怎么去她那儿,这是两码事。你解释不清路线,你只能把我们传送到那里再接回来而已。"

"那是一颗行星。""大碗面"生气地说,"上面有好多有意思的植物,整颗星球呈绿色。那儿的空气很稀薄。她住在一个营地里。人们整天到农场里劳动,人口很少。很多呆笨的动物生活在那儿,还很冷。"

"那里是哪儿呢?"柯特问。

"大碗面"支支吾吾,"那里是……"他肥硕的胳膊挥舞着,"那个地方靠近……"他放弃了,气鼓鼓地瞪着萨莉,然后把一大罐脏水召唤到女孩头顶上。就在脏水朝她泼下的同时,女孩子的双手做了几个简短的动作。

"大碗面"惊恐地尖叫出声,那些脏水也随即消失了。当萨莉揩拭外袍上的水渍时,他却惊魂未定地躺在那里,浑身发抖。她刚才用超能力遥控了"大碗面"的左手手指。

"最好别再这样做。"柯特对她说,"他搞不好会吓出心脏病。"

"那个大蠢蛋。"萨莉在一格储物柜中翻找,"好吧,要是你们已经打定主意,我们不妨速战速决。只是不要逗留太久。你会去跟帕特谈谈,然后你俩会一起消失几小时。那边的夜里很冷,又没有什么取暖中心。"她从柜子里扯出一件厚外套,"我要带上这个。"

"我们不过去,"柯特对她说,"这次跟以前不一样。"

萨莉眨眨眼,"不一样?怎么不一样?"

就连"大碗面"都显出些吃惊的神色。"我正打算把你们送去呢。"他抱怨道。

"我知道。"柯特坚定地说,"但这次,我想让你把帕特带到这里来。带她来这个房间,你明白吗?现在就是我们一直在讲的那个时刻。那个关键的时刻已经到来。"

柯特进入费尔柴尔德的办公室时,身边只有一个人陪同。萨莉现在已经回到学校寝室的床上。"大碗面"在自己房间一动不动。蒂姆还在学校,在超能管理者的看护下,而非心灵感应者。

帕特怯怯地跟在他身后,当接触到办公室里人们厌烦的目光时,她显得害怕又紧张。

她大约十九岁,身形苗条,古铜色皮肤,还有一双大大的黑眼睛。此时正穿着一件帆布工作衫和牛仔裤,厚皮鞋上沾满了泥巴,零乱的黑色卷发用一块大花手帕束在脑后。她两袖卷起,露出晒黑的壮实手臂。皮带上挂了一把小刀、一部野外电话,还有一份应急包裹,里面有干粮和水。

"就是这个女孩,"柯特说,"请好好看看她。"

"你从哪儿来?"费尔柴尔德问帕特。他推开了一叠文件和一摞录影带,找到了他的烟斗。

帕特犹豫了一下。"我——"她欲言又止,怯生生看看柯特,"你要我永远别说出来,甚至是对你。"

"现在没事了。"柯特温和地说,"你现在已经可以告诉我们了。"他向费尔柴尔德解释说,"我可以预见到她现在会说,但此前,我也一直都不清楚。我不希望公会的人从我脑子里探走这条信息。"

"我出生在比邻星六号行星。"帕特小声说,"我在那里长大。这是我第一次离开那颗行星。"

费尔柴尔德的两眼瞪大，"那可是颗荒漠星球啊，可以说是我们最原始落后的领地了。"

办公室里，他那些自然人和超能者幕僚都靠近来看。其中有一名宽肩膀的老者，脸像是风化的石头，两眼却机警有神，他举起一只手问："你是不是要告诉我们，是'大碗面'把你带到这里来的？"

帕特点点头，"我不知道。我是说，我事先并不知情。"她拍拍皮带，"我当时正在干活儿，清理灌木丛……我们一直想要扩张地盘，开发更多可耕种的土地。"

"你叫什么名字？"费尔柴尔德问她。

"帕特里夏·安·康纳利。"

"什么等级？"

女孩被阳光晒裂的嘴唇翕动着，"潜能者。"

官员们之中出现了一阵骚动。"你是一个变种人，"那老头儿问他，"但没有超能力？那你跟自然人的区别何在呢？"

帕特看了一眼柯特，后者上前来替她回答："这女孩再过两年就将二十一岁。你们知道这意味着什么。届时如果她还在潜能者行列，就会被迫绝育，然后被关进集中营。这是我们殖民地的政策。而如果地球人打赢了我们，她还是要被迫绝育，跟我们这里所有的超能者和变种人一样。"

"你是不是想说，她实际上有一种超能力？"费尔柴尔德问，"你想要我们把她从潜能者提升到超能者行列？"他的两手摆弄着桌面上的文件，"我们每天都要收到上千份此类申请。你凌晨四点闯到这里来,就为了这个? 你本可以填写一份标准申请表,然后去走官方程序的。"

那老头清了清嗓子,直截了当地问:"这女孩跟你很亲近?"

"对,"柯特说,"我个人对她很有兴趣。"

"你以前又怎么会见过她?"老头问,"既然她从未离开过比邻星六号行星……"

"'大碗面'送我往返。"柯特回答说,"我大概去过二十次。当然,那时候我并不知道那里是比邻星六号行星。我只知道是一颗原始的殖民星球,还很荒凉。一开始,我是在潜能者的文件中看到她的个性和神经特点的分析报告。当我明白那份报告意味着什么之后,马上就向'大碗面'提供了她的脑波特征,让他送我去了那颗行星。"

"那份报告意味着什么?"费尔柴尔德问,"她到底有什么与众不同?"

"帕特的天赋是一种从未被认可的超能力。"柯特说,"在某种意义上,它的确算不上超能力,但它将会成为我们迄今发现的最有用的能力之一。我们早该料到未来会出现这种能力。任何一种生物体的发展,也就意味着另一种能克制它的生物体会出现。"

"请说重点。"费尔柴尔德说,他抚摸着下巴上泛青的胡茬儿,"你之前给我打电话时,只说——"

"请把各种形式的超能力看作博取生存权的武器。"柯特说,"把心灵感应能力看作生物为求自保而进化出来的能力,这种能力会让心灵感应者领先于他的敌人。但这种优势会一直保持吗？难道不会被渐渐抵消直至自然界达到均衡？"

是那位老者第一个明白了过来。"我明白了。"他干笑着说，语气中带着点儿欣赏，"这个女孩，对心灵感应的超能力免疫。"

"正确。"柯特说，"她是第一个，但很可能还有更多这样的人。而且恐怕不止有能抵抗心灵感应超能力的人，将来还会有人能抵抗驭物超能力，或者对抗我这样的预知者，或者复活者、传动者……每一种超能力，都会出现相应的克星。现在，我们将有第四个阶层，反超能者阶层。它势将出现在世界上。"

三

那咖啡是人工合成的，但是温热可口。跟鸡蛋和培根一样，也是用温室里收获的淀粉和蛋白质复合而成的，加入了分量精准的本地植物纤维。他们用餐期间，早晨的太阳在外面升起，比邻星三号行星荒凉的地貌被染上了一抹嫣红。

"看起来挺美的。"帕特扫了一眼厨房窗外，羞涩地说，"也许我可以看看你们的农场用具。你们有好多我们没有的东西。"

"我们不过是发展了更长的时间罢了。"柯特提醒她说，"这颗行星有人居住的历史要比你们那儿早一百年。你们会赶上我们的。不管怎么说，比邻星六号行星的土地都更加富饶，物产也更为丰富。"

朱莉没有坐在餐桌上。她倚靠冰箱站着,两臂交叉,脸色森寒。"她真的要住这里吗?"她尖着嗓子质问道,"和我们一起,住在这个家里?"

"是的。"柯特回答。

"多久?"

"几天,一星期。直到我说服费尔柴尔德采取行动为止。"

屋外传来模糊的声响。复合住宅区里的其他住户正三三两两地起身,开始了新的一天。厨房里温暖安逸,但在一扇透明塑料的隔窗之外,散落的巨石、细瘦的树木和稀疏的植被,一直延伸到数百英里之外。冰冷的晨风扫过,将住宅区边缘那座荒废的星际传送场里的垃圾吹得到处都是。

"那个传送场曾是我们与太阳系联系的纽带。"柯特说,"就像连接母体的脐带一样。现在不能用了,一段时期内仍将被弃置。"

"它好美。"帕特说。

"传送场?"

她指着那些用于采矿和冶金的高塔,它们半遮半掩地耸立在一排排房屋之后,"我是说那些。这里的自然风貌跟我们那边差不多,荒凉又可怕。全都是这些人工建筑的功劳……就像你们把自然地貌推开了一样。"她战栗了一下,"从我出生到现在,看到的都是我们的同胞跟树林和石头抗争,想要得到可用的土地,努力开辟出生存空间。我们比邻星六号行星没有任何重型装备,只有手工农具和我们自己的背包。你是知道的,你见过我们的村子。"

柯特小口抿着咖啡，"比邻星六号行星上有很多超能者吗?"

"很少，大部分能力都不强。有几个重生者、少得可怜的驭物者——没有一个人能和萨莉媲美。"她笑起来，露出牙齿，"跟你们这儿较发达的城市相比，我们就是一群乡巴佬。你知道我们是怎么生活的。村子零零散散的，偶尔有个小农场，屈指可数的几座补给中心点缀其间，剩下的就是一大片悲凉的荒野。你见过我的家人，我的兄弟们和我的父亲，还有我们家的生活，假如那座原木垒成的棚子可以被称作一个家的话。那儿大概要比地球落后三百年。"

"你们了解过关于地球的知识?"

"哦，是的。直到分离运动之前，我们都能接触到从太阳系直接运送过来的录影带。我不是说我因此对分离运动感到不满。我们本来就应该把心思放在外出劳作上，而不是看什么不切实际的影带。但那些真的很有趣，我们的母星、母星上的大城市、母星上数以亿计的人们，还有金星和火星等早期的殖民地。真是不可思议。"她的声音里难掩激动之情，"那些殖民地，也曾像我们的比邻星六号行星一样。他们开垦这些殖民地的方式，和现在的我们如出一辙。总有一天，我们会把比邻星六号行星开垦出来，建造起城市，将自然地貌推离。我们会继续努力的。"

朱莉离开冰箱的支撑，开始收拾桌上的餐具，看也不看帕特一眼。"也许我这么问太天真。"她对柯特说，"但是，她要在哪里睡觉呢?"

"你其实知道答案。"柯特耐心地回答，"你能预见到这一切。蒂姆在学校,所以她可以睡在他的房间里。"

"那你打算让我怎么办?给她做饭,伺候她,当她的女仆?要是别人看见她,问起来,我该怎么说?"朱莉的声音越来越尖厉,"我是不是要说她是我妹妹?"

帕特微笑着看看柯特,手里摆弄她衬衣上的纽扣。显然她并没有受到影响,完全没有被朱莉刺耳的声音困扰。她淡定,近乎超然,对别人的怨气和激愤都没感觉。

"她不会需要任何照料。"柯特对妻子说,"不用管她。"

朱莉点燃一支香烟,手抖得有点儿激烈,"我倒是很想不管她。但她不能穿着那些工作衫到处乱晃,看起来像个罪犯一样。"

"你的可以给她穿。"柯特建议。

朱莉的脸抽搐了一下,"她太胖,没法儿穿我的衣服。"然后她故意刻薄地对帕特说,"你穿多少码的衣服?腰上得穿三十码的了吧?我的天哪,你平时都在干什么?拉犁吗?看看你的脖子和肩膀……你看起来简直就像一匹干农活的马。"

柯特突然站起来,把椅子向后推离餐桌。"跟我来。"他招呼帕特,感到了将她从这个暗流汹涌的怨恨氛围中带离的重要性,"我带你到周围看看。"

帕特跳起来,她的脸颊兴奋得泛红,"我什么都想看。这里的一切都好新鲜。"她快步跟上。柯特抓起外套,走向前门。"我们能不能去参观你们训练超能者的学校呢?我想要看你们怎样发展他们的超能力。还有,我们能不能去了解下殖民地政府的运作方式?我想知道费尔柴尔德是怎样跟超能者共事的。"

朱莉跟在两人后面进入前廊。凉爽清新的晨风在他们身边吹过，夹杂着汽车离开住宅区前往城市的声音。"你可以在我房间里找到裙子和汗衫。"她对帕特说，"挑选薄一点儿的衣服。这里的天气要比你们那儿热一些。"

"谢谢你。"帕特说。她快步回到房子里。

"她很漂亮。"朱莉对柯特说，"等她洗漱着装后，我猜她会很养眼。她身材很好——偏健壮那种。但除此之外吸引你的，还有她的思维？或者她的个性？"

"当然。"柯特回答。

朱莉耸耸肩，"好吧，她很年轻。比我年轻多了。"她黯然一笑，"还记得我们初次见面时的情形吗？十年前……能见到你，能和你说话，我感到特别好奇。你是这个世界上除我之外的唯一一个预知者。关于你我的未来，我曾有过那么多的梦想和希望。那时我和她一般大，或许还要更小一些。"

"未来很难预料，"柯特说，"即便对你我而言。在感情这种问题上，半小时的预知时间远远不够。"

"这事儿有多久了？"朱莉问。

"也没多久。"

"还有其他女孩吗？"

"不。只有帕特。"

"我意识到你外面有人的时候，只希望她能配得上你。我希望她能给你幸福。我猜是因为她生活在偏远之地,所以那份懵懂无知才让人印象深刻吧。你和她在一起,比和我在一起和睦多了。你大概不会觉得她的懵懂无知是个缺点——如果那也算缺点的话。或许你们更合得来还因为她的超能力,那个令人捉摸不透的超能力。"

柯特束紧衣服的袖口,"我想这没什么可以苛责的地方吧。她只是从没接触过我们这种工业化城市里的很多东西而已。当你对她说那些话的时候,她看上去都不怎么理解。"

朱莉轻轻触碰他胳膊,"那你就好好照顾她吧。这当口你得护她周全。我不知道雷诺兹会作何反应。"

"你预见到什么了呢?"

"没有跟她有关的内容。你们会出门……在我预见时间的最长端,我在一个人做家务。至于现在,我想去城里买些东西,挑几件新衣服。也许我还能给她买些穿的。"

"我们会去买衣服。"柯特说,"就不用你经手了。"二人说话间,帕特走了过来,她穿了一件米色衬衣和一条长及脚踝的黄色长裙,黑眼睛光彩照人,头发在晨雾中湿润亮丽。"我准备好啦!我们可以出发了吗?"

两人欢快地跨下台阶,阳光照耀在他们身上。"我们要先去学校,把我儿子接上。"

三人沿着通往白色水泥教学楼的卵石路缓步而行,旁边是泛着微光的湿润草坪,它们要细心维护,才能在这颗行星残酷的天气条件下存活。蒂姆蹦蹦跳跳地走在柯特和帕特前面，每从一个物体旁边经过，他都要仔细倾听观察，小小的身体紧张而又机警地向前迈进。

"他不大爱说话。"帕特说。

"他太忙了，没工夫留意我们。"

蒂姆紧紧地盯着一丛灌木一动不动。帕特好奇地走近他的身后，"他在找什么？他可真是一个小帅哥呀……头发遗传了朱莉。她有一头好看的秀发。"

"看那边，"柯特对儿子说，"那儿有好多小孩可以观察。去跟他们玩吧。"

主教学楼的入口处挤满了带着小孩的父母，人群躁动又焦虑。穿制服的学校职员穿梭在孩子们中间，为他们排序、核验，并将小孩们分到不同类别的组里去。时不时会有一小队小孩子获准通过安检系统进入学校。他们的母亲则等在门外，脸上的表情既担心又期待。

帕特说："这跟比邻星六号行星上差不多，每当学校团队开始统计和普查的时候，每个人都想让自己未被分类的孩子归入超能者那一组。我的父亲也努力了好几年，想让我脱离潜能者行列。但他最终放弃了。你之前看到的那份报告，就是他定期提交的申请表之一。它肯定被归档封存在某地了，是不是？躺在某个抽屉里吃灰。"

"要是我们这件事顺利，"柯特说，"会有很多孩子有机会脱离潜能者行列。你不会是唯一的幸运儿，但会成为第一个。这是我们的希望。"

帕特踢着一块小石头，"我并没有觉得自己有那么新鲜，或者跟别人有那么大不同。我其实一点儿感觉都没有。你说我可以完全抵抗心灵感应者的探测，但我一辈子也只被探测过一两次而已。"她古铜色的手指摸了一下自己的头，微笑起来，"要是公会的人没有扫描我的头脑，我就跟别人没什么两样。"

"你的天赋是一种反制力。"柯特指出，"需要与之对应的超能力刺激，才能显现出来。在你那种原始的生活当中，就算根本不会被发现也情有可原。"

"反制力天赋。这听起来——还真是被动呢。我什么都不会做，不像你们这些人……我不会移动物体，不会把石头变成面包，也不会未孕生子，或者让死人复活。我只能够抵消别人的超能力。消除心灵感应的因素——这听起来真是一种充满敌意又非常鸡肋的能力。"

"它可以像心灵感应能力本身一样有用，尤其是对我们这种没有心灵感应超能力的人来说。"

"假如有能完全抵消掉你的超能力的人出现，柯特，"她神色极其严肃，声音也听起来闷闷不乐，"以后便会有能抵消**一切**超能力的人出现，那一切不就又回到了起点？就像超能者从未出现过一样？"

"我不这么认为。"柯特回答说，"反制力超能者的出现，其实是自然界恢复平衡的一种方式。一种昆虫学会了飞行，所以另一种昆虫就学会了织网来捕捉它。这能跟没有任何昆虫会飞一样吗？蛙类进化出了硬壳来保护自己，所以鸟儿们学会了带着蚌类飞到高空，再把它们丢到石头上。换句话说，你是超能者的天敌，而超能者又是自然人的天敌——这就让你成了自然人的朋友。平衡、循环、天敌和猎物，这是一个永恒的系统。坦率地讲，我也不知道它会进化成什么样。"

"你可能会被看作是叛徒吧。"

"是的，"柯特同意，"我也这么觉得。"

"你不在乎吗？"

"人们对我怀有敌意的确会让我有所困扰。但人只要活着，就一定会引发特定人群的敌意。朱莉对你就怀有敌意，雷诺兹也已经在敌视我。你不可能取悦所有人，因为每个人想要的东西都不一样。取悦了一个人，就会惹怒另一个。在人生中，你不得不决定自己想要取悦哪些人。我宁愿选择取悦费尔柴尔德。"

"他应该感到高兴吧。"

"如果他能明白发生了什么的话。费尔柴尔德是个工作负担过重的官僚主义者。他或许会觉得我是越俎代庖，不应该替你的父亲提出有关你的申请。他想要的，可能只是让这份文件放回原位，让你返回比邻星六号行星。他甚至有可能想要我交一笔罚款。"

他们离开学校，沿着长长的公路驱车来到海边。蒂姆一看到无人的沙滩就开始欢呼，挥舞着双臂跑上前去，呼声被不断翻涌的浪涛声吞没。天空是红色的，带着温暖的气息。三人完全被大海、天空和沙滩包围，像是处在一个孤立的碗形世界里。这儿一个人也没有，只有一群原生海鸟走来走去，在沙滩上觅食着贝类。

"这儿真美!"帕特赞叹道，"我猜地球上的海洋应该也像这样，宽广、明亮，还泛着红。"

"那里的海是蓝色的。"柯特纠正道。他伸展四肢躺在温暖的沙子上，嘴里叼着烟斗，眼睛盯着几码外试探着冲上前来的海浪，神色郁郁。海水退去，留下几堆散发着水汽的海生植物。

蒂姆快步跑回来，两臂抱满了黏滑的海草，一路滴着水。他把那一大卷仍在微微抖动的海洋植物丢在帕特和他父亲面前。

"他喜欢大海。"帕特说。

"因为异类没办法躲在那里。"柯特回答，"只要在海边，他就能看到几英里范围内的事物，所以他知道那些家伙没办法偷偷接近他。"

"异类?"她有些好奇，"他真是个奇怪的孩子，焦虑又忙碌。他把自己独特的世界看得太重。我猜，那并不是一个轻松的世界，有太多的责任需要担负。"

天空变得炎热起来。蒂姆开始用海边的湿沙建造一座复杂的沙堡。

帕特光脚跑去给蒂姆帮忙。两人一起忙碌，添上了一堵堵围墙、一幢幢侧楼和一座座高塔。在水面反射的强光下，能看见女孩赤裸的肩膀和后背渗出的汗珠。她终于坐了下来，筋疲力尽地喘着气，把头发从眼前撩开，站了起来。

"真是太热了，"她喘息着说，然后躺倒在柯特身边，"天气和我们那儿太不一样了。我好困。"

蒂姆还在继续建他的沙堡。两个大人静静看着他，指间失去水分的沙子渐渐落到地上。

"我猜，"过了一会儿帕特说，"你的婚姻差不多要走到尽头了吧。我让你和朱莉的共同生活变成了不可能。"

"这并不是你的错。我们一直貌合神离。除了超能力是唯一的共同点之外，我们两人性格不合，完全是两个截然不同的个体。"

帕特褪下长裙，踏进海水。她蹲下来，坐在翻涌的粉色浪涛间，开始清洗头发。精壮黝黑的身体半掩在浮沫和海草间，健康的肤色在阳光下泛着水光。

"快来！"她喊柯特，"这水好清凉。"

柯特把烟灰磕进干燥的沙地，"我们得回去了。早晚我都得跟费尔柴尔德摊牌。我们需要他做出决断。"

帕特从海水中大步走出，浑身湿淋淋的，将头向后甩了甩，让发梢垂在肩膀上。半道上的蒂姆吸引了她的注意力，她停下来研究他的沙堡。

"你说得对，"她对柯特说，"我们不应该在这里玩水、打瞌睡、建沙堡。费尔柴尔德正在极力维持分离运动，我们有切实可行之策，能助这片发展迟缓的殖民地一臂之力。"

她一面用柯特的外衣擦干身体，一面跟他讲比邻星六号行星的状况。

"那里就像是地球上的中世纪。我们大多数人都把超能力当作神迹。他们将超能者尊为圣徒。"

"我估计当年的圣徒就是超能者。"柯特说,"他们让死者复生,把无机物变成有机物,还能让一些东西自行移动。拥有超能力的人,可能在整个人类种族的各个时代都有。超能者并不是什么新鲜事物,他们一直都在我们中间,有时帮忙,有时伤害,如果他把能力用来反人类的话。"

帕特穿上她的凉鞋,"我们村子附近有个老婆婆,是个一流的复生者。她不肯离开比邻星六号行星,既不愿跟政府走,也不愿跟学校走。她只想待在自己的出生地,做一名巫师或者有智慧的女人。患病的人们上门来求她,她就会医治他们。"

帕特穿好上衣,走向汽车,"我七岁时摔断过胳膊。她把两只苍老的枯手放在上面,断骨就自动接好了。显然,她的手能发射某种再生力场,影响到细胞的生长速度。我记得有一次,有个男孩淹死了,她把他救活了。"

"找到能治病的老婆婆,再找一个能预见未来的人,你们的村子就能发展壮大。我们超能者帮助人类的历史可能比我们认识到的时间要长很多。"

"来吧,蒂姆!"帕特喊道,晒黑的双手叉在腰间,"我们该回去了!"

男孩最后一次弯腰看他的沙堡深处,看那复杂的内部空间,看他用湿沙建造的房间。

突然,他大叫一声向后跳开,疯了一般朝车子跑来。

帕特抱住他,男孩紧紧贴在她身上,面孔因恐惧而扭曲。"到底怎么了?"帕特也被吓坏了,"柯特,**这是怎么回事?**"

柯特走过来,蹲在男孩身边。"那里面有什么呢?"他柔声询问,"是你自己建造了它呀。"

男孩的嘴唇在颤抖。"一个**左型人**。"他用细小到几乎听不见的声音说,"里面有个左型人,第一个真正的左型人,而且它赖着不肯走。"

帕特和柯特不安地对视了一眼。"他在说什么?"帕特问。

柯特走到车后面,为两人打开了车门,"我也不清楚。我们最好还是回城里去吧。我会跟费尔柴尔德谈谈,解决反超能者阶层的事情。一旦这件事解决,你我就可以有一辈子时间照顾蒂姆了。"

费尔柴尔德的面色苍白又疲惫,坐在他办公室的桌子后面,两手互握放在身前,房间里有几名自然人幕僚,也在认真听着。费尔柴尔德两眼周围的黑眼圈很明显。他一面听柯特讲话,一面小口喝着番茄汁。

"换言之,"费尔柴尔德喃喃地说,"你是说我们不能真正相信超能者们。但这是自相矛盾呀。"他的声音里带着绝望,"一个超能者来到我面前,说'所有超能者都是骗子'。你又想让我怎样去做?"

"并非所有。"因为预见到了这情景,柯特还算冷静,"我的意思是,地球人的观念在一定程度上是对的……超能者的出现给那些没有超能力的人带来了麻烦,但他们的处理方式却是错的。绝育是一种邪恶又愚蠢的做法。但就像你们想的一样,要和超能者合作也不是简简单单就能做到的。你们要依靠我们的超能力才能幸存,这意味着在我们需要的时候,你们就得提供帮助。我们可以向你们发号施令,因为如果没有我们,地球人就会闯进来,他们的军队会把你们全都关进牢房。"

"也会消灭你们超能者。"一个老人站起来道,"请不要忘记这一点。"

柯特看看那位老人。就是昨晚那个宽肩膀、灰脸膛的家伙,他身上有一种似曾相识的感觉。尽管已经预见到他会站出来,但柯特还是凑上前去细细打量了他一番,然后深吸了一口气。

"你是超能者。"柯特说。

老人微微躬身,"显而易见。"

"继续,"费尔柴尔德说,"好了,我们已经见过这个女孩,而且我们将接受你关于反超能者的理论。**你想让我们做什么呢?**"他可怜兮兮地擦了下额头的汗,"我知道雷诺兹是个障碍。但是天杀的,要是没有超能公会,地球来的奸细就可能会遍及每一个角落。"

"我想让你在法律层面上设立一个第四阶层,"柯特说,"反超能者阶层。我想让你保证他们的生育权并公开宣布这条法令。让各个殖民星的妇女们带着她们的孩子赶来这里,只要他们能证明自己不是潜能者,而是反超能者,你们就要批准他们享有和超能者同等的地位。我希望你能建立反超能者阶层,这样我们就可以充分利用他们。"

费尔柴尔德舔舔嘴唇，"你认为现在已经有很多反超能者存在吗？"

"很有可能。我是偶然发现帕特的。但我们需要开启这个潮流！让母亲们都行动起来，在家家户户的摇篮边寻找反超能者……有一个算一个，我们需要能找到的全部。"

现场一片寂静。

"考虑到珀塞尔先生正在做的工作，"老人最后说，"将来也可能会出现一位不受预知能力影响的反预知者。像是海森堡的测不准粒子……一个能够抵抗所有预知者的人。但珀塞尔先生还是来这里提出了他的建议。他是在为整个分离运动考虑，而不是出于私心。"

费尔柴尔德的手指微颤，"雷诺兹会被气疯的。"

"他已经疯了。"柯特说，"毋庸置疑，他能在此时了解一切。"

"他会反抗的！"

柯特笑起来，现场有几位官员也笑了。"他当然会反抗。还没明白吗？**你们正走在被消灭的路上。**你们以为自然人还能保全自己很久吗？善心可是这宇宙间的稀有物品。对于超能者们的能力，你们只会像看到狂欢节的乡巴佬那样目瞪口呆。太棒了……太神奇了。你们鼓励超能者的培养，建造了超能者学校，在各殖民星都给了超能者可乘之机。再过五十年，你们自然人就会成为超能者的劳工。你们会承担所有的体力工作——除非你们有意识创立第四阶层,即反超能者阶层。你们现在必须站起来反抗雷诺兹。"

"我并不想跟他作对。"费尔柴尔德嗫嚅道,"真该死,我们两方为什么不能合作共赢呢?"他向房间里的其他人请求,"为什么所有人不能亲如兄弟?"

"这是因为,"柯特回答说,"我们并不是兄弟。面对现实吧。人类亲如兄弟是个很好的理念,但在社会各阶层达到均势之前是绝不可能出现的。"

"有没有可能,"老头儿提议道,"一旦这个反超能者阶层的概念传到地球,他们的绝育政策就会被更改?反超能者的出现,也许能消除自然人的盲目恐惧。他们之前把我们当怪物,一直担心我们会进攻并占领地球。他们还担心我们会和他们的姐妹通婚,连和他们一起坐在剧场里都怕得要死。"

"好吧。"费尔柴尔德同意了,"我要编写一份官方指令。给我一个小时敲定措辞——我不希望政策中有任何漏洞。"

柯特站起来。结束了。正如他此前预见的,费尔柴尔德已经同意。"一旦那些文件被提上日程,"他说,"我们应该能马上收到报告。"

费尔柴尔德点头,"是的,马上。"

"希望你们能与我保持联络,有进展请立刻通知我。"柯特突然感到担心。他已经成功了……不是吗?他预见了一下随后半小时的情景,并没有发现任何不利的发展。他只粗略看到一个他和帕特在一起的场景,然后是他和朱莉、蒂姆在一起的场景。但他还是感到不安，他的直觉似乎能比超能力预见得更多。

表面上，诸事顺遂。但他知道并非如此。有一个基本的、令人恐惧的地方出了问题。

四

他在城市边缘一个偏僻的酒吧里见到了帕特。他们的座位处在阴影之中。周围人多味杂，时不时有低沉的笑声响起，夹杂着听不清的窃窃私语。

"结果怎么样？"她问，黑亮的大眼睛盯着他，看着他坐到对面，"费尔柴尔德同意了吗？"

柯特给她点了一杯汤姆·柯林斯鸡尾酒，给自己点了加水的波本，然后大略讲述了此前发生的事。

"也就是一切顺利喽。"帕特隔着桌子伸手拉着他的手，"是吗？"

柯特嘬了一口酒，"我猜是的。反超能者阶层正在形成。但这一切似乎太过容易，也太过简单了。"

"你能预见未来，不是吗？有什么事会发生？"

黑暗之中，对面那台音乐机中传来模糊的乐曲，和声跟旋律随机组合在一起，变成轻柔的调子，飘向房间各个角落。几对舞者正伴着变换的节奏缓缓起舞。

柯特给了她一支香烟，两人都用桌子中间的蜡烛点着了，"现在,你有自己的地位了。"

帕特的黑眼睛眨巴了几下,"是啊,就是这样。新的反超能者阶层。我再也不用提心吊胆过日子了。一切都过去了。"

"我们在等其他人出现。如果没有,你就是新阶层唯一的成员。全宇宙唯一的反超能者。"

帕特沉默了一会儿。"你还预见到什么?"她喝了一口酒,问道,"我是说,我将会留在这里,对吗? 还是我要回到原来的行星?"

"你会留在这里。"

"跟你一起?"

"跟我一起,还有蒂姆。"

"那朱莉呢?"

"我俩一年前就拟定了离婚协议,协议放在某处的档案里,从未处理。这是我们达成的共识,所以我和她都不会阻碍对方的未来。"

"我觉得蒂姆喜欢我。他不会介意的,对吗?"

"一点儿也不会。"柯特说。

"将来会很幸福,你不觉得吗? 我们三个在一起。我们可以跟蒂姆一起努力,试着找出他的特长,确定他所属的阶层,了解他的想法。我会享受这过程……等他也愿意跟我沟通。我们还有很多时间,不必着急。"

两人十指交缠。在酒吧时明时暗的光线里,她的脸慢慢凑近了他。柯特身体前倾,在她温暖的气息触到自己的嘴唇时犹豫了一下,然后吻了她。

帕特抬脸冲他微笑，"我们有那么多事情可以做。在这儿，也许还会在比邻星六号行星。我想时不时回去一次，可以吗？小住一段时间就好，我们不用永远留在那里。这样我就能看到之前我一直在用生命努力的事业还在进行，也能看到自己的行星不断发展。"

"当然，"柯特说，"可以的，我们会回那里去。"

在他们对面，有个神色紧张的小个子男人吃完了他的蒜香面包和红酒，然后擦了下嘴巴，看了眼手表，站了起来。他一面挤过柯特身边，一面将手放到了自己口袋里，咔咔摆弄着里面的零钱。等他突然把手抽出来时，一支试管出现在了他的手上。他转过身，俯身朝着帕特的方向，压低了试管口。

一滴液体从试管中滴落，只在她黑亮的头发上停留了一瞬间，转眼就消失了。接着一声重物倒地的沉闷回响，辐射着传向附近的各桌。而那神情紧张的小个子则继续向前走远了。

柯特站起来，惊愕到麻木。他的眼睛还在往下看，脑袋却已经瘫痪了，直到雷诺兹出现在他身边，用力拉了他一把，才将他拉回了现实。

"她死了。"雷诺兹说，"理解一下吧。她是瞬间死亡的，没有感觉到任何痛苦。毒药直接作用于神经中枢，她甚至都没感觉到它的存在。"

酒吧里一片镇定。所有人都坐在原来桌子边，表情平静地看雷诺兹示意要更多灯光。黑暗散去，房间里的一切显出了原形。

"关掉那台机器。"雷诺兹尖声下令。音乐机缓缓沉寂。"这些都是超能公会的人。"他对柯特解释道,"你进入费尔柴尔德办公室时,我们就从你脑子里知道了你会来这儿。"

"但我却没有预见到。"柯特喃喃地说,"没有预警,没有预感。"

"杀她的那个男人也是一名反超能者。"雷诺兹说,"我们很多年前就知道这类人的存在了。你还记得吧,最开始发现帕特里夏·康纳利反超能力的那次探测。"

"是的,"柯特同意道,"她早在几年前就被探查过了。被你们的人。"

"我们不喜欢反超能者。我们不想让你建立起这个阶层,但又对他们感兴趣。过去十年间,我们已经发现并拉拢了十四名反超能者。在这件事上,我们几乎得到了整个超能者阶层的支持,除了你。当然了,问题在于,除非碰上了与之对应的超能者,反超能者是无法被发现的。"

柯特明白了,"你们必须让那个男人和预知者碰上。而这个世界上的预知者除我之外只有一个。"

"朱莉很配合。我们几个月前找到了她,向她提供了确凿无误的证据,捅出了你和那个女孩搞外遇的事实。我不明白你怎么能希望心灵感应者无法探知你的计划,但显然你的确是一直这么希望的。无论如何,这女孩已经死了。世上再也不会有什么反超能者阶层。因为不喜欢摧毁有天赋的个体,我们已经忍了够久了。但费尔柴尔德已经在签署授权法令的边缘,所以我们无法再推迟。"

柯特挥起拳头,冲雷诺兹疯狂出击。其实这样做的时候他就已经知道此举必然徒劳。雷诺兹向后滑开的时候脚绊到桌子，险些摔倒。柯特扑到他身上，敲破帕特用过的高脚玻璃杯，将凹凸不平的边缘逼在雷诺兹脸上。

超能公会的人把他拉开。

柯特甩开了他们。他弯腰抱起帕特的尸体，她身上还是暖的，脸色平静安详，没有任何表情，像是一具燃尽的空壳，反映不出任何信息。他把她从酒吧带走，踏入了寒冷的午夜街头。片刻之后，他把她放进自己的车里，然后坐上了驾驶座。

他驾车到了学校。停下车后，把她带进了主楼。一路经过满脸震惊的学校职工，终于到达了孩子们的生活区，用肩膀撞开了萨莉房间的门。

她还醒着，衣着整齐，正坐在一张直背椅子上。那孩子一脸挑衅地看着他。"你明白了吧？"她语调尖锐地说，"明白自己都做了些什么？"

他脑中一片混乱，竟一时无法回答。

"这都是你的错！是你逼雷诺兹这样做的。他**不得不**杀了她。"她跳起来，冲着柯特歇斯底里地叫嚷道，"你是超能者的公敌！你跟我们所有人作对！你要给我们所有人制造麻烦。我告诉了雷诺兹你正在做什么，而他——"

但他渐渐听不见了，只顾着手上的重物，缓缓退出那个房间。当他笨重地沿着走廊前进时，那女孩激动地追在他的后面。

"你是想穿越到外星球是吗——你想让'大碗面'送你去！"她跑

到了他前面,左推右攘,像只疯狂的昆虫,眼泪从她脸颊流下来,一张脸哭得都难以辨认了。她一直跟着他到了"大碗面"的房间。"我才不会帮你!你跟我们所有人为敌,我以后再也不会帮你了!她死了我好**开心**。我希望你也死掉。等雷诺兹抓到你,你就死定了。是他这么跟我说的。他说世上再也不会有你这样的叛徒出现,我们会让事情按照超能者想要的方向发展。没有任何人——不管是你,还是其他那些**笨脑瓜**——能阻止我们!"

他把帕特的尸体放在地板上,然后走出了房间。萨莉还跟在他后面。

"你知道费尔柴尔德让'大碗面'做了什么吗?他修理了他,所以他再也做不了任何事。"

柯特打开一扇锁闭的门,进入他儿子的房间。门在他身后关闭,将女孩疯狂的喊叫声隔绝成了模糊的震动。蒂姆在床上坐起,脸上半是震惊半是惺忪。

"跟我来。"柯特说。他把孩子从床上拽下来,给他穿上衣服,然后带他快速出门,进入走廊。

他们再次进入"大碗面"的房间时,萨莉挡在了二人面前。"他不会做的。"她尖声大叫道,"他怕我,而我已经说了不许他做。你懂?"

"大碗面"瘫软在他巨大的椅子里。柯特靠近时,他的一只巨掌举了一下。"你想要什么?"他咕哝说,"她怎么了?"他指的是帕特一动不动的身体,"她是晕倒了吗,还是怎样?"

"雷诺兹杀死了她！"萨莉又开始尖叫，在柯特父子周围跳脚，"接下来他还将杀死珀塞尔先生！他会杀死任何胆敢阻止我们的人！"

"大碗面"肥厚的脸上表情一暗，身上的肉块因为怒气染上了斑驳的红色。"到底出了什么事，柯特？"他低声问。

"公会想要夺权。"柯特回答。

"他们杀死了你的妞？"

"是的。"

"大碗面"勉强坐起，探身向前，"雷诺兹正在追杀你？"

"是。"

"大碗面"犹豫着舔舔自己肥厚的嘴唇。"你想去哪儿？"他的嗓子有点儿哑，"我可以送你离开这个地方，也许去地球。或者——"

萨莉两手疯狂做动作。"大碗面"椅子的一部分在超能力的作用下开始扭动起来。扶手拧在他的身体上，将他的胳膊狠毒地缠进肚子上布丁一样的肥肉里。他痛得几乎干呕，紧紧地闭上了眼睛。

"我会让你后悔的！"萨莉拖着长腔说，"我可以对你做非常可怕的事！"

"我并不想去地球。"柯特说，他抱起帕特的尸体，示意蒂姆站到自己身边，"我想去比邻星六号行星。"

"大碗面"犹豫起来，一时难以决定。房间外，学校职工和超能公会的人正在小心翼翼地观察着。整个走廊里传来一片忙乱的声音，人们手足无措。

614

萨莉将自己的声音提高,直至盖过外面的声音,以此来吸引"大碗面"的注意,"你知道我会对你做什么! 你知道你会落到怎样的下场!"

"大碗面"终于做出了决定。他在成功传送柯特之前给了萨莉一击,但失败了。一吨重的熔化塑料被他从地球上的某个工厂运来,嘶鸣着倾注在萨莉身上,萨莉的身体被熔化掉了一部分,一只胳膊还高举在空中不断抽搐,惨叫声不断回荡在空气里。

"大碗面"一击即中,但垂死的女孩对他施加的超能扭曲也已经存在。柯特开始感觉到周围的空气进入空间转移状态时,他最后一眼瞥见了"大碗面"深受折磨的样子。之前他一直不知道为什么萨莉能让那个大白痴那么害怕,现在他看到了,也懂了"大碗面"的犹豫。"大碗面"的喉中迸发出高分贝的凄厉惨叫,但那声音已经随着房间渐渐远离了柯特的周围。在萨莉的超能力之下,"大碗面"的身体变了样,流成了一摊。

那一刻,柯特才意识到那团蔬菜卷一样的油脂鼓起了多大的勇气。"大碗面"早就知道其中的风险,却依然选择了这么做,还接受了全部——或者一部分——后果。

他那硕大的身体已经变成了一大团到处乱爬的蜘蛛。曾经的"大碗面"现在已经成了一堆不断颤抖的毛茸茸团子,成了一堆成千上万不可计数的蜘蛛。它们在掉落后又聚集成团,接着又分散,然后再度聚集。

然后整个房间消失。他被送到了另一颗行星。

此时刚过中午。柯特躺了一会儿，身上被纠结的藤蔓埋了一半。有虫子在他身边哼鸣，在臭臭的花梗上寻找汁液。红色的天空被逐渐升温的阳光烘烤着，远处传来某种动物的悲鸣。

近处，他的儿子动了一下。男孩站起来，漫无目的地四下走了走，最后走到了他父亲面前。

柯特吃力地站起来。他的外衣已经被扯破，脸上也有血淌下，流入嘴角。他晃了晃脑袋，打了个寒噤，然后四下张望。

帕特的尸体就在几英尺之外。它表面的衣服已经变皱、破碎，整个人没有一丝生气，只是个被抛弃被冷落的空壳。

他来到她身边，蹲下来，眼神空洞地凝视了一会儿。然后他倾身将她抱起，吃力地重新站了起来。

"来吧，"他对蒂姆说，"我们出发。"

他们走了好久。"大碗面"把他们放在了村子之间、比邻星六号行星繁盛的森林里。他一度停在空旷地带休息。在那些由低垂的树木组成的林地边缘，有一抹蓝烟飘浮。或许是座窖窑，或许是有人想在灌木丛中烧出一条道来。他再度把帕特抱起，继续前进。

等他离开林地，走上大路，周围的村民都被吓呆了。有些人撒腿就跑，只有少数留下来，眼神茫然地看着这个男子和他身边的男孩。

"你是谁？"有个人一边摸索着自己的砍刀，一边问道，"你来做什么？"

他们找了一辆干活儿用的卡车给他坐，允许他把帕特放在粗略切割过的原木中间，将他们送到了最近的村庄。距离不算太远，只有一百英里左右。村民们给了他一些食物和厚实的工作服，给蒂姆也洗过澡，还有人照顾他。然后全村聚起来开了个会。

柯特坐在一张巨大粗糙的桌子旁，上面还残留着午饭的痕迹。他已经知道这些人的决定，他早就轻而易举地预见到了。

"她修复不了死了那么久的人。"村长向他解释道，"那女孩整个上半身的神经系统、脑子，还有大半的脊髓都已经被毁了。"

柯特听着，但没有说话。后来，他设法弄来一辆破卡车，把帕特和蒂姆装上去，继续前进。

帕特的村子已经通过短波电台得知了消息。他到达那里时，被好多双手粗野地拖下了卡车。周围一片喧哗，人们义愤填膺，脸孔也因为伤痛和恐惧而扭曲。周围全是气愤的质问声和呼喊声，无数看不清面目的男人和女人围着他、攘着他，直到帕特的兄弟们为他清出一条通道，让他进到了家里。

"没用的，而且我猜那老婆婆已经不在那了，那都是好几年前的事了。"帕特的父亲指着群山说，"她住在那边的高山上——以前会偶尔下山，但近几年都没下来过。"说着，他粗暴地抓住柯特，"太晚了！该死的！她已经死了！无论你用什么办法她都不会回来了！"

柯特听着这些话，还是什么都没说。他连使用预见能力的兴趣都没有。等那些人说够了，他就抱起帕特的尸体回到卡车上，叫上儿子,继续前进。

天气越来越冷,周围越来越静,卡车喘息着爬上山。冰冷的空气压迫着他,水汽浓重的云雾正在石灰质的山体中翻腾,遮天蔽日,让他看不大清道路。有一次,一只巨大笨重的动物挡住了去路,他丢石头把它赶开了,才得以继续赶路。最后,卡车油料耗尽,停了下来。他下了车,站了一会儿,然后叫醒儿子,徒步继续行进。

等他找到那座立于石壁边缘的小屋,天已经快要黑了。动物内脏和晾晒皮革的腐臭味刺激着他的鼻腔,他跌跌撞撞走过去,一路穿过丢弃的垃圾、白铁罐、箱子、腐烂的织物和遍布蛀虫眼的木板。

老婆婆正在浇灌一片可怜兮兮的菜园。他靠近时,她放下喷壶,转过身来看他,满是皱纹的脸紧绷着,怀疑又诧异。

"我做不到。"她蹲在帕特死气沉沉的身躯旁,平静地说。她伸出干瘪的两手拂过死者的面庞,把女孩的衬衣扯开,揉捏脖颈根部的冰冷肌肤。接着又把纠缠的黑发分开,用力挤压颅骨。"不行了,我什么也做不了。"在周围翻滚的夜雾中,她的声音显得沙哑又严厉,"她已经油尽灯枯,机体组织早就超过了可以修复的时限。"

柯特努力让自己干裂的嘴唇动起来。"还有其他人吗?"他的声音几乎是从嗓子里挤出来的,"这里还有没有其他的复生者?"

老婆婆费力地站起来,"没人能帮你了,你还不明白吗? 她已经死了!"

但他还是不肯走,他一遍又一遍地求问那个老婆婆,最后得到了一个勉强的答复——在这颗行星另一端的某处,有个能力和她不相上下的复生者。他把自己的香烟、打火机和自来水笔都给了老婆婆，然后开始返回。蒂姆跟在他后面，无力地垂着头，累得直不起腰。

"快跟上。"柯特严厉地命令他。老婆婆默默地看着他们在比邻星六号行星那两颗阴沉的黄色月亮之下走下了弯弯曲曲的山路。

他仅仅走出了四分之一英里。不知怎么地，她的尸体不见了，没有任何征兆。他失去了她，她被遗失在了路上的某处，不知是垃圾遍地的岩石之间，还是像手指一样沿路触摸着他们的杂草之间。也许是掉入了哪一条深谷，它们经常在参差不齐的大山侧面陡然出现。

他坐下来，休息了一会儿。现在什么都没有了。费尔柴尔德已经处在了公会的控制之下。"大碗面"已被萨莉杀害。萨莉也死了。殖民地的防护墙已然洞开，再也拦不住任何地球人；"大碗面"一死，抵挡地球导弹的防护墙就已随之消失。帕特也不在了。

背后有声音传来。绝望又疲劳地喘息着的他，只能微微侧转了一下身体。有一瞬间，他以为那是蒂姆跟了上来。他用力想要看清，但在半明半暗的光线中出现的身影过于高大稳健，还有些熟悉。

"你是对的。"那个老头儿说，是曾经站在费尔柴尔德身边的那个老年超能者。在金黄的月色下，缓步而来的他显得高大又威严，"现在想让她复活并没有什么用。做是能做到，但是难度太大了。而且，你我还有其他事务需要考虑。"

柯特挣扎着想要逃走。他踉跄着跌倒了，被脚下石头划伤也不管，只知道沿着小路盲目奔逃。身后的尘土随着他的脚步飞扬起来，他被呛到了，挣扎着跑上一段平地。

等到他再度停下脚步，跟上他的却是蒂姆。有一瞬间，他以为这是幻觉，只是自己的想象。老人已经不在，或许那人从来都没有出现过。

直到亲眼看见这种变化，他这才彻底明白了。这一次，变化发生在时间线的另一个方向。他看出这一次出现的是位于时间轴线左侧的左型人。这是个熟悉的身影，但并非现实中的熟悉，因为这个身影来自他的记忆，来自过去。

刚才那个八岁男孩站立的地方，现在是一个十六个月大小的婴儿，哭叫着，挣扎着，扑腾着。随即，变化再次发生，向时间轴线的另一个方向移动……现在，他再也无法否认自己双眼亲见的这一切了。

"好了。"他说。婴儿已经消失，八岁的蒂姆再次出现。但小男孩只存在了短短的一瞬，几乎立即便消失了。这一次，站立在山路上的是一个全新的形象。一个三十五六岁的男子，一个柯特从未见过的人。

却又如此熟悉。

"你是我儿子。"柯特说。

"对。"那男人在暗淡的月光下审视他，"你已经知道她无法被复活，不是吗？我们必须把这个问题丢下，继续前进。"

柯特疲惫地点头，"我知道。"

"很好，"蒂姆向他走来，伸出一只手，"那么我们下山去，还有很多事儿等着我们去做。我们这些在时间线上居中的中间型人，还有最靠右边的极端右型人，一直都在想办法穿过来，尝试了很久。但如果没有获得存在于当前时间点的那个蒂姆——也就是中央型人——的同意，我们很难穿回来。具体到那几次，中央型人的年龄太小，无法理解这种事情。"

"原来他说的是这个意思。"柯特咕哝说，他们两个正沿山路返回村庄，"所谓的异类就是他自己，他一生时间线上的自己。"

"左型人就是以往的自己。"蒂姆说，"右型人，当然，就是未来的。你说过，预知者和预知者相加等于零。现在我们终于知道了。二者的结合带来的是终极的预知形式——进行时间旅行的能力。"

"你们这些'异类'一直都想进入蒂姆现在的世界。他看到了你们，然后被吓到了。"

"对他来说，确实很难接受，但我们早就知道，他早晚会长大，迟早能理解这一切。他将自己活成了一个神话。应该说，是我们。是我。"蒂姆大笑起来，"你看，现在还没有适当的术语来形容。任何史无前例的事，总会让语言显得苍白无力。"

"我可以改变未来，"柯特说，"因为我可以预先了解。但我不能改变现在。而你却可以从你的现在穿越回你的过去。这就是那个极端右型的异类，那个老头儿，一直待在费尔柴尔德身边的原因。"

"那是我们第一次成功的穿越。我们终于诱使中央型人朝着右型人的方向变化了两个阶段。虽然这对两人都有影响，但还需要时间。"

"现在会发生什么呢？"柯特问，"战争？分离运动？还是关于雷诺兹的什么事？"

"正如你所想，我们可以穿越回过去改变现在。这很危险。过去的一点儿小小变更，就可能完全颠覆现状。时间旅行能力是最关键的，也是最像普罗米修斯的能力。其他任何超能力，无一例外，都只能改变将来要发生的事。我却有能力抹去一切现状。我优先于所有人，一切事物。没有任何东西可以用来对付我。任何时候我都可以先发制人，因为我无时不在。"

一直到他们经过那台被丢弃的生锈卡车时，柯特还在沉默着。他终于问："反超能者是什么？你要用他们来做什么？"

"不做什么。"他的儿子说，"你会因为推广这个概念而受到好评，因为在几个小时之前，费尔柴尔德他们根本没有运作这个阶层的打算。但我们穿越回来帮你实施这个计划了——也就是之前你在费尔柴尔德那儿看到的那一幕。我们正在**支持**反超能者。你会吃惊地发现，在其他有些时间线上，反超能者阶层的计划没能顺利进行。你的预见并没有错——那种状况并不乐观。"

"所以最近的事儿，是我从你们那里得到了帮助。"

"我们一直在支持你，是的。而且从现在开始，我们的帮助力度将不断加大。不论何时，我们总在努力引入平衡。制衡的力量，比如反超能者。现在，雷诺兹有点儿破坏平衡的倾向，但他很容易被制伏。我们已经在采取一些步骤。我们当然也不是无所不能的。我们会被自己的寿命限制,大约只有七十年。活在时间之外的感觉很奇怪,你会游离于一切变化之外,不必服从任何准则。

"那感觉就像突然被提升到棋盘之上,看到其他所有人都是对局中的棋子——整个宇宙都是黑白格子上的对局——每个人、每件物品都被卡在他们对应的时空交结点上。而我们却在棋盘之外。我们可以从空中伸手下去,调整、改变那些人的位置,在局中棋子不知情的情况下改变战局,从外部施加影响。"

"你能把她带回来吗?"柯特恳求道。

"你不能指望我对那个女孩有太多同情。"他的儿子说,"毕竟,朱莉才是我的生母。我现在才知道人们以前说'众神的磨盘'是什么意思。我也希望我们能研磨得更粗放一点……我希望我们能放过一些被卡在命运齿轮中的生灵。但如果你能站在我们的角度看,就会理解。我们对整个宇宙的平衡负有责任,它实在是太大了。"

"棋盘太大,以至于一个人的生死无关紧要吗?"柯特极度痛苦地问。

他的儿子看上去很为难。柯特记得,自己向男孩解释他无法理解的话题时,也是这样一副表情。他希望蒂姆在这类情况下,能比他这个父亲做得更好一些。

"不是那样的。"蒂姆说道,"对我们而言,她根本就不曾离去。她还在,在另一个你无法看到的棋盘上。她以前一直在那里,以后也会继续存在。从来不曾有任何棋子从盘面掉落……无论它多么渺小。"

"只是在你看来。"柯特说。

"是。我们本来就在棋盘之外。也许我们的才能将来会被所有人共享，到那时，就再也不会有悲剧和死亡了。"

"但现在呢？"柯特紧张到极致，无比**盼望**蒂姆能同意他的请求，"我没有你那样的天赋。对我来说，她就是已经死了，她曾在棋盘上占据的方格已空。朱莉无法填补它，任何人都不能。"

蒂姆考虑了一下。他看上去像是在深思，但柯特能感觉到，他的儿子实际上正在时间线上不停移动，寻找一个能证明自己所言非虚的时段。等他的眼睛再次聚焦在父亲身上时，他伤心地点了点头。

"我无法让你看到她在哪一个棋盘上。"他说，"而你今后的生活，不管从哪一条可能的时间线上看去，都是一片空白。除了这一条。"

柯特听到有人正分开灌木丛朝他走过来。他回头看——然后帕特就扑进了他的怀里。

"就是这一条。"蒂姆说。

超能者，救我儿！

他是个瘦子，中年人，头发和皮肤都油腻腻的，牙齿间叼着一根皱巴巴的卷烟，左手紧握方向盘。他那辆车是一台二手旧卡车，开起来声很大，但行驶还算平稳。车子不断爬坡，逼近居住区边缘的检查站。

"慢点儿开，"他的妻子说，"那堆板条箱上面有个卫兵。"

埃德·加尔比踩下刹车。汽车减速，闷闷不乐地惯性前进了一段，停在卫兵正对面。在车子后排，埃德家的双胞胎正焦急地动来动去，他们早就因为从车顶和窗户透进来的闷热气息而烦躁不已。大颗的汗珠从妻子的脖子上滑落。在她怀里，一个小婴儿扭动身体，虚弱地挣扎着。

"她怎么样？"埃德小声问妻子。他指的是她怀里那个被脏毯子裹着的苍白病弱的肉团子。"她很热，和我一样。"

卫兵一脸冷漠地踱过来，他袖子卷高，步枪斜挎在肩膀上。"啥事，伙计？"他将两只大手按在打开的窗户上，没精打采地看向车里，将这对夫妻、孩子们、破旧的皮椅尽收眼底，"要出去一段时间吗？让我看看你们的通行证。"

埃德取出皱巴巴的通行证递出去，"我有个孩子病了。"

卫兵看过通行证又还回来，"最好把她带去地下第六层。你有权使用医疗所，你跟我们一样，也是这个破地方的居民。"

"不，"埃德说，"我才不会把自己的孩子送去那座屠宰场。"

卫兵不以为然地摇摇头，"伙计，他们有良好的设备，还有战后剩余的高级材料。你只要带她去，那些人就能把她治好。"他挥手指向检查站外面的荒山和枯槁的树林，"你以为能在外面找到什么？你要把她抛弃在某个地方吗？丢进河里？还是井里？这当然不关我的事，但就算是条狗，我也不会丢弃在外面，更何况是个生病的孩子。"

埃德开启发动机，"我到外面找人帮忙。把孩子带到第六区，那些人只会把她当成实验用的动物。他们会做一番检查，解剖她，完了就丢到一边，然后跟我们说她重病不治。他们在战争期间已经习惯了这样的做法，从头到尾都没想过停止。"

"随便你啦。"卫兵说着，从车子旁边走开，"就我自己来说，我宁愿相信那些拥有各种设备的军医，也不会信某些住在外面废墟里的冒牌老医生。那些野蛮的异教徒会把恶臭的粪便挂在脖子上，嘴里念诵些废话，然后疯疯癫癫转圈跳舞。"他激动地对着车子远去的背影怒骂，"该死的傻子——宁愿退化成野蛮人，也不用第六区的医生、X光机和血清！你们明明就活在这边的文明世界，为什么一定要回到外面的废墟里去呢？"

他闷闷不乐坐回到自己的箱子顶上，又补充了一句："就算文明已经残破。"

贫瘠的荒野干旱皴裂，如同已死的肌肤，出现在被车轮压出痕迹、勉强算是条道的土路两边。正午时分酷烈的风，摇撼着那些零零散散地从干裂焦土中冒出来的枯瘦树木。树下是一些密集的灌木丛，偶尔会有毛色灰暗的鸟儿在其中扑扇翅膀，远远看去，它们只是些臃肿的灰影，忙忙碌碌地刨土觅食。

车后，社区大门的白色水泥墙渐渐模糊，直至消失在远处。埃德·加尔比紧张不安地看着它消失，当他们行驶到山上那个能俯瞰整个社区的雷达哨所之后，眼前突然出现了一个弯道，埃德被惊得两手抽搐了一下。

"天杀的。"他粗声咕哝道，"或许他是对的，也许我们就是在犯错。"脑中浮现的疑虑动摇着他的内心。这次行程很危险，即便是社区里出来执行搜索任务的人装备齐全，也会被猛兽或者外面的野人组成的匪帮攻击，后者居住在这颗行星上跟垃圾一样被遗弃的各处废墟中。而他能用来保护自己和家人的，只有一套手动切割工具而已。他当然知道该怎么使用它，不正是他本人，一周七天，每天十个小时，把它从一个回收的残骸打磨翻新成了皮带顺滑的切割机吗？

但如果卡车发动机出了故障……

"别担心了，"芭芭拉轻声安慰他，"我以前走过这条路，从来没有出过任何状况。"

他感觉有些羞耻和愧疚：他的妻子曾经多次潜出社区，跟其他女孩或太太们一起，有时候也跟男性同伴一起。很多贫民都会离开社区，不管有没有通行证……不惜一切想要打破被工作和教育演说主导的千篇一律的无聊生活。但他还是感到恐惧。困扰他的不是真实存在的威胁，也不是偶尔脱离熟悉环境的焦虑——虽然他的确是在钢筋混凝土的地下壁垒里出生并成长，一辈子都困在那儿，工作、结婚——真正让他害怕的是自己开始意识到卫兵说得没错，他的确坠入了无知和迷信的陷阱里，这让他冷汗涔涔，尽管仲夏的暑热一如既往。

"女人永远是领头人。"他大声说，"男人制造机器、发展科学、建造城市。女人的存在则让他们拥有了药物和酒水。我猜想，我们正在见证理性的终结，我们正在经历理性社会的末日。"

"城市是什么？"双胞胎中的其中一个问。

"你眼前就有一个。"埃德指着道路对面回答道，"好好看看吧。"

树木已经消失，棕色土壤的表层被烘烤成了黯淡的金属色。朝着面前不太平整的平原望过去，荒凉而又凄冷的地表千疮百孔，随处是起起伏伏的废墟堆和坑洞，零星点缀着些暗色的野草。时而会有一堵墙依然伫立；在某个方向的墙边，有一口倾翻的浴缸，像是死人留下的无牙的嘴巴，没有了脸面和头颅。

这片区域早已经被翻拣过无数次，但凡有点儿价值的东西都已经被装上卡车，拉到了附近的多个社区。路边有整齐的白骨堆，虽然被收集起来，但从未派上过用场。人们已经给水泥块、废铁、电线、塑料管、纸和布料找到了用途——但还不知如何利用白骨。

"你是说，有人曾住在**那里**吗？"双胞胎齐声问道，脸上全是难以置信和恐惧的表情，"这——太可怕了。"

前方是岔路口。埃德放慢车速，等着妻子来给他指路。"还远吗？"他哑着嗓子问，"这个地方让我毛骨悚然。你猜不出这些废墟里会躲着什么。我们在2009年的时候曾用毒气熏过一遍，但现在，毒气带来的效果可能已经没了。"

"走右边，"芭芭拉说，"在那座山后面，就那边。"

埃德减速到极慢，让车子挨过一道小沟，上了一条岔路。"你真的相信这个老婆婆有那种力量？"他的声音里带着无助，"我听到了太多传言——完全不知道哪些是真话，哪些是胡扯。总有人相信，某些老巫婆能起死回生、预见未来、医治病症。过去五千年，一直有这样的消息在人们之间传播。"

"而且在过去五千年里，一直有这样的事情发生。"妻子的平淡语调里带着确信，"他们一直在人间帮助我们。我们现在要做的，就是到他们那里去。我亲眼看她治好了玛丽·弗尔瑟姆的儿子。记得吗？他有一条残腿，以前都不能走路的。社区里的医学专家本想杀了他。"

"但那只是玛丽·弗尔瑟姆的一面之词。"埃德尖刻地嘟囔道。

车子在老树的枯枝之间艰难行进。废墟渐渐被甩在后面。道路突然扎进一片繁密的藤蔓和灌木中，那些植物遮天蔽日。埃德眨眨眼，打开黯淡的车头灯。车灯闪烁着亮起，车子爬上一座布满车辙的小丘，又拐过一道陡弯……然后就没有了去路。

他们已经到达目的地。这里有四辆锈迹斑斑的车子挡住道路，其他车子停在山坡上的树木间。在这四辆车子后面有一群人正悄然站立。是一些拖家带口的男人，他们都身穿社区工人的破旧制服。埃德拉下车闸，摸索着拔下车钥匙。他吃惊地发现，这里有来自多个不同社区的制服：所有附近的社区，还有些是他从未遭遇过的遥远陌生社区。现场等候的人之中，甚至还有来自数百英里外的。

"这里永远都有人在等。"芭芭拉说，她踢开弯折的车门，抱着孩子小心翼翼下来，"人们到这儿来寻求各种各样的帮助，不管什么时候，只要他们需要帮助就会来。"

比人群更远处，是一座粗糙的木质建筑，简陋又破旧，是一座战时拼凑起来的避难所。等着的人排成单列，一直排上摇摇欲坠的台阶，进入那座房子。埃德第一次亲眼看到他要找的那些人。

"是那个老婆婆吗？"他问。刚才有个瘦弱苍老的身影，短暂地出现在了台阶顶端，看了一遍等待中的人们，然后选中了其中一个。她正在跟一个胖子讨论着什么，然后有个肌肉发达的大块头加入了讨论。"我的天哪，"埃德说，"难道他们是一个什么**组织**不成？"

"他们每一个人都有不同的能力。"芭芭拉回答道。她将孩子抱紧了,走向那个正在等待的、数目庞大的人群,"我们想见的那个人是治愈者——我们得去右边那一群人那里,在那棵树下等。"

波特坐在避难所的厨房里,一边抽烟,一边喝咖啡。他的两脚放在窗台上,心不在焉地看那些排队的人穿过前门,进入不同的房间。

"今天人好多。"他对杰克说,"我们该收入场费了。"

杰克生气地哼了一声,把茂密的金发甩到身后,"你怎么不出去帮忙? 就知道猫在这里灌咖啡。"

"没有人想要窥探未来呀。"波特打了个响亮的嗝。他又胖又臃肿,蓝眼睛,头上顶着稀疏油腻的头发。"要是有人想知道他们将来会不会发财,或者能不能娶到一个如花似玉的老婆,我倒是可以在自己挂摊儿上出售点儿专业意见。"

"算命。"杰克咕哝说。他烦躁地站在窗户旁边,粗壮的双臂交叉着,脸上全是忧愁,"我们居然沦落到这步田地。"

"既然他们要问,我就控制不住老实回答了。曾有个怪老头问我,他什么时候会死;当我告诉他'三十一天后',他的脸马上红得跟甜菜一样,还开始对我大吼大叫。关键的一点是,我很诚实,我会说出真相,而不是编造他们爱听的谎言。"波特笑起来,"我可不是什么江湖骗子。"

"上次有人要问你重要的问题,是多久以前了?"

"你是指抽象意义上的重要吗?"波特懒洋洋地思忖了一下,"上周有个家伙问我，世上还会不会再有星际飞船。我跟他说，在我可预见的时期内不会再有。"

"你有没有跟他说过，其实你的预见周期短到不值一提，最多也就半年？"

波特像癞蛤蟆一样的脸满足地露出得意的神情，"这个嘛，他没有问我。"

那名瘦削的老婆婆特尔玛来厨房待了一小会儿。"天哪。"她喘息着，跌坐进一把椅子里，给自己倒了一壶咖啡，"我精疲力竭了，而外面一定还有五十个人等着治疗。"她打量自己颤抖的双手，"一天治疗两例骨癌，差不多就是我的极限了。我觉得那个婴儿有治愈的希望，但另外一个得了骨癌的人，就算是我也无力回天了。那个婴儿必须得再来一趟。"她疲惫地拖着长腔，"下周再来一次。"

"明天的人会少一些。"波特预报道，"从加拿大袭来的尘暴将会把这些人中的大部分困在社区里。当然，在那之后——"他还没说完就只顾着好奇地看看杰克，"你在担心什么？怎么今天每个人都心神不定的样子？"

"我刚从巴特福德那里回来。"杰克郁闷地回答，"我稍后还要去，重新尝试一次。"

特尔玛打了个寒噤。波特尴尬地看别处，他不喜欢谈论某个已死的人，更何况那人的森森白骨就堆在避难所的地下室里。对于迷信的恐惧，流过了预知者肥胖的身躯。能够预见未来是一回事，预见能力是一种正面的、积极的天赋；但回到过去，回到死者中间，参与早已经被人忘记的事件，这是对以往事件病态的、不正常的干扰，是在过去的尸骨——真正意义上的尸骨——中间翻拣，打扰死者的安宁。

"这次他说什么？"特尔玛问。

"跟以前每次说的一样。"杰克回答。

"这是第几次了。"

杰克的嘴角抽搐了一下，"第十一次，而且他也知道。我告诉他的。"

特尔玛离开厨房，回到走廊里。"我回去干活儿了。"她在门口逗留了片刻，"十一次，结果总是一样。我也想帮你合计合计。你现在多大了，杰克？"

"我看起来像多大？"

"大约三十岁。你是1946年出生的，现在是2017年。算起来你应该是七十一岁。我猜，现在跟我谈话的你，是人生大约刚过去三分之一的你。那么七十一岁的你在哪里？"

"你应该很容易算出来啊。在1976年嘛。"

"在做什么？"

杰克没回答。他当然知道自己那个处于2017年的肉体，在过去的时代里做着什么。那个七十一岁的老人目前正躺在军队总部一座医疗中心的医院里，接受对肾炎的治疗。他快速扫了一眼波特，看能不能从那名预知者那里得到有关自己要去做的那件事的发展情况。但波特倦怠的脸上没有什么表情，什么也看不出来。如果想要真正弄明白，他得说服斯蒂芬去探测波特的意识才行。

就像每天排队进来的工人们想知道他们将来会不会发财、婚姻能不能幸福一样，他也极想要知道自己的死亡日期。不，他**必须**要知道——这已经超过"想要知道"那种程度了。

他直截了当地问了波特："还是说出来吧。未来六个月，你对我有哪些预测？"

波特打了个哈欠，"你难道是想让我口述所有预见结果吗？要花好几个小时的。"

杰克放松了，精神一旦得到宽慰，人就显得虚弱了几分。这样说来，他至少还可以再活六个月。在这段时间里，他或许能成功完成跟欧内斯特·巴特福德将军的讨论，后者是美国军方总参谋长。他从特尔玛身边挤过，出了厨房。

"你要去哪儿？"她问。

"再去找巴特福德，我要再试一次。"

"你每次都这样说。"特尔玛愤愤地抱怨。

"而且我每次都这样做。"杰克说。*直到我死*，他幽怨地想，很不甘心。直到躺在马里兰州巴尔的摩市医院里那个半昏迷状态的老头儿自然死亡，或者被结束生命，以便腾出空床位，给某辆前线来的箱车运回的平民——那些人或是被苏联人的凝固汽油弹烧伤，或是被神经毒气致残，或是被重金属粉尘致疯。在那具老迈的尸体被丢出之前——离那一天已经不远了——他还有跟巴特福德将军讨论的机会。

首先，他沿楼梯下到避难所地下的储藏室。多丽丝躺在屋角她的床上，还在睡觉，深色头发像蛛网一样覆在她咖啡色的肌肤上，一只赤裸的胳膊露出来，一堆衣物放在床边的椅子上。她睡眼惺忪地醒来，动了一下，半坐起来。

"现在几点了？"

杰克看了一眼手表，"下午一点三十分。"他开始打开储藏室门上一把复杂的锁。过了一会儿，一只金属锁沿围栏滑下，掉落在水泥地板上。他调整了一下头顶那盏灯的方向，然后点亮了它。

女孩饶有兴趣地看着他，"你在做什么？"她把被单掀开，站起来，伸个懒腰，光脚吧嗒吧嗒来到他身边，"你不用这样费劲儿，我可以直接帮你把它弄出来的。"

在那个铅皮镶边的盒子里，杰克从小心堆好的白骨中取了一点儿，还拿了些残存的个人物品：钱包、旧军服碎片、一枚黄金的结婚戒指、几枚银币。"他死的时候处境困难。"杰克喃喃地说。他检查了一遍数据磁带，确保其内容完整，然后把盒子盖上，"我跟他说过，我会把这些带给他看。当然，他不会记得。"

"每一次重去，都会抹掉上一次发生的所有事情吗？"多丽丝踱到一边穿上衣服，"只是一遍遍重复同一件事情，对吗？"

"只是在重复同样的时间段而已，"杰克承认道，"但该段时间里面的事物并不会重复。"

多丽丝一边费力地套上牛仔裤，一边狡黠地打量他，"还是**有些**

重复吧……不管你怎样做，最后还是同样的结果。巴特福德还是会继续向总统提出他的那套建议。"

杰克没有听见她的话。他已经动身前往过去，在时空隧道中向后回溯。那间地下室和多丽丝半裸的胴体都在扭曲、消逝，就像透过一个不断注入半透明液体的杯子看到的景象一样。此时环绕着他的是无尽的黑暗，其中还混杂着密度不断变换的纹路，在他身边摇摆，他紧握着一个金属匣坚定地前行——事实上，应该说是**后退**。他在时间之河流动的方向上逆行。他跟在更早时代生活的约翰·特里梅因变换了位置，后者还是一个满脸小雀斑的十六岁男孩，正乖乖走在去上学的路上。时间是公元1962年，地点是伊利诺伊州的芝加哥。这是他曾做过多次的转换。他年轻版的肉体应该已经逐渐消失，去往2017年的现在……不过他隐约希望的是，当那男孩到达的时候，多丽丝最好已经穿好了衣服。

时间长河外的黑暗渐渐消隐，突然涌来的金黄色阳光让他眨了眨眼睛。他手里还握着金属匣，倒退了几步，发现自己身处一间巨大的房间正中，周围有好多人低声耳语。人们正忙碌地走动着，其中有几个人盯着他看，显然是被惊诧到动弹不得。有一会儿，他还无法确定自己的空间位置——然后记忆涌来，一阵怀旧情绪袭上心头。

他回到了自己曾经消磨过很多时间的学校图书馆。这个熟悉的地方到处是书和满面春光的年轻人，衣着鲜亮的女孩们咯咯笑着，或学习，或调情……这些年轻人完全不曾意识到正在迫近的战争。战争的荼毒将把这座城市彻底抹去，只剩死者和飞扬的尘灰。

意识到自己身边围了一群目瞪口呆的人，他快步离开了图书馆。如果和目标个体进行时空交换时，那人正和其他人在一起，场面就会有些尴尬；十六岁的高中生突然变成一个不苟言笑、高大健壮的三十岁男人，总是会让周围的人难以接受，即便是在一个理论上已经接受了超能力存在的社会里。

理论上——因为在这个时间点，了解内情的民众还不多。人们主流的反应就是震惊和质疑，后来增加的那种憧憬之感还没有开始出现。超能力还被看作神迹。距离公众意识到——并广泛接受——此类力量是由超能者掌握的，还有好几年时间。

他走出建筑，来到繁忙的芝加哥市街头，叫了一辆出租车。公交的咔咔声、小汽车的滴滴声、建筑工地的金属敲击声，还有纷乱的人群噪声和各类信号的声音，让他有点儿晕头转向。周围一片忙碌：普通市民忙于平淡且无害的日常活动，远离掌权者们的致命计划。这周围所有人的生命很快就都将被牺牲，用来换取虚无缥缈的国际声誉……用人命来交换虚幻的假象。他把巴特福德所住套房的酒店地址告知了出租车司机，然后舒舒服服地坐下，准备再次面对熟悉的交锋场面。

到那儿后的第一步就是去走流程。他把自己的身份文件交给那帮武装保镖，被检查、搜身，然后被带进了套房。接下来的十五分钟，他一直坐在一间豪华的等待室中抽烟，心神不定地等着——跟以往的每次一样。目前为止的这些流程他都不能改变什么：需要改变的地方——假若能够实现——也应该在后面才出现。

"你知道我是谁吗？"当巴特福德将军小而多疑的头颅刚从里面一间办公室探出来时，他开门见山地说。只见他沉着脸上前，手里紧握金属匣，"这是我第十二次来访，这一次最好能有结果。"

巴特福德深陷的小眼睛里带着敌意，在厚镜片后面转了转。"你是那些超人中的一个。"他尖声说，"你是个超能者。"他穿制服的老迈身躯堵在了门口，"那么，你想要干什么？我的时间很宝贵。"

杰克面向将军和副官们，在办公桌旁坐下，"你们手头有关于我的超能力的分析报告和我的履历。你们知道我能做什么。"

巴特福德没好气地扫了一眼那份报告。"你能穿越时空，所以……"他双眼眯起，"你刚才说第**十二**次，是什么意思？"他抓起一堆备忘录，"我以前从没见过你。把你想说的话说完，然后出去。我很忙。"

"我有份礼物送给你。"杰克语调冰冷地说，他把金属匣放在桌面上，打开并露出里面的东西，"这些东西属于你——来，拿起来摸摸看。"

巴特福德反感地看着那些白骨，"这什么意思？反战展览品吗？你们这些超能者也跟那些什么耶和华见证人混在一起了吗？"他激动起来，声音加大，敌意更甚，"你想用这些东西向我施压？"

"这他妈的是你自己的尸骨！"杰克朝他怒吼。他掀翻匣子，里面的东西散落在桌面和地板上。"**摸摸它们！**你会死于这场战争，跟其他所有人一样。你会死得很难看———一年零六天之后，你会感染上细菌性病毒。不过你剩下的寿命足以让你见证这个有条不紊的社会的消亡，然后你就会跟其他所有人一样，落到同样的下场！"

如果巴特福德是个懦夫，事情反而好办了。他坐在那里，低头看那些散乱的白骨，还有钱币、照片，以及那些已经生了锈的私人财物。他脸色发白，身体像金属一样僵硬。"我不知道该不该相信你。"他最后说，"我从来没有真的相信过任何超自然力量。"

"你这完全是骗人的鬼话。"杰克激动地反驳道，"这个星球上就没有一个国家的政府不了解我们。早在1958年我们宣示存在的时候起，你们和苏联就一直在试图把我们组织成战斗力量。"

这场讨论能进行的基础，就是巴特福德能充分理解。但他此时两眼怒气腾腾，"重要的就是这一点！要是你们超能者肯配合，根本就不会有这些白骨。"他激愤地用手指点桌上白色的那一堆，"你还跑到这里来，把战争责任推在我身上。怨你们自己吧——是你们不愿出力，才会导致现在的局面。要是每个人都不肯竭尽全力，我们又怎么可能赢得战争？"他似有深意地向杰克逼近，"你不是说自己来自未来吗？那你告诉我，你们超能者打算在战争期间做些什么，告诉我你们担当了怎样的角色。"

"没有角色。"

巴特福德得意地靠在椅背上，"你们将会袖手旁观？"

"正是。"

"而你却来指责**我**？"

"要是我们帮忙，"杰克小心翼翼地说，"我们也只能在政策层面提供协助，而不是作为受雇的奴仆。否则，我们就会站到外围，等待时机。我们有帮忙的意愿，但如果要靠我们赢得战争，我们就有权决定取胜的方式，或者到底要不要发动战争。"他把金属匣扣上，"否则，我们就可能会很担心，就像五十年代的那些科学家一样：逐渐失去**我们**的热忱……还可能会转变成危险分子。"

在杰克脑子里，有个细微的声音在说话，嗓音里带着点儿无奈和痛苦。那是超能公会的一名心灵感应者，是这个时代的一名超能者，正坐在他位于纽约的办公室里监听这次对话，"你说得很好，但还是失败了。你缺乏能够主导操纵他的能力……你一直以来在做的，只是为我们的立场辩护。你甚至还没提起过任何能改变他立场的事。"

这是实话。绝望的杰克只好说："我回溯时间来这里，并不是为了声明超能公会立场的——你知道我们的立场！我来这里，就是要把未来要发生的事实摆在你面前。我是从2017年穿越回来的。那时候战争已经结束，仅有少数人幸存。这就是事实，实际上已经发生过的事。你会向总统建议，让美国政府在爪哇向俄国人叫板。"他一字一顿，语调冰冷，"但那并不仅是叫板，那意味着全面开战。你的建议是个错误。"

巴特福德火了，"你想叫我们退让？任由他们接管自由世界？"

十二次了，还是僵局。他没能取得任何进展。"你明知不能获胜，还要卷入战争吗？"

"我们将拼死一搏。"巴特福德说，"宁愿要一场光荣的战争，也不要可耻的和平。"

"没有一场战争是光荣的。战争意味着死亡、暴行和大规模破坏。"

"那和平又将意味着什么？"

"和平意味着超能者公会发展壮大。五十年后，我们的存在将会使两大阵营的意识形态都发生转变。我们超越战争，我们遍及双方世界。美国有超能者，俄罗斯也有；我们不属于任何国家。曾经，科学家们一度也跟现在的我们一样，但后来他们选择了跟民族国家合作。现在，该我们做出选择了。"

巴特福德摇摇头。"不，"他坚决地说，"你们不会影响我们的。**我们**将制定政策……如果你们行动，行动也要合乎我们的政策。否则你们就不能行动。"

"我们会置身事外的。"

巴特福德跳了起来。"**叛徒**！"他在杰克离开办公室时叫喊，"你们别无选择！我们需要你们的能力！我们会通缉你们，把你们一个个抓起来。你必须配合——每个人都必须合作。这将是一场全民战争！"

门关上了，他又回到了等待室。

"不行，我们还是一点儿忙都帮不上。"他脑子里的声音无精打采地说，"我可以探测到，你已经这样做了十二次。而且你已经在考虑第十三次。放弃吧。公会的撤退令已经发出。等战争开始，我们会置身事外的。"

"但我们应该帮忙！"杰克还在徒劳地挣扎，"不是参加战争——而是应该帮助**他们**，那些将会以百万级规模殉难的人。"

"我们做不到，我们并不是神。我们只是一群有着反常能力的人类。如果他们接受我们、允许我们，或许还能帮忙。但我们不能迫使他们接受我们的立场。如果政府不需要我们，我们公会也不能强行参与进来。"

杰克紧握金属匣，麻木地走下楼梯，走向街道。回到那座高中图书馆里。

避难所外夜色深沉。晚餐桌上，他面对着其他幸存的公会成员，"所以我们沦落至此。远离社会——无所作为。不害人，也不帮人。**完全无用**！"他把拳头重重砸在腐朽的木质餐桌上，"活在边缘，于事无补，我们就在这儿坐着，而社区正在分崩离析，剩下的一切也在分崩离析。"

特尔玛不动声色用勺子舀汤喝，"我们医治病人、预见未来、提供忠告，以及实现奇迹。"

"这种事情我们已经做过几千年。"杰克沉痛地回应道，"比如长年栖居在远离城镇的荒山顶上的圣女和巫婆。**我们就不能参与进去，提供真正有意义的帮助吗**？我们这些了解世界真相的人，就一定要永远袖手旁观吗？眼睁睁看那些盲眼的傻子引领人类走向毁灭！难道我们不早应该阻止那场战争，迫使他们接受和平吗？"

波特兴趣缺缺，"我们不想迫使他们接受任何事，杰克。你知道这一点。我们不是他们的主子。我们想要帮助他们,但不想控制他们。"

晚餐继续笼罩在一阵阴郁的沉默中。过了一会儿,多丽丝说:"问题就出在各国政府身上,是那些政治家把我们当作眼中钉。"她朝桌子对面的杰克苦笑了一下,"他们知道,如果按我们的意愿来,就会迎来一个不需要政治家的年代。"

特尔玛继续大吃她那盘食物,干豆子、烤兔肉,上面淋了薄薄一层酱汁,"现在这年头,政府也已经风光不再。战前当然不是这样了。毕竟大家也不能把社区办公室里围坐的几名上校叫作**政府**嘛!"

"但决策是由他们做的。"波特指出,"他们决定了社区的政策走向。"

"我听说北边有个社区,"斯蒂芬说,"那里的工人们把军官全部干掉,自己接管了权力。那些军官都快死光了,过不了多久,就会一个不剩。"

杰克把他的盘子推开,站了起来,"我要到外面走廊站会儿。"他离开厨房,穿过无人的客厅,打开用钢铁加固过的前门。冷风裹挟着他的身体,他盲目地摸索到栏杆前站住,两手插进衣兜,凝望着空旷的原野,不知道在看着什么。

那些生锈的车辆都已经离开。除了路旁那些干枯的树木之外,周围没有任何动静,只有它们干枯的叶子在无休止的夜风里窸窣作响。这座城市满眼凄凉,头顶有寥寥几颗星闪着微弱的光芒。远方某处，有只野兽在快速追赶猎物——或许是只野狗，或许就是芝加哥废墟底下生活的野人。

过了片刻，多丽丝出现在他身后。她无声地靠上来，站在他身旁。夜幕里这个单薄的黑色身影将两臂抱在胸前抵御寒冷。"你不再尝试一次了吗？"她轻声问。

"十二次就够了。我改变不了他，我没有这份能力，我不够机智。"杰克苦涩地摊开一双大手，"他虽然干瘪得像小鸡仔一样，却特别精明。就像特尔玛——瘦到皮包骨，却能说那么多话。我一次又一次失败地回到这儿——现在还能做什么？"

多丽丝默想着，碰了碰他的胳膊，"那里是什么样子？我从未见过战前那种住满了人的城市。记得吗？我是在一座军营里出生的。"

"你会喜欢那里的。好多人欢笑着奔忙。汽车、信号灯，到处充满活力，那情景会让我发狂。我宁愿自己看不到它——宁愿自己不能从这里跨越到那个世界。"他指指那些扭曲的树木，"只要走到那些树后十步，就可以看到那样的一座城市。但它已经永远消失了……甚至对我而言。早晚有一天，我再也无法涉足那边，像你们其他人一样。"

多丽丝没能听懂他的意思。"这是不是好奇怪？"她喃喃说道，"我能移动世界上的任何物体，但却不能像你那样，把自己移回过去。"她轻轻挥手。黑暗中，有件什么东西落在了门廊扶手上，她弯腰捡起，"看到这只漂亮的小鸟吗？它只是晕了，没有死。"她把鸟儿丢上空中，它勉强挣扎着飞进了灌木丛，"我已经熟练到只把它们打晕的地步了。"

杰克并不高兴，"我们就是这样运用天赋的。小把戏、小花招，再无其他。"

"也没有这样啦！"多丽丝抗议说，"今天我刚起床时，出现了一帮对我们的超能力持怀疑态度的人。斯蒂芬探测到了他们的想法，就让我出去了。"她语气开始变得自信起来，"我把一处地下泉水搬移到了地面上，它喷得到处都是，把他们全都淋湿了，之后我才把水泉送回原处。他们就信了。"

"你可曾想到过，"杰克说，"或许你可以帮助他们重建城市。"

"他们自己都不想重建城市啊。"

"他们以为自己做不到。他们已经放弃了重建文明的想法。这是个已经没落的概念。"他闷闷不乐地说，"这世上有数百万平方公里的废墟和灰烬，人口也急需壮大。他们甚至不曾尝试重新统一各个社区。"

"他们有无线电。"多丽丝指出，"他们可以互相通话，要是他们想要的话。"

"如果他们使用那些东西，战争就会重新爆发。他们知道世上还有些狂热主义者小团体，只要有一点儿机会，这些人就很想重新发动战争。他们宁愿坠入野蛮状态，也不愿惹上那样的麻烦。"他向门廊下高高长起的草丛啐了一口，"我不怪他们。"

"假如我们控制了这些社区，"多丽丝沉吟着说，"我们就不会重启战争。我们会在和平基础上让各个社区统一起来。"

"你的立场不要老是这样变来变去。"杰克生气地说，"一分钟之前，你还在表演奇迹——刚才这想法又是从哪里来的？"

多丽丝犹豫了一下，"好吧，我只是在转述别人的话。我猜是斯蒂芬在我脑海里这么说的或者这么想的。我只是大声说了出来。"

"你很喜欢给斯蒂芬当传声筒吗？"

多丽丝害怕地连连摆手，"我的天，杰克——他可以看透你内心的。不要说这样的话！"

杰克从她身边大步走开，走下门廊台阶。他快速穿过黑暗寂静的原野，远离避难所。女孩快步跟随在后面。

"不要就这样走开啊。"她上气不接下气地说，"斯蒂芬还只是个孩子。他不像你这样老成持重，这样成熟。"

杰克向着黑暗的天空大笑，"你这该死的傻瓜。你知道我到底多大年纪吗？"

"不知道。"多丽丝说，"也请不要说出来。我知道你比我年长。你一直都在这里。我还是个孩子的时候就记得你了。你一直都那样高大、强壮、金发碧眼。"她紧张地笑笑，"当然，所有**其他人**……那些或老或少、不同年龄的人。我并不是很理解其中的原理，但我猜，他们都是你，是处在人生时间线上不同阶段的你。"

"这是对的。"杰克小声说，"他们都是我。"

"今天的那个，当我还在睡觉，你给交换回来的那个，"多丽丝用她冰冷的双手握住他一侧手腕，"还是个孩子，腋下夹着书本，穿一件绿色汗衫和一件棕色的宽松长裤。"

"那是十六岁的我。"杰克咕哝道。

"他很可爱。容易害羞，还脸红了呢。比我还小。我们上楼，他看了一会儿外面的人群。那时斯蒂芬叫我耍一下那个小把戏。他，我是说，**你**，站在旁边看，特别有兴趣的样子。波特还逗他。波特没有任何恶意——他就是个好吃贪睡的家伙而已，他不坏。斯蒂芬也逗他。但我觉得斯蒂芬不喜欢他。"

"你是说他不喜欢我。"

"我——我猜你知道我们是怎么想的。我们所有人，多少都有那么一点……不理解你为什么要一遍又一遍回到过去，想要修补已经发生的事。过去的就是过去了！ 也许对你来讲不是这样……但那些事真的已经终结。你无法改变它们，战争来临，世界毁灭，只剩些残破的废墟。你自己也这样说：我们为什么要袖手旁观？ 我们明明很容易就可以参与进去。"她有些孩子气地激动起来，她急切地跟在他背后，被自己的演说鼓动得热血沸腾，"忘记过去吧，让我们抓住当下！ 材料都是有的，无论是人力，还是物力。让我们来个翻天覆地的改造吧，该放上面的放上面，该放下面的放下面。"她举起一英里外的一片树林，将树下那座小山丘也升到半空，然后全部解体为四处飞溅的碎片，"我们可以把有些东西拆开，然后重新组装！"

"我已经七十一岁了。"杰克说，"任何需要聚集超能力的努力对我来说都没有意义了。并且我也已经受够了在过去寻找机会。我不会再尝试第十三次了。你们可以一起欢呼……我放弃了。"

她用力拉了他一把，"也就是说，剩下的就要由我们其他人来决定喽？"

如果他有波特的才能，就可以看到自己死后会发生什么情况。波特在未来某个时间，可以目睹自己蹬腿断气，还能见证自己的葬礼，然后一个月一个月地活下去，期间还能预见自己肥胖的尸体在地下渐渐腐烂。作为一个预知者，波特那种鲁钝又乐观的个性反而非常适合……杰克可怜巴巴地扭动着身体，不确定的未来深深地折磨着他，让他异常痛苦。在军医院垂死的老头儿到达人生不可避免的终点之后——又会怎样？**这边**会发生什么？幸存的超能公会成员又会发生什么？

他身边的女孩还在喋喋不休。在他看来，关于未来的可能性建立在这样的基础上：用真真切切的物料进行重建工作，不是要什么小把戏或者小花招。而在她看来，重建社会的契机就在眼前。他们蠢蠢欲动——可能波特除外——都受够了在一旁无所事事。他们已经对那些维持社区生存的无政府主义军官失去了耐心，不过是一群旧时代无能统治者的残余分子。那些误领麾下人民自取灭亡的行径，早就证明了这些人无法胜任其统治地位的事实。

接受超能公会的统治，情况才能变得更好。

是否会更糟呢？虽然那些权力至上的政治家聚集的市政厅已经熏黑破败，虽然那些来自廉价法律事务所的职业游说者也已经消逝，但整个社会在被这些东西统治之后，至今仍留有余孽。要是超能公会的统治方式走偏，又建立起和民族国家政权一样的统治阶层,那这个世界上就再也没有任何希望可言了。超能公会成员们的能力相加,足以渗透到社会生活的方方面面。届时将出现史上第一个真正意义上的极权政府。由心灵感应者、预知者,以及足以给无机物生命力或让有机体枯萎的治愈者控制——什么样的普通人能在这样的统治下幸存?

届时将没有任何办法抵抗超能公会。在超能者团体的控制之下,人类将毫无还手之力。没有超能力的人将会被严密监控,被压榨更多效率和价值,或被当作无用之物随意消除,这些都只是时间问题而已。被过于胜任的团体统治,可能会比无法胜任的团体统治更加糟糕。

"你说的更加糟糕是对哪方而言呢?"斯蒂芬清晰又尖锐刺耳的声音传进他的头脑中。他的语气冷淡、自信、不容置疑,"你可以看出,他们正在走向灭亡。这不是我们要消灭他们的问题,而是我们还能把他们这种低级的存在延续多久的问题。我们是在运营一个动物园,杰克。我们正在维持一个濒危物种的存续。然而这个笼子过于巨大了……它占据了整个世界。你如果愿意,可以给他们留一点儿空间,比如一片次大陆。但我们理应把其他部分占为己用。"

波特坐在桌旁,从盘子里刮米糊吃。斯蒂芬的尖叫声也没有影响他的食欲。直到特尔玛夺下他的勺子,他才放弃这顿饭,转头看旁边发生了什么。

他这辈子就不知道什么叫作吃惊。早在六个月前,他就已经预见到这个场景，还回味过多次，之后还曾把注意力集中到后面的事态进展。他不情愿地把椅子推后，吃力地挺直肥胖的身躯。

"他要杀了我！"斯蒂芬在哭号，冲着波特大叫道，"你为什么不早告诉我？你明知道——他马上就要来杀我了。"

"看在上帝的分上，"特尔玛在波特耳边大叫，"这是真的吗？你就不能做点儿什么？你可是个男子汉——阻止他呀！"

波特还没来得及回答，杰克就已经进入厨房。斯蒂芬的尖叫声更加疯狂。多丽丝瞪大眼睛紧跟在杰克身后，面对突然爆发的激烈冲突，她完全忘记了自己的超能力。特尔玛快步绕过桌子，挡在杰克和男孩之间，细瘦的胳膊伸展开来，干瘪的脸上满是怒火。

"我能看出来！"斯蒂芬尖叫道，"在他脑子里——他会杀了我，因为他知道我想——"他没有说下去，"他不想让我们做任何事。他想让我们继续留在这座老旧的废墟里，给人们玩无关紧要的小把戏。"他的愤怒压制住了恐惧，"我不会再继续这样做了，我已经受够了读心术表演。现在他正在考虑杀死我们所有人！他希望我们全体都死！"

波特坐回椅子上，伸手去拿汤勺。他把盘子拉近到下巴下方，两眼盯着杰克和斯蒂芬，继续慢慢吃东西。

"我很遗憾。"杰克说，"你本不应该告诉我你的真实想法。那样我也不会知道你们打的什么算盘。你们本应该保守住这些秘密。"说着他走上前来。

特尔玛皮包骨的两手抓住他，用力扯住。现场的号叫声和争吵声愈加激烈。波特眨眨眼,胖脖子下面的赘肉随着吞咽的动作而抖动着。他面无表情地看杰克跟老太婆拉扯,在他们后面的斯蒂芬像个吓傻的孩子一样,站在那里不知所措,脸色蜡黄,身体僵硬。

多丽丝走向前来时,波特才停止了吃饭。他身上显出紧张的模样,促使他停下来的,是一种结局临近的兴奋,而不是怀疑和不确定。知道随后会发生什么,并不会降低其激动人心的程度。他不会吃惊,但可能会因为一些场景而严阵以待。

"你放过他。"多丽丝激动地说,"他还只是个孩子。去那边坐好,安分点儿。"她抱住了杰克的腰,两个女人的身体来回摇晃,试图控制那个高大健壮的男子,"别这样! 放过他!"

杰克摆脱了束缚。他踉跄了一下,努力找回平衡。两个女人像愤怒的鸟儿一样,在他身后又扑又挠。正当他伸手向后,想把她们推开……

"别看。"波特尖声提醒。

多丽丝转头看他的方向。像他预料的那样,没能看到。但特尔玛看到了,她的声音突然卡在喉咙里。斯蒂芬被吓得哽住了,然后惨呼起来。

他们之前就见过杰克时间线上的最后一个形体的样子。有天晚上,当年轻一点儿的个体去那个军医院里视察医疗资源的时候,那老头儿短暂地出现过一会儿。年轻些的杰克很快就满意地回来了,垂死的老人将会得到条件允许范围内的最好照顾。那一回,大家都见过他憔悴的发烧面庞。但这一回,那双眼睛已经完全失去光彩,一点光泽都没有了。当那憔悴的身躯短暂地保持了一会儿直立状态时,空洞的眼神正死气沉沉地盯着大家。

尸体向前倒下,特尔玛想要扶住它,但失败了。它像一袋谷物一样撞到桌子,杯子和银器摔得满地都是。尸体上套了一件褪色的蓝长袍,腰间系了衣带,苍白的双脚光着。从他身上散发出医院里刺鼻的清洁剂味道,夹着衰老、疾病和死亡的气息。

"是你们干的。"波特说,"你们两个一起。尤其是多丽丝。不过这事儿本来就会在几天之后发生,无论怎样都不可避免。"他补充说,"杰克已经死了。我们得埋葬他,除非你们中有人能把他复活。"

站在旁边的特尔玛止不住流泪,泪水从她干瘪的两腮滑落,流进她的嘴角。"这是我的错。是我想要杀死他。是我的双手杀了他。"她举起干瘦的那双手,"他从来都没相信过我,从来不肯接受我的照料。而他是对的。"

"是我们两个一起做的。"多丽丝痛心地小声说,"波特说的是实情。当时我的确想的是让他离开……我想让他离开。我从来不知道我可以移动时间线上的物品。"

"你再也不能移动第二次了。"波特说,"杰克没有后代。他是第一个,也是最后一个能在时间线上来往的人。这是个独有的技能。"

斯蒂芬慢慢平静下来,但脸色还是那样煞白,心有余悸地紧盯着地下那个穿蓝色破睡衣的身体。后者四肢张开,俯卧在桌子下面。"无论如何,"他最后咕哝道,"以后再没有人会试图改变过去了。"

"我相信,"特尔玛小声说,"你可以探知我的想法。你知道我现在想什么吗?"

斯蒂芬眨眨眼,"是的。"

"现在你们认真听。我要口头说一遍,以便每个人都能听到。"

斯蒂芬默然点头。他的两眼不停地在房间里环视,但身体没有动。

"我们现在有四名超能公会成员。"特尔玛说,她的声音很平,音量很小,面无表情,"我们中有人想要离开此地,加入那些社区;也有人觉得这是个好机会,可以强行控制各个社区,不管他们想不想要。"

斯蒂芬点头。

"我想说的是,"特尔玛眼睛看着自己苍老干瘦的双手,"如果我们中有任何人想要离开这里,我也会做杰克曾经试图去做的事。"她想了想,"但我并不知道自己能否成功。也许我也会失败。"

"是的,"斯蒂芬说,他的声音先是有些颤抖,随后渐渐有了力量,"你不够强。这里有个比你更强大的人,她可以把你拿起来,丢到她选择的任何地点——到世界的另一端,及至月球,或者汪洋大海的中央。"

多丽丝微微发出一个难以启齿的声音,"我——"

"这是实话。"特尔玛同意,"但我现在离她只有三英尺远。如果我先碰到她,就可以吸干她的生命力。"她细细打量女孩那平滑的面部肌肉,以及她脸上惊恐的表情,"但你是对的。未来会发生什么,并非取决于你我，而是多丽丝想要做什么。"

多丽丝的呼吸声急促而粗哑。"我不知道。"她声音很小，"我不想留在这里，干坐在老旧的废墟里，一天又一天，做一些——小把戏。但杰克总说，我们不应该把自己的意愿强加给人类的社区。"她声音中的不确定之意更浓，分贝也越来越低，"我这一辈子，从记事开始，从我还是个小女孩时，就听杰克一遍遍说我们不应该强迫他们。如果他们不想要我们的帮助……"

"她现在不会把你移走。"斯蒂芬对特尔玛说，"但她早晚都会这样做。总有一天，她会把你从这里移走，或许趁某个深夜，你正在熟睡时。最终，她还是会打定主意。"他残酷地冷笑道，"要知道，我可以跟她随时对话，不出声，就在她意念中进行。任何时间。"

"你会吗？"特尔玛问女孩。

多丽丝尴尬地畏缩着，"我——不知道。**我会吗？**……也许是的。这也——太疯狂了。"

波特在椅子上挺直身体，向后靠，大声打了个嗝。"听你们这样猜测未来，还真是奇怪。"他说，"实际上，你不会动特尔玛。"他对老太婆说，"没什么好担心。我可以预见到目前的僵局将继续保持。我们四个人会互相牵制——我们会留在现在的地方。"

特尔玛放松了下来，"或许斯蒂芬是对的。如果我们不得不继续这样生活，什么都不做——"

"我们会留在这里，"波特说，"但我们不会继续照原来的方式生活。"

"你什么意思？"特尔玛问，"我们将来会怎样生活？**随后将发生什么？**"

"探测你的想法很难。"斯蒂芬急躁地对波特说，"这些都是你预料到的事，但不是你个人的想法。社区政府改变他们的立场了吗？他们最终决定了召我们加入？"

"政府不会召我们加入。"波特说，"我们永远都不会被请到华盛顿或者莫斯科。我们还得站在外面等着。"他抬头环视了一圈，然后莫测高深地说，"但等待的日子就要终结了。"

时间是清晨，埃德·加尔比把隆隆响的破卡车开到其他等着离开社区的车辆后面排队。清冷微弱的阳光透射在组成社区设施的水泥建筑上。今天又会是阴天，跟昨天一个样儿。即便如此，前面的检查站还是挤满了想要出去的车辆。

"今天人好多。"他的妻子咕哝道，"我猜，他们都不想继续等尘暴过去了。"

埃德找到了他的通行证，就装在他汗渍斑斑的衬衣口袋里。"大门那里堵住了。"他愤愤地抱怨，"他们在做什么？挨个儿上车检查吗？"

今天有四名卫兵看门，不像平常只有一个；还有一队武装士兵，在止步不前的车辆之间来回巡视。士兵们一面东张西望，一面小声交谈，时而对着脖子上的麦克风说话，应该是在跟地下的社区军官交谈。一辆满载着工人的巨大卡车突然从排队的队伍里冲出，折上一条辅路。它呼啸着，喷吐着难闻的蓝色油烟，调转车头，轰鸣着远离了出口，开回了社区中心。埃德不安地目送它。

"那车在干什么？回去了？"恐惧攫住了他的心，"他们在迫使我们返回！"

"不，他们没有。"芭芭拉冷静地说，"你看——那边有辆车通过了出口。"

一辆老旧的战时游乐车颤颤巍巍地挤出大门，驶入社区以外的平原地带。然后又有第二辆车随之出门，两辆车一起加速，爬上外面的缓坡，驶入外面的第一片树林。

埃德身后有车按响喇叭。他本能地让车子前移。在芭芭拉怀里的婴儿不安地哭闹起来。她用破破烂烂的棉布毯子包裹住她，然后摇上了车窗。"今天天气很糟。如果我们不是万不得已——"她没有说完，就换了话题，"卫兵们来了，把通行证拿出来。"

埃德担忧地向卫兵们打招呼："早上好。"

其中一名卫兵接过他的通行证，简单地看过之后，给它打了个孔，然后塞进一个金属封皮的笔记本里。"你们每个人都准备一下，要用拇指按手印。"他提示说，一个油腻腻的黑色印泥盒被递了过来，"包括小婴儿。"

埃德很是震惊，"为什么？你们到底在搞些什么？"

双胞胎已经被吓到不敢动弹，麻木地任由卫兵们拉过他们的拇指按好手指印。埃德无力地抗拒了一下，但他的拇指也被按在印泥上，他刚才被人抓住了手腕，用力向前扯。当其他卫兵绕过车子去找芭芭拉按手印时,卫兵队长脚踩在侧面踏板上,跟埃德简短地说了几句话。

"你们五个是一家吗?"

埃德点头,低声说:"是,我们是一家。"

"全家都在。还有别人吗?"

"没了,就我们五个。"

卫兵的深色眼睛居高临下地死盯着他,"你们什么时候回来?"

"今晚。"埃德指着金属封皮的笔记本,他的通行证刚被塞进去的地方,"上面写了,凌晨六点之前。"

"如果你穿过那道门出去,"卫兵说,"你们就不能再回来。那道门现在只出不进。"

"从什么时候开始这样的?"芭芭拉脸色煞白,她轻声问。

"从昨晚深夜开始。你们可以自己选。从这里继续开出去,办你们的事儿,继续找你们的巫婆神棍咨询,但别再回来。"卫兵又指指辅路,"要是你们要回头,就走那条路下坡。跟前面那辆卡车走就行了——它就是要返回社区的。"

埃德舔了下干涩的嘴唇,"我不能回去。我的孩子——她得了骨癌。那治病的老婆婆已经开始治疗,但孩子还没完全被治好,目前还没。老婆婆说,今天她就能完成治疗了。"

卫兵翻开笔记本里折角的那一页,上面是一些指导性的目录,"第六层的九号病房。去那里,他们就能治好你的小孩。那些医生配备了所有的必要设备。"他合上笔记本,从车子旁边退开,埃德这才看清楚这个胖男人，他顶着一张红脸膛，健壮的皮肤上露出短胡茬儿。"开始选吧，伙计。这条路，或者另一条。该你决定了。"

埃德不假思索地选择了驾车向前移动。"他们一定是铁了心。"他脑子现在一团糨糊，但还是喃喃地说，"太多人出社区。他们想要吓住我们……他们知道我们无法在外面生存。我们会死在外面！"

芭芭拉默默抱紧孩子，"我们留在这儿，早晚也都是死路一条。"

"但是外面除了废墟，什么都没有！"

"**他们**不是还在外面吗？"

埃德被这话噎住了，无言以对，"我们再也不能回头——万一要是选错了呢？"

前面的卡车已经在向辅路方向偏转。司机犹豫不决地做了个打算拐弯的姿势。但是突然，他缩回了手，把车调往了出口方向。然后那卡车似乎困惑了一阵，减速到近乎停止。跟在它后面的埃德踩下刹车，咒骂着切换到低速挡。然后它终于加速了，隆隆驶过出口，进入外面广漠的荒原。埃德想都没想，就跟在后面冲了出去。夹着大量灰尘的冰冷空气涌入驾驶室，他加速赶上了前面的卡车并排行驶。然后他探身到车外，大声问："你们要去哪里？他们不会准许你们回去了！"

对面的司机是个精瘦的小个子男人，秃头，皮包骨，他没好气地回喊："去他妈的，我还真没打算回！让他们都去见鬼——我车上已经装了所有的食物和铺盖卷儿——我所有的一切都带着呢。让他们有种就试试，看能不能把我拖回去！"他将卡车加速，把埃德丢在了后面。

"得，"芭芭拉平静地说，"已经做了，我们也在外面了。"

"可不，"埃德颤抖着回答，"我们已经出来了。不管是踏出一码，还是一千英里，都一样。"他有点儿慌乱，茫然地转头看妻子，"要是他们不肯接受我们，那该怎么办？我是说，如果我们到了地方，他们却不想接受我们加入怎么办？他们仅有那么一座战时遗留下来的避难所，不可能有足够的空间安置所有人——你看我们后面。"

一长列刚才还在犹豫着的、以龟速前进的卡车和小汽车，正在从大门那里艰难地驶出，怯怯地踏上了外面焦热的土地。有几辆脱离了队伍，掉头返回。还有一辆停在了路边，里面传来乘客们绝望而又激烈的争吵声。

"他们会接纳我们的，"芭芭拉说，"他们想要帮助我们——他们一直都想这样做。"

"但万一他们**做不到**呢？"

"我觉得他们能做到。只要我们开口请求，他们就能发挥自己的超强力量。他们不能来找我们，但我们可以去找他们。我们被约束得太久，跟这些人分隔了太多年。如果政府不肯让他们进来，那我们就必须要自己出去。"

"我们能在外面生存吗？"埃德嘶哑着声音问道。

"能。"

在他们身后，有汽车在大声鸣笛。埃德加快车速，"看来大逃亡必将成为常态。你看看他们，大批大批地拥出社区。谁还会留在那种地方？"

"还是会有很多人留下的。"芭芭拉说，"所有大人物都会留在那里。"她突然大笑起来，"也许他们还能设法再次发动战争呢。这样一来，我们不在的时候，他们就不至于闲得无事可做了。"

记录与说明[①]

　　《记录与说明》中所有楷体字部分均为菲利普·迪克本人撰写，每条后面的括号中列出了写作年份。这些内容大部分是短篇集《菲利普·迪克精选集》(*The Best of Philip K. Dick*, 1977 年版)和《金人》(*The Golden Man*, 1980 年版)中小说的注释。小部分是迪克的小说在书籍或杂志中出版或再版时应编辑要求而写。

　　部分小说标题下注有"收于×年×月×日"，指的是迪克的代理人第一次收到这篇小说手稿的日期，以斯科特·梅雷迪思文学代理机构(the Scott Meredith Literary Agency)的记录为准。若未注明日期则意味着没有记录(迪克从 1952 年中期开始与这家代理机构合作)。杂志名称以及后面的年份和月份，指的是这篇小说首次公开发表的情况。如果小说标题后面列出"原名《××××》"，则是代理机构记录上

　　[①]此部分为 Orion 出版社英文原版书后的注释，对读者全面理解菲利普·迪克的中短篇小说很有裨益，故中译本予以保留。

显示的迪克给这篇小说起的原标题。

这五册短篇集几乎收录了菲利普·迪克所有的中短篇小说,但下列作品除外:本小说集出版①之后才出版的中短篇小说、收录在长篇小说中的中短篇、儿时的作品,以及尚未找到手稿的未出版作品。书中的中短篇小说尽可能按照创作时间顺序排列;研究确定时间顺序的工作由格雷格·里克曼和保罗·威廉斯完成。

◎《猎物》FAIR GAME

收于1953年4月21日。《如果》(*If*),1959年9月。

◎《孤悬的陌生人》THE HANGING STRANGER

收于1953年5月4日。《科幻冒险》(*Science Fiction Adventures*),1953年12月。

◎《眼见为实》THE EYES HAVE IT

收于1953年5月13日。《科幻故事》(*Science Fiction Stories*),1953年创刊号。

◎《预见未来》② THE GOLDEN MAN

原名《逃跑的神》(*The God Who Runs*),收于1953年6月24日。

---

①该小说集于1999年在英国首次出版。
②即前文所说的《金人》,在这本小说集中,篇章名字和电影译名进行了统一。

《如果》(*If*)，1954年4月。

　　二十世纪五十年代初，很多美国科幻小说都讲到变种人和他们神奇的超能力，认为他们很快就会引领人类进入更高级的生存状态，走进某种形式的迦南乐土。《类比》(*Analog*)杂志的编辑小约翰·W.坎贝尔想要刊发的短篇作品都涉及这些神奇的变种人，并进一步要求，这些变种人必须：(1)正直；(2)坚决站在主流秩序一方。我创作《预见未来》，就是要表明：(1)变种人可能并不正直，至少对其他人类——我们这些普通人而言，他不一定是好人；(2)他也可能并不代表主流秩序，而是像匪徒一样暗中袭击我们；作为一个野蛮凶悍的变种人，他对我们的危害可能大于裨益。而这正是坎贝尔最为厌恶的邪恶变种人，故事的主题也正是他明确拒绝刊登的那一种……所以我的作品发表在了《如果》。

　　我们这些五十年代的科幻作者喜欢《如果》杂志，因为它的纸质好，插图精美，相当有品位。更重要的是，它会给不知名的作者刊发作品的机会。我相当一部分早期作品发表在了《如果》上。对我来说，它曾是最主要的作品市场。一开始跟我接触的《如果》的编辑是保罗·W.费尔曼。他会收下你写得不太好的作品，一遍遍修改，直到它符合要求——我很感激他所做的工作。后来，出版人詹姆斯·L.奎因本人亲自担任了编辑，后来是弗雷德里克·波尔。三人都采用过我的小说。

　　《预见未来》发表之后，在接下来的那期《如果》杂志上，出现了一份长达两页的编者按，其中包括一名女教师的来信，对《预见未来》提出了质疑。她的意见跟小约翰·W.坎贝尔的立场完全一致：她抨击了我将变种人塑造成反派的做法，并提出，我们理所当然希望变种人：（1）正直；（2）坚决站在主流秩序一方。所以我发现，我们仍旧是在原地踏步。

对秉持这类观点的人，我个人的解读是：在内心深处，这些人可能把自己当成了变种人的雏形，以善良、睿智、智慧超群的超新人类自居，以为自己将引导另外那群笨蛋（也就是我们这些人啦）到达应许之地。在我看来，这是一种权力幻想。而邪恶超人接管世界的意象，则源自斯特普尔顿①的《怪人约翰》（Odd John）和A.E.范·沃格特②的《斯兰》（Slan）。这类作品的主题大致就是："我们现在饱受欺凌，被蔑视，遭排斥。但到以后，嘿嘿，让他们等着瞧！"

就我个人立场而言，让邪恶变种人统治我们，等于是让狐狸管鸡舍。我所反对的，是一份危险的、对于权力的病态渴求。我感觉，小约翰·W.坎贝尔就是在培养这种倾向——而且是有意为之。而《如果》杂志却没有致力于兜售任何一种特别的观念，它是一家专注于传播真正创意的杂志，在争论中，有可能站在任何一方。它的几位编辑在这方面的表现都可圈可点，因为他们懂得科幻小说的核心使命：毫无限制地朝各个方向探索。（1979年）

这里我也想说，变种人对我们普通人而言，可能有巨大威胁，这

---

① 威廉·奥拉夫·斯特普尔顿（William Olaf Stapledon, 1886—1950），英国哲学家、科幻小说家。

② A.E.范·沃格特（A. E. van Vogt, 1912—2000），加拿大出生的美国科幻小说家。

是小约翰·W.坎贝尔不同意的立场。在他看来,我们应该把变种人看作凡夫俗子的领袖。但我一想到他们眼中的我们,总是会感到不自在。我是说,也许他们并不屑于引导我们。也许从他们超级发达的智能水平来看,我们这样的小人物可能根本就不值得引导。可话说回来,就算他们同意来引领我们,我也会对我们的未来惴惴不安。结局可能是某些标注为浴室,而实际上不是浴室的建筑①。

(1978年)

◎《轮回》THE TURNING WHEEL

收于1953年7月8日。《科幻故事》(*Science Fiction Stories*),1954年第二期。

◎《最后的主宰者》THE LAST OF THE MASTERS

原名《保护局》(*Protection Agency*),收于1953年7月15日。《星轨科幻》(*Orbit Science Fiction*),1954年11—12月。

这里我所展示的,是对机器人作为领袖的信任。这个机器人是一个承受巨大痛苦的人类公仆,也可以说是上帝的某种化身。作为人类公仆的领袖:也许是应该被消灭的。其实这个故事展现出的道德标准是模棱两可的。我们到底是否需要领袖,还是每个人都应享有自决权?原则上,显然后者正确。但有些时候,理论上的正确和现实层面的可行之间,存在着一道巨大鸿沟。有趣的是,我会选择

___

① 暗指毒气室。

相信一个机器人，而不是仿生人。原因也许是：机器人并不会试图用它的外表来欺骗你。（1978年）

◎《父怪》THE FATHER-THING

收于 1953 年 7 月 21 日。《奇幻与科幻》（*Fantasy & Science Fiction*），1954年12月。

我小时候一直有这样一种印象：我老爸其实是两个人的合体，一个好人，一个坏人。好爸爸有时会消失，会被坏爸爸取代。我觉得，很多小孩都会有这种感觉。如果事实真的是这样子呢？这个故事也属于我经常写的一种类型：一种自然产生的惯有的感觉，本来显而易见是假的，可是突然变成了真的……更要命的是，这事儿你还不能跟别人说。幸运的是，故事中还有其他小孩，可以听你讲这件事。小孩有一份独特的洞察力：他们要比成人更睿智——嗯，我差点儿就想说："比愚蠢的人类更睿智。"（1976年）

◎《惊奇伊甸园》STRANGE EDEN

原名《献祭》（*Immolation*），收于 1953 年 8 月 4 日。《想象》（*Imagination*），1954年12月。

◎《托尼和甲壳虫》TONY AND THE BEETLES

收于1953年8月31日。《星轨科幻》（*Orbit Science Fiction*），1953年第二期。

◎《元无》NULL-O

原名《疯狂的莱缪尔》(*Loony Lemuel*)，收于 1953 年 8 月 31 日。《如果》(*If*)，1958 年 12 月。

◎《各为其主》TO SERVE THE MASTER

原名《神之本分》(*Be As Gods!*)，收于 1953 年 10 月 21 日。《想象》(*Imagination*)，1956 年 2 月。

◎《展品》EXHIBIT PIECE

收于 1953 年 10 月 21 日。《如果》(*If*)，1954 年 8 月。

◎《爬行者》THE CRAWLERS

原名《弃儿之家》(*Foundling Home*)，收于 1953 年 10 月 29 日。《想象》(*Imagination*)，1954 年 7 月。

◎《行销有道》SALES PITCH

收于 1953 年 11 月 19 日。《未来》(*Future*)，1954 年 6 月。

这部短篇发表之初，粉丝对其嗤之以鼻。我对恶评有些茫然，于是自己读了一遍，明白了其中的原因：这是个关于极度失意者的小说，冷酷无情。要是有机会重写的话，我会给它一个不一样的结局，我会让那个人类和机器人——也就是法斯拉德——最终结成某种形式的同盟，成为好友。这个故事里受迫害妄想狂倾向应该被解构，甚至朝完全对立的方向发展。原有主题(Y)——人与机器人之间的对抗，应该反转成非Y——人与机器人联手对付全宇宙。我真心鄙视原来这个结局。所以当你读这篇小说时，请试着把它想象成本应该写成的那副样子。法斯拉德说："先生，我是来帮助你的。让我的营销策略见鬼去吧。我们永远并肩作战。"但如果这样改，我猜又会有人指责我强颜欢笑，刻意制造大团圆。不管怎么说，现有的结局不算好。粉丝是对的。(1978年)

◎《空壳游戏》SHELL GAME

收于1953年12月22日。《银河》(*Galaxy*)，1954年9月。

◎《在无聊的地球上》UPON THE DULL EARTH

收于1953年12月30日。《奇幻之外》(*Beyond Fantasy Fiction*)，1954年11月。

◎《福斯特，你死定了》FOSTER, YOU´RE DEAD

收于1953年12月31日。《恒星——科幻短篇集》第三辑(*Star Science Fiction Stories No. 3*)，弗雷德里克·波尔编选，纽约，1955年版。

有天我看到报纸上的头条新闻，美国总统说，要是美国人必须自行购买防弹掩体，而不是由政府提供，他们就会更爱惜此类设施，这个说法让我很生气。按这个逻辑,我们每个人还需要有一艘潜水艇、一架喷气式战斗机,等等,等等。在这部作品里我只是想展示:在人的生命问题上,当权者可以多么残忍,他们可以怎样一心想着钱,而不管百姓死活。(1976年)

◎《打印的代价》PAY FOR THE PRINTER

原名《打印者的酬劳》(*Printer's Pay*),收于1954年1月28日。《卫星科幻》(*Satellite Science Fiction*),1956年10月。

◎《百战余生》WAR VETERAN

收于1954年2月17日。《如果》(*If*),1955年3月。

◎《亮壳防护》THE CHROMIUM FENCE

收于1954年4月9日。《想象》(*Imagination*),1955年7月。

◎《调整失误》MISADJUSTMENT

收于1954年5月14日。《科幻季刊》(*Science Fiction Quarterly*),1957年2月。

◎《超能世界》A WORLD OF TALENT

原名《右,再向右》(*Two Steps Right*),收于1954年6月4日。《银河》(*Galaxy*),1954年10月。

◎《超能者，救我儿！》PSI-MAN HEAL MY CHILD！

原名《外围势力》(*Outside Consultant*)，收于1954年6月8日。《奇想故事》(*Imaginative Tales*)，1955年11月。也曾以《超能者》(*Psi-Man*)为标题入选短篇集。